L'Argentée

L'Argentée coule dans mes veines

Dans mes mains quand je caresse les cordes de ma guitare
L'Argentée c'est la lune que j'ai avalée
par une nuit morne sèche quand je l'ai voulue ainsi
L'argentée c'est la pluie en mai
saine et agile et qui tombe en moi

Notre sarabande printanière m'embrasse trempée

haute je suis heureuse
basse je suis triste
L'Argentée   je pleure   L'Argentée

L'Argentée emboîte mon cœur
comme un bijoutier ivre écrasant une cigarette
L'argentée c'est mes lèvres contre la glace
ma langue sur le givre
mon doux staccato
ma robe praline
mon parapluie coincé par une journée ensoleillée

L'Argentée c'est le vent spirituel
qui invite mes yeux au sommeil
sur les pages floues pastel
d'un papillon bâclé
L'Argentée c'est un tour de passe-passe
Des jambes de farfadet qui se repaît d'eau et de citrons
un chœur de mes pensées les plus profondes
le soupçon de mon âme la plus secrète

C'est la toile paralysée
de l'araignée déchue
la vilaine bague en goutte de rosée
qui balafre mon doigt comme de l'acide
le crépuscule qui apporte la nuit sidérale

reposant son écho sur l'aile
d'une luciole qui boit l'argent de mes yeux

L'Argentée c'est mon écume de mer qui enfle
la nageoire agitée du poisson rouge qui scintille dans le soleil
    silencieux
L'argentée, ce sont les fines mèches de mes cheveux
doublées d'argent spiralant dans l'univers
L'Argentée me choisit
comme la lumière des étoiles à l'œil nu

les mots que je saigne sont d'argent
le temps qui danse des menuets
sur ma peau sylvestre brisée,
c'est l'argent dans l'armure d'un lancier

quand mon estomac éclate
et que je dégorge l'éternité
l'argent se tient à mes côtés
caressant la viole

Le poids, le vent, sont soumis
car ils ne sont que l'argent
qui pointe vers moi

Mes oreilles sont remplies de rêves d'un lutin
comme du miel   rien que L'Argentée
quand les jours des troubles de la pucelle s'apaisent
l'argentée se détache

Mon ventre gonfle
et il faudra du temps
mais je sais que plus d'argent
enfle
dedans.

SAFIYA SINCLAIR

———

DIRE BABYLONE

Traduit de l'anglais (Jamaïque)
par Johan-Frédérik Hel Guedj

BUCHET • CHASTEL

Les noms et les détails permettant d'identifier certaines personnes représentées dans ce livre ont été modifiés.

Titre original : *How to Say Babylon*
Éditeur original : 37 Ink, Simon & Schuster
© Safiya Sinclair, 2023

Et pour la traduction française :
© Libella, Paris, 2024

ISBN : 978-2-283-03825-3

Pour Ife, Shari, Cataleya et
Elle qui reste encore à venir

Le soleil brille mais la vie l'est pas brillante,
La marmite bouille, mais la bouffe suffit pas
La rivière déborde mais l'eau est rare,
La pluie elle tombe mais c'est du sale !

LOUISE « MISS LOU » BENNETT

Sur les rives des fleuves de Babylone,
Oui, nous pleurions en nous remémorant Sion.
Aux saules de cette terre
Nous avons suspendu nos harpes
Là, ceux qui nous retenaient captifs
Ont exigé de nous des chants ;
et nos persécuteurs de la joie :
« Chantez-nous, réclamaient-ils, l'un des cantiques de Sion ! »
Mais comment chanterions-nous le cantique du Seigneur
sur une terre étrangère ?

PSAUMES 137

La réalité caraïbe évoque l'imaginaire le plus fou.

GABRIEL GARCÍA MÁRQUEZ

SOMMAIRE

III
Cœur de lion

IV
Sirène

Un mot de l'autrice

La mémoire est une rivière. La mémoire est un galet au fond de la rivière, et les heures de notre vie l'ont rendu glissant. La mémoire est un affluent, un cours d'eau saumâtre retournant vers l'océan qui l'a rêvé. La mémoire est la mer. La mémoire est la maison sur le sable, à la porte rouge que j'ai franchie, en tâchant de me remémorer l'histoire des vagues.

En racontant cette histoire, j'ai suivi le cours de ma rivière jusqu'au bout, jusqu'à la mer, en marchant au plus près possible de ma mémoire des individus, des lieux et des événements qui ont façonné ma vie. Excepté ceux de ma famille, la plupart des noms et des traits caractéristiques propres aux personnes qui figurent dans ce livre ont été modifiés. Puisse chacun de vous trouver son chemin du retour vers l'eau.

PROLOGUE

Immobile ma vie – fusil chargé.

EMILY DICKINSON

Derrière le voile des arbres, des voix nocturnes chatoyaient. J'étais sous la véranda de la maison familiale, à Bickersteth, aux petites heures d'après minuit, debout à l'orée solitaire de l'être femme, scrutant la mer. À cet instant, mon lieu de naissance, une tache minuscule sur le littoral caché par la forêt inextricable en contrebas, se situait à une trentaine de kilomètres de distance, dans l'obscurité. Quand j'étais petite ma mère m'avait appris à lire les vagues de son rivage aussi attentivement qu'un poème. Rien n'était brisé que la mer ne pouvait réparer, disait-elle toujours. Mais depuis cette bourgade à flanc de colline cernée d'un bataillon de montagnes, notre mer n'était qu'une idée dans le lointain. Je tendais mon visage dans la fraîcheur de l'air et j'écoutais.

La terre d'ici formait le soubassement de notre pays. La campagne jamaïcaine touffue où était née notre première rébellion d'esclaves. Ces montagnes qui s'affaissaient vers la profondeur des terres avaient toujours été notre sanctuaire, ces coteaux et cette craie adoucis par le temps, ces cavités caverneuses qui ressemblaient à des cockpits envahis par la broussaille, offrant à la fois un refuge et une forteresse aux asservis qui s'étaient enfuis. Des échos de ces fugitifs demeuraient en suspens dans l'air des grottes les plus impénétrables, où des combattants marrons avaient tendu des embuscades à des soldats anglais incapables de s'orienter en pareil terrain. Les Anglais se hurlaient des ordres, et n'entendaient pour seule réponse dans le dédale de ces poches que les beuglements de leurs propres voix, déformées comme si elles traversaient un sombre ramage de verre, jusqu'à être emportés dans la folie, incapables de faire face à eux-mêmes. À présent, plus de deux siècles après, je sentais le bruissement de la nuit me rendre folle, un frisson de froid me descendre dans les os. Une fille, incapable de faire face à elle-même.

La campagne avait toujours été le domaine de mon père. Reclus au milieu d'imposants mahots bois-bleus et de fougères primitives, c'était là qu'il était né. Là qu'il avait communié pour la première fois avec Jah, répliquant au tonnerre en vociférant. Là qu'il s'était fait appeler pour la première fois Rasta. Là que je regarderais les hommes de ma famille grandir en force tandis que les femmes se diminuaient. Là que ce soir, après des années d'abaissement sous son ombre, j'ai refusé de me diminuer davantage. À dix-neuf ans, toute ma peur avait enfin cédé la place au feu. Pour la première fois, j'ai riposté à mon père, ce qui a suffi à le chasser de la maison, en une crise de fureur. Qu'arriverait-il à son retour, je l'ignorais. Alors que mes frère et sœurs et ma mère dormaient à l'intérieur, effrayés et épuisés par le désastre de cette soirée, j'allais et venais sous la véranda dans le noir, m'efforçant de déchiffrer le pâle bandeau de l'horizon pour savoir ce qu'il allait advenir de moi.

J'observais fixement la nuit au-delà de cette barre de fourrés noirs, et les yeux d'une présence invisible me regardaient. Une présence sinistre. Un brouillard lent s'enroulait en bas dans la vallée. L'air de l'autre côté de la rue a tremblé, près de la colonne montante où nous remplissions nos seaux d'eau quand les tuyauteries de notre maison étaient à sec. Une femme en blanc a surgi des hautes herbes. Cette femme a fait son apparition comme une mygale mangeuse d'oiseaux sortant lentement de sa toile immense. Son visage, hébété, maculé, m'est apparu comme si c'était le mien. Je suis restée immobile, terrorisée par cette vision de moi-même en vieille femme grise glissant au milieu de la colline dans ma direction, timide et sans voix, vêtue de cette longue robe blanche. Elle avait le front incliné, un foulard blanc noué sur la tête enveloppant ses dreadlocks, et elle marchait en silence sous le regard d'un Rastaman. Toute la colère qui brûlait en moi plus tôt ce soir-là s'était éteinte avec elle. Elle cuisinait, elle nettoyait, elle obéissait à son homme. Pour être l'humble épouse d'un Rastaman. Ordinaire et prévenante. Une voix et des vices qui n'étaient pas les siens. C'était l'avenir que mon père me fabriquait. J'ai serré fort la rambarde froide de la véranda. J'ai alors compris qu'il me fallait trancher la gorge de cette femme. Il me fallait la tailler en morceaux, l'arracher de moi.

Là, j'ai pu voir où les années perturbées de mon adolescence m'avaient menée – à chaque étape que j'avais franchie vers l'être femme, ma soif d'indépendance avait grandi. Plus j'avais découvert ce monde, plus j'avais rejeté la cage que mon père m'avait construite. Là, dans la silhouette décousue de cette femme, j'ai vu, enfin : si je devais me forger ma propre voie, être libre de créer ma propre version de celle qu'elle était, il fallait que je quitte cet endroit. Si je voulais m'affranchir un jour de cette vie, je devais m'enfuir. Comment trouverais-je jamais le moyen d'en sortir ? Par où commencer ? Ici, dans ces mêmes collines qui avaient engendré mon père, jaillissait maintenant la semence de ma propre rébellion.

J'étais appelée à écouter ce que la terre savait déjà. Pour dénouer les heures qui avaient mené à cette nuit catastrophique, il me fallait exorciser le spectre de sa création : je devais d'abord comprendre mon père et l'histoire de notre famille. Pour tailler ma propre voie, je devais d'abord revenir en arrière. Là où la trame de l'île et la chaîne de ma famille nouent un seul et même fil. Je devais le remonter jusqu'à ce que je trouve où a débuté exactement le tissage de cette histoire : des décennies avant ma naissance, avant la naissance de mon père. Avant qu'il n'ait un chant pour cette étrange captivité, et un nom pour ceux qu'il désirait tant brûler. Et avant que je n'aie trop bien appris à prononcer ce nom.

Babylone.

I

BUDGERIGAR

Une cage s'en fut à la recherche d'un oiseau.
FRANZ KAFKA

1

L'homme qui voulait être Dieu

*Tournez-vous vers l'Afrique pour le couronnement
d'un roi noir, il sera le rédempteur.*

MARCUS GARVEY

Avant la musique est venue la pluie. Familier et inlassable,
le torrent se déversait avec force sans donner aucun signe de
ralentissement, et la pluie tomberait des heures sur les têtes
de centaines de milliers de frères rastas qui avaient envahi le
Palisadoes Airport de Kingston où, depuis la pointe de l'aube,
ils attendaient cette arrivée inoubliable, en priant pour que
l'orage éclate enfin. Certains sont venus pieds nus, d'autres
sur des béquilles, d'autres encore entassés sur des camions
par familles et tribus entières, le visage encadré d'épaisses
crinières de dreadlocks poussant en désordre ou empilés en
couronne sur la tête, et partout c'était une masse noire de
barbes anarchiques et un puissant hululement de langues. De
frère en frère, chacun était galvanisé par un noble but, et la
mer des fidèles s'étendait à perte de vue. Pendant que quelques
Rastas s'entassaient à l'étage supérieur de l'aéroport pour mieux
voir, les frères les plus débrouillards escaladaient les tours de
contrôle et des échafaudages, d'autres grimpaient aux branches
des rares flamboyants, et toutes leurs fleurs et leurs grandes

feuilles en étaient secouées d'excitation. Les Rastas se pressaient dangereusement contre les barrières de Babylone, se contentant pour l'instant d'observer les policiers armés de baïonnettes en secouant leurs dreadlocks pour les délester de la pluie battante. Animés d'un espoir vibrant, quasi électrique, ils scrutaient le ciel, guettaient l'avion de ligne éthiopien transportant l'homme qu'ils croyaient être un demi-dieu, l'empereur Hailé Sélassié.

En cette matinée humide d'avril 1966, le Premier ministre par intérim et son entourage suivaient la scène qui se déroulait devant eux avec incrédulité. Immobile au-dessus de la foule rassemblée, un épais brouillard de ganja flottait dans l'air comme une stratosphère circonscrite, entêtante. Les ministres s'étaient attendus à la présence de quelques Rastas, mais ils n'avaient pas prévu que tous ceux de l'île se masseraient à Palisadoes, tresses contre tresses. En Jamaïque, aucun visiteur n'avait jamais reçu un tel accueil ; aucun dignitaire, aucune célébrité, pas même la reine Elizabeth II venue en visite officielle un petit mois plus tôt, n'avait été accueilli avec une telle jubilation. L'entourage du ministre avait déroulé un tapis rouge pour l'empereur d'Éthiopie, et délimité par des cordons les rangées de sièges réservés aux VIP, maintenant tous occupés par des membres de Rastafari nullement gênés, le front tourné vers le ciel, scrutant le ciel tonnant. Les Rastas étaient dix fois plus nombreux que les policiers, et alors que la délégation du Premier ministre avait répété une élégante cérémonie pour l'empereur, je les imagine maintenant faisant cercle, pris de panique, tâchant de décider comment improviser un autre protocole d'accueil face au spectacle choquant de ces fous bruyants et pouilleux qui entonnaient des proclamations inintelligibles où Jésus se muait en Rastaman.

Cette légion désordonnée de Rastas venait de très loin, de la pointe la plus occidentale de Negril, des rivages de Lucea et

Savanna-la-Mar, des berges de la Milk River et de la Black River, d'Oracabessa, et des villages reculés de l'Est, non loin de Port Antonio et de Morant Bay, descendue des collines verdoyantes de Cockpit Country et des versants montagneux scarifiés de Clarendon ; ils ont parcouru des centaines de kilomètres depuis les régions littorales d'Ocho Rios et de Montego Bay. Vêtus d'atours royaux pour aller à la rencontre de leur divinité, les fidèles étaient parés de leur tenue sainte, enveloppés de la tête au pied du rouge, de l'or et du vert rutilants du drapeau éthiopien, le symbole adopté par les Rastafaris, porté par les frères rastas vêtus de dashikis, coiffés de tammys imbibés de pluie et parés d'insignes militaires, et par les sœurs rastas drapées de châles d'un blanc éclatant longs jusqu'aux chevilles et de bandeaux effrangés de glands. La météo ne les empêchait pas d'agiter avec dévotion des feuilles de palmier et de danser, comme en transe. Ici et là, ils brandissaient des portraits de Sa Majesté impériale, des photos géantes diligemment peintes de Son couronnement, ou des citations au pochoir de la résurrection du Christ, tirées des écritures, pour preuves de la légitimité de Hailé Sélassié. Nombre d'entre eux tenaient levés des banderoles et écriteaux vers le ciel, portant des messages à leur Messie :

BIENVENUE À NOTRE DIEU ET ROI
GLOIRE AU SEIGNEUR CONSACRÉ,
AU PLUS GRAND FILS DU GRAND DAVID
POUR TOI JE VAIS PRIER LE TOUT-PUISSANT
JAH VIENT BRISER LA RÉPRESSION
POUR LIBÉRER LES CAPTIFS

On entendait des voix entonnant des psaumes de Rastafari, et le fracas des tambourins retentissait dans tout l'aéroport. De

temps à autre, un Rasta dans la foule beuglait aux cris de *Jah !*
Rastafari !, provoquant une clameur – *Jah ! Rastafari ! Jah !*
Rastafari ! – qui éclatait comme un retour de boomerang et
parcourait la masse des corps comme une vague. Des anciens,
des Rastas au visage maigre venus de la Maison de Nyabinghi,
soufflaient dans une corne de guerre incurvée, l'abeng, l'instrument sacré des Marrons jamais vaincus qui combattirent
et vainquirent les colons espagnols, puis anglais. Les mugisse-
ments des cornes secouaient l'air chaud et humide.

C'étaient les réprimés et les opprimés de la nation, hors-
la-loi et persécutés depuis la création du mouvement rastafari en 1930, quand un prédicateur de rue, un visionnaire, le
dénommé Leonard Percival Howell, avait entendu l'appel de
Marcus Garvey à se « tourner vers l'Afrique pour le couronnement d'un roi noir » qui serait le héraut de la libération noire.
Howell avait suivi la trajectoire de la flèche de Garvey jusqu'à
la mère patrie où il avait trouvé Haïlé Sélassié, empereur
d'Éthiopie, la seule nation africaine à n'avoir jamais été colonisée, et déclaré que Dieu s'était réincarné, en marchant au
milieu d'eux sous l'apparence d'un homme noir, né Ras Tafari
Makonnen. De cet homme sont nés à la fois un mythe et une
montagne, un glissement culturel tellurique qui avait transformé le Rastafari en menace durable contre le monde colonial.
Ce mouvement s'était durci autour d'une foi militante en une
indépendance noire inspirée par le règne de Haïlé Sélassié,
un rêve de libération qui ne se réaliserait qu'une fois brisées
les chaînes de la colonisation. Les Rastas seraient des bergers
de la paix, qui aspiraient à une nation libre et à une diaspora
africaine unifiée. Et bien que le mouvement rastafari ait été
non violent, ses membres composaient la nation des moutons
noirs, redoutés et méprisés par une société chrétienne encore
sous domination britannique, forcés de vivre aux marges,

en parias. C'étaient des sans-terre et des sans-abris involontaires, leurs campements saccagés, leurs champs brûlés par un gouvernement au service de la Couronne. Quand Percival Howell avait construit Pinnacle, la plus grande commune rasta, une société pacifique et autonome, le gouvernement britannique l'avait rasée, étouffant ainsi le message d'unité et d'indépendance noire du mouvement. C'étaient les sans-emploi inemployables, les victimes constantes de la violence et de la brutalité étatique, ceux que le gouvernement emprisonnait et rasait de force, ceux que la police frappait avec la dernière brutalité. En 1963, quand un groupe de Rastas refusèrent de renoncer à leurs terres agricoles où ils vivaient et de céder aux expropriations gouvernementales, Alexander Bustamante, le Premier ministre blanc de l'époque, ordonna à l'armée de « rameuter tous les Rastas, morts ou vifs ! ». Cela déclencha une opération militaire dévastatrice, au cours d'un week-end de terreur, les communes rastas furent incendiées dans toute l'île, plus de cent cinquante Rastas furent traînés hors de leurs maisons, emprisonnés et torturés, et le nombre des tués demeure inconnu.

Pendant des décennies, on les avait traités de croquemitaines, de fous, on avait invoqué l'Homme au Cœur noir – une caricature assoiffée de sang inventée pour effrayer les enfants et les éloigner de Rastafari. Ils furent chassés de leurs foyers, abandonnés par leurs familles, et toutes les portes se fermaient devant eux. Ainsi, lorsque les Rastas se sont mis à lire les récits bibliques des persécutions et des luttes des Juifs, ils ont reconnu dans leur souffrance leurs propres persécutions. De ces psaumes de l'exil hébraïque est venu le nom qu'ont donné les Rastafari à l'État systématiquement raciste et aux forces impériales qui les avaient traqués, pourchassés et réprimés : Babylone.

Babylone, c'était le gouvernement qui les avait mis hors la loi, la police qui les avait roués de coups et mis à mort. Babylone, c'était l'Église qui les avait damnés et condamnés aux feux de l'enfer. C'était la botte de l'État qui leur écrasait la gorge, le pistolet du politicien dans le ventre. Le fouet de la Couronne sur la peau du dos. Babylone, c'étaient les forces violentes et sinistres nées de l'idéologie occidentale, le colonialisme et le christianisme qui avaient engendré des siècles d'esclavage et d'oppression des Noirs, et provoqué la corruption des esprits noirs. C'était la menace de la destruction qui s'insinuait encore maintenant, et pesait sur chaque famille rasta.

Or, en ce jour, Babylone ne pouvait stopper les Rastafari. En ce jour, tous affluaient avec la ferveur de l'espoir. Ils affluaient pour être entendus, pour être vus, pour être reconnus. Aujourd'hui, ils étaient venus voir Dieu toiser Babylone droit dans les yeux.

En signe de défi face aux costumes empesés et aux perles de la délégation des beaux quartiers de Kingston, et de désobéissance aux appels à la bienséance du gouverneur-général et du Premier ministre par intérim, les Rastas continuaient de danser et de chanter.

Quand Dieu arrive, la pluie s'arrête ! s'exclamaient-ils. *Quand Dieu arrive, la pluie s'arrête !*

Ils guettaient tous avec piété son avion dans le ciel obscurci.

À en croire la légende rasta, ce qui est survenu ensuite a été soudain. Tel un vent enflammé soufflé de l'Éden, sept colombes blanches ont surgi des nuages, et c'est dans leur sillage qu'a émergé la première pointe argentée de l'avion. La carlingue était blanche, ornée d'un bandeau rouge, or et vert, frappé en son milieu de l'insigne du Lion de Judée. Les premiers feux du soleil se reflétaient sur l'appareil de l'empereur en approche, illuminant le ciel de Kingston tout entier, la pluie a cessé instantanément, et une clameur de pandémonium assourdissante a jailli du tarmac de Palisadoes. Comme un cri de bataille arraché à un poème épique, un mugissement de voix hululées s'est emparé de tout l'aéroport ; dans la bousculade, des hommes trempés se sont catapultés au-dessus des têtes stupéfaites des soldats. Les Rastas ont aplati la zone délimitée des VIP, piétiné et souillé de boue le tapis rouge du Premier ministre pour tenter de contempler de plus près l'atterrissage de l'appareil. Les cœurs cognaient, les têtes flottaient, grisées d'irréalité, ils dansaient comme au premier jour de leur existence. Ils parlaient tous en langues, ils scandaient des cantiques enfiévrés gorgés de salive – *Saluez l'Homme !*, *Agneau de Dieu !* et *L'heure de l'homme noir est à présent venue !* Leur jour était venu. Et à l'instant où les roues de l'avion ont enfin touché la piste, cent mille Rastas ont pris le tarmac d'assaut, se sont précipités sous le ventre et les ailes et, sans prendre garde aux roues en mouvement ou aux hélices encore en rotation, ils ont encerclé le quadrimoteur qui roulait vers sa place de parking. Ils se sont levés dans un seul et unique but, en fervent pèlerinage, pour s'attrouper autour de l'oiseau argenté et l'enserrer de tous côtés, avides de toucher la main noire de Dieu.

Les croyants ont entouré l'appareil de toute part. « Dieu est avec nous. Fais-moi toucher l'ourlet de son vêtement », imploraient-ils. Jamais ils ne seraient aussi près de Sion, le nom qu'avaient donné les Rastafari à la fois à la promesse de libération et au sol d'Afrique, à cette terre où ils avaient pour destinée de se rapatrier, croyaient-ils. Les Rastas s'appuyaient contre la roue de l'avion impérial, fumaient des calices géants de ganja, entonnaient des hymnes *Voyez comme Dieu arrête la pluie ! Voyez comme Dieu arrête la pluie !* Craignant pour sa sécurité, Hailé Sélassié, alors âgé de soixante-quatorze ans, ne sortait pas de l'avion et patientait depuis près de quarante-cinq minutes sur le tarmac. Quelques Rastas commençaient à s'agiter, en proie au doute. Incapable de convaincre Hailé Sélassié de débarquer, et préoccupé de la sécurité de l'empereur, le Premier ministre n'avait pas d'autre choix que de faire appel au chef des Rastas, Mortimer Planno, qui est monté à bord, les mains tremblantes. Les paroles échangées entre Planno et Sa Majesté restent claustrées, telle une relique perdue. Planno est ressorti supplier la foule de se calmer.

Enfin, la porte de l'avion impérial s'est ouverte. Lorsque Hailé Sélassié est finalement apparu sur le seuil, il a contemplé cette mer de croyants criant devant lui, et il a pleuré.

Les frères, les sœurs et les enfants rastas l'ont acclamé et ont fait de grands signes devant ses yeux embués. Sa Majesté impériale a descendu la passerelle de l'avion et répondu d'un geste souverain, sa main levée presque figée. Arrivé à la dernière marche, au lieu de poser son soulier sur le tapis rouge à moitié nettoyé conduisant vers le cortège de véhicules qui l'attendait, Hailé Sélassié a préféré mettre le pied sur la terre boueuse de la ville de Kingston. Ce choix a déclenché chez les Rastas un tonnerre d'acclamations et de chants – *Jah ! Rastafari ! Saluez l'homme !* Pour eux, c'était là une preuve éclatante de son humilité : dès son premier pas sur le sol jamaïcain, il foulait la même terre que celle sur laquelle ils marchaient, et non pas un tapis rouge de Babylone.

À la fin, ce récit sacré s'écrirait de lui-même. Parmi la foule qui sur l'île, en ce jour, attendait la fin de la pluie, une jeune chanteuse, Rita Marley, a prié toute la journée pour recevoir un signe de la divinité de l'empereur. Quand le cortège de

Hailé Sélassié est passé devant elle dans cette rue bondée de Kingston, il l'a regardée droit dans les yeux et lui a adressé un signe de la tête, avec un geste de la main, où elle a vu un stigmate noir au milieu de la paume. « C'est l'homme !, s'est-elle écriée. C'est lui ! » Quelques mois plus tard, à l'arrivée de son mari, Bob, de retour du Delaware où il avait rendu visite à sa famille, elle avait laissé pousser ses dreadlocks et les avait conduits tous les deux sur la voie de la plus ardente dévotion à Rastafaris, tant ils croyaient l'un et l'autre pouvoir diffuser le message de Sa Majesté impériale à travers la musique.

Ainsi se sont déroulées les bénédictions du Dieu vivant, ainsi ont-ils salué la présence de son cortège dans Kingston. Tout le long des rues, la masse des spectateurs débordait sur la chaussée, au beau milieu de la circulation, et se manifestait par des flots de cantiques et de récits populaires jamaïcains d'autrefois. Ces récits étaient tous plus insolites les uns que les autres, avec leur moisson d'épisodes porteurs de signes et de miracles. Le plus tristement célèbre de ces épisodes concernait les boîtes de cigares offertes par Hailé Sélassié à la délégation du Premier ministre et qui, croyaient les Rastas, n'étaient autres que des cercueils miniatures maquillés – preuve du décret annonciateur de ce que *Babylone doit tomber* –, l'exact opposé des sept médaillons d'or dont il avait fait présent aux dirigeants rastafaris : une preuve claire comme le jour de son approbation du Rastafari. Il y avait plus étrange encore : leur croyance fervente que le cercueil aux cigares de l'empereur avait ensuite provoqué la mort du Premier ministre, d'une hémorragie cérébrale, un an plus tard.

Quand l'empereur, qui était chrétien orthodoxe, a enfin pu siéger avec les dirigeants rastafaris, il leur a déclaré sans détour qu'il n'était pas Dieu. Au lieu de les en dissuader, son message a été largement perçu par les Rastas comme la preuve irréfutable qu'il était bel et bien un Dieu vivant, car seul Dieu serait capable de témoigner une telle humilité. Seul Dieu Lui-même nierait Sa propre divinité. Lors de la dernière étape de l'empereur, au dernier arrêt de son train, la ville de Montpelier, dans la campagne où mon père est né, j'imagine la radio de son convoi diffusant un air rugueux et discordant de ce qui serait le futur reggae. Au cours de ce périple, l'empereur s'est peut-être reconnu dans la longue griffe de l'histoire, peut-être s'est-il vu pris entre le poids de son statut d'héritier de la dynastie salomonide et la vraie liberté d'être Choisi comme le Messie. Après tout, qu'est-ce que cela signifiait d'être la réponse vivante à l'épineuse question de la survie des Noirs ?

*

Filant avec Hailé Sélassié à travers la campagne jamaïcaine, ma ligne de vie décrit une boucle. J'imagine l'empereur silencieux, observant depuis le wagon royal notre voie ferrée désormais défunte, passant devant les bourgades décrépites de nos campagnes, sur cette île luxuriante, paradisiaque, découvrant avec surprise son effigie peinte sur de modestes cabanes, sur les murs des écoles, son lion d'or poussant ses rugissements inattendus de bidonville en bidonville. Je grandirais, et son visage austère et silencieux me deviendrait aussi familier que celui de mon grand-père. Son portrait serait encadré de dorures et mis en valeur dans la longue succession des foyers de location de mon enfance, chaque détail de sa vie me serait plus intimement connu que la prière. Comme il semblait serein, cet homme dont l'existence finirait par avoir pour effet de détricoter ma famille. Filant aux côtés de l'homme qui deviendrait Dieu, sur une voie ferrée qui n'existe plus, dans un pays qui a niché en moi sa sombre souffrance – ce moment est éphémère, illusoire. Moi aussi, je suis à la recherche d'un signe.

Avant que mon père n'en vienne à croire qu'il était Dieu, un homme nommé Hailé Sélassié a marché ici, au milieu des mêmes fougères bleues qu'il a lui-même foulées, guidé par cette note bleue unique, entre le rocksteady et le cliquetis de la rivière de campagne. Plus tard, oubliée par la plupart des Jamaïcains, la visite de Hailé Sélassié inciterait une génération de frères rastas à accoucher de cantiques entiers au nom de l'empereur, et mon père deviendrait le plus dévot de tous. Et il eut beau n'avoir été qu'un bambin lors de la visite impériale, l'influence de Hailé Sélassié prendrait racine en lui, transformant irrévocablement le cours de son existence, et la vie de ma famille avec la sienne. Longtemps après que l'empereur eut embarqué à bord de son aéronef sacré et salué de la main les hordes qui l'acclamaient, il est demeuré auprès de nous. Son message a imprégné les feuilles humides et les palmiers salés de ma jeunesse, qui poussaient jusqu'à devenir des colosses, s'avançant dans la mer où ma mère était née, la mer où j'étais née. Longtemps après que son peuple l'eut rejeté par un coup de force, il était encore là, à l'aéroport, tout près du minuscule village de pêcheurs de White House, où ma famille s'était construit une première vie. Sa flamme toujours vive brûlait en mon père, qui était le dieu de tout notre domaine, qui dormait l'œil aux aguets sur ma pureté et une main sur sa machette noire, prêt à tailler Babylone en pièces, si jamais elle venait à ramper trop près.

2

Le Domaine du merveilleux

Jusqu'à mes cinq ans, nous avons vécu au bord de la mer dans notre minuscule village de White House, qui appartenait aux pêcheurs de la famille de ma mère, à son père et à son grand-père. Notre petite communauté littorale se cachait juste aux marges d'une Jamaïque de carte postale, un modeste hameau dissimulé derrière un épais rideau d'arbres rendus noueux par le vent et un mur de parpaings de béton épars, un petit kilomètre de sable chaud bruni par notre vie de chaque jour, passé au crible de nos orteils nus, étincelant sur trois cents mètres dans toutes les directions, jusqu'à la mer. Notre village et nos cabanes étaient impossibles à voir depuis les airs, à moins de savoir exactement où repérer cette tête d'épingle bleu rivage, et tout aussi difficile à trouver par la terre. Au bout d'un petit chemin délabré, enveloppé d'hibiscus et de flamboyants tambourinant sur le toit de la voiture, notre cul-de-sac se situait à l'écart et portait le nom de la maison de mon arrière-grand-père, qu'il avait lui-même peinte en blanc dès son arrivée sur cette plage presque un siècle plus tôt. Ici, aucune publicité enjôleuse ne vantait un paradis « sans souci », aucun daïquiri de bienvenue, aucun maître d'hôtel noir souriant. C'était ma Jamaïque. Ici, le temps s'écoulait avec lenteur, avec réserve, et un pêcheur buriné par les intempéries, un grand-père ou un oncle, soulèverait ou pas le chapeau de paille qui lui masquait les yeux pour vous accueillir.

Ici, ma mère et moi avons respiré notre premier souffle d'air salé et réglé nos saisons sur la brise de mer. Depuis l'entrée du village, sous certains angles obliques, la vue sur la mer est barrée par des maisonnettes en bois, pas plus d'une trentaine au total, modestement fabriquées par les hommes qui vivaient là, des hommes qui sont morts là. Ma famille vivait tellement à l'étroit que chacun connaissait le dialecte subtil des rêves des autres. Sous un toit en zinc, un assemblage de planches sableuses et de clous rouillés par le sel, nous vivions dans cette maison de trois chambres, construite par mon grand-père de ses propres mains, et qui rapetissait peu à peu. Je partageais une chambre avec mes parents et mon frère Lij, de deux ans mon cadet, et nous couchions tous les quatre dans le même lit, tandis que ma sœur nouveau-née, Ife, quatre ans de moins que moi, dormait à côté de nous dans un vieux parc pour bébé. Mes tantes Sandra et Audrey partageaient une chambre avec mon cousin, tandis que mon grand-père et sa petite amie âgée de dix-neuf ans couchaient avec leurs trois fillettes dans leur chambre à eux. C'est quelque part dans cette maison, ou dans la suivante, que ma mère a poussé son premier vagissement, et que ma grand-mère a rendu son dernier soupir.

C'est sur ce littoral encombré que mes oncles ancraient leurs bateaux, fabriqués de leurs mains et peints de couleurs vives, baptisés de noms comme *Sea Glory*, *Morning Star* et *Irie Vibes*. Presque tous les matins, je les regardais des heures durant ravauder leurs nasses avec du treillage, peser des seaux de poissons à vendre ou les aligner sur de grands blocs de glace avant de les faire rôtir plus tard sur un feu de charbon de bois. Notre petit kilomètre de mer nourrissait souvent le village entier – des pêcheurs hissant des filets pesants et étincelants chargés de tortues de mer, de requins nains, de vivaneaux, de bonites et d'un congre à chair molle. Des gens de tout Mobay – le nom abrégé de Montego Bay – venaient acheter du poisson, en criant et en marchandant sur ce marché improvisé pour accéder à nos trésors tout frais sortis de la mer. Ensuite c'était le maigre grappillage des affamés et des curieux ; des enfants, des canards et des corniauds qui attendaient un os, un morceau de chair, une tête de poisson à sucer. Après quoi, attirés par les odeurs de cuisine flottant à travers les cloisons de bois et les planchers de chaque maisonnette, les villageois se rassemblaient autour de la marmite, et ils en avaient l'eau à la bouche.

Chaque fois que les sœurs de ma mère étaient rattrapées par la guigne, ou que l'une d'elles tombait enceinte, elles fuyaient les villes étouffantes de l'intérieur et revenaient vers la plage, s'entassaient dans la maison toujours chaude, au sol peint en rouge qui tachait mes pieds nus de cramoisi, et notre respiration se soulevait et retombait au rythme des vagues. Nous n'avions pas d'électricité, pas d'eau courante. Avec ces maisons battues par les vents et cette plage en désordre, la plomberie était un luxe, par conséquent aucune des maisons du village n'avait de toilettes. À défaut, tous les villageois partageaient des latrines à fosse, à environ trois cent mètres de la maison la plus éloignée. Les enfants n'étaient pas autorisés à utiliser cette latrine, nous courions le danger de tomber dedans. Nous avions donc chacun pour tâche de garder un pot en plastique à l'intérieur de la maison, et d'aller tous les matins le vider dans la mer. Mes parents se douchaient à l'extérieur, sur le sable, dans une cabine de douche communale fabriquée à la hâte avec des rebuts de contreplaqué, tandis que mes frère et sœur et moi nous baignions dans des cuvettes posées près de là, à côté d'une prise d'eau dans la cour.

La mer a été le premier foyer que j'ai connu. C'est là que j'ai passé ma petite enfance dans un état de bonheur fou, allongée sous les amandiers abreuvés par l'eau salée, savourant chaque œil de poisson comme un bonbon précieux, les orteils plongés dans le clapotis laiteux de la mer. Je creusais pour trouver des bernard-l'ermite sous la surface du sable, nous pataugions dans les flaques où les raies s'enfouissaient pour se rafraîchir. Je dormais sous l'ombre mûrie où les raisiniers de mer laissaient pendre leurs fruits talés, violacés et délicieux, prêts à être sucés. Je me gavais d'amandes et de noix de coco fraîches, je buvais leur lait par un trou que ma mère creusait avec sa machette, et après je grattais et croquais la gelée blanche jusqu'à en être repue. Tous les jours, une nouvelle robe que ma mère avait cousue pour moi de ses mains faisait ma joie. Ses sœurs et elle possédaient chacune un rire distinct qui retentissait et les précédait comme des sirènes heureuses partout où elles allaient, crachant des décibels qui alertaient le village entier de l'arrivée de leur petite troupe. Chaque fois que les sœurs s'asseyaient ensemble sur la plage pour bavarder, je m'accrochais à leurs chevilles et j'écoutais, en singeant leurs gloussements de sauvageonnes, auxquels même les hérons au-dessus de nos têtes ne pouvaient échapper.

Jamais je n'ai aimé un endroit davantage que celui-ci. Le soir, ma mère me faisait la lecture à la lumière de la lampe à kérosène où, moi qui étais têtue et prédisposée aux accidents, je me brûlais souvent les mains. Chaque marque sur mon corps devenait un rappel immuable de ce qui s'était perdu, de ce qui ne repousserait plus jamais – la cicatrice glabre de mon sourcil gauche que je me suis faite en tombant du lit minuscule que je partageais avec mes parents, la brûlure à la tempe à cause du serpentin antimoustique allumé sur lequel j'ai tiré et qui m'est tombé sur la tête, les piqûres des moustiques qui grossissaient jusqu'à devenir des blessures gigantesques et me démangeaient, me grêlaient les jambes, ou ma tendre bouche, fracassée après une chute sur une dalle en ciment qui m'a déchaussé quelques dents. Après cela, pendant des mois, ma mère m'avait mâché toute ma nourriture et nourrie comme un oisillon, de sa bouche à la mienne. « Tu es née trop sensible pour ce monde », me répétait-elle, alors que je suçais mon pouce et caressais ses longues dreadlocks, en écoutant le fracas des vagues.

Mon père n'était pas originaire du bord de mer, et il ne s'est jamais senti à l'aise à White House. C'était un homme qui vivait parmi les pêcheurs mais ne mangeait pas de poisson, tant il adhérait à tous les préceptes d'une existence de Rasta : pas d'alcool, pas de tabac, pas de viande ou de produits laitiers, tous ces principes d'un mode de vie extrêmement restrictif que les Rastafari appelaient l'Ital. À vingt-six ans déjà, sa barbe épaisse et le ruissellement de ses dreadlocks lui donnaient l'allure flétrie d'un devin dont les feuilles de thé ne prédisaient que la catastrophe. Certains jours, il apportait sa guitare sur la plage et beuglait ses chansons reggae annonçant le péril imminent guettant les Noirs, avec une austérité tempétueuse qui devait paraître déplacée, au bord de la mer. Il n'était plus temps de folâtrer avec une Babylone à l'affût, avertissait-il, prenant souvent les villageois au piège de longues conversations où il leur enjoignait de se fortifier l'esprit et le corps contre les maux du monde occidental. « Car un esprit faible est à la merci des vers de Babylone », les admonestait-il, en les perçant d'un regard capable d'ennuager le soleil. Ce regard, mes frère et sœur et moi finirions par trop bien le connaître.

Même à ce jeune âge, je savais que mes parents sortaient de l'ordinaire. À White House, ils étaient les seuls à porter des dreadlocks, et les seuls que j'aie jamais entendus prononcer le nom de Hailé Sélassié avec révérence, même s'il s'écoulerait un certain temps avant que je m'interroge et me demande pourquoi. Presque tous les jours, mon père s'en allait effectuer la tournée des hôtels qui bordaient notre côte, où il jouait sa musique reggae pour des touristes, avec sa guitare et les lourds tambours de ses dreadlocks qui pendaient dans son dos. Pendant qu'il était loin, et que mon petit frère encore bébé dormait, ma mère enceinte consacrait ses rares heures de liberté à écumer la plage pour y ramasser des coquilles de conques vides, ou à moudre des monceaux d'amandes pour préparer une douceur sucrée que l'on appelait des pépites d'amandes et les vendre aux touristes, sa manière de contribuer aux revenus de la famille. Avant de partir travailler, mon père se penchait toujours vers moi, il me regardait droit dans les yeux et m'avertissait de ne pas m'approcher de la mer. Je lui promettais d'obéir. Les mois passant, les jours s'allongeant, je devenais de plus en plus curieuse, je m'aventurais sans cesse plus près de la limite du rivage, loin de l'œil vigilant de ma mère, pour voir jusqu'où je pouvais m'éloigner de notre plage.

Première née des quatre, je m'étais emparée de cette plage autant qu'elle s'était emparée de moi. Bambine, je pataugeais dans les hauts-fonds pour laver mon pot avec ma mère, pendant que le vacarme insistant des Concorde déchirait le ciel, leurs traînées de condensation blanches sillonnant notre grand bleu. Chacun de ces appareils était un oiseau de fer, un oiseau de Babylone. Près de vingt ans après le départ de l'avion argenté de Hailé Sélassié, j'avais fini par m'habituer au rugissement permanent des avions quittant l'aéroport tout proche, un endroit qui nous était interdit. À côté de l'aéroport, le long des limites de notre village, se dressaient des hôtels ceints de hauts murs de marbre rose et de pierre de corail, coiffés de tessons de bouteilles aux arêtes tranchantes qui reflétaient la lumière en un avertissement cruel : vivre au paradis, c'est se voir rappeler que l'on en a si peu les moyens.

Ces hautes barrières avaient été érigées pour la première fois en 1944, quarante ans avant ma naissance, quand le gouvernement avait consacré des années à bétonner nos marécages en vue de construire un aéroport aux abords du village, pendant que des hôtels se dressaient lentement tout autour de nous. Chaque nouvel hôtel qui se construisait était plus grand que le précédent, jusqu'à ce que les complexes touristiques ressemblent à nos demeures et plantations coloniales encore debout, un bon nombre servant d'attractions et de destinations de mariage pour touristes. C'était le fantasme que ces touristes avaient envie d'investir : prendre des bains de soleil dans des hôtels de la côte baptisés *Royal Plantation* ou *Grand Palladium*, puis se marier sur la terre où les esclaves avaient été torturés et mis à mort. C'était le paradis – un lieu où notre histoire et notre terre ne nous appartenaient plus. Chaque année, les Jamaïcains noirs se laissaient de plus en plus déposséder de cette côte, ce joyau de notre île offert aux yeux du monde extérieur, toute cette beauté qui avait été la nôtre rachetée par de riches hôteliers ou vendue à des étrangers par les descendants d'esclavagistes blancs qui gagnaient des fortunes sur notre dos et détiennent aujourd'hui encore une part suffisante de la Jamaïque pour continuer d'en tirer des profits.

Mais mon arrière-grand-père refusait de vendre notre petit bord de mer. Il s'accrochait à son foyer, alors même que les hôtels ne cessaient pas de grandir de part et d'autre du village, alors même que nous vivions de plus en plus sous leur ombre, jusqu'à ce que les récifs coraliens où il pêchait aient fini par blanchir et disparaître, le privant de son gagne-pain. À présent, la presque totalité du littoral côtier de Montego Bay est la propriété d'hôteliers espagnols et britanniques – notre nouvelle colonisation –, et la plupart des Jamaïcains doivent acquitter un droit d'entrée pour accéder à une plage et en profiter. Pas nous. Aujourd'hui, il n'y a plus un bout de plage de Montego Bay qui appartienne à ses citoyens noirs, excepté White House. Mon arrière-grand-père avait laissé le titre et l'acte de propriété si bien enroulés dans l'os coralien, si bien immergés sous le varech et l'eau de mer qu'aucun hôtelier n'a pu s'en emparer. Ce petit village caché près de la mer, ce bout de plage était encore à nous, à nous seuls.

Vivre au bord de la mer exposait fréquemment aux prodiges et aux périls, portés par le même vent qui m'attirait depuis l'horizon. Aussi vive qu'un cerf-volant, j'étais constamment attirée par le danger. La première fois que j'ai désobéi à mon père et marché dans la mer seule, j'avais quatre ans. La chaleur de l'après-midi était effroyable. Mon père était déjà parti au travail, et ma mère enceinte transpirait quelque part, hors de vue ; elle s'occupait de baigner mon petit frère dans la même bassine en plastique rouge qu'elle utilisait pour laver nos vêtements, ou se penchait pour donner à manger à un autre nouveau-né, sa propre petite sœur, un bébé mis au monde par la petite amie de son père, une adolescente terrorisée qu'elle avait aidée à accoucher sur le sol de notre chambre un mois seulement auparavant. Tout en me rafraîchissant sous les palmiers de la plage, j'ai remarqué quelque chose qui scintillait dans l'eau, sous les rayons brûlants du soleil. Cette chose m'appelait à elle. Je me suis glissée hors de l'ombre et j'ai marché vers le rivage.

J'étais pieds nus au bord de l'eau et je regardais les vagues enfler, leurs millions d'yeux étincelants fixant l'horizon flou où j'avais interdiction d'aller, et j'ai attendu. J'ai attendu l'étreinte familière de ma mère, qu'elle me tire en sécurité sur le sable, j'ai attendu d'entendre un adulte me crier de m'éloigner de l'eau. Mais aucune voix ne m'est parvenue, excepté un écho étrange porté par le vent, me soufflant de doux petits riens à l'oreille.

Hello et *Je t'aime* m'a dit une voix fluette depuis la mer, me parlant le gentil langage d'un petit enfant, et je me suis donc avancée, d'abord un pied dans le sable meuble, puis un autre, l'écume de mer chaude serpentant autour de mes chevilles menues, puis montant rapidement jusqu'à mes genoux. Peu m'importait que je ne sache pas encore nager. Je me suis tournée une dernière fois vers notre maison – la maison de mon grand-père – à une trentaine de mètres de distance, basse et petite sur le sable, les reflets du soleil sur son toit en zinc, les amandiers mûrs de part et d'autre, et je n'ai vu personne tendre la main vers moi, alors je me suis jetée en silence dans les vagues exubérantes.

L'eau de la mer s'élevait jusqu'à la poitrine, les vagues se brisaient sur mon torse, ma robe éperdument collée à ma peau. Je battais vainement des bras et des jambes, les mains tendues vers le ciel, tendues devant moi, l'eau salée me remplissait les narines et la bouche, mon corps sombrait au ralenti et je ne sentais que la mer, je ne touchais rien d'autre, rien, nulle part, que tout ce bleu au-dessous de moi, de plus en plus sombre.

Ensuite, tout ce que je me remémore était rouge. Une chemise rouge, du rouge dans l'eau. Du sang. Soudainement, les bras de ma mère m'entouraient, elle me soulevait, haletante, et le monde s'est déployé et m'a chanté tous ses chants à l'oreille. Ma mère m'a serrée fort, trop fort, et elle a crié mon nom. Contre moi, son corps était chaud et désiré, son ventre enceint et ferme. Je pouvais entendre son cœur cogner dans mon oreille, le monde silencieux, et le monde redevenu sonore. Elle sanglotait et scrutait mon visage, un œil, puis l'autre, me touchait la tête, comptait mes doigts, les embrassait, et sanglotait, sanglotait.

– Est-ce que ça va ? s'écriait-elle, hors d'haleine. Est-ce que ça va ? Est-ce que ça va ?

Elle était brièvement allée à la latrine, m'avait manquée à son retour, puis elle m'avait aperçue à distance, ma tête ballottée à la surface de l'eau. Elle avait volé jusqu'à moi, à des centaines de mètres de distance. Elle s'était précipitée, s'était ouvert son pied nu sur quelque chose dans le sable, une bouteille cassée ou une vieille boîte de conserve, et maintenant elle saignait, son sang se répandait sur le sable, sur moi. Elle ne semblait rien remarquer, rien sentir, elle me touchait de ses mains délicates, ici, là, et là, en répétant, d'une voix implorante : « Est-ce que ça va ?

– Oui, ça va », lui ai-je répondu, avec ce que ma mère m'a ensuite décrit comme un calme surnaturel, avant que je ne glisse mon pouce fripé dans ma bouche et ne le suce, en détournant les yeux de l'horizon. J'ai posé ma tête contre sa poitrine lourde, soulagée de pouvoir aspirer une goulée d'air, en respirant en même temps qu'elle respirait.

Presque trente ans plus tard, j'ai découvert qu'elle n'avait jamais parlé à mon père de ma quasi-noyade. Ils avaient tous deux souhaité une famille rasta depuis si longtemps qu'elle ne pouvait supporter de nommer le danger auquel nous avions échappé de justesse – danger que mon père n'avait pas tardé à entrevoir dans les moindres recoins. Ma mère ne voulait pas le contrarier, ou peut-être ne voulait-elle pas attiser ses peurs les plus effroyables. C'est ainsi qu'a débuté notre premier secret, entre mère et fille, notre petite légende créée de toutes pièces, refermée autour de nous comme une palourde. C'était la première fois que ma mère m'avait sauvée de mes entreprises calamiteuses, mais ce ne serait pas la dernière.

Des mois plus tard, sur notre petit kilomètre de côte, sous l'ombre éparpillée d'un palmier, vous pouviez la trouver m'agrippant encore sur ce rivage, contant le récit de mon glorieux sauvetage de la noyade, rejouant chaque récit familial comme une pop song, comme un mythe. C'est ainsi qu'elle m'a appris à lire la mer. Presque chaque après-midi, après que mon père avait attrapé sa guitare, m'avait embrassée avant de repartir marcher vers les hôtels affronter Babylone, je suivais ma mère dans le sentier sablonneux qui conduisait à notre plage secrète, pour étudier ces vieilles vagues écumantes et sifflantes, et elle me montrait comment scruter l'eau et trouver son rythme. Notre histoire, c'était la mer, me disait ma mère, dès lors, ici, je ne pouvais jamais me perdre. Et, si j'écoutais assez attentivement l'eau, elle me ramènerait toujours à la maison.

Je jouais avec ses dreadlocks et je l'écoutais, en regardant déferler le ressac du jour, ma tête nichée contre sa poitrine. Je lui demandais de me raconter encore l'histoire de ce qu'avait été le commencement de nos vies. Chaque fois que je lui demandais cela, elle avait un regard singulier et vide qui se portait au loin, très loin de moi, et elle reprenait les fils de l'histoire de ma naissance, si souvent que c'était devenu son mythe originel à elle. J'étais toujours émue par sa manière de débuter. « Si je ne t'avais jamais eue, j'aurais vécu toute ma vie à la plage », me disait-elle, en m'ouvrant la voie de notre histoire mélancolique, la tête renversée en arrière, avec son rire pur et familier. Elle me racontait que tout avait commencé sous le regard d'une nonne catholique blanche. Ou que tout avait commencé par un après-midi pluvieux, par la prise d'un poisson, par la poigne chaleureuse d'une main. C'était ici, à White House, avec mon arrivée inattendue, qu'avait débuté le voyage de mes parents dans Rastafari.

3

La Fille du pêcheur

Si je me dresse sur la pointe des pieds et scrute assez attentivement le passé de ma famille, j'entrevois les feuilles de thé noir au fond de la tasse en fer rouillé de ma mère. Mes parents étaient tous deux nés au lendemain de la rébellion de 1962, quand la Jamaïque avait obtenu son indépendance de la Grande-Bretagne, et s'étaient retrouvés dix-huit ans plus tard, en 1980, deux adolescents sans père et sans mère en quête d'élévation. Ils se sentaient l'un et l'autre exclus, chacun avec son fardeau, animés d'une profonde conviction de leur différence. D'avoir été choisis. Des années plus tard, en retraçant l'histoire du périple de ma famille dans Rastafari, je finirais par comprendre que ma mère s'était sentie appelée, car elle voulait féconder, et que mon père s'était aussi senti appelé, parce qu'il voulait brûler. Quelque part entre son espérance à elle et son feu à lui, il y avait une seule et unique foi. Un miracle.

Ma mère était née avec six doigts à chaque main, et recherchait le bien sans relâche. Sa mère, Isabel, était morte inopinément après un avortement clandestin bâclé alors que ma mère n'avait que quatre ans, ne laissant derrière elle que des orphelins à White House. Son père disparaissait sans avertissement durant de longues périodes, abandonnant ma mère et ses nombreux frères et sœurs, presque tous âgés de moins de douze ans, à la merci de la mer. Alors qu'après la mort d'Isabel on avait envoyé les demi-frères et sœurs de ma mère du côté d'Isabel vivre avec des parents disséminés dans d'autres maisons le long de la plage ou dans des paroisses reculées, ma mère et sa jeune sœur Audrey, sa seule sœur à part entière, ont été déposées devant la porte de l'épouse actuelle de leur père et laissées aux prises avec leurs onze demi-frères et sœurs de son côté à lui. Des jours entiers passaient sans que ma mère ne reçoive à manger, n'ayant qu'un mélange de sucre et d'eau pour subsistance. Certaines semaines, elle portait les mêmes vêtements (des dons) plusieurs jours de suite parce que ce bout de tissu était tout ce qu'elle avait. Certains mois, elle ne pouvait aller à l'école parce que sa seule paire de chaussures de raccroc se démantibulait, et elle finissait pieds nus. Elle marchait presque tous les jours jusqu'à la plage, tâchant de se remémorer le visage de sa mère. Elle était si jeune à la mort d'Isabel que, les quelques années suivantes, elle ignorait où sa mère était allée et elle attendait encore son retour. Personne n'avait pris la peine de lui dire la vérité avant ses sept ans, quand un homme lui avait proposé de la ramener chez elle à bicyclette. Dès qu'ils s'étaient mis en route, elle avait senti ses mains remonter sous sa jupe. Elle avait écarté ses mains d'un revers, il l'avait éjectée de la bicyclette et elle était tombée sur le gravier.

– Greluche, ta maman, elle est morte ! avait-il ricané avant de s'éloigner en pédalant.

Elle avait pleuré toute la nuit, comprenant que sa mère ne reviendrait pas. Tous les deux ou trois mois, son père rentrait en traînant derrière lui un nouvel enfant geignard, le déposait au seuil du village et disparaissait à nouveau, en laissant des mioches comme autant de petites mines dans son sillage.

Bien qu'elle ne soit pas l'aînée des nombreux rejetons de son père, sa ressemblance frappante avec Isabel, sa mère disparue – la maîtresse métisse de son père – avait suscité la cruauté de l'épouse du moment de ce dernier. Elle mettait un point d'honneur à s'en prendre à ma mère, la privant souvent de jeu avec ses frères et sœurs pour la forcer à des heures de corvées ménagères chaque jour. À huit ans, ma mère assumait sans relâche des fonctions de femme de ménage, de cuisinière et de lingère de la maison de sa belle-mère. En grandissant, et alors que les femmes innombrables de son père défilaient, il lui incombait d'élever ses nombreux demi-frères et sœurs, ce dont elle s'acquittait sans se plaindre, cuisinant, lavant et baignant tous ceux qu'elle ne supportait pas de voir désemparés et livrés à eux-mêmes. Depuis lors, ces mains-là avaient réchauffé le monde.

Je la vois à présent à dix-huit ans, ses mains patientes et familières, croisées sur ses genoux alors qu'elle attendait dans une clinique de fortune de Montego Bay, regardant le ciel entre des parpaings disposés autour des rares fenêtres treillissées. L'illusion était tout juste suffisante, laissant entrer un peu de lumière et d'air dans la pièce, où plusieurs femmes – malades, pauvres, vieilles et quelques jeunes en larmes, terrorisées – attendaient d'être examinées. Cette clinique gratuite était une salle de classe reconvertie à l'arrière d'un lycée pour filles dirigées par des nonnes américaines, vêtues de longues robes brunes bruissant quand elles s'affairaient d'un endroit à un autre. Les autres femmes dévisageaient ma mère, qui attirait l'attention malgré elle partout à Mobay. Tout cela créait sa singularité, héritée de sa mère Isabel : elle était grande et claire de peau, avec de longs cheveux auburn qui retombaient sur ses épaules en boucles soyeuses encadrant son doux visage et qui effleuraient un grain de beauté sur son sourcil gauche et le bouton saillant sur son menton. Attendant sur ce long banc de bois, ma mère scrutait les femmes à ses côtés avec autant de curiosité qu'elles l'étudiaient elles-mêmes du regard. Toutes étaient venues là, se fiant à la bonté de ces nonnes blanches, après que les tisanes, les thés et la bonne vieille avaient échoué à soigner le mal qui les tourmentait.

Ma mère n'avait jamais été vue par une infirmière ou un docteur pour ses problèmes « d'en bas », mais – en cette matinée apparemment anodine de 1980 –, âgée de dix-huit ans, les mains fermement croisées, elle attendait. Pendant presque toute son adolescence, les douleurs à poigne de ses règles n'avaient cessé de la tourmenter, la clouant au lit des jours d'affilée, lui ayant même fait perdre connaissance dans la rue. Elle avait manqué ses épreuves d'examen de fin d'études du Caribbean Examination Council et, de ce fait, son diplôme. Certains jours, la douleur était si lancinante qu'elle en vomissait, puis s'évanouissait. Aujourd'hui, elle était venue en désespoir de cause.

Finalement, on avait appelé son nom. Ma mère avait fait ce qu'on lui avait dit et elle était entrée dans une petite pièce attenante, une salle de bains reconvertie qui tenait lieu de salle d'examen. Il y avait à peine assez de place pour elle et l'aimable nonne qui avait passé en revue une liste sommaire d'antécédents médicaux avec un léger accent américain, avant de la prier de se dévêtir. Ma mère n'avait jamais été touchée par une personne blanche auparavant. Lorsqu'elle s'était allongée sur la table d'examen branlante puis avait écarté les jambes, elle avait observé le contour luisant du gentil visage de la nonne, et fermé fort les yeux.

La nonne avait introduit deux doigts gantés, et poussé. Le monde entier s'était écoulé par cette sombre percée. Quand la nonne eut terminé, elle avait retiré ses gants, puis elle avait pris la main de ma mère. Elle n'avait d'abord rien dit. Et ensuite…

– Je suis désolée, avait-elle déclaré, d'une voix trop posée.

Ma mère avait attendu. Des heures infinies avaient semblé s'écouler avant que la bonne sœur reprenne la parole.

– Vous souffrez d'une pathologie qui empêche les femmes d'avoir des enfants. Je suis vraiment navrée. Il est peu probable que vous ayez un jour…

– Non, avait réagi ma mère. Mais…

Ensuite, elle s'était étranglée avec le sel de ses propres mots.

– Je suis désolée, Esther, avait semblé ajouter la nonne, d'une voix déjà inaudible, et son visage s'était brouillé, alors qu'une énorme vague s'abattait sur le toit de la clinique et noyait ce moment, submergeant la salle d'examen, envoyant flotter bureaux et documents, renversant le ciel bleu, son ample vague emplissant les oreilles et les poumons de ma mère, la soulevant hors de la clinique, la déversant au bout de l'auto-pont que nous appelons la Top Road, au-delà de l'aéroport, inondant tout jusqu'à White House, la ballottant en tous sens devant ses sœurs qui lui faisaient signe de la main, au-delà de l'embardée aqueuse de sa vie future, jusqu'à ce qu'elle s'échoue sur le rivage écumeux et roule dans la mer qui l'attendait, où elle avait battu des jambes, plongé la tête dans le bleu et nagé.

Après sa rencontre avec les nonnes, l'infertilité de ma mère lui pesait sur la poitrine, où tournoyait sa douleur. Malgré sa jeunesse, elle avait été depuis presque toujours une nourricière naturelle, et avait toujours aspiré à la maternité. Après avoir élevé près de la moitié des enfants du village, elle ne pouvait imaginer ne pas avoir les siens. Elle s'était tournée vers les mystiques. Elle avait passé l'année suivante à lire des ouvrages sur les yogis, en essayant de se projeter sur un autre plan. Sa sœur Pansy lui avait offert un livre sur les chamans indiens et lui avait roulé son premier *spliff* de ganja, en lui disant : « Fume ça, tu verras, tu te sentiras suuuper coool. » Ma mère avait plongé dans le vert capiteux de la mer, s'était perdue dans la torpeur des jours, en quête d'un état d'euphorie qui l'aiderait à ne pas souffrir. Quand elle ne lisait pas de la poésie ou ne nageait pas, elle fumait, marchait avec les yogis qui se nourrissaient uniquement de la lumière du soleil, s'enduisait la tête d'un mélange brun de jaune d'œuf et de miel, une décoction qui l'aidait à s'imprégner du soleil qu'elle poursuivait toujours. À dix-neuf ans, elle obtenait son diplôme de fin d'études secondaires avec d'excellentes notes, mais son père s'était empressé de lui faire perdre tout espoir de continuer ses études : il qualifiait cela d'« argent inutile ». Comme beaucoup de jeunes femmes nées dans la pauvreté, la maigreur de ses choix faisait d'elle une proie facile. Ses perspectives de vie devaient lui sembler plus ou moins écrites d'avance : elle pourrait devenir femme de chambre ou secrétaire dans la pension voisine, ou bien incarner une femme de chambre ou une secrétaire à Ocean View, le bordel voisin.

« Tout le monde voulait vivre comme dans *Dynastie* et *Des jours et des vies*, m'a-t-elle confié. Toutes les femmes se permanentaient les cheveux et portaient des shorts. Sauf moi. Je priais tous les jours pour ne pas finir comme certaines filles du village, dans la maison de passe d'à côté. »

Elle avait décidé de mener sa propre rébellion : elle avait cessé de se maquiller et se couvrait les cheveux. Elle consumait ses journées sur la plage, où elle fumait en essayant d'apprendre les mystères des chakras susceptibles de débloquer son infertilité.

Elle était la paria de la famille. C'était une excentrique née, un peu étrange et intello, ses cheveux plus lisses et son teint plus clair la distinguant visiblement de ses douze sœurs. Au lycée, elle avait rêvé d'être chimiste et obtenu d'excellents résultats à ses examens, ce qui lui avait valu d'être invitée à étudier en Écosse, mais elle n'avait pas assez d'argent pour s'y rendre, ni nulle part ailleurs. Elle y songeait tristement en enfonçant ses orteils dans le sable et en regardant sa vie s'écouler. Chaque jour, elle regardait les bateaux de croisière arriver, des marins américains en débarquer, et elle en frémissait. Elle pouvait voir à travers les fenêtres de l'Ocean View. Elle apercevait toutes les femmes qui vivaient là, tous les hommes qui allaient et venaient. Elle regardait les jeunes femmes de son village s'y brûler lentement l'une après l'autre.

Les jours les plus sombres, c'étaient toujours les livres qui offraient au monde de ma mère une espèce d'espoir limpide. Elle ne pouvait s'en aller, mais elle pouvait encore s'échapper. Elle fouillait les poubelles des hôtels voisins de la plage, à la recherche de vieux bouquins laissés par les touristes, aux pages tachées par le marc de café et les pelures de fruits. Elle se plongeait dans ces pages, toujours à la recherche de grandeur.

« Pourquoi t'as la tête toujours dans un livre ? » lui demandait sa sœur Audrey, en essayant plutôt de la convaincre de sortir du village et de l'accompagner en ville, ou de regarder la télévision en famille. Audrey était la sœur la plus proche de ma mère et la seule (sur plus d'une vingtaine) avec laquelle elle partageait les deux mêmes parents. « Regarde combien de temps on a été à l'école ! », la taquinait Audrey, essayant toujours de remonter le moral de ma mère. Mais ma mère se repliait sur elle-même et se retirait complètement du monde. Sa bouche se refermait sur une autre chose qui refroidissait ses journées et qu'elle ne pouvait partager avec Audrey, à laquelle elle mettrait des décennies à tenter d'échapper. Quelques semaines après sa visite aux religieuses, son propre grand-père, désormais alité, l'avait tripotée et attirée à lui, à plat ventre, dans son lit de malade. Ma mère s'était enfuie de sa maison, le plus loin possible de lui. Il lui avait fallu des années avant de parler à quiconque de son geste. Elle s'était isolée en elle-même, en retrait du monde, à la recherche de ce qui réussirait à transformer la teneur de son adolescence. De quelque chose qui lui donnerait un but véritable. Ou de quelqu'un.

*

À l'autre bout de la ville, attendant le bus avec sa guitare en bandoulière entre les omoplates, mon père aimait répéter qu'il était né fleur sauvage. Bien avant de tendre la main vers la flamme, il était sans attaches et seul en ce monde, à la recherche d'une appartenance. À dix-huit ans, sa vie semblait déjà envahie par une série de faux départs et de nouveaux espoirs ; à chaque déception dans sa carrière de musicien reggae, il plaçait toute sa foi dans la prochaine percée, dans le jour nouveau qui se profilait à l'horizon. Son ancien groupe, Future Wind, avait été extrêmement populaire en Jamaïque à la fin des années 1970. À l'époque, il était devenu une idole à seize ans, poursuivi dans toute l'île par des foules d'adolescentes en délire. Ils remplissaient les salles, se produisaient dans des émissions de télévision. Plus tard, on s'était moqué de lui parce qu'il avait le nez trop épaté et une cicatrice chéloïde sur le front, mais c'était la star et le chanteur du groupe. Malgré sa maigreur et alors qu'il ne mesurait pas plus d'un mètre soixante-quinze, sur scène, c'était un géant.

Il enveloppait la foule d'un geste de la main et la regardait se pâmer. Future Wind était géré par James Hewitt Sr, le père du claviériste. Homme d'affaires, M. Hewitt possédait une grande maison et une voiture à Montego Bay. Les Hewitt logeaient les musiciens chez eux lorsqu'ils répétaient et leur organisaient leurs hébergements lorsqu'ils voyageaient. Au bout d'une année de shows de Future Wind, M. Hewitt avait une nouvelle maison et une nouvelle voiture à Miami, et les poignets de sa femme étaient couverts de bracelets en or, jusqu'au coude, mais mon père n'avait pas vu passer un cent. Un après-midi, il avait finalement réclamé l'argent de ses royalties à M. Hewitt, qui avait prétendu ne rien lui devoir. Toute la part de mon père avait été consacrée à payer une année de logement et de nourriture. Et c'était ainsi que le groupe avait implosé. Mon père s'était levé d'un bond et avait accusé James Hewitt Sr d'être un « sale rat d'exploiteur », puis menacé de faire sauter sa maison s'il ne touchait jamais son argent. Le groupe et sa renommée s'étaient évanouis, tout comme son avenir, aussi soudainement qu'une fusée de détresse. Et ainsi il s'était encore une fois tourné vers un jour nouveau, et vers sa musique.

Tel un rite de passage pour tous les jeunes Jamaïcains, mon père était allé chercher fortune en Amérique où il n'avait trouvé que le malheur. Il avait eu des démêlés avec la justice et, au bout d'un an, il avait été expulsé. Avant de quitter les États-Unis, il avait également trouvé sa future vocation. Petit garçon, il avait vu un frère rasta se promener dans sa ville rurale de Montpelier, l'admirant en silence ; loin de redouter la légende du méchant Homme au Cœur noir, le Rasta de fiction tueur d'enfants, il s'était senti attiré. Les Rastafari lui semblaient pacifiques, vivant en harmonie avec la nature, loin des cannibales effrayants contre lesquels sa famille chrétienne l'avait mis en garde. Bien que ce frère rasta ait éveillé son intérêt d'enfant, c'était sa passion pour la musique reggae qui avait planté en lui la graine de Rastafari. Mon père avait toujours été un chanteur doué, il avait même chanté à l'église enfant. À la fin de l'adolescence, il s'était mis à écouter les disques de musiciens rastas tels que Burning Spear et Bob Marley, qui chantaient la libération des Noirs et la lutte pour l'égalité des droits, et son « troisième œil s'était ouvert ». Grâce au puissant message de leurs chansons, mon père avait peu à peu compris que sa colère portait un nom. Grâce à la musique reggae, il avait su identifier sa rage impuissante face à l'histoire de l'esclavage des Noirs tombés entre les mains des puissances coloniales, et son écœurement face aux mauvais traitements infligés aux Jamaïcains noirs dans une société récemment devenue postcoloniale. Il s'était rapidement reconnu dans les abus commis partout dans l'île contre les Rastafari.

Lors de son voyage malheureux aux États-Unis à l'hiver 1979, passant des heures dans les bibliothèques gratuites de New York, il avait découvert les discours de Hailé Sélassié et Marcus Garvey, puis il avait lu Leonard Howell et l'histoire de Rastafari. C'était là, le nez plongé dans des piles de livres, que son esprit s'était lentement éveillé à l'oppression raciste qui s'exerçait contre l'homme noir tout autour de lui en Amérique, ce choc inéluctable de lances à incendie, de bataillons de policiers et de cadavres meurtris de garçons noirs comme lui. Il avait alors saisi ce que les Rastas n'avaient cessé de répéter : dans le monde entier, l'injustice systémique émanait d'une source écrasante, interconnectée et malveillante, le cœur pourri de toute iniquité : ce que les Rastafari appellent Babylone.

Tout comme un arbre sait comment porter des fruits, disait mon père, il avait alors su ce qu'il devait faire. Par une froide journée de février, le jour de son dix-huitième anniversaire, quatorze ans après que Hailé Sélassié avait posé le pied sur le tarmac hurlant de Kingston, mon père s'était campé devant un miroir à New York et il avait noué sa coiffure afro pour en faire des dreadlocks. À son retour de New York, sa mère avait jeté un seul coup d'œil à ses cheveux et aussitôt refusé de le laisser entrer dans la maison. Elle lui avait signifié qu'il ne pourrait vivre avec elle qu'à condition de couper ses embryons de dreadlocks. C'était une honte d'avoir un fils rasta, avait-elle décrété. Tous ses voisins de Kerr Crescent craignaient qu'il n'endoctrine leurs fils et ne les transforme en Rastas, comme l'avait fait Bob Marley dans toute l'île dix ans auparavant. Ils parlaient de l'Afrique par-ci, de l'Afrique par-là. Mon père n'avait nulle part où aller, il s'était donc plié à cette exigence en dépit de tout et s'était refait une coupe afro. Tant qu'il vivait avec sa mère, il avait continué d'écrire ses chansons reggae et de jouer sa musique, et il avait passé les quatre mois suivants à ignorer le regard silencieux de son nouveau mari, Gifford Crawford, que mon père appelait Giffy et que mes frère et sœurs et moi appellerions « oncle Clive », dix ans plus tard.

Ma grand-mère Pauline était une étudiante brillante et l'espoir de sa famille, jusqu'à ce qu'elle tombe enceinte de mon père à treize ans, le point de départ d'une épreuve qui semble les poursuivre, mon père et elle, aujourd'hui encore. Mon père n'avait jamais connu son père, pas même son nom, ce qui avait créé un vide qui le hanterait à jamais, un vide que ma grand-mère n'a pas voulu, ou pas pu, combler. Après la naissance de mon père, la famille de ma grand-mère les avait traités tous les deux avec une cruauté qui avait poussé la mère et le fils à s'éloigner autant que possible l'un de l'autre. Alors qu'il était encore un jeune garçon, ma grand-mère l'avait livré aux mauvais traitements de sa famille durant des mois, cantonnée à distance, dans les bourgades où elle travaillait et étudiait pour obtenir son diplôme d'enseignante. Elle s'était muée en chrétienne pénitente, et mon père avait grandi en rebelle anti-establishment. Pendant toute sa jeunesse, il avait cherché un point d'ancrage, un ancrage paternel austère qu'il avait fini par trouver en la personne de Hailé Sélassié.

À son retour d'Amérique cette année-là, mon père avait passé son temps autour du cercle des tambours avec de vieux Rastas à Montego Bay, assistant à des discussions philosophiques et spirituelles que les Rastas appelaient de la cogitation, et c'est là qu'il avait senti la graine du rastafari pousser en lui. « Le rasta n'est pas une religion », répète-t-il toujours, reprenant le précepte qu'il nous avait inculqué, à moi, à mes frère et sœur, pendant notre enfance. « Le rasta est une vocation. Un mode de vie. » Il n'y a pas de doctrine unifiée, pas de livre saint pour apprendre les principes du rastafari, il n'y a que la sagesse transmise par la bouche des aînés rastas, les enseignements des chansons reggae de musiciens rastas lucides et le panafricanisme radical de révolutionnaires comme Marcus Garvey et Malcolm X. Mon père se sentait surtout attiré par la discipline indéfectible de la Maison de Nyabinghi, la secte la plus stricte et la plus radicale du Rastafari, et autour de cette discipline il a construit l'homme qu'il deviendrait. Il finirait par se plonger dans les principes inflexibles de l'ascétisme, qui lui apprendraient quoi manger, comment vivre et comment fortifier son esprit contre « les ismes et les schismes » de Babylone : le colonialisme, le racisme, le capitalisme, les tentations de la cupidité dans la culture blanche américaine et européenne, les chaînes mentales du christianisme et tous les régimes maléfiques de l'idéologie occidentale qui cherchent à détruire l'homme noir. « *Firebun Babylon*[1] ! », scandaient tous les soirs les frères rastas. Et mon père faisait tourner ces mots sur sa langue comme une prière. Ce n'était pas l'espoir de construire sa Terre promise qui l'interpellait le plus, mais le feu, la lutte

---

1. « Aux flammes Babylone ! », patois jamaïcain. (*Toutes les notes sont du traducteur.*)

contre Babylone, et il était désormais prêt à décimer tous les païens qui se dresseraient sur son chemin.

À dix-huit ans, mon père était sur le point d'adhérer pleinement au rastafari, mais c'était sa mère qui lui avait donné l'impulsion finale. Quatre mois après son retour de l'étranger, sous un ciel couvert de juin, il avait emballé sa guitare, organisé des répétitions avec son deuxième groupe nouvellement formé puis était rentré chez lui. Dans leur rue de Kerr Crescent, il avait trouvé un camion de déménagement garé devant la maison de sa mère. C'était étrange, personne ne l'avait prévenu qu'ils déménageaient ce jour-là, mais heureusement, il n'avait pas grand-chose et serait donc prêt à sauter dans la voiture et à filer. Il avait levé les yeux vers le ciel gris et compris que les déménageurs auraient besoin d'un coup de main s'ils voulaient tout finir avant la pluie. Il avait rangé sa guitare et les avait aidés à bouger des cartons, à soulever des meubles et à pousser des tonneaux. Tout le monde allait et venait dans un silence impénétrable, sans se soucier de l'électricité dans l'air, qui pouvait être liée à la pluie qui s'annonçait, ou à autre chose. Avant qu'ils n'aient terminé, il s'était mis à pleuvoir, et ils ont pressé le mouvement autant que possible, empilant canapé, réfrigérateur et cuisinière jusqu'à ce que tout rentre dans le camion.

Une fois le tout emballé, mon père avait suivi sa mère et son mari, Giffy, jusqu'à la voiture, le camion de déménagement étant prêt à les suivre. Les deux jeunes cousines de Giffy, Sheena et Cara, qui étaient restées avec eux, attendaient sur la banquette arrière. Du coin de l'œil, il avait vu Giffy dire quelque chose à sa mère. Mon père avait ouvert la porte de la voiture pour monter, sa mère était sortie et s'était postée entre lui et la voiture.

– Il n'y a pas de place pour toi dans la voiture, lui a-t-elle annoncé.

– D'accord, avait admis mon père.

Elle voulait peut-être dire qu'il lui faudrait plutôt monter dans le camion de déménagement.

– Howie, la situation va changer. Là où nous allons habiter, il n'y a plus de place pour toi.

Elle ne le regardait pas en face, mais loin derrière lui.

– Qu'est-ce que tu veux dire ? avait demandé mon père.

– Il n'y a pas de place pour toi. Et je ne veux voir personne dormir dans mon canapé.

– Mais je suis ton fils.

Elle n'avait rien ajouté.

– Où je dois aller, chez qui je vais habiter ? Je n'ai pas d'autre famille ici, avait-il argumenté.

Il s'efforçait de la regarder dans les yeux, malgré la pluie.

Elle se balançait d'un pied sur l'autre, en jetant un coup d'œil à la voiture où Giffy avait les mains posées sur le volant, les yeux droit devant lui. Son regard s'était de nouveau perdu loin derrière mon père. Mon père s'était plusieurs fois pris de bec avec Giffy concernant son attirance pour le Rastafari, et il avait entendu plus d'une fois Giffy répéter à sa mère qu'il « ne voulait pas d'un Rasta dans sa maison ». Mais il n'avait jamais cru que sa propre mère le rejetterait pour cette même raison.

Elle lui avait finalement dit ceci :

– Howie, je ne sais pas où tu vas aller, ni ce que tu vas faire, mais voici dix dollars.

Il avait posé les yeux sur ce billet de dix dollars. De quoi se payer un repas pendant deux jours, au mieux. Tout ce qu'il avait, c'était un petit sac de sport rempli de ses vêtements, resté sur le trottoir à ses pieds.

– Mais je suis ton fils.

– On doit y aller, lui avait-elle lâché en repassant côté passager.

– Mais tu me laisses sous la pluie. Je suis ton fils.

S'il les répétait suffisamment, ces mots réussiraient à l'atteindre, croyait-il.

Elle était montée dans la voiture et avait refermé la portière. Giffy, les mains toujours sur le volant, n'avait pas jeté un regard dans la direction de mon père.

– Jah Rastafari ! s'était écrié ce dernier, sous le choc, lorsque la voiture avait démarré, faisant appel pour la première fois à la force de Sa Majesté. La solitude qu'il avait alors ressentie l'avait miné, et sa voix tremblante l'avait surpris. Jah Rastafari ! Il avait surmonté sa blessure pour se faire entendre à nouveau. Le cœur saisi d'angoisse, le visage déformé et trempé, il avait interpellé sa mère depuis le lieu de sa vulnérabilité, interpellé le ciel indifférent, marmonné chaque mot comme une prière tandis que la voiture s'éloignait, suivie de près par le camion de déménagement.

Après quelques mois passés à errer de maison en maison, des nuits à se cacher des parents de ses amis qui ne voulaient pas d'un Rasta sous leur toit, il en avait eu assez de vivre comme un voleur. Sa mère l'avait déjà exclu de sa vie parce qu'il était rasta, mais il avait toujours cru que c'était l'influence de Giffy. Il pensait que si elle revoyait son visage, elle l'accueillerait. Mais il ne connaissait même pas sa nouvelle adresse. Il avait donc décidé de partir à la campagne solliciter sa grand-mère qui, dès le premier regard sur ses dreadlocks naissantes, lui avait dit qu'il ne pouvait pas non plus rester chez elle. Elle lui avait révélé que sa mère avait déménagé dans un lotissement à Bethel Town, à l'autre bout de la rue. Comme il n'avait nulle part où aller, mon père avait décidé de ravaler sa fierté et d'aller voir sa mère. Le soir était tombé et le dernier bus pour Mobay était parti depuis longtemps ; ce serait donc soit sa mère, soit le bush.

Lorsqu'il s'était présenté à sa porte, il n'avait pu se résoudre à l'appeler. Il était resté devant, il avait attendu et, juste au moment où il tournait les talons pour repartir, elle était sortie dans la cour et avait eu un brusque mouvement de recul.

– *Eh eh ! Ah wah you ah do yah ?*

Elle était tellement choquée qu'elle était retombée dans son patois.

– Je peux entrer dans la cour ? avait demandé mon père en puisant tout ce qui lui restait de diction respectueuse.

Elle avait accepté en hésitant et ils étaient restés sous la véranda, dans la gêne.

– Qu'est-ce que tu fais ici ? lui avait-elle à nouveau demandé. Comment m'as-tu trouvée ?

Il avait respiré à fond et s'était abaissé avec humilité.

– Je n'ai pas d'endroit où vivre, avait-il dit, sentant les mots le brûler au fond de sa gorge.

Il avait expliqué qu'il s'était caché chez un ami depuis trois mois et qu'il avait peur d'être jeté à la rue.

Elle était restée immobile. Son visage impassible.

– Et alors, qu'est-ce que je suis censée faire ? lui avait-elle enfin lancé.

Il avait buté sur ses propres mots, alors qu'il se les était répétés dans sa tête.

– S'il te plaît, permets-moi de rester ici, juste pour une nuit, jusqu'à ce que je puisse nettoyer une chambre dans la maison de tante Sweetie.

– Je ne sais pas, Howie. Il n'y a pas de place ici, et je t'ai déjà dit que je ne voulais pas qu'on défonce mon canapé.

Mon père l'avait regardée, laissant le silence plaider en sa faveur. Elle avait lâché un soupir.

– Je vais aller poser la question à Giffy, avait-elle dit. Puisque c'est juste pour une nuit.

Et elle avait disparu dans la maison.

Mon père avait attendu un moment, le cœur palpitant.

Finalement, elle était revenue, en regardant le bout de ses pieds.

– Non, tu ne peux pas rester ici. Il ne veut pas de toi ici. Et le canapé…

À cet instant, la cour avait semblé se vider de tout son air. Ma grand-mère avait à peine élevé mon père. Chaque fois qu'elle l'avait laissé des mois d'affilée, enfant, à la cruauté de sa famille, il restait des heures aux fenêtres de leur maison, effrayé et seul, attendant son retour. Mais elle revenait rarement le chercher. Elle l'avait toujours laissé affronter le monde tout seul et c'était ce qui se produisait une fois encore. À cet instant, il ne se sentait traversé que par la colère, en fixant le vide de son visage, et son corps tremblait. Elle n'était pas une mère pour lui. Elle n'était pas différente des forces sinistres de ce monde qui se dressaient contre un Rastaman ; celles qui voulaient le briser, l'écraser, le réduire à rien. Elle était Babylone. Et il n'y avait plus pour lui d'autre vraie famille que Rastafari. Mon père avait rassemblé toute la voix qu'il avait en lui et hurlé.

– *FIREBUN* ! lui avait-il crié au visage.

Comme si un éclair avait frappé, calciné la terre à leurs pieds, un gouffre s'était enfin ouvert entre eux.

– *FIREBUN* ! Sa voix se répercutait dans la rue, elle tonnait dans la maison, faisait trembler les dents de Giffy, et sa mère avait tressailli et reculé.

Ses yeux étaient béants, enragés.

– *FIREBUN* ! avait-il encore craché, en se grandissant. *FIREBUN* ! avait-il répété, comme une incantation, chaque syllabe prononçant son abjuration, sa rupture de tout lien.

Elle était encore blottie et tremblante quand il avait tourné les talons pour la quitter à jamais. En s'éloignant, il espérait devant Jah qu'elle finirait incinérée là où elle se tenait.

Sans foyer, mon père s'était installé dans la maison délabrée de sa grand-mère, en haut de la colline, qui avait appartenu à sa grand-tante Sweetie, avant qu'elle n'émigre au Canada. Pendant des mois, il s'était isolé de tous ceux qu'il connaissait, s'était nourri de mangues, de fruits à pain et de bananes provenant de la cour et il avait dormi à même le sol jonché de détritus et couvert de mousse. Ce n'était pas le premier sol sur lequel il dormait, et ce ne serait pas le dernier. Son être était un jardin, florissant certains jours, se flétrissant d'autres. Pour lui, tout cela n'était que la preuve vivante de la méchanceté de Babylone, qui persécutait sans cesse le Rastaman. Tout ce qu'il voulait, c'était s'affranchir de la pitié des autres. Il prenait soin de ses dreadlocks et de son foisonnant précepte – c'est ainsi qu'un Rastaman appelait sa barbe. Il enracinait sa foi en Jah, cherchant toujours à atteindre de plus hauts sommets de conscience et de droiture, pour enrichir sa *livity*, le terme, qui en dialecte rasta, désignait les principes premiers de la vie rastafarie. Les Rastafari n'utilisaient pas de mots tels que « foi » ou « religion », ces vocables babyloniens désignant l'adoration. Au lieu de cela, le Rasta avait la *livity*, sa confiance en Jah et son mode de vie. Là, avec les collines pour témoins, mon père avait découvert qu'il n'avait besoin de rien d'autre pour nourrir sa *livity* que de la terre et de sa végétation divine. Seul, il était capable de créer son temple de Rastafari, de forger sa connaissance très personnelle de Jah qui ne vivait qu'en lui, renforcée par son lien avec la nature et sa séparation d'avec la société, qui n'était autre que Babylone incarnée. C'était la seule chose qu'il pouvait contrôler, sa discipline – la façon dont il vivait sa vie de Rastafari. Il savait qu'une vie juste finirait par remettre tout le reste en ordre.

Un jour, il remontait la rue principale, à deux pas de la vieille maison dans laquelle il habitait. Il n'avait pas touché à sa guitare depuis la dernière fois qu'il avait vu sa mère, laissant le silence ronger les cordes avec tristesse. Une voiture l'avait dépassé en trombe en dévalant la route, mais avant qu'elle ne tourne au coin et ne disparaisse de son champ de vision, elle s'était arrêtée en grinçant. Quelqu'un avait sauté de cette voiture et crié son nom.

– Howard Sinclair, s'était écrié l'homme.

Lorsqu'une bagnole s'arrête brusquement sur une route jamaïcaine et que quelqu'un que vous n'avez jamais vu crie votre nom, vous ne répondez pas. Mon père n'avait rien répondu, il avait couru à la recherche d'un endroit où se cacher, tout en se creusant la tête pour comprendre quel croquemitaine pouvait ainsi finir par se présenter à sa porte.

Alors que la voiture remontait la pente en marche arrière, il avait compris que la voix était celle de son bon frère Roy Park, avec qui il avait longtemps joué de la musique.

– Mec, tout Montego Bay demande d'tes nouvelles. Personne sait où t'es, avait ajouté Roy, surpris, en descendant de la voiture. Personne sait c'que tu fous. T'as juste disparu comme ça !

Abasourdi, mon père avait juste marmonné un salut, mais rien de plus.

– Alors, pourquoi t'envoie tout le monde balader ? Mec, tout l'monde se d'mande c'que tu fous. Tu joues plus de musique ? Y se passe quoi ? Tu laisses tomber la vie ?

Et là, mon père en avait eu le souffle coupé, toutes les épreuves qu'il avait refoulées ces dernières années – la perte de son groupe, ses rêves d'Amérique en ruines, le mutisme autour de son père inconnu, le regard vide de sa mère lorsqu'elle l'avait jeté à la rue – avaient ressurgi sournoisement, aussi déformées qu'indésirables. Devant le visage sincère de Roy Park, mon père avait pleuré comme si c'était la première fois et lui avait tout raconté.

– Je n'ai personne, et nulle part où aller, lui avait-il avoué. Je veux juste plus supplier les gens, c'est tout. J'crois que j'vais tout lâcher.

– Non, Rasta, avait protesté Roy. Tu peux pas faire ça. T'es trop bon musicien pour ça. Je vais dire à tout le monde où tu es. Howie, faut que tu reviennes. Tu le dois.

Sur ce, mon père avait rouvert son esprit au monde. La semaine suivante, il y avait une fête à Mobay avec tous les anciens membres de son groupe, pour lui comme une sorte de retour aux sources. Il avait passé les journées précédentes à cueillir des fruits à pain, à déterrer des ignames, à couper de la canne à sucre et trois régimes de bananes en guise d'offrande à ses anciens amis de Future Wind. Ce soir-là, Rasta était descendu des collines avec pour seule arme sa guitare et la musique de Jah qui était de retour dans sa tête.

Il était arrivé à la soirée de Mount Carey dans un état de grande excitation. Quand il avait franchi la porte, tout le monde s'était levé dans de joyeux bavardages, piaillant comme les merles perchés dans les arbres de Sam Sharpe Square, attendant le surgissement de ce qui sortirait de l'ordinaire et les enflammerait. Dans chaque pièce où il entrait, des amis l'agrippaient à grands renforts de *high five*.

Mon père avait cédé, riant avec eux comme si rien ne s'était jamais passé. Toute la soirée, il avait évité les filles qui tentaient de l'embrasser et les avait empêchées de lui toucher les cheveux ; il n'y avait aucun moyen de savoir si leur *livity* était convenable. Il ne voulait pas que des femmes impures en plein cycle menstruel touchent ses dreadlocks. Il ne fumait pas de ganja et ne buvait pas, mais il avait fini par se lasser de la foule et s'était mis en quête d'un endroit tranquille.

Audrey, la sœur de ma mère, l'avait convaincue de se rendre à cette fête ce soir-là pour lui remonter le moral, mais ma mère, elle, n'y connaissait pratiquement personne, elle avait alors cherché un coin à l'écart dans la maison. Elle était sortie sur le balcon contempler les lumières de Montego Bay en contrebas. Elle avait entendu l'agitation provoquée par l'arrivée d'Howard Sinclair à la soirée, mais était restée en retrait, même si elle adorait Future Wind et si elle avait repéré le chanteur, comme tout le monde. Elle savait qu'il émanait de lui une singularité, ce que ne trahissait pas son visage.

Mon père était sorti prendre un peu l'air sur le balcon, soulagé de constater que l'endroit était désert. Il n'y avait remarqué aucune présence, jusqu'à ce qu'une voix vienne interrompre ses pensées.

– Bonjour, jeune homme – tels avaient été les premiers mots de ma mère.

Il s'était retourné face à cette voix enjouée, et il avait vu une belle jeune femme devant lui. Elle était souriante, en jupe longue toute simple. Elle avait l'air d'une personne réservée, nullement attirée par les ruses de Babylone, avait-il songé.

– Cool, sœur. Je m'appelle Howard. Ravi de faire ta connaissance.

– Moi, c'est Esther, la sœur d'Audrey. Nous nous sommes déjà rencontrés.

Peut-être était-ce la brise marine sur ce balcon, ou le caractère enivrant de leur tête-à-tête, qui avait inspiré à ma mère une audace peu habituelle. Elle avait toisé mon père de la tête aux pieds, étudiant ses mèches juvéniles qui dépassaient de sous son béret façon Che Guevara et sa tenue kaki militaire. Il avait l'air d'un révolutionnaire, s'était-elle dit. *Il a l'air d'un garçon à qui je peux parler.*

– Moi te demande pardon, avait continué mon père en usant de son célèbre charme et en s'approchant avec un sourire. Moi et Moi étaient destinés à te rencontrer, ce soir. Ce soir, et aucun autre.

Dans la vie d'un Rastafari, il n'existait pas de « Moi » singulier ou égoïste, c'était toujours un « Moi » pluriel, car l'esprit de Jah était toujours aux côtés du Rastaman.

– Alors, voilà le célèbre Howard Sinclair ? avait fait ma mère.

Elle ne buvait jamais, mais en cet instant elle s'était sentie prise d'ivresse. Elle n'aurait peut-être plus jamais l'occasion de revivre cette soirée.

– J'ai entendu dire que tu étais devenu rasta, avait-elle chuchoté, et elle avait tendu la main pour lui toucher les cheveux.

Il avait esquivé et la lui avait saisie, l'avait tenue fermement et, ainsi qu'il le raconte, ne l'avait plus jamais lâchée.

Débordés par la nuit, ils s'étaient parlé sur ce balcon jusqu'à ce que le soleil se lève au-dessus des Caraïbes. Des gens entraient et sortaient de leur bulle, mais mes parents ne remarquaient rien. Ils avaient discuté de Rastafari et de la famille, de Hailé Sélassié, de la musique reggae. Ils s'étaient parlé du retour en

Afrique, d'être nés avec un sentiment de perte, de vivre avec l'histoire amputée de la diaspora noire ; avec le chagrin de ne pas savoir d'où venaient leurs ancêtres ou le nom de la maison où ils pourraient retourner. Pendant presque toutes ces heures, ils n'avaient cessé de contempler Montego Bay qui s'éclairait à mesure que les heures s'écoulaient et qu'ils se parlaient de l'avenir. Ils étaient tous les deux en quête. Chaque fois que quelqu'un les interpellait sur un ton taquin – « les jeunes amoureux » –, leurs cœurs disaient oui. Finalement, mon père s'était confié à ma mère. Il lui avait expliqué : il était à une fête avec une centaine d'amis, mais il était seul, sans abri. Elle avait eu pitié de lui. À la fin de la soirée, il l'avait même laissée toucher ses cheveux. Mais elle était incapable d'exprimer la lourdeur de la pierre qui la maintenait sous l'eau.

Lorsqu'ils étaient enfin repartis main dans la main pour attraper un taxi et rentrer en ville, elle lui avait dit : « Tu pourrais habiter avec moi. Je n'ai pas grand-chose, mais j'ai une chambre sur la plage, chez mon père. » Pendant des semaines, ils avaient échangé des lettres et fait en sorte de se voir aussi souvent que possible. Finalement, ma mère avait trouvé le courage de demander à son père si le mien pouvait venir vivre avec elle à White House. Son père ne lui avait jamais donné de réponse. Au lieu de cela, tôt le lendemain matin, il avait emmené mon père en mer tandis que ma mère faisait les cent pas sur le rivage. Lorsque l'embarcation avait finalement regagné la plage, mon père avait brandi une belle pêche et souri. C'était tout. Il était autorisé à rester.

Une nuit, des semaines plus tard, alors que mes parents étaient couchés à White House, avant que les choses n'aillent plus loin entre eux, ma mère avait décidé de lui confier la vérité. Elle était prête à ne plus jamais le revoir, à vivre jusqu'à la fin de ses jours à la plage, seule, comme l'avait fait sa mère.

– Howie, avait-elle murmuré en se tournant vers lui. L'année dernière, je suis allée à la clinique de Mount Alvernia et une religieuse m'a appris que je ne pourrai pas avoir d'enfants.

En lui racontant cette histoire, elle avait refoulé un pleur feutré au tréfonds de sa gorge.

Mon père l'avait écoutée, puis avait eu un mouvement de tête incrédule.

– Les Rastas ne croient pas au système de Babylone, lui avait-il répondu. Les chrétiens, les religieuses, les Américains sont tous les mêmes. Leurs médecins veulent que les Noirs soient stériles. Ce ne sont que des ruses de Babylone. N'y crois pas.

L'écoutant parler, ma mère scrutait son visage, admirait ses yeux brûlant d'une conviction assez forte pour illuminer la pièce.

Elle avait posé les mains sur son ventre et fermé les yeux.

– D'accord, avait-elle dit, et elle avait respiré profondément. Dès qu'elle avait rouverts ses yeux, elle avait cessé de croire à ce que lui avait dit la nonne de Babylone. Dès qu'elle les avait rouverts, elle n'avait plus vu que lui.

*

Et les voilà partis. Trois mois après leur rencontre, deux jeunes gens de dix-neuf ans partaient en *trodition* dans les collines – c'était ainsi qu'ils appelaient le périple du devenir Rastafari. Ils s'étaient installés dans une petite communauté avec d'autres Rastas, avaient reconnu le Messie noir en Hailé Sélassié et s'étaient laissé pousser des dreadlocks. Ils acceptaient Jah pour guide en toutes choses et scandaient son nom, en dénonçant la tentation de Babylone. Pendant un an, ils avaient dormi à même le sol dans une maison en bambou, en se nourrissant de plantes et de fruits de la terre, et s'étaient engagés à adopter un mode de vie plus juste. Ma mère fumait de l'herbe tous les jours, cuisinait, nettoyait et cultivait la terre, tandis que mon père repartait en ville diffuser le message de Jah avec sa musique reggae. Le soir, lorsque ma mère s'asseyait autour du feu en jouant du tambour et en entonnant le chant de Nyabinghi, elle se sentait enfin ancrée à quelque chose. Elle avait quitté sa famille à White House, enchantée de pouvoir s'éloigner de son petit village, sans savoir à quoi s'attendre. Dans les collines, loin de son passé, loin de la souffrance qui l'attendait sur la plage, elle s'était créé un foyer. Ici, elle pouvait oublier la terreur de son grand-père déclinant. Elle pouvait oublier les mensonges de cette religieuse catholique sur sa fertilité. Ici, Babylone ne pouvait pas l'atteindre. Elle se réveillait un joint à la main et dormait enlacée au jardin sacré qu'elle entretenait. La paix et l'amour régnaient entre frères et sœurs, qui discutaient chaque soir de Marcus Garvey et des racines de leurs ancêtres africains. Tel était le but supérieur qu'elle avait recherché au bord de la mer. Elle aurait pu rester là pour toujours.

Ce sentiment d'appartenance qui attirait tant mes parents, la *livity* unifiée des frères et sœurs rastafaris, c'était la vision de Leonard Howell, le prêcheur de rue radical qui, en 1930, inspiré par la vision de Marcus Garvey en faveur de la libération des Noirs et de l'égalitarisme de Marx, avait construit dans les collines de Kingston une communauté baptisée Pinnacle, où les hommes et les femmes noirs pouvaient vivre en harmonie, dans l'élévation, derrière la bannière de l'espoir qu'un Messie noir était né. Garvey avait invité ses disciples à rechercher en Afrique un rédempteur noir, et c'était en Éthiopie que Howell avait découvert la preuve de son existence : le Lion conquérant de Juda, l'empereur Hailé Sélassié Ier. C'était là, au sein de la communauté de Howell, que s'étaient établis les premiers principes du Rastafari : un mouvement non violent ancré dans la paix et l'amour, visant à libérer les pauvres et les opprimés du système colonial de Babylone, un moyen de se hisser hors de la pauvreté ambiante par l'unité, en récoltant les fruits naturels de la terre. Howell, connu comme le Premier Rasta, vivait dans la tranquillité de Pinnacle avec quelque trois mille autres Rastas, prêchant l'indépendance et l'unité des Noirs. Mais le gouvernement jamaïcain, encore sous domination britannique, jugeait sa transgression dangereuse : une majorité noire émancipée serait synonyme de révolution. En 1954, Babylone s'était livrée à une descente dans les champs de ganja de Pinnacle et avait saisi leurs deux cent cinquante hectares de terres et leur argent, affirmant que la commune rasta de Howell était une secte, et embrasé le mouvement pacifiste en présentant les Rastafari comme des agents de la terreur, des fous, des tueurs d'enfants, comme l'Homme au Cœur noir. Des frères, des sœurs et des enfants rastas avaient été déplacés, et le rêve de Howell d'un mouvement rastafari unifié et autonome avait fini dispersé aux quatre vents. Des courants du mouvement s'étaient finalement scindés en trois groupes principaux : la Maison de Nyabinghi, Bobo Shanti et les Douze Tribus d'Israël. Au fil du temps, quelques colonies rastas et autres centres Nyabinghi avaient vu le jour dans l'île, sur le modèle de Pinnacle en miniature, mais la véritable unification envisagée par Howell avait été irrémédiablement enrayée par Babylone. Une génération plus tard, cette scission avait fini par causer la douloureuse défaite de ma famille car elle avait encouragé la plupart des Rastafaris à entretenir leur *livity* individuelle à la maison, en toute impunité. Là, dans l'intimité de son foyer, chaque frère rasta pouvait se muer en divinité vivante, en roi de son temple privé.

Tout comme la vision de Howell avait été éphémère, au bout d'un an, l'harmonie de l'idylle de mes parents s'était brisée : mon père s'était battu avec un ancien Rasta qui, selon lui, avait osé faire des avances à ma mère. À cette époque déjà, il n'était jamais à l'aise en société ; l'instabilité de son tempérament le rendait asocial, un comportement qui ne ferait qu'empirer au cours des années à venir. Peu après, il avait déclaré à ma mère : « Fais tes valises et viens avec Moi. Oui, car le jour où Moi l'Homme s'en ira, je ne reviendrai pas. » Et c'était ce qu'elle avait fait. À leur retour au bord de la mer, à White House – ce que mon père appelait désormais *shitty* au lieu de *city*, « la merde » et non plus la ville –, ils arboraient tous les deux des dreadlocks Congo Bongo qui leur arrivaient aux épaules, et les cheveux de ma mère, autrefois doux et brillants, ressemblaient désormais à un nid d'oiseau enraidi, enroulé dans la fixité d'un chapeau de pêcheur qu'elle portait toute l'année.

Lorsque ma tante Audrey avait vu ma mère ainsi, le jour de son retour des collines, elle avait poussé de grands cris. « Qu'est-ce que tu as fait à ma sœur ? », avait-elle vociféré de sa voix perçante en s'adressant à mon père. Ma tante tournait autour de ma mère, qui s'était raccrochée à la main de mon père. Ses vêtements cousus de ses mains étaient en lambeaux, informes et décolorés par le soleil, et recouvraient ses poignets et ses chevilles. Ses cheveux étaient raides, pas lavés, comme un moule de dreadlocks en forme de dôme aplati posé sur sa tête. « Tes beaux cheveux ! » s'était écriée tante Audrey, effarée d'avoir perdu sa sœur, sans en avoir rien su. Elle avait tendu la main, elle voulait toucher la tête de ma mère qui s'était écartée.

« Fais attention à ta façon de t'adresser au Moi », lui avait répliqué ma mère avec un rire grinçant, cassant net le fil de nylon qui les reliait. Moi et Moi sont le Rasta.

À White House, les semaines suivantes avaient oscillé entre un silence tendu et de furieux désaccords entre mon père et la famille de ma mère, qui la croyait noyée sous son influence. Mais à présent, Babylone ne pouvait plus les atteindre. Ils se savaient forts et justes, deux jeunes gens redevenus purs grâce au feu de Sa Majesté. Mes parents étaient partis dans les collines telles deux personnes perdues et solitaires, mais ils étaient revenus au monde unifiés comme par une greffe.

*

La voie à suivre était claire. Mon père croyait que « la plénitude de Dieu résidait dans l'union d'un homme et d'une femme qui faisaient des enfants ». Dans un rêve sous l'emprise de l'herbe, mes parents avaient décidé que leur devoir le plus noble de Rastas consistait à fonder une famille rasta. Selon les principes de Rastafari, le but divin d'une femme était de porter des enfants. Ma mère avait réduit l'avertissement de la nonne en cendres et tenté de concevoir malgré tout. L'une des herboristes, là-haut dans les collines, lui avait conseillé de boire du thé kombucha avec une puissante décoction favorable à la fertilité. Tous les jours, elle déclamait des chants adressés à Jah, mais seule la résonance orpheline du doute revenait s'insinuer dans son corps. Elle finissait par redouter l'arrivée de chaque menstruation. Une année s'était écoulée ainsi ; son espoir était tel la faible lueur de la lampe à pétrole qu'elle éteignait tous les soirs, pour la rallumer le lendemain soir. Et puis, en janvier, elle avait remarqué que ses règles accusaient plusieurs semaines de retard. Cette fois, elle avait essayé de ne pas trop céder à l'optimisme ; déjà, six semaines auparavant, elle avait cessé de saigner et fêté la chose, avant le retour de la déception. Après trois semaines de retard, elle avait retenu son souffle et décidé de se rendre dans un laboratoire situé tout en haut du quartier animé de Market Street pour y subir un test. Elle irait retirer les résultats quatorze jours plus tard.

Après ce qui lui sembla être une éternité, le quatorzième jour était arrivé. Le cœur battant, ma mère avait remonté la colline jusqu'à Market Street pour récupérer ses résultats. Elle avait avisé l'enveloppe qu'elle tenait entre ses mains, son poids. Elle avait lentement décacheté le sceau et regardé, puis regardé encore.

Elle se sentait flotter.

Grossesse : POSITIF, était-il écrit. Tout là-haut dans les arbres avec les merles, son cœur faisait des bonds. Elle avait vérifié à nouveau. Grossesse : POSITIF. POSITIF, elle avait lu et relu la feuille de résultats, bouche bée devant ce signe « plus ». Elle n'entendait aucun bruit, ne ressentait aucun chagrin. Ne voyait plus aucun bâtiment. Elle était la seule femme au monde, elle serrait ce bout de papier et elle riait. Elle avait ri jusqu'à en avoir mal aux joues et dansait presque au milieu de la circulation de Montego Bay. Elle avait dansé tout au bout de ces longues avenues de rêve, s'était laissée flotter jusqu'à White House, tête renversée en arrière, elle était passée devant les hérons en s'esclaffant.

– Tu vois, me confie-t-elle maintenant, en me berçant, en me serrant contre les vagues, en savourant ce tournant dans l'histoire de nos vies. C'est toi qui m'as montré le chemin.

J'étais le témoignage vivant de Jah et de son représentant sur terre, mon père. Elle n'avait besoin d'aucune autre croyance que celle qui grandissait en elle, besoin d'aucun guide si ce n'était sa progéniture. À vingt et un ans, ma mère avait regardé mon père et n'avait vu en lui que l'homme qui l'avait transformée en miracle. Elle avait décidé de se consacrer à lui et à cette vie, sans jamais se demander ce que cela pourrait lui coûter. À elle ou à ses filles. Devant lui, mon père ne voyait que la flamme claire et indubitable d'une résolution. *Jah est avec moi*, avait-il décrété, en accomplissant le premier pas de la longue marche de notre famille à travers le feu. *Jah est avec nous.*

4

Femmes impures

Mon père était originaire de la campagne, de ces collines massives et inébranlables qui surplombent la côte depuis l'intérieur verdoyant de l'île. Il ne s'était jamais vraiment senti à sa place dans notre village maritime de White House. Huit années s'étaient écoulées depuis qu'il avait brandi pour la première fois sa pêche miroitante et qu'il avait emménagé dans la maison de mon grand-père, sur la plage. Là, il n'était jamais loin de sa guitare, ses dreadlocks retombant comme des lianes sombres, effleurant doucement les cordes. Depuis toujours mon père avait l'allure impassible d'un général à la veille d'une bataille décisive et, dans ma jeunesse, je le vénérais. À White House, son visage peu à peu se creusait et se ternissait sous les effets d'un devoir vertueux, à chaque naissance d'un nouvel enfant Sinclair. Nous étions désormais trois : j'avais cinq ans, mon frère Lij trois ans et ma sœur Ife un an. Mon père était de constitution frêle et guère plus grand que ma mère, mais il était capable de faire taire toute la maison rien qu'en franchissant la porte, affichant un air aussi intraitable que Sa Majesté. Sous le regard de scorpion de Sélassié, j'étais petite. Son portrait était accroché au mur de notre salon et me transperçait chaque fois que mon père prenait la parole.

Nous vivions dans un bruyant fouillis, entassés sous le zinc avec la famille de ma mère, que mon père qualifiait de têtes chauves et de païens, d'hommes et de femmes de Babylone, sans principes. Vivre dans la même maison signifiait qu'il n'y avait pas de porte pour nous protéger, mes frère et sœur et moi, ou de clôture pour tenir les autres villageois à l'écart. Cela le perturbait. Fermement attaché à Rastafari, mon père observait un ensemble de règles strictes à l'aune desquelles il mesurait tout. Ce qui était juste et ce qui était mauvais. Celui qui était béni et celui qui était païen. Mes frère et sœur et moi avions tous moins de six ans, mais la pureté de nos esprits l'obsédait car, lorsque je détalais loin de la chaleur de son regard, il n'avait aucun moyen d'être sûr que ma *livity* était juste, que je suivais la voie véritable de Rastafari.

Tout au long de ma vie, mon père a été le principal soutien de notre famille et il était toujours absent, parti travailler dans des hôtels. Six nuits par semaine, il roulait des heures en bus jusqu'aux hôtels-clubs où il passait souvent la nuit, de sorte qu'il était déjà parti lorsque nous nous rendions à l'école tôt le matin, et de nouveau parti lorsque nous rentrions à la maison l'après-midi. Il n'y avait pas le choix. En Jamaïque, être musicien constituait à peu près le seul moyen pour un Rastaman d'avoir un emploi rémunéré.

En 1989, époque où nous vivions à White House, la promesse de révolution culturelle et de liberté pour les Noirs qu'offrait le reggae s'était évanouie, devenue guère plus qu'un spectacle dans les restaurants des hôtels-clubs de bord de mer. Dix ans s'étaient écoulés depuis la mort de Bob Marley, vingt depuis celle de Hailé Sélassié, le mouvement Rastafari était de nouveau relégué aux marges de la société, et la plupart des musiciens de reggae réduits à des spectacles de cabaret dans les nouveaux complexes hôteliers qui dévoraient notre côte septentrionale. Tout comme la communauté de Leonard Howell, la mission originelle du reggae, la rébellion anticoloniale et la diffusion du message de Rastafari, avait été dévoyée. Mon père était convaincu que l'effacement du reggae par le *dancehall* des années 1990 constituait un stratagème délibéré du Premier ministre jamaïcain de droite, Edward Seaga, et de la CIA, cette agence qu'il considérait comme le cœur infâme de Babylone même.

Mon père chantait dans ces hôtels pour gagner sa vie, mais pour lui le reggae était avant tout une expérience religieuse. Il pensait que s'il continuait à jouer son reggae avec la juste conviction, ce monde tordu se réveillerait et changerait. S'il continuait à jouer, il réussirait à sauver l'esprit des Noirs et nous atteindrions Sion, la Terre promise, en Afrique. Certains jours, il lui suffisait de communier avec Jah, de diffuser le message de Sa Majesté, et c'était ainsi qu'il avait continué à jouer sa musique sacrée pour les touristes dans les stations balnéaires populaires de Negril et de Trelawny, et de nourrir le vaste appétit de l'imagination des Blancs et des étrangers, alors que la Jamaïque le fuyait, lui et son message. Ce que les touristes ne pouvaient deviner, tandis qu'ils buvaient et mangeaient pendant que mon père chantait et exhibait ses dreadlocks sur scène, c'était la véritable motivation de son chant. Nuit après nuit, il chantait pour raser Babylone, c'est-à-dire eux, par le feu.

*

Au bord de la mer, nous avions une petite radio mais pas de télévision, et c'était donc de la bouche de mon père que nous recevions les nouvelles de Babylone, comme d'amers breuvages thérapeutiques. Il était à la fois notre dieu de l'histoire, notre dieu des médias et notre grand prêtre. Toutes les semaines, mon frère, ma sœur et moi nous agenouillions devant lui comme des disciples pour qu'il nous enseigne l'histoire des Noirs ; toutes les connaissances cruciales que Babylone nous cachait, martelait-il. Il nous parlait des rois et des conquérants africains, des inventeurs et des pionniers noirs méconnus, preuve de notre gloire, de notre grandeur. Il voulait que nous le sachions : nous étions puissants. Comme la plupart des membres de Rastafari, le souhait le plus cher de mon père était de se rapatrier en Afrique, et il nous chantait des psaumes de la mère patrie afin que nous apprenions à nous connaître nous-mêmes. « L'Afrique aux Africains », tel était fréquemment son cri de ralliement, une citation de Marcus Garvey, et nous lui répondions en hurlant ces mots, sentant notre pouvoir.

Lorsqu'il était traversé par l'esprit de Jah, mon père joignait les deux mains en pointe, formant un symbole rasta sacré, le Signe de la Puissance de la Trinité, et mon frère l'imitait : ils avaient tous deux un air royal et militant, leurs index pointés vers la terre, dessinant un diamant, comme l'empereur au-dessus de nos têtes. Une fois, j'avais tenté de tracer de mes doigts joints le signe sacré, mais mon père avait tendu le bras et m'avait fermement séparé les mains. Il avait fait non de la tête, le regard aussi sévère que celui de Sa Majesté qui me toisait de haut, et m'avait dit : « Ce n'est pas pour toi. C'est réservé aux frères. » Je me suis ratatinée, me demandant pourquoi j'en étais indigne, les mains pendantes, aussi molles qu'une fleur détrempée.

Lorsqu'il n'exaltait pas la majesté de Hailé Sélassié, mon père prononçait des leçons longues d'une heure sur les méchants hommes blancs qui gouvernaient et ruinaient le monde, les hommes qu'il imaginait chaque fois qu'il prononçait le mot « Babylone ». Il voulait que nous nous en protégions, que nous

nous méfiions des suceurs de sang et des chauves. Le soir, dans notre chambre, il scandait « *Firebun* ! » en s'adressant à ces *duppies*[1] qui voulaient notre peau. Il s'emportait contre ceux qu'il traitait de bétail, ces « gens simplets » à l'« esprit simplet », nous déclarant, à mes frère et sœur et moi, que les Jamaïcains avaient été réduits en esclavage par le christianisme, par l'Amérique et par ce « foutu tohu-bohu de bugu-bugu », ainsi qu'il appelait le *dancehall*.

– Ces gens sont enchaînés et ne le voient même pas, nous mettait-il en garde. (Ma mère, qui écoutait en silence, bouche cousue, fumait son joint et acquiesçait.) *Nyamin* de porc et de poulet, ils avalent toutes sortes de chairs mortes, boivent du rhum et s'empoisonnent l'esprit avec c'te tohu-bohu de bugu-bugu. Je ne peux même pas appeler ça de la musique. Ce n'est pas de la musique. C'est pour cela que les Noirs ne seront jamais libres, répétait-il avec une conviction douloureuse, comme si tout cela le brûlait vif la nuit.

Si mes frère et sœur et moi ne réussissions pas à nous échapper avant le début de l'une de ses leçons, nous étions obligés de nous asseoir dans la chambre exiguë et de l'écouter jusqu'au bout, en hochant régulièrement la tête et en bêlant notre assentiment. Et pourtant, il était si facile de l'aimer. C'était ce que je n'avais que trop bien appris de ma mère : il n'y avait qu'une seule et unique réponse à tout ce qu'il disait. *Oui, papa.* À toute leçon, à toute conjecture, *oui, papa*. Un visage attentif, à l'écoute, et ensuite : *Oui*, à tout ce qu'il disait. En acceptant ses aigreurs comme de l'eau de source.

Lorsqu'il se sentait particulièrement affectueux, il m'appelait Budgie, le nom de son oiseau préféré, la *budgerigar*[2]. « À cause

---

1. « Esprit, créature maléfique », patois jamaïcain, pluriel de « duppy ».
2. « Perruche ondulée. »

de la douceur de tes roucoulades quand tu étais bébé. » Mais mon intérieur était volatil, estimait-il. Mon étourderie était une faiblesse qui me rendait vulnérable aux ruses de Babylone. J'avais besoin de discipline. Comme la plupart des membres de Rastafari, mon père croyait que le corps d'une personne était le temple de Jah et qu'il devait rester pur et non corrompu, tout comme l'esprit devait rester vigilant face au mal qui l'envahissait. Babylone se rapprochait sans cesse un peu plus, Babylone et ses tentations.

Selon mon père, c'étaient les têtes chauves qui représentaient le plus grave danger pour ma pureté. Un an auparavant, ma famille avait survécu à l'ouragan Gilbert, qui avait surgi de la mer en 1988, détruit nos bateaux et nos nasses de pêche, démoli notre maison, arraché la toiture et réduit nos meubles en poussière. Pourtant, nous avions survécu. Ce n'était pas la mer ni les mangroves affamées qui nous avaient plongés dans l'obscurité, mais les païens du village. Parmi les païens maudits de papa, mes deux tantes figuraient en tête de liste. Leur *livity* n'était pas correcte, répétait mon père, qui dénonçait en elles des Jézabel qui portaient trop de *jingbeng* – trop de boucles d'oreilles et de bracelets en or, de faux ongles et de vernis à ongle d'un rouge éclatant. Elles se teignaient les cheveux, se maquillaient et portaient des shorts moulants en jean. Elles mangeaient du porc et buvaient du rhum. Elles aimaient le *dancehall* et colportaient des ragots sur les hommes qu'elles fréquentaient. Aux yeux de mon père, elles auraient pu être les grandes architectes de Babylone. Femmes impures, les appelait-il, et il les évitait, le visage chiffonné et le nez dans les cieux.

À son arrivée à White House, mon père avait essayé de convertir mes tantes à Rastafari. Il avait passé des heures à les sermonner sur les maux de Babylone, leur enjoignant d'arrêter de se lisser les cheveux et de se maquiller, de se couvrir le corps. Puis il avait voulu les convaincre d'arrêter de manger de la viande. « Les Rastas ne mangent pas de chair », les sermonnait-il. Il refusait de toucher aux marmites dans lesquelles elles faisaient cuire cette viande, et sortait de la maison avec dégoût. Il se couvrait les cheveux d'un tam tissé, même à l'intérieur, afin de préserver ses dreadlocks de leurs dérèglements. Ma tante Audrey faisait barrage à ses diatribes et se disputait avec lui presque tous les jours. Lorsqu'elle ne supportait plus ses sermons, elle levait les yeux au ciel, le priait de se taire, en montrant la rue du doigt, et lui jetait : « Repars d'où t'es venu ! » en patois.

Tante Audrey, qui avait connu mon père bien avant ma mère, était bouleversée par les changements radicaux de ma mère, survenus après sa rencontre avec lui, dont elle critiquait fréquemment et ouvertement l'emprise. Malgré ce que mon père m'avait dit d'elle, j'aimais ma tante. Elle était belle et gentille et elle brillait dans mon ciel comme l'étoile du Nord. De tout le village, y compris les hommes, elle était la seule à posséder la même force de conviction que lui, à le défier avec fermeté, ce qui le mettait encore plus en colère. Une femme rebelle comme elle était « un instrument de Babylone », ainsi que je finirais par l'apprendre moi-même – et bien que trop jeune à l'époque pour comprendre leurs querelles, en grandissant, son refus de se laisser dénigrer allait subtilement façonner ma propre conscience de la place que j'occupais en ce monde.

Un jour, lors d'une dispute avec mon père, tante Audrey avait crié : « T'as bourré le crâne de ma jolie brunette de sœur et tu l'as enfermée. Je t'ai vu, *toi*, embrasser une autre femme sur la banquette arrière du taxi pendant que ma sœur, assise à l'avant, vous écoutait faire tous les deux, aussi silencieuse qu'une larbine. »

Sa voix tremblait à ce souvenir. Elle n'arrivait pas à tolérer cette disciple sans voix qu'était devenue ma mère.

– Dis ce que tu veux, avait répliqué mon père, Esther est la femme la plus propre de White House, dans tous les sens du terme. Spirituellement libre et propre. C'est pourquoi vous êtes tous jaloux d'elle. Jaloux de Moi et Moi !

Tout cela devait revêtir plus tard une grande signification à mes yeux, mais à ce moment-là, cela restait hors de portée, inintelligible pour mon jeune esprit. Ils n'arrêtaient plus, ils se jetaient des larmes, du feu et de la terre salée. Ma mère nous avait emmenés au bord de la mer, mes frère et sœur et moi, sans s'en mêler.

Je me souviens d'elle à cette époque, perpétuellement silencieuse, les lèvres pincées comme si elle n'allait plus jamais prononcer un mot. Elle s'est mise à fumer de la ganja de la même manière que mon père jouait de la musique – ce qui semblait au départ sa façon de communier avec Sa Majesté est rapidement devenu un moyen d'échapper aux difficultés quotidiennes de la vie à Babylone et, en peu de temps, c'était devenu une composante immuable de son caractère. Dans un état d'apaisement, elle suivait les volutes de fumée et elle évitait tout conflit. À White House, elle était tombée enceinte de trois enfants en quatre ans et se gardait bien d'avoir la moindre mauvaise pensée, de peur que cela n'affecte l'enfant qui grandissait en elle. Elle ne voulait pas de disputes et restait donc sereinement à l'écart, et moi je lui savais gré de l'abri qu'elle m'offrait, de la marée constante de sa tranquillité.

Lorsque les murs s'embrasaient entre mon père et ma tante, mon père empoignait sa guitare et chantait une chanson moins pacifiée. Le dos aussi droit qu'un vieil arbre, il se jetait sur le papier, stylo en main, et scandait *Firebun* ! du tréfonds de ses poumons avant de gratter les cordes de sa guitare, en déclamant à plein volume sa haine de Babylone, des têtes chauves, des hommes et des femmes, et de tous les autres, déversant sa lave dans les paroles de ses chansons. Dans des moments pareils, sa musique reggae devenait aussi sa bombe incendiaire, un moyen d'oblitérer le mal qui corrompait sa terre si verte, celle de Jah-Jah et la sienne.

Il avait entonné une mélopée suppliante, les yeux fermés :

Viens par ici, oh Jah
Car nous avons besoin de ton intervention
Babylone va de mal en pis,
Jah nous avons besoin de ta protection
Frappe, Brise, Disperse les païens !

Je me tenais devant la fenêtre de notre chambre et j'écoutais. Lorsqu'il chantait, je sentais des charbons ardents brûlants sous mes pieds. Le regard noir de l'empereur au mur du salon, même hors de ma vue, me soulevait le cœur.

Lorsque mon père s'était arrêté de chanter, j'avais entendu gronder sa voix par la fenêtre de la chambre, quand il s'était adressé à ma mère. Sourde et bourrue, j'en reconnaissais le timbre singulier chaque fois qu'il parlait des femmes impures. « Couche avec un bâtard, et tu choperas des puces, avait-il proféré. Les filles de Moi l'Homme peuvent bien grandir avec des païens et idolâtrer leurs coutumes. »

Ma mère l'avait écouté parler en secouant la tête avec gravité, lui assurant que cela n'arriverait jamais. Il m'avait déjà interdit de jouer avec ma cousine et mes tantes parce qu'elles étaient trop brutales et me laissaient avec des bleus. Mais il se réveillait encore la nuit dans sa chambre d'hôtel, agité, craignant que mes tantes m'approchent en son absence.

« Toutes les sœurs elles sont perdues désormais, avait-il décrété, de sa voix étouffée. Perdues. Parce qu'elles tombent sous le sortilège de Babylone, avait-il déploré en tirant sur son précepte et en secouant la tête. Moi l'Homme est fatigué de vivre avec Jézabel », avait-il lâché.

Il parlait, les flammes de ces mots me léchaient l'esprit, la peur m'ébranlait tandis que mon père continuait ses imprécations, terrifié à l'idée que je tombe moi aussi sous un sortilège maléfique de Babylone et que je me perde.

« Ce monde n'a pas de place pour une femme impure », avait-il répété, puis il avait tourné les talons en laissant ma mère dans la chambre.

J'ai décampé hors de vue, sur la plage, et j'ai trouvé la coque vide d'un oursin avec laquelle me blesser les mains. J'avais cinq ans, le cœur palpitant, assise toute seule avec cette pensée, informe et floue. La femme impure. Cela sonnait vilainement, c'était sale. Cela mettait mon père en colère. L'idée de pouvoir être une personne de ce genre m'effrayait. Ma peur s'est risquée hors de sa coquille, en attendant que quelques ténèbres naissent de moi. Tandis que ce monde rutilant de ruines et de tentation chatoyait dans le ciel comme autant de filaments d'or, telle une légion d'yeux impudiques qui me faisaient signe.

*

Quoique trop jeune pour comprendre que mon père jugeait la sainteté de mon âme en jeu, j'étais pétrifiée à l'idée de devenir impure. Il a fallu attendre près de dix ans pour apprendre que ma ruine avait été scellée depuis le début. Les frères rastas croyaient les femmes plus perméables à la corruption morale parce qu'elles avaient leurs règles. J'étais destinée à être impure. Mais à cinq ans, je ne voulais que lui être bénéfique. Je voulais être digne. Bien que née fille, je croyais encore être une machine récupérable ; les bons rouages et les bons automatismes me feraient un jour fonctionner comme il faut. La nuit, j'imaginais Babylone enfonçant sa bête à trois cornes à l'intérieur de mon être immaculé, puis Jah arrivant pour me purifier. Ensuite, le marteau du pivert s'abattait et le jour se recomposait, je courais à nouveau dans le sable, en observant chaque nuit enrouler avec soin sa longue langue en un conte folklorique.

C'est Babylone qui nous a éloignés de la mer, en fin de compte. Plus nous vivions avec les têtes chauves qui ne partageaient pas les croyances de mon père, plus sa méfiance à l'égard des étrangers s'envenimait. De plus en plus préoccupé par l'intrusion de Babylone, il avait décidé que nous n'avions plus notre place à White House. Ma mère, encore ébranlée un an après par ma quasi-noyade, était d'accord. Mon père nous avait trouvé un nouvel endroit où nous installer, un lieu affranchi du régime de Babylone, où nous n'aurions pas à « nous occuper d'ismes et de schismes ». Environ deux semaines plus tard, le camion de déménagement est arrivé dans la gorge close du soir. Mes parents n'avaient dit à personne, ni à mes tantes, ni à mon grand-père, ni à mes cousins, qu'ils déménageaient ce soir-là. En moins de deux heures, nous étions prêts à partir.

Je ne pense pas avoir compris la vérité de la chose, sur le moment : nous ne reviendrions jamais.

À l'heure dite, il faisait nuit noire. Les maisons étaient à peine visibles et les grillons, je m'en souviens, étaient les seules créatures à s'opposer à notre départ. Mes parents ont fait rouler notre vie dans la petite carcasse de la camionnette et demandé au camionneur de démarrer comme si nous n'avions jamais vécu à White House. Au moment où nous nous sommes éloignés, j'ai regardé le bord de mer, mais la nuit était d'encre. Seul demeurait visible le contour fantomatique des vagues que je savais être là, des vagues que je sentais nous regarder à mesure que la distance entre la mer et moi augmentait. J'ai dit au revoir à mon village de solitaires et d'intouchés. Le seul endroit que j'appelle encore mon foyer.

Des années plus tard, cloîtrée à la campagne avec l'envie de retrouver ma ville natale au bord de la mer, je finirais par comprendre. Il y a plus d'une façon d'être perdue, plus d'une façon d'être sauvée. Alors que ma mère m'avait sauvé des vagues et m'avait donné le souffle, mon père n'avait essayé de me sauver qu'en m'étouffant, en m'imposant des règles de plus en plus strictes, avec de la fumée d'encens. Avec le feu. Ils avaient tous deux voulu me réserver une vie meilleure, mais en fin de compte seul l'un des d'eux me protégerait.

Je me suis blottie sur les genoux de mon père, dans le siège passager, et j'ai étudié son visage. Ses yeux qui ne regardaient que devant eux. Sa peur paranoïaque de me voir envahie par Babylone allait dominer mon enfance des années durant, mais aucun d'entre nous, pas même ma mère, ne savait de quoi il était capable pour empêcher la chose.

– Ne t'inquiète pas, Budgie, m'a-t-il dit en souriant. Notre prochain foyer sera meilleur.

5

Le meilleur est à venir

Nous avons déménagé à Bogue Heights, une communauté
à flanc de colline qui surplombait Montego Bay et ses hôtels
imposants. Au-delà, c'était le bleu constant de la mer. Là, nous
avons vécu à l'heure dorée, comptant les mois en fonction
des oiseaux qui peuplaient le tronc de notre prunier. Lorsque
les perroquets s'en allaient, les colombes s'installaient. Les
colombes ne tardaient pas à disparaître et nous nous réveillions avec une dense rangée de hiboux. Enfin, le jour où les
hiboux se faisaient expulser, il ne restait plus qu'un seul pivert
qui cognait du bec, notre réveille-matin à la pointe de l'aube.
Quand j'ai vu notre nouvelle maison pour la première fois à
la lumière du jour, j'ai été stupéfaite. C'était une bâtisse vide,
un rez-de-chaussée et un étage, flanquée de part et d'autre de
grandes marches d'escalier couvertes de mousse qui menaient
vers un immense jardin, puis remontaient vers un autre jardin
côté rue rempli du bruissement de midi et d'oiseaux aux ailes
éclatantes qui voletaient de toute part.

– Ouah ! C'est un château, ai-je dit à mes parents, tandis
que mon frère Lij et moi entrions et sortions des pièces du
rez-de-chaussée.

Il y avait devant nous une longue véranda et de larges
fenêtres encadrées de voilages : elles révélaient toutes les

chambres spacieuses de l'étage dont les portes étaient encore fermées à clé. Nous louions deux pièces au rez-de-chaussée, une modeste chambre et un salon séparés par une cloison en accordéon. Dans la chambre, il y avait des toilettes avec chasse d'eau. Voyant ces toilettes pour la première fois, j'ai piaillé et poussé sur la poignée métallique, restant là à regarder l'eau s'évacuer dans un tourbillon. Cela m'a fait rire. Puis j'ai recommencé. J'utilisais des toilettes publiques à l'école, mais c'était la première fois que des toilettes situées à l'intérieur d'une maison m'étaient réservées à moi seule.

Lorsque j'ai voulu tirer à nouveau la chasse d'eau, mon père a arrêté ma main.

– Arrête de gaspiller l'eau et fais attention de ne pas la casser, m'a-t-il grondé.

Dehors, j'ai tourné en tous sens dans ce nouvel espace et suis restée bouche bée, en ouvrant grand, très grand les mains.

– Tout ça, c'est pour nous ? ai-je demandé à mes parents.

– Non, a rectifié mon père, le visage sévère. Nous ne louons que les chambres du bas. (Il m'a désigné d'un geste circulaire l'espace dont j'étais le centre.) N'oubliez pas que l'étage est interdit. C'est là que vit Mme Gordon. Aucun de nous n'est censé y monter.

Mme Gordon était notre propriétaire, une émigrée jamaïcaine à la retraite qui vivait aux États-Unis six mois de l'année. Je me suis dit qu'elle devait être très riche. Quel luxe de vivre tout là-haut, à l'Étranger. J'ai imaginé des boucles d'oreilles en perles, du vernis à ongles rouge et toute l'existence étincelante qui devait forcément être la sienne.

Les lieux interdits n'avaient pas la moindre importance aux yeux de mon petit frère et moi, car Bogue était un paradis des premières fois. Nous n'occupions que la plus petite partie de la maison, mais pour la première fois, le jardin était tout à nous. Notre salon donnait sur une pelouse qui dévalait vers une jungle pentue, un jardin tentaculaire regorgeant d'arbres fruitiers qui ondoyait sur près d'un hectare. Des oranges navels et trois espèces de manguiers explosaient en gerbes verdoyantes, les branches et les feuilles jacassaient d'oiseaux et d'insectes, notre monde tout entier regorgeait à ras bord de possibilités. Chaque jour, mes yeux écarquillés se remplissaient de choses à escalader et à manger, parfois dans cet ordre. Il y avait un arbre à pain immense, un pommier malacca hérissé de pompons et des avocatiers en fleurs. En montant les marches couvertes de mousse, on accédait à notre cuisine détachée de la maison principale et dont les fenêtres donnaient sur le bien-aimé gaïac, notre plante nationale, à l'huile marron qui suintait sous sa fine écorce. Notre portail était en cuivre rouillé, repeint en blanc, flanqué d'une allée qui s'épanchait en se rêvant en prairie débordante de hautes herbes.

C'était notre royaume privé. Nous ne laissions personne d'autre y entrer. Les week-ends, nous nous asseyions sur la terrasse surplombant la pelouse avec nos parents, tandis qu'ils déployaient toute la magnificence de Hailé Sélassié, note après note, accord sur accord, composant un rythme, sans relâche sous le soleil. Nous les écoutions jusqu'à ce que nous comprenions que le nom de Hailé Sélassié signifiait Puissance de la Trinité. Nous savions que l'Éthiopie était la seule nation africaine à n'avoir jamais été colonisée, malgré les efforts de Mussolini et du Vatican. Nous savions que le pape avait béni l'armée de Mussolini et ses gaz toxiques, qu'il avait béni ses bombes et ses balles avant que l'Italie n'envahisse le pays en 1935. Nous savions que les Blancs étaient mauvais. Nous savions que le christianisme était mauvais. Nous savions que Margaret Thatcher et Ronald Reagan étaient des diables blancs. Que Gorbatchev portait la marque de la bête sur le front. Et la reine Elizabeth, dans un jeu de mots rasta sur sa méchanceté, devenait la reine « Eliza-bat[1] ».

Tout cela, c'était le cœur de Babylone, nous répétait mon père. Il tirait sur son précepte, tandis que nous nous agenouillions devant lui, ses longues dreadlocks lui enveloppant les épaules, telles les racines noires et immuables d'un titan. Derrière lui s'étalait la grande carte de l'Afrique que nous passions nos journées à étudier, mémorisant tous les pays du continent et leurs capitales, mon frère et moi nous chamaillant à ses pieds pour lui montrer qui de nous deux était le plus intelligent. Le lieu de naissance de Hailé Sélassié venait toujours en premier.

Mon père nous rappelait que cela faisait partie de notre *livity*, la source d'où jaillissait le Rastafari. « Car un peuple qui ne connaît pas son histoire, son origine et sa culture est comme un arbre sans racines », affirmait-il, citant Marcus Garvey. Un sifflement mouillé s'insinuait par la porte-fenêtre qui donnait sur le jardin. « *You overstand* ? » Le Rastafari rejetait tout mot anglais empreint d'une connotation négative et saisissait toutes les occasions de bousculer la langue de Babylone, si bien que « *understand* » devenait « *overstand*[2] ».

– Oui, papa, promettions-nous, en répétant la citation de Marcus Garvey comme si c'était une devise familiale. Sous notre toit de location, dans cette vie de raccroc, ces leçons étaient notre pain quotidien.

– Jah, nous lançait mon père en caressant son précepte.

– Rastafari, répondions-nous, mes frère et sœur et moi.

---

1. De l'anglais « bat » qui signifie « chauve-souris ».

2. « Understand », « comprendre » en anglais, est construit avec la préposition « under » qui signifie « sous ». Elle est ici remplacée par la préposition « over » qui signifie « au-dessus », créant un néologisme.

– Jah.

– Rastafari ! criions-nous.

Et voilà, c'était nous. J'avais six ans, mon frère quatre. Bouches ouvertes sous la pluie. Avides d'être remplies.

Mon père restait le regard fixé au-dessus de nos têtes, vers le jardin, et joignait les mains en formant le signe sacré des Rastas.

– Je ne porte plus les noms que Babylone m'a imposés, nous disait-il. Le Moi s'appelle désormais Djani, décrétait-il avec force et certitude, satisfait de la puissance de son nouveau nom dans sa bouche.

Howard Garfield O'Brien Sinclair, le nom fantôme d'un garçon fantôme, avait disparu. À vingt-huit ans, il renonçait à sa mère et à son père inconnu, dont le visage et le patronyme demeurait pour lui un mystère. Djani était un nom swahili robuste, qui signifiait simplement « roi ».

« Le pouvoir naît dès la conception », nous expliquait-il, le regard perdu dans le vide.

À l'instar des paroles des chansons de reggae qu'il utilisait comme autant de formules magiques pour décrier Babylone, les noms que nous nous donnions les uns aux autres signifiaient tout.

Mes parents avaient hérité les leurs des esclavagistes, comme la plupart des citoyens des anciennes nations colonisées et des descendants des esclaves. Ils voulaient s'assurer que mes frère et sœur et moi étions libérés de ces chaînes, c'était ce qui les avait poussés à se servir d'un livre de noms africains pour nous nommer. Chacun de nos noms était comme une amulette, portée contre les maux connus et inconnus du moment. Si quelqu'un se moquait de nos noms ou les remettait en question, ce qui arrivait souvent, nous marchions dans le monde comme des cœurs de lion, car nous nous connaissions nous-mêmes.

– Safiya Jamila, disait mon père en prononçant mon nom complet comme s'il annonçait une personne de sang royal.

Je l'imaginais me plaçant mon nom sur ma tête, comme une couronne. *L'esprit clair et pur. Magnifique.* Il reposait lourdement et joliment sur mes oreilles.

– Lij Tafari, continuait-il en se tournant vers son fils unique, et mon frère en était grandi.

Lij avait reçu un nom transmis par Hailé Sélassié lui-même, inspiré du titre honorifique de l'empereur dans sa jeunesse, que mon frère brandissait comme une lance tirée vers le ciel chaque fois que mon père prononçait son nom. *Enfant béni. Qui est hautement respecté ou craint.* Mon père l'appelait aussi Feu ou Boule de feu, afin qu'il se souvienne de son pouvoir terrestre.

– Ife Kibibi, poursuivait mon père en chantant doucement un chant adressé à ma petite sœur, née deux ans plus tôt, en 1988, au milieu de l'ouragan Gilbert. *Little lady of Love.*

Peut-être la signification la plus vraie de toutes, car elle n'avait pas connu la tempête et n'avait vécu que la douceur et le calme qui avaient suivi, alors qu'elle se promenait docilement, toujours occupée à observer, encore inconsciente d'elle-même.

J'étudiais la tranquillité assouvie du visage de ma mère, qui écoutait. Le soleil lui avait décoloré les cheveux d'un brun terre de Sienne. J'aimais le grain de beauté sur son sourcil droit et la fossette de son menton, la chaleur de ses mains et les six doigts avec lesquels elle était née. Elle avait aussi pris un nouveau nom, un nom que seul mon père employait : Makini Nassoma, ce qui signifie *Force de Caractère.* Reine. Mais pour moi, elle avait toujours été Esther Norman. Elle n'a jamais pris le nom de Sinclair parce que mes parents ne se sont jamais mariés.

« Les Rastas ne croient pas au mariage, m'avait déclaré mon père avec fermeté. C'est juste l'endoctrinement de Babylone. »

Le lendemain, le ciel palpitait des premiers chants d'oiseaux et ma mère soufflait de la fumée de ganja dans les airs, en plissant les yeux. L'humidité s'épanouissait dans nos cheveux aussi épais que de la laine d'agneau. Mon père nous regardait, nous, son troupeau et son royaume, et il était content. Enfin, nous vivions loin des païens. Notre cour était munie d'une porte qu'il pouvait utiliser pour empêcher Babylone d'entrer. Ici, où il était la divinité et l'architecte de notre nouveau monde, il allait créer la plus pure des familles rastas.

Ces premières journées à Bogue ont été les plus heureuses de ma vie ; nous nous réveillions en harmonie sous le soleil et le chant des oiseaux, le chaos du monde maintenu bien à l'écart, repoussé par les bras de mes parents. La pénombre du jour faisait miroiter la cicatrice lisse sur le front de mon père, qui souriait. « Une famille qui vit dans l'*umoja* peut tout surmonter », avait-il décrété en usant du mot swahili qui signifie unité. Ma mère avait fredonné en signe d'approbation. Ici, tout était possible, même le bonheur.

*

Nos plus proches voisins, nous le découvririons bientôt, étaient tous des variantes de notre propriétaire, Mme Gordon : des femmes retraitées, aisées et généralement bien intentionnées que nous appelions toutes nos tantes. Il y avait tante Vye et tante Ess, deux sœurs âgées qui habitaient dans la maison d'à côté, l'amie de la famille, tante Si et sa fille qui vivaient en haut de la colline, et il y avait notre seule voisine trop riche pour que nous entretenions avec elle des relations familiales ; nous l'appelions simplement Mme Martin. Plus haut sur la colline sinueuse, il y avait des gens dont les maisons ressemblaient davantage à celles que nous avions quittées à White House : pas d'électricité, l'intérieur en ruine, toujours au bord d'être à la merci de la nature. Il me semblait que la vie de ma famille avait toujours oscillé entre ces deux réalités de Bogue, coincée entre les maisons cossues de deux ou trois étages aux antennes paraboliques géantes du bas de la colline, et les modestes bicoques de bric et de broc au jardinet envahi par la végétation, au sommet de la colline. Notre existence entre ces deux mondes restait d'emprunt, transitoire. Mes parents étaient les seuls Rastas à vivre à Bogue, et nos voisins des deux parties de la colline l'avaient remarqué.

C'était là, sur notre colline verdoyante, que ma mère m'avait enseigné pour la première fois la poésie de la végétation. Elle m'avait montré comment puiser la langue dans le suc de chaque fleur. C'est une bénédiction, me disait-elle, de vivre en harmonie avec la terre. C'est ainsi que Jah l'a voulu. Les matins du week-end, lorsque la rosée perlait encore sur les brins d'herbe, elle nous emmenait faire des promenades dans la nature, nous montions tout en haut de la colline, elle nous montrait les lézards vert néon et les hirondelles géantes que nous y rencontrions, nous interrogeait sur les noms des arbres et des plantes que nous voyions en chemin. Nous avons assez vite su distinguer un pétunia d'un laurier-rose ou d'un bougainvillier, qui tous nourrissaient nos jardins intérieurs.

Alors que mon père a façonné notre vision d'un monde méchant et de son histoire cachée, ma mère a façonné notre amour de l'apprentissage et notre sens de l'émerveillement. Alors qu'il nous mettait en garde contre Babylone, elle nous montrait Sion, la Terre promise. Mes frère et sœur et moi-même étions premiers dans nos écoles, sautant plusieurs classes en cours de route. Rapidement, ma mère s'était fait connaître à Montego Bay comme la dame rasta à la peau claire qui avait trois enfants intelligents. Les petits étaient attirés vers elle comme une flamme et la suivaient comme des canetons lorsqu'elle venait nous chercher à l'école. Ils avançaient en file indienne, en se dandinant derrière maman et Ife, et scandaient « *Ife modda ! Ife modda !* Maman d'Ife ! Maman d'Ife ». Pour nous, ma mère était une folle merveille. Plus tard, avec mes frère et sœur, nous plaisanterions sur le fait que si mon père avait toujours un temps de retard sur la blague, ma mère avait toujours un temps d'avance, en faisant retentir son rire caractéristique partout où elle allait, enfreignant les règles bien avant que nous ne nous en soyons aperçus. Tous les samedis, elle nous emmenait à la bibliothèque municipale, empruntant parfois des livres qu'elle ne rendait jamais, préférant nous concocter sa propre collection privée. Après avoir emprunté le lourd volume relié cuir de l'*Encyclopædia Britannica*, nous l'avons gardé pendant des années sur une étagère de notre salon.

Un livre, ai-je vite appris, était un voyage dans le temps. Chaque page renfermait un pouvoir irréfutable. Lorsque le soleil brûlait si fort qu'il me rendait ivre, j'ouvrais l'encyclopédie gigantesque et m'y engouffrais. Les week-ends, je jouais au professeur, sévère et insistante, en inculquant à mes frère et sœur des faits tirés de ce volume. Sentant des étincelles d'électricité jaillir au bout de mes doigts, j'ai appris avec eux le cunéiforme et la Mésopotamie. Nous avons imaginé Hannibal dans les Alpes. Nous avons flotté sur le Danube et vécu à l'ombre de Tombouctou. Nous connaissions la date de naissance de Marcus Garvey, un jour avant celle de maman. Et celle de Bob Marley, un jour avant celle de papa. Une preuve supplémentaire de notre pouvoir. Nous avons étudié la vie de pionniers noirs comme George Washington Carver, Mary

McLeod Bethune et Mme C. J. Walker. Chaque dimanche, nous nous penchions sur la liste du concours d'orthographe de la semaine, avalant chaque nouveau mot comme du jus de corossol, et étudiant la carte de l'Afrique, afin d'être prêts lorsque mon père nous interrogerait à nouveau.

Nous étions les seuls enfants rastas de l'école, et nos parents les seuls Rastas aux réunions de l'association de parents d'élèves. Mes parents n'avaient obtenu que leur diplôme d'études secondaires, mais ils nourrissaient de grands espoirs pour notre avenir. L'excellence des études, nous répétaient-ils tout le temps, était un moyen d'échapper à une vie minable. « Nous sommes petits, mais nous sommes grands », déclarait mon père. Nous avons beau paraître petits, nous sommes capables de déplacer des montagnes. Mes frère et sœur et moi prenions cette maxime à cœur. Nous étions tous champions d'orthographe, nous remportions des concours d'éloquence et des compétitions de danse. Pour mon père, notre intelligence était un gage précieux. Nous étions la preuve vivante des bénédictions de Jah, la preuve que Rastafari était capable de surpasser Babylone n'importe quel jour de la semaine. Rapidement, des amis et des connaissances ont voulu connaître le secret de ma mère. Les inconnus étaient moins subtils et lui lançaient sans détour que, selon eux, les Rastas ne savaient pas lire, alors comment se faisait-il que nous soyons si intelligents ?

Cela lui a inspiré l'idée de se lancer dans une entreprise dont elle rêvait, une idée qu'elle avait mise de côté comme une graine de chanvre. Un programme éducatif pour d'autres enfants, fondé sur sa façon de nous apprendre les choses, composé d'un ensemble de jeux de mots, de poèmes, de chansons et d'anecdotes, et qui s'enseignerait pendant le temps passé au grand air, dans la nature. Elle lui a donné un nom : le SPIC, acronyme qui lui venait de son produit de nettoyage préféré :

Stimulation
Program for the
IQ-raising of
Children[1]

Partout dans Mobay, les parents se sont empressés d'y inscrire leurs enfants. Maman enseignait le SPIC dans notre garage vide après l'école. Sa salle de classe était des plus sommaires car elle n'avait pas encore les moyens d'acheter des fournitures. Au début, elle enseignait gratuitement car elle estimait que cela participait de son devoir civique. « Tous les enfants méritent une bonne éducation », me disait-elle. Mon père n'arrêtait pas d'en parler. « Vous voyez comme le système de Babylone est incapable de rendre un jeune aussi intelligent que les nôtres ? » Il n'aurait jamais admis qu'il se vantait, car les Rastas ne se vantent pas. « Esther n'est même pas une enseignante qualifiée et les têtes chauves lui demandent son secret ! Moi l'Homme appréciaime ça. »

Mes frère et sœur et moi aidions maman à perfectionner ses nouvelles leçons, ce qui faisait de nous des experts dès que survenaient ces après-midi-là. Une fois tous les enfants rassemblés, nous étions prêts à leur montrer tout ce que nous savions et nous ne faisions pas dans la subtilité. À tour de rôle, nous jouions le rôle de « L'homme-ordinateur », un robot censé connaître la réponse à toutes les questions, testant nos connaissances à la vitesse de l'éclair. Chaque fois que nous jouions, je prenais tout le monde de court avec ma dernière question finale, jubilant : « Comment épelle-t-on Tchécoslovaquie ? »

---

1. « Programme de stimulation pour renforcer le QI des enfants. »

Finalement, par égard pour les autres enfants, ma mère m'a informée que je n'avais plus le droit de jouer à L'homme-ordinateur.

– Pourquoi ? ai-je pleurniché.

– Parce que tu es l'aînée et que c'est toi qui en sais le plus.

Cela m'a fait tellement plaisir d'entendre cela.

*

Les soirs de semaine, mon père se produisait dans un hôtel-club, *Hedonism II*, puis il prenait le bus, trois heures de trajet jusqu'à Mobay, pour nous voir pendant sa journée de congé, et il brûlait de l'encens pour se purifier avant de franchir la porte. De toute ma vie, c'était à son arrivée avec nous à Bogue qu'il s'était surtout révélé le plus paisible, il était alors le plus heureux des hommes car il savait que nous disposions d'un portail qui empêchait Babylone d'entrer, et nous étions tous ravis d'être avec lui, mes frère et sœur et moi attendant avec impatience tous les week-ends le grincement de ce portail annonciateur de son retour parmi nous. Mais au fil des années, plus il travaillait dans les hôtels, plus il changeait. Ou du moins, plus son changement me paraissait évident. Chaque week-end, franchissant le portail en soldat fourbu, il revenait chez nous le visage fuyant et l'humeur lourde. Appuyant son étui à guitare contre le mur, il nous envoyait balader, mon frère et moi, et beuglait un air familier à ma mère. Il ne jouissait pas du respect qu'il méritait. Il voulait jouer ses propres chansons, pas seulement celles de Bob Marley. À mesure qu'il parlait, sa voix gagnait en volume. Il en avait assez de l'obscénité de l'hôtel, de l'obscénité de la musique de *dancehall* à la radio. Il n'arrivait pas à échapper aux païens. Il ne réussissait pas à nous protéger de Babylone. Sa colère et sa frustration ébranlaient les murs, et nous nous recroquevillions sous son impuissance, sans pouvoir nous échapper, le ciel et le toit tout entiers pesant sur nous.

Alors même qu'il vitupérait d'une voix tonnante dans notre petit appartement de deux pièces, à mes yeux de six ans il était aussi grand qu'une montagne. Dans mon esprit, il était l'un des derniers vrais musiciens de reggae de Jamaïque. Sans lui, ma relation avec le reggae serait pour le moins ténue. En 1990, lorsque nous avons déménagé à Bogue, l'île avait évolué. Aucun des enfants de ma classe ne connaissait les chants qui résonnaient chaque matin dans le salon familial avec une urgence militante. Des chansons sur la lutte de la diaspora africaine, des chansons sur le rapatriement et la chute de Babylone, des chants sur Sion. Mon père affirmait que le remède résidait dans la musique reggae, mais que les têtes chauves ne voulaient rien d'autre que du poison. Quoique toujours rejetés et exclus par leur propre peuple, les Rastafaris étaient devenus les mascottes vivantes et le principal produit culturel d'exportation du tourisme jamaïcain, sans que la communauté rasta n'en tire le moindre profit. Mon père avait dû être blessé de voir toute sa philosophie et sa source spirituelle diluées et commercialisées au profit des masses étrangères, alors même qu'elles étaient visées par de cruelles calomnies dans son pays. Parfois, il s'emportait pendant des heures alors que nous étions tous les trois blottis dans le coin de notre chambre minuscule, à Bogue, en état de choc, tâchant de ne pas broncher alors qu'il vociférait le nom de Sa Majesté chaque fois que le tonnerre grondait.

Il n'avait aucune pitié pour les « fausses dreads », nous avertissait-il. De nombreux jeunes qui s'étaient tournés vers Rastafari au plus fort de la popularité du reggae dans les années 1960 et 1970, comme il l'avait fait à l'époque – à l'insondable consternation de leurs parents –, avaient maintenant rasé leurs mèches et leurs barbes avant de retourner travailler dans les banques ou les magasins, maintenant que Rasta n'était plus à la mode. « Mais les Rastas ne suivent pas la mode », rappelait mon père, il était rastafari jusqu'à l'os, et Babylone aurait dû le brûler vif avant qu'il ne cède ne serait-ce qu'une parcelle de sa *livity*. Jamais il ne couperait ou ne raserait son précepte comme l'exigeaient la plupart des employeurs : il continuait donc à jouer la musique qu'il aimait pour la survie de notre famille, espérant qu'elle ne deviendrait pas la musique qu'il détestait.

À Bogue, le portrait de Hailé Sélassié, doré et doté du sceptre de son couronnement, était accroché à sa place sacrée sur le mur de notre salon, à jamais debout et sans un sourire. Ses yeux d'un noir de météorite ne cessaient de me juger. Sur notre mur vert menthe figurait maintenant une sainte trinité, nichée entre un poster de Bob Marley et une photo de mon père, tous les deux en scène, dardant leurs dreadlocks dans les airs comme des fils électriques – c'étaient les trois hommes aux yeux enflammés qui régissaient mes journées éveillées. Il était souvent difficile de dire si c'était Hailé Sélassié qui me faisait peur, ou son instrument sur terre, mon père, devenu aussi changeant que le ciel avant la tempête. Mes frère et sœur et moi ne savions jamais quand ce ciel risquait à nouveau de nous tomber sur la tête et il nous retenait en otage, nous sermonnant des heures sur Babylone. Dès l'arrivée des nouvelles locales, nous avons appris à décamper de peur d'être pris dans un autre discours d'une heure. Lorsque sa météo personnelle changeait, nous nous tenions tous les trois à l'écart, et ma sœur Shari, née trois ans plus tard, apprendrait à lire elle aussi ses humeurs aussi bien qu'une langue maternelle. Mais à ce stade, nous savions tous ce qu'il voulait : une assemblée pour l'écouter. Je vivais presque tous les jours dans un tel dévouement.

Regarder les informations internationales rendait mon père d'encore plus méchante humeur, car elles n'apportaient rien d'autre que les mauvaises nouvelles de Babylone, et cela lui donnait un sentiment d'impuissance. Mon père ne détestait personne davantage que Ronald Reagan. Jusqu'à George Bush. Puis, ce fut George Bush.

« Ce vampire de Reagan déteste les Noirs, maugréait-il chaque soir devant la télévision. C'est un meurtrier. Il a tué la petite fille de Kadhafi. Aujourd'hui, elle aurait l'âge de Safiya. Lui, il est pire qu'un chien bâtard. »

Ma mère acquiesçait ou reflétait fidèlement son dégoût en secouant la tête et en marmonnant – *mmm-nnn* et *mmm-hmm*.

Après les informations, il nous rappelait que les Blancs étaient des diables qui faisaient tout ce qui était en leur pouvoir pour priver les Noirs de la prospérité. C'étaient des suceurs de sang, des têtes chauves et des bâtards. Chez mon père, deux mots surtout, les pires de tous, agissaient comme un déclencheur : « Margaret Thatcher ». S'il les entendait prononcer – « Margaret Thatcher » –, nous savions qu'il allait fulminer une demi-heure de plus contre l'Angleterre et sa reine, Eliza-bat la vampire, qui avaient volé l'Afrique et nous tous pour mieux s'engraisser. Ils nous avaient volé nos terres, notre dignité, nos richesses. Je l'imaginais trônant à un festin, parée de ses bijoux de la tête aux pieds – des diamants de sang, comme les appelait papa –, dévorant tous les plats étalés sur la table, et me riant au nez. Au début, entendre ces histoires avait quelque chose d'effrayant, mais à six ans, je les avais entendues si souvent qu'elles s'étaient émoussées, comme tous les autres *duppies* qui hantaient notre monde, guettant à la porte, en attente.

Un jour, papa est rentré de Negril en voiture accompagné de James Hewitt, son ami d'enfance et claviériste de son premier groupe, Future Wind, avec lequel il était allé jouer à *Hedonism II*. Dix ans plus tôt, le père de James Hewitt avait escroqué mon père de ses droits d'auteur, mais cette histoire semblait désormais oubliée. Mon père appelait James Hewitt « Juju », ce qui m'a toujours semblé railleur. À leur arrivée, ils portaient deux chiots dans leurs bras, nos premiers vrais animaux de compagnie ; deux bâtards pour nous garder, disait papa. Lij et moi avons couiné, nous les avons tenus et nous les avons caressés. Un garçon et une fille. Le mâle était un croisé ridgeback noir et blanc, et la femelle un croisé alsacien marron. Nous étions transis d'amour.

– Vous savez comment vous allez les appeler ? nous a demandé mon père le lendemain.

– Oui, papa, avons-nous instantanément répondu, Lij et moi. Nous avions conspiré toute la nuit et nous avions trouvé les noms parfaits.

– Alors, quels sont leurs noms ?

– Reagan et Thatcher, nous sommes-nous exclamés, Lij et moi à l'unisson, en le regardant, radieux.

*

À l'extérieur de notre éden se déployait un carnaval permanent de tentations, tout Montego Bay nous faisant signe, nous chuchotant *suis-moi, touche-moi, mange-moi*. Notre quartier ne faisait pas exception. Un soir, mon père a franchi pesamment le portail, furieux. Il a posé sa guitare et il est allé parler à maman dans la cuisine. Lij et moi sommes restés dehors, devant l'escalier, en faisant semblant de jouer, tout en écoutant aux portes. Il s'était passé quelque chose dans la maison d'à côté qui le faisait frémir de dégoût. Je l'ai entendu fulminer de colère en scandant les dangers liés aux païens. Ils répandaient leur malfaisance comme une traînée de poudre, où que nous allions. Même ici, disait-il à maman, il ne pouvait pas éloigner Babylone de nous, malgré tous ses efforts.

« Même la petite fille d'à côté a craqué, Rasta », confiait-il à maman.

Il y avait de la répulsion et du désespoir dans sa voix. Keisha était la fille du jardinier d'à côté, et elle avait onze ans, cinq ans de plus que moi. Je ne savais pas qu'elle se permettait des privautés avec son corps. Je savais qu'il n'y avait rien de pire qu'une fille qui s'excitait, car une fille impudique était perdue pour Babylone et devenait impropre à un Rastaman.

– Moi l'Homme je l'ai vue danser la lambada, a fait papa, puis il a grincé entre ses dents.

Maman a secoué la tête d'un air sombre. J'avais entendu parler de la lambada par l'une de mes amies de l'école, et j'avais vu quelques filles se déhancher et s'entraîner à cette danse à l'heure du déjeuner. J'étais restée les observer à proximité, sans oser me joindre à elles. J'avais déjà imaginé la voix de mon père dans ma tête, me grondant d'être une fille impure et une virago, alors j'avais gardé mes distances.

– Keisha n'a que quelques années de plus que Safiya, Rasta, a poursuivi mon père en s'adressant à ma mère, d'une voix de plus en plus grave. Et les ouvriers du bâtiment l'ont emmenée dans le jardin et l'ont déflorée, a-t-il ajouté.

– Mmmm-nnnnnn !!!! s'est étranglée ma mère en préparant le dîner.

J'ai été choquée d'apprendre qu'il était arrivé quelque chose de grave à Keisha. Je ne savais trop ce que c'était. Je n'avais que six ans, mais à mesure que je grandissais, je me sentais de jour en jour plus près de comprendre un secret enfoui dans mon corps, un aperçu de quelque chose de dangereux à l'abri des regards. « Ton corps est le temple de Jah, me rappelait mon père. Ne laisse personne le souiller. » J'ai dû chercher la signification du mot « souiller », comme je le faisais souvent après les leçons paternelles. Qu'avaient-ils fait pour souiller Keisha ?

– Même les petites filles s'égarent maintenant, Jah, a repris papa, la voix rauque. Tout ça parce qu'elle danse la lambada, qu'elle dépouille son corps pour les hommes, déplorait-il en caressant son précepte et en soupirant. Tu ferais bien de ne plus la laisser franchir cette barrière, avait-il averti maman, qui avait secoué la tête en écarquillant les yeux.

– Oh non non non. Jamais, jamais ! s'était exclamée maman en faisant non du doigt en direction des voisins.

Telles étaient les épreuves et les tribulations de Babylone, lui a répliqué notre père.

– Mais comme Shadrach, Meshach et Abed-Nego, Moi et Moi, nous traverserons le feu, a-t-il complété.

Je me suis demandé si j'allais moi aussi traverser le feu. Qu'est-ce que Jah-Jah me réservait ?

*

Lors de nos nombreuses promenades en pleine nature, nous rencontrions des enfants qui vivaient en haut de la colline, de prime abord intimidés, contemplant les dreadlocks de ma mère, assez longues pour atteindre ses fesses. Maman se baissait et leur parlait, jusqu'à ce qu'ils se débrouillent pour s'accrocher à sa hanche au moment où nous repartions pour redescendre la colline. Lors d'une de ces excursions, nous avons rencontré Ummy et Billy, deux frères qui marchaient pieds nus sur la colline. Comme toujours, ils s'intéressaient à maman, et je savais que quelque chose en eux la touchait vraiment.

« Je n'aime pas voir des enfants sans chaussures », m'a-t-elle confié plus tard, en me lisant un livre au lit. Et elle a doucement ajouté : « C'était moi, autrefois. »

Elle a invité Ummy et Billy à nos cours de SPIC. Le premier jour, ils sont venus sans chaussures. Mais ils étaient polis et écoutaient attentivement ses leçons, la tête consciencieusement tournée vers elle, souriant chaque fois qu'elle leur parlait. Ils étaient timides, mais pas avec maman, qui donnait toujours à chacun l'impression d'être à l'écoute. La semaine suivante, ils sont revenus, chaque fois un peu débraillés, toujours pieds nus. Ils me regardaient fixement mais ne parlaient jamais, donc je leur prêtais peu attention. Lij ne les aimait pas.

Quelques semaines plus tard, un ami de la famille nous a envoyé un colis de l'Étranger, une longue tradition de soutien propre aux Jamaïcains : des amis ou des membres de la famille à l'étranger préparaient un gros paquet de denrées trop chères ou indisponibles en Jamaïque – nourriture, nouveaux jouets, vêtements et chaussures – et l'expédiaient à ceux qu'ils aimaient au pays. Lorsque notre colis est arrivé, il ressemblait à ce que j'imaginais de Noël, si les Rastas avaient célébré cette fête de Babylone. Lij avait reçu une paire de baskets en toile, des Reebok flambant neuves qui ne lui allaient pas, alors maman les a données à Ummy, bravant la colère de mon frère qui s'est prolongée des jours. Maman a conseillé à Ummy de bien les porter, surtout sur la route.

– Oui, tante Esther, a-t-il promis.

La fois suivante, nous avons revu Ummy, il était à nouveau pieds nus.

– Où sont tes chaussures ? a demandé maman.

Ummy a haussé les épaules sans rien ajouter.

Ce soir-là, nous avons vu son père nous dépasser à vélo en descendant la rue, les baskets Reebok neuves aux pieds.

Le lendemain, maman lui a demandé :

– Ummy, ce sont tes chaussures que portait ton père ?

Au début, il n'a pas voulu répondre. Maman lui a redemandé, avec la gentillesse qui la caractérise.

– Oui, mademoiselle. Il les a prises, lui a-t-il répondu, visiblement bouleversé.

J'ai vu ma mère réfléchir à ce qu'elle allait répliquer.

– Je te prie de dire à ton père que tante Esther souhaite qu'il te rende tes chaussures, a-t-elle fait – mais j'aurais vraiment préféré qu'elle aille les lui retirer elle-même.

Une semaine plus tard, au retour d'Ummy à la maison pour le SPIC, il portait bien les sneakers, mais elles étaient abîmées par des brûlures de cigarettes, noircies sur les côtés et la semelle. Il a tendu les bras et nous avons vu qu'ils présentaient également des marques circulaires de cigarettes écrasées. Cela nous a tous choqués et attristés, mais personne ne l'était plus que maman. Je l'ai sentie trembler à côté de moi alors qu'elle nous tenait contre elle, Lij et moi, tous deux bouche bée au spectacle des bras d'Ummy. Ummy et Billy semblaient résignés et distants face à leurs cicatrices, déjà immunisés contre la souffrance. J'ai senti une petite blessure s'ouvrir quelque part en moi rien qu'en les regardant, les yeux ouverts sur l'étendue de la Babylone qui existait réellement juste à notre porte.

– Qui t'a fait ça, Ummy ? a demandé maman après le départ de tous les autres enfants, mais elle connaissait déjà la réponse.

Il n'a pas répondu. Il est resté les yeux rivés sur ses pieds. C'est Billy, le plus bavard des deux, qui a pris la parole.

– C'est notre papa, mademoiselle, lui a-t-il dit. Il était ivre.

Il lui a lancé un regard terrorisé.

Maman nous a laissés partir, s'est agenouillée et les a serrés dans ses bras.

– Je suis désolée, n'a-t-elle cessé de répéter, en les berçant.

Cette nuit-là, je n'ai pas pu me défaire de ce que j'avais vu. Qui sait combien de temps ma mère a porté ce poids. Après le retour d'Ummy et Billy chez eux, je l'ai vue faire les cent pas à l'extérieur, l'air pensif, en fumant. Ensuite, elle nous a assis, Lij, Ife et moi, dans notre lit et nous a pris dans ses bras, le regard fixé, j'imagine, sur une version passée d'elle-même, et rien d'autre. Elle nous a serrés contre elle de longues minutes, et nous respirions tous son souffle.

– Je veux que vous vous en souveniez : même si nous n'avons pas grand-chose, nous ne sommes pas pauvres. Nous ne pourrons jamais être pauvres car nous sommes riches en esprit, nous a-t-elle soufflé, d'une voix douce et apaisante.

Nous avons hoché la tête, serrés à elle, et sommes restés allongés là, humant une légère odeur de ganja dans ses vêtements, jusqu'à nous endormir contre elle, nos membres enchevêtrés.

Après ce jour, ni Ummy ni Billy ne sont revenus au SPIC. Nous avons eu beau les chercher, demander à tout le monde, nous ne les avons pas retrouvés.

*

Quelques semaines plus tard, Lij et moi nous promenions avec Reagan et Thatcher dans le jardin, et nous avons vu du sang sur les feuilles de manguier séchées à la limite de notre terrain, juste le long de la clôture que nous partagions avec notre riche voisin du bas de la colline. Mon frère et moi avons appris, en écoutant attentivement les conversations, que notre voisin avait été réveillé par un voleur dans son jardin et l'avait abattu. Ou bien avait-il pénétré dans le nôtre ? Nous ne l'avons jamais su avec certitude. Mais quelqu'un s'était fait tuer à cet endroit et nous n'avons trouvé que ces éclaboussures de sang bruni, son visage étant livré à notre imagination la plus sombre.

Un mode de fonctionnement n'a pas tardé à se dessiner. Tous les deux ou trois mois, les jours où papa était parti travailler, il y avait un cambriolage à notre domicile ou dans une propriété voisine. Tout d'abord, nos vêtements sur la corde à linge disparaissaient. « Ils ont même emporté les sous-vêtements », nous a annoncé maman. Ensuite, on nous a volé notre nourriture et un vieux grille-pain dans notre cuisine. Nous n'avons jamais attrapé les voleurs. « Quelqu'un d'autre doit en avoir plus besoin que nous », a nonchalamment laissé entendre maman lorsque nous lui avons demandé ce qui s'était passé. Nous avons changé les serrures des portes d'entrée et elle avait une bombe de gaz lacrymogène dans la maison, mais jamais elle ne semblait avoir peur, et nous non plus. Bien que nous ne sachions pas qui s'était introduit sur notre territoire, nous nous sentions en sécurité dans notre petit paradis à flanc de colline.

Un mardi matin, quelques semaines plus tard, ce ne sont ni les colombes ni le pivert qui nous ont réveillés. C'est le hurlement à la mort de mon frère qui nous a tous fait accourir vers sa voix. Quand je suis arrivé devant lui, j'ai crié moi aussi. Reagan gisait sur les marches aux pieds de Lij, aussi raide qu'une calebasse. Son ventre était gonflé et distendu, sa langue pendait de sa bouche ouverte, grise et molle. Je n'en revenais pas. Je me suis baissée pour lui caresser le ventre, pensant qu'il allait se relever d'un bond et détaler à nouveau en cavalant. Au lieu de cela, il était froid comme la pierre.

Ife et moi avons pleuré avec Lij, tous les trois agrippés à maman.

– Quelqu'un l'a empoisonné, a dit mon père entre ses dents, pointant du doigt le corps gonflé de Reagan. Il n'a aucune marque, aucune entaille, aucune morsure. Regardez son gros ventre.

Nous avons poussé des gémissements, le visage rougi par les pleurs, et nous avons appelé Thatcher. Toute la journée, nous l'avons appelée sans jamais la trouver.

Alors que mon père creusait un trou dans le sol à la limite de notre jardin, nous l'appelions encore. *Viens, Thatcher !* Le soleil déclinait et il n'avait aucune envie de creuser un trou pour enterrer un bâtard mort, ses trois enfants en pleurs à côté de lui, il n'avait aucune envie de s'abîmer les mains en creusant, les mains dont il avait besoin pour jouer sa musique.

Thatcher ! Ici, Thatcher ! Mes frère et sœur et moi l'appelions encore. Seul nous répondait le bruissement du vent. C'est à ce moment-là que le vernis de notre petit monde a commencé de se fissurer. Pour la première fois, j'ai eu peur de ce qui pouvait surgir de l'obscurité. Ma mère nous a serrés contre elle alors que nous appelions encore Thatcher, mais alors que nous rentrions à la maison, seuls nos gémissements entrecoupés de hoquets restaient audibles.

*

Ici, en Jamaïque, où tout fait l'objet d'un rude négoce, il existe une perception tacite de la perte : citoyens d'une « nation en développement », dès notre naissance, nous nous attendons à vivre une vie d'occasion, et à en profiter. Mais il y a aussi de l'espoir dans cette pénurie, tolérable parce qu'elle nous pousse à constamment viser mieux. Au-delà de notre colline, au-delà de la ville et de ses hôtels envahissants, se trouvait mon signal d'espoir : la mer et son horizon mouvant et flou, le vent marin qui murmurait joyeusement à mon oreille. Comme maman me l'avait appris quelques années auparavant à White

House, j'ai écouté. Tant que la mer restait dans mon champ de vision, je croyais que les choses finiraient toujours par s'arranger. Parfois, je grimpais sur le tuyau à nu près de la fenêtre de la cuisine, en me glissant devant les pièces fermées de la propriétaire, juste pour réussir à l'apercevoir – les vagues scintillantes du haut du toit le matin, quand les espérances de l'île semblaient encore à la hausse. Si je m'attardais suffisamment longtemps sur le toit qui surplombait la ville tentaculaire, à l'endroit exact où la brise soulevait les vagues de la mer des Caraïbes, j'avais l'impression de pouvoir posséder le monde. Il y avait alors autre chose de meilleur qui flottait dans la brume bleue et fraîche, toute la journée était sauvée. *Bettah must come. Le meilleur est à venir*, répétaient toujours mes parents. Deux décennies plus tôt, lorsque Michael Manley avait fait campagne pour le poste de Premier ministre en 1972, son slogan de campagne était empreint d'un espoir décisif qui lui survit encore aujourd'hui : *Le meilleur est à venir*. Cette promesse et la vision de Manley prenaient pour la première fois en compte des Jamaïcains pauvres et noirs, reconnaissaient ceux qui luttaient, ceux qui étaient opprimés, ceux qui rêvaient d'une vie meilleure. Parmi les opprimés et les invisibles se trouvaient mes parents, qui ont grandi dans l'espoir de Manley et se sont raccrochés à cette conviction que, quelque part à l'horizon, le changement était possible. Dans le gong bleu de notre mer, le meilleur est à venir.

La voix de mon père chevauchait à présent le vent, m'appelait du haut du toit pour m'apporter des nouvelles. Assis au salon, il patientait, et je ne l'avais jamais vu aussi heureux. Ses mèches formaient un rideau de lianes sur ses épaules. Il dégageait une énergie débordante.

– Jah nous a bénis, Moi et Moi, nous a-t-il annoncé lorsque mes frère et sœur et moi nous fûmes assis à ses pieds.

Maman avait cuisiné toute la matinée et elle allait et venait entre la cuisine et le salon, un joint allumé aux lèvres.

– Les enfants grandissent de jour en jour, a poursuivi mon père en nous regardant avec attention, comme si nous étions des objets fragiles. Et Moi et Moi, nous aurons besoin d'un endroit rien que pour nous. Notre espace à nous, plus loin des païens.

Mes yeux sont passés de son visage à la sainte trinité accrochée au mur.

– Moi l'Homme part au Japon, a-t-il annoncé.

D'un coup, il retrouvait sa lucidité et mon cœur a fait un bond.

Lij et moi nous sommes tournés l'un vers l'autre, les yeux écarquillés, bouche bée.

Il nous a annoncé qu'il allait enregistrer son premier album. À l'hôtel, il avait rencontré des responsables de maisons de disques japonaises qui l'emmenaient en avion avec son groupe à Tokyo. Le groupe s'appelait désormais Djani and the Public Works. Mon père en était le chanteur, il enregistrait ses chansons de reggae, il devenait l'auteur de sa vision, après tout ce temps. C'était ça. Son espoir à l'horizon, son nouveau départ.

Les yeux de mon père étaient aussi brillants que le ciel au-dessus du toit.

– Waouh ! s'est écrié Lij, et il a bondi à côté de papa sur le lit de repos.

Ife a grimpé sur ses genoux et s'est mise à chanter.

Derrière mon père, dans le coin de la pièce, à cet instant, je l'ai vue. La grosse valise marron était rangée là, et ouverte. Maman est revenue dans le salon avec une pile de vêtements. Elle les a pliés et placés dans la valise. Tout en s'affairant, elle nous a regardés tous les trois – Lij, Ife et moi – et j'ai perçu sur son visage une chose que je ressentais moi aussi. L'incertitude, pour la première fois, sous le regard de la sainte trinité.

– Écoutez bien votre mère et soyez obéissants, nous a dit mon père, les mains jointes dans le Signe de la Puissance de la Trinité. Jah les guidera et les protégera en mon absence.

– Combien de temps seras-tu parti ? a demandé Lij.

– Six mois, a promis papa.

– Tu reviendras ? a demandé Ife.

– Oui, bien sûr, princesse.

Il a lui a caressé la tête de sa grande main.

– On peut venir avec toi ? ai-je demandé à mon père en le regardant avec courage droit dans les yeux, même si je connaissais déjà la réponse.

– Non, a-t-il dit. Les Moi-jeunes doivent aller à l'école et continuer à travailler de leur mieux en l'absence de Moi l'Homme.

Nous avons tous hoché la tête et lui avons répondu oui.

– Quand Moi et Moi reviendra, tout sera *irie*[1]. Tout va changer.

Je ne lui ai pas demandé de promettre parce qu'à l'époque je croyais tout ce qu'il me disait, me raccrochant fermement à notre petit mantra d'espoir : *Bettah must come.* Le meilleur était à venir. Mais je n'arrivais pas à me défaire du regard que j'avais entrevu sur le visage de ma mère, combien elle semblait inquiète de ce qui allait suivre. À présent, la fissure dans notre petit royaume de Bogue se creusait et, pour la première fois, mon ciel s'assombrissait d'un murmure de doute. C'était vrai, trop vrai, ce que mon père avait affirmé, même si je n'étais pas encore capable de lire les signes qui tombaient du ciel. Dans notre famille, tout était sur le point de changer.

---

1. « Joyeux, signe de contentement », patois jamaïcain.

6

Révélations

Le pasteur transpirait et moi aussi. Assise à côté de moi sur un long banc d'église en bois, ma grand-mère fixait la chaire, écoutant sereinement ce sermon frénétique sur le feu de l'enfer et la damnation comme s'il s'agissait d'une simple liste de courses. Elle m'avait habillée d'un nuage de tulle et de taffetas, je me sentais bouillante et prise de démangeaisons. Lij et Ife s'agitaient et gigotaient, tant ils s'ennuyaient. Nous étions en novembre, papa était parti depuis moins de deux semaines, très loin à l'autre extrémité de la mer, et le changement était déjà là. Nous rendions pour la première fois visite à notre grand-mère Pauline. Mon père l'avait toujours maintenue loin de nous. « Elle n'est pas assez mûre pour être leur grand-mère », avait-il affirmé à ma mère. Grand-mère Pauline avait eu mon père à quatorze ans, ce qui, pour lui, restait une souillure permanente sur sa personne ; elle était la femme originelle impure, son étoile noire, fixée à jamais dans le temps. Si cela ne tenait qu'à lui, nous n'aurions jamais vu notre grand-mère, de peur qu'elle ne nous pollue avec sa féminité souillée et son « esprit chrétien de faible ». Pourtant, juste après ma naissance, ma mère avait insisté pour qu'il se réconcilie avec elle. « C'est la seule grand-mère qu'ils ont », lui avait-elle dit, et mon père avait tranché : Grand-mère pourrait nous rendre visite quelques heures, en présence de l'un de nos parents. Maintenant qu'il se trouvait à l'autre bout du monde, au Japon, Grand-mère nous avait suppliés de venir passer un week-end chez elle, et maman avait accepté de nous y envoyer.

En ce samedi matin poisseux, nous étions entassés dans l'église adventiste du septième jour, celle de Grand-mère, l'une des cinq églises situées sur ce tronçon de route d'un petit kilomètre dans son minuscule village de campagne de Bethel Town, niché à l'écart de tout. Assise sous le regard sombre du pasteur, j'étais terrifiée. En dehors de l'école, où chaque matin l'assemblée était réservée au culte chrétien, c'était la première fois que je me trouvais dans une église, entourée de ces chrétiens endoctrinés dont j'avais tant entendu parler. Le pasteur lisait le Livre de la Révélation (L'Apocalypse) : des mers en ébullition et des léviathans cornus, des monstres mutilés, la mort, le soufre de la damnation. La fin du monde. Chaque mot me frappait comme une flèche. Une fosse brûlante allait certainement s'ouvrir sous mes pieds pour m'engloutir et me dévorer tout entière. De temps en temps, je regardais Grand-mère pour voir si son regard grossi par ses épaisses lunettes de bibliothécaire changeait sous l'effet des horreurs apocalyptiques que le pasteur décrivait, mais ce n'était jamais le cas. Elle souriait, ses joues rondes rayonnaient de douceur, et elle hochait la tête au même rythme que le pasteur, médusée. Chaque fois que sa tête oscillait, ses boucles Jheri si fluides tremblotaient en cadence. Grand-mère, que ma mère appelait affectueusement Sweet P., possédait la sérénité d'une vache sacrée. Le pasteur s'exprimait avec fébrilité, exposait toutes les condamnations pesant sur le monde, sur les pécheurs, et sur moi, la plus condamnée de toutes. Son ton et son attitude m'étaient familiers, comme ceux de mon père lorsqu'il se déchaînait contre Babylone. Je me raccrochais à chacune de ses paroles pour y puiser une reconnaissance de mon âme corrompue, mais en même temps, c'était la voix de mon père qui résonnait dans mon oreille, sceptique et ardente, me rappelant de toujours *Firebun Babylon*. Lorsque les fidèles ont fermé les yeux pour prier, je les ai observés, j'ai regardé autour de moi ceux qui étaient vêtus de leurs plus beaux habits d'église, une orgie de chapeaux et de satin taillé sur mesure, de cuivres et de broches pailletées. Des femmes qui maniaient l'éventail, en hochant la tête et en fredonnant – *mmh* – avec le pasteur, des hommes qui, de temps à autre, levaient leurs paumes tendues pour témoigner. C'était donc Babylone.

Après le sermon, tout le monde s'est levé, comme obéissant à un signal, et tous ont entonné des hymnes que mes frère et sœur et moi ne connaissions pas. J'observais comme à travers une vitre sale la congrégation chanter en un mouvement de balancier, les tambourins trembler, les visages se distendre, et je me regardais former muettement des sons en même temps qu'eux, lisant sans voix les mots écrits dans le recueil de cantiques, tentant d'en saisir l'esprit. S'il en existait un, je voulais qu'il me possède. Si la damnation était réelle, je ne voulais pas être damnée, mais il ne s'est rien passé. J'ai vécu la majeure partie de mon enfance de cette façon, avec le désir de ressentir quelque chose de miraculeux. Le doute profondément endormi et jamais soumis à aucun examen, scellé par la pensée de Jah et la conviction de mon père, se réveillait à nouveau en moi tandis que les fidèles priaient.

À la fin du service, les autres enfants ont formé un cercle d'observation autour de moi et de mes frère et sœur, nous, les étrangers de Mobay. Ils étaient intimidés et nous l'étions autant, et pendant un court moment aucun d'entre nous n'a dit quoi que ce soit. Puis, prudemment, une jeune fille du groupe s'est approchée de nous.

– C'est vrai que vos parents sont des Rastas ?

– Oui, lui ai-je répondu.

Elle a sursauté et s'est retournée vers ses amis, les yeux agités. Nous entendions tous les enfants chuchoter.

– Je vous l'avais bien dit, s'est exclamé l'un d'eux, en en pinçant un autre avec une juste indignation.

Ils se rapprochaient tous un peu plus de nous.

– Alors, comment se fait-il que tu portes des chaussures ? a demandé une fille à Lij.

– Vot'maman et vot'papa, ils portent des chaussures ? a éructé un garçon avant que nous ayons pu répondre à la question de la fille.

– Bien sûr ! a rétorqué Lij, d'une voix forte et retentissante. Toi, t'es stupide, hein !

Des enfants ont gloussé, d'autres se sont encore rapprochés.

– Comment ça se fait que t'aies pas de dreadlocks ? m'a questionnée la première fillette.

– Je ne sais pas, ai-je répondu.

Un jour où je me sentais courageuse, j'avais demandé à mon père pourquoi il avait choisi Rastafari, pourquoi il s'était choisi cette vie, pour lui et pour nous. À cet instant, je tournais et retournais sa réponse dans ma bouche comme une pièce de monnaie : « Moi et Moi ne *choisissons* pas le rasta, m'avait-il expliqué. Je suis né rasta. »

Ce soir-là, à notre retour chez Grand-mère, nous nous sommes agenouillés, les mains jointes et, en larmes, l'avons suppliée de ne plus jamais nous emmener à l'église. Nous savions qu'aucun de nos parents n'était au courant, et cela devenait désormais un secret tacite que nous devions tous garder si nous voulions revoir notre grand-mère. Tout, dans la maison de Grand-mère, semblait être ainsi – son univers dévié, différent du nôtre presque à tous les sens du terme. Une odeur de naphtaline et de savon parfumé régnait à l'intérieur. Le dégoulinement chimique de ses cheveux. L'étrangeté de la voir porter un pantalon, car ma mère n'en portait jamais. Mais le meilleur, c'était la nourriture. À la maison, nous devions suivre un régime Ital : pas de viande, pas de poisson, pas d'œufs, pas de produits laitiers, pas de sel, pas de sucre, pas de poivre noir, pas de glutamate, pas de substances transformées. Notre corps était le temple de Jah. À l'inverse, ici, chaque jour, notre grand-mère nous préparait un festin de sucre et de viande – nos assiettes étaient remplies d'aliments qui nous étaient interdits. Grand-mère nous servait à manger des monticules de poisson salé, des sandwichs au bœuf avec du pain blanc, des bouteilles de soda à la vanille, de la limonade au sucre blanc, des gobelets géants de Milo ou de Horlicks tous les matins et tous les soirs, supersucrés avec autant de lait concentré que nous voulions, et au dîner tous les plats de curry et de ragoût de poulet que nous réussissions à avaler. Dans la maison de Grand-mère, nous nous étirions, nous agitions et nous ébattions dans nos nouvelles peaux.

Elle a dit oui à tout, et pour cela nous l'aimions. Nous avons passé nos heures de digestion à rire et à jouer aux dames chinoises jusqu'à ce que nous entendions le bruit du camion de l'oncle Clive qui s'arrêtait dans l'allée, puis nous nous ressaisissions, nous nous tenions un peu plus droits et nous attendions que l'atmosphère change.

– Hello, les enfants, nous a lancé l'oncle Clive en franchissant la porte.

Il s'appelait Gifford, mais nous avions pour consigne de l'appeler oncle Clive. Il s'adressait toujours à nous avec cette formule – « les enfants » ou « *pickaninny* », un vestige colonial du portugais *pequenino* passé dans le langage courant, qu'il utilisait comme pour éviter de prononcer nos noms à chacun, qu'il jugeait trop étranges et trop peu chrétiens. Ils lui rappelaient mon père, auquel il n'avait pas adressé plus de cinq mots depuis cet après-midi pluvieux, voilà plus de dix ans, le jour où il l'avait abandonné dans les fumées d'échappement du camion de déménagement.

– Hello, oncle Clive, avons-nous tous répondu.

Ma grand-mère s'était déjà levée de table pour lui réchauffer un plat qu'elle allait lui servir à dîner. Il ne l'a pas saluée.

– Alors, comment va Howie ? a demandé l'oncle Clive en se dirigeant vers la cuisine, nous réveillant tous du silence que sa présence tirait comme un rideau autour de nous.

Il avait la peau très foncée qui contrastait avec ses cheveux d'un blanc éclatant et la lueur de ses yeux d'ambre, ce qui lui donnait un air inquiétant.

– Il se fait appeler Djani, tu n'as pas oublié ? lui a rappelé gentiment Grand-mère en nous observant.

L'oncle Clive a souri en nous regardant. Mes frère et sœur et moi sommes restés à table pendant qu'il mangeait.

– Alors, au Japon, Howie s'est enrichi, c'est ça ? a-t-il ajouté en usant du nom babylonien de mon père.

Un sombre parfum de rhum émanait de lui comme une brume, puissante de là où j'étais assis.

– Je ne sais pas, Clive. Tout ce que je sais, c'est qu'il est au Japon et qu'il a signé un contrat. Espérons que tout se passera bien. Si Dieu le veut, a ajouté Grand-mère.

– Uh-huh, a-t-il fait, en rompant ses os de poulet et en en suçant l'intérieur. Alors, les enfants, quand est-ce que vous porterez le tam ? nous a demandé l'oncle Clive, en laissant tomber le sujet de la richesse. Howie et Esther sont des Rastas, alors quand est-ce que vous serez rastas aussi, vous autres ?

– Non. Nnn-nnn. Nnn-nnn, a fait Grand-mère en fronçant les sourcils. Je ne pense pas que ce soit le cas. Ils choisiront ce qu'ils veulent faire quand ils seront grands.

Elle paraissait convaincue.

– Papa dit que nous sommes déjà des Rastas, oncle Clive, a fait Lij, apparemment aussi sûr que Grand-mère.

Il n'avait aucun doute. Sous la table, j'ai vu ses mains former le Signe de la Puissance de la Trinité.

– Alors, ils vous bourrent déjà le crâne, hein, Pauline ?

– Clive ! S'il te plaît, a murmuré Grand-mère, mais il ne lui a prêté aucune attention.

– Non, mon vieux. C'est bon pour eux d'apprendre le christianisme. Si Howie vous enseigne qui est Hailé Sélassié, vous devrez aussi apprendre le christianisme. Connaître le bien et le mal, le paradis et l'enfer. Ils doivent entendre la vérité de tous les côtés, a-t-il fait à Grand-mère.

Il s'est tourné vers nous et nous a demandé :

– Alors, vous aut' vous croyez que Hailé Sélassié c'est un dieu ?

Lij a tenu la tête haute. Il a regardé l'oncle Clive et lui a dit :

– Sa Majesté Impériale est le Roi des Rois et le Très-Haut.

Il a prononcé ces mots sur la même cadence chantante que mes frère et sœur et moi quand nous apprenions par cœur les titres de l'empereur lors de nos leçons avec notre père, à Bogue.

Chez nous, on nous permettait d'être des lions, et rien d'autre. Toute autre attitude faisait de vous un cœur faible, à la merci de Babylone, une proie facile pour un monde maléfique toujours à l'affût. Je me protégeais. Ife a eu un bref coup d'œil pour sonder nos deux visages, le mien puis celui de Lij.

– Oui, oncle Clive, ai-je admis, sur la défensive. C'était un grand homme. Il a vaincu Mussolini et sauvé l'Éthiopie de la colonisation.

Nous devions être des cœurs de lion, pour défendre quoi, je ne le savais pas trop. Je n'avais que sept ans et je ne savais pas ce que je croyais.

L'oncle Clive a hurlé. Le visage de Lij s'est crispé, il montrait presque les dents.

– Alors, c'est ça que Howie t'a raconté, *pickaninny* ?

Il ricanait maintenant, et une odeur vertigineuse se dégageait de lui.

– Nan nan nan, s'est-il écrié en secouant la tête, avec un claquement de langue. Hailé Sélassié était un malfaisant. Il avait toujours des lions d'compagnie dans son château, et les lions il leur filait de la viande, cent livres, pendant que le peuple éthiopien crevait d'faim, nous a-t-il raconté, ses yeux jaunes écarquillés.

Très gênée, ma grand-mère remuait sur son siège, mais elle restait silencieuse, lissant encore et encore la nappe de ses paumes, sans jamais lever les yeux vers nous.

– Ah, *pickaninnny*, Howie vous a jamais raconté ça, à vous, hein ? a continué l'oncle Clive.

J'étais assise bien droite, je voulais servir de bouclier à Lij et Ife, mais j'écoutais, un peu sous le choc.

– Son peuple *crève* de faim pendant que lui y file à bouffer à ses lions. C'est juste, ça ? a-t-il poursuivi. Et c'est pour ça que le peuple il l'a renversé. Alors, quel genre de dieu c'est, ça, hein ? Son propre peuple ne le prend pas du tout pour un dieu, mais Rasta le prend pour un dieu ? Stupide Rasta. Quel genre d'homme vénérerait un être aussi malfaisant ?

Il a claqué la langue et lâché encore un rire imbibé de rhum, ses yeux d'ambre croisant brièvement les miens, me transperçant.

L'a-t-il perçu ? Ma certitude vacillante, mon cœur une torche tremblotante tandis qu'il parlait.

– Hailé Sélassié est en enfer, a jeté l'oncle Clive. Ça, j'te promets.

– Non ! Il n'est pas en enfer ! a protesté Lij, et j'ai vu ses yeux supplier Grand-mère de faire cesser tout cela.

Lij s'est plaqué les mains sur les oreilles. Oncle Clive s'est levé de table en rigolant.

– Clive ! Je crois que ça suffit, a réussi à dire Grand-mère.

Je sentais une onde de chaleur irradier de mon frère. Lij donnait des coups de pied dans la table et secouait la tête, et Ife a grimpé sur mes genoux.

– Non... ai-je répondu faiblement, sans qu'aucun son ne sorte véritablement.

J'étais incapable de répliquer. Je n'avais encore jamais rien entendu de tel à propos de Hailé Sélassié, même si ce ne serait pas la dernière fois que je l'entendrais de la bouche de l'oncle Clive. J'ai voulu m'exprimer encore, mais il s'était déjà éclipsé à l'étage, dans leur chambre, hors de vue. À table, son assiette était vide, à l'exception d'une pile d'os de poulet mutilés, toute la moelle rouge aspirée.

*

De retour dans notre chambre à Bogue, un doute amer caillait en moi. Sous la surveillance de la sainte trinité, chacun de mes mouvements était mesuré. Depuis le salon, les yeux de Hailé Sélassié me perçaient des trous brûlants dans le dos. Nous avons raconté nos pérégrinations à notre mère, tous les mythes de campagne que nous avions entendus et les histoires de fantômes qui nous empêchaient de dormir. Nous lui avons avoué tout ce que nous avions mangé parce que nous savions qu'elle ne ferait pas d'histoires, mais nous ne lui avons pas parlé de nos visites à l'église, ni de ce que l'oncle Clive avait raconté à propos de Sa Majesté Impériale. Comme nous aimions Grand-mère, nous avions reçu l'oncle Clive comme une dose amère de tisane de margose, en décidant qu'il valait mieux ne rien dire du tout.

Pourtant, ses questions m'avaient enfoncé une épine dans la chair. La première nuit de mon retour, je me suis allongée dans mon lit, agitée, tandis que l'obscurité et son chœur strident résonnaient à mes oreilles. Derrière la cloison de fortune tendue dans l'embrasure de la porte, ma mère s'était recroquevillée avec Ife dans le salon. À côté de moi, Lij dessinait des croquis de super-héros dans son lit. J'ai scruté le plafond.

– Tu crois ce que l'oncle Clive nous a raconté ? lui ai-je demandé. Sur Hailé Sélassié et les lions, je veux dire ?

– Non, m'sieur ! a-t-il réagi en me lançant un regard, avant de rouler vers mon côté du lit pour me faire face en parlant. Papa y dit qu'il se méfie des faux prétendants, non ? Des loups déguisés en moutons.

Il n'avait pas encore six ans, mais il s'exprimait déjà par énigmes sacrées, comme un Rastaman. Sa coiffure afro formait une ombre plus sombre que l'obscurité.

– Tu penses que l'oncle Clive est un faux prétendant ?

– Oui. Et lui il est méchant, Saf[1]. Et d'une, a fait Lij.

Derrière notre porte, la télévision ronronnait, sa lumière bleue tremblotait sur le mur.

---

1. « Pur », patois jamaïcain.

– Oui, c'est vrai, ai-je acquiescé – l'oncle Clive était très méchant, ce qui le rendait plus susceptible de se tromper. Mais j'espère qu'il n'a pas laissé son peuple mourir de faim, si c'est vrai.

– Mais Sa Majesté Impériale est l'homme de la situation, Saf. Papa l'a dit. Un empereur peut faire tout ce qu'il veut.

J'étais surpris d'entendre mon frère me dire ça. Je ne pouvais pas faire ce que je voulais. Je passais la quasi-totalité de mes heures éveillées dans la frayeur de ce qui risquait d'arriver si je faisais ce que je voulais. Après notre visite à Grand-mère, j'étais accablée par la culpabilité de mal agir, selon ce que mon père qualifiait de mal. Manger de la viande, aller à l'église. Entendre l'oncle Clive mettre Jah en doute. Et puis, je l'ai peu à peu mis en doute moi-même. Ce doute restait coincé dans ma chaussure comme un caillou. J'avais étudié avec soin les frontières de ce monde, évoluant partout les mains tendues devant moi, en suppliant qu'on m'accorde la permission, alors que dans l'esprit de mon frère, l'oncle Clive avait déjà franchi la barrière, un saut périlleux et l'avait abattue.

J'aurais aimé trouver un moyen de vérifier les dires de l'oncle Clive. Lors de notre visite suivante à la bibliothèque, j'ai fouillé le très dense département des encyclopédies, j'ai repéré le volume Britannica marqué de la lettre « H » et j'ai feuilleté les pages poussiéreuses, à la recherche de Hailé Sélassié. Il y avait une photo de lui en costume militaire kaki, ses yeux noirs me transperçaient. Il y avait des informations sur l'Éthiopie, sa lignée et les dates de son règne. Il y avait des notes sur le christianisme orthodoxe qui, selon ce volume, était la religion de Hailé Sélassié, mais il n'y était nulle part question de lions ou d'affamés. Il n'y était pas non plus question de Rastafari. Et rien ne disait qu'il était Dieu. Cela étant, mon père nous avait toujours répété que Babylone avait modifié tous nos livres d'histoire pour dissimuler la vérité aux Noirs. Un empereur pouvait faire ce qu'il voulait. C'était peut-être vrai. Mais qu'en était-il d'une impératrice ? Pouvait-elle aussi faire ce qu'elle voulait ?

J'étais peut-être la fausse prétendante. Chaque fois que j'entrais au salon ou que je m'étendais sur le lit de repos, sous le regard de Hailé Sélassié, j'étais de nouveau transpercée par la culpabilité, de toute part, et son visage sombre et redoutable suivait toutes mes allers et venues, comme s'il connaissait intimement mes doutes.

*

Dans notre maison, notre église était verte. Les mains souillées de la terre et de l'herbe bénite étaient sacrées. Tous les matins de ma jeunesse commençaient de la même manière : un léger tiraillement venu d'en bas, le souffle d'une bouche pesante refermée sur la mienne, l'odeur étourdissante de la ganja qui me tirait lentement de mon sommeil et me conduisait au réveil. Ma mère était toujours debout avant l'aube, elle communiait avec les grillons, elle s'occupait des tâches ménagères et du jardinage. Chaque fois qu'elle travaillait, elle fumait de la marijuana. Mon père disait que fumer de l'herbe permettait d'entrer en contact avec le Très-Haut et d'atteindre les sommets de la réflexion, bien qu'il n'en ait jamais fumé luimême. Dans sa jeunesse, on lui avait tendu un joint rehaussé d'une queue de lézard, ce qui l'avait rendu paranoïaque, d'après ma mère, et son comportement avait changé de manière irréversible. Depuis lors, il n'avait plus jamais fumé.

Ma mère transportait partout où elle allait un paquet de papier à rouler doré, estampillé d'un dessin du Lion de Juda brandissant le drapeau éthiopien. Je l'observais, hypnotisée, impressionnée par la complexité de ses roulages et la rapidité des gestes. À sept ans, j'étais capable d'en imiter chaque étape dans mon sommeil. L'odeur du pétard collait à ses longues dreadlocks auburn et s'accrochait à moi toute la journée autant que je m'accrochais à maman. Mes frère et sœur et moi passions beaucoup de temps avec elle dans la cuisine, nous pressant autour d'elle comme des chiots impatients. Nous lui donnions des coups de patte et la tiraillions en tous sens, renversant du jus, de la peinture et laissant des marques grasses, mais cela ne la dérangeait pas. Je ne l'avais jamais vue en colère. Si elle était avec nous, elle était tout à nous. Pourtant, elle devait se sentir seule. Cela faisait deux ans que nous avions quitté White House et elle n'était pas retournée voir ses sœurs depuis la nuit de notre départ. Un matin, alors qu'elle se préparait son joint, je lui ai demandé si nous pouvions retourner voir tante Audrey et mon cousin Jason, et ma mère est devenue silencieuse. Son visage s'est assombri et elle a fait non de la tête. « Ils sont partis, mon bébé. Ils ont déménagé à Miami. » Sa voix s'est teintée de ce qui ressemblait à du regret, et alors même qu'elle me réconfortait, j'ai vu ses yeux se mouiller. Elle a dû éprouver une perte irrémédiable en regardant la mer, depuis nos deux chambres louées dans la maison de la propriétaire ; son monde rétrécissait en deçà du supportable, tout comme celui de ma tante était devenu beaucoup plus vaste. Ma mère a détourné le regard de l'horizon et s'est glissé le joint entre les lèvres, puis elle a attrapé le briquet pour en faire jaillir une flamme.

Elle puisait un profond réconfort dans le langage de la terre ; elle aimait enfoncer ses mains dans le sol. Après le départ de notre père, elle s'est lancée dans l'agriculture, défrichant la terre avant d'y planter ses cultures. Très vite, comme si elle avait planté des haricots magiques, j'ai vu toutes ses semailles surgir et s'étaler en bandeaux verdoyants. Nous avions de nouvelles tiges imposantes de canne à sucre qu'elle coupait en morceaux sucrés et qu'elle emballait avec notre déjeuner. Il y avait un champ de citrouilles vagabondes aux feuilles assez larges pour me couvrir la tête en cas d'averse, des rangs et des rangs de pois gungo que nous égreniors et faisions cuire avec du riz pour le dîner du dimanche. « Un jour, tout ce que nous mangerons viendra de cette terre, m'a annoncé ma mère. Nous pourrons alors tous goûter aux fruits de notre travail. »

Tôt les matins d'école, nous nous retrouvions elle et moi dans le salon, sous l'œil vigilant de la sainte trinité, elle me peignait, me faisait souvent gémir et je la suppliais d'arrêter lorsqu'elle tirait sur les nœuds épais de mes cheveux. Parfois, je pensais aux enfants de l'église de ma grand-mère qui me demandaient pourquoi je n'avais pas de dreadlocks, et je me souvenais de la certitude dans la voix de ma grand-mère quand elle m'assurait que nous serions en mesure de choisir. Quand ma mère passait le peigne dans mon nuage de cheveux noirs, je me sentais possédée par le diable. « Je suis désolée, ma chérie, me répétait maman. Tu as trop de cheveux, un point c'est tout ! »

Pourtant, même en ces moments-là, courbée sous la douleur, je n'aurais pas fait le choix des dreadlocks. Lorsqu'elle avait terminé, je tirais sur mes tresses scintillantes, ornées de pinces bleues et d'un ruban bleu assorti à mon uniforme scolaire, et je balançais mes cheveux d'avant en arrière, d'arrière en avant, rose de plaisir. J'avais l'impression que tout cela en valait la peine, en fin de compte. Ma mère donnait l'impression que c'était facile de rassembler à elle seule trois enfants tous les matins en l'absence de mon père et de nous transporter pomponnés, empesés, apprêtés, jusqu'à l'école en bas de la colline.

Fin novembre, les premières lettres de mon père en provenance du Japon sont arrivées par la poste. Il était parti depuis presque un mois. Il avait envoyé à chacun d'entre nous une lettre individuelle, chaque lettre dans son enveloppe, et adressée à chacun. Nous les avons ouvertes dans un grand chahut sur le sol du salon. Je n'avais encore jamais reçu de lettre par la poste, et papa avait choisi le plus beau papier à lettres que j'aie jamais vu, rose et parfumé, ourlé de fleurs à la feuille d'or. Toutes les deux semaines, il envoyait de l'argent à ma mère, des enveloppes remplies de liasses de dollars américains livrées par ses amis qui avaient des comptes bancaires internationaux. Peu après l'arrivée de la première enveloppe, maman a acheté un nouveau réfrigérateur et une cuisinière avec une grande plaque de cuisson sophistiquée au milieu qui lui permettait de préparer trois sandwichs grillés au fromage en même temps.

Les lettres expédiées par papa à maman étaient toujours les plus épaisses, bourrées de cartes postales du Japon, de photos de lui et de son groupe, ornées de longues lettres ondoyantes écrites de sa main tout en majuscules. Elle lisait chaque page, et je voyais son visage éclore, pétale après pétale. Ensuite, elle nous a montré des photos de lui. Papa en kimono. Papa coiffé d'un nouveau tam vert, vêtu d'une veste cool en cuir. Papa et Public Works avec leurs instruments. Papa projetant ses dreadlocks dans le ciel comme un éclair. Je m'accrochais à ces photos comme à une prière, ignorant mes doutes qui germaient comme des racines, pareilles au soja que ma mère conservait dans l'eau pour nous apprendre de quelle manière croissaient les choses.

*

Babylone finirait par venir nous chercher, même dans notre royaume de verdure, ce don de Dieu. Chaque dimanche, après avoir lavé notre linge à la main, maman faisait bouillir de l'eau pour me laver les cheveux, en chantant tout en me versant des tasses chaudes sur la tête. Un dimanche, me fanant sous le regard de Sa Majesté, pensant encore à ses lions en fête et à son peuple affamé, j'ai placé ma tête humide entre ma mère et le peigne punitif pour notre lutte hebdomadaire. Maman a donné un coup de peigne et sursauté. Deux grosses touffes de cheveux se sont détachées de mon cuir chevelu au niveau de la racine, comme des mauvaises herbes flétries arrachées à la terre. J'ai hurlé. Des poignées noires étaient coincées entre les dents du peigne, des touffes égarées tombaient sur le sol, aussi tristes qu'un animal mort, mourant là sans moi. J'avais le front palpitant, tendre et saignant.

– *Jeezam peace* ! s'est lamentée maman avec un cri incrédule. Oh Jah. Oh Jah. Oh Jah, s'est-elle écriée en me serrant dans mes bras.

J'étais en larmes, et elle a empêché ma main de toucher mon cuir chevelu où j'avais maintenant une tache de calvitie au-dessus du front. Elle a appelé Lij et passé ses doigts dans sa tignasse afro pour s'apercevoir que ses cheveux tombaient aussi par touffes. « Notre père miséricordieux », s'est-elle exclamée. Elle a examiné la tête d'Ife, en lui écartant ses mèches, et nous a annoncé qu'elle était indemne, puis elle a fait volte-face. « Ah, qu'est-ce que Djani va me dire maintenant ? Oh Jah tout-puissant ! » Mon père se méfiait des médecins de Babylone et ne mettait jamais les pieds dans un cabinet médical, il nous mettait en garde : là-bas, dans ces endroits-là, un Rasta n'avait rien d'autre à attendre que la mort. Ma mère le croyait aussi, jusqu'à ce qu'elle ait eu des enfants. Nous avons dévalé la colline tous les quatre, paniqués, et nous avons fait signe à un taxi de nous conduire chez le médecin. Une brise de Noël soufflait à travers les vitres de la Lada, une vieille voiture soviétique bonne pour la ferraille, des véhicules tous offerts en cadeau postcommuniste et omniprésents sur l'île, devenus nos taxis. « Oh Jah ! Oh Jah ! » se répétait maman à elle-même. Nous roulions dans cette boîte de conserve bringuebalante, et la brise rafraîchissait ma tête brûlante.

Dans la salle d'attente, les gens nous regardaient fixement, leurs yeux s'attardaient sur la femme rasta paniquée agrippée à ses trois enfants, les pompons en désordre de son bandana lui retombant sur le visage. Le médecin nous a expliqué que nous avions été infectés par la teigne de la barbe. Maman a fermé les yeux en l'écoutant, la bouche tordue de chagrin. Il s'agissait d'une maladie qui se propageait généralement d'un crâne à l'autre, une sorte de teigne contagieuse transmise d'abord par les outils du coiffeur, puis d'un enfant à l'autre, quand ils se touchaient la tête à l'école. Une maladie de Babylone. La preuve que quelque chose d'impie tentait de nous envahir. Aucun d'entre nous n'avait jamais été souillé par les ciseaux de Babylone. Nous étions perpétuellement Samson, avant Dalila. Ma mère est restée inconsolable pendant des jours. Le médecin a prescrit une épaisse crème antibactérienne et un shampoing chimique qui me rendait malade chaque fois que je l'utilisais. Heureusement, j'avais assez de cheveux pour dissimuler la calvitie lorsque nous sortions, mais avec la coiffure afro clairsemée de mon frère, c'était difficile à cacher. Lij a dû se raser complètement le crâne. Ma mère n'aurait fait confiance qu'à un frère rasta pour s'en charger. Même si mon frère n'était pas devant moi lorsqu'on lui a coupé les cheveux, je savais qu'il pleurait. Parce que mon cœur pleurait aussi pour lui.

Une semaine plus tard, il n'y avait guère d'amélioration. Le visage de ma mère s'est crispé de douleur lorsqu'elle m'a séparé les cheveux pour examiner ma calvitie, désormais lisse au toucher. Je savais qu'il s'agissait d'une punition. J'avais laissé entrer les têtes chauves. Chaque jour, depuis que les paroles ricanantes de l'oncle Clive m'avaient enfiévrée de doutes, la fissure s'était élargie. Chaque mauvaise pensée, chaque mauvaise action, la journée à l'église, la nourriture pécheresse que je mangeais, trop mûre et tombant de l'arbre. Pourrie, pourrie, pourrie. J'avais semé la graine toxique avec mes questions, et maintenant je récoltais la moisson de l'iniquité. Nous étions tous punis, et c'était moi la responsable.

La médecine de Babylone ne servait à rien, a décidé maman. Elle a tout jeté à la poubelle.

– Je ne te coifferai plus, m'a-t-elle dit. Je ne te ferai plus subir cela. C'est fini.

Ce n'était pas une question. Son esprit s'est affaissé comme un ballon percé, bleu et solitaire, elle a rassemblé tous les peignes de la maison et les a jetés dans un sac-poubelle, avec les médicaments. Pour les Rastafari, les cheveux étaient synonymes de force. Mon père qualifiait ses cheveux de couronne, ses mèches de crinière, sa barbe de précepte. Ce qui poussait sur nos têtes était censé être sacré. Ma mère considérait nos scalps abîmés comme un échec moral, honteuse que nous soyons tombés en ruine devant Babylone si peu de temps après le départ de mon père. Ainsi, malgré ce que ma grand-mère avait imaginé, cela n'avait rien d'une question ou d'un choix à effectuer, le moment venu.

Ma mère parlait couramment la langue verte des herbes et elle a décidé que le seul moyen était de nous guérir elle-même. Nous avons passé le reste de nos vacances de Noël à la maison, sans jamais nous aventurer au-delà de la porte, pendant que ma mère s'occupait de nos têtes, passant chaque jour ses mains dans mes cheveux. C'était la première fois que mes frère et sœur et moi étions délibérément maintenus à l'intérieur, portail fermé, par mesure de précaution, pour notre salut – pour être sauvés de la ruine de Babylone, sans que nous l'ayons réalisé, à l'époque. Au bout de quelques jours seulement, ma calvitie a guéri et mes cheveux ont commencé à repousser. « Loué soit Jah », s'est écriée maman. La preuve de la juste parole de la nature au sujet de nos cheveux. Ma mère était alors aussi sûre d'elle que si elle avait prédit l'avenir dans les feuilles de menthe au fond de ma tasse. Elle construira sur nos têtes de telles couronnes qu'aucun diable ne pourrait jamais prospérer. Sous l'œil de la sainte trinité, elle s'est employée à tresser nos cheveux en dreadlocks. D'abord moi, puis Ife, et enfin Lij quand ses cheveux ont repoussé. Jour après jour, c'est devenu notre nouveau rituel. Nous nous blottissions entre ses jambes, et elle nous savonnait avec son jaune d'œuf maison, composé de gel d'aloe vera et d'huile d'olive tiède. Puis elle passait des heures à tresser et à boucler entre ses doigts mes cheveux épais jusqu'à ce que de petites dreadlocks se forment peu à peu.

En deux semaines seulement, mes cheveux raidis et emmêlés se sont ainsi mués en dreadlocks, de grosses antennes pointant en tous sens ont bourgeonné et jailli de ma tête. Il n'y avait plus de retour en arrière possible. J'avais posé le pied sur la braise et je l'avais traversée, comme Shadrach, Meshach et Abednego. Nous étions tous passés au travers. Personne ne demanderait plus jamais pourquoi mes parents avaient des dreadlocks et pas nous. À l'époque, mes petites mains jouant avec ces nouveaux cheveux, je n'aurais jamais pu imaginer les questions qui me seraient posées par la suite. À combien d'autres choses je devrais renoncer. Nous étions maintenant sous la protection de Jah, disait maman. C'était notre couronne. Pourtant, en un sens, cela ne me faisait pas l'impression d'une couronne, même pas à l'époque.

Il faudra attendre plus de dix ans avant que je ne me peigne à nouveau. Le peignage et le brossage faisaient désormais officiellement partie des gestes interdits, de cette liste croissante de NIET. Au début, nous étions tous assez jeunes pour n'être affligés d'aucune vanité. Pour l'heure, c'était une obligation de moins dans nos rituels matinaux. Personne n'était plus ravi que mon père d'apprendre que nous avions accompli un pas de plus sur la voie de la *trodition* vers le Rastafari. Je courais avec mes frère et sœur dans la cour, déguenillés et insouciants, voletant de ci de là, soignant notre jardin pour qu'il soit vert et en fleurs, en l'honneur de son retour, dans deux mois.

Le soleil diffusait sa lumière à travers les branches et illuminait nos veines. « Regardez vers l'objectif », nous a dit maman, un appareil jetable en mains.

Nous nous sommes regroupés autour du monticule de soucis jaunes que nous avions plantés. Nous avons levé les yeux vers le soleil éclatant. Elle s'apprêtait à nous prendre en photo. Nous étions tous là. Tous les trois, nos trois petites têtes aux dreadlocks naissantes et emmêlées.

« C'est pour votre père », a dit maman. Alors nous lui avons fait un sourire encore plus large.

7

Telle que plie la brindille

L'élève de cours moyen m'avait suivie toute la matinée. Je tournais à gauche, elle tournait à gauche. Quand je tournais à droite, elle gloussait et tournait à droite, en déployant ses longues jambes pour tenter de me faire trébucher. Le soleil était écrasant et tout était trop lumineux. Je ne savais pas quelle direction prendre pour lui échapper. J'étais trop visible, et les couloirs de l'école élémentaire Catherine Hall n'offraient pas de recoins sombres où me cacher en plein midi. Nos salles de classe étaient modestes et austères, comme celles de la plupart des écoles publiques, construites en parpaings et peintes sobrement aux couleurs de l'école, le bleu et le blanc. L'élève de cours moyen en connaissait chaque recoin et chaque cachette et elle se faufilait derrière moi, me suivait comme un moustique avide de sang en me chantant à l'oreille : « Les poux tuent le Rasta », une moquerie anti-Rastas très répandue dans les années 1990, qui reprenait la mélodie d'un morceau de reggae très populaire. Je me suis réfugiée dans un cabinet de toilettes et j'ai attendu, mais derrière la porte, sa voix résonnait encore, une voix traînante et sournoise destinée à blesser. « Les poux tuent le Rasta », chantait-elle en riant. Cette voix me hantait depuis des mois, depuis que j'étais rentrée des vacances de Noël avec mes dreadlocks. Cela avait commencé avec cette élève de cours moyen qui nous avait montrés du doigt, Lij et moi, en criant à tout le monde : « Les poux tuent le Rasta », avant d'éclater de rire. Ensuite, tous les élèves à portée de voix s'étaient retournés et avaient ri à leur tour.

Et maintenant que je sortais de la salle de bains et me dirigeais vers la cantine, elle était sur mes talons. Elle s'était penchée vers moi pour me renifler les mèches, et je me suis baissée pour lui échapper.

– S'il te plaît, laisse-moi tranquille, l'ai-je implorée, en cherchant du regard un professeur, Lij, ou un ami.

– Hé, la fille rasta, a-t-elle beuglé, la bouche écumante. Tu t'crois mieux qu'moi ?

Je n'ai pas répondu.

Elle a penché la tête en avant, basculé la tête en arrière, s'est cabrée comme un cobra irascible, jusqu'à se planter pile face à moi. Elle s'est pincé le nez en faisant mine de sentir une odeur.

– Pourquoi tu vas pas t'laver les ch'veux ?

– Je me lave les cheveux, ai-je rétorqué.

– Ça m'en a pas l'air. Sal'fille rasta.

Elle a planté ses yeux dans les miens et m'a poussée d'une bourrade.

J'avais le soleil dans la figure. Je devais me montrer courageuse. Je devais lui prouver que je n'étais pas faible.

Je me suis retournée et j'ai fait un pas vers elle, en la dévisageant à mon tour.

– *Cut-eye cut-eye cyaan cut me inna two, and penny penny cyaan buy my shoe*, ai-je fait en tapant du pied et en la chassant d'un revers de main[1].

---

1. « Un coup d'œil-coup d'œil peut m'couper en deux morceaux, et un penny penny peut me payer mon croquenot », paroles de *Galang Gal (Top A Toppa)*, de T.O.K., groupe de *dancehall* jamaïcain.

Elle est restée en retrait et m'a regardée en souriant.

– Alors, comme ça, finalement, tu parles patwah ? Espèce de cafarde rouge.

Elle a craché, puis elle s'est éloignée de moi en chantant : « Les poux tuent les Rastas… »

Après son départ, je me suis attardée dans l'ombre entre deux bâtiments scolaires et j'ai appuyé ma chevelure emmêlée contre le mur de ciment frais. J'en avais les joues cuisantes d'humiliation. C'était encore une fracture dans le Sion promis par mes parents. Je ne m'étais plus sentie aussi peu sûre de moi depuis ma première journée à Catherine Hall l'année précédente. J'avais six ans, j'allais en avoir sept au début de l'année scolaire, et moins d'une semaine après notre inscription, le directeur avait annoncé à ma mère que Lij et moi avions trop d'avance et que nous devrions tous les deux sauter une classe. Maman et le directeur m'avaient conduite à pas lents vers ma nouvelle classe de cours élémentaire, et mon cœur était une mangue sur le point d'éclater. Maman m'avait rassurée en serrant ma main dans la sienne et m'avait chuchoté : « Tu vas y arriver ! » avant de m'embrasser avec un petit rire, tandis que tous mes nouveaux camarades de classe tendaient le cou pour mieux la voir. Après son départ, je m'étais accroupie, bouche bée, dans un coin de la salle et j'avais répondu à toutes les questions habituelles sur mon nom, sur mes parents rastas, sur le fait que moi, je n'avais pas de dreadlocks.

Mais le trac des petits nouveaux n'avait pas duré, car Lij et moi obtenions toutes les semaines d'excellentes notes et, à l'heure de la cantine, la tête haute, nous échangions des infos sur tout ce que nous avions mieux réussi que les têtes chauves. Nos professeurs s'émerveillaient de nos aptitudes autant qu'ils s'irritaient de notre franchise. Nous avions peut-être des parents rastas, mais notre intelligence était incontestable. Nous aimions faire fi des règles de Babylone, en particulier lors de la prière du matin. Tous les élèves priaient avec le directeur, mais mon frère et moi observions tout le monde, les yeux grands ouverts ; en rang avec les cours élémentaires, je tendais la tête pour entrevoir Lij dans son rang de cours préparatoire – on levait les yeux au ciel et on pouffait doucement. Nous nous sentions intouchables, mon frère et moi, échangeant des regards perplexes lorsque nos camarades de classe séchaient sur la capitale de Madagascar ou les composants chimiques de l'eau de pluie. Évidemment, ils ne savaient même pas écrire « Tchécoslovaquie ».

À notre retour en classe avec nos dreadlocks, après les vacances de Noël, nous avions beaucoup moins de raisons de rire. Nous devions sans cesse esquiver les moqueries quotidiennes des têtes chauves. Nous avions quitté l'enveloppe chaude et protectrice de Bogue pour émerger de l'autre côté, où les regards de l'école braquaient sur nous leur lumière cruelle. Désormais, tout le monde affichait ouvertement ses pensées les plus noires. Même les professeurs. Les enfants rastas n'avaient pas été autorisés à fréquenter les écoles publiques avant les années 1980. Mes frère et sœur et moi étions donc non seulement parmi les premiers enfants rastas à aller à l'école à Montego Bay, mais nous nous sommes rapidement habitués à être les seuls. Les élèves de Catherine Hall nous regardaient comme si nous formions un trio d'extraterrestres débarqués d'un vaisseau spatial, s'attroupaient autour de nous et nous dévisageaient, nous montraient du doigt en s'approchant pour tenter de nous renifler ou de tirailler nos dreadlocks. Ils nous suivaient à la trace et nous questionnaient. S'ils avaient pu nous disséquer vivants, je pense qu'ils l'auraient fait. Et même si je m'étais habituée à voir les autres gamins traquer ma mère comme des paparazzis chaque fois qu'elle faisait son apparition à l'école, ce qui m'avait semblé festif ne m'évoquait plus que de la cruauté. Jour après jour, mon identité s'étiolait. Dès que nous franchissions notre portail, c'étaient des regards impitoyables, et j'avais envie de me cacher. Pour la première fois, autant que je me souvienne, j'avais honte d'être moi-même.

Dès que la cloche de la cantine a sonné, je me suis arrachée à mon refuge à l'ombre de ces deux bâtiments et je suis allée retrouver mon frère au réfectoire. Je lui ai parlé de la fille qui m'avait suivie toute la matinée. De ses railleries. Mon frère a secoué la tête en flûtant entre ses dents comme le font les grandes personnes.

– Saf, ne fais pas attention à elle. Tous des zombies ! m'a-t-il dit. Et nous sommes tous des zombies conquérants[1]. Un jour, on explosera ces tarés de têtes chauves.

J'aurais dû le réprimander pour son langage grossier, mais ce jour-là, grâce à lui, je me sentais déjà mieux. Il essayait toujours de prendre des airs de grand, de s'exprimer comme notre père. Avant son départ, papa n'avait-il pas dit à Lij qu'il était « l'homme de la maison, maintenant », faisant le bonheur de mon frère. Cela m'avait causé beaucoup de peine parce que j'étais l'aînée, et j'aurais clairement dû être l'homme de la maison. Ou maman.

– Tu as raison, ai-je dit à Lij, en balayant du regard le territoire ennemi autour de nous.

Si je devais devenir l'homme de la maison, il me fallait être forte. Je devais faire en sorte que mon frère croie en moi. Je me suis donc mise à parler le patois rugueux d'un homme. Je lui ai dit : « On va fout' le feu à Babylone. » Pourtant,

---

1. Allusion au célèbre morceau de Bob Marley, « Duppy Conqueror », 1969.

au moment où j'ai prononcé ces mots, je n'y croyais pas moi-même.

*

En l'absence de mon père, je m'imaginais sa voix dans ma tête, parlant par ma bouche. Il n'était parti que depuis quatre mois, mais j'avais l'impression qu'il avait manqué mille midis, mille minuits. J'étais déjà devenue plus grande, et plus instable. J'ai essayé de m'imaginer ce qu'il me dirait si je lui racontais ce qu'il se passait, si j'admettais ma faiblesse. Il m'avait toujours conseillé d'être polie mais juste. Si la maîtresse se trompait, je devais la corriger. Si mes camarades de classe n'étaient pas corrects, je devais les éviter. « Moi l'Homme, et ta mère, nous n'avons pas donné naissance à des cœurs faibles, me répétait-il. Défends toujours ce que tu sais être juste. Tu comprends ? » Une fois, mon professeur m'a appris un mot mal prononcé et il m'a renvoyée en classe le lendemain pour rectifier son erreur. Par la suite, il voulait avoir la certitude que je corrigerais chaque professeur chaque fois. Mlle Clarke en avait gloussé d'agacement : « Oh ! Eh bien, si c'est ton père qui le dit... » avec un signe de tête incrédule. *Sois polie, mais juste*, insistait papa. *Ne sois pas faible.* À l'époque, je ne prenais pratiquement aucune décision, je ne formais aucune pensée sans d'abord imaginer ce que papa en dirait, ce que papa ferait. J'essayais de me remémorer ses principes de Rastafari comme les centaines de mots de mon concours d'orthographe. Même de loin, son esprit déplaçait le mien comme une pièce de backgammon.

J'ai décidé d'aller en salle des professeurs parler à Mlle Clarke de l'élève de cours moyen qui me suivait. Après m'avoir écoutée, elle m'a donné une petite tape sur l'épaule et m'a conseillée de ne prêter aucune attention à ce genre de choses.

– Dieu ne met à l'épreuve que ceux qui sont assez forts pour être mis à l'épreuve, m'a-t-elle dit. Et avec tes notes, Sinclair, tu peux marcher dans cette école la tête haute. Tu peux garder fièrement la tête haute. Tu m'entends ?

– Oui, mademoiselle. Merci, mademoiselle.

Je me sentais rassurée par ma seule et unique constante. Ma pièce d'or. Après être ressortie, depuis le couloir, j'ai entendu Mlle Clarke et les autres professeurs discuter. Je suis restée cachée sous la fenêtre de la salle des professeurs et j'ai écouté, dans l'espoir de les entendre en dire davantage sur mes bons résultats.

– Si nous traquions la moindre petite bagarre, nous n'aurions jamais un moment de libre, expliquait Mlle Clarke.

Les autres professeurs se sont joints à elle. Ils élevaient la voix avec inquiétude.

– Enfin, n'empêche, c'est vraiment dommage, a poursuivi Mlle Clarke à mi-voix. Quand je vous dis que cette *pickaninny* est brillante ? La mère doit agir comme il faut. Vous la voyez les suivre comme leur ombre ? S'ils lui parlent de sauter, elle leur demandera à quelle hauteur.

– Mais quel dommage, a ajouté la voix d'une autre enseignante. Je pensais vraiment que les parents leur laisseraient le choix.

– Selon moi, cela devrait être un crime d'imposer une chose pareille aux enfants, a commenté quelqu'un d'autre.

– Et en plus, quel gâchis pour sa jolie peau, a soupiré Mlle Clarke.

– Quel gâchis… ont-ils alors repris en chœur.

Je me suis éloignée en courant, en retenant le timbre narquois de leurs voix alors qu'elles parlaient de moi en employant des mots comme *honte*, *dommage* et *gâchis*, et j'en ai été ébranlée. Pourtant, ce n'est que plus tard que j'ai vraiment compris

138

la conversation que j'avais surprise, et la sombre piqûre du non-dit qu'elle renfermait.

*

Nous avons fini par nous habituer au harcèlement à l'école, cela faisait partie de notre rituel hebdomadaire – sauvés par la présence de maman dès notre retour à la maison, ses mains chaudes massant nos chakras, avant d'être à nouveau pourchassés à l'école le lendemain. En avril, j'étais en passe d'accéder à la première place de ma classe de cours élémentaire première année, un cadeau que j'avais hâte d'offrir à mon père pour son retour à la maison. Les mois passés sans lui s'étaient étirés comme un chewing-gum entre mes doigts, collant et fragile, à la douceur sucrée éphémère. Nous comptions le temps qui nous séparait de son retour, en interrogeant maman sur les détails de son arrivée, tout en observant la lente avancée du calendrier. Avant son départ, je n'avais pas réalisé à quel point j'avais besoin de lui pour me sentir forte. Des années auparavant, j'avais alors quatre ans, il avait affronté la sombre fureur de l'ouragan Gilbert, retenant à mains nues le toit en zinc de White House, seul contre le vent, tandis que nous dormions à l'abri. Il était notre guide et notre gardien inébranlable, avec lui je savais que personne ne pourrait jamais nous faire de mal. En son absence, chaque jour se transformait en petite tempête, et nous avions besoin de lui pour dissiper nos doutes. Lorsqu'il était avec nous, nous marchions la tête plus haute, et il n'y avait pas de meilleure façon de l'aimer que d'être aussi forts qu'il nous imaginait.

Nous étions sous notre manguier préféré, près de la porte d'entrée, lorsque la voiture est arrivée, en ce début du mois de mai. Soudain, il est apparu comme le soleil, klaxonnant à l'entrée avec James Hewitt, et révélant ses dents parfaites à nos regards. Nous lui avons sauté dessus et nous avons pleuré ; le feu d'artifice des sentiments n'avait nulle part ailleurs où fuser. Nous attendions ce moment depuis son départ en novembre, et voilà qu'il nous revenait dans un défilé de sacs et de cartons et une guitare électrique Fender flambant neuve en bandoulière. Il était plein d'entrain, plus heureux. Même son odeur était différente. Tout l'après-midi, il n'a cessé d'effleurer de ses doigts nos dreadlocks aux racines désormais complètement emmêlées. Il nous a touchés comme si nous étions des saints, et il était heureux.

L'hiver lui avait éclairci la peau, et ses cheveux étaient plus longs. À l'intérieur de la maison, il a ouvert ses valises et nous a couverts de jouets en peluche, de jolis cahiers, de vêtements et de chaussures neufs, et d'une Nintendo Game Boy toute neuve munie de cartouches japonaises. Pour maman, il avait rapporté des lotions chics, un peignoir, des sachets de ce qu'il appelait du miso et un énorme sac rempli d'une marijuana à l'odeur âcre. « Il fallait que je m'arrête acheter ceci pour mon impératrice Makini », a-t-il annoncé en déballant un système audio flambant neuf, capable de lire douze CD à la fois. Nous criions de joie à chaque nouveau cadeau. Les voisins ont dû nous entendre jusqu'en bas de la colline pousser des acclamations et des cris pour papa. C'était notre Père Noël, si Rasta croyait aux fables de Babylone.

Ce soir-là, après nous être suffisamment calmés pour nous promener avec lui dans la cour, nous lui avons raconté notre année. Que nous étions premiers de la classe. Qu'Ife s'était cassé le bras. Que les enfants nous suivaient partout dans l'école et qu'ils cherchaient à tirailler et à renifler nos dreadlocks. Qu'ils nous chantaient de méchantes chansons. Et que même les professeurs nous dévisageaient. Je me sentais si seule, si isolée d'être ainsi traquée et maintenue à l'écart.

Mon père nous a écoutés attentivement filer et tisser notre saga de ces six mois, nos voix s'entrecroisant et se recouvrant. Puis il a tendu la main pour nous arrêter devant les manguiers, s'est tourné vers nous et s'est exclamé :

– Jah !

Nous nous sommes tous écriés « Rastafari » à l'unisson.

– N'oubliez pas, a fait papa en chantant pour nous la prière familière de Bob, que Jah ne donnerait jamais le pouvoir à une tête chauve.

Il a tendu la main et l'a de nouveau posée sur nos crânes.

– La route sera dure pour vous, les enfants, a-t-il ajouté, mais elle vous renforcera. Selah.

Il a fermé les mains pour former le Signe triangulaire de la Puissance de la Trinité. Lij l'a imité et formé le Signe à son tour.

– Sur le chemin de la justice, il n'y a pas de retour en arrière possible, a-t-il conclu.

Nous avons écouté sans rien dire, car nous savions que c'était ce qu'il voulait. Il a continué quelques instants de nous entretenir sur le chemin de la justice, il a parlé de longues minutes très loin au-dessus de nos jeunes têtes, mais sa conviction était pour moi très lisible.

– Babylone ne peut maintenant ni toucher ni blesser le Moi Nous, nous a-t-il assuré. (Le vent a secoué les feuilles, comme en réponse.) Loué soit Jah, s'est exclamé papa, en réponse au vent. Nous ne pourrons jamais former une cellule familiale si tout le monde n'a pas la même vision, a-t-il continué. Vous suivez le Moi ?

– Oui, papa, avons-nous tous répondu.

Mais quelque part au fond de moi, je me sentais timide et hésitante, et j'arrachais des brins d'herbe. À ce moment-là, mon père a tiré sur un jeune manguier, pas plus grand que moi. Ses feuilles étaient translucides et délicates, ses branches fines et encore flexibles.

– Regardez ce manguier, a-t-il fait, jeune et vert. Le premier venu peut influencer ce jeune arbre pour qu'il pousse dans la direction qu'il veut, tout le reste de sa vie.

Il a plié la branche de l'arbre pour qu'elle forme un arc descendant. Tout comme vous, a-t-il ajouté en le rapprochant du sol. Moi aussi, je dois choisir la bonne direction pour que mes jeunes poussent. Telle que plie la brindille, l'arbre s'incline, a-t-il décrété sur un ton sans appel.

Puis il a relâché la branche. Elle s'est redressée, fouettant le vent en tous sens. Quelques feuilles ont été arrachées par la force de mon père. J'ai levé les yeux vers lui, et ses mots m'ont semblé grands, plus grands que moi et plus grands que le ciel au-dessus de ma tête. J'étais intimidée par leur poids, mon avenir entre mes mains était fragile et précaire. Je ne savais pas si j'étais capable de le porter. Mon père s'est retourné, Lij et Ife agrippés à ses bras, et il est rentré en silence dans la maison. Je me suis attardée pour regarder le manguier se balancer par à-coups, vacillant et fragile, avant de tourner les talons, encore hésitante, et de les suivre.

Mes frère et sœur et moi nous avons investi le salon où nous avons fait du raffut en nous amusant avec nos nouveaux jouets. Mon père a inséré un disque dans le lecteur de CD flambant neuf et, instantanément, sa voix en est sortie et s'est mise à résonner dans la pièce. Nous avons applaudi. Il s'agissait des nouvelles chansons qu'il avait enregistrées au Japon, nous avons donc augmenté le volume et l'avons écouté chanter et danser au son de sa musique. « Les Eux de Moi, ils l'aiment, celle-là ? » nous demandait-il après chaque morceau. Nous lui répondions : « Oui, papa ! C'était notre préférée. » Sa voix était claire, nette et belle. Ma mère écoutait attentivement, les yeux fermés.

Après avoir repassé plusieurs fois ses nouvelles chansons, nous nous sommes assis autour de la table basse et l'avons écouté revivre son voyage. « Les Japonais sont un peuple chic », nous a-t-il expliqué. Il nous a raconté la propreté de leur métro, ce que c'était que de foncer vers Kyoto en train à grande vitesse, la vision du mont Fuji. Il nous a montré comment il buvait son thé dans un bol. Nous étions éblouis, en la présence d'un dieu. Ce personnage qui était allé jusqu'au Japon venait maintenant s'asseoir dans notre salon. Mon père, le regard fixé au loin, apercevait une route étincelante qui s'étirait vers la gloire. Et tout à coup, nous l'avons vue nous aussi. L'air était chargé d'espoir et nous voulions nous en imprégner.

Ife était pelotonnée sur les genoux de Maman, elle la regardait rouler le monticule de marijuana dans un joint, et elle tirait sur sa manche.

– Maman, je peux en fumer un aussi ? a-t-elle demandé en enfouissant le nez dans le sein de notre mère pour lui désigner son pétard. Comme toi ? S'il te plaît, maman ?

– Moi aussi. Moi aussi, je veux fumer ! s'est écrié Lij, pour ne pas être en reste.

– Moi aussi, je veux essayer ! me suis-je exclamée en levant la main en l'air.

Ife a effleuré le visage de maman et tiré sur ses dreadlocks, en la suppliant.

– Maman, on peut ? l'ai-je implorée, le menton entre les mains.

– S'il te plaît, s'il te plaît, s'il te plaît, avons-nous tous entonné.

Ma mère a eu un regard vers mon père et s'est esclaffée. Nous nous sommes tous retournés et avons quêté la réponse de papa. Après un soupir, il a hoché la tête.

– D'accord ! a fait maman, tout excitée.

Elle riait de son rire joyeux et haut perché. Son rire retentissait, retentissait. Elle nous a roulé trois joints minuscules, aussi minces qu'un fuseau et de la longueur d'un auriculaire. Papa les a récupérés avec soin et les a placés sur un plateau en argent, avant de nous les tendre un par un. J'avais sept ans. Mes frère et sœur avaient cinq et trois ans. Chacun de nous a pris maladroitement son bébé pétard dans sa petite main et tâché de le tenir entre ses doigts, comme le faisait maman. Elle a montré à Ife comment le tenir entre son index et son majeur, et Lij et moi l'avons observée et avons imité ses gestes. C'était une autre étape sur la voie foulée par la tradition qui devait nous rapprocher de la communion avec Jah. Papa et maman se sont agenouillés devant nous avec une sérénité rituelle, l'un et l'autre avec un briquet à la main, et ils ont allumé nos pétards. Un, deux, trois.

Nous avons tiré une bouffée, puis une autre, et encore une autre. Nous nous sentions adultes en recrachant de la fumée d'herbe par la bouche. Ma mère et mon père s'étaient enlacés, ils nous regardaient faire en souriant, plus radieux que jamais. Notre initiation à leur secte privée était désormais officielle. Il n'y avait pas de retour en arrière possible.

Ma sœur Ife et moi revivons souvent ce moment à voix haute pour avoir la certitude que nous ne l'avons pas rêvé. Nous n'étions encore que des enfants et nous ne savions pas ce que nous réclamions. Mes parents nous avaient entraînés au-delà de toutes les limites du raisonnable vers une jungle inconnue, aux règles et aux chemins de plus en plus flous au fur et à mesure que nous avancions. Après cela, ma sœur et moi n'avons plus jamais rien fumé, mais à compter du jour où mon frère s'est refait un pétard, il n'a plus jamais pu le reposer.

Ensuite, je suis sortie sur la pelouse et j'ai plaqué mon oreille dans l'herbe. J'avais franchi un seuil invisible pour pénétrer dans une autre vie, et je pouvais entendre l'herbe me parler. J'ai appuyé mon oreille dans la terre et la terre s'est ramollie. Mes dreadlocks ont enfoncé des racines dans la terre, elles m'y ont ancrée, chacune de mes mèches se nouait aux racines profondes des arbres, leurs voix s'élevaient et grandissaient en moi.

8

Chicken Merry Hawk

Pour les vacances d'été 1992, Papa était avec nous à la maison et, dans cette félicité inédite, effrénée, contagieuse, il se muait en un dieu. Lorsqu'il était ainsi, je pressais ma peau contre son torse de colosse, avide de cette chaleur, le soleil basculant sur son axe rien que pour briller sur moi. *Reste. Reste*, avais-je envie de lui dire. Son contrat d'enregistrement de disques était de deux ans, mais son label ne pouvait accorder au groupe que des visas de six mois, alors il a dû nous quitter deux années de suite, en novembre. Dès la fin de l'été, à la rentrée des classes, il repartirait six mois au Japon terminer son album. J'ai précieusement mémorisé les après-midi que nous avons passés avec lui à jouer au cricket, quand il nous apprenait à courir et à arquer les bras en cercle, à fouetter l'air de notre lourde crosse, à viser un six parfait. Chaque jour, c'était un nouveau papa, une version plus insouciante de lui-même qui se réveillait pour nous accueillir. Il nous répétait les dix mêmes blagues de son enfance et nous éblouissait avec ses talents de grimpeur, et nous jetait des mangues et des pommes mûres en chantant « attrapez ça, attrapez ça » jusqu'à ce que nos ventres en brûlent de joie.

En ce mois de juillet vénéré, nous avons pour la première fois partagé la scène avec lui. Nous avions écrit une chanson ensemble, à l'ombre du manguier de Bombay. Nous avons écrit les paroles à trois, et papa la musique, une chanson sur la protection de l'environnement que nous avons interprétée devant un public modeste au Centre culturel des arts de Montego Bay. Lorsque papa nous a regardés, radieux, en jouant de sa guitare, j'ai senti mon cœur déborder. C'était Sion, sa Terre promise. J'ai alors compris que pour lui, la musique n'était pas seulement une prière, mais aussi un moyen de se faire aimer. Ses partenaires de son groupe n'étaient que des substituts temporaires de ce sentiment d'appartenance et, cet été-là, ces quelques mois où notre groupe familial a joué en harmonie, il se voyait bel et bien lui-même, lui-même et lui-même. C'était aussi là que résidait son dévouement à la création d'une famille rasta parfaite, l'espoir qu'il ne serait plus jamais un paria. Cet été-là, un glorieux moment, chaque jour nous avons tendu les bras, fermé les yeux sous la pluie de l'après-midi et chanté pour remercier Jah de ses bienfaits. Lorsque nous avons rouvert les yeux, mon père était reparti de l'autre côté de la mer.

*

Chaque matin de la nouvelle année scolaire commençait par sa voix qui chantonnait dans notre lecteur de CD, du miel sur nos têtes, chaude et familière tandis que nous nous apprêtions à partir à l'école. Il chantait, et nous chantions, en gazouillant sur chaque *ooh-we-ooh* et *sha-na-na*, chacun de ses mots d'or. Pour moi, c'était une superstar et je portais cette fierté à l'école comme une armure, la magnificence d'avoir un père extraordinaire devenant ma propre magnificence. Je venais d'avoir huit ans et je commençais toutes mes phrases par « mon père est au Japon… ». Bien sûr, quelques élèves de l'école Catherine

Hall avaient des parents qui étaient partis en Amérique, mais j'étais la seule à avoir un père célèbre au Japon.

En son absence, tous les week-ends, nous allions en ville au magasin d'Ika Tafara lui téléphoner. Ika était le frère rasta le plus proche de mon père, vénéré par de nombreux Rastas de Mobay pour avoir survécu au massacre de Coral Gardens. Cet événement avait provoqué l'une des périodes de brutalité gouvernementale les plus horribles de l'histoire de la Jamaïque, un temps que mon père évoquait parfois par bribes lorsqu'il nous faisait la leçon contre Babylone, afin de nous illustrer la longue histoire de son règne violent. La commune de Howell avait été réduite en cendres, la vision d'un mouvement rasta-fari unifié avait fini anéantie, et les Rastas, qui continuaient à prêcher la paix et l'amour, étaient devenus les cibles déclarées de violences civiles et policières unilatérales et d'une discrimi-nation généralisée. Il leur arrivait souvent d'être arrêtés alors qu'ils marchaient le long des plages aménagées spécialement pour les touristes, car leur apparence était jugée horrible, et le gouvernement, qui courtisait les investisseurs étrangers, avait tenté d'interdire aux Rastas d'emprunter les routes côtières de Montego Bay. Leurs familles les rejetaient, comme ma grand-mère avait rejeté mon père en cet après-midi pluvieux, et la plupart des Rastafari, devenus des nomades et des reclus, avaient choisi de vivre paisiblement entre eux dans de petits campements disséminés sur toute l'île. Mon père n'était qu'un bébé, en 1963, l'époque où Ika vivait dans l'un de ces campe-ments agricoles de Coral Gardens. Ce quartier de Mobay reposait sur d'anciennes plantations que le gouvernement et les propriétaires locaux avaient tenté de récupérer en vue d'un programme hôtelier. Les Rastas avaient refusé de céder leurs terres agricoles à Babylone, la police était intervenue pour les expulser sous une pluie de balles, tuant trois d'entre eux.

Malgré les appels à la riposte d'un groupe marginal de Rastas, la majorité des frères de Mobay avaient refusé de recourir à la violence, défendant leurs convictions pacifistes et appelant à l'unité. Refusant de s'y plier, un petit groupe de six Rastas s'était armé et avait riposté. Deux officiers de police avaient péri dans l'échange de tirs. En guise de représailles, Alexander Bustamante, le Premier ministre blanc de l'époque, avait pris pour cible les Rastafari de toute l'île, ordonnant aux militaires de « rafler tous les Rastas, morts ou vifs ». Des années plus tard, j'apprendrais par moi-même le reste de cette histoire brutale, horrifiée de ces informations qui défilaient devant moi. Au cours d'un long week-end d'avril 1963, qui débuta par ce que les Rastas appellent le « Bad Friday », l'armée jamaïcaine s'était déchaînée, attaquant et détruisant plusieurs campements de Rastas dans tout l'Ouest de la Jamaïque. Les forces de police s'entraînaient depuis des années au tir à la cible sur des photos de Rastafari, si bien que lorsque Bustamante leur avait finalement donné le pouvoir d'arrêter tous ces Rastas sous la menace d'une arme, nombreux sont ceux qui ne sont jamais rentrés. La police avait capturé, rasé de force, coupé les dreadlocks de centaines de Rastas. Elle avait emprisonné, torturé et blessé quelque cent cinquante Rastafaris et tué un nombre indéterminé de frères. Peu après, le mot « Babylone » avait remplacé définitivement le mot « police » dans le patois jamaïcain.

À l'école, on ne m'a jamais enseigné un seul mot de cet épisode ; ce massacre avait été pratiquement effacé de l'histoire de la Jamaïque, et nous sommes très peu à être informés de ces atrocités, mais le terme qui désigne la police demeure depuis lors : « Babylone ».

Ika ne parlait pas beaucoup du massacre de Coral Gardens, mais il m'arrivait parfois de voir son visage se figer dans un silence austère et de me demander où il s'était retranché.

De tous les frères de mon père, c'était Ika que je préférais parce qu'il était gentil et d'un naturel jovial, il nous saluait en plaisantant, il soulevait mon frère au-dessus de sa tête. Sa femme Isha et lui n'ont pas eu d'enfants, bien qu'ils aient essayé, comme je l'ai appris plus tard. Mes frère et sœur et moi étions toujours heureux de nous lover dans leurs bras, excités de les voir allumer gaiement un feu dans nos esprits turbulents. Finalement, son magasin est devenu pour nous une seconde maison, surtout en l'absence de mon père. *Tafara Products* est aussi l'endroit où j'ai passé le plus de temps parmi d'autres Rastafari. À ma naissance, il ne restait plus que quelques établissements rastas, dispersés dans les paroisses, éloignés les uns des autres. Lorsque Ika avait ouvert son magasin à la fin des années 1980, c'était rapidement devenu un lieu de rencontre pour le petit groupe de Rastas qui vivaient à Mobay, où ils discutaient, fumaient de la ganja et jouaient du tambour.

Entrer dans la boutique d'Ika, c'était comme écarter les rideaux de brocart musqué d'un autre monde. *Tafara Products* était une mercerie militante d'articles Rastafari, aux étagères où s'empilaient des livres d'histoire africaine et une batterie d'iconographies de Hailé Sélassié dans toutes les postures les plus sacrées, une estampille noire sur chaque peinture, carte postale et photographie. Toujours à l'affût. Des posters de Bob Marley fumant un joint géant, de Malcom X empoignant une mitrailleuse et de Marcus Garvey affichant un air sévère sous son casque à plumes montaient une garde militante. C'est là que mes parents avait acheté la plupart de leurs vêtements, qu'ils avaient trouvé notre carte géante de l'Afrique. Le magasin était une oasis au milieu de Babylone. Tout sentait la terre et le chanvre, et nous aussi, longtemps après notre départ.

Tous les week-ends, nous entrions dans la petite pièce latérale du magasin pour nous serrer autour du téléphone et parler à notre père au Japon.

– Budgie, a dit la voix de papa, crépitante et lointaine. C'est si bon de t'entendre, princesse.

En l'entendant, mon cœur s'était serré de nostalgie. Il avait une voix rauque qui me signalait qu'il venait de chanter.

– Quelle heure est-il là-bas ? ai-je dit.

C'était toujours la première chose que je lui demandais. Mon père a lâché un petit rire. Il a répondu que là-bas, c'était déjà le lendemain, ce qui m'a émerveillée.

– Les trois Moi-Eux sont célèbres, m'a-t-il assuré, et je l'ai entendu sourire. La scène musicale de Tokyo est tombée amoureuse de la photo des trois enfants rastas et de leur jardin planté de soucis. Chaque soir, quand on monte sur scène, on projette les visages des Moi-Eux sur un grand écran.

J'ai essayé d'imaginer mon visage projeté sur un écran géant, dans le futur, à l'autre bout du monde. J'avais hâte de pouvoir m'en vanter à l'école.

Avant que je ne redonne l'appareil à ma mère, mon père m'a dit :

– J'ai une autre grande surprise pour toi.

Il m'a annoncé une nouvelle encore plus délicieuse : nous allions avoir notre première voiture.

De retour à la maison, nous avons sauté dans le salon, lancé des coups de pied en l'air au son de la musique de papa et dansé. La bénédiction était sur nous, elle s'étendait au-delà des clôtures comme les rangs de citrouilles de maman. « Nous sommes riches », s'est exclamé mon frère. Je m'imaginais sur la banquette arrière de ma nouvelle voiture rutilante, les vitres teintées relevées, la climatisation à fond, saluant royalement les passants à l'extérieur. Dès réception des lettres suivantes de mon père, nous passions directement aux photos. Elle était là, la première image de la pile. Une photo de notre nouvelle voiture. Nous avons tous poussé un cri. Sur la photo, papa se tenait à côté d'une Isuzu Gemini vert foncé flambant neuve, la main sur la portière ouverte côté conducteur, souriant comme l'aurore. Maman a fait retentir son rire haut perché, et son éclat de rire s'est envolé et il est allé décrire des boucles autour de notre toit comme une nuée d'oiseaux.

Il n'y avait rien devant nous ni derrière nous, la joie de ma mère était suspendue à la corde à linge, à la vue de tous. Son rire ne nous quittait jamais, même lorsqu'elle semblait un peu plus épuisée à chaque journée délavée de soleil – elle lessivait à la main, elle étendait, elle ratissait, elle entretenait, elle rangeait et elle cuisinait, puis elle lessivait à nouveau. La plupart du temps, une fois nos devoirs terminés, maman s'allongeait de tout son long sur le canapé et fermait les yeux tout en nous aidant à nous préparer pour notre premier Kwanzaa. Un soir, alors qu'elle se reposait, elle nous a appelés auprès d'elle. Avec un sourire serein, elle nous a regardés et nous a annoncé que nous allions avoir un autre frère ou une autre sœur. Mes frère et sœur et moi avons hurlé d'excitation à l'annonce de la nouvelle, puis nous avons hurlé encore plus fort lorsque maman nous a dit que nous pouvions prendre part au choix d'un prénom dans le livre des prénoms africains.

Au cours des semaines qui ont suivi, nous avons vécu sous le signe astral du OUI. La vie était un doux *mana* que nous buvions à pleines gorgées, la bouche grande ouverte. Les week-ends, à l'approche de Kwanzaa, nous nous animions, et les mangues de Bombay devenaient plus grosses que tous nos poings réunis. Nous nous entassions dans un hamac pour nous régaler de mangues, nous nous prélassions comme des lézards, gros de richesses, enceints de l'ambre qui ruisselait de nos bras.

Nous dansions sous la pluie, nous avions transformé notre rideau de douche en toboggan aquatique, transformé notre toboggan aquatique en une piscine de boue chaude. Nous enfouissions nos corps en riant dans la boue noire, en étalions une couche épaisse sur nos bras et notre torse pour en être recouverts jusqu'au cou. Maman riait et nous encourageait. Lorsque l'air crépitait et sentait le rhum fumant, nous savions que les champs de canne au-dessous de nous brûlaient pour produire du sucre et que des cendres noires allaient bientôt pleuvoir sur nos têtes. Mes frère et sœur et moi sautions dans les airs et attrapions ces feuilles noires comme des ailes, en riant et en les réduisant en poussière dans nos mains. Il n'y a jamais eu de saison plus douce de ma vie. Je pourrais vivre ici jusqu'à la fin de mes jours, en rembobinant ce souvenir comme une vieille cassette vidéo. La cendre sur mon visage, sous ce ciel tombant, mes mains tendues vers le ciel, en acceptation.

En décembre, lorsque nous sommes entrés dans le magasin d'Ika pour la célébration de Kwanzaa, je me suis sentie pour la première fois à ma place. Une trentaine d'enfants rastas et leurs familles étaient venus de tout Mobay pour rendre grâce. J'ai joué du tambour congo et j'ai chanté l'élévation des Noirs avec d'autres enfants rastas. Nous avons récité Marcus Garvey comme une écriture sainte et mangé des morceaux de légumes et du callaloo sans sel en faisant semblant d'aimer ça. En marchant parmi eux, je me sentais presque choisie. Mes parents étaient les deux jeunes vedettes du groupe ; tous les frères et sœurs faisaient l'éloge de ma mère et, bien qu'il soit encore de l'autre côté de la mer, le son de la voix de mon père résonnait dans les haut-parleurs du magasin et dans la vaste arrière-cour.

Les autres enfants rastas étaient aussi timides que nous. Nous étions une vingtaine à nous cacher derrière les ourlets de nos mères. Nous nous frôlions les uns les autres avec des yeux en forme de soucoupe, toutes nos dents de travers et déchaussées à cause du manque de calcium, tous nos membres réduits à l'état de bâtons sans la vitamine B12 de notre régime Ital. Mais très vite, nous avons cessé d'être prudents et nous nous sommes mis à courir dans la cour de la boutique envahie par la végétation. Le rassemblement s'est peu à peu scindé. Les frères rastas sont sortis et les femmes rastas sont restées à l'intérieur de la boutique, berçant les bébés et servant des assiettes de plats Ital. Calmes et attentives, le visage fatigué, les femmes étaient toutes habillées de la même manière : sans ornements, la tête couverte, de longues jupes et des robes aux imprimés africains. Aucune d'entre elles ne s'est jointe aux tambours et aux discours des frères à l'extérieur, dans la cour, sauf pour apporter des assiettes de nourriture, et même dans ce cas, aucune des femmes que j'ai vues n'a franchi le cercle pour prendre la parole.

Les frères rastas se pavanaient comme des paons, coiffés de tams géants et de cônes de dreadlocks spiralant en orbite autour de la tête, de puissants buissons de barbes raides et des mains calleuses tirant sur leurs préceptes. Certains portaient des jeans, d'autres des dashikis, certains avaient les cheveux attachés, d'autres les cheveux libres. Certains d'entre eux ne portaient pas de chaussures. Ils avaient marché pieds nus dans un millier de rues, puis étaient entrés dans la boutique d'Ika les pieds cornés et mutilés, comme si c'était la chose la plus ordinaire du monde. Lorsque j'ai interrogé ma mère à ce sujet, elle m'a expliqué que certains Rastas considéraient que les chaussures étaient une invention de Babylone et que les Rastafari devaient marcher de façon naturelle sur la terre de Jah. Lorsque je lui ai demandé comment il se faisait qu'ils aient pris une voiture pour venir jusqu'ici, elle s'est esclaffée. Des années plus tard, lorsque j'ai eu le courage de demander à mon père pourquoi il portait du cuir mais ne mangeait pas de viande, il m'a réprimandée pour mon impertinence. Plus je rencontrais de Rastas, plus je me rendais compte qu'il n'existait parmi les frères Rastafari aucun évangile unique ou reconnu. Chaque homme façonnait son propre credo, traçait sa propre route. J'ai appris des décennies plus tard que certains Rastas refusaient en fait de voyager à bord de véhicules à moteur ou d'utiliser les machines de Babylone. Certains ne touchaient jamais à l'argent de Babylone, sauf avec des gants ou un sac en plastique. Et certains n'envoyaient pas leurs enfants à l'école, mes frère et sœur et moi l'avons appris après avoir parlé avec d'autres enfants rastas. Chaque homme était simplement l'auteur et l'interprète de sa propre vie, en fonction des sectes et des principes qui l'interpellaient le plus. Certains étaient plus stricts que mon père, d'autres plus indulgents. Et bien que je ne puisse pas parler de la situation du foyer d'autres frères, presque tous les Rastafaris croyaient au maintien de la paix et de l'harmonie en public, se considérant comme les défenseurs consacrés de Jah, unissant le peuple noir dans la lutte contre Babylone.

En observant de loin le groupe de nos frères Rasta, en observant leurs visages calmes et austères tandis qu'ils raisonnaient, les voyant parfois faire signe aux garçons de les rejoindre dans ce cercle, j'en éprouvais de l'envie. Car vingt-cinq années s'écouleraient avant que je n'apprenne les divers principes qui les réunissaient, et que je prenne place pour écrire et mener mes propres recherches. C'est alors que j'ai appris l'existence de trois sectes ou ordres principaux du Rastafari. La Maison de Nyabinghi est la plus ancienne et celle dont sont issues toutes les autres sectes. Nyabinghi pratique un militantisme panafricaniste, qui croit en Hailé Sélassié, réincarnation de Dieu sur la terre, en l'unification des Noirs, en leur libération et en leur rapatriement en Éthiopie. Les Douze Tribus d'Israël forme la secte rastafarie la plus progressiste, qui accueille dans ses rangs de jeunes Jamaïcains des quartiers chics et des étrangers blancs ; ils mangent de la viande et croient en Jésus-Christ. Les Bobo Shanti, la plus récente des trois sectes, vivent à l'écart de la société en un groupe autarcique qui adhère aux lois mosaïques juives de l'Ancien Testament, notamment l'observance du sabbat et des règles singulières de mise à l'écart des femmes lors de leurs menstruations. J'ai vécu presque toute ma vie dans le respect d'un semblant de ces règles, mais je ne savais pas lequel de ces noms adopter. Certes, mon père se considérait surtout proche de la Maison de Nyabinghi, mais il n'est jamais devenu membre officiel d'aucune des trois sectes et, au fil de nos existences, il a puisé ses propres règles et inspirations dans les trois, créant son propre type d'ordre, sa propre Maison.

Certaines des femmes rastas qui s'étaient réunies à l'intérieur étaient beaucoup plus jeunes que ma mère, notamment une adolescente nommée Joséphine, la jeune épouse de Samuel, un chauffeur de taxi auquel ma mère avait l'habitude de faire appel. Samuel était plus âgé – quarante ans, ai-je appris plus tard. Joséphine, tout juste sortie du lycée, en avait dix-sept, soit neuf de plus que moi. Son visage était aussi mince et sombre qu'une pierre de rivière et, à distance, je voyais ses yeux écarquillés et interrogateurs quand elle parlait avec ma mère. Je me suis approchée et j'ai écouté Joséphine demander à ma mère ce qu'elle devait attendre de son mariage, elle, une femme rasta. Elle posait à voix basse des questions sur les relations extraconjugales et la polygamie chez les Rastafari, une pratique courante parmi les frères, quelle que soit leur secte. La plupart des sujets abordés me passaient au-dessus de la tête, mais ce que j'entendais là me hérissait, et à mesure qu'elles se parlaient, un sentiment étrange me gagnait. La voix de Joséphine était un peu penaude lorsqu'elle a raconté à ma mère que Samuel l'obligeait à dormir dans une autre pièce les nuits où elle avait ses règles et lui interdisait d'entrer dans la cuisine ou de cuisiner pendant son cycle menstruel car elle était alors « impure ». Entendant cela, ma mère a exprimé sa consternation et posé la main sur le bras de Joséphine, un geste de réconfort, en lui disant : « Le père de mes enfants ne s'embarrasse plus de ces vieilles sottises d'"impureté". Mais, ma sœur, laisse-moi te dire… » À ce moment-là, Joséphine m'a entrevue et ma mère m'a chassée en disant que c'était « une affaire de grandes personnes ». En temps normal, je geignais et demandais à rester, mais cette fois-ci, je n'ai pas objecté ; il y avait comme de l'anémie dans l'air, un bruit de parasites dans la pièce, un présage qui m'a troublée.

Avant de tourner les talons et de me précipiter dans la cour aux bavardages, j'ai observé les sœurs rastas. Toutes avaient les traits tirés, épuisés, les mains brûlées, calleuses à cause des travaux ménagers, comme celles de ma mère. Presque toutes tenaient un bébé ou un enfant en bas âge dans leurs bras, certaines étaient enceintes, comme ma mère. D'autres étaient tellement occupées par les enfants qu'elles pouvaient à peine se parler. À l'inverse du cercle des frères, aucune d'elles ne vociférait « Jah Rastafari ! ». Parmi elles, pas de révélations spirituelles. Rien que des femmes qui s'empressaient de retourner en cuisine à tour de rôle, et s'occupaient avec diligence de leurs enfants et de leurs hommes. Leurs envies bridées et sans formes, leurs foulards blancs qui se défont. À cet instant, le murmure effilé d'un souffle fantôme m'a saisie. Comme l'éclair d'une aile blanche, une pâle silhouette de femme, vaguement familière, a voleté entre les rideaux contre le mur. Une pensée, flottant hors d'atteinte, aspirait lentement l'air de la pièce. J'en ai frissonné, puis j'ai chassé ce spectre et j'ai fait demi-tour pour rejoindre les festivités aussi vite que possible. Il s'écoulerait beaucoup de temps avant que cette pensée ne ressorte dangereusement des buissons de mon esprit. Mais cette fois-là, je n'aurais d'autre choix que d'y prêter garde.

*

Nous étions en 1993, et la nouvelle année s'étendait au-dessus de nous telle une béance vorace. Mes dreadlocks m'arrivaient maintenant aux épaules, même si elles me semblaient encore étrangères à moi-même. Je regardais le ventre de maman grossir quand elle préparait nos repas devant la cuisinière. Parfois, pendant qu'elle dormait, je restais éveillée pour observer son ventre. Une anguille se faufilait sur son abdomen, sa peau se distendait et bougeait. L'échographie a révélé qu'il s'agissait d'un garçon, et Lij n'arrêtait pas de jubiler à l'idée d'avoir un frère. « Les médecins peuvent se tromper, nous a dit maman. Ils ne connaissent pas toujours la vérité. »

À mesure qu'elle s'arrondissait, le temps que nous passions au téléphone avec papa s'amenuisait, jusqu'à ce que l'appel entier soit limité à mes seuls parents. Au cours d'un de ces longs appels, j'ai suivi Isha dans le fond de la réserve du magasin où j'ai vu qu'il y avait maintenant un autre téléphone. Je me suis assurée que personne ne regardait, puis j'ai lentement décroché le second combiné et l'ai plaqué contre mon oreille.

– Bon, a dit maman, d'une voix sourde et peinée, ce bébé est déjà sur le point d'arriver, Djani. On ne peut rien y faire, maintenant.

Mon père a soupiré.

– Ah, Jah, a-t-il soufflé. Enfin, les soucis ne s'annoncent jamais en soufflant dans une conque, hein. (Sa voix était éraillée.) Et voilà Juju qui signe dans le dos de Moi l'Homme un nouveau contrat avec plus de royalties, sans en dire un mot à Moi l'Homme.

– Mmm-nnn ! s'est exclamée Maman.

J'écoutais en retenant ma respiration, j'essayais de comprendre ce que racontait mon père au sujet de Juju Hewitt, le claviériste de son groupe.

– C'est un putain d'escroc, a-t-il continué. Il essaie de nous voler, Moi et Moi. Depuis notre jeunesse, c'est un serpent.

– Mmm-hmm, c'est vrai. Je m'en souviens, a fait ma mère.

Mon père jouait de la musique avec Juju depuis leur adolescence. Son premier groupe, Future Wind, était géré par le père de Juju, qui avait escroqué mon père en lui soutirant ses droits d'auteur.

– C'est un suceur de sang. Un *jancro*, un charognard. Un rejeton de l'iniquité, a repris mon père, et ses mots brûlaient. Tu essaies de voler Moi et Moi ? *Moi et Moi ?!*

Il élevait la voix.

– Le groupe s'appelle Djani and the Public Works. Djani ! Djani !

Mon père crachait le feu, si vite à présent que maman n'avait pas le temps de réagir.

– Moi l'Homme ira chercher un fusil et tirer sur Juju *bomboclaat*[1] !!!

---

1. Juron en patois jamaïcain.

J'ai arraché l'écouteur de mon oreille et l'ai replacé sur son support.

Sa colère a fait naître en moi une angoisse étrange. Je n'avais jamais entendu mon père jurer de la sorte auparavant, et le choc dû au gros mot m'a terrassée – *bomboclaat !* Mon cœur s'est emballé, mon visage me brûlait. Je savais que j'avais eu tort de l'écouter, et je me sentais mal. Mais il se sentait mal lui aussi. Même sa voix était différente. C'était comme si j'avais soulevé un masque pesant et vu mon père nu pour la première fois. Ce n'était pas le même homme apaisé qui était monté sur scène avec nous, qui dirigeait notre groupe familial, rayonnant lorsque nous chantions tous ensemble. Ce père était saint, il était puissant. J'étais incapable de reconnaître l'homme au téléphone, ce n'était plus qu'une créature défigurée à la voix monstrueuse, qui me terrifiait. Bien que j'aie essayé d'ignorer ce sentiment de peur et de me ressouvenir de mon père tel qu'il était, ce sentiment étrange et inquiétant m'a accompagnée tout au long de la journée.

*

En mai, un mois avant la naissance du bébé, mon père s'est présenté seul à la porte en taxi, sans rien d'autre que les valises avec lesquelles il était parti. La portière de la voiture s'est ouverte, et son humeur l'a précédé. Il nous a embrassés brièvement, le visage crispé, la cicatrice luisant sur son front. Un nuage sombre et nocif planait au-dessus de nos têtes. Le groupe s'était séparé. Il était rentré du Japon avec une seule boîte de CD déjà pressés – c'était tout ce qu'il avait à nous montrer de son second voyage. Il n'y avait pas de voiture. Il avait payé à son claviériste Juju Hewitt une place sur un porte-conteneur japonais pour leurs deux voitures, mais seule celle de Juju était arrivée du Japon. La voix de mon père, qui hurlait au téléphone des menaces de mort contre Juju, a de nouveau retenti dans mon oreille lorsque je l'ai vu. Cette idée me hérissait.

Toute l'année, il a tenté d'embarquer sa voiture sur un nouveau porte-conteneurs, mais cela devenait trop cher. Nous n'avons jamais vu l'Isuzu Gemini vert foncé en vrai, et il s'écoulerait encore dix ans avant que je ne m'asseye sur la banquette arrière d'une voiture que mon père pourrait considérer comme sienne. Il n'y aurait bientôt plus que des jours et des semaines de pluie.

En juin, Shari est née. Une sœur, pas un frère. Maman avait raison, les médecins ne savaient pas toujours. Elle s'appelait Shari Makeda, *Femme souveraine distinguée.* Maman a surnommé Shari « Sri », le titre spirituel d'un gourou yogi qu'elle croyait réincarné dans notre petite sœur. J'ai jeté un coup d'œil au sourire baveux de Shari et j'ai su que nous étions désormais au complet. J'avais huit ans, Lij six et Ife quatre. Nous n'étions que quatre frère et sœurs au monde, nos lignées cousues précisément ensemble, l'une à l'autre, l'une à l'autre, ne marquant que nous et rien que nous. Lij ne se souciait pas d'avoir encore une sœur. Certainement pas, alors que tous les frères rastas de la boutique d'Ika lui répétaient que c'était une bénédiction de Jah, puisqu'il restait le seul garçon de la famille.

Avec la naissance d'une autre fille Sinclair, la paranoïa de mon père n'a fait que s'assombrir, son regard resserrant notre monde comme entre des barres de fer forgé. Il était revenu choqué, il réintégrait notre vie en soldat blessé. Il semblait de semaine en semaine plus mince et plus vieux. Il touchait à peine sa guitare.

– Quelqu'un doit obéir au Moi, l'ai-je entendu dire à ma mère, la voix sombre.

Il lui racontait qu'il avait perdu ce contrat d'enregistrement et se croyait maudit. Un après-midi, deux mois après son retour, il nous a dit, à mes frère et sœurs et à moi, que nous devions être purifiés. J'ai regardé mon père, sous l'influence du sombre breuvage de la possession, arpenter le jardin, arracher des feuilles de cerisier, des racines amères et des lianes noires que ma mère mélangeait et broyait en une bouillie âcre versée dans trois grands verres. Avant même que le liquide mousseux n'atteigne mes lèvres, je me suis mise à vomir et immédiatement à supplier mon père, en vain. « Moi et Moi devons tous nous protéger de l'iniquité », nous a-t-il rétorqué, à moi et à mes frère et sœurs, ignorant nos haut-le-cœur et nos cris. « Un cœur faible est mûr pour les vers de Babylone. Alors, buvez. »

Il nous a surveillés de son œil de lynx, ce qui nous a semblé durer des heures, et nous chialions et nous nous débattions pour ne pas avaler l'amère potion. Nous sommes restés là jusqu'à la tombée de la nuit, entourés de flaques de notre propre vomi vert-noir, jusqu'à ce que mon père nous croie enfin purifiés. « Les Moi doivent être vigilants », a-t-il proclamé à la fin de la séance, et sa voix claquait comme un fouet. S'être à nouveau fait doubler par Juju ne pouvait que renforcer sa méfiance obsessionnelle, non seulement à l'égard du monde au-delà de notre portail, mais aussi du monde situé juste derrière notre porte. « Si le Moi baisse la garde, Babylone en profitera », nous avertissait-il. Notre joie nous rendait insouciants. Une proie facile pour le monde malfaisant qui nous entourait. Il n'y avait donc plus de promenades dans la nature et nous n'avions plus le droit de sortir de la cour. Il n'était plus question de courir dans les buissons, de danser sous la pluie. Plus question de sauter et de rattraper des cendres de canne à sucre. Notre signe astral du OUI s'était transformé en signe astral du NON, à mesure qu'il nous ferrait et nous enfermait sous son regard, sans cesser de répéter cet avertissement permanent : *Chicken merry, hawk deh near*[1].

Bientôt, il ne nous permettrait même plus de fréquenter d'autres Rastafari. Il ne faisait confiance à personne, pas même à eux, pour notre *livity*. Notre pureté n'appartenait désormais plus qu'à lui, et à lui seuL Nous ne célébrerions plus jamais un autre Kwanzaa à *Tafara Products*. Nous ne courrions plus jamais au milieu d'autres enfants rastas. Chaque mois apportait une nouvelle révocation, une nouvelle règle, et je commençais à m'apercevoir qu'il tenait en fin de compte la promesse formulée avant son premier départ pour le Japon. Tout avait changé. Son second retour a marqué le début d'une vie de discipline stricte et de dévotion sans faille, ce que j'appellerai plus tard la Maison de Djani. À l'intérieur de notre foyer, un nouvel évangile, une nouvelle Église, une nouvelle secte Sinclair a vu le jour.

---

1. « Chicken merry hawk deh near », proverbe jamaïcain qui se traduit « le poulet s'égaie, mais le faucon rôde » et signifie « même dans les moments heureux, il faut être vigilant ».

9

Hydre

Pendant des mois, j'ai attendu que les nuages d'orage de mon père se dissipent, que ce moineau cesse de tourner en rond, mais les nuages se sont éternisés, et nous ont marqués. J'avais maintenant neuf ans et, comme si cela n'avait été depuis le début qu'un rêve flou, le Japon et ses promesses grisantes s'éloignaient de plus en plus. Mon père s'est remis à jouer pour les touristes dans les hôtels, la tête de plus en plus lourde, de semaine en semaine. Il n'était plus question de revenir en arrière. Nous vivions sous les ailes d'un grand albatros accroché au cou de mes parents. Quelle que soit l'humeur qui faisait gronder son tonnerre sur le visage de mon père, l'énergie de notre mère nous permettait d'en saisir la raison d'être. Mes frère et sœurs et moi avons finalement appris à les lire aussi adroitement que nous lisions tout le reste. Douceurs et amertumes, douceurs et amertumes. Des forces contraires qui tiraillaient, tiraillaient en tous sens.

Maman avait envie de nous lâcher sur le monde comme d'éclatants moineaux, mais notre père souhaitait nous faire rentrer dans nos coquilles, nous qui avions trop grandi, en silence dans son nid, jamais prêts à éclore sous son œil vigilant. « Les Moi-Eux ont besoin de discipline », nous affirmait-il. La première chose qu'il faisait en rentrant à la maison, c'était de fouiller le réfrigérateur et de jeter tout ce qu'il jugeait répréhensible – notre fromage de vache et notre lait concentré, nos chips au fromage et nos céréales sucrées. « Arrêtez de polluer votre temple avec la merde de Babylone », nous disait-il. Ensuite il y avait eu la potion verte et putride qui me remonte encore dans la gorge comme de la bile chaque fois que j'y pense. Nous étions de plus en plus maintenus à l'écart du monde, à l'abri de la peste de Babylone, afin de préserver notre pureté. Nous ne voyions jamais nos tantes ou nos cousins, nous ne conservions aucun ami à l'extérieur. Personne n'était assez bien pour la secte de Sinclair, et il n'y aurait aucune autre influence dans nos vies que la sienne. Il était obsédé par notre *livity* et notre architecture morale, nous obligeant tous les week-ends à regarder les discours de Louis Farrakhan et à mémoriser les raisons pour lesquelles il fallait libérer Mumia Abu-Jamal.

Le moindre rire léger lancé vers le ciel ou le moindre signe de jeu le mettait hors de lui. « J'en ai marre de ces acrobaties et de ces chahuts, grondait-il. Et ta mère vient de coucher le bébé, Rasta. » Nous gardions le silence aussi longtemps que possible, chuchotions furtivement autour des arbres, impatients que Shari soit assez grande pour jouer avec nous. Finalement, nous redevenions turbulents, oubliant l'orage paternel et savourant le soleil du monde en nous, comme maman nous avait appris à le faire. Je n'arrivais pas à comprendre son désir soudain de nous transformer et de faire de nous des enfants que nous n'étions pas. Pour moi, le vacillement de notre monde était un choc, ainsi que la rapidité avec laquelle mon père s'était mué en ouragan. Je m'efforçais de m'adapter à la douleur de la réduction de notre univers et à l'incertitude de toute nouvelle censure à venir, sans jamais réussir à prendre mes repères. J'ai tenté de maintenir un semblant de normalité pour mes jeunes frère et sœurs, mais trop de choses échappaient à ma maîtrise. Nous avions beau être très proches les uns des autres, l'imprévisibilité de notre nouvelle vie a fini par susciter une méfiance envers toute forme de joie ou toute période d'accalmie, qui s'est ensuite transformée en une méfiance à l'égard des étrangers, et nous passerions tous notre vie à essayer de nous en défaire.

Lorsqu'il ne se produisait pas dans un hôtel, mon père se lançait dans le jardinage. Comme pour la plupart des choses, il poussait l'exercice à l'extrême. Il s'attaquait à la pelouse envahissante avec sa machette noire, tranchait d'un bout à l'autre du jardin sous le soleil brûlant, taillait dans les mauvaises herbes avec une vigueur que l'on aurait pu facilement confondre avec de la colère. Il travaillait, le visage sévère, il transpirait à travers ses vêtements, ses longues dreadlocks attachées en queue-de-cheval, le visage crispé, et sa cicatrice au front luisait. Le jardinage comme pénitence. S'il nous entendait chahuter, il se glissait dehors et sortait son râteau rouillé de la buanderie pour nous ordonner de ratisser la cour. « Ceux qui ne travaillent pas ne méritent pas de manger », avertissait-il. Et il ajoutait : « Le travail fait l'homme », de sa voix aussi nette qu'un coup de fouet, sa voix brûlante qui cinglait notre dos. Quelque part dans la maison, ma mère donnait le sein à Shari et se berçait dans son coin tranquille. Papa nous forçait, mais maman n'était nulle part pour nous retenir.

Mon père avait toujours discouru sur quantité de choses que je ne comprenais pas encore, et c'était l'une d'elles. J'ai repensé à ses paroles. Le travail fait l'homme. Si nous ne travaillions pas, nous ne méritions pas de manger. À l'époque, je n'avais que neuf ans. Lij et Ife avaient sept et cinq ans, tous deux vifs et nerveux comme l'éclair. Ils m'observaient, ils attendaient, et je maniais le râteau. Le manche branlait, le bois bon marché était ramolli par la pluie. Une lueur soudaine était apparue dans mon esprit. En montrant les feuilles de manguier tombées sur la pelouse et dans le jardin en contrebas, je leur avais demandé lequel d'entre eux serait capable de former le plus gros tas de feuilles du jardin. Ils étaient partis en courant, leurs petites jambes pédalant autour de la cour, en riant et en ramassant les feuilles desséchées dans leurs mains pour les jeter et les entasser. Je souriais intérieurement, l'excitation au ventre à l'idée de devancer son regard anthracite – mon père et le reste de la trinité, les yeux bandés quelque part à l'abri des regards. Et notre travail avait été vite terminé.

*

Le travail fait l'homme, répétait mon père, mais alors qu'il piquait et faufilait son attention sur moi, il semblait que l'œuvre d'une vie d'un Rastaman consistait à créer une femme rasta. Je n'ai jamais oublié la jeune femme que nous avions rencontrée à Kwanzaa, l'effroi sourd sur son visage alors qu'elle interrogeait ma mère sur cette vie, ni l'air troublé qui régnait dans la pièce. Mais jamais je n'avais songé à tracer un lien direct entre elle – ou toute autre sœur rasta – et moi. J'étais si jeune à l'époque, et je croyais encore farouchement au père que je connaissais ; il n'était pas comme d'autres frères rastas. Son humeur finirait par s'alléger, et il reviendrait une fois encore vers moi.

Un après-midi, il nous observait, mon frère et moi, en train d'escalader le manguier de Bombay. Depuis la terrasse en surplomb de la pelouse, il m'a appelée. Je me suis approchée, il m'a fixée du regard. Il m'a demandé : « Quelle est ta taille maintenant ? » Il s'est placé à côté de moi et m'a mesurée. J'arrivais au-dessus de ses épaules. Les sourcils froncés, il m'a examinée de la tête aux pieds, comme si, en grandissant, j'avais fait quelque chose de mal. Âgée de neuf ans, j'étais encore à des années de la puberté, mais il m'inspectait comme un fruit sur le point de pourrir. « Va me changer ces collants », m'a-t-il ordonné en désignant les collants noirs que je portais tous les week-ends à la maison.

« Moi l'Homme refuse que mes filles s'habillent comme des Jézabel, a-t-il plus tard averti ma mère, dans la cuisine. Aucune de mes filles ne portera plus de pantalon », a-t-il ajouté. Sans la moindre objection, ma mère a fouillé les tiroirs de la commode familiale et jeté tous les pantalons et shorts que mes sœurs et moi possédions. Désormais, nous ne porterions que les vêtements approuvés par mon père : des jupes et des robes fabriquées sur mesure à partir de tissu kenté. Nos ourlets devaient tomber en dessous des genoux, et notre poitrine et notre ventre devaient rester couverts en permanence. Les oreilles percées, les bijoux, le vernis à ongles et le maquillage étaient interdits. Tous ces arbitres de la vanité, ces oripeaux de Babylone. « Et lorsque tu auras atteint l'âge requis, m'a prévenue mon père en se projetant dans un avenir que je ne pouvais imaginer, je te nouerai les cheveux dans un bandana, comme ta mère. » J'ai été déconcertée d'entendre cela. J'avais été assez naïve pour ne pas m'attendre à cette vie que mon père avait imaginée pour moi. Le malaise que ses nouvelles règles ont suscité en moi m'a encore davantage déconcertée.

Mes dreadlocks descendaient maintenant bien au-dessous de mes épaules, ce qui plaisait à mon père. C'était la preuve de la justesse de notre nouvelle *livity*. Que Jah veillait toujours sur nous. Mes cheveux s'étaient emmêlés, des peluches et autres vieilles matières s'étaient nouées le long de chaque dreadlock, tel un nid contenant tous les endroits où j'avais posé ma tête. Ils n'avaient pas été brossés depuis deux ans. Une fois, papa m'a surprise en train d'enfoncer mes doigts dans ce maquis de racines devant le miroir de la salle de bains : j'essayais de mettre en forme la couronne de mes cheveux.

– Arrête ça, m'a-t-il fait en fronçant les sourcils face à ma vanité. Les cheveux poussent. Naturellement et seulement naturellement. Comme Jah l'a voulu.

– Oui, papa, ai-je acquiescé, et j'ai laissé mes cheveux tranquilles.

*

Vivre comme Jah l'a voulu constituait un étonnement constant ; la joie et la terreur se faisant les deux faces d'une même pièce de monnaie usée. J'étais maintenant en cours moyen première année à l'école Catherine Hall, et les regards et les railleries, sans avoir jamais vraiment cessé, s'étaient lentement atténués. Monique avait un an d'avance sur moi, en cours moyen. Ses cheveux formaient une longue rivière noire sinueuse, qu'elle portait en deux tresses serpentant dans le dos.

L'un de ses deux parents était indien, ce qui lui valait les attentions de tous les garçons de l'école. Et comme celles qui attiraient les garçons attiraient aussi les filles, j'ai décidé de devenir son amie. Mon père me mettait toujours en garde contre « les amis et compagnie », et m'ordonnait d'éviter tous les étrangers, tous des enfants de Babylone, comme s'ils étaient porteurs de la peste.

Pendant la plus grande partie de ma scolarité, mon frère et moi étions inséparables, et je n'ai donc jamais vu l'intérêt de me lier d'amitié avec quelqu'un d'autre. Mais en grandissant, Lij s'amusait plus au contact des garçons turbulents avec lesquels il traînait dans l'école, échangeant des coups de pied et jouant à se bagarrer comme de jeunes loups. J'aurais voulu moi aussi hurler avec ces loups, mais de jour en jour, Rastafari me semblait refermer sa cage sur mon monde, m'enfermer et me réduire à un espace sans cesse amoindri. Une jalousie insolente m'a piquée comme une ortie, puis un désir ardent de tout ce qui était convoité et interdit a grandi en moi.

J'ai retrouvé Monique dans la bousculade des élèves à la cantine et me suis glissée à côté d'elle sur le banc de métal chaud. Elle ne s'y est pas opposée. Elle avait une peau brune très foncée, aussi lisse qu'un galet, et des fossettes. Les tables de la cantine brillaient d'un éclat argenté, alignées en rangées bien nettes, et bruissaient d'élèves. Elle était face à moi et je l'ai regardée manger son steak haché et écoutée en discutant avec d'autres fillettes. Chaque fois qu'elle parlait, elle rejetait une tresse de cheveux brillants par-dessus son épaule. J'en ai ressenti de l'envie en me retenant de toucher mes propres dreadlocks cassantes et fragiles qui me démangeaient aux épaules. J'ai bien vu que Monique observait mes cheveux, de toute manière. Toute la matinée, j'ai essayé d'imaginer de quoi parlaient les élèves de cours moyen, car je n'en avais aucune idée, et finalement, après un moment où nous ne parlions plus ni l'une ni l'autre, je lui ai demandé si elle aimait l'orthographe. « Non, c'est ennuyeux », m'a-t-elle répondu. J'ai menti et lui ai dit que j'étais d'accord. Elle a dû comprendre que c'était un mensonge, car quelques semaines auparavant, tout Catherine Hall s'était mis en rang pour me voir en finale du concours d'orthographe. Je ne sais si Monique s'en souvenait, elle n'en a rien dit. Nous nous sommes assez vite mises à rire et à bavarder dans le brouhaha du réfectoire. Je lui ai dit que j'avais gagné le concours de mathématiques de toute l'île et que j'étais allée à Kingston recevoir mon prix des mains de politiciens en vue. Ma tête avait fait la une du journal. Elle m'a confié quels garçons l'aimaient et qu'elle était amoureuse d'Anthony, un garçon maigre et ordinaire de sa classe de cours moyen qui récitait un vilain poème éculé où il était question de concentration et de pénétration.

Soudain, j'étais moi aussi amoureuse d'Anthony.

De retour à la maison, j'ai raconté à mes parents que je m'étais fait une nouvelle amie, une fille de deux ans plus âgée que moi, en cours moyen deuxième année. Mon père est resté immobile, il m'a écouté raconter ma journée et chanter les louanges de ma nouvelle amie. À mesure que je parlais, j'ai vu des nuages lointains s'accumuler sur son visage. Il a tiré sur sa longue barbe et m'a dit que j'étais à l'école pour exceller dans mes études, pas pour me créer des amis.

– Les amis et compagnie t'égareront, m'a-t-il avertie. Les mêmes personnes qui rient avec toi sont celles qui te poignardent dans le dos.

J'ai essayé de défendre Monique et notre amitié ténue. À l'époque, la beauté était pour moi une preuve irréfutable de bonté morale, comme dans tous les dessins animés de Disney que mes frère et sœurs et moi buvions comme du petit lait. Mais les yeux de mon père s'étaient assombris, prêts à monter à l'assaut d'une chose qui m'était entièrement extérieure. Ses narines se sont dilatées, et il a élevé la voix.

– Ne te fie à aucune tête chauve, m'a-t-il lâché. Tu comprends ?

J'ai écouté, le souffle coupé, et j'ai dit oui. Tout ce dont j'aurais jamais besoin, c'était des cinq personnes qui vivaient avec moi dans cette maison, a-t-il ajouté. Et moi, sa disciple effrayée, je l'ai cru.

– Moi et Moi n'a besoin de rien d'autre que Moi et Moi, a-t-il décrété, le regard perçant.

J'ai acquiescé.

– Rappelle-toi ce que j'ai dit. Reste à l'écart…

– Reste à l'écart des amis et compagnie, ai-je répété.

À l'école, je ne suis pas restée à l'écart. Mes sœurs étaient encore trop jeunes pour être mes confidentes, et je n'avais pas encore eu de véritables amies de mon âge. Maintenue à l'intérieur de la maison, dans ma solitude, je devenais de plus en plus curieuse, je voulais me rapprocher d'autres filles, apprendre ce qu'étaient leurs vies étrangères et vivre par procuration, à travers elles. Au lieu d'écouter les paroles de mon père, j'ai dissimulé ces parties de moi qui grandissaient, et amassé un trésor de toutes les versions de moi qui lui déplairaient. Je retrouvais Monique partout où elle allait, ou peut-être était-ce elle qui me retrouvait, et jour après jour, je m'enroulais autour de ses secrets aussi collants que du *tring-gum*, comme les enfants appelaient le chewing-gum, secrets de garçons et de seins naissants qui durcissaient comme des bonbons. Monique était le fard à joues et moi le cerveau, une rose thé et son épine juvénile. Nous avons ri jusqu'à l'heure du déjeuner, nos visages brillants dans la chaleur qui nous attirait.

*

J'ai fini par comprendre ce que mon père voulait, à son retour du Japon : une fille parfaite. Et quand un Rastaman prononçait le mot *fille*, il parlait à la fois de sa femme *et* de son enfant, car mon père appelait ma mère « sa dawta[1] », lorsqu'il s'adressait à ses frères rastas, qui appelaient également leurs partenaires leurs *dawtas*. Pour les hommes de Rastafari, la fille parfaite était tout ce qu'une femme était censée être. La fille parfaite était taillée dans le chêne puissant de Jah, et elle cultivait son silence sacré. Elle ne parlait que lorsqu'on lui adressait la parole. La fille parfaite était humble et n'avait aucun

---

1. « Fille », patois jamaïcain, de l'anglais « daughter ».

penchant pour la vanité. Elle n'avait pas de besoins, mais elle s'occupait des besoins des autres, et nourrissait une armée de puissants guerriers de Jah. La fille parfaite s'asseyait à l'ombre des pommiers et attendait qu'on l'appelle, l'esprit vide. Elle ne suivait d'autre dieu que son père, jusqu'à ce que son mari en prenne la place. La fille parfaite n'était rien de plus qu'un réceptacle pour la semence de l'homme, une argile immaculée attendant l'empreinte du doigt de Jah.

– Tu es assez grande maintenant pour aider à la cuisine, m'a dit mon père, prompt à me façonner. Le Moi doit s'instruire auprès de ta mère. Regarde comment elle se comporte.

J'ai observé ma mère et j'ai trouvé dans ses longs silences quelque chose de puissant qui attendait d'être dit, tel ce moment d'inquiétude avant le tonnerre. Mais mon Moi avait beau le désirer, le tonnerre de ma mère n'éclatait jamais. Elle ne disait jamais ce qu'elle pensait, ne manifestait jamais de désaccord avec mon père. Elle fumait et elle allaitait Shari, elle fumait et m'épargnait la corvée des travaux de cuisine, elle fumait et se levait avant l'aube pour préparer tous nos repas et laver nos vêtements à la main, avant de les plier, comme ses pensées, au fond de la commode, sans y toucher.

Elle était la fille parfaite.

Ce que disait mon père était peut-être vrai. Je manquais de discipline, comme n'importe quel enfant de neuf ans – je n'écoutais pas toujours, j'étais sceptique. Je doutais de son évangile. J'étais curieuse. Je touchais la flamme simplement parce qu'elle brûlait. Parce que la discipline m'a toujours semblé être l'épingle qui retenait le papillon dans la vitrine. *Le travail fait l'homme.* Jour après jour, je me balançais au-dessus de ces mots et je voyais devant moi une vie qui s'étiolait lentement sous ses décrets multipliés. Jour après jour, mon cœur s'est rebiffé. Je ne serais jamais la fille parfaite. Un sourire malicieux ne cessait de se dessiner discrètement en moi, la jeune pousse d'une voix qui disait non.

*

Alors que Rastafari enroulait son grillage autour de ma seule enfance de fillette, à la maison, mon frère et moi étions inséparables. Il avait deux ans de moins que moi, et pourtant mes pensées circulaient dans son esprit, et les siennes se déversaient dans le mien. Dès que notre père était parti travailler, nous reprenions nos chahuts, Lij me lançant toutes sortes de défis censés départager le plus futé de nous deux, qui courrait le plus vite dans le jardin et qui saurait le mieux ruser pour mettre des lézards sur la tête de l'autre. Nous ne nous doutions pas que notre Sion déglinguée ne durerait pas, car nous ne savions ni l'un ni l'autre lire le présage des osselets lancés dans le jardin.

Lij me pourchassait dans l'herbe, en agitant une mante géante qu'il cherchait à me coller dans les cheveux. En éclatant de rire, j'ai filé sur la gauche et couru vers la maison pour le semer. Mais il a ressurgi. Je ne pouvais plus le semer. Je me suis retournée vers lui en riant, la bouche béante, mais sa paume vide s'est abattue sur moi. Sur sa lancée, toute la force de son corps en mouvement m'a percuté la mâchoire, qui est allée cogner de plein fouet le mur de la salle de bains. J'ai senti ma dent de devant, dans ma bouche, réduite à de la craie.

Lij a crié et s'est saisi de ma main qui déjà se refermait sur ma bouche. J'ai passé ma langue baignée de sang sur mes gencives. À l'emplacement de l'une de mes dents de devant, j'ai senti une pointe fissurée, tranchante, inachevée. Des morceaux de dents envasés dans ma bouche en une masse insipide. Dès que ma mère est apparue, les larmes ont commencé à couler. Elle m'a dit : « Fais-moi voir ça ! », en me prenant le visage entre ses mains. « Oh Jah ! Oh, ma chérie. Oh Jah », s'est-elle écriée en se penchant sur ma bouche, et sur mon avenir.

– Je l'ai pas fait exprès, a protesté Lij en tirant sur ma robe. Saf, je l'ai pas fait exprès.

Maman a dissous du sel dans de l'eau tiède et m'a aidée à me rincer la bouche dans le lavabo de la salle de bains. J'ai craché, des morceaux de dents sont sortis et je les ai regardés disparaître dans l'évier. Une partie de moi, faite de notre glaise, avait disparu et je ne la retrouverais jamais. J'ai à nouveau passé ma langue contre mes dents et j'ai pleuré, bêlant aussi fort que ma bouche me le permettait.

– S'il te plaît, Saf, m'a répété Lij. Je suis désolé.

Incapable de lui parler, je l'ai repoussé avec force.

Il n'y aurait plus jamais rien de parfait en moi. Lorsque mon père a franchi la porte, c'est ainsi qu'il m'a trouvée. La tête sur les genoux de ma mère, poussant de petits piaulements d'animal chaque fois que ma langue tâtait l'emplacement vide et brisé de ma dent disparue. À travers mes larmes, j'étais incapable de rien voir. Il m'a regardée, m'a posé la main dans le dos et m'a demandé ce qu'il s'était passé. Les larmes ont coulé sur ma joue.

– Elle s'est cassé la dent de devant, lui a expliqué maman en me caressant la tête.

– Lij m'a poussée contre le mur, ai-je bredouillé.

J'ai senti un vent contraire siffler sur mes paroles, le froid cru frappant le nerf à vif.

Mon père a eu un claquement de langue en signe d'agacement, puis il a disparu dans la chambre où mon frère se morfondait depuis que je l'avais repoussé. Mon père a hurlé à mon frère qu'il provoquait trop de chahut, et le volume de sa voix m'a coupé le souffle. Lij n'arrêtait pas de gémir que c'était un accident. Sa voix s'est brisée. Et j'ai gémi à mon tour.

– Je ne te le répéterai pas, *Fyah*, a tonné mon père derrière le mur. Arrête de poursuivre ta sœur, l'a-t-il averti.

Je n'ai pas pu entendre la réponse de mon frère. Je n'ai pas pu lire dans ses pensées.

– Lâche. Les basques. De la femme, lui a crié de nouveau mon père.

Lij a faiblement miaulé son obéissance, depuis l'angle de sa chambre. De l'entendre, mon cœur s'est fané.

Mon père est revenu dans le salon, il m'a examinée, il vérifiait la présence d'un parasite.

– Pourquoi pleures-tu encore ? m'a-t-il demandé.

Je lui ai répondu en reniflant, la figure trempée de larmes. Il m'a priée de m'asseoir, et j'ai obéi, toujours en pleurnichant. Je me suis regardée dans le miroir et la moitié de ma dent avait disparu. Cette version de moi-même, celle que j'aimais, avait été balayée.

– Tu souffres pas. T'es pas en train de mourir, a lâché mon père. Alors maintenant arrête de beugler comme une vache.

J'ai essayé de m'arrêter. Je n'ai plus fait de bruit, mais les larmes ruisselaient encore sur mes joues, chaudes et salées. Il m'a jeté un regard noir et je me suis ratatinée.

– Tous ces braillements ne sont que vanité, m'a-t-il dit.

Et là-dessus, il m'a tourné le dos avec dégoût.

Mes parents n'avaient pas les moyens de faire réparer ma dent. Ils n'avaient pas d'assurance et leur ami dentiste, l'entraîneur de football de mon frère, leur a expliqué que cela n'aurait pas de sens de poser une couronne sur ma dent avant que je ne sois plus âgée, car ma bouche continuerait à grandir. J'avais envie de protester, mais qu'est-ce que cela changerait ? Ma détresse n'était que vanité, avait décrété mon père, et la vanité était une marque de Babylone. Il m'aimait bien cassée, je crois.

Ma bouche était une barricade entre moi et la lente avancée de l'adolescence, une barrière de tessons de verre autour de mon corps. Je ne souriais plus du tout. Chaque fois que je parlais, je mettais ma main devant la bouche. J'ai pardonné à mon frère, mais j'étais devenue incapable d'entendre ses pensées. Son cœur ne battait plus à l'intérieur de mon cœur. Lij s'était soudain enveloppé d'une peau de requin. Maintenant, la vérité se dressait comme la sainte trinité juste au-dessus de ma tête – ce qu'on le formait à devenir n'avait plus rien à voir avec moi. À l'époque, si nous avions pu le voir, nous aurions pleuré notre être tranché à la racine.

Je m'endurcissais, je devenais aussi impénétrable qu'une perle autour d'un grain de sable. À l'école, je restais bouche close et je parlais sans trop entrouvrir les lèvres. J'étais souvent timide dans le monde depuis que j'avais noué mes cheveux en dreadlocks, mais je continuais de briller en classe au début. À présent, la timidité m'envahissait même en cours et je doutais encore plus de moi. À la maison, dans mon lit, je sentais mon éclat se ternir et je ressentais cette perte comme une douleur brûlante. Lorsque je parlais à Monique, ses yeux se fixaient sur ma bouche et d'instinct j'y portais la main pour la masquer. Parfois, je la voyais de loin parler à quelqu'un d'autre et, lorsqu'elle riait, j'étais certaine qu'elle se moquait de moi. Le désespoir fleurissait en moi, douloureux et impossible à partager.

À la fin de l'année scolaire, Catherine Hall a organisé une fête. Les ballons et les clowns ont envahi l'école, les vendeurs sont arrivés en trombe avec leur barbe à papa, leurs pralines et leur fourbi de marchandises chatoyantes. Ma mère nous a rejoints à la fête de l'école avec Shari, aussi rose qu'une pomme et qui lui lestait le bras. L'une des attractions consistait à monter sur une mule et, après quelques supplications, ma mère a payé un tour, pour qu'Ife et moi puissions la monter. J'ai lissé les plis de ma robe, cousue à la main à partir de tissu africain marron et noir, et j'ai enfourché la mule en amazone. Le propriétaire de la mule a tiré sur le licol pour nous faire faire un tour du parking, un photographe a surgi et nous a pris en photo ; j'en ai frémi et j'ai pincé la bouche. Le lendemain, le journal local imprimerait notre photo sur une demi-page, avec mon visage sinistre au-dessus de cette légende : DEUX FILLETTES RASTAS À DOS DE MULET.

De la musique hurlait dans les couloirs et à la cantine, et autour de moi, des corps dansaient pour célébrer le début de l'été. J'errais seule dans les couloirs déserts. Je suis passée devant la classe de cours moyen, dont quelqu'un avait fermé presque toutes les fenêtres. J'en ai entrouvert une pour mieux voir. À l'intérieur de la salle moite de sueur, des filles frottaient leur derrière contre les garçons, tandis que de la musique *dancehall* braillait d'une radio déglinguée que quelqu'un avait branchée dans le mur. Certaines filles avaient les yeux fermés, et les garçons les empoignaient fermement, et ils se trémoussaient tous. Leurs mouvements rythmés aux airs de transe. C'était la Babylone contre laquelle on m'avait mise en garde. Le relâchement des non-éveillés, l'impiété ordinaire. Mais j'ai regardé par l'entrebâillement de cette fenêtre et je n'ai pas détourné les yeux. Monique était là, elle aussi, ondulant contre Anthony dans l'obscurité, les yeux mi-clos dans une apparente béatitude. Elle a relevé la tête. Ses yeux ont croisé les miens, j'ai claqué la fenêtre et je me suis enfuie, le visage brûlant.

Ma classe était vide. Je me suis assise à mon ancien bureau et j'ai consulté le classement des élèves, en essayant de ne plus penser à ce que j'avais vu. J'étais à nouveau dans les trois premiers, et mes yeux se sont longuement attardés sur les lettres de mon nom, le chant de mon nom. Une ombre a flotté dans l'embrasure de la porte. J'ai levé les yeux et c'était Anthony. Un garçon maigre aux yeux brun-rouge, la tête comme saupoudrée de grains de poivre noir – ses cheveux. Ses yeux allaient de pair avec un sourire qui semblait toujours cacher quelque chose. Son uniforme kaki était maculé de transpiration aux aisselles. Il tenait dans sa main un bout de papier plié.

– Hé, Rasta girl, a-t-il fait en prenant l'accent noir américain que je trouvais si cool.

J'ai répondu « Salut », en me masquant la dent avec la paume.

Il s'est approché de moi et m'a tendu le papier plié.

Avant que je ne l'ouvre, il m'a dit :

– Monique veut savoir pourquoi tu la suis partout, meuf.

Ses yeux posés sur moi étaient insistants, en attente.

– Je ne la suis pas, ai-je répliqué en m'enfonçant l'ongle dans la paume.

– Elle ne t'aime pas, a-t-il sifflé, les paupières plissées. Elle ne veut pas d'une Rasta comme amie.

– Oh, d'accord.

J'ai baissé les yeux. Ma gorge me brûlait. Je refusais de le regarder.

– D'accord, cool. Alors tu laisses tomber, et c'est tout, a-t-il ajouté en repartant.

Il a tourné les talons, et ses yeux ont laissé leur marque poisseuse sur moi, avec son rire.

Juste avant de disparaître de ma vue, il s'est de nouveau tourné vers la fenêtre de la salle de classe et s'est écrié « Jah Rastafari », avant de s'esclaffer et de filer au pas de course. Dehors, j'ai entendu ricaner un millier d'invisibles.

Je me suis détournée et j'ai déplié le mot.

Je ne veux pas être ton amie. Laisse-moi tranquille, s'il te plaît.
C'était signé, *Merci, Monique*, d'une belle écriture fleurie. Une

douleur vive a déferlé en moi, que j'ai gardée précieusement tout contre ma tête qui me lançait, mes yeux qui me brûlaient. Papa m'avait mise en garde contre les amis et compagnie, mais dans ma faiblesse, je ne l'avais pas écouté. Il avait encore raison. Babylone était un nid grouillant de vipères. J'avais tellement envie de poser mon visage contre elles, d'entretenir cette blessure. Je voulais enfoncer mon doigt dans une blessure plus profonde afin de ressentir une douleur telle qu'elle pourrait submerger tout le reste de ce que je ressentais en cet instant. Cette chose qui vivait en moi, de plus en plus redoutable à mesure que je grandissais, mon hydre solitaire.

J'ai quitté la salle de classe et descendu les marches pour retrouver ma famille, en ignorant sur mon passage les sifflets des élèves de la classe de cours moyen aux fenêtres closes. J'ai relevé la tête, je l'ai tenue bien droite. Au pied de l'escalier, j'ai contourné les bureaux de l'administration et j'ai vu un panneau de contreplaqué renversé par terre tout près de moi, un objet fracassé, abandonné dans le vacarme de la fête foraine. Un long clou rouillé en saillait. Plus loin devant moi, il y avait ma mère et mes frère et sœurs. Comme ils ne pouvaient pas me voir, je leur ai tourné le dos. Ma chaussure raclait le sol, une paire de baskets en crêpe à semelle de caoutchouc que ma mère m'avait achetée au marché. Un sombre besoin s'est éveillé en moi. J'ai levé mon pied gauche au-dessus du clou rouillé et, de toutes mes forces, je l'ai enfoncé aussi fort que possible, sentant le clou déchirer ma chaussure, puis ma peau et ma chair. Le bois était maintenant attaché à mon pied, et il bougeait quand je bougeais. J'ai serré les dents pour refouler mon propre cri et j'ai appuyé encore plus fort.

10

Une ère d'émerveillement

Tout le monde a cru que c'était un accident, et je ne les ai pas détrompés. Ma mère m'a prise dans ses bras et m'a emmenée en courant chez l'infirmière de l'école pour me faire vacciner contre le tétanos. En voyant la taille de la seringue, je me suis ruée comme une folle vers la porte, mais les infirmières m'ont bouclée. Paniquée, je me suis réfugiée sous le bureau, genoux serrés. Ma mère et les infirmières ont essayé de me tirer de là-dessous, et je me suis relâchée, le corps tout flasque. « S'il te plaît, Safiya, m'a suppliée ma mère. Si tu ne le fais pas, ta mâchoire va se bloquer. » Il a fallu ma mère, deux infirmières et deux professeurs pour me tirer de sous le bureau, et je griffais, je jetais des stylos et des cahiers, les yeux exorbités, en secouant la tête en tous sens, les suppliant tandis qu'ils me plaquaient sur le lit de l'infirmière. Finalement, l'aiguille est entrée, et je l'ai à peine sentie piquer.

Sortie du brouillard de la piqûre antitétanique et de l'alitement, j'ai pris plaisir au léger élancement de mon pied à l'endroit où le clou m'avait transpercée. Alors que personne ne regardait, j'ai glissé mon doigt sous le bandage, là où la blessure était encore douloureuse. J'ai passé ma langue sur la pointe ébréchée de ma dent cassée et j'ai tressailli. J'ai passé des heures à tenter de sauver un peu de moi du rebut où m'avait placée le rejet, tandis que le mot de Monique ne cessait de se dérouler dans mon esprit. De ma fenêtre, j'observais mes frère et sœurs faire voile de leurs rêveries dans le jardin, et je désirais ardemment me sentir à nouveau des leurs. Les jours suivants, je suis restée lire au lit et maman m'apportait des bols de soupe miso et massait les chakras de mon corps de ses mains chaudes. De mon perchoir, j'ai entendu mon père critiquer le directeur d'avoir laissé traîner de telles armes mortelles dans l'école, et je n'ai pu respirer librement qu'après l'avoir entendu partir au travail. En son absence, dehors, les chants de Lij et d'Ife ont repris de l'ampleur, et Shari dormait d'un sommeil léger à côté de moi dans son berceau. Maman est entrée et s'est assise près de moi sur mon lit, son visage comme un pesant miroir. Elle m'a longuement étudiée du regard, à la lumière du jour, puis elle a posé la main sur ma couronne de dreadlocks.

– Où que tu ailles, j'irai aussi, a-t-elle annoncé.

Son visage aimable était une miséricorde. Avec ses yeux chauds qui me scrutaient, ce visage me disait que, d'une manière ou d'une autre, pour le clou, elle savait déjà.

Elle s'est déplacée vers le bout du lit et elle a placé mes pieds sur ses genoux. Frottant ses mains l'une contre l'autre jusqu'à les réchauffer, elle a allumé un feu de bronze dans ses paumes, puis les a posées tendrement sur mon pied endolori.

– Quand j'étais au lycée, on m'embêtait, moi aussi, m'a-t-elle confié en frottant la chaleur de ses mains l'une contre l'autre avant de les mettre sur moi. Ils m'appelaient « dundus », l'albinos, à cause de ma peau rouge et de mes cheveux rouges. Ils se moquaient de moi et de ta tante Audrey parce que nos chaussures étaient trouées. Les filles se pinçaient le nez et elles prétendaient que nous sentions le poisson.

Elle ne parlait presque jamais de cette partie de sa vie. Ne partageant jamais aucune de ses souffrances, elle refoulait ces histoires. Mais maintenant qu'elle me voyait sombrer, entraînée par quelque chose de lourd, elle était là pour m'aider à remonter. Elle me parlait, et j'ai fixé mon regard en elle comme un crochet.

– Ce sont des douleurs de croissance auxquelles nous sommes tous confrontés, a-t-elle continué. Mais je serai toujours de ton côté.

Elle m'a tendu la main et m'a attirée à elle.

J'ai effleuré le moignon du sixième doigt de maman, ce qui m'a réconfortée. Derrière la cloison de la chambre, Lij et Ife bavardaient à perdre haleine en regardant la télévision. Cela faisait si longtemps que nous n'avions pas été toutes les deux, dans un espace aussi calme. Jusqu'à présent, je n'avais pas réalisé à quel point j'en avais envie.

Elle a fouillé dans son sac à main en toile et en a sorti un livre intitulé *Poèmes d'un monde d'enfant*.

– Je l'ai acheté pour toi, m'a-t-elle dit en me le tendant.

J'ai tourné et retourné le livre dans mes mains, j'ai tenu son poids contre moi comme une ancre.

Ma mère pouvait lire mes sombres humeurs comme un poème. Chaque fois que la morosité ou la fureur m'envahissait, elle me récitait « Si » de Rudyard Kipling à l'oreille. À cet instant, elle prononçait des mots qui m'étaient familiers, d'une voix claire et musicale. Elle avait commencé par réciter des poèmes au lycée, et cette habitude a grandi avec elle. Pour une part, je pensais qu'elle gardait ces poèmes ciselés dans sa mémoire juste pour me calmer et pour m'élever.

– Quelque chose dans la poésie a toujours apaisé les maux du monde pour moi, m'a-t-elle confié en tournant les pages encore raides du livre entre ses doigts.

Elle m'a montré les poètes qu'elle aimait au lycée. Blake, Keats, Shelley.

– Peut-être que tu les aimeras aussi.

Elle a souri.

Au-dessus de nous, une araignée Anansi tissait sa soie en l'écoutant parler.

– J'étais une enfant laissée pour morte, abandonnée.

Sa voix était ténue et distante. J'ai plongé le regard dans le lointain inexprimé où elle plongeait maintenant le sien.

– Mon monde était étroit et lugubre. Mais la poésie l'a rendu plus vaste, plus vif et plus vigoureux.

Son visage s'est illuminé, elle a ri et m'a révélé qu'il s'agissait d'une allitération. Je lui ai demandé ce qu'était une allitération et elle me l'a expliqué.

Je me suis précipitée avec avidité. J'ai attrapé chacun des mots qu'elle lançait et je les ai vus prendre vie entre mes mains.

– La poésie, je n'ai jamais rien aimé de meilleur en ce monde, m'a appris ma mère.

J'en ai eu la chair de poule. J'avais envie de m'y plonger, de m'enraciner indéfiniment dans la tendresse de ses récits. Par la suite, j'ai ri avec elle, ma main dans la sienne, et la blessure de mon pied n'a plus été qu'un vague élancement. Un nouveau monde m'ouvrait lentement sa coquille à la surface laquée, son éclat me faisait signe. Ici, alitée, soignant mes blessures visibles et invisibles, ce que ma mère m'a déposé dans les mains ce jour-là, c'était de l'or.

Longtemps après que ma mère m'a permis de lire ce livre toute seule, j'ai repensé à ce qu'elle m'avait dit. Que la poésie pouvait éclairer un monde insuffisant et le rendre sans limites. Que la douleur pouvait se transformer en beauté. Les mots de Monique avaient peut-être creusé ma blessure, mais ils pouvaient aussi l'effacer. Feuilletant *Poèmes d'un monde d'enfant*, elle s'était arrêtée sur un poème intitulé « Le Tigre », de William Blake. « C'est l'un de mes préférés », m'a-t-elle confié. À mon tour, j'ai tourné les pages du recueil jusqu'à ce poème et j'ai lu.

Tigre ! Tigre ! feu et flamme
Dans les forêts de la nuit,
Quelle main ou quel œil immortel
Put façonner ta formidable symétrie ?

Lisant ces lignes, un tigre fluo rôdait, émergeait de la jungle de mon imagination, et son éclat suffisait à réduire en cendres le mot de Monique. Je la voyais si clairement, cette bête aux rayures fluo illuminant le bosquet luxuriant de plantes grimpantes qui m'attirait à elle. J'étais ensorcelée.

Dans quels abîmes, quels cieux lointains
Brûla le feu de tes prunelles ?

Je prononçais ces vers à voix haute, je sentais ces rimes sur ma langue, de plus en plus délicieuses. Plus tard, j'ai consulté l'*Encyclopaedia Britannica* et cherché William Blake. Je n'en revenais pas. Il était mort près de cent soixante-dix ans avant mon existence, mais ses mots ont fait croître une forêt fertile dans ma tête. J'ai alors compris qu'une pensée, et son esprit incendiaire, pouvait se survivre à elle-même. Un mot bien formé pouvait dépasser la demi-vie du carbone, de l'os et de l'uranium divisé. Jusqu'à présent, j'imaginais le monde scindé en deux moitiés : le monde du spirituel, de mes parents : Jah et la *livity*, vibrations, énergies et chakras. Et puis, il y avait un monde de choses que je pouvais mesurer et comprendre, visibles et connaissables. À présent, je sentais qu'il y avait un autre monde tout juste à ma portée. Un papillon lycène a cinglé la fenêtre de la chambre. J'ai sorti mon journal et j'ai écrit mes premières lignes de poésie en boucles de cursive. Des ailes dans la lumière du soleil, des ailes contre ma robe. J'ai extrait de ma bouche une aile de lumière après l'autre.

Je les regardais palpiter vivement à chaque mot, mes mains se muant en un jardin débordant de vitalité. Le poème s'intitulait « Le Papillon », ce fut le premier à s'extirper du tendre voile qui sépare tous les mondes, une couture par laquelle on peut se glisser en tout lieu, à tout moment. J'ai su alors que tant que j'aurais un mot qui flamboierait dans mon esprit, je vivrais toujours une ère d'émerveillement.

11

Papillon de nuit dans l'ambre

Les nouveaux locataires ont emménagé juste à côté de chez nous, ils louaient la pièce du bas dans la maison de Mme Gordon, autrefois fermée à clé, comme des fourrageurs qui s'emparent d'un être vivant du jour au lendemain. Quelques semaines auparavant, Mme Gordon était rentrée chez elle pour rendre visite à sa famille et nous avait longuement regardés par-dessus ses lunettes, mes frère et sœurs et moi, en plissant ses yeux sombres. « Mmh », c'est tout ce qu'elle avait fait en étudiant nos dreadlocks, épaisses, longues et mal entretenues. La dernière fois qu'elle m'avait vue, mes cheveux étaient peignés et noués en deux nattes parfaites. « Mmh », avait-elle répété en jetant un coup d'œil à Lij qui souriait comme un enfant-loup avec ses dreads hérissées. « Mmm », c'est tout ce qu'elle avait dit pensivement, en jetant un coup d'œil dans tous les recoins de la cour, retournant chaque pierre et chaque feuille, lâchant un « Mmh » plus pointu en observant les nouvelles cultures que nous avions semées, de robustes cannes à sucre et des citrouilles dans notre jardin en désordre. Mme Gordon gardait les mains dans le dos, regardant par-dessus ses lunettes comme un détective avec une loupe. « Mmh », avait-elle réitéré une semaine plus tard, son jugement froid gravé dans la pierre, en se retournant pour nous regarder une dernière fois avant de repartir à l'Étranger.

Une semaine plus tard, un jeune couple de têtes chauves a emménagé sous notre nez, engagé pour entretenir le jardin et surveiller la partie de la maison appartenant à Mme Gordon. Comme des fourmis sur un papillon de nuit bien vivant, ils ont surgi d'un sombre nulle part et nous ont submergés de leurs étranges odeurs de lotion rose, de leur haleine de viande et de leur musique *dancehall* à fond. Toutes les nuits, papa invoquait Jah, appelait le tonnerre et la foudre sur leurs têtes. Mes frère et sœurs et moi n'avions pas besoin de nous entendre dire de rester à distance. Les têtes chauves étaient aimables et souriantes, mais ils contemplaient bêtement nos dreadlocks et notre cuisine, ils s'étonnaient de notre système de vie trop bien rodé et ils avaient beaucoup de mal à prononcer nos noms. La femme n'arrêtait pas d'appeler Shari « Sha-Sha » chaque fois qu'elle voyait ma petite sœur, en roucoulant d'une voix de bébé. « Salut, Sha-Sha ! Viens par ici, Sha-Sha », répétait-elle tous les jours à Shari comme à un animal de compagnie, jusqu'à ce que ma petite sœur – c'était l'une des premières phrases qu'elle ait prononcées – se cabre comme un lionceau et proteste : « Moi, c'est pas Sha-Sha ! » Alors nous avons compris qu'il était temps de partir. Comme à leur habitude, mes parents n'ont guère ménagé de temps pour les adieux. Un jour, nous sommes sortis de notre maison de Bogue pour nous rendre à l'école et, à notre retour, nous avions emménagé dans une nouvelle maison de l'autre côté de Montego Bay. Maman s'était occupée de tout embarquer elle-même, en chargeant tous nos souvenirs et nos personnes perdues dans la camionnette prêtée par un ami de mon père. À notre arrivée dans notre nouvelle maison, nous nous sommes retrouvés dans une cité de logements sociaux au milieu d'un quartier rempli de têtes chauves ahuries, qui s'appelait Farm Heights.

C'est là que nous avons appris à nous adapter à la pénurie, comme nous avions appris tout le reste. Depuis le retour de mon père du Japon deux ans auparavant, notre foyer était plus dépouillé. Notre maison de Farm Heights était une modeste habitation de deux chambres, et Lij, Ife et moi en partagions une. Je dormais à côté d'Ife dans un lit, tandis que Lij avait son propre matelas. Nous mangions du chili à la jamaïcaine presque tous les jours et nous restions à la maison les week-ends. Il y avait un cerisier en fleur dans le jardin de devant et un prunier en fleur dans celui de derrière qui nous remplissaient régulièrement le ventre. Après le jardin, il y avait une colline en pente douce que mes frère et sœurs et moi dévalions en courant quand nous jouions au cricket. Selon nous, nous avions tout ce qu'il nous fallait.

C'est la première année où je me suis résignée à la permanence du chagrin, un œuf silencieux déposé au creux de moi et qui y restait, une toux nouée au fond de la gorge que je sentais sans réussir à l'expulser. À dix ans, j'étais déjà grande et dégingandée, et mon corps devenait une chose qui ne m'appartenait plus. À chaque nouvel anniversaire, je me débarrassais de mon ancien moi, et j'en émergeais meurtrie, sous la peau d'une inconnue. Je devenais cette créature curieuse qui découvrait ses plis et ses courbes, ses nouvelles pousses et ses cheveux qui épaississaient, ses désirs impatients. Approchant onze ans, j'ai fini par attendre que le sang coule. « D'un jour à l'autre, ça va arriver », me disait ma mère en me rappelant quelles filles l'avaient eu à mon âge, scellant ainsi ma condamnation. Je me rendais chaque jour aux toilettes, angoissée, guettant sur le mouchoir en papier la marque rouge du malheur, me souvenant avec terreur du visage inquiet de Joséphine, obligée de dormir dans une pièce à part lorsqu'elle avait ses règles parce que son mari la croyait impure. Je voulais être pure. Je voulais être propre. Quelle cruauté de grandir dans un corps que je ne connaissais plus, dans une enfance terrifiante avec ses innombrables inconnues. La honte, elle aussi, grandissait lentement avec moi, alors que je remarquais pour la première fois non seulement une rivière qui enflait entre mon père et moi, mais que c'était lui qui en alimentait les affluents.

Toute l'année, l'ombre de l'incertitude avait plané sur le lycée. J'avais passé mes examens d'entrée dans le secondaire avec brio et, à l'été 1995, le choix de l'établissement semblait déjà arrêté – toutes les filles les plus intelligentes allaient soit au lycée de Montego Bay, soit au lycée de Mount Alvernia, tous deux exclusivement réservés aux filles.

Comme j'étais l'aînée d'une famille de quatre enfants, pour mes parents, tout ce que je faisais relevait de l'inconnu. Les deux lycées de filles coûtaient un argent que mes parents n'avaient pas. Un après-midi, ma mère a brandi le journal avec enthousiasme, nous montrant la page des annonces. « Regarde ça, Djani », s'est-elle exclamée en lisant l'annonce à haute voix. Un nouveau lycée privé ouvrait ses portes à Montego Bay, et proposait deux bourses aux élèves « doués et défavorisés ». Les élèves devaient poser leur candidature, et ceux qui seraient retenus passeraient un entretien. J'en ai eu le cœur serré. Toutes les autres filles de la classe de sixième à Mobay se préparaient à aller à Mount Alvernia ou à Mobay High, mais moi, j'étais confrontée à une nouvelle inconnue.

Quand on m'a annoncé que je devais me préparer à cet entretien pour une bourse d'études, j'ai fait la moue.

– Donc ça veut dire que pour entrer dans n'importe quelle école dans ma vie, il faudra toujours que j'obtienne une bourse ?

Cette question m'a échappé, avec effronterie, et chacun de ces mots me brûlait la langue. Comme tout enfant jamaïcain, je savais qu'aucune phrase adressée à ses parents ne devait commencer par le mot « donc ». J'ai vu mon père écarquiller lentement les yeux, la prunelle enflammée d'une fureur que j'ai vue monter et qui me signifiait de trembler.

– *Il faudra toujours que j'obtienne une bourse ?* a-t-il craché, le visage tordu de dégoût : *Il faudra toujours que j'obtienne une bourse ?* Alors tu t'figures que t'es au-dessus de ça, que tu vaux plus qu'une bourse, hein ? Tu crois que Moi et Moi, on s'est fait un paquet d'argent ?

Ma mère m'a jeté un regard noir sans rien dire.

Mon père s'est levé et m'a cernée de toute son attention. J'ai baissé la tête, essayé de détourner les yeux.

– Hein ? a-t-il jeté en me fixant, le sourcil froncé. Tu crois que ta mère et moi on s'est fait un paquet d'argent ?

Je sentais son feu sur mon visage.

– Non, papa, ai-je dit.

Campé sur ses deux jambes, il m'en imposait de toute sa stature.

– *Gyal.* Fille, t'es impolie et malapprise, s'est-il emporté. Pour qui te prends-tu ?

Il s'est penché au-dessus de la table de la cuisine qu'il a violemment secouée, et les pieds ont bruyamment martelé le sol. Effrayée, j'ai reculé d'un bond.

– Tu as de la chance que Moi l'Homme t'envoie pas bouler de cette table, a-t-il sifflé, les dents serrées. Ne mets plus jamais Moi l'Homme et ta mère en cause.

– Oui, papa, ai-je gémi.

– *Gyal.* Fille, hors de ma vue, va t'en.

La lèvre inférieure tremblante, je me suis enfuie. Je me suis cachée dans la chambre le reste de la journée, tandis que mon père se disputait avec ma mère à cause de moi et de mon insolence. Je me suis sentie d'abord brûler d'une colère indignée, les genoux repliés sous le menton, boudant sur mon lit, ne voyant pas ce que ma question avait de si grave, mais en entendant mes parents discuter de la réduction du budget familial et de l'augmentation de nos dépenses, je me suis sentie submergée d'une culpabilité insidieuse et je suis allée pleurer dans la salle de bains, avec l'envie de retirer mes propos. Ma question écervelée attiserait des accès de colère pendant des semaines.

Pendant des semaines, cette sensation écarlate a persisté au fond de mon ventre, depuis cet instant où mon père m'avait accablée de son verbe et m'avait appelée pour la première fois *gyal*. Pour les femmes de sa vie, mon père n'employait que des titres honorifiques royaux. Impératrice. Princesse. Budgie. Dawta. Ce mot, *gyal*, était une insulte dans la langue vernaculaire rasta, jamais utilisé pour s'adresser à une fille ou une femme aimée et respectée. Traiter quelqu'un de *gyal*, c'était une marque d'indignité, avec l'intention de blesser et de rabaisser. Lorsqu'il m'appelait *gyal*, gagné par l'écume de sa colère, l'insulte visait ma féminité naissante. Mon impureté imminente. Pendant des semaines, j'ai senti ce mot comme un couteau entre mes jambes. *Gyal*. Un sale mot. Qui me clouait à ce moment.

Lorsque ma mère m'a annoncé que j'étais l'une des finalistes de cette bourse, je n'ai pas été surprise. J'avais transformé la rage de mon père en énergie, résolue à une telle excellence que mes parents n'auraient plus jamais à s'inquiéter. Mon père saurait alors que j'étais vraiment désolée. J'ai été choisie parmi des centaines de candidats défavorisés de Mobay pour avoir la chance d'entrer à St James, une école privée fondée par de riches Jamaïcains blancs, où les frais de scolarité s'élevaient à 35 000 dollars par trimestre, un montant exorbitant très au-delà de ce que nous pouvions nous permettre. L'école ne pratiquait pas la ségrégation entre les sexes, mais cela n'avait pas d'importance. Mes parents savaient que c'était tous frais de scolarité payés, uniformes fournis, un enfant de moins dont se soucier, un fardeau en moins. Tous les finalistes passeraient un entretien avec les fondateurs de l'école et une décision finale serait prise sous quelques semaines, à temps pour la rentrée en septembre. Me préparant à mon entretien, j'en avais à nouveau l'estomac noué face à l'inconnu. Toute ma réticence initiale à l'idée d'avoir besoin d'une bourse avait cédé la place à mon besoin d'être la meilleure. C'était le cadeau persistant que m'avait fait mon père.

À notre arrivée dans le hall climatisé de l'immeuble de l'administration, nous avons été accueillies par une femme, menue et blanche qui s'est présentée : Mme Newnham. J'ai reculé avec timidité devant son bonjour chaleureux. C'était la première femme blanche que je voyais de près et avec laquelle j'engageais une conversation. J'avais vu les touristes blancs sur Bottom Road et je les avais observés de loin comme un spectacle, ces visiteurs en orbite qui sentaient la lotion solaire, les cheveux ratissés en *canerows* sertis de perles ridicules, des extraterrestres qui marchaient à moitié nus dans nos rues animées, vacanciers à moitié vêtus au milieu de Jamaïcains en route pour le travail, l'école, la banque. À Montego Bay, deux mondes se croisaient sans se parler, visibles et invisibles ; la Jamaïque que ces Blancs habitaient n'était pas la même que la mienne. Mme Newnham était aussi la première Jamaïcaine blanche que je rencontrais qui s'exprimait vraiment comme une Jamaïcaine – bien que ce soit une Kingstonienne, qui prononçait tout la bouche pincée, jusqu'à ce que Jamaïcain devienne *Juhmaicun*.

Peu à peu, j'ai senti mes inquiétudes se dissiper. Mme Newnham ne semblait ni froide ni méchante, comme je l'imaginais pour tous les Blancs, ces méchants suceurs de sang contre lesquels mon père me mettait en garde lorsqu'il maudissait la reine Eliza-bat. Je l'ai observée avec curiosité pendant qu'elle parlait avec ma mère. Elle portait des lunettes rondes à monture épaisse qui masquaient la majeure partie de son doux visage et ses cheveux étaient coupés en courtes boucles noires. À côté d'elle, je me sentais mal dégrossie, avec mes vêtements coupés dans du tissu kenté, cousus des mains de ma mère, ma chevelure aux dreadlocks sauvages, branchages pendant de mon visage. Elle m'a priée de l'accompagner, en me faisant signe de me diriger vers une autre pièce dont la porte était fermée. Ma mère m'a rassurée en serrant ma main dans la sienne et m'a adressé un grand sourire alors que je suivais Mme Newnham. Une fois la porte franchie, je me suis retournée et j'ai entrevu le visage de ma mère, toujours souriant. Elle a levé un poing confiant, m'insufflant du pouvoir.

La pièce était froide et dix yeux insistants clignaient devant moi. Cinq hommes étaient assis à une table au centre de la pièce, pour la plupart des Blancs souriants, qui m'attendaient. En ressortant par la porte, Mme Newnham m'a fait un clin d'œil. Je sentais ces hommes me toiser des pieds à la tête, mes dreadlocks me retombant sur le visage, mes joues brûlantes. Avant ce moment, je ne m'étais jamais retrouvée seule avec autant de personnes blanches.

Ils m'ont saluée, puis ont fait le tour de la pièce pour se présenter. Ils portaient tous des montres en or et des chevalières de l'établissement ornées de gros écussons en rubis qui scintillaient tandis qu'ils me parlaient. Un homme blanc m'a demandé ce que je faisais à mes heures de loisir.

J'ai répondu que j'aimais lire de la poésie, mon poème préféré étant « Le Tigre » de William Blake.

– Ah, et vous connaissez ce poème ?

L'homme blanc s'est tourné vers un autre assis à côté de lui pour lui poser cette question.

Avant qu'ils ne puissent me poser une autre question, j'ai commencé à réciter.

Tigre ! Tigre ! feu et flamme
Dans les forêts de la nuit...

Je les ai regardés l'un après l'autre, en récitant.
Quelle main ou quel œil immortel
Put façonner ta formidable symétrie ? ai-je continué.

Les mots me prêtaient une force électrique. Ils se sont calés dans leurs fauteuils, en me fixant, et ils ont échangé des regards.

– Mon Dieu, vous vous exprimez si bien, a remarqué un autre de ces hommes blancs.

– Vous vous exprimez si bien, ont-ils tous répété, à plusieurs reprises.

Je ne savais comment j'aurais été censée leur parler autrement.

L'entretien touchait à sa fin, je leur ai dit que j'aimais lire le journal.

– Vraiment ? m'ont-ils dit en pouffant, pleins d'incrédulité.

L'homme blanc le plus aimable de la table, celui qui avait un long nez et des yeux bleus pétillants, m'a demandé de lui parler d'un sujet dans la presse, sport ou actualités. Je me suis tue, j'ai réfléchi. Je voulais m'assurer que ma réponse soit irréprochable, une réponse dont ils se souviendraient le lendemain.

Je savais que tout le monde avait parlé de la saison estivale du champion de cricket antillais Brian Lara, qui avait battu tous les records, et que ce serait la réponse la plus attendue.

– J'ai suivi le scandale Donald Panton, ai-je répliqué, sans perdre un instant.

Deux de ces messieurs ont eu un mouvement de recul dans leur fauteuil, visiblement surpris. Donald Panton était l'autre grand sujet de l'été, un homme d'affaires réputé de Kingston qui faisait maintenant l'objet d'une enquête pour fraude financière. Je tenais mon public, me suis-je dit.

J'ai décrit ce que je savais du scandale et je les ai vus hausser le sourcil.

– Vous êtes une brillante jeune fille, a remarqué l'homme blanc aimable, toujours adossé à sa chaise, en me regardant comme si je venais d'accomplir un miracle ou un tour de passe-passe, sans bien savoir si c'était l'un ou l'autre.

À peine commencé, l'entretien s'est terminé et le comité est sorti avec moi, se pressant autour de ma mère pour la féliciter et lui demander quel était son secret dans l'éducation des enfants.

– Si j'avais touché un centime chaque fois qu'on m'a demandé cela – et ma mère a ri : je serais riche.

Avant même que nous ayons quitté le bâtiment, Mme Newnham nous a informées qu'ils n'avaient pas besoin de prendre le temps de délibérer, j'avais obtenu une bourse pour entrer à St James. Ma mère m'a serrée dans ses bras, le souffle coupé, pleine de gratitude, puis elle a remercié Mme Newnham et le comité. À l'extérieur du bâtiment, elle a fait un bond et poussé un cri. Elle m'a serrée à nouveau dans ses bras, nos deux cous ne faisaient plus qu'un, et le temps s'étirait à l'infini vers un monde lointain dans lequel nous nous embrassons encore aujourd'hui. Au-delà de la lumière brumeuse d'un monde recouvert d'un voile survit ce moment où ma vie a bifurqué – je suis partie d'un côté, et l'autre fille, celle que je ne suis jamais devenue, est partie de l'autre, avec toutes ses possibilités mystérieuses, tous ses mondes possibles et inconnus.

– Donald Panton ? s'est écriée ma mère.

Elle m'a regardée avec incrédulité, alors que nous repartions avec notre bonne nouvelle.

– Enfin, qu'est-ce que tu sais de cette histoire, Safiya ? m'a-t-elle demandé.

– Tout, ai-je répliqué.

*

J'étais à trois semaines de mon onzième anniversaire lorsque j'ai monté les escaliers du lycée privé où j'allais passer les cinq prochaines années. Je ne savais pas à quoi m'attendre. Cette propriété reconvertie se déployait sur un terrain vallonné planté d'orangers et d'un imposant flamboyant en fleur. Ses longues fèves martelaient le toit du vieux taxi Lada que ma mère avait commandé pour m'emmener le premier jour. Elle m'a embrassée sur la joue, j'ai sauté dehors en espérant que personne ne m'ait vue arriver et elle m'a fait au revoir de la main. J'étais la première sur place. J'ai monté tranquillement les marches et trouvé ma classe, une ancienne chambre à coucher. Par la fenêtre de cette classe de sixième, j'ai observé l'allée où de rutilants SUV faisaient craquer le gravier en s'arrêtant et d'où des jeunes filles blanches se déversaient l'une après l'autre, en chemises blanches impeccables, cravates et jupes bleues courtes et plissées. Chaque fois qu'une de ces jeunes filles blanches sortait d'une voiture avec une pirouette, j'en avais le ventre noué. Ces filles allaient devenir mes camarades de classe. Je n'avais encore jamais adressé la parole à une personne blanche de mon âge, et j'avais encore moins songé à m'asseoir à côté.

À quoi ressemblaient-elles ? À l'entrée de la première fille blanche dans la salle de classe, je me tenais droite et raide comme un piquet.

– Salut, m'a-t-elle dit nonchalamment en passant devant moi pour aller prendre possession d'un pupitre.

J'ai répondu « Salut », en m'efforçant de me calquer sur son allure décontractée.

– Je m'appelle Shannon, a-t-elle précisé.

Elle ressemblait à s'y méprendre à l'homme blanc si avenant de la commission d'attribution des bourses. Comme lui, elle avait les cheveux bruns, un long nez et des yeux bleus limpides et pétillants. Son accent ressemblait beaucoup à celui de Mme Newnham, un accent jamaïcain de la classe supérieure, sa bouche se refermant sur les mots comme une prune précoce de juin.

– Je m'appelle Safiya, ai-je dit en masquant ma dent de devant cassée et en tâchant d'afficher une version plus élaborée de moi-même.

Je l'ai vue observer mes épaisses dreadlocks, qui me retombaient sur le visage et me couvraient les yeux.

Un silence s'est installé entre nous, qui a envahi l'atmosphère et suscité mon appréhension. J'avais tellement de questions à poser à une Jamaïcaine blanche. La première que j'avais en tête était celle-ci : « Mon père pense que tu es le diable, c'est vrai ? » Mais j'ai jugé préférable de ne pas la lui poser.

Après avoir réfléchi à ce que j'allais dire à Shannon, je lui ai demandé :

– Est-ce que tu manges des boulettes ?

Elle m'a regardée fixement, puis elle a levé les yeux au ciel.

– Bien sûr que je mange des boulettes. C'est quoi cette question idiote ?

Elle m'a dévisagée, les yeux réduits à deux fentes. J'en ai eu le ventre noué. Je ne savais pas du tout si les Jamaïcains blancs mangeaient pareil que moi. Je m'imaginais qu'ils mangeaient une nourriture plus raffinée provenant de l'Étranger. Ainsi, maintenant, je savais.

Nous sommes restées là, et d'autres filles ont défilé. Une blonde, une autre blonde. En entrant, elles se sont saluées. La plupart se connaissaient déjà ; elles étaient allées ensemble dans une école primaire privée. J'ai vu Shannon chuchoter et ricaner avec elles à propos de ce que je lui avais demandé. J'ai décidé de leur poser une question plus intelligente, une question qui ne m'avait jamais fait défaut jusqu'à présent.

Je me suis approchée des trois filles blanches et je me suis présentée à nouveau. Puis j'ai dit :

– Savez-vous écrire Tchécoslovaquie ?

Elles m'ont toutes regardée fixement, puis des rires ont fracassé l'air entre nous.

– Tu es sérieuse ? m'a demandé Shannon.

J'ai hoché la tête avec fermeté.

– Oh là là, sans déconner. Bien sûr que je sais l'écrire. Je veux dire, c'est même plus un pays, s'est-elle écriée.

Et puis elle s'est retournée vers les deux autres filles en riant.

J'ai réfléchi. J'ai réfléchi à mon encyclopédie obsolète, je me suis représenté mon ancien moi, elle, allongée sur l'herbe à Bogue, où le ciel semblait si grand, et où le monde lui appartenait, aussi beau qu'une relique figée dans l'ambre.

Personne ne m'avait avertie, avais-je envie de leur confier. Personne ne m'avait rien dit de tout cela.

II

MÉDUSE

*Ne voyez-vous pas toute la nécessité d'un monde de souffrances
et de soucis pour éduquer une intelligence
et en façonner une âme ?*

JOHN KEATS, « La vallée où se forge l'âme »

12

Eurydice

Au lycée, j'imaginais l'enfance comme un monde souterrain dans lequel j'étais descendue, entraînée malgré moi comme l'étaient les femmes des mythes que j'avais lus. Attendant d'être amenées à la lumière par quelque sauveur orphique, ou bien d'être condamnées pour l'éternité à son fleuve de silence. Eurydice. Perséphone. Niobé. Elles portaient des noms qui chantaient leur deuil et, avec mes livres, je m'asseyais près d'elles et je flûtais mon propre chant plaintif. La nuit, je m'imaginais marchant derrière mon père, à grandes enjambées pour suivre ses pas, tandis que des fourrés d'asters blancs et de *shame-old-ladies*, les herbes-mamzelle ou les honteuses-femelles comme on les appelle aux Antilles, frottaient contre mes pieds nus, leurs feuilles hérissées se resserrant comme se serrait ma gorge. Derrière moi, l'obscurité étendait son champ d'encre sur de vastes arpents, et l'air se contractait. En grandissant, je comprenais que je ne serais jamais sa parfaite petite fille rasta. J'étais trop têtue, trop curieuse. J'étais trop moi-même, et pas assez lui-même. Pourtant, j'avais beau déchirer ma robe sur ces épines du doute, je savais que son chemin était le juste chemin et qu'il avait promis de nous conduire à la lumière, alors je le suivais de près, en criant parfois son nom. Mais en ces lieux ma voix s'était perdue – j'essayais de me faire entendre, mais seul un souffle solitaire et muet sortait de ma gorge. Au fur et à mesure que nous avancions, les échos de sa musique s'échappaient de lui comme un éther attristé, m'entraînant dans cette marche. Il chantait à tue-tête pour ses pertes, sa *livity*, son dieu. Son chant n'a pas tardé à devenir le mien, celui de ma sœur, celui de ma mère. Et lorsque je lui tendais la main, je ne pouvais le toucher, je n'étais pas propre, je n'étais pas digne. Et pourtant… Je me faufilais le long de la rivière aussi sombre que du verre, en essayant de me souvenir de moi-même. *Qui suis-je*, avais-je envie de dire. *Qui suis-je pour toi maintenant ?* Mais son regard était fixé droit devant sur un avenir que je ne pouvais voir, alors que je me traînais derrière lui, mes orteils nus maculés de boue. Je devais suivre. Là où il allait, j'allais, ses pensées modelant les miennes, jusqu'à ce que j'en devienne l'ombre parfaite.

*

La plupart des matins d'école, je me réveillais avec une boule au ventre avant de m'habiller et de me préparer à rejoindre le lycée St James. C'était moi qui devais couvrir la plus grande distance et qui me réveillais donc le plus tôt ; le long trajet vers les quartiers plus opulents de la côte de Montego Bay me rappelait constamment que le rêve d'ascension sociale de ma famille s'était écrasé au sol comme une mangue pourrie. Presque tous mes camarades de classe vivaient à moins de dix minutes en voiture de l'école, se pavanant sous de luxuriantes vérandas dans leurs quartiers résidentiels sécurisés, se prélassant sous un archipel de vastes toitures en satellites avec piscines et pavillon des invités donnant sur un bout de mer privé.

Le bâtiment et le domaine de l'école étaient des vestiges mutilés du colonialisme britannique, une ancienne « Grande

Maison » transmise par des esclavagistes apparentés à l'un des fondateurs de l'école. Devenue miteuse et envahie par la végétation, cette maison était hantée de fantômes qui rôdaient encore dans les salles de classe, dont la plupart avaient été aménagées dans les anciennes chambres principales, et certaines dans les anciens communs réservés aux domestiques, avec des placards fermés à clé en permanence et des griffures aux fenêtres. Un calme inquiétant couvait toujours en lisière de nos voix, une pâleur des vieux fardeaux repris du passé.

Nous étions la classe inaugurale, la première expérience. Nous étions huit en sixième, toutes des filles, dont une autre boursière, cueillie dans une autre cité de logements sociaux, et formant à nous deux un exercice de charité, choisies pour prêter au lycée St James une certaine ouverture culturelle. Nous évoluions entre les lignes visibles et invisibles qui nous séparaient, fixées sous le présage de nos noms. Deux de mes camarades de classe étaient des Jamaïcaines blanches qui vivaient encore dans de vastes manoirs sur d'anciennes plantations. D'autres étaient les enfants d'expatriés américains et canadiens qui passaient des vacances à l'étranger plusieurs fois par an et s'exprimaient dans la langue vernaculaire pétillante de la pop culture américaine qui m'était peu familière, des filles dont les parents préparaient des déjeuners composés de snacks américains comme je n'en avais jamais vus, des filles dont les mères parfumées et blondes, qui avaient des allures de jouets, venaient les chercher à l'heure tous les soirs, les ongles fraîchement vernis de rouge, des doigts pâles tambourinant sur le volant de leur voiture de luxe. Elles avaient toutes fréquenté la même école élémentaire privée, elles avaient toutes monté les mêmes chevaux, toutes grandi dans un paradis cloîtré construit par leurs parents sur les terres intouchables de leur quartier résidentiel, elles jouaient au tennis et déjeunaient au yacht-club ensemble et, quand était venu le temps du lycée, leurs parents avaient formé une sorte de conseil et leur avaient construit un établissement privé pour qu'elles n'aient pas à se frotter au reste de l'île, dans nos nombreuses écoles publiques. Le lien qui les unissait était aussi tacite et indéfectible que la barrière qui nous séparait. Je ne m'étais pas encore habituée à côtoyer des personnes pareilles, cette armée de petites filles blanches en jupes plissées qui entraient à l'école en file, bruyantes, sûres d'elles et dans les rires. Elles se déplaçaient dans ce monde, dans tous les mondes, avec bonheur et délectation. Elles déboutonnaient toutes leur chemise de deux ou trois boutons, le col rabattu en un V profond pour montrer leur poitrine, tandis que moi, toujours sans poitrine, je gardais ma chemise boutonnée jusqu'à la gorge, ma cravate nouée autour du cou comme un garçon. Depuis l'incident de la boulette le jour de la rentrée, je les observais comme si elles venaient de débarquer sur nos côtes, étudiant leurs manières et leurs références étranges, décortiquant leur voix perchée à la fin de leurs phrases. Je désirais cette liberté.

– Quelqu'un a vu *Party of Five* hier soir ? C'était trop bien, s'est écriée Lizzy, ses bretelles bleues rutilantes dans la lumière du soleil qui traversait la fenêtre de notre salle.

Elles avaient formé un cercle au milieu de la classe, le visage pivoine et plein de certitude. Ces derniers mois, je m'étais muée en éponge de mer, à l'écoute attentive de leurs conversations impénétrables qui me submergeaient par vagues.

– Non, j'étais trop occupée à regarder des rediff de *My So-Called Life*, a répondu Shannon. Je n'arrive pas à croire qu'ils aient annulé cette série. Jordan Catalano, c'était mon chouchou !

Elle a soupiré en fermant les yeux, sa bouche également remplie de bagues orthodontiques métalliques étincelant à chaque mot. J'ai jeté un coup d'œil à Cassandra, l'autre élève boursière, arrivée pendant qu'elle parlait. Elle a levé les yeux au ciel et regardé par la fenêtre. Nous sommes restées toutes deux silencieuses et perdues pendant que nos camarades de classe continuaient à parler de gens et de choses dont nous ne savions rien.

– Jared Leto est trop sexy, s'est écriée Heather, la cousine de Shannon, en levant la tête et en faisant retomber une cascade de cheveux jaune paille, dénudant sa gorge rose. (Les autres filles ont roucoulé.) Trooooop sexy.

– Cette série-là, je craque, a fait Shannon, et les autres blondes ont acquiescé. Je pensais me faire couper les cheveux comme Angela, a-t-elle ajouté.

Qui était Angela ? J'ai feuilleté les pages de mon manuel en faisant semblant de ne pas écouter, mais j'ai tout ingurgité.

*

En plus des frais de scolarité et des uniformes, ma bourse pour St James m'offrait des livres neufs. Deux semaines avant la rentrée, je suis entrée dans la librairie, perchée sur un rayon de soleil, électrisée de choisir mes manuels, enfouissant le visage entre les pages pour les humer, des pages remplies de nouveaux mondes inédits et brillants qui m'attendaient. C'est ainsi que j'imaginais Noël, les bras chargés de mes nouveaux livres.

Un soir, ma mère s'est approchée de moi alors que j'étais assise en train de lire.

– Bonjour, mademoiselle[1] ! Qu'est-ce que tu lis ? m'a-t-elle demandé avec un petit entrechat.

---

1. En français dans le texte.

J'apprenais le français et elle adorait s'exercer sur chaque mot du roman avec moi, en me faisant répéter ma grammaire et mes conjugaisons en boucle jusqu'à ce que je les maîtrise à la perfection. Le dîner était terminé et je me suis assise à la table vide pour lire *Men and Gods*, un livre sur les mythes grecs que Mme Newnham nous avait donné en devoir. Mes frère et sœurs bondissaient en tous sens dans la chambre que nous partagions, poussant des cris perçants en chœur avec les grillons. Il m'était de plus en plus difficile de me ménager un espace pour lire dans notre maison surpeuplée, et j'avais chaque jour envie de passer davantage de temps avec moi-même, plus de temps pour me lover dans ce foyer chaleureux et solitaire de la tranquillité.

Une fumée étouffante s'élevait du serpentin à moustiques allumé au-dessus de ma mère et moi, assises, et nous nous sommes parlé.

– Je lisais un mythe grec qui raconte l'histoire d'une femme, elle s'appelle Perséphone, lui ai-je expliqué. Elle vit dans le monde souterrain, les Enfers, pendant la moitié de l'année, et lorsqu'elle y descend, elle manque tellement à sa mère que cela plonge tout le monde dans des mois d'hiver, et lorsqu'elle revient auprès de sa mère, ils vivent des mois d'été.

Tel un coup de tonnerre soudain, la voix de mon père nous a interpellées du salon.

– Les Grecs ont volé la mythologie des Égyptiens, s'est-il exclamé.

Il nous écoutait depuis le canapé en remplissant la grille de mots croisés de son journal et il est ensuite venu nous rejoindre.

– C'est bien que tu lises d'autres choses pour l'école et que tu élargisses tes horizons, m'a-t-il dit, mais le Moi doit toujours savoir d'où vient la propagande de Babylone.

Il s'est penché au-dessus de la table, estompant la lumière entre ma mère et moi, et il a jeté un coup d'œil à mon manuel de mythes grecs.

– Ils ont volé les mythes de l'Égypte, changé tous les noms des dieux égyptiens et effacé notre histoire. Tout cela vient d'Afrique, a-t-il insisté en désignant mon livre.

– Oui, c'est vrai, a admis maman en hochant la tête, puis elle a pris un joint à moitié fumé glissé derrière son oreille et l'a allumé.

La fumée de sa ganja et celle du serpentin antimoustique ont formé autour de moi un puissant nuage, et j'en avais la tête lourde.

– Le monde n'a pas commencé avec les Grecs, m'a rappelé papa. C'est ce que Babylone veut te faire croire. C'est pour cela qu'on ne vous parle pas des universités de Tombouctou et des grandes réalisations des Africains. C'est pour cela qu'on ne vous parle pas d'Hannibal, qui était un grand Noir, mais d'Alexandre le Grec.

– Tu veux dire Alexandre le Grand ? lui ai-je demandé.

Dehors, les grillons crissaient leur vacarme dans l'obscurité et l'air frais de la nuit filtrait à travers les barreaux de notre fenêtre ouverte.

– Moi, je ne lui reconnais rien de Grand, c'est Alexandre le *Grec*. Babylone veut vous faire croire qu'il était grand, mais il n'a fait qu'apporter la guerre et la destruction en Afrique.

– Oui, papa, ai-je acquiescé, en prenant note d'effectuer plus tard des recherches sur les noms d'Hannibal et d'Alexandre le Grand Grec.

Dans la nouvelle maison, le portrait de Hailé Sélassié était à présent placé sur une étagère très précieuse de la chambre de mes parents.

Mais lorsque mon père me scrutait, les yeux de l'empereur et les siens se confondaient en un seul et même regard glaçant.

*

Notre école était petite, trente-cinq élèves au total, et il m'était donc presque impossible de me cacher, même lorsque je mourais d'envie de disparaître. Partout où j'allais, mes dreadlocks m'annonçaient de façon spectaculaire, cette toison noire qui me masquait, moi et ma dent cassée. Certains matins, j'arrivais à l'école suffisamment tôt pour me promener seule dans le jardin, au milieu des orangers odorants qui montaient la garde sur ce demi-hectare de terrain, mes chaussettes mouillées de rosée. Je contournais ensuite l'école jusqu'à l'entrée et m'arrêtais sous le vieux poinciana, au tronc assez grand pour m'abriter. Lorsque l'arbre était en pleine floraison, ses branches jetaient une ombre verte au-dessus de l'entrée de l'école, de lourdes fleurs éclatant en flammes orange, signe annonciateur du passage de ma propre enfance. En classe, je voyais cet arbre depuis ma fenêtre. Je rêvais de lui et il rêvait de moi, et j'essayais de mettre des mots sur sa danse brûlante.

Un matin, le calme de ma promenade a été interrompu par des claquements de doigts impatients, et quelqu'un soufflant mon nom d'en haut. C'était Mme Pinnock, le professeur de sciences, qui me convoquait sur la terrasse donnant sur la cour de l'école. Mme Pinnock avait le don d'aigrir instantanément l'air d'une pièce. En classe, même lorsque j'avais la main levée pour donner la réponse, elle ne prononçait jamais mon nom.

– Sinclair, pourquoi étiez-vous en bas, seule ? Vous êtes une jeune fille, dit-elle en agitant l'index avant que j'aie pu répondre. Vous ne devez pas vous balader seule dans l'enceinte de l'école avant l'arrivée des professeurs, vous le savez bien.

– J'ignorais que je n'avais pas le droit, madame.

Elle me parlait, et je me suis concentrée sur ses chaussures ; elle portait les sempiternels bas en nylon transparents et les chaussures vernies à talon bloc des professeurs jamaïcains, celles que portait ma grand-mère. Après avoir promis de ne plus jamais me promener seule dans l'enceinte de l'école, je me suis dirigée vers ma salle de classe.

C'est alors que Mme Pinnock a tendu la main, élevant une espèce de barricade pour me barrer la route. Ma poitrine s'est heurtée à l'os de son poignet, j'ai reculé vivement et je l'ai regardée.

– Pourriez-vous vous brosser les… cheveux, s'il vous plaît ? m'a-t-elle demandé en grimaçant. Vous ne pouvez pas circuler dans cet endroit avec une tête de serpillière. Nous sommes quand même tenus au respect de certaines règles pour les élèves de cette école.

Je ne voulais pas lui laisser entrevoir ma réaction, même si la honte me nouait la gorge. Je me suis ressaisie, la voix tremblante.

– Madame, mon père me dit que je n'ai pas la permission de me brosser les cheveux. Madame, ai-je bredouillé en essayant de dégager définitivement mes mèches du visage et de ma tête, mais elles reprenaient aussitôt leur place, incorrigibles.

– Votre père ?

– Oui, madame.

Son visage s'est assombri. Comme la plupart des Jamaïcains pratiquants, elle avait probablement été nourrie de ces vieux contes de fées serinant qu'un frère rasta était un méchant Homme au Cœur noir, qui viendrait l'enlever et l'assassiner

dans la nuit. Toute cette vieille peur se transformait maintenant en authentique dédain à peine voilé.

– Eh bien, attachez-les au moins avec un chouchou ou
quelque chose du genre, a-t-elle fait en désignant ma tête.

– D'accord, madame.

Une fois encore, d'un geste des deux mains, j'ai dégagé mes
dreadlocks de mes yeux, et Mme Pinnock m'a soudain saisie
par le poignet.

– Eh eh ! s'est-elle étranglée, en tournant à nouveau la tête
pour bien m'observer. Mais dis donc c'est quoi ça sur votre
main ?

Mes deux mains étaient ornées d'entrelacs de motifs
compliqués au henné d'un brun profond. Une amie de la
famille venue d'Amérique nous avait rendu visite et m'avait
soigneusement teint les mains et les pieds avec son henné
maison pendant qu'elle et ma mère fumaient. J'avais adoré
ce rituel, assise au centre d'un cercle de femmes sages qui
causaient, mes oreilles se dressant pour capter l'essence de
leur conversation.

– C'est du henné, madame, ai-je répondu à Mme Pinnock.

– Du henné ? C'est quoi, le henné ? m'a-t-elle demandé – le
ton était déjà accusateur.

– C'est une sorte de teinture qu'on met… ai-je essayé
d'expliquer.

– Allez vous laver, m'a-t-elle ordonné en me lâchant enfin,
et elle m'a éconduite d'un geste avant que j'aie pu terminer.

Je n'avais pas bougé, alors elle s'est de nouveaux penchée
sur moi, les narines dilatées.

– Ça ne s'enlève pas, madame, ai-je essayé de lui expliquer.
Ça marque la peau pendant quelques semaines.

– Comment ça, cela ne s'enlève pas ?

Elle a enfoncé les doigts dans les motifs bruns du henné et continué à frotter jusqu'à ce que je tressaille et retire ma main.

– Alors c'est un tatouage ? s'est-elle écriée encore plus fort. Ce n'est pas autorisé à l'école.

– Ce n'est pas un tatouage, madame, ai-je insisté, la voix tremblante.

Tout ce que je maintenais lié en moi était sur le point de se délier.

– Alors allez aux toilettes et lavez-le, m'a-t-elle ordonné en articulant chaque mot lentement, puis en désignant les toilettes des filles au bout du couloir. Et revenez dans la salle des professeurs me montrer.

– Mais madame…

– Allez-y, maintenant !

J'ai marché dans cet étroit couloir comme engluée dans de la mélasse. Les paumes et les pieds moites de transpiration en passant devant ma classe de sixième, la tête basse au point de pouvoir voir au fond des catacombes solitaires de moi-même et de la fille silencieuse qui s'enfonçait dans l'obscurité. J'ai frotté mes mains jusqu'à ce que ma peau rougie entre les motifs au henné me brûle. Je les ai rincées en vain, les yeux fermés en les séchant. Je suis retournée dans le couloir retrouver Mme Pinnock en salle des professeurs, pour lui montrer que le henné ne s'enlevait vraiment pas. Elle a eu un claquement de langue, m'a pris les mains et les a tendues aux autres professeurs.

– Vous voyez ça ? leur a-t-elle lancé en leur montrant mes mains. Ces gens-là prennent toutes sortes de libertés. (Sa façon de siffler *ces gens* ne laissait planer aucun doute sur ce qu'elle entendait par là. Les professeurs ont tous acquiescé en silence, en me fixant d'un œil noir.) Cette fois, cela se limitera à un simple avertissement, a conclu Mme Pinnock. À la prochaine, vous serez en retenue.

– Oui, madame, ai-je murmuré en étouffant mes larmes avant de quitter la pièce.

Lors de l'assemblée du matin, nous étions toutes alignées par classe dans le hall, et cette fois Mme Pinnock a fait une annonce publique à toute l'école.

– Une élève s'est présentée aujourd'hui dans l'établissement avec un produit appelé « henné » sur les mains. (Moi, je regardais par terre, alors que le soleil et une foule d'yeux se braquaient sur moi.) À St James, aucun tatouage ou marque permanente n'est autorisé sur nos élèves. À partir d'aujourd'hui, tout élève vue avec un quelconque tatouage dans les locaux aura une retenue ou une suspension. Est-ce compris ?

La tête baissée, le dos courbé, je me suis dirigée vers la classe d'un pas lourd en secouant la longue filasse de mes dreadlocks devant mon visage.

À l'heure du déjeuner, les filles de riches décidaient souvent de ne pas aller à la cantine et de sortir manger à l'ombre des arbres de la cour. Quelle que soit leur décision, elle s'appliquait à l'ensemble de la classe, et nous les suivions toutes au rez-de-chaussée, sous le soleil de midi, en étalant nos jupes bleues plissées dans l'herbe, puis nous mangions et bavardions jusqu'à ce que la cloche sonne. Nombre d'entre elles s'achetaient des pizzas, des burgers et du pain de noix de coco chaud au stand minuscule que Mlle Norma tenait à partir de la cuisine reconvertie, et c'est avec des yeux brûlants que je les regardais manger ces aliments qui m'étaient interdits. Certaines camarades de classe ouvraient leur sac-repas de marque acheté dans un de ces magasins américains rutilant et croquaient des chips et des biscuits de luxe, des crackers avec sauce au fromage, du pudding au chocolat et des barres fruitées Fruit Roll-Ups à l'emballage vert et argenté. Moi, j'ouvrais mon sac-repas en nylon bon marché pour manger un sandwich coulant à la laitue et au fromage, une orange épluchée, un sachet de chips d'imitation que ma mère avait achetées dans une épicerie chinoise. Certains matins, mes frère et sœur et moi quittions la maison au réfrigérateur vide et avec des sacs de déjeuner encore plus vides, et ma mère nous disait de ne pas nous inquiéter, qu'elle nous apporterait de quoi manger à l'heure du déjeuner. Nous sortions de la maison dans les ronchonnements et le doute. Mais effectivement, tous les midis, elle apparaissait à l'horizon, Shari perchée au creux du bras, empruntant l'allée de gravier, sa longue jupe se balançant au rythme de ses mouvements, pour m'apporter mon déjeuner – du fromage grillé provenant de la cuisine d'un hôtel, des morceaux d'Ital provenant d'une épicerie rasta, un burger végétarien provenant du centre-ville. Je n'ai jamais su comment elle réussissait à nous acheter tous ces repas, alors que notre cuisine et nos poches étaient vides et que papa attendait sa paie, ou comment elle arrivait à temps pour les heures de déjeuner de trois écoles différentes, et je ne le lui ai jamais demandé. Parfois, je boudais même ce qu'elle m'offrait. Mais elle venait toujours, et j'avais toujours à manger.

Après l'annonce de Mme Pinnock au sujet de mon henné, je me suis assise en silence avec mes camarades de classe à l'heure du déjeuner. Je n'avais rien à dire et aucune amie à qui le dire. Mon monde n'était qu'un chapelet de répudiations qui s'entrechoquaient pour former un long et vilain collier, et ce collier et sa laideur me définissaient. Personne n'a remis en question mon silence, ma laideur courbée. J'aurais pu camoufler mon corps dans l'écorce rongée par les champignons sans m'en rendre compte. Après que Shannon eut terminé son repas, elle a averti le groupe qu'elle allait grimper au jeune manguier, ce qui m'a mise en joie car je ne savais pas qu'une autre élève de ma classe aimait grimper aux arbres.

Je l'ai regardée grimper sur la plus basse branche, j'ai vu sa jupe plissée se gonfler et dévoiler ses jambes et le short noir qu'elle portait en dessous. Je me suis approchée du manguier et je l'ai vue grimper plus haut de plusieurs branches.

– En fait, je trouve ça cool, m'a crié Shannon d'en haut. Tes mains. J'ai toujours eu envie d'essayer le henné.

J'ai levé les yeux vers elle, l'éclat du soleil m'a ébloui les yeux.

– Merci, ai-je répondu en tendant mes paumes dans le vent, et j'ai observé les motifs au henné, les mains encore douloureuses à force d'être frottées.

Je me suis appuyée contre le tronc avec toute la désinvolture possible. Shannon a basculé les jambes vers une branche plus basse, et mon ventre s'est noué car j'ai réalisé qu'elle se rapprochait de moi pour me parler.

– Je ne vois pas où est le problème. Katherine a un tatouage entier à la cheville et personne n'a rien dit. Ici, les profs sont tellement prudes, a-t-elle déploré en levant les yeux au ciel.

Katherine était la sœur aînée de Heather, et j'avais entendu beaucoup de vantardises au sujet de son tatouage à la cheville, qui était encore scandaleux pour nous, les élèves de sixième année. Katherine était la préférée de Mme Pinnock ; elle lui faisait toujours des compliments sur ses cheveux blonds ou ses yeux bleus. À cet instant, j'en ai eu le cœur serré. Bien que Shannon ait été la première à le souligner, je savais qu'elle n'était pas vraiment capable de voir la vérité – au lycée St James il y avait deux systèmes de punition différents : un pour moi, et un autre pour les filles comme elle.

Shannon s'est encore rapprochée, les yeux rivés sur mes dreadlocks.

– Alors, le henné, ça fait partie de votre... religion ?

J'ai secoué la tête. Elle m'a demandé si j'avais le droit de mettre du vernis à ongles. J'ai répondu par la négative. Elle m'a posé une autre question relative à Rastafari, puis une autre, à laquelle la réponse était non, toujours non, je n'avais pas le droit. Mais elle a continué, comme si elle essayait de me révéler sa clairvoyance sur Rastafari. Pourquoi le henné est-il autorisé, alors que le vernis à ongles ne l'est pas ? Pourquoi ne portes-tu que des jupes et des robes ? Pourquoi tu ne peux pas porter de pantalons ? Pourquoi tu n'as pas le droit de te maquiller ? Pourquoi ne peux-tu pas te percer les oreilles ? Pourquoi tu ne peux pas te raser ? Quelles étaient les règles ? Qui les établissait ?

Mon père, avais-je envie de lui répondre. Mon père les édictait. Et maintenant, apparemment, rien ne me permettait de lui échapper. Toute l'excitation ressentie en parlant avec Shannon était bridée par la vision que j'avais de moi-même en fille parfaite de Rastafari, de ses tenues, de son allure. Mon humilité. Ma pureté. Mon silence. Il me semblait que Rastafari s'emparait de chaque moment de ma vie, de chaque conversation, de chaque espoir d'amitié.

Le collier de ma honte pesait sans cesse de plus en plus lourd, et mon visage me brûlait sous les projecteurs de ses questions. J'ai regardé les autres filles flotter au loin.

– Mais et ton frère ? (Sans désarmer, Shannon s'est à nouveau collée à mon oreille.) Est-ce qu'il a aussi ses règles à respecter ?

Elle était maintenant sur la plus basse branche, ses jambes pâles se balançant près de ma tête.

J'ai fait non de la tête.

– Il ne se coupe pas les cheveux et nous ne sommes pas censés manger de la viande. Mais à part ça, pour lui, tout va bien.

– Donc, toi et tes sœurs, vous êtes les seules à devoir suivre ces règles ?

– Oui, ai-je fait en grattant l'écorce. Et ma maman.

Si j'avais eu les mots pour ce faire à ce moment-là, il aurait été plus simple de lui dire que chaque Rastaman était la divinité de sa maison, que chaque mot prononcé par mon père était parole d'évangile. Il n'y avait pas de texte fondateur ou de principes unificateurs, pas de maison sainte à l'exception de la Maison de Djani. Vivre dans un foyer rasta, c'était comme être dans une église permanente, sauf que les écritures se révélaient aussi variables que le ciel, mon père étant à la fois le dieu de la mer et le dieu du soleil.

– Que se passe-t-il si tu ne suis pas ses règles ?

– J'ai des problèmes.

Shannon a grimacé et elle a eu un mouvement de tête incrédule.

Je ne lui ai pas dit ce que ce « problème » signifiait chez les Sinclair, et jamais je n'aurais pu imaginer ce qu'il signifierait un jour. Qu'un jour, je me réveillerais sous un ciel déchiré et que je ne reconnaîtrais pas ma maison. Que je regarderais le visage râpé de mon avenir et que je choisirais de fuir. Mais cela n'avait pas d'importance. Pas encore. Parce que je suivais les règles.

Je me suis adossée au tronc de l'oranger, en lissant l'ourlet plissé de ma jupe d'uniforme, taillée pour être plus longue que celle de toutes les autres filles de l'école. Une file de fourmis noires remontait en décrivant une boucle jusqu'aux fleurs blanches où Shannon était assise, sa jupe se gonflant dans le vent, exposant ses cuisses pâles. J'avais envie de grimper dans l'arbre comme elle, de sentir à nouveau le vent sur mes cuisses. Mais j'étais trop grande à présent pour grimper aux arbres, affirmait mon père.

« Comment c'est là-haut ? », avais-je envie de lui demander, mais je n'ai rien dit, préférant me promener silencieusement en lisière du monde souterrain. Une ombre parfaite.

Pendant le trajet en taxi jusqu'à la maison, je suis restée silencieuse, ignorant les bavardages de mes frère et sœurs, pensant à ma discussion avec Shannon au déjeuner, revivant le regard de Mme Pinnock sur mes dreadlocks, ce moment où j'aurais tant voulu être ailleurs, n'importe où. Lorsque j'ai émergé du brouillard, ma mère était là, dans l'embrasure de la porte comme toujours, à la maison. Je lui ai raconté qu'on m'avait réprimandée à cause du henné à l'école, alors que la sœur aînée de Heather, Katherine, avait un tatouage sur la cheville et n'avait jamais été embêtée pour cela : je l'ai vue écarquiller les yeux. Ma tristesse était palpable, et je l'ai vue assombrir le visage de ma mère, en une vague de culpabilité, puis de colère, et tout à coup, se métamorphoser en autre chose. Comme si elle avait toujours détenu un vilain secret sur le monde et voyait maintenant sa fille s'y confronter pour la première fois. Elle m'a embrassé le front, frictionnant mes mains de sa chaleur. Ensuite elle s'est levée, elle a fait les cent pas, en répétant sans relâche : « Ce n'est pas juste. Ce n'est pas juste. » Je n'avais pratiquement jamais vue ma mère agitée, mais cet incident la perturbait. Mes frère et sœurs, qui avaient écouté, ont convenu avec indignation que ce n'était pas juste.

– Comment peut-elle ne pas savoir ce qu'est le henné ? Quelle ignorance, répétait maman, incrédule.

Au bout d'un moment, elle s'est assise et m'a prévenu que je rencontrerais beaucoup de gens comme Mme Pinnock dans ma vie, mais que le secret consistait à laisser leurs paroles et leurs actes glisser sur moi.

J'ai essayé de me dépêtrer de l'heure sombre qui s'annonçait, mais je ne ressentais que de la colère.

Je guettais l'horloge et le retour de mon père à la maison, me remémorant de tout lui raconter dans les moindres détails susceptibles d'attiser son feu et son soufre, tant je voulais qu'il fasse s'abattre la foudre de Jah sur cette tête chauve de Mme Pinnock. Ce soir-là, comme tous les soirs à Farm Heights, l'électricité a été coupée sans avertissement, ce qui a forcé maman à sortir notre lampe à pétrole et quelques bougies, et nous sommes tous restés allongés à la faible lueur de la flamme en nous livrant à des tours enfiévrés de jeux de mots et de lettres, jusqu'à nous endormir. Nous sommes restés ainsi blottis dans la lumière tremblotante jusqu'à ce que nous entendions mon père, à la porte.

Maman et moi nous sommes lancées dans un témoignage sur ce qui s'était passé à l'école, Lij et Ife se joignant à nous avec excitation. Mon père écoutait, tirant sur son précepte en silence, en homme sage. Après que nous avons terminé, ma mère a dit : « Je vais aller parler à Mme Newnham demain. » Aux anges, j'ai regardé mon père, m'attendant à ce que le feu familier jaillisse de sa langue comme de la lave.

À la lueur des bougies, son visage semblait particulièrement las. Il avait notre monde posé sur ses épaules, mais jamais je n'avais songé une seule fois à tout le poids qu'il portait. Au cours des deux années et demie qui ont suivi son retour du Japon, sa joie s'est faite plus rare, et ses journées étaient étouffées par la déception ou enflammées par la colère, car il voyait sa carrière s'étioler. Il a rejeté ses mèches par-dessus son épaule et m'a dit :

– Ah, ces têtes restent bien chauves, Budgie. Ils ne connaissent rien à cette *trodition* rasta. Ces chrétiens, on leur a bourré le crâne, ces *eejit*, ces crétins.

J'ai acquiescé et j'ai souri, prête au grand *bangarang* qui allait suivre. J'imaginais mon père infligeant à Mme Pinnock un sermon sur notre bon droit, et Mme Pinnok se ratatinant sous son regard noir et acéré.

Puis il a fait non de la tête.

– Makini, tu ne peux pas aller là-bas faire du ramdam.

Ma mère n'a pas commenté. Elle s'est figée, comme si l'une des flammes de la bougie s'était éteinte.

– Mais, papa… ai-je protesté.

– Tu dois te tenir à carreau, faire ton travail et ne pas causer d'ennuis, a-t-il insisté, me coupant net dans mon élan.

– Je ne cause pas d'ennuis. C'est elle qui…

– Tu as une bourse. Ils payent pour que le Moi soit là. Ne crée pas d'histoires avec les gens de l'école, m'a-t-il répété.

J'ai regardé maman, et ses yeux étaient mi-clos. Je ne l'avais pas vue le sortir, mais elle avait déjà allumé un petit mégot de joint et soufflé la fumée la plus légère qui soit. À ce moment-là, j'avais commencé à observer sa façon de fumer. Ma mère n'a jamais pris la parole ou défié mon père, pas une seule fois. Mais réglée comme une horloge, chaque fois qu'elle était en désaccord avec lui, au lieu d'exprimer son opinion, elle sortait un pétard, et ses yeux se réduisaient à deux fentes. Il parlait, et elle n'ajoutait rien d'autre. Elle a pris une bougie, s'est levée et elle est sortie en fermant la porte derrière elle.

– Tu m'as entendu ? a répété papa.

Il avait les mains glissées dans ses passants de pantalon, et la boucle rouge de sa nouvelle ceinture, cadeau d'un ami canadien, se reflétait à la faible lumière de la lampe.

– Oui, papa, ai-je répondu.

J'entendais des bruits étouffés de vaisselle entrechoquée provenant de la cuisine ; ma mère faisait la vaisselle dans l'obscurité. Comme elle, je m'étais attendue à ce qu'il fustige les têtes chauves qui m'avaient causé du tort. J'avais envie qu'il me défende sur ce chemin qu'il nous avait taillé à travers la jungle. Au lieu de cela, face à Babylone, il s'est montré prudent et souriant, et c'est à nous qu'il a réservé tout son feu.

Il est venu s'allonger à côté de moi sur le lit. Il était doué pour ignorer ma mauvaise humeur, ou pour l'occulter complètement.

– Et maintenant parle-moi encore de l'école, m'a-t-il dit.

Depuis que j'avais commencé à fréquenter St James, je lui avais fait le plaisir de lui raconter quels pères de mes camarades de classe étaient hommes d'affaires et quel modèle de voiture conduisait la mère de l'une ou l'autre. Il semblait se délecter de ces histoires sur les autres parents, et j'en préservais la moindre parcelle pour les lui rapporter. J'aurais pu trouver cela hypocrite si cela n'avait pas agi comme un puissant fortifiant. Cela l'apaisait, ce qui m'était précieux. Tout ce qui l'élevait élevait aussi toute la maisonnée. Je parlais, ses yeux se fermaient, ensommeillés et comblés, comme si j'étais le canal de sa réussite par procuration.

– Le père d'Heather est propriétaire de Margaritaville, ai-je commencé.

J'avais peaufiné ces histoires comme un art, en observant le visage de mon père, que je voyais se transformer et s'illuminer face à ces informations impressionnantes.

– Il possède tout ? m'a-t-il demandé d'une voix lointaine.

– Je crois que oui… ai-je dit.

Je n'étais pas sûre que ce soit vrai, mais je savais que plus la réussite d'un parent était magistrale, plus il semblait plein d'entrain. Au fil du temps, je lui avais tissé un mythe grandiose de leur monde, parce que cela alimentait sa conviction de réussir à atteindre les sommets, cela approfondissait sa foi dans l'idée que, d'une manière ou d'une autre, sa *livity* dans Rastafari changerait nos vies.

– Ma fille va à l'école avec le propriétaire de Margaritaville, a-t-il fait d'une voix puisée dans le miel, sucrée de fierté, si tant est que le Rasta puisse éprouver de la fierté.

L'électricité était encore coupée lorsque j'ai tourné les yeux vers lui, j'ai vu les siens fermés dans un sommeil de pierre, ses dreadlocks enroulées autour de ses mains, reposant sur sa taille ceinturée comme des rivières égarées, noires et ramifiées. Je l'aimais ainsi. La lumière de la lampe éclairait la cicatrice luisante sur son front, le calme lunaire de son visage endormi figé dans un sourire. Quand il était heureux, nous étions invincibles. J'avais presque douze ans et je ne considérais pas encore le bonheur comme un mythe en voie de disparition. Je chérissais ces heures de velours, j'avais envie de rester ainsi, malgré Babylone. Au bout d'un moment, je me suis levée et je l'ai laissé dormir. Mais si j'avais su que ce serait la dernière fois que mon père et moi serions si tendrement allongés l'un contre l'autre, je serais peut-être restée là pour toujours, sans m'avancer davantage vers l'autre berge de cette rivière, sans jamais devoir connaître ce qui se passerait ensuite.

13

La Ceinture rouge

Depuis la maison exiguë de la Tenth Street, nous ne pouvions plus voir la mer. C'était la première maison que nous louions après avoir quitté notre paradis de Bogue, et le rythme fantomatique des vagues lointaines expirait dans mon esprit, me hantant plus particulièrement lorsque les journées devenaient torrides. Sans la brise marine, le soleil brûlait plus fort, tant nous vivions loin à l'intérieur des terres, entourés de maisons en carton découpé, chacune étant une copie jaune poussiéreuse de l'autre, leurs murs serrés les uns contre les autres, ma famille transpirant sous le regard des voisins qui nous épiaient d'une clôture à l'autre. Mon père enrageait, il était dégoûté, il se moquait d'eux en les traitant de *butus*, de bouseux, à table au dîner, puis leur souriait, tout dégoulinant, et les saluait poliment, s'engageant même dans une conversation sans intérêt lorsqu'il les apercevait à l'extérieur. C'était un politicien avisé. Il semblait se soucier énormément de ce que les gens pensaient de lui, et plus je grandissais, plus ses contradictions devenaient évidentes. Il méprisait Babylone, non sans en désirer les attributs. Et lorsqu'il ne m'a pas défendue contre Mme Pinnock, j'ai été frappée de le voir faire tant de grâces à ces étrangers mangeurs de viande, et nous en accorder si peu. Avec lui, à présent, rien n'était jamais certain, pas même l'amour. Au fil des mois, ses humeurs se sont aigries à des profondeurs inédites, soumises à rude épreuve par l'imprévisibilité de la vie de musicien, toujours à l'affût d'un concert. Mais à douze ans, j'étais assez jeune pour tenter encore de m'approcher de lui, tel un chien battu qui revient la queue basse, en me réglant sur ma mère. Elle était le rocher immuable sur lequel il s'écrasait, elle faisait de son mieux pour nous éviter de subir ses orages, et nous surveillions attentivement ses humeurs pour savoir quand il était prudent de revenir nous approcher de papa.

Cela semblait en valoir la peine lorsqu'il me souriait et m'appelait par un nom qu'il avait choisi. *Budgie*, disait-il en chantonnant ce surnom qu'il m'avait donné à ma naissance. « Quand tu étais bébé, tu roucoulais comme une perruche. Un son si apaisant, si beau, le son de mon oiseau préféré. » Parfois, j'oubliais qu'il avait grandi à la campagne, en courant des kilomètres de sentiers au milieu de collines vertes qui, disait-il, ressemblaient à la campagne anglaise. Là-bas, il connaissait les couleurs et le chant de chaque oiseau, il savait distinguer le pinson de la sauterelle, la fauvette de la grive. Il parlait si rarement de ce vieux pays, de ce vieux moi, d'un étang au bord du lac dans lequel il avait trouvé de la musique, que j'ai voulu rester près de cet étang, avec ce garçon, à regarder une perruche voleter de branche en branche de son peuplier de Virginie. Lorsqu'il chantait pour sa Budgie, je roucoulais et j'allais vers lui.

Dans ces moments chaleureux, mes frère et sœurs et moi nous serrions comme des corbeaux autour du canapé, picorant aux pieds de mon père, ravis même de l'entendre ressasser des blagues sur ses amis d'enfance, en imitant leurs voix et leurs mimiques, les tripes gonflées et la peau grasse des « mangeurs de viande ». Je n'ai jamais songé qu'il racontait peut-être les mêmes blagues parce qu'il n'avait rien d'autre, c'était le seul bien de son ancienne vie auquel il pouvait se raccrocher, une pièce de monnaie bien usée au fond de sa poche.

Le risque de voir notre moment de bonheur noyé sous la pluie menaçait, tout près de nous. Certains jours, le rêve de papa d'un étang sous le peuplier rempli de poissons débordait soudain en souvenir d'une certaine tante Nicey, une parente que nous n'avions jamais rencontrée et dont nous n'entendions parler qu'en ces occasions moroses où le visage de mon père s'assombrissait, comme si elle avait elle-même appuyé sur l'interrupteur. Nous avons appris à détester tante Nicey, car lorsqu'elle entrait dans notre tableau comme un orage, tous les chants d'oiseaux disparaissaient du monde de mon père.

« Je n'ai jamais connu mon père », c'était ainsi que débutait l'histoire de la tante Nicey, invariablement. Les yeux de mon père ne brillaient plus au soleil sous ces bassins verdoyants.

– Je n'ai jamais connu mon père, a-t-il répété, en transe. Ni son visage, ni même son nom.

Nous sommes restés immobiles et nous l'avons regardé, comme si nous avions pris racine.

– Personne n'a voulu de moi, a-t-il poursuivi en égrenant sa jeunesse par bribes. Ma tante Nicey me donnait du porridge chaud quand j'étais petit. Brûlant. Et quand ça me brûlait la langue, je pleurais, alors elle m'attrapait et me battait parce que je pleurais à cause de ce porridge trop chaud.

Il n'a pas attendu notre réponse. Nous étions tous assis au pied de la banquette pour essayer de l'ancrer dans ce monde vivant, mais lui, il était déjà parti.

– Je suis né sans famille, a-t-il continué, comme si sa propre vie était un miracle qui s'était forcé à exister à force de gifles et de larmes.

« Tante Nicey », Nicey Reid, était la grand-mère maternelle de mon père. Elle rejetait tellement son existence qu'elle lui interdisait de l'appeler « grand-mère ». Nous savions tous que ma grand-mère avait accouché de mon père à l'âge de quatorze ans, un malheur que tante Nicey ne pouvait considérer que comme une erreur.

Ma grand-mère était une élève modèle devenue l'exemple à ne pas suivre de tout le village, la bonne chrétienne que tout le monde accusait, affirmant qu'elle avait écarté les jambes dès la première fois qu'un homme adulte lui avait chuchoté à l'oreille, jetant aux orties une vie d'études prometteuse, avec mon père pour résidu, en guise d'avertissement. Il demeurait une meurtrissure sur le visage de la famille Reid, dont les membres pleuraient encore ouvertement le jour où la monarchie britannique avait perdu cette île, jeté de maison en maison, un bâtard condamné à être brûlé, battu et maltraité comme le sont tous les êtres non désirés. Telle était la manière chrétienne. Telle était la manière de tante Nicey. Mon père était né dans la tourmente de la rébellion jamaïcaine, les citoyens noirs de l'île étant désormais orphelins du seul fait d'être caribéens, engendrés par rien d'autre que notre rêve d'indépendance. Libres d'écrire l'avenir qu'ils souhaitaient, certains Jamaïcains choisissaient encore les confins étroits du passé, dépoussiérant et préservant ces vieilles chambres coloniales, tandis que d'autres, comme mon père, rasaient tout ce qui les avait précédés et mettaient le feu aux rideaux de la maison du maître.

– Vous, les enfants, vous ne savez même pas quelle chance vous avez, nous disait-il maintenant, sans s'adresser à personne en particulier dans la pièce désormais étouffante. Quand j'étais petit, tante Nicey m'a jeté contre une clôture barbelée, nous a-t-il expliqué en plantant brutalement le doigt sur sa cicatrice,

une boule de tissu chéloïde luisant de la taille d'un petit scara-
bée sur son front, à titre de preuve.

Ife et moi avons sursauté, en nous serrant l'une contre
l'autre. Sa cicatrice faisait tellement partie de lui que nous
n'avions jamais deviné la violence de son origine. À mesure
que papa parlait, sa cicatrice s'assombrissait, palpitait et se
ramifiait dans le trident de veines qui saillaient sur son front.

– C'est là que ma tête s'est fendue, nous a-t-il dit en appuyant
du doigt sur la cicatrice. Et quand j'étais petit, presque chaque
jour que j'ai passé dans la maison de tante Nicey, elle m'a
maudit à cause de la facture de l'hôpital.

Je pouvais presque voir les volutes de fumées qui s'échappaient de lui, des bouffées sulfureuses, comme si la foudre était
sur le point de frapper notre banquette et de lui faire hurler
le nom de Jah en signe de reconnaissance. Nous l'écoutions
en hochant la tête et sans rien ajouter, craignant que si nous
bougions ne serait-ce que d'un pouce, son feu risquerait de
s'abattre sur nous aussi.

– Et votre grand-mère elle disait rien quand elle revenait
et quand elle voyait ce qu'ils m'faisaient, a-t-il ajouté, dents
serrées.

Il nous parlait très peu de notre grand-mère, il ne la désignait
jamais par aucun nom, seulement « votre grand-mère ». Il ne
parlait jamais d'elle sans nous rappeler sa Faute.

– C'est une faible, Rasta, a-t-il lâché, la bouche renfrognée,
la voix tonitruante. C'est une lâche.

À cet instant, il a tiré sur son précepte, ressortant de sa
jeunesse et revenant en lui-même. Nous étions assis là, en
silence et en sueur, nous grattant les orteils et ne sachant pas
comment le regarder, ne sachant pas ce qui allait se passer
ensuite. Nous étions avec lui au soleil, sous son peuplier, à
observer les vieux oiseaux de l'étang aux poissons et, en un

éclair, une comète noire était tombée et nous avait grillés jusqu'aux os. Ce qui alimentait son souvenir brûlait en lui et ne cesserait jamais.

– Je n'ai jamais connu mon père, a-t-il répété, plus calme à présent, comme en attente.

Nous étions la famille qu'il s'était créée, mais nous n'étions que des enfants. J'avais à peine douze ans, et mes frère et sœurs étaient encore plus jeunes. Dans notre isolement cloîtré, chaque moment d'instabilité nous semblait normal. Comme l'après-midi où mes parents nous avaient donné des joints à fumer, ils avaient formé cette étrange secte des Sinclair depuis si longtemps qu'ils étaient incapables de voir quand des limites malsaines avaient été franchies. Nous n'avions maintenant rien d'autre à offrir à mon père que notre peur et notre confusion. Finalement, j'ai songé à tendre la main pour toucher la sienne, mais il était trop tard.

– Riez et le monde rit avec vous, a-t-il grincé, la voix froide et hargneuse, en pointant du doigt chacun d'entre nous. Pleurez, et vous pleurez seuls.

Ensuite, comme s'il avait changé de masque, il a souri de toutes ses dents, d'un sourire maniaque, aussi étincelant, tranchant, effilé qu'une lame de rasoir, me tailladant alors qu'il se levait du canapé et nous plantait là.

*

En cette saison pluvieuse, à mesure que l'année avançait et que l'ornière de nos malheurs financiers se creusait, mon père devenait de plus en plus sévère et aigri. Nous étions en octobre et les pruniers de juin étaient en fleur. La quiétude somnolente de ces fins de soirées sur Tenth Street était chargée des roulades et des cliquetis hypnotiques des dés et des pièces :

mes parents enchaînaient les parties de backgammon jusqu'au journal télévisé du soir. Dès que le carillon de sept heures sonnait, mes frère et sœurs et moi nous dispersions dans nos chambres à l'heure dite, en essayant de disparaître. Quels que soient les nuages qui s'étaient accumulés en lui toute la journée – salaire en retard, facture d'électricité en souffrance, propriétaire réclamant le loyer du mois précédent –, lorsqu'il écoutait le journal d'informations quotidien, ils se transformaient en ouragan. Augmentant le volume à fond, il crachait des obscénités et aboyait des répliques au présentateur, traitant chaque politicien de « suceur de sang » ou d'« agent de Babylone », et même les opprimés dont les maisons étaient inondées de « maudits *butus* » et de « chauves ignorants ». C'était désormais la seule chanson qu'il nous chantait, tous les soirs, alors que nous nous blottissions tous les cinq. Et à peine le journal télévisé de sept heures était-il terminé qu'il passait directement à l'autre chaîne locale pour regarder un reportage identique, une deuxième fois, à huit heures.

Voilà à quoi ressemblaient ses trente-quatre ans avec quatre enfants. Trois ans après son retour du Japon, avec une famille qui grandissait et sans contrat de disque. Nos journées étaient de plus en plus maigres, une ou deux boulettes de moins dans nos assiettes chaque fois, souvent accompagnées de rien d'autre qu'une sauce épaisse à base de lait de coco, ou du callaloo râpé sauté au petit déjeuner, et encore au dîner, et alors que nous nous plaignions à maman dès qu'il était hors de portée de voix, il n'y avait rien d'autre à faire que d'avaler ce que nous avions, parce que nous avions faim. Certains jours, l'assiette de ma mère ne contenait que peu ou pas de nourriture, tant elle tenait à nous servir toute la casserole et ne laisser pour elle que les restes, alors qu'elle allaitait encore Shari, qui avait presque quatre ans. « Jah y pourvoira », décrétait papa quand la nourriture venait à manquer, et maman sortait dans le jardin trouver quelque chose pour nous rassasier. Des prunes et des cerises de juin mûres, dégorgeant sur l'arbre leur pulpe dorée dont elle faisait du jus de cerise ou de la compote de prunes de juin bien sucrée pour nous nourrir, des heures miraculeuses de sucre épaissi que nous léchions sur nos mains en en redemandant.

Mon père ne deviendrait jamais charpentier, banquier ou chauffeur de taxi, répétait-il toujours. Il chantait pour Jah et ne se voyait avancer sur aucune autre voie. Il n'avait donc pas d'autre choix que de retourner chanter dans les cabarets des hôtels de la côte ouest, reprenant les dix mêmes chansons de Bob Marley qu'il avait peaufinées pour en faire sa lance d'or, décochée en douce sur la foule des touristes qui dînaient de steaks et buvaient aveuglément jusqu'à tout oublier. Avec nous, à la maison, il pouvait encore se comporter en roi. Toutes les images et tous les sons lui appartenaient, tous les mots lui appartenaient. S'il se levait béat de bonheur, nous devions tous l'être aussi, peu importaient nos émotions. Il n'avait jamais lavé un plat ou une assiette, jamais allumé une cuisinière, jamais touché un balai. Ma mère lui servait tous les plats dès qu'il les réclamait, et son régime Ital était notre régime. La télécommande de la télévision et toutes les chaînes que nous regardions lui appartenaient. Sa chanson était la seule et unique chanson. Il s'ensuivait donc que notre punition lui appartenait, à lui et à lui seul.

Ses humeurs impitoyables et ses leçons étaient toujours notre pénitence. Certains matins, il se réveillait dans un état de suffocation, sombre et abattu, et nous savions qu'il n'y aurait aucun soleil dans notre monde ce jour-là. Il s'était disputé avec un producteur de disques ou il avait eu une répétition ratée avec son groupe à l'hôtel, ou peut-être avait-il besoin d'un versement anticipé pour régler notre loyer. Nous n'en connaissions jamais la cause. Quoi qu'il en soit, les rideaux étaient tirés sur cette journée et personne ne devait proférer le moindre son. Nous étions assis là, mes frère et sœurs, ma mère et moi, mornes et frappés de mélancolie, étouffés dans le brouillard de sa fureur, sans qu'aucun de nous ne soit autorisé à dire un mot.

Nous en sommes venus à redouter ces heures, comme nous redoutions les journaux télé, car à cette époque, nous ne savions plus comment déchiffrer sa météo. À présent, ma mère n'était elle-même pas en mesure de déterminer ce qui déclenchait ses humeurs et ses miséricordes. Quand il riait, il voulait que nous riions avec lui ; quand il pleurait, nous pleurions encore davantage. Nous, pourtant si jeunes, nous avons tous appris à marcher sur des œufs. Chaque soir, avant de partir au travail, il exigeait notre attention. Les processions et les rituels le fécondaient. Ma mère devait repasser ses vêtements, qu'elle avait lavés à la main puis étendus pour lui, la veille. Après avoir fait bouillir suffisamment d'eau, elle lui lavait ses dreadlocks, elle versait de chaudes onctions sur sa tête inclinée dans l'évier de la salle de bains, ils accomplissaient tous deux leurs gestes en silence et elle frottait ses racines nouées. Ensuite, elle lui séchait les cheveux avec une serviette, puis huilait chaque mèche tandis que lui, bien assis, mangeait les fruits qu'elle lui avait découpés ou buvait le thé qu'elle avait fait infuser dans son bol japonais, en remuant à peine un muscle. J'imaginais un serviteur, juste au bord du cadre, l'éventant avec une palme en un lent va-et-vient.

Bientôt, j'ai moi-même été affectée à cette procession rituelle. Mon travail consistait à aider à fabriquer des copies pirates de son album, *Rocking You*. « Parce que le Moi est si méticuleux, m'a-t-il dit, je ne peux me fier qu'à toi, Budgie. Le Moi en fait de meilleurs que l'usine de pressage. » À ce moment-là, j'étais heureuse de me tenir sous son soleil, étant celle qu'il avait choisie pour confectionner ces versions pirates qu'il vendait aux touristes après ses concerts, un moyen d'arrondir ses fins de mois. Il ne possédait pas les droits de son premier album et s'était vu refuser les masters ou les copies par la maison de disques, si bien qu'il avait acheté un graveur de CD et se créait lui-même des versions non autorisées. Les soirs où il m'appelait en criant : « Budgie. Viens m'aider maintenant, princesse », je m'interrompais dans mes devoirs et je le rejoignais, parce que mes mains étaient les siennes.

*

Les soirs où notre père partait au travail, mes frère et sœurs et moi respirions librement, trois animaux glapissants, sortis de l'enclos. Mon frère avait quelques amis dans le quartier, mais mes sœurs et moi n'avions pas le droit de conserver des amis têtes chauves ou de franchir notre portail. Les amis et compagnie étaient les commis de Babylone et on ne pouvait leur faire confiance. Nous n'avions pas le droit de dormir chez nos tantes. Les années passant, un cousin avait été autorisé à venir chez nous, où nos parents pouvaient le surveiller d'un œil vigilant. Mes frère et sœurs et moi avions tous accepté cette situation, la croyant normale, même si nous étions très souvent enfermés à la maison, coupés d'une vie ordinaire. Au fil des ans, notre isolement persistant était devenu partie intégrante de la secte des Sinclair, altérant la valeur que j'accordais aux amitiés traditionnelles, que je croyais jadis aussi remplaçables que les maisons louées que nous avions laissées derrière nous. À l'époque, nous pensions tous les quatre n'avoir besoin de rien d'autre que de nous-mêmes, et mes sœurs et moi avions fini par apprendre à aimer rester entre nous. Nous avions vécu si longtemps dans la bulle Sinclair que cette réclusion était devenue une seconde nature. Nous étions encore loin d'aspirer à ce qu'il y avait au-delà de la clôture.

Contrairement à Bogue, nous pouvions compter sur les doigts d'une main tous les arbres de notre jardin, et pourtant, même ici, dans notre petit domaine, nous voulions goûter à tout. Ife était généralement la meneuse de notre curiosité, tant elle était émue de découvrir ce monde en le mangeant. Souvent, nous trouvions deux profondes empreintes digitales dans le beurre dont elle se régalait, nous la surprenions à lécher les boutons et les ourlets de choses interdites, et une fois à Bogue, elle avait même mordu dans un mille-pattes, toute souriante, avec ses dents noircies par la chair de l'insecte, jaunies par sa carapace, devant nous, qui étions stupéfaits. Par un après-midi moite, nous nous sommes retrouvés seuls à la maison, libres de nous promener dans le jardin. En commençant par celui de derrière, nous nous sommes balancés à la corde à linge, nous avons passé nos bras et nos jambes autour de chaque branche d'arbre et tailladé tous les buissons que nous pouvions trouver. Nous rampions dans la digitaire humide, suivant l'exemple d'Ife, mordant dans les feuilles, arrachant les longues tiges de l'herbe à la fontaine pour goûter à sa rosée sucrée. Nous avons galopé d'arbre en buisson, mordillant la feuille sombre du prunier, goûtant la feuille cireuse de l'hibiscus, suçant le pétale de velours, léchant les étamines poudreuses et dorées. Il y avait encore du plaisir dans ce monde desséché, si vous saviez où le trouver.

Nous avons rampé jusqu'à ce que le soleil tombe, mon frère, mes sœurs et moi luisant de sueur en nous approchant du cerisier, tellement chargé de fruits trop verts que certaines branches ployaient jusqu'au sol, effleurant l'herbe. Chaque cerise verte pendait comme un petit monde dur et brillant.

– Tu crois qu'on peut quand même les manger si elles sont vertes ? ai-je demandé à Ife.

– J'en ai déjà mangé des vertes, m'a-t-elle répondu. Et c'est drôlement meilleur.

Nous avons réfléchi. Ife en avait déjà mangé des vertes et elle avait survécu, et Lij et moi la regardions maintenant mordre dans l'une d'elles.

– Mmm, a-t-elle fait en mâchant et en suçant les noyaux.

Lij et moi avons fait de même. C'était croquant et acidulé, un jus vif et piquant me remplissait la bouche. J'en secouais la tête avec délectation.

– Ife, tu es un génie ! me suis-je exclamée, et Lij a approuvé, en attrapant déjà une autre cerise.

Nous sautions et arrachions des cerises vertes de l'arbre, deux ou trois à la fois, pour nous en remplir la bouche en riant.

– Prenons-en pour papa et maman, a proposé Ife – et nous nous sommes mis à secouer l'arbre comme des sauterelles.

J'ai tendu mon tee-shirt pour m'en faire un panier devant moi et je l'ai rempli de fruits.

– Ça, c'est la vie, me suis-je écriée, longtemps après avoir cessé de compter le nombre de fruits que nous avions mangés.

Nous nous sommes allongés tous les trois en soufflant, le ventre plein sous le ciel brûlant.

La nuit n'était pas encore tombée lorsque notre père est descendu du taxi au portail, mais toute la lumière avait déjà presque disparu. Il était censé travailler dans un hôtel à quelques heures de là, à Negril, et son retour si tôt était un mauvais signe. Son concert à l'hôtel avait peut-être été annulé. Il affichait le même visage sombre que lorsqu'il était au téléphone avec le directeur de l'hôtel.

Nous nous sommes levés, nous nous sommes écartés du cerisier, nous avons remis nos chaussures et couru l'accueillir. Nous étions collants et sentions la digitaire et le jus de cerises vertes. Maman n'était pas encore rentrée à la maison, pas encore là pour résoudre ou interpréter l'énigme singulière de son visage, mais à la façon dont il a claqué la portière de la voiture, nous aurions dû savoir qu'il ne fallait pas l'embêter. Nous nous sommes timidement approchés de lui et l'avons salué.

– Bonjour, papa, avons-nous gazouillé en le retrouvant à mi-chemin du portail.

– Pourquoi vous êtes encore dehors ? s'est-il emporté. Vous voyez pas qu'y fait nuit ? Rentrez à l'intérieur et allez tout d'suite prendre votre bain maintenant, a-t-il fait en nous éconduisant d'un revers de main.

Nous avions tous monté les marches et étions entrés dans la maison lorsque notre père a allumé la lumière du salon et examiné dans quel état nous étions. Des brindilles dans nos dreadlocks, le front maculé de sueur et de saleté, des taches vertes sur nos chemises. Il nous a regardés, puis a pointé du doigt le short de Lij, gonflé de cerises.

– *Fyah*, qu'est-ce que t'as dans ta poche ? a-t-il demandé.

– Des cerises, papa, lui a répondu Lij.

– Goûtes-en une, papa ! a fait Ife.

J'ai observé attentivement son visage pendant que mes frère et sœurs lui parlaient et je savais que la chandelle de son esprit avait déjà été renversée. Ses sourcils se sont froncés en une ombre profonde de plusieurs siècles, sa cicatrice préhistorique.

– Qu'est-ce que tu veux dire, des cerises ? nous a-t-il dit en penchant la tête de côté. Il n'y a pas de cerises. Les cerises sont vertes.

– Eh ben... on en a goûté aujourd'hui, a insisté Lij en sortant une cerise verte de sa poche et en la tendant à notre père. En fait, elles ont bon goût !

Le visage de mon père a été happé par ce sourire mortel qui n'allumait pas ses yeux. Il a tiré sur son précepte, nous a regardés, puis j'ai vu ses yeux rétrécir.

– Vide tes poches, mon garçon, a-t-il dit en saisissant mon frère par le col de sa chemise.

Ife et moi avons sursauté.

– Mais, papa... a chuchoté Lij en tendant ses deux mains pleines de cerises vertes.

Mon père a eu un petit rire en secouant la tête. Nous étions alignés devant lui, le front baissé, comme des tournesols sans soleil.

– Ne bougez pas de là, a-t-il ordonné – et il est sorti par la porte, en direction de la cour.

– Maintenant, on a un problème, ai-je soufflé à Lij et Ife alors que nous attendions dans le salon.

Nos bras et nos jambes nous démangeaient, nos nerfs étaient déracinés.

– Mais pourquoi ? a gémi Ife, les yeux écarquillés et déjà brillants de larmes. Qu'avons-nous fait, Saf ?

Je n'avais pas de réponse à lui donner. Elle n'avait que huit ans et je ne pouvais lui expliquer que je savais déjà que toute la lumière de notre père s'était éteinte. Nous étions désormais dans son monde en flammes.

J'ai entendu mon père jurer depuis le jardin. Il a crié : « Ah les *bomboclaat* ! », utilisant un juron habituellement réservé aux voleurs des maisons de disques, aux gérants d'hôtels et à Juju Hewitt. Sa voix était rauque, inhabituelle. Son rugissement terrible m'a secouée, et Ife s'est mise à renifler. Ses pas ont résonné jusqu'à la porte d'entrée, qu'il a claquée derrière lui. Les murs ont tremblé sur leur assise. Il nous a pointés du doigt, le viseur d'un sniper, et il a encore poussé un juron.

– Les Eux de Moi ont cueilli toutes les cerises vertes de l'arbre, Rasta. Toutes les cerises, s'est-il écrié.

Il parlait, la voix plus basse, mais son visage conservait un calme reptilien. J'étais incapable de le regarder.

– Vous avez compris que ces cerises vertes vous rendent malades ? Hein ?

– Non, papa, avons-nous répondu d'une seule voix pitoyable.

– Non ? Alors vous croyez donc que Moi l'Homme a de l'argent pour payer la facture du médecin ou de l'hôpital ?

Tout son calme s'étant évaporé, son visage se déformait sous l'effet de la fureur, la voix tonnante.

– Non, papa, avons-nous admis, la gorge serrée.

Il nous a dévisagés fixement et nous, nous étions petits, si petits qu'il aurait pu nous écraser sous son talon. Tout en parlant, il a commencé par déboucler sa ceinture. Nous ne l'avions encore jamais vu faire cela. C'était la nouvelle ceinture en cuir rouge qu'un ami canadien lui avait offerte quelques mois auparavant, encore brillante et raide d'avoir été peu portée. Nous avons échangé des regards perdus, et puis lorsqu'il a sorti la ceinture rouge des passants de son pantalon kaki, nous avons pris peur. Papa nous avait infligé de nombreuses corrections enragées et nous avait donné quelquefois la fessée quand nous étions plus petites, mais ça, c'était nouveau. Les prochaines minutes demeuraient incertaines.

– Les fruits se mangent quand ils sont mûrs, a-t-il marmonné en enroulant la ceinture autour de son poing. Que chaque fruit mûrisse sur l'arbre de Jah.

– Papa, on ne pensait pas que... ai-je protesté – mais j'ai été incapable de terminer.

Sans défense, je me suis rapprochée de mes frère et sœurs, aussi près d'eux que possible, trempée de ma propre peur et frissonnant contre leurs corps, leurs corps frissonnant faiblement contre le mien.

— Les Eux de Moi sont trop indisciplinés ! a-t-il rugi en tournant soudain autour de nous.

Il nous a fouetté le dos à tous les trois de sa ceinture rouge, avec une force cinglante. Nous avons crié et Ife s'est recroquevillée au sol, en s'agrippant la tête des deux mains. Tout est parti en vrille ; le toit et les décombres, une force écrasante s'est abattue sur nous, notre petit royaume a volé en éclats.

— Désolée, papa, a répété Ife encore et encore. Désolée, papa, je suis désolée, papa.

Lij et moi avons joint notre voix à la sienne.

— Désolés, papa ! l'avons-nous supplié.

C'était inutile. Mon père a attrapé Ife, il l'a soulevée en l'air et l'a relâchée entre Lij et moi. Nous sommes restés immobiles comme des soldats en rang.

— Tends-moi tes mains, a-t-il ordonné à Ife.

— S'il te plaît, l'a-t-elle imploré en faisant « non » de la tête et en s'éloignant de lui. S'il te plaît, papa.

— Ne me sers pas de « s'il te plaît », lui a-t-il rétorqué. Il l'a fait pivoter et lui a asséné un grand coup de ceinture rouge sur la paume de la main. *Schlac*. Son bras a fendu l'air de toute sa force. Le cuir épais lui a fouetté la peau, ses petits bras. *Schlac*. Elle a crié, supplié. Il l'a frappée trois fois, cinq fois. Quand son bras s'abattait, j'en avais le souffle coupé. *Schlac, Schlac, Schlac*. Ma sœur gémissait et suppliait.

À côté de moi qui essayais de reprendre mon souffle, Lij miaulait doucement. Nous avions tous les trois le visage dégoulinant de larmes et de morve, le corps tremblant, le souffle lourd. Nous dévisagions l'homme qui portait la ceinture rouge, et nous ne le connaissions pas.

Lorsqu'il a relâché Ife, il lui a ordonné de s'asseoir sur le canapé. Elle a fermé les yeux et pleuré, sa plainte animale emplissant toute la maison.

Les yeux de mon père s'étaient assombris, presque absentés, et quelque chose se lâchait à chaque coup qu'il nous assenait.

– Tends-moi tes mains, a-t-il ensuite dit à Lij, qui a tendu les paumes et fermé les yeux, paupières serrées.

Schlac. La ceinture rouge a frappé les paumes et les poignets de mon frère. Il n'a émis qu'un faible gémissement, tâchant d'être fort. *Schlac. Schlac.*

– Ne gâchez rien, ne réclamez rien, s'est exclamé mon père en jetant de toutes ses forces la ceinture sur les petites mains de mon frère.

Lij a fermé les yeux et gémi douloureusement, profondément, en gardant le visage immobile. Mon père a attrapé mon frère, l'a retourné et lui a fouetté les fesses de sa ceinture tant de fois qu'il a fini par brailler, meuglant jusqu'au toit. Des cerises vertes éparses tombaient de ses poches sur le sol tandis que mon père le battait. J'ai fermé les yeux, je tremblais. Lorsqu'il eut terminé, il a envoyé Lij rejoindre Ife sur le canapé.

– Tends-moi tes mains, m'a-t-il ordonné, ce que j'ai fait en essayant de m'armer de courage.

La voix de mon père était calme, sa main ferme.

– Tu es trop indisciplinée, a-t-il décrété – et la ceinture rouge s'est abattue sur mes mains avec une force qui a soulevé ma chemise. *Schlac.*

La morsure du cuir m'a brûlé la peau, j'ai crié, la lanière de la ceinture a creusé des lignes rouges sur mon poignet. La douleur était plus forte que je ne m'y étais attendue.

Il m'a cinglé les mains avec l'épaisse ceinture de cuir.

– Toi, tu devrais le savoir, a-t-il continué. Au lieu de ça, tu les égares.

Schlac. Schlac. Schlac. Le monde était la tête en bas. J'ai pleuré et supplié, non pas mon père, mais tout ce qui serait susceptible de l'arrêter. Je me suis souvenue, mais trop tard, de ce qu'il m'avait expliqué à propos de la chasse. Il connaissait le nom et le plumage de tous les oiseaux parce qu'il avait aussi pris l'habitude de les tuer. Il aimait ses oiseaux autant qu'il aimait les abattre des arbres avec son lance-pierre. J'étais tellement occupée à faire la perruche que je n'avais pas remarqué la pierre.

La ceinture rouge s'est abattue sur moi jusqu'à ce que je sois incapable de rien voir au-delà de ce moment, rien d'autre que son visage hargneux, ses dents écartées, ses yeux rouges écarquillés et fous.

Dans la foulée, mes frères et sœurs et moi sommes restés assis en silence, recroquevillés comme des corbeaux sur le lit de notre chambre commune, perdant les heures qui ont suivi dans un flou affreux. Le grésillement des grillons criblait l'air de la nuit. Nos visages étaient blanchis par le sel de notre corps. Je ne peux dire que nous avons poussé des cris et que nous nous sommes étreints à ce moment-là torse contre torse, souhaitant nous muer en un homme fort à nous tous. Je ne peux dire que nous nous sommes confiés à notre mère à son retour, qu'elle aurait à son tour prononcé de douces paroles d'affliction. Je ne peux dire que nous avons appliqué de l'aloe vera sur les plaies et les ecchymoses constellant nos mains et nos fesses, nos langues encore à vif à cause du jus acidulé des cerises vertes. Ou même que nous sommes allés à l'école le lendemain en demeurant bouche close sur l'épine secrète plantée en nous. Au lieu de cela, nous avons simplement déserté les cosses meurtries de nous-mêmes, nous en sommes sortis entièrement, en abandonnant ce petit enfant qui ne cessait de demander « pourquoi ? », alors que s'éteignait la flamme du jour.

Mon père n'a plus jamais porté cette ceinture. Une fois la séance de correction terminée, il est entré dans sa chambre où il a planté un clou dans le mur au-dessus de son lit. C'est là, à côté du portrait de Hailé Sélassié, qu'il a accroché sa ceinture rouge, dans l'attente de la prochaine fois que son esprit le prierait de l'en décrocher.

14

Fausse Idole

Le lendemain matin, je me suis réveillée dans une brume décrépite aux accents du chant de ma sœur Ife, puis j'ai commencé à passer au peigne fin le bleu de la journée, en quête de sens. La morsure des coups de ceinture s'était estompée, mais le souvenir des cris de ma sœur persistait, me marquant à nouveau chaque fois que mon esprit les effleurait. À présent, j'étais allongée, sa voix gazouillait doucement et je me laissais porter par sa vague délicate, dérivant vers le littoral où nous sommes nés, pensant à ce matin, trois décennies plus tôt, lorsque ma grand-mère Isabel s'était réveillée et avait passé ses dernières heures à se vider de son sang, avec pour seul témoin le clapot de la mer. Là où, plus tôt, sous le même ciel en perdition, ma jeune mère s'était réveillée, avait glissé ses pieds dans des chaussures en lambeaux et s'était rendue à l'école, sans savoir qu'elle était orpheline de mère jusqu'à ce qu'un homme à vélo glisse ses mains dans ses sous-vêtements, la jetant à terre lorsqu'elle avait résisté. Dix ans auparavant, deux paroisses plus loin, à la campagne, ma grand-mère Sweet P. s'était réveillée en paria adolescente, chantant un cantique d'église pour apaiser sa solitude ébranlée.

Aujourd'hui, en ce matin bleu, sous le ciel meurtri de notre lignée, ma sœur Ife s'est réveillée en chantant ce même cantique pour s'apaiser, blottie dans les bras enveloppants et consolateurs de ma mère. C'était là, dans la torpeur croissante, que se trouvait notre marque matrilinéaire : chacune d'entre nous s'est transformée en pierre du jour au lendemain. Jetées, vague après vague, dans la même mer étrange. Délivrées par un chagrin survenu la nuit précédente. Ici, les femmes de ma famille se sont toutes réunies sous un même signe, gravées par les destins contraignants qui nous ont été réservés. Une fille n'avait pas le choix de la famille qui l'avait choisie. Elle n'avait pas eu le choix des nombreux noms qui l'ont suivie, les lèvres mouillées et braillant dans la rue. Elle était Psssst. Et Jubi. Et Catty. Mampy. Matey. Wifey. Dawlin. B. Et Heffa. Ma taille. Impératrice. Brownine. Fluffy. La Grosse. La Girafe. Mawga Gyal. Et Babes. Sweets. Chu Chups. Et Ting. Machine. Mumma. Sketel. Rasta Gyal. Jezebel. Et Fille de sa mère.

Nées sous le même soleil implacable, nous étions apparentées. Cloué sous le poids de notre héritage, le creuset de la féminité noire que je n'avais pas encore franchi. Même à ce moment-là, réveillée par cette flagellation sous le chant d'Ife, je ne pouvais savoir quelle lutte nous attendait encore, mes sœurs et moi. Après qu'elle eut fini de chanter, je suis restée au lit sans bouger, en observant un cocon dans un bocal sur notre table de chevet, où une chenille autrefois vert joyau s'était durcie en une épine brune pendant la nuit, maintenant aussi méconnaissable et immobile qu'une créature morte. Il était difficile de croire que quoi que ce soit de beau pouvait survenir ensuite.

*

En quatrième, les filles de ma classe avaient formé un ministère réticent, chacune construisant son propre moi, déposant des aumônes dans les paumes du saint de l'aisselle poilue, dieu du mucus qui reluisait le siège de nos sous-vêtements, en communion sacrée avec le danger rouge et mûr de nous-mêmes. Mon sang n'avait pas encore coulé. J'avais treize ans et j'étais encore la dernière de ma classe à ne pas avoir été initiée. De temps en temps, ma mère me chantait à l'oreille : « Un jour ou l'autre, un jour ou l'autre », comme une sonnette d'alarme. Je redoutais les milliers de jours qui allaient suivre. Après la mise en garde de Mme Pinnock, je ne me promenais plus dans la cour, mais je patientais tôt le matin à l'intérieur, explorant les hauts rayonnages de la bibliothèque attenante à notre nouvelle classe de quatrième, en attendant que les filles entrent en files bruyantes et électriques, partageant les pans de leur vie qui m'étaient inaccessibles, des pans de vie que j'avais résolu de ne jamais partager avec quiconque. C'était généralement ainsi que Cassandra me trouvait, à mon bureau avec un livre ou déambulant entre les quatre hautes étagères chargées de ces volumes poussiéreux et mal-aimés que je souhaitais dérober.

Cassandra était l'autre élève boursière, plus âgée que moi d'un an, comme tout le monde, et plus petite que moi, comme tout le monde. Elle était jolie, des cheveux brun-rouge et une peau comme une mangue jaune mûre, et elle vous dévisageait toujours avec de grands yeux qui semblaient parfois verts. C'était une vérité tacite entre nous qu'elle connaissait les mêmes hurlements de loup du harcèlement que moi, qu'elle les connaissait mieux en fait parce qu'elle se rendait en ville et prenait le taxi public toute seule, ce que mon père n'aurait jamais autorisé. Pourtant, elle marchait comme si elle n'avait jamais senti le monde clouer son poids écrasant sur son dos, son rire la précédant souvent. Elle avait été retenue par St James davantage en fonction de ses besoins que de ses mérites, et elle semblait prendre ce fait très à cœur, rêvassant joyeusement au fond de la classe et ouvrant rarement la bouche, sauf pour rire de tout ce qui pouvait la titiller.

Cassandra est arrivée en sautillant, son cartable négligemment en bandoulière sur une épaule, sa cravate pendante au col de sa chemise d'écolier, déboutonnée et froissée sur sa poitrine comme les autres filles. « Je vais te faire flipper ah ça oui, je vais te faire flipper ah ça oui... » chantonnait-elle, en hochant la tête avec délectation en se glissant dans un siège à côté de moi.

– Quoi d'neuf ? m'a-t-elle demandé, en imitant l'accent noir américain.

J'étais en train d'étudier pour notre prochain examen de français et je n'étais pas d'humeur à lui consacrer du temps ce matin.

– Salut, Cassandra, ai-je répondu.

En fait, sa famille l'appelait Cassie, et on l'avait toutes appelée « Cassie » pendant une dizaine de minutes quand on s'était rencontrées le premier jour d'école. Ensuite, les filles de riches sont arrivées et nous ont rapidement informées qu'il y avait déjà une élève qui s'appelait « Cassie » et qu'il faudrait donc l'appeler Cassandra. La Cassie « originale » était Cassie Thomas, angélique, bienheureuse et irréprochable, elle et ses murmures de miel, charmante même avec une bouche remplie de métal, une princesse métissée sur laquelle tous les professeurs s'extasiaient. C'était la seule autre élève de la classe dont les notes étaient aussi élevées que les miennes, ce qui ne faisait que susciter en moi un profond respect et rien de mon esprit de compétition habituel, parce qu'il était impossible de la détester.

À cet instant, j'essayais d'ignorer Cassandra, en observant du coin de l'œil sa tête qui dodelinait tandis qu'elle chantait et m'observait attentivement.

– Alors, tu as fait quelque chose d'amusant ce week-end ? m'a-t-elle demandé en me donnant un petit coup d'épaule.

– Rien du tout, ai-je dit. Rien du tout.

Cela faisait trois semaines que la ceinture rouge s'était abattue sur mes mains, mais la douleur des cris de mes frère et sœurs résonnait encore à mes oreilles.

– Comment se fait-il que tu ne sortes pas après l'école ? Ou que tu ne fasses rien ? m'a-t-elle demandé en étirant les jambes.

– Mon père ne me le permet pas, ai-je répondu.

– Même pas dans ta rue ?

– Non.

– Devant la porte ?

– Non.

– Eh, typique Rasta, hein ?

Elle secouait la tête comme si elle ne pouvait imaginer un monde dans lequel il lui serait interdit de franchir sa porte. Mais pour moi ce n'était pas étrange ; c'était tout ce que j'avais toujours connu. Depuis si longtemps, mon père nous avait inculqué que notre pureté serait entachée si nous jouions dehors avec les enfants, et j'avais fini par y croire. Aujourd'hui, même le fait de les voir piailler sur la route ne m'incitait pas à sortir de la cour.

Nous aurions pu être amies, Cassandra et moi, échanger nos secrets comme un péché chuchoté entre nous, mais dès le premier jour de classe elle est devenue la Cassandra de seconde zone, et n'a manifesté aucune espèce d'intérêt d'être autre chose que « l'autre » Cassie. Pour mon père, le fait d'être extraordinaire était l'un des signes que notre *livity* était dans le juste. Il nous mettait en garde contre toute personne qu'il jugeait peu exceptionnelle. « Ce genre de personnes n'arrivera jamais à rien, répétait-il, et leurs amis et compagnie ruineront vos vies. » Je n'ai donc jamais pu partager avec elle ce qui me tenait éveillée la nuit et à quel point il semblait inévitable aux yeux de mon père que je précipite ma ruine. Et que chacun de mes gestes semblait équivaloir à lancer un cordon de perles dans une toile d'araignée qui s'étendait autour de moi, une toile dont j'étais en quelque sorte à la fois l'architecte et la victime, prise au piège.

– Vraiment, franchement, s'est esclaffée Cassandra, me ramenant instantanément à ses yeux aussi grands que des fenêtres. Je sortirais quand même de toute façon et je me ferais punir plus tard. (Elle a secoué la tête en se trémoussant.) Il y a des garçons très mignons dans ma rue, je peux te le dire ? Mon père m'engueule tout le temps, il se met en colère, *ah wah*, qu'est-ce qu'il a !

Et elle a ri.

– J'aurais trop peur de contrarier mon père, ai-je avoué en pensant à son visage, dur comme fer et dangereux, et à lui qui me frappait. Tu n'as pas peur ? lui ai-je demandé, le sang m'échauffant les joues.

– Non, *sah*. Je me contente de regarder et de guetter le vert. Je sais toujours quand mon père est contrarié parce que ses yeux changent comme le ciel. Quand il est triste, ses yeux sont gris, et quand il est en colère, ses yeux sont verts. Je peux même savoir quand il va pleuvoir rien qu'en voyant ses yeux, m'a-t-elle confié.

J'ai donc appris qu'il y avait de nombreuses façons de lire le visage d'un père.

– *Bwoy*, ses yeux étaient vert-feu quand il m'a frappée l'autre jour pour avoir parlé à un taximan. Un grand grand type, aussi grand que lui. Quand je te dis que j'ai dû m'enfuir !

Elle a gloussé, les yeux écarquillés. J'ai aussi écarquillé les yeux, en l'écoutant. Puis, après une pause, elle a fait :

– Et toi ? Ton père il a déjà…

– Non, ai-je répondu en détournant le regard.

– Il ne t'a jamais battue ?

– Jamais, ai-je répété.

Mes paumes me picotaient de nouveau, et j'examinais le sol, le mât de ma personne s'enfonçant sous la surface. J'avais honte de mon père, car il m'avait rendue ordinaire. En nous battant, il n'était pas différent des *butus* et des têtes chauves qu'il dénonçait. Il avait banalisé mes blessures, faisant de moi une jeune fille comme les autres, désireuse de s'absenter du monde. Je ne voulais pas être ici, dans cette salle de classe, avec le souvenir cuisant de mes paumes qui me brûlaient, cédant à la commisération avec Cassandra sur la façon dont nous avions été battues par nos pères. Pas pendant que Cassie Thomas couinait et se jetait au cou de son père chaque après-midi quand il prenait l'allée de l'école pour venir la chercher, son chien en peluche sur les genoux.

– Eh bien, tu as de la chance ! a répondu Cassandra. Toutes celles que je connais se font battre. Nul. Je crois que mon père en a marre de moi maintenant, je peux te le dire ? Un de ces jours, il va piquer sa crise, il va me tuer, s'est-elle écriée en riant et en lissant les plis de sa jupe. Mais bientôt, ma mère va envoyer quelqu'un me chercher. Bientôt, bientôt.

Elle ne parlait jamais de sa mère, si ce n'est de façon abstraite, en mentionnant qu'elle était loin, quelque part à l'Étranger. En vérité, à l'époque, j'aurais pu la considérer comme la plus chanceuse de toutes, mais je ne le lui aurais jamais dit.

– Tu as déjà été à l'Étranger ? m'a-t-elle demandé, les yeux brillants.

– Non, pas encore, ai-je répondu.

J'avais tant de fois entendu et revécu l'histoire de mon père aux États-Unis lorsqu'il était jeune adolescent que je pouvais m'imaginer la neige, les pommes rouges brillantes et un taxi jaune avec un seul passager à l'arrière. Mon père et ma tante Audrey étaient les seules personnes que je connaissais à avoir jamais quitté la Jamaïque. J'ai souvent pensé à l'histoire de ma mère, qui s'était rendue à l'ambassade américaine de Kingston pour demander un visa et se l'était vu refuser, éconduite publiquement par un homme blanc au visage rougeaud qui criait déjà suivant.

– Je ne suis jamais allée dans la Mérique non plus, m'a-t-elle avoué. Mais bientôt, bientôt. Et je peux te dire que j'ai hâte. Je suis impatiente.

Les autres filles sont peu à peu entrées en flottant, en apesanteur, et elles rendaient déjà l'air de la pièce soyeux. J'ai détourné les yeux de Cassandra pour regarder Shannon, Cassie Thomas et Heather parler de leurs week-ends, de leur baignade à Doctor's Cave, de la plage privée réservée à quelques privilégiés. Ces filles étaient des citoyennes britanniques et américaines qui partaient en virée de shopping à Miami dès qu'elles en avaient envie. Elles n'avaient jamais dû songer à un visa. Ou à une ceinture rouge. Elles entraient et sortaient de notre monde quand elles en avaient envie. Elles franchissaient toutes les portes en riant aveuglément, signifiant par là qu'elles savaient déjà qui elles allaient être, et que la route était pavée et lissée devant elles.

Cassandra me parlait encore, mais je ne l'entendais plus. Elle savait, et je savais, en observant les autres filles de loin, que si je me trouvais face à un embranchement sur une route, entre ces deux Cassie, exactement quel chemin je prendrais. Et je lui aurais arraché les yeux pour y arriver. Elle a haussé les épaules et m'a plantée là pour se glisser vers sa table au fond de la classe.

En pleine journée, au milieu de l'année scolaire, nous avons déménagé dans une nouvelle maison faisant partie du même programme de logements sociaux, notre deuxième maison en location depuis Bogue, cette fois-ci à cinq rues seulement de la dernière. La nouvelle maison de Fifth Street était à nouveau plus petite, sans jardin ni salle à manger, et avec deux chambres que nous partagions tous les six. Mon frère, ma sœur et moi avons pleuré la perte de tout espace extérieur comme celle d'un membre amputé. Toute envie que nous aurions pu encore entretenir de rencontrer des voisins ou de nous souvenir des noms des enfants de notre rue a été réduite à néant, car nous ne savions jamais quand nous allions à nouveau déménager. Nous avions ce qui nous liait tous les quatre, et cela nous suffisait.

Dans Fifth Street, les maisons se dressaient mur contre mur, suffisamment proches pour que l'on puisse voir dans les chambres voisines, entendre la musique, sentir l'odeur de la viande en train de cuire. Notre voisin Oneil avait une grimace permanente en guise de visage et passait la plupart de ses journées torse nu, à faire beugler de la musique *dancehall* la plus lascive. Les matinées commençaient presque toutes par le bruit brutal de ses poings frappant le visage de sa petite amie, suivi des hurlements suraigus de la pauvresse le suppliant d'arrêter. Je me bouchais les oreilles, m'efforçant de m'éloigner de ses ondes si jamais je le voyais dehors, sur les hautes marches en béton à l'arrière de la maison. Je souhaitais qu'il tombe de ces marches, qu'il se brise le cou. Car Oneil était ce que Babylone était pour moi – une grimace sans chemise et une lame avide de sang, ne répandant rien d'autre que de la laideur dans ce monde. Mon père faisait des pieds et des mains pour saluer Oneil, avec qui il avait la plupart du temps de longues conversations sur l'actualité et le football. Je ne supportais pas de l'entendre. Une houle nauséabonde m'envahissait lorsque j'essayais de comprendre comment il pouvait rire avec un homme qui représentait tout ce contre quoi il passait ses journées à nous mettre en garde.

J'ai dit à ma mère que je ne trouvais pas cela normal et que nous devrions faire quelque chose, et elle a accepté. Mais si elle a tenté quelque chose, à part acquiescer, je n'en ai jamais rien su. Un samedi matin, quelques heures à peine après que nous avions dû mettre notre musique assez fort pour étouffer ces cris d'appels à l'aide à glacer le sang, mon père a fait une autre longue escapade à l'extérieur pour aller bavarder avec Oneil. À son retour, avec son sourire fermé à double tour après avoir laissé Oneil sur les marches à l'arrière de la maison, je lui ai enfin parlé de ce qui pesait aussi lourd qu'une bête sur mon cœur. Mon père n'avait jamais ne serait-ce qu'infligé une griffure à ma mère, ne serait-ce que d'un ongle, et ne le ferait jamais, car frapper une femme rasta était contraire à sa *livity*.

– Papa, lui ai-je demandé, pourquoi parles-tu toujours à Oneil comme ça ?

– Qu'est-ce que tu veux dire ? m'a-t-il répondu. Je me comporte en bon voisin.

Ses sourcils se fronçaient déjà à sa manière peu avenante, sa cicatrice se creusait.

– Mais cet homme est mauvais. Il bat sa petite amie, ai-je continué en triturant l'ourlet de ma robe. Je déteste entendre ça. Je trouve que ce n'est pas juste.

– Moi non plus, je ne trouve pas ça bien, a-t-il admis, les yeux rivés sur moi. Quel est le rapport avec le Moi ?

Mon cœur s'est mis à battre très faiblement la chamade, comme toujours lorsque j'entamais une conversation avec mon père qui supposait que je donne mon avis.

Je l'ai vu glousser, le visage gris, souriant de ce sourire rouge qui m'a transpercée, annonciateur du tourment qui allait suivre.

– Ce n'est pas mon affaire, a-t-il tranché.

Un bruit parasite bourdonnait dans mon oreille.

– Mais je pense que...

– Je me fiche de ce que tu penses, a-t-il lâché. Oneil est un homme important, et ce qui se passe dans sa maison le regarde.

– Mais papa...

Le bourdonnement était plus fort maintenant, grossissant dans ma tête comme un champ entier de grillons.

– Écoute-moi, a-t-il fait. (Une lame d'effroi s'est glissée en travers de ma gorge.) Je suis l'homme de la maison et toi, tu es juste une fille. Ce que Moi l'Homme fait et à qui Moi l'Homme parle, c'est mon affaire. Ce qui se passe dans *cette* maison, c'est mon affaire. Ne remets jamais en question le Moi.

Il parlait encore, mais je me sentais engourdie, les oreilles brouillées, le bruit était si fort que ses mots me traversaient comme des fantômes. J'avais laissé mon enveloppe muette à côté de lui sur le canapé, hochant la tête, docile, alors que je m'éclipsais et m'enfonçais dans son ombre humide, me sentant de plus en plus brûlante et impatiente, arpentant les catacombes de moi-même, les mains sur les oreilles, attendant mon heure.

*

Les cinq premiers jours de l'absence de Cassandra, je n'y ai pas fait attention, appréciant le calme du petit matin et lisant

Le Songe d'une nuit d'été sous son regard hors champ. Je pensais qu'elle avait finalement décidé de sécher les cours, ce qu'elle avait toujours menacé de faire. À la fin de la deuxième semaine, le silence de ces petits matins résonnait plus fort, lorsque j'attendais la voix de Cassandra derrière la porte de la salle de classe, mais cette voix n'est jamais venue. Cela faisait bientôt trois semaines qu'elle ne s'était pas présentée en classe, et j'ai été surprise de constater qu'elle me manquait. Alors que les jours d'école s'allongeaient en son absence, aucune des autres filles de la classe ne semblait particulièrement préoccupée.

– Cela fait tellement longtemps que nous n'avons pas vu Cassandra, ai-je dit à Heather et Shannon à la fin de la deuxième semaine, elles ont eu un échange de regards, puis elles ont haussé les épaules.

Nous connaissions toutes les dangers, nous avions toutes grandi en étant informées. Chaque jour où elle se réveillait, une fille pouvait se perdre, disparaître en marchant le long des routes envahies par la végétation, tôt le matin, ou enlevée dans un taxi sur le chemin de l'école. On ne la revoyait jamais. Ma famille n'avait pas de téléphone, il n'y avait donc aucun moyen de contacter qui que ce soit, même si j'avais eu le numéro de Cassandra. Peut-être était-elle finalement partie à l'Étranger avec sa mère, comme elle le répétait tout le temps. Je l'imaginais là-bas, riant dans un centre commercial et buvant du Coca-Cola glacé à une fontaine.

À l'approche de la fin de l'année scolaire, c'est le silence des professeurs et du directeur face à son absence qui m'a semblé le plus inhabituel.

– Je n'arrive pas à croire que Cassandra soit partie depuis si longtemps et que personne ne sache pourquoi, ai-je dit à mes camarades de classe un après-midi. J'espère vraiment qu'elle va bien.

Deux mois s'étaient écoulés depuis la dernière fois que je l'avais vue.

Dans le cercle qu'elles formaient à l'écart près de la porte de la classe, je pouvais voir les filles blanches chuchoter, en jetant de temps en temps un coup d'œil dans ma direction.

– Est-ce qu'on ne devrait pas lui dire ? ai-je entendu Heather demander.

Apparemment résignées, elles ont rompu le cercle et se sont approchées de moi, le visage rouge et tendu.

– Cassandra ne reviendra pas, m'a annoncé Heather.

– Comment le sais-tu ? lui ai-je lancé.

Elle a jeté un coup d'œil à Shannon.

– Nos parents nous l'ont dit, a fait cette dernière.

Évidemment. Leurs parents, qui siégeaient au conseil d'administration de l'école, qui étaient les architectes de cette expérience.

– Qu'est-ce qui lui est arrivé ? ai-je demandé.

Les sept autres filles de ma classe ont coulé la question dans un moule d'immobilité coagulée. La question est restée suspendue dans l'air.

– Parce que, m'a finalement annoncé Shannon, elle est enceinte.

À ce moment-là, une pierre m'a frappée en pleine poitrine. Je n'avais même pas encore saigné de mon sang. Je n'avais même pas envisagé – je ne pouvais même pas imaginer – que l'une d'entre nous puisse être *enceinte*. Le son de ce mot s'est effondré dans mon corps comme une cloche en ruine. C'était le présage qui planait sur moi chaque fois que mon père voyait mon corps en croissance, chaque fois que je lui demandais si je pouvais porter un jean et qu'il rejetait la question. Et maintenant, c'était là devant moi, la chute d'une autre fille de quatorze ans.

J'ai regardé Shannon, les yeux écarquillés, en plaquant la main sur ma bouche.

– Oh mon Dieu, ai-je dit. Enceinte ?

Le mot a planté son ardillon dans ma langue.

– Oui, a soufflé Heather. Ils l'ont renvoyée.

– Je ne peux pas croire… Cassandra serait… c'est une telle honte, ai-je gémi.

Tout le monde était d'accord pour estimer que c'était vraiment une honte. Nous avons soupiré et secoué la tête chacune à notre tour un moment, avant de finir par toutes retourner à nos livres et à nos études en vue des examens de fin d'année.

J'avais honte, c'était ce que je voulais dire. J'avais honte que Cassandra se soit laissé dévorer par la toile de son propre destin. Qu'elle n'ait pas été aussi rusée que je le pensais, qu'elle n'ait pas coupé ou retissé les fils qui avaient causé la chute de filles comme elle. De filles comme nous.

De retour à la maison ce soir-là, abasourdie par la nouvelle, j'ai attendu la tombée de la nuit et le départ de mon père au travail pour parler de Cassandra à ma mère.

– Jeezam peace ! s'est-elle écriée en se prenant la tête dans les mains.

– N'est-ce pas honteux ? ai-je fait.

Elle a secoué la tête et soupiré.

– Écoute-moi, a-t-elle dit en attrapant mes mains pour les serrer fermement, ses paumes contre les miennes. Ne dis pas un mot de tout cela à ton père, tu m'entends ?

J'ai hoché la tête.

– S'il l'apprend, ce sera la fin de tout. Je ne sais même pas ce qu'il fera. C'est juste entre nous, tu m'entends ?

– Oui, ai-je dit.

Et ce fut tout. Je n'ai plus jamais prononcé le nom de Cassandra chez moi. Je ne l'ai plus jamais vue ni entendue. Bientôt, ce fut comme si elle n'avait jamais été parmi nous. Ces heures d'école matinales sont passées, et j'ai ouvert les paumes pour la laisser s'en aller, s'envoler dans la brise.

*

Plusieurs semaines après l'annonce de la grossesse, je restais éveillée dans mon lit la nuit, pensant à l'erreur de Cassandra, à celle de ma grand-mère. Songeant qu'une honte qui n'avait jamais été la mienne pouvait me traquer comme un limier. J'ai repensé à Eurydice, mythique et familière, et je me suis promis de ne jamais devenir ordinaire. Si j'étais née en fille condamnée, j'étais déterminée à brûler ce mythe, à être la barde qui rêvait de mon propre salut. Je réécrirais l'histoire des femmes qui m'avaient précédée. Au cours de nos derniers jours dans la maison de Tenth Street, j'avais regardé la coque brune de ce cocon s'ouvrir dans son bocal, j'avais vu ses ailes humides orange et noires pousser et émerger, et mes frère et sœurs et moi laissions échapper des soupirs admiratifs. Nous avions voulu nous raccrocher à cet émerveillement alors qu'il ne nous appartenait pas. Nous avons gardé ce papillon dans ce bocal jusqu'à ce que ses ailes deviennent humides, battant lentement, inaptes. Lorsque nous avons décidé de le laisser sortir de sa cage, il n'avait plus d'ailes. Un jour, me suis-je promis. Je me laisserai sortir de cette cage et je volerai.

Alors que j'étais allongée, agitée et pensive à l'heure du crépuscule, j'ai entendu mon père franchir la porte d'entrée. Je l'ai écouté poser sa guitare dans sa chambre, se déshabiller et sortir dans le salon pour allumer la télévision. Une sonorité étouffée, machinale de guitare-rock molle et sans intérêt s'est fait entendre depuis le salon, et puis des femmes ont ri. J'ai entendu un doux gémissement, puis le son s'est atténué. J'ai jeté un coup d'œil à mes frère et sœurs dans leur lit, la bouche ouverte, plongés dans le sommeil. J'ai rampé à quatre pattes au bout du petit couloir jusqu'au salon, où la lumière de la télévision clignotait en bleu et rose sur les murs. Je me suis cachée derrière le canapé où mon père était assis, immobile, et j'ai regardé. À l'écran, baignant dans une lueur scintillante et bleutée, on voyait des femmes noires, nues et se trémoussant, chair contre chair, virevoltant autour d'un poteau en escarpins vernis à talons aiguilles, lèvres rouges et perruques luisantes, touchant les parties les plus tendres d'elles-mêmes.

À ce moment-là, quelque chose s'est brisé entre nous. Mais je ne pouvais pas détourner le regard. Curieux et avide, un globe lourd et chaud pesait en moi, et j'ai su alors que tout ce que mon père m'avait dit était un mensonge. Une invention d'homme. Quelques semaines auparavant, il m'avait rabaissée, rendue petite, toute petite. Il m'avait dit : « Tu n'es qu'une fille. » Mais tout comme Hailé Sélassié, lui aussi n'était qu'un homme. Aussi évidente que l'éclat violet de son visage, la vérité, hâtive et pitoyable, me révélait maintenant ses parties les plus intimes – un Rastaman n'était ni ascète, ni intouchable, ni particulièrement saint. Il n'était qu'une créature comme une autre, bouillante sous la chaleur des tropiques, croulant sous ses désirs charnels et banals, comme n'importe quel homme. Mon père regardait l'écran, silencieux et impassible, ces femmes qui continuaient de se déshabiller, de rire et de se toucher, de s'embrasser et de s'ouvrir. Peu à peu, son silence s'est transformé en colère, et il a claqué la langue si fort que cela m'a soufflé le cœur : j'ai cru qu'il m'avait vue. Comme un rugissement dans l'obscurité, il a déversé sa rage, pour lui tout seul.

Il soufflait et frappait le canapé du poing.

– Cela pourrait être Moi et mes filles qui font ça, Rasta, s'est-il écrié.

Une partie de moi hurlait de fuir tout ça en rampant, de m'en détourner tout de suite. Pour échapper au piège de la ruine future qu'il avait imaginée, pour éviter le miroir renversé où je le voyais regarder une version délabrée de moi-même.

– Mes filles ne feront jamais ça, Rasta, a-t-il encore sifflé tout seul, en se frappant la jambe du poing. L'éclat bleu de l'écran transformait le rictus de son visage, mais il continuait de les regarder. Sans éteindre, sans se détourner. Il regardait. Je suis restée accroupie là, les yeux rivés sur son visage froissé, et je le regardais, je le regardais.

15

Le Livre d'Esther

Ma mère était assise avec notre visiteuse étrangère, une Japonaise nommée Reina, sous un parasol ombré de bleu, sur la plage. Les deux femmes s'étaient posées sur des serviettes dans le sable, les jambes tendues, elles regardaient mes frère et sœurs et moi barboter dans la mer, toutes deux souriantes. À distance de la mer, leurs visages chaleureux formaient deux belles jumelles, toutes deux aux cheveux noirs tombant en cascade dans le dos : les dreadlocks de ma mère, qu'elle laissait rarement libres en public, et les vagues sombres de Reina, qui s'entremêlaient dans un flou ensoleillé. Reina était l'amie japonaise de mon père, une personne qu'il nous avait dit avoir rencontrée lors de son premier voyage à Tokyo. Elle était authentique et agréable, son visage doux et sculpté en un sourire permanent. Nous l'avions rencontrée pour la première fois trois ans auparavant, quelques mois après le retour définitif de mon père du Japon, lorsqu'elle était apparue à la porte avec une telle avalanche de jouets et de gadgets nippons que mes frère et sœurs et moi étions trop ivres de joie pour la questionner. Mais maintenant, alors que je dérivais sur la bouée donut rose fluo qu'elle avait achetée pour notre sortie à la plage, les questions naissaient comme des poissons-papillons jaunes qui me mordillaient.

Reina était apparue sur le pas de notre porte à Bogue comme tant d'autres amies de mon père – à demi remémorées et fuyantes dans mon esprit. Il y avait « Mama Lee », Leah de Brooklyn, qui avait la même peau ambrée que ma mère et des cheveux aussi lisses que sa langue. Il y avait Halima, la Noire américaine à la peau claire qui m'avait peint ces marques au henné sur les mains et qui restait passer la nuit en couchant à côté de nous dans notre minuscule chambre pendant la nuit. Il y avait tante Crista, à la peau aussi claire que de la crème anglaise et aux cheveux noirs et raides, riche femme d'affaires jamaïcaine et l'ex-petite amie de mon père lorsqu'il était le chanteur du groupe Future Wind. Il y avait June, une ancienne reine de beauté à la peau couleur rouille et aux cheveux en cascade, également présentée comme une amie de jeunesse de mon père, et dont les enfants étaient élèves de ma mère à l'école préparatoire privée de la colline. Et puis il y avait Reina, qu'il avait rencontrée à peu près à l'époque où il avait commencé à écrire certaines de ses chansons d'amour de l'album *Rocking You*, qu'il envoyait par la poste à l'autre bout de l'océan pour que sa famille les écoute. On aurait pu les aligner toutes et les appeler les cousines d'Esther, des femmes qui étaient des dérivés du doux visage de ma mère, de ses yeux doux baissés, de sa gorge tournée vers le ciel, en train de rire. Ma mère passait ses heures de veille à s'occuper de nous cinq. Elle ne sortait jamais pour autre chose que des courses pour la maison. La plupart de ses sœurs étaient désormais parties pour l'Étranger. Je n'ai jamais rencontré d'amies que ma mère se soit faites elles-mêmes, ni d'amies de jeunesse ; toutes les femmes de sa vie étaient celles que mon père lui avait présentées, chacune d'elles joyeuse et malléable à son arrivée sur le pas de notre porte.

J'ai bu le soleil comme une potion et je les ai regardées, ma mère riant avec l'amie japonaise de mon père. Du sel de mer séché sur mon visage, le salin iodé sur mes lèvres. Mes frère et sœurs et moi avions toujours apprécié Reina. Elle avait organisé et financé cette journée de plage somptueuse pour nous, payé le taxi jusqu'à la plage de Doctor's Cave, nous avait acheté à tous de nouvelles bouées et des matelas gonflables fluo, de nouveaux maillots de bain, deux pièces pour les filles et short pour le garçon. En me laissant flotter, je gardais un œil sur mes sœurs, qui piaillaient et s'éclaboussaient là où une eau cristalline léchait le sable. Aucune d'entre nous n'avait jamais mis les pieds sur cette plage et nous débordions de gratitude pour les bienfaits de Reina. Ife et Shari battaient de leurs manchons orange fluo dans une joyeuse agitation, et mon frère venait barboter près de moi toutes les cinq minutes pour me demander quand il pourrait flotter à son tour dans le donut rose.

– Quand j'aurai fini, ai-je répondu.

Doctor's Cave était une plage privée dont les pauvres étaient privés. Les samedis après-midi, nous restions confinés à la maison et j'essayais d'imaginer ses sables blancs sur la côte solitaire de mon esprit ; j'avais tellement entendu parler de ses plaisirs de trampoline marin de la bouche de mes camarades de classe, tous les lundis matin. Je scrutais maintenant la foule pour voir si l'une d'elles était là, se prélassant quelque part au milieu des touristes, rose et indiscernable. La plage était pleine de rangées aveuglantes de Blancs qui sentaient la crème solaire, d'hommes rondouillards en slip de bain et de femmes aux fins cheveux tressés de perles, virant pour beaucoup vers diverses nuances de rouge. À notre entrée sur la plage, tous les regards méfiants s'étaient tournés vers nous. Non seulement nous étions les seuls à avoir des dreadlocks, mais ma famille faisait partie des quelques Jamaïcains noirs qui profitaient de ce club de plage réservé aux membres, en ce samedi matin. La plupart des autres visages noirs étaient ceux des gardes de sécurité, des loueurs de parasol, des serveurs affairés, des caissières et du maître-nageur à l'œil baladeur. Détournant le regard de cette scène étrangère, je me suis tournée vers la bouée, j'ai fermé les yeux contre le soleil et tâché de me sentir chez moi.

À l'heure du déjeuner, nous émergions de l'eau la peau ridée et prêts à manger notre lot d'interdits – pizzas, sodas à l'ananas et cornets de glace fondants – en nous empilant pêle-mêle dans le sable sous le parasol. Nous sommes restés jusqu'à la fermeture et sommes rentrés au coucher du soleil dans un autre taxi, prêts à courir dans le jardin une fois arrivés à la maison. Entre-temps, nous avions déménagé dans notre quatrième maison de location, dans un quartier qui s'appelait Porto Bello, encore plus éloigné de la mer et encore plus près de la campagne. Ici, nous avions suffisamment d'espace pour redevenir nous-mêmes – un grand jardin verdoyant côté rue et un autre sur l'arrière, sombre et envahi par un tapis de mille-pattes et de feuilles d'arbre à pain en pleine mue, et une véranda en surplomb.

Au cours des mois qui s'étaient écoulés depuis que j'avais espionné mon père devant la télévision, plus je me sentais désabusée face à ses leçons de pureté, plus mes questions à son sujet avaient proliféré. Des questions qui n'ont fait que s'amplifier pendant la semaine de la visite de Reina. Un après-midi, j'ai vu mon père se promener seul dans la cour avec elle, en tirant sur son précepte avec des gestes de temps à autre vers les collines environnantes, les bras tendus devant lui comme une invitation à un avenir que je ne pouvais imaginer. Mais elle, peut-être a-t-elle essayé de l'imaginer. Plus d'une fois, j'ai vu une pensée prenante rider le visage de Reina quand elle se penchait sur nos dreadlocks et nous observait en silence mes frère et sœurs et moi en train de discuter, comme si nous faisions tous partie d'une plus vaste proposition qui s'ouvrait à elle. Un soir, alors que nous nous précipitions dans la cuisine pour le dîner, je l'ai vue à nouveau radieuse, extasiée devant nous.

– C'est incroyable de voir à quel point ils sont heureux avec le peu que vous avez, a-t-elle dit à ma mère, qui a hoché la tête et lui a souri avec une sorte de fierté.

J'ai réfléchi à ce que Reina venait de dire, j'ai essayé de me reconnaître dans ses paroles, et ce n'est pas de la fierté que j'ai ressentie à ce moment-là, mais un sentiment plus modeste. Je me suis éloignée d'elles et j'ai regagné ma chambre, le doute s'accumulant comme une nuée de moustiques au-dessus de ma tête.

Reina s'était arrangée pour rester à l'hôtel toute la semaine, en retournant tous les soirs dans l'enceinte fermée du complexe. Et tous les soirs, après que mon père nous avait dit au revoir d'un signe de tête et qu'il avait pris sa guitare en bandoulière pour aller travailler, je me couchais dans mon lit avec un livre et j'attendais d'entendre les sons familiers de son retour. Je regardais les nuits se fondre dans l'aube naissante et je descendais l'échelle de mon imagination, passant chaque heure bleue à écouter en vain un portail qui ne s'ouvrait jamais, des pas qui ne venaient jamais, ne trouvant que les cris perçants des grillons en son absence.

*

Après son deuxième départ, nous n'avons plus jamais revu Reina. Comme pour toutes les autres amies de mon père qui avaient disparu, on ne nous a jamais dit pourquoi. Nous ne l'avons pas non plus demandé. Nous nous étions depuis longtemps habitués à l'impermanence des amis et compagnie. De la même manière que nous avions cessé de décorer les murs des chambres des nombreuses maisons entre lesquelles nous déménagions, mes frère et sœurs et moi nous attendions désormais à ce que tous les étrangers soient de passage et à ce que toutes nos relations avec Babylone soient éphémères. Au fil du temps, nous avons pris du galon et de la carapace, habitués à surfer sur les vagues chaotiques des caprices changeants de nos parents. Au fil du temps, nous sommes devenus bernacle et varech, habitués à remarquer de subtiles houles d'influence chez ma mère, qui émergeaient sous nos pieds comme des contre-courants.

Elle a commencé à élargir ses cours de SPIC, d'abord à la principale librairie de Montego Bay, où elle a captivé des dizaines d'enfants dont les parents espéraient qu'ils « s'éveille-raient » en présence de la dame rasta. Nous l'accompagnions le samedi à la librairie et l'aidions à animer les jeux de question/réponse de ses ateliers, attendant avec impatience le doux trésor à la fin de chaque séance lorsque ma mère, renonçant entiè-rement à son salaire, acceptait d'être payée en nous laissant choisir les livres que nous voulions dans les rayons du magasin.

Les jours de semaine, ma mère a commencé à donner des cours de SPIC à Reading Prep, la nouvelle école sœur de St James, construite par les mêmes Jamaïcains blancs et expatriés américains. Un peu plus haut sur la colline de mon lycée, elle offrait un double refuge aux frères et sœurs cadets de mes camarades de classe aisés et à la progéniture des Jamaïcains en pleine ascension sociale. Dans le cadre du contrat d'enseignement de ma mère, mes deux sœurs fréquen-taient Reading Prep gratuitement au lieu qu'elle touche un salaire, bien qu'elle ait obtenu un petit geste en percevant deux cents dollars jamaïcains par semaine, ce qui permettait de payer le taxi déglingué qui nous transportait tous entre l'école et la maison. Le directeur de Reading Prep s'était pris d'affection pour ma mère et l'autorisait à utiliser les salles de classe vides après les cours pour dispenser des leçons particulières aux élèves dans le cadre de ses ateliers SPIC. Au faîte de leur popularité, ces ateliers ont permis à ma mère de toucher un bon revenu pour la première fois de sa vie, et à partir de ce moment-là je l'ai vue changer, dans la liberté de son propre pouvoir, faisant ce qu'elle aimait le plus au monde. Au travail, elle s'est créé des amies, avec lesquelles elle riait plus fort et plus souvent, et avec lesquelles je l'ai entendue partager les singularités intimes de ses rêves et de ses peurs, pour la première fois peut-être depuis ma naissance.

Au lycée, l'état du corps d'une fille était sans cesse mis à l'épreuve – qui était poilue, qui était rondouillarde, qui sentait le ketchup, qui n'avait pas de seins, qui était trop maigrichonne pour avoir ses règles. Mes camarades de classe croyaient toutes que mon sang n'avait pas encore coulé parce que je ne mangeais pas de viande et que j'avais l'air trop maigre. Nous savions toutes, ou allions bientôt toutes apprendre, qu'à treize ou quatorze ans, notre corps ne nous appartenait plus, que nos postérieurs comme nos entrailles étaient désormais un lieu de rencontre sujet à l'examen et au commentaire. Nous savions qui tous les collégiens trouvaient sexy et pourquoi. Nous connaissions les détails des sous-vêtements de JonBenét[1] et le contenu de son minuscule estomac. Nous savions, parce que les journalistes et les humoristes américains nous le

_____

1. JonBenét Ramsey, célèbre mini-miss américaine retrouvée morte en 1996.

rappelaient chaque jour, que la honte séminale n'incombait pas au président mais à Monica Lewinsky, que Heather, arrivée à l'école, avait qualifiée de salope. « Quel genre de fille raconte qu'elle était triste qu'il ne l'ait pas laissée finir ? », demandait-elle. Oui, quel genre de fille, nous étions d'accord. Même si je ne comprenais rien à ce que Monica aurait dû finir.

À la maison, alors que le scandale sexuel du président américain dominait l'actualité, mon père faisait une fixation tous les soirs, criant ses opinions devant le plateau de backgammon généralement ouvert entre mes parents après le dîner.

– Babylone veut diaboliser un homme parce que c'est un homme, protestait-il en secouant la tête – assise à côté de lui, je gigotais en regardant les nouvelles du soir. Tu vois, c'est juste une preuve par la nature, disait-il en montrant les images en boucle de Bill Clinton. C'est la preuve que les hommes ne sont pas censés être monogames.

Puis il a lancé ses dés sur le plateau de backgammon, le visage éclairé par la lumière bleue de la télévision. J'étais assise et j'ai écouté l'eau bouillir en moi. Mon cœur fulminait de ce que je ne pouvais pas dire. J'ai regardé ma mère, et j'ai su – ce qu'il avait dit l'avait bouleversée, parce qu'elle s'est levée et s'est dérobée, un joint à la main, en regardant fixement les bruits de la nuit qui lançaient des signaux depuis notre porte d'entrée. Elle ne l'a pas affronté. Elle ne l'affrontait jamais. Au lieu de cela, elle n'a rien dit, le visage figé de dégoût. Je me suis levée en soupirant et je l'ai fui.

Un samedi matin, des semaines plus tard, je me suis levée des toilettes de la salle de bains de mon père et j'ai vu des gouttelettes roses imperceptibles éclore sur le papier hygiénique. J'avais quatorze ans. Une légère brise filtrait par la fenêtre et je pouvais entendre mon père gratter des accords dans sa chambre, juste derrière la porte de la salle de bains. Ça y est, me suis-je dit. Une vague écœurante de terreur et de soulagement m'a envahie. J'ai passé la porte. Ma mère était allée en ville et c'est le visage de mon père que j'ai vu en premier lorsque j'ai franchi le seuil. Je n'ai jamais oublié la jeune femme que nous avions rencontrée à Kwanzaa, tant d'années auparavant, son regard effrayé lorsqu'elle parlait de ses menstruations. Je savais qu'il y avait des frères rastas, comme son mari, qui obligeaient leurs femmes à s'enfermer et à dormir dans une autre chambre lorsque cela se produisait. Il y avait des hommes qui nous croyaient impures. J'espérais que mon père ne soit pas l'un de ces hommes. Il ne ligotait jamais la main ou le corps de ma mère à ces obligations. Et comme son corps faisait déjà partie du mien, je ne craignais pas du tout de lui dire.

– Papa, je crois que j'ai commencé à avoir mes règles, ai-je annoncé en m'approchant de son lit où il était assis avec sa guitare.

La porte a dû claquer sous l'effet du vent, car lorsque j'ai vu le visage de mon père, j'ai reculé d'un bond. Il a levé la paume de sa main pour m'arrêter, comme pour m'empêcher de m'approcher.

– Ne parle jamais de ce genre de choses au Moi, m'a-t-il rétorqué. Tu en parles à ta mère.

J'avais si fort envie de croire qu'il n'était pas l'un de ces hommes. Mais à présent, son expression en disait long. Lorsqu'il s'est adressé à moi, j'ai vu un visage qui ne m'était que trop familier, la bouche déformée en une moue de mépris.

J'ai senti mes jambes froides et j'ai réalisé que j'avais marché tout ce temps dans une large rivière. Son eau avait grossi si lentement entre nous que je n'avais pas réalisé qu'elle m'entraînait maintenant dans ses profondeurs. Mon corps est issu de ton corps, avais-je envie de lui dire, mais il n'était déjà plus qu'une silhouette évanescente sur l'autre rive. J'ai marché vers la face cachée de moi-même et je me suis éloignée de lui.

Bientôt, tout ce qui n'avait pas été dit entre mon père et moi a commencé à se durcir en tout autre chose, et à pourrir lentement sur pied. Certains jours passaient sans un mot échangé entre nous. Un soir de week-end, mon père a loué une voiture pour emmener la famille rencontrer une nouvelle amie qui vivait au fin fond d'une ville de campagne nommée Awful Gully. Elle s'appelait Primrose, une couturière à la peau jaune vif, dont les mains fines tremblaient sous le regard de quatre enfants rastas et de leur mère lorsqu'elle nous a offert de la limonade et des fruits provenant des lourdes branches de son jardin. Elle semblait avoir une dizaine d'années de moins que ma mère, une dizaine d'années de plus que moi. Ma mère avait apporté avec elle du tissu pour qu'elle le couse et en fasse des rideaux pour notre maison et des jupes de travail, sur les encouragements de mon père, qui espérait, disait-il, qu'une amitié naîtrait entre elles.

Après avoir bavardé un moment à propos des mesures, nous avons finalement laissé les métrages de coton et de gabardine de couleurs vives à la couturière, et je n'y ai plus pensé jusqu'à l'après-midi d'un week-end, quelques mois plus tard : mon père nous a demandé, à Lij et à moi, de sortir nous promener avec lui en montant sur la colline depuis notre maison. Il était midi et le soleil brûlait haut dans le ciel, mais mon frère et moi nous estimions chanceux d'être conviés à passer un moment avec notre père, tant il était rare qu'il nous demande gentiment de faire quelque chose avec lui à l'époque. En entamant notre ascension de la longue route gravillonnée, nous avons pris soin de contourner le noir fourré d'armoise dont Ife, Shari et notre nouveau chiot Rusty étaient tous sortis intoxiqués quelques semaines auparavant, le visage tuméfié au point d'en être méconnaissable. Plus nous montions, plus les arbres paraissaient épineux et pétrifiés, courbés et ensorcelés dans la sécheresse du gravier sous le soleil cuisant. Lorsque nous sommes arrivés au sommet, la colline s'ouvrait sur une étroite clairière d'où nous pouvions découvrir tout Montego Bay, étalé et rampant au-dessous de nous. Mon père a posé une jambe sur un gros rocher près du flanc de falaise herbeux. J'ai posé ma jambe sur le gros rocher, tout comme mon père, en essuyant la sueur de mon front et en ouvrant ma chemise comme un parachute pour trouver un peu de vent. Lij a posé sa jambe sur le gros rocher, dans le même geste.

Depuis notre arrivée au sommet, mon père était resté silencieux, il nous écoutait en riant. À présent, il contemplait la vue et tirait sur son précepte.

– Vous me mettez tellement en joie, a-t-il commencé. (Sa voix était suave et douce, comme une chanson.) Je suis toujours très heureux d'apprendre que les Eux de Moi réussissent bien à l'école. Je veux que vous continuiez à le faire, que vous continuiez à donner l'exemple à vos deux sœurs, a-t-il dit.

– Oui, papa, avons-nous répondu.

Ses mots gentils ont fait souffler une brise fraîche sur nos têtes. À cet instant, nous étions rayonnants, nous nous sentions bénis.

– Moi l'Homme j'ai amené les Eux de Moi ici parce que je voulais vous parler de quelque chose.

Lij et moi avons appuyé nos coudes sur nos genoux et acquiescé avec empressement.

– Comme vous êtes les plus grands, j'ai pensé qu'il valait mieux vous demander votre vibration là-dessus.

– D'accord, avons-nous répondu.

Jamais il n'avait parlé si timidement, si poliment, en nous regardant d'égal à égal.

– Vous vous souvenez de Primrose ? a-t-il demandé.

– Oui ?

– Que pensez-vous d'elle ?

– Elle est bien, ai-je dit. Elle est gentille. Et elle sait coudre.

– Oui, elle est gentille, a répété Lij.

Mon père a souri et tiré à nouveau sur son précepte en nous écoutant parler, puis il a regardé la ville. Il a pris son souffle.

– Qu'en penseriez-vous si elle était votre deuxième mère ?

J'ai retiré mon genou de la pierre et je me suis redressée. Mon frère a fait de même. Un noir tonnerre de nuages a dû se former au-dessus de nos têtes, et peut-être pleuvait-il déjà, car j'entendais à peine et je voyais à peine devant moi. Lij et moi nous sommes regardés, deux visages déformés en une grimace féroce.

– Non, ai-je dit.

– Non, a dit mon frère, en rejetant les tentatives de séduction de notre père, le plaisir de cette promenade.

Nous étions une meute de griffes et de crocs prêts à surgir. Nous aurions déchiré le ciel de cette colline en lambeaux juste pour empêcher notre mère d'entendre tout cela.

J'ai reculé d'un pas et j'ai regardé mon père droit dans les yeux, comme un cœur de lion.

– Nous avons déjà une mère.

Et ce fut tout. Lij et moi avons eu une moue boudeuse qui signifiait que cette affaire était totalement et complètement close.

Mon père a acquiescé solennellement et n'a plus rien ajouté. Lij et moi avons marché dans un silence boudeur sur le chemin sinueux qui nous ramenait à la maison. Le visage de mon père, qui nous suivait, était crispé de résignation, dans un silence vide et inhabituel. Je ne sais pas si cela s'est transformé en colère au fur et à mesure que nous nous rapprochions de la maison. Nous ne nous sommes jamais retournés pour le regarder – je ne pouvais pas – et, bien que Lij et moi n'ayons pas à un seul instant évoqué ce qui avait été dit, nous n'en avions pas besoin. Nous le savions déjà, nous nous l'étions déjà juré mutuellement sans mot dire, une fois que nous aurions franchi le seuil de cette porte pour retourner dans notre jardin, fuyant mon père pour courir dans les bras de notre mère, nous laisserions la trace empoisonnée de sa question dans le fourré d'armoise de la colline, là où elle devait être, là où elle resterait toujours.

Nous n'en avons plus jamais parlé, même lorsque nous étions seuls. Pas même ce jour ordinaire, une semaine plus tard, où nous avons entendu un bruissement émanant de la chambre de nos parents. Mes frère et sœurs et moi étions en train de lire lorsque notre père a fait irruption dans notre chambre, paniqué, nous suppliant de l'aider. Il avait les yeux écarquillés et s'appuyait à l'encadrement de la porte. Il nous a annoncé que notre mère allait s'enfuir et que nous devions la convaincre de revenir. Mon frère et moi nous sommes alors regardés, le cœur serré d'inquiétude. Quoi qu'il en soit, il avait dû lui glisser la question empoisonnée dans l'oreille.

– Qu'est-ce que tu veux dire ? ai-je demandé, en regardant le visage déformé de mon père.

– Elle est partie ! s'est-il écrié. Elle est sur la route, maintenant, elle a passé la porte ! Oh Jah !

Il était tout échevelé. Je n'avais jamais entendu sa voix trembler de la sorte. Son visage se contorsionnait, ses dreadlocks volaient en tous sens, ses yeux fous luisaient.

Sous le choc, nous sommes restés immobiles et il se lamentait. Ce qu'il décrivait semblait inimaginable.

– Je vous en prie, nous a-t-il encore crié. Elle s'enfuit loin de nous ! Il faut aller la supplier de rester.

Sa voix s'est brisée et nous avons compris que c'était sérieux. Nous avons tous les quatre sursauté et nous nous sommes précipités vers l'allée, mon cœur battant la chamade. En effet, ma mère était devant la porte, elle s'éloignait dans sa robe de chambre rose, en serrant contre elle un sac Lada rempli de vêtements. En la voyant là-bas sur la route, s'éloignant déjà de nous, mes sœurs se sont mises à pleurer.

– Maman, s'il te plaît, reviens ! ont-elles crié alors que nous nous précipitions dans la courte allée menant au portail, et qu'elle se retournait pour nous regarder tous les quatre pour la première fois.

Elle avait le visage tordu, brûlé, effondré dans une expression de fureur que je ne lui avais jamais vue, que je ne la savais même pas capable de puiser en elle. Je suis restée interdite devant l'expression douloureuse qui lui brûlait le visage. Elle nous a regardés et secoué la tête pour dire non, son visage était tellement déchiré par la rage qu'il en était presque méconnaissable. Elle a eu un claquement de langue et s'est détournée de mon père, pour de nouveau regarder la route qui menait hors du quartier.

Mon père s'est agenouillé et il a joint les mains en prière.

– S'il te plaît, s'il te plaît, s'il te plaît, oh Jah, oh Jah. S'il te plaît, Esther, a-t-il crié.

– S'il te plaît, reviens, maman ! s'est écrié Lij en serrant la main de Shari dans la sienne.

Rusty a frôlé les chevilles de mon frère et glapi face à toute cette agitation. Mes sœurs sanglotaient, le visage dégoulinant de morve et de larmes.

Je suis restée figée sur place. En regardant ma mère, avec son humble sac de possessions, franchir le gué par-delà le choc de cette scène, je ne savais quoi ressentir. Je savais que la terre bougeait sous nos pieds. Qu'elle se fracturerait et m'engloutirait, sans elle. *Eh bien, ainsi soit-il*, me suis-je dit. J'étais prête à incendier mon monde si c'était synonyme de sa liberté. C'était du pouvoir. Un pouvoir que je ne lui avais jamais connu. En voyant mon père s'effondrer en lui-même, je me sentais conjurée, renaissante.

Mais j'ai aussi éprouvé pour elle un élan de pitié, de la voir là debout, déchirée dans une robe de chambre froissée, les cheveux et les genoux nus, et j'ai senti quelque chose se briser en moi de savoir que c'était Rastafari et ses barrières invisibles qui l'arrêtaient au portail. Sa pudeur. Sa situation. Elle ne savait pas conduire et n'avait pas d'argent pour payer un taxi, ayant déjà dépensé son salaire mensuel pour nous quatre. Aucun ami ne pouvait venir à son secours. Sa sœur la plus proche et sa confidente se trouvait à des milliers de kilomètres, à l'Étranger, et ne reviendrait pas. Elle avait enfin trouvé la force de partir à pied, mais elle n'avait qu'un sac en plastique contenant ses possessions terrestres, ayant déjà renoncé à toutes ses ressources, jusqu'au dernier cent, pour nous. Pour lui. Je pleurais et je la regardais, son visage déformé par la rage et la blessure, seule dans la rue, les bras croisés, impuissante, et tenant sa robe de chambre fermée sur sa poitrine. Je me suis promis que cette femme, ce ne serait jamais moi.

– Maman ! lui ai-je crié, en me joignant aux cris de mes frère et sœurs. S'il te plaît, ne nous quitte pas !

Ne me quitte pas.

J'ai crié pour qu'elle revienne, même si une partie de moi voulait qu'elle ait la force que je désirais pour moi-même. De le quitter. De s'échapper de cet endroit. De nourrir l'émotion qui l'avait poussée à franchir le portail en robe de chambre avec rien d'autre qu'un sac Lada.

Ne te retourne pas, me suis-je dit.

Elle a contemplé le chemin qui sortait du quartier, puis nous a regardés tous les quatre, qui l'implorions. Elle s'est alors étreinte le ventre, comme si on l'avait tirée par une corde, et son expression dure et incendiaire s'est transformée en inquiétude. Elle a pris son front incliné dans sa main, a encore jeté un long regard vers la route, comme si elle prenait une dernière respiration, et puis, les épaules voûtées, elle est revenue en direction de la grille.

16

Pas Hollywood

Ma mère est revenue vers nous et s'est aussitôt retirée entre les murs au papier peint décollé, sans un bruit. La femme qui avait franchi le portail avait surgi dans un éclair éblouissant, avant de disparaître. Désormais, la terreur sommeillait dans notre foyer, en attente d'éruption. Sa décharge de sang brûlé rôdait dans l'air sans relâche, un cataclysme à l'affût pour sceller l'extinction de notre famille, telle que nous l'avions connue. Cela faisait cinq ans que mon père était revenu bredouille du Japon, et deux ans que la ceinture rouge s'était dénouée de sa taille pour de bon. Ce qui avait commencé par la rupture du contrat pour un disque et par la ceinture s'était aggravé après la tentative avortée de ma mère, et n'allait cesser de s'assombrir au cours des semaines et des mois à venir. Mon père a commencé par nous rendre responsables de sa carrière stagnante. Souvent, nous avions deux ou trois mois de retard dans le paiement du loyer, retard creusé par son habitude de se disputer avec les organisateurs de spectacles, ce qui lui faisait perdre une ou deux séries de concerts dans des hôtels par an. Tout ce qui le blessait l'incitait à nous blesser à son tour. Et ce qui le blessait le plus, la seule déception dont il ne se remettrait jamais, c'était la perte du rêve de toute une vie – ce même rêve qu'il nous avait chanté il y avait de cela tant d'années à

Bogue – d'être un musicien respecté et célébré. Il a couru après la vie d'artiste et refusait de se compromettre dans un emploi ordinaire, qu'il estimait indigne de lui. Il menait une vie de Rastaman et ne voulait céder sur aucun de ses principes, même si le tofu importé et les substituts de viande végétaliens étaient les articles les plus chers du supermarché. Tout cela n'a fait que renforcer la pression dans la poudrière de sa frustration, et maintenant tout semblait prêt à le faire exploser.

Les coups sont devenus une réalité de la vie, comme la saleté et l'air. Ils tombaient sans avertissement, sans raison. Il n'y avait pas de règle, excepté le chaos de la vie intérieure de mon père. Toute conversation ou tout reportage en provenance de Babylone pouvait déclencher une flagellation de la ceinture rouge. La moindre petite dispute entre mon frère, mes sœurs et moi faisait pleuvoir des raclées de sa main. Il était le juge, le jury et le bourreau de chaque instant, décidant sans nul conseil qui avait tort, qui mentait, qui méritait d'être battu. Qui était une âme faible. De nous quatre, seule Shari était épargnée par la violence – ma mère la serrait contre elle, s'attachant à sa dernière-née comme à un bouclier, allaitant ma sœur jusqu'à l'âge de sept ans – car qui pourrait battre un enfant qui tète encore le sein de sa mère ? Cela aurait dû nous diviser, mon frère, mes sœurs et moi – la rancœur d'avoir été battus pour les fautes d'autrui. Au lieu de cela, il nous a rapprochés, en nous tournant résolument contre lui, jusqu'à ce que nous cessions, entre nous, de l'appeler « papa », afin de nous unir contre un homme que nous appelions simplement « Il » et « Lui ».

*

Quand il n'était plus là, la maison respirait librement. En son absence, ma mère s'est remise à vivre et elle a pu mener sa toute meilleure œuvre de reconstruction, en tissant son cocon autour de nous. Les nuits de notre père à l'hôtel sont devenues plus fréquentes, et c'est là, pendant ses heures absentes, que nous avons commencé à grandir en nous-mêmes. C'était toute une danse complexe que nous apprenions, un travail délicat pour démémoriser l'hématome de la nuit précédente. Après le petit déjeuner, maman affichait un sourire complice, puis appuyait sur la touche « Play » du lecteur de CD tandis que mes frère et sœurs et moi échangions des sourires narquois de conspirateurs, en attendant le fracas familier des guitares et la plainte banshee de la voix de Dolores O'Riordan qui explosait dans nos haut-parleurs. Nous aimions cela, et maman aussi, mettant le feu tous les matins avec les Cranberries à plein volume, assez fort, sans doute, pour qu'on entende dans toute la rue, et nous sautions tous, nous hurlions « C'est pas Hollywood ! » à gorge déployée, avec la musique qui secouait la pièce. Le temps d'un soupir, nous réussissions à oublier. Nos cris rendaient la matinée impénétrable, elle nous appartenait à moi, à Lij, à Ife, à Shari et à maman. J'avais envie de croire que je pouvais vivre ici. Cette lamentation à l'unisson, à pleins poumons, nous permettait d'éprouver un semblant de liberté, une forme de conviction. Que la lumière du soleil étincelant à travers les fenêtres tremblantes était la nôtre, que l'araignée Anansi descendant tout en bas de sa toile argentée était nôtre, et que le lézard coassant qui se précipitait vers l'Anansi était nôtre aussi. Et chaque matin, je quittais la maison droite et cuirassée, prête à recevoir les flèches des filles.

*

Lorsque l'enchantement se dissipait, je finissais par redouter de me réveiller. Je craignais à la fois le temps passé à la maison sous le regard de mon père et le temps passé à l'école sous le regard des filles. Rien de ce que je faisais n'apaisait jamais l'une ou l'autre crainte. La première fois que j'ai franchi le portail voûté pour accéder à la propriété de Lizzy, ma camarade de classe, j'ai su que personne à l'école ne serait jamais autorisé à voir où je vivais. Sa maison était une forteresse clôturée, sur une colline, avec un vaste jardin et une piscine immense surplombant la ville. C'était un manoir avec plus de chambres que de membres de la famille, à la décoration coloniale opulente, lits à baldaquin en acajou drapés de moustiquaires blanches, masques étranges accrochés au mur, complété par d'épais tapis et des vases raffinés que je veillais à ne pas toucher. J'ai quitté le Mobay que je connaissais pour entrer dans un autre lieu, un autre temps, où les femmes noires servaient des festins à table et nettoyaient après nous, tandis que la mère de Lizzy appelait depuis le balcon du dernier étage avec son accent britannique soigné, demandant si demain nous préférions une sortie en jet ski ou à la maison de campagne. La « maison de campagne » était une grande demeure héritée, construite sur une ancienne plantation, où régnait la sérénité et l'abondance, avec des aides à domicile et une cuisine meublée d'une table en pierre si colossale qu'elle semblait davantage convenir au banquet d'un roi qu'à une soirée pyjama entre filles. Une roue à aube cassée était même encore visible sur le domaine, où les mules et les esclaves travaillaient autrefois à la fabrication du rhum et du sucre.

En rentrant chez moi en voiture après ce week-end, il m'était impossible de ne pas me voir à travers les yeux de sa famille. Je ne pouvais lui révéler que mes sœurs et moi partagions toujours la même chambre, ou que mes frère et sœurs partageaient toujours le même lit. Que parfois, je n'étais pas sûre du dîner, pas sûre de mon père, pas sûre de l'avenir. Je ne pouvais pas lui confier que mes voisins de la porte à côté battaient leur petite-fille avec une telle violence que toute la rue pouvait l'entendre hurler et supplier qu'on lui laisse la vie sauve. Que ses plaintes animales faisaient pleurer mon frère et incitaient mon père à ponctuer d'un hochement de tête approbateur. Je ne pouvais pas dire que notre maison n'était pas la nôtre, que nous n'avions jamais possédé un endroit. Et que cela n'arriverait jamais. Que tout était petit, bien plus petit que j'en avais toujours rêvé. Que je voulais avant tout devenir puissante.

Le manque éclipsait peu à peu l'émerveillement ; toute cette beauté dont je m'étais nourri à Bogue, incendiée, réduite en cendres. Je finissais lentement par penser que mon destin était peut-être fixé, que je n'aurais pas d'autre choix que d'accepter l'avenir que mon père m'avait écrit. Jusqu'à ce qu'un voyage scolaire à Cuba amorce un changement mineur mais crucial dans la trajectoire de la fille que je devenais, celle que je suivais encore, en tirant son fil de soie jusqu'au monde souterrain de moi-même. Tout a commencé par un pantalon. Bien que cela semble aujourd'hui d'une banalité qui laisse incrédule, dans mon foyer, pour les femmes de ma famille, le pantalon n'était pas un vêtement comme les autres. Pour un Rastaman, une femme portant un pantalon était un signe de déchéance, un geste obscène face à Sa Majesté. « Toute *dawta* qui porte un pantalon n'est rien d'autre qu'une Jézabel », me disait mon père, un prêt inspiré de l'évangile de la Maison de Djani. J'en ai donc fait ma croisade. Chaque week-end, je suppliais qu'on me donne un pantalon au lieu de jupes, et un samedi, après m'avoir rabrouée pendant des années, finalement, ma mère a souri et m'a dit : « Sweet P. et moi, nous avons un plan. »

Notre école avait organisé un voyage de classe à La Havane, que ma grand-mère aidait à financer. Ma mère et elle ont mis au point un argumentaire élaboré pour convaincre mon père de me laisser porter le pantalon. Elles ont expliqué que si l'avion pour La Havane s'écrasait alors que je portais une jupe, dans l'épave, mes jambes étalées et mes sous-vêtements seraient exposés aux yeux lubriques de Babylone. Je serais déshonorée. Mais si je voyageais en jean, ma dignité serait préservée même en cas de décès.

Et cela lui a suffi.

Je n'avais jamais vu ma mère porter le pantalon, mais l'idée a dû la ravir, elle aussi, car lorsque je suis sortie de la cabine d'essayage pour lui montrer mon premier jean, elle en a pouffé de joie en me faisant tourner autour d'elle et en me complimentant sur ma taille et mes jambes, en me répétant que j'étais belle. Elle était toujours capable de faire survenir l'impossible, car pour la première fois depuis que j'avais lu le mot de Monique – *Je ne veux pas être ton amie* – dans ma salle de classe déserte, j'ai senti que la beauté était à nouveau possible.

Dans la salle de bains humide de l'hôtel à La Havane, j'ai enfilé mon nouveau short en jean et, pour la première fois, j'ai admiré mes jambes dans le miroir. Le short était en jean rêche et s'arrêtait juste au-dessus du genou. Il n'était ni sexy ni particulièrement élégant, mais pour moi, il suffisait à rendre ma matinée plus lumineuse. C'était mon premier aperçu de la fille que je pourrais être un jour, loin du regard courroucé de Rastafari, et je chérissais cela plus que tout. Je me suis dirigée vers la table du petit déjeuner en me pavanant, avec des ailes aux semelles, et j'ai rejoint les autres filles. Elles ne m'ont pas prêté attention, leur conversation matinale se déroulant sans interruption pendant tout notre repas. Il n'y a eu pour moi ni fanfare ni parade. Je me suis tortillée sur ma chaise en osier et je me suis ratatinée. Nos professeurs ont commencé à nous regrouper vers le bus pour notre première visite au programme, et Shannon s'est levée en bâillant. Elle s'est plainte que l'osier avait laissé des marques sur ses cuisses et s'est retournée pour montrer aux autres filles les croisillons rouges du cannage imprimés sur sa peau blanche.

– Eh bien, mes cuisses n'ont pas de marques, ai-je répliqué en me retournant pour montrer mes jambes.

Elle a levé les yeux au ciel.

– Parce que ton short est ridicule, il est trop long. Je n'ai jamais vu de short aussi prude.

Elle a ri, Heather aussi, et même Cassie Thomas et les jumelles étaient d'accord. Elles se sont toutes dirigées vers le bus, les cuisses et les fesses ensoleillées et affirmées. J'ai fermé la bouche et me suis racornie, saisie tout à coup d'une envie de rentrer.

*

Les filles me diminuaient et mes parents n'en étaient pas grandis pour autant. Mes déceptions n'ont pas tardé à devenir leurs échecs, transformant notre foyer en un cyclone de catastrophes personnelles. Même ma mère, qui charmait tout le monde, n'avait pas réussi à les charmer. Mme Newnham l'avait engagée pour enseigner le SPIC, et le premier jour où elle était entrée dans ma classe, j'étais électrisée de fierté, prête à frimer à ses côtés. Mais lorsque ma mère s'est trouvée devant eux au tableau, elle a brandi la photo d'un bâtiment américain imposant qu'elle a appelé la Maison-Blanche, et toutes les filles blanches de ma classe ont ricané. Le visage de ma mère s'est décomposé et d'un regard m'a appelée à l'aide. Je me suis agrippée à mon bureau, je me suis renfrognée, et je leur ai fait « chut ». Je leur ai dit qu'elle avait raison, c'était *bien* la Maison-Blanche.

– Tu plaisantes ? Lizzy s'est tournée vers moi, en rejetant ses cheveux blonds en arrière. Ce n'est pas la Maison-Blanche, c'est le Congrès.

Toutes les filles de riches se sont mises à rire.

J'ai lancé un coup d'œil à ma mère, toute déconfite dans sa longue jupe, les cheveux frisottant car elle avait réunis ses dreadlocks auburn pour les nouer en chignon. Elle a posé la photo et a regardé toutes les filles qui s'esclaffaient à leur table, le visage écarlate. Elle se frappa le front et se mit à rire à son tour.

– Bien sûr, tu as raison, a-t-elle admis. Que je suis bête !

Et puis elle a continué, tout sourire.

Les gloussements se tarissaient, j'avais les ongles enfoncés dans les paumes, regrettant que mes griffes ne leur rentrent pas plutôt dans le cou.

Par la suite, ma mère et moi n'avons jamais parlé de cette journée en classe. C'était la méthode Sinclair. Nous poussions nos lourds rochers sur la même colline éreintante, en nous croisant et en faisant mine d'être seules dans notre malheur. Nous portions chacune notre fardeau en silence jusqu'à ce qu'il nous dévore en s'effondrant dans un trou noir, comme il en est de toutes choses. Un samedi après-midi, j'ai décidé de laisser filer ce rocher. Qu'il m'écrase s'il le fallait. Ma mère était partie faire des courses sans moi et elle était revenue avec une nouvelle paire de baskets peu flatteuse. J'ai regardé ces chaussures et j'ai fait la moue. Je détestais l'EPS presque autant que les vendredis en tenue décontractée et, la semaine suivante, ces affreuses baskets de grand-mère que ma mère avait sorties du sac et m'avait tendues me vaudraient d'être éjectées de l'école sous les quolibets.

Je lui ai rendu les baskets.

– Elles ne me plaisent pas vraiment, lui ai-je avoué.

Son visage s'est décomposé. Mon père, qui se trouvait à portée de voix derrière nous sur le canapé, s'est levé d'un bond pour me faire face.

– Qu'est-c'tu viens d'dire à ta mère ?

Shari, qui s'amusait avec ses jouets sur le sol du salon, a levé les yeux, effrayée par ses aboiements soudains.

– J'ai juste… Je lui ai dit que je n'aimais pas les chaussures, papa, ai-je bredouillé.

– Tu as dit merci ?

– Non, papa.

Ma mère avait le visage gris, la bouche crispée. J'avais quatorze ans et je n'avais pas songé à ce qu'il avait pu lui falloir pour acheter ces chaussures, et mon refus inconsidéré avait dû la blesser. Je ne l'avais pas vue le visage aussi crispé de colère depuis ce jour où elle avait franchi le portail. Chaque désaveu lui rappelait ses lacunes, elle qui marchait quotidiennement, comme nous tous, à l'ombre de la richesse coloniale.

– Je commence à en avoir assez et plus que marre d'ton attitude, a grondé mon père.

Il est passé du visage douloureux de ma mère au mien et m'a foudroyée du regard. Depuis que je portais des pantalons, il me regardait avec un dégoût inédit. Il devait sentir que l'influence de Babylone m'éloignait chaque jour un peu plus de lui. Des semaines auparavant, il s'était réveillé d'un rêve et il avait eu un mouvement de recul à ma vue. « Moi l'Homme je sais qui tu es », avait-il dit. Il m'a lancé cette phrase comme une malédiction. « Quand tu seras plus âgée, tu verras Moi l'Homme dans la rue, tu s'ras au volant de ta bagnole chic, tu me gicleras une flaque d'eau sale à la figure et tu feras comme si tu me connaissais pas. » J'en suis restée bouche bée, choquée d'entendre cela. Je n'avais aucune défense à opposer à une déclaration aussi étrange.

– Tout ce que j'ai dit, c'est que je ne les aimais pas, ai-je tenté de le raisonner.

Ma voix était sonore, trop sonore – l'effet de la peur. Son rêve, et le spectre terrible qu'il m'offrait de mon moi futur, devait être le signal qu'il attendait pour agir. Sans un mot de plus, il est passé dans sa chambre et il en est ressorti avec la ceinture rouge. Maman a demandé à Shari d'aller dans notre chambre commune et de fermer la porte.

– Tu travailles ? m'a demandé mon père en empoignant sa ceinture.

– Non, papa.

J'ai détourné le regard de son rictus, vers ma mère qui tenait toujours en main les chaussures que j'avais refusées, le visage baissé.

– Tu travailles ? m'a-t-il demandé à nouveau.

– Non, papa. Mais je…

Avant que j'aie pu terminer, la ceinture s'est abattue sur ma poitrine. Elle m'a mordu la peau, j'ai crié.

– Tu crois qu't'es trop bonne ? m'a-t-il jeté en me fouettant à nouveau.

J'ai fléchi sous le coup de ceinture qui m'a cinglé le dos.

– Non ! me suis-je écriée.

La ceinture m'a déchiré la peau, je sentais sa morsure à travers ma chemise.

Ses bras se sont à nouveau élevés vers le plafond puis se sont abattus sur moi. J'ai essayé de parer les coups de ceinture avec mes mains. Je ne voyais pas ma mère, mais je savais qu'elle était derrière moi, quelque part dans l'entrée, quelque part à l'abri des regards. Je criais, et j'aurais voulu qu'elle vienne à mon secours.

– Moi l'Homme en a marre de toi, a vociféré mon père – et il m'a flanqué un coup de ceinture dans le dos.

Je poussais des cris animaux gutturaux.

– Alors tu t'crois trop bonne pour nous ? a-t-il aboyé.

Je l'entendais, mais je ne voyais plus rien à travers le flou de mes larmes. Mes oreilles bourdonnaient, je suis tombée à genoux et je me suis appuyée des paumes sur le sol pour me maintenir. Ses mains ont de nouveau décrit un arc dans les airs et se sont abattues avec une force destinée à me défaire.

– Papa, s'il te plaît, arrête, ai-je crié.

Des larmes et de la morve ont coulé de ma bouche, sur ma chemise et sur le sol.

Je n'arrivais plus à respirer.

Je savais que Lij et Ife étaient dans la chambre, ils écoutaient derrière la porte fermée. Chaque fois que l'un d'entre nous était battu, nous pleurions et nous étions à cran derrière la porte, mais nous restions à l'abri des regards pour rester saufs.

Il ne laissait pas de temps d'arrêt entre chaque coup, il frappait sans relâche, il me cinglait le dos, le cou, les jambes. Je braillais, je cherchais quelqu'un, quelque chose qui viendrait à ma rescousse.

– Au secours ! ai-je crié à m'en déchirer la gorge, imaginant que tout le voisinage entendait mes supplications éplorées, sachant que chaque semaine, les cris de la fille d'à côté résonnaient dans notre cour lorsque ses grands-parents la battaient, mais qu'aucun d'entre nous n'était jamais allé l'aider.

Lorsque la ceinture s'est à nouveau abattue, je me suis redressée de ma posture à genoux et j'ai couru vers ma chambre.

Avant que je l'atteigne, ma mère s'est postée dans l'encadrement de la porte et a tendu la main pour me barrer l'accès. À ce moment-là, je n'ai pas reconnu son visage. Quelque chose d'intangible s'était brisé. Elle m'a repoussée vers mon père, les yeux sombres, la bouche réduite à une ligne grise. C'était une autre personne qui me repoussait vers les coups de ceinture, une mère que je n'avais jamais connue, une femme sortie d'un monde renversé et qui me détestait. Je l'avais blessée et elle l'a donc laissé me blesser. Un son surnaturel s'est échappé de mon corps.

Mon frère avait surgi du couloir et il criait, le visage maculé de larmes, la bouche ouverte.

– Arrêtez, s'il vous plaît ! s'est écrié Lij.

Je me suis lamentée pour lui comme il se lamentait pour moi. J'ai supplié mon père d'arrêter, et Lij criait : « S'il te plaît, laisse-la », implorait-il, et sa voix d'enfant de douze ans s'est brisée.

Mon père a crié :

– Écarte-toi d'ici, mon garçon ! – et il a repoussé mon frère qui hurlait, loin de la porte.

Son corps a heurté le mur avec un bruit sourd.

Je ne comptais plus les coups de fouet. Cela durait peut-être depuis cinq minutes. Cela durait peut-être depuis quinze minutes. La douleur estompait le temps qu'il fallait à mon père pour qu'il se sente à nouveau grand. Je m'étais agenouillée sous les coups, l'obscurité s'est emparée du monde et j'ai supplié la mort de me prendre. *Qu'elle me prenne, tout simplement.* Lorsqu'il eut enfin terminé, j'avais la gorge noyée de sang coagulé, le visage tuméfié d'avoir tant gémi, le dos trop meurtri pour qu'on le touche. Lorsque ce fut terminé, j'ai rampé jusqu'à ma chambre comme un animal, aussi petite que le cafard qu'il mourait d'envie d'étouffer.

Ensuite, je suis entrée dans la douche, mais je ne pouvais toucher mon dos, qui me brûlait sous l'eau froide. J'entendais un bourdonnement aigu dans mon oreille. J'ai tourné le torse devant le miroir et j'ai vu de longues zébrures et des ecchymoses rouges entrecroisés, traçant des lignes de sang sur tout mon dos. J'avais trop mal pour m'habiller, j'ai appelé ma mère dans ma chambre et je lui ai dit que j'avais besoin de son aide pour fermer mon soutien-gorge. Je n'avais pas du tout besoin de son aide. Mais je voulais qu'elle voie. Ce qu'il avait fait. Ce qu'elle avait fait. Je voulais qu'elle ait ça en face. Nos regards se sont croisés brièvement dans le miroir et elle a détourné les yeux. Elle a jeté un coup d'œil dans mon dos, puis elle a marqué un temps d'arrêt. J'ai attendu qu'elle dise quelque chose, n'importe quoi. À sa mine sévère, j'ai compris : elle savait que je l'avais fait venir uniquement pour lui montrer.

– Tu es vraiment drôle, m'a-t-elle dit.

Même aujourd'hui, je n'arrive pas à comprendre pourquoi elle m'a dit ça. Peut-être n'était-elle pas prête à affronter tout cela. Peut-être pensait-elle que c'était justifié, que j'étais une ingrate, que sa blessure était légitime. Ou qu'en détournant le regard, elle réussirait en quelque sorte à défaire ce moment, à le reprendre. Je n'en sais rien. Ce moment demeure sans réponse et sans fin. Quelque part au cours de notre vie commune, l'amour et la souffrance sont éclos du même œuf, comme complices d'un crime. Elle m'a agrafé mon soutien-gorge et j'ai grimacé. Elle est restée debout un moment, sans jamais croiser mon regard dans le miroir, et n'a rien dit de plus. Elle m'a tendu une chemise. Puis elle est sortie et elle a fermé la porte, me laissant seule.

En me voyant dans le miroir, j'ai su que je n'étais rien. Que je ne méritais rien. J'étais plus petite qu'un grain de poussière dans l'œil de Dieu, désireuse d'être emportée par son ouragan, de lâcher le bois flottant pourri auquel je m'accrochais et de me noyer enfin. Au lieu de cela, je me suis assise avec moi-même et j'ai bu cette solitude, en m'enfonçant les ongles dans le poignet et en me détournant des légers petits coups de mon frère à la porte.

17

Le Feu traversé

J'ai détourné les yeux du visage de Mme Newnham et je suis passée devant son bureau rempli de reliques catholiques, de tous ces colifichets qui m'étaient devenus si familiers au cours des derniers mois. Au lendemain matin de sa pire violence, mon père avait sauté hors du lit en poids plume et libéré, de son humeur la plus légère depuis des mois. À mon réveil, il roucoulait au son de sa guitare, la ceinture rouge toujours accrochée au mur de la chambre, au-dessus de sa tête, à côté de Hailé Sélassié. Chaque note qu'il chantait plantait un crochet acéré qui déchiquetait ce qui restait de mon esprit, et j'ai alors su ce que j'avais perdu. Ma mère, humiliée par les contraintes de notre pauvreté, m'avait finalement sacrifiée à sa colère. Mon frère, encore trop petit pour me sauver, s'était fait violemment plaquer contre le mur. Mes sœurs, se bouchant les oreilles avec les doigts, avaient appris à se coudre et à se clore la bouche. Dans ce monde, je n'avais plus personne pour me protéger. Cette expression du visage de mon père, noué par la détermination alors qu'il abattait sa ceinture sur moi, tournait en boucle dans mon esprit, un souvenir qui m'écrasait plus que les coups. Il me désagrège encore jusqu'au néant, même aujourd'hui. À force de coups, il avait essayé d'extraire Babylone de moi. D'étouffer la femme que j'étais en train de devenir, celle qu'il imaginait l'éclaboussant d'eau de pluie sale dans une rue future. « Épargner le bâton et gâter l'enfant », m'a déclaré mon père quand tout a été fini. Mais il n'y avait plus rien de moi-même à gâter, plus rien à épargner. Je me suis regardée dans le miroir et je n'ai vu que de la laideur. Les racines emmêlées de mes dreadlocks et ma dent de devant cassée étaient laides. Les arbres étaient laids, les routes étaient laides, le ciel et la mer étaient laids. Mais le soleil se levait encore à la sonnaille des oiseaux, et la banalité de toute cette scène semblait délavée par la pitié. J'ai repoussé mon petit déjeuner et je n'en ai pas dit plus que ce qu'il fallait dire. Je me suis habillée pour aller à l'école et j'ai accompagné mes frère et sœurs jusqu'à ce bâtiment sordide, en lançant des bonjours vides et un sourire en coin à mes camarades de classe comme si rien ne s'était passé, jusqu'à ce que, bien des mois plus tard, Mme Newnham m'appelle dans son bureau.

Dehors, la lumière du soleil frappait les orangers d'une manière telle qu'elle m'appelait loin du visage inquiet de Mme Newnham. J'étais un câble à haute tension de rage et de mélancolie. Au cours des semaines qui avaient suivi mon passage à tabac, je m'étais renfermée dans une carapace permanente de bernard-l'ermite. Quand je ne me repliais pas sur moi-même, je me déchaînais, faisant jaillir mon unique griffe sur tous ceux qui se trouvaient dans mon orbite. J'avais peur de n'être rien d'autre qu'une plaie dans ce monde. Une épine dans le pied d'un homme qui disait être mon père. Je fonçais presque chaque jour tête baissée vers le danger, si j'étais capable de le trouver, en y cherchant mon propre glas, fouillant en quête d'un signe qui m'absente de tous les mondes. Je me trouvais dans le bureau de la directrice parce que j'avais refusé de m'habiller pour l'EPS, voulant me défaire entièrement de mon corps, et choisissant de ne porter aucune espèce de baskets. En guise de punition, Mme Lawrence m'avait demandé d'écrire une dissertation sur l'importance de l'éducation physique, mais j'avais préféré écrire une dissertation sur l'inutilité du sport, ce qui m'avait valu ma toute première exclusion.

– Safiya ?

Mme Newnham m'a interpellée en me faisant un signe de la main dans la profondeur de la vitre, me tirant de ma rêverie. Elle tenait dans ses mains un exemplaire du *yearbook* de l'école de l'année dernière.

– Oui, madame ? ai-je fait en me retournant face à ses yeux inquisiteurs.

Elle arborait un regard gris et froncé.

– Je vous ai demandé pourquoi vous aviez vandalisé votre propre photo, m'a-t-elle dit en ouvrant à la page de mon visage, où quelqu'un avait gribouillé ma photo à l'encre noire.

J'ai regardé cette version plus jeune de moi-même sur la photo, et mon ventre s'est noué.

JE N'AI PAS DE SEINS ! JE RESSEMBLE À UN GARÇON ! s'exclamait une bulle de pensée surgie de ma tête emmêlée. Ma bouche sur la photo, fermement close en un timide sourire, avait été redessinée par le gribouilleur en mâchoire aux gros chicots, dont l'un était crénelé et cassé.

– Pourquoi avez-vous fait cela, Safiya ? m'a demandé à nouveau Mme Newnham.

J'ai examiné mon visage abîmé puis j'ai regardé Mme Newnham, essayant de comprendre si elle était sérieuse.

– Hein ? Je n'ai pas fait ça, madame, ai-je protesté avec lenteur en essayant de maîtriser mon ton de voix.

Je n'avais jamais vu ce gribouillis auparavant et maintenant je me demandais si c'était ainsi que tout le monde me voyait.

– Ce n'est pas vous qui avez fait ça ?

J'ai fait non de la tête.

– Alors qui a fait ça ?

– Je ne sais pas, madame, ai-je répondu en détachant les yeux du dessin qu'elle tenait encore sous mon nez.

Évidemment, c'était ainsi que tout le monde me voyait. Il aurait été stupide de croire autre chose.

Elle s'est humecté ses lèvres noircies par la fumée et elle a refermé le *yearbook*, pas franchement satisfaite. Puis elle a entrecroisé les doigts et m'a regardée.

– Je me suis inquiétée à votre sujet, m'a-t-elle avoué. Vous étiez une jeune fille si brillante et si charmante à vos débuts ici. Que s'est-il passé ?

Je n'ai pas répondu.

– Tout va bien ?

J'ai senti une brûlure remonter dans ma gorge.

Cela faisait si longtemps que personne ne m'avait plus demandé quelque chose avec autant de gentillesse. J'ai trituré les plis de ma jupe et j'ai attendu que ce lourd sabot s'ôte de moi. Qu'aurais-je pu lui répondre, à cet instant ? Que pour moi tout dans le monde s'était métamorphosé ? Que ma mère m'avait abandonnée au moment le plus désolé de ma vie ? Que l'amour de mon père était désormais si distant qu'il semblait relever du mythe ? Qu'ils s'attendaient tous à ce que je continue de vivre alors qu'il ne restait plus rien de moi à aimer ? J'ai rompu avec le regard de Mme Newnham, dont les yeux me fouaillaient.

Les larmes se sont mises à couler, puis j'ai de nouveau soutenu son regard : elle hochait lentement la tête, d'un air encourageant.

Finalement, ces mots aigrelets ont frémi et se sont échappés de moi.

– Je me déteste, madame, ai-je susurré.

Je ne reconnaissais plus ma voix.

Mme Newnham m'a tendu ses mains couvertes de taches de rousseur, mais je n'ai pas réagi. Elle les a retirées et elle est allée chercher dans ses tiroirs un mouchoir en papier qu'elle m'a passé.

– Vous aimez écrire, n'est-ce pas ? s'est-elle enquise. (J'ai acquiescé et j'ai essuyé les larmes qui se remettaient déjà à couler.) Vous écrivez si bien, a-t-elle ajouté doucement. Avez-vous essayé de coucher cela par écrit ? a-t-elle suggéré. Ce que vous ressentez ?

– Non, madame, ai-je répondu.

J'écrivais des histoires sur des mondes imaginaires et des poèmes à la lumière du soleil qui scintillait sur les orangers, mais je n'avais jamais essayé de cerner le fantôme qui faisait naître en moi cette douleur profonde.

Mme Newnham a pris un cahier et un stylo et les a fait glisser doucement vers moi sur le bureau.

– Pourquoi ne pas essayer d'écrire quelque chose maintenant ? Écrivez simplement ce que vous ressentez.

J'ai pris le stylo et j'ai réfléchi un moment.

Puis j'ai écrit : *Je déteste mes dreadlocks.*

J'ai regardé ces mots que je m'étais répétés à moi-même des heures d'affilée mais que je n'avais jamais osé prononcer à voix haute. Puis j'ai griffonné une autre marque noire sur la page. Et encore une autre.

Je déteste ma dent de devant cassée.
Je déteste mes dents de lait.
Je déteste la coupure au-dessus de mon sourcil.
Je déteste mes chevilles maigres.
Je déteste mes fesses.
Je déteste être une fille.
Je déteste mon corps.

Je déteste être pauvre.

Je déteste ma vie.

Je déteste ma...

Je déteste ma...

Je déteste ma...

J'ai écrit fébrilement pendant près de dix minutes sans relever les yeux sur elle, en traçant le tranchant de mon dégoût, de ma confusion, de mon aversion envers moi-même. Lorsque j'ai finalement posé le stylo en évitant son regard, j'ai été surprise de constater que les larmes s'étaient arrêtées d'elles-mêmes dans l'écriture. Mme Newnham a pris le cahier et lu ce que j'avais écrit, ses sourcils clairsemés se soulevant de temps à autre. Soudain, je me suis sentie nue, mon cœur tirant des coups de semonce dans ma poitrine. Refermant le cahier, elle a soupiré et m'a regardée, en passant les doigts dans ses courtes boucles noires.

– As-tu réfléchi à ce que tu veux faire quand tu seras diplômée, Safiya ?

J'y avais beaucoup réfléchi, maintenant que j'étais en dernière année d'études secondaires. J'avais quinze ans, j'étais beaucoup plus jeune que la plupart des élèves de dernière année en Jamaïque, qui obtiennent leur diplôme à seize ou dix-sept ans. J'avais passé les trois dernières années à étudier pour les examens du Conseil des examens des Caraïbes (CXC), la série d'épreuves finales que tous les élèves de niveau supérieur des Caraïbes passent pour se préparer à entrer à l'université. Mais alors que l'année scolaire touchait à sa fin et que la remise des diplômes approchait, il semblait que j'étais la seule dans ma maison à y avoir réfléchi.

Nous n'avions jamais discuté de ce qui se passerait après le lycée, dans ma famille. La première et unique directive, pour moi et mes sœurs, consistait à nous assurer d'obtenir notre diplôme sans tomber enceintes comme notre grand-mère. Mais mon père n'avait pas pris la peine d'imaginer la suite. Entrer dans une université avait toujours été une perspective floue à l'horizon, intangible pour nous, les Sinclair. Aucun de mes parents n'était allé à l'université, et personne dans ma famille ne savait comment procéder à une demande d'inscription ou comment nous en aurions jamais les moyens. J'étais la première – toujours au bout du chemin ou au début d'un autre. Il me fallait imaginer ce qui m'était réservé ensuite. Tous mes camarades de classe prévoyaient d'aller étudier la sociologie à la FIU à Miami, une combinaison de mots qui ne signifiait pratiquement rien pour moi, mais qui m'avait l'air aussi valable qu'une autre.

– Aller à l'université à Miami, madame, lui ai-je répondu.

Je l'ai formulé avec tant d'assurance que cela n'évoquait même pas une invention. Encouragée par de très faibles vapeurs d'espoir et aucune connaissance du monde, j'étais trop embarrassée pour admettre devant Mme Newnham que mes parents n'avaient ni les moyens ni les compétences nécessaires pour savoir quoi faire de moi ensuite.

Ma réponse a semblé lui plaire et elle ne m'a pas demandé plus de détails.

– Bien, a-t-elle ponctué – puis elle a tapoté le bois de son bureau, phalanges repliées. Et qu'aimeriez-vous faire une fois sur place ? a-t-elle insisté.

J'ai regardé par la fenêtre et je me suis tournée vers l'avenir. Là, mes espoirs se sont de nouveau cristallisés en quelque chose de beau, un kaléidoscope de multiples moi possibles qui simultanément me faisaient signe et s'effaçaient, une fille évoluant dans un monde éclaté qui se ramifiait en elle-même, elle-même et elle-même.

– Je veux prendre le taureau par les cornes et lui coudre mon nom sur la langue, lui ai-je répliqué.

– Ah bon, d'accord ! s'est exclamée Mme Newnham en riant. Très bien, Safiya. C'est un joli projet.

Elle a jeté un coup d'œil à sa montre et m'a fait signe que notre séance était terminée. Je me suis levée pour partir.

– Merci, madame, ai-je dit, en imitant son sourire, la lumière se reflétant encore sur ses lunettes.

Cela m'avait fait du bien de les écrire sur le bureau de Mme Newnham – tous ces sentiments frénétiques et réprimés, de les laisser s'atrophier et palpiter sur la page. Cela m'a fait du bien de dire tout haut ce que je voulais. À la maison, j'ai commencé à écrire ce que je ressentais, en détournant mon esprit de la roue vertigineuse des étoiles à l'extérieur de notre cinquième maison de location à la campagne et en regardant vers l'intérieur. Je suis revenue à cette fille au fond de la tombe, perdue dans ses catacombes de sable, à l'écoute des bruissements fantômes des vagues lointaines. Le soir, j'attendais que toute la maison soit endormie, puis je m'allongeais dans mon lit et j'écrivais à la lueur des bougies pendant des heures. Parfois, j'entendais à la radio des récits de la mort d'autres femmes et je les notais, les détails horribles, pleurant les démembrées et les spoliées, les perdues et les oubliées. J'imaginais que leurs voix me parlaient, comme à Eurydice, à travers les vers d'un poème. Les week-ends, ma mère et moi nous surprenions l'une l'autre en plein franchissement de la rivière du sommeil et de la veille ; elle se réveillant à l'heure bleue de l'aube pour entamer son ménage, et me trouvant dans la cuisine en train de me verser un verre d'eau avant de fermer ma porte pour aller dormir.

Un profond silence s'était installé entre nous après qu'elle m'avait repoussée vers le fléau de la ceinture paternelle. Je l'imaginais se couvrir d'une mousse verte de lâcheté chaque fois qu'elle ignorait l'évidence de la terreur imposée par mon père. Peu de temps après, elle a tenté un rapprochement, avec des fromages grillés et du café à ma porte, proposant de me masser les pieds. « Qu'est-ce qui ne va pas, Saf ?, m'a-t-elle demandé, les yeux tremblants. – Rien », ai-je répondu et je me suis retournée. Pour la première fois de ma vie, nous restions chacune d'un côté de la porte. Elle se sentait blessée et je le savais, mais je voulais qu'elle souffre. « Je ne sais plus qui tu es », m'a-t-elle avoué un matin dans la cuisine. J'ai haussé les épaules et je l'ai laissée à ses interrogations. « Je ne sais pas non plus, maman », avais-je envie de lui répliquer, mais j'ai préféré laisser les mots en suspens, comme un grand miroir menaçant. Des mois se sont écoulés ainsi. Ensuite, sans avertissement ou explication, les coups qui s'abattaient sur nous depuis trois ans se sont soudain arrêtés. Je savais que c'était l'œuvre de ma mère. Elle m'avait sentie me noyer, lui échapper définitivement des mains, et n'avait pas pu le supporter. Elle a puisé une fois de plus dans son pouvoir incendiaire, s'est érigée en bouclier autour de ses enfants et a mis un terme définitif à ce chapitre de notre vie. Elle ne voulait plus de ces histoires de « backra massa[1] », m'a-t-elle expliqué des années plus tard, désavouant le lien hideux entre châtiment corporel et violence coloniale. « Nous n'en avions pas conscience », admettrait-elle, des années de culpabilité inexprimée la prenant à la gorge.

Comme si l'objet n'avait jamais existé, la ceinture rouge a été retirée et elle a disparu, et mon père s'est plutôt remis à

---

1. « Maître/esclave », patois jamaïcain, utilisé aujourd'hui pour décrire un rapport d'oppression.

affûter les outils verbaux de son arsenal. Lij avait treize ans et moi quinze, et nous étions tous deux devenus aussi grands que mon père, même si cela ne se voyait pas à notre façon de nous avachir en écoutant son interminable énumération de nos torts et de nos malformations. Nous étions paresseux. Il fallait que mes frère et sœurs ferment la bouche en dormant. Nous avions trop de caries. Ma pomme d'Adam était trop grosse.

Tout ce qu'il disait se répercutait immuablement dans la chambre d'écho de ma tête, parce que j'avais quinze ans et le miroir était un dieu. Un week-end à la plage, deux garçons, des adolescents, sont passés devant moi en courant et ont fait demi-tour pour m'inspecter de plus près. Depuis mon siège dans le sable, j'ai redressé les épaules et tendu les jambes, en regardant nonchalamment ailleurs comme si je ne les avais pas vus. « Elle est assez mignonne, quand même », a remarqué un garçon, comme s'il faisait du lèche-vitrine. « Joli corps », a-t-il ajouté en caressant son menton glabre. Son ami l'a poussé dans le sable et secoué la tête. « Nan. Nan mon petiot. Les filles rastas, elles sont dégueu », s'est-il moqué en attirant son ami à l'écart et en rigolant. Ils ont disparu, comme des mirages à l'horizon. Je me suis repliée sur moi-même. Peu de temps après, j'ai entrepris de brosser et de démêler délicatement mes cheveux à la racine, de sorte qu'ils ne soient plus dreadlockés que du milieu aux extrémités, tandis que toutes les nouvelles mèches qui poussaient étaient lisses et sans dreadlocks. Tous les matins, avant l'école, je brossais ces quelques précieux centi-mètres de cheveux non emmêlés au niveau du cuir chevelu et je préservais ces mèches douces, huilées et brillantes. J'étais obsédée par la coupure au-dessus de mon sourcil et j'ai commencé à utiliser un marqueur noir pour combler la peau cicatrisée là où les cheveux ne poussaient plus. Je me suis mise à déboutonner ma chemise d'écolier et à porter ma cravate basse, à la poitrine, au lieu de la nouer autour du cou comme un garçon. Quand je me regardais dans le miroir, il m'arrivait d'y trouver quelque chose de beau, à condition de ne pas ouvrir la bouche.

Un après-midi, maman est venue me voir dans ma chambre et m'a annoncé qu'elle avait une surprise pour moi. Elle avait un nouveau travail dans un hôtel de luxe, le *Round Hill*, où elle donnait des cours particuliers aux enfants des gens riches et célèbres, dans le cadre de séances privées de SPIC pendant la haute saison. Alors qu'elle se tenait dans l'encadrement de la porte, les cheveux relevés en chignon, vêtue de sa plus belle jupe de travail en jean longue jusqu'aux mollets, j'attendais sans impatience sa surprise. Cela faisait presque un an qu'elle m'avait repoussée vers la ceinture, et nous n'étions toujours pas revenues l'une vers l'autre, bien qu'elle ait essayé.

– Je vais payer pour que tu te fasses réparer ta dent, a-t-elle déclaré. Maintenant que tu as presque seize ans, je pense qu'il est temps.

J'ai porté la main à ma bouche, incrédule. Elle avait mis de côté tout ce qu'elle avait gagné à *Round Hill* pendant la période de Noël et, s'étant arrangée avec la dentiste et l'assurance dentaire de grand-mère, elle allait payer pour que je me fasse poser une couronne sur la dent. J'ai couru jusqu'à la porte et je l'ai serrée dans mes bras, en la remerciant avec effusion. La porte qui nous séparait s'est à nouveau ouverte en grand. Nous nous sommes prises par la main et avons scellé notre promesse en planifiant la suite. Ce week-end-là, Grand-mère a fait quatre heures de route depuis Spanish Town pour venir me chercher, et nous avons effectué quatre heures de route pour repartir à Spanish Town dans un minibus exigu. Le lendemain, elle m'a emmenée chez sa dentiste, qui m'a anesthésiée, palpée, forée et réparée. Lorsqu'elle eut terminé, elle m'a tendu le miroir et dit : « Souris. »

J'ai souri pendant tout le trajet en bus jusqu'à Montego Bay, passant ma langue sur ma nouvelle dent de devant, riant et plaisantant avec Grand-mère, ne prêtant aucune attention aux passagers en sueur entassés autour de nous, ni aux retours de gaz d'échappement du bus qui pétaradait sur cette route périlleuse. Je laissais la brise de la campagne balayer mon visage et Grand-mère et moi suçotions des oranges, mangions des cacahuètes grillées et éclations de rire. De retour à la maison, j'ai franchi le portail en courant, j'ai monté les escaliers et j'ai fait irruption à la porte en souriant. Ma mère et mon père regardaient la télévision dans le canapé.

Maman s'est levée d'un bond pour m'accueillir.

– Hé, attends un peu ! Laisse-moi voir ! a-t-elle dit en s'approchant pour voir mon nouveau visage fendu d'un sourire halluciné. Tu es magnifique, s'est-elle extasiée en passant ses mains sur ma tête et en me serrant dans ses bras. Maintenant, tu vas pouvoir passer ton diplôme avec panache, a-t-elle conclu en se trémoussant.

– Merci beaucoup, maman.

Je l'ai encore et encore serrée dans mes bras, puis je me suis lancée dans un récit endiablé de tout ce que le dentiste avait fait, de la peur que j'avais eue de son aiguille. Ma mère m'a écoutée avec délice et Grand-mère est intervenue à son tour.

Mon père, qui n'avait pas bougé du canapé depuis mon arrivée, a fini par s'exprimer.

– Alors, laissez Moi l'Homme voir ça.

Je me suis tournée vers lui et j'ai fait un grand sourire, une main sur la hanche. Il a dû penser que c'était une marque de vanité, car après un coup d'œil il a de nouveau consacré toute son attention à la télévision, avec un sourire.

– T'as quelque chose dans les dents. N'oublie pas de les brosser.

J'ai fermé la bouche et je me suis éclipsée pour trouver un miroir.

Ce lundi matin, je suis arrivée à l'école comme le chat du Cheshire, avec un sourire si large que je sentais le ciel se refléter sur mon visage. J'avais hâte de voir les réactions de mes camarades de classe. Je suis entrée dans la salle en souriant à tout le monde, sans mettre la main sur ma bouche pour la première fois depuis que j'avais commencé à fréquenter St James cinq ans plus tôt. Certaines filles se sont contentées d'un bonjour poli, puis sont retournées à leurs conversations. Je me suis glissée à mon bureau sous la lumière fluorescente de notre salle de classe de première et j'ai essayé de me joindre à leur conversation, plus bavarde que d'habitude. Je souriais dès que j'en avais l'occasion. Leurs discussions au sujet de la fête de la plage d'hier soir se poursuivaient sans interruption. Si quelqu'un avait remarqué la différence, personne n'en avait rien dit. Au moment où la cloche du déjeuner a sonné, personne n'a fait attention à moi. Toute la joie et la confiance auxquelles je m'accrochais se sont évanouies à nouveau avec une douleur profonde, un marteau frappant un clou chétif.

À l'heure du déjeuner, tout le monde avait quitté l'emplacement habituel du pique-nique sur la pelouse, à l'exception d'Heather et moi. Nous sommes restées assises sous le manguier, mal à l'aise, en silence. Elle dominait tellement mon monde et ses limites, mes angoisses et les échecs de mes parents, et pourtant je me suis rendu compte que nous n'avions jamais eu une seule conversation en tête-à-tête. Maintenant, nous tirions toutes les deux les digitaires sous nos jupes plissées, tandis que la brise faisait voleter les mèches duveteuses de nos tempes. Dans quelques mois, nous obtiendrions notre diplôme et le monde qui nous séparait ne ferait que s'élargir en un gouffre. J'ai regardé son visage. Agréable, placide. Peut-être un peu hautain. Mais ni satanique ni cruel. Tandis que le vent murmurait par-dessus notre silence, j'ai voulu perturber cette paix. Je voulais blesser.

– Hé, Heather, ai-je fait. Si tu devais te trancher les poignets, comment tu t'y prendrais ?

J'ai observé son visage. Son expression n'a pas changé. J'avais entendu dire que sa cousine avait essayé de se taillader les veines après que son père eut quitté sa mère et déménagé au Canada.

Sans même hésiter ou se tourner vers moi, Heather m'a répondu :

– Tu sais, la majorité des gens croient qu'on se tranche les poignets comme ça. (Elle a tendu ses mains pâles pour me montrer, en faisant coulisser son pouce en travers de son poignet.) Mais pour être le plus efficace possible, il faut que la lame coupe verticalement, dans le sens de la longueur, comme ça.

Elle a fait courir ses ongles sur les veines vertes de son poignet, en laissant des lignes rouges là où l'ongle avait coulissé.

Je l'ai entendue parler, et j'en ai eu le souffle coupé. Ses pupilles étaient aussi vastes que la lune, et elle regardait devant nous, vers l'invisible.

– Il faut juste que tu te souviennes, a-t-elle continué, avec un petit sourire en coin. Dans le sens de la route, pas vers le trottoir d'en face.

Elle a passé de nouveau l'ongle dans la longueur de son poignet pour me montrer. *Dans le sens de la route, pas vers le trottoir d'en face.*

C'était comme si j'étais tombée d'un grand arbre. Je me sentais mal dans ma vie, avec mon avenir incertain, ma dent qui était passée inaperçue, et lui faire du mal me semblait un moyen d'évacuer ma propre douleur. Je faisais exactement ce que mon père m'avait appris. Mais elle avait vu clair dans mon stratagème et ne me donnerait jamais la satisfaction de la voir blessée. Toute cette envie de bravade mal placée et cette force inepte que je ressentais se sont évaporées dès qu'elle a retourné la blessure contre moi. Elle aurait aussi bien pu me tendre la lame. Peut-être qu'elle était capable de voir en moi, après tout. Peut-être qu'elle avait toujours su. Que je n'étais pas l'arme. Je n'étais que la blessure.

*

Mon diplôme approchant et aucun projet concret n'ayant été arrêté, le brouillard de mes déceptions enveloppait tout. Un soir, sous la meurtrissure du crépuscule, j'ai demandé à ma mère s'il était possible d'aller à l'université en Amérique, et sa bouche a tremblé.

– Comment pourrions-nous nous le permettre ? m'a-t-elle demandé, les yeux écarquillés.

J'avais quinze ans et je n'avais pas de réponse. Je n'avais ni Internet ni ordinateur. Pas de conseiller d'orientation ni de mentor pour me guider. Mme Newnham n'a plus jamais abordé la question de mon éducation universitaire après ce jour dans son bureau, et j'ai passé les années d'incertitude qui ont suivi à regretter d'avoir été trop gênée pour lui demander de l'aide. Ma mère ne pouvait que serrer mes mains dans les miennes et me dire : « Ça va s'arranger, j'en suis sûre. » Elle avait vécu si longtemps dans un monde aussi limité qu'un coquillage qu'elle était incapable de se projeter plus d'une semaine dans l'avenir. Ses chakras et ses mantras formaient un baume utile quand j'étais plus jeune, mais ils ne pouvaient pas m'amener à l'université. Je n'allais pas fermer les yeux et me réveiller à Miami, quelle que soit la volonté de ma mère. Mon père, quant à lui, semblait se contenter de me garder sous sa surveillance.

Rien ne m'effrayait plus que l'incertitude de la suite des événements. La réparation de ma dent n'avait pas changé la courbe de mon avenir, ni suturé mon monde coupé du monde. J'étais pris dans la mousson du chaos de notre foyer, et tout ce dont j'avais envie, c'était de mon propre sens de l'ordre, si morne. La nuit, je me suis mise à faire courir une paire de ciseaux le long de mon bras, à faire remonter une douleur à la surface au lieu d'une autre, troquant de l'engourdissement. Mais les ciseaux avaient été utilisés pour couper de la ganja et ils étaient maintenant trop émoussés pour faire couler du sang. Ce n'est donc pas le sang mais le feu qui a fini par m'atteindre.

Un peu après minuit, alors que la fin de l'année scolaire approchait, j'ai allumé la bougie à côté de mon lit et j'ai réfléchi à ce que je venais d'entendre à la radio : quelque part dans le pays, une jeune fille de mon âge avait subi des sévices sexuels infligés par son pasteur et s'était suicidée en buvant du Gramoxone, un désherbant qui avait transformé ses entrailles en bouillie. Je l'ai noté dans mon journal, imaginant la noirceur des enfers si j'y succombais.

J'ai rangé les ciseaux émoussés, relégué ces idées de Gramoxone, puis j'ai soufflé la bougie et je me suis couchée. J'ai rêvé d'un papillon de nuit plongeant dans le soleil, d'un soleil appelant mon nom d'une voix étrange.

Je me suis réveillée avec des flammes léchant la frange du rideau, brûlant mon drap. La chaleur était suffocante. De l'autre côté du mur de flammes, je pouvais voir ma mère, le visage déformé par la panique, criant mon nom, me faisant signe. Les voix de mes sœurs étaient stridentes et leurs ombres m'appelaient aussi. Mon corps hésitait. Je ne pouvais pas bouger ; j'aspirais depuis si longtemps à une certaine forme de lumière, et maintenant je n'avais pas envie de m'échapper. Ma mère a couru chercher une serviette mouillée alors que les flammes crépitaient sur la table de nuit à côté de moi, et qu'une peinture que j'avais faite commençait à brûler sur les bords. Mon frère criait, et il remplissant des seaux d'eau avec mon père. Ma mère, drapée dans une serviette mouillée, s'est approchée du feu et m'a attrapée, me tirant vers l'air froid de l'extérieur. Mes parents sont rentrés en courant pour éteindre les flammes avec des seaux d'eau, et l'aube a rincé la nuit. Mes frères et sœurs et moi avons toussé l'obscurité de nos poumons et nous nous sommes accrochés les uns aux autres.

C'est Ife, tirée de son sommeil dans la nuit, qui était allée annoncer à mes parents endormis que j'étais en feu. Je tremblais comme une feuille d'arbre à pain dans la brume bleue, incapable de faire face à ma famille. L'idée qu'ils puissent me faire du mal m'a bouleversée. Je me suis mise à sangloter. Nous avons tous pleuré, la fumée s'élevant, en voyant à quel point nous étions devenus proches, à quel point nous étions tous proches. La chaleur avait roussi les poils de ma peau. Lorsque le feu s'est enfin éteint, mon père est retourné à l'extérieur et a jeté son ombre sur moi.

– Tu es stupide, ma fille ?

– Non, papa.

– Alors pourquoi t'as pas soufflé la bougie du Rasta ?

– Je l'ai soufflée, papa.

Je lui ai juré que je l'avais soufflée.

– Tu me prends pour un imbécile ?

– Je suis désolée. Je croyais l'avoir soufflée. Je suis désolée.

– Tu as failli tous nous tuer, Rasta. Putain de stupide.

Je voulais seulement me tuer, moi, avais-je envie de lui dire à cet instant. Que c'était une étrange coïncidence. Un spectre de mon désir voletant dans le rideau. Mais je ne me suis pas défendue. Je ne pouvais opposer aucune défense susceptible d'annuler cette obscurité persistante, qui pesait à l'intérieur de mon poumon comme une lourde selle de tuberculose. Quatre mois plus tard, lorsque les cendres et le noirci dans mon coin de la pièce ont été repeints, j'ai obtenu mon diplôme de fin d'études secondaires sans aucun avenir devant moi ; pas d'université, pas d'emploi, pas de perspectives, rien que l'air mort des jours combustibles, les ciseaux émoussés, le Gramoxone, l'allumette grattée.

18

L'Argentée

Cette première année après le lycée s'est déroulée au ralenti. Les jours s'écoulaient comme une mer de goudron, qui m'engloutissait. Au-delà de ce moment, mes parents n'avaient pour moi aucun plan, aucune route tracée. J'étais tombée de si haut, j'étais si lourde. J'ai passé presque toute ma seizième année à la maison, à contempler mes journées gâchées, à me demander comment tout cela avait pu se produire. N'avais-je pas fait tout ce qu'on me demandait ? J'avais appris tous les mots du concours d'orthographe, j'avais gagné ceux d'expression orale et de mathématiques, j'avais étudié et réussi tous mes examens de fin de secondaire du CXC. J'avais été « excellente ». Maintenant, je portais tout cela dans notre maison comme un vieux vêtement : le poids de mes échecs, de ma solitude, de ma non-appartenance. Et la vie continuait sans moi, comme si je n'avais jamais existé. Mon frère avait quatorze ans, mes sœurs douze et sept. J'ai commencé à m'inquiéter de l'avenir qui les attendait. Je souhaitais plus que tout qu'ils n'aient pas à me voir ainsi. Chaque jour, ma famille s'habillait pour aller à l'école et au travail et me laissait là, dans mon lit, où je me ratatinais jusqu' à me réduire à néant. Chaque soir, ils rentraient après avoir vécu une journée dans le monde et me retrouvaient là où ils m'avaient laissée quelques heures auparavant, là où je faisais peu à peu partie du mobilier, du mur repeint et du sol rouge. Et lorsqu'ils me demandaient ce que j'avais fait, je pouvais soit leur inventer une fable, soit ne rien dire, souhaitant que les arbres épineux et les mygales mangeuses d'oiseaux du jardin m'emportent. Je n'avais rien d'autre que mes pensées, mes mythes et mes poèmes, et qu'est-ce que cela pouvait bien apporter à quiconque ?

J'avais besoin d'un but, d'un ordre. D'un sentiment que ma vie m'appartienne et que je puisse la modeler. Si je ne parvenais pas à entrer à l'université, j'ai décidé de m'emparer de mon éducation. Au cours de cette première année après le lycée, un ami américain a fait don à ma famille d'un ordinateur de bureau d'occasion. C'était le premier que nous possédions et il était accompagné d'un CD Microsoft Word et d'une encyclopédie numérique appelée Encarta. Nous avions enfin une ligne téléphonique fixe et une connexion Internet. Une fois tout le monde couché, je passais de nombreuses heures nocturnes avec Encarta ouvert sur le bureau, cliquant d'une entrée à l'autre, et je dévorais, je dévorais. J'ai appris Edgar Poe et Dylan Thomas par cœur et j'ai pu évacuer mes sombres aspirations en vers. J'avais un chevalet, j'avais de la peinture. J'ai essayé de me peindre dans le cadre. Je lisais chaque entrée de la rubrique Philosophie, prenant des notes sur Platon, Socrate et Aristote, j'essayais de prononcer les noms de Kierkegaard, Nietzsche et Sartre, je faisais les cent pas en pensant à l'existentialisme et au nihilisme, et à cette mise en garde que mon père répétait tout le temps : « Les Rastas ne s'occupent pas d'ismes et de schismes. » Je saisissais « Astronomie » et je lisais toutes les entrées possibles, en tentant d'identifier à l'œil nu les constellations dans le ciel nocturne. Ensuite je suis passée à la botanique. Et puis à la vie et aux enseignements de Confucius. Je n'ai pas tardé à désirer ardemment la nuit, lorsque toute la maison était endormie et que je pouvais à nouveau ressentir une raison d'être. J'imaginais ma grand-mère Isabel, décédée, qui m'observait pendant que je griffonnais dans mon carnet au creux de la nuit. Elle était morte au bord de la mer trente ans auparavant, mais je l'avais amenée ici avec moi, comme un coquillage que je gardais pressé contre mon oreille tout ce temps où j'ai vécu à la campagne.

Je passais la plupart de mes heures de veille à sauter d'une époque à l'autre de la littérature, en consommant siècle après siècle et en cliquant sur le nom de chaque poète. Parfois, les entrées comprenaient un bref enregistrement d'un acteur lisant un extrait de poèmes, et c'est ainsi que je suis tombée sur l'entrée concernant Sylvia Plath. J'ai cliqué sur l'enregistrement d'un poème intitulé « Daddy ». La voix était celle d'une femme noire qui récitait les premières vers de « Daddy » : *Tu ne fais pas, tu ne fais pas / Plus de chaussure noire / Dans laquelle j'ai vécu comme un pied / Pendant trente ans, pauvre et blanche*, disait-elle. J'étais fascinée. J'ai plus ou moins compris. J'ai passé ce curieux clip en boucle, puis j'ai trouvé le poème complet sur Internet. Je l'ai appris par cœur, je l'ai étudié, j'ai porté ces vers sur moi pendant des semaines, je me reconnaissais si intimement dans la relation troublée de l'oratrice avec son père, me sentant étrangement regardée tant elle reflétait ma propre relation accidentée avec le mien. Certains jours, j'imaginais que je dormais dans ma chaussure noire, sans air ni fenêtre, et m'enfermant en moi-même. Je ne savais pas qu'une poésie pouvait coller d'aussi près à ma vie. J'ai recherché d'autres poèmes de Plath et je me suis laissé séduire par leur prosodie étrange, luxuriante, hémorragique. Lorsque j'ai lu qu'elle s'était suicidée, j'ai pensé que c'était un signe, que d'une manière ou d'une autre elle me comprenait, que son souffle chuchotait à travers le voile. Je me suis vue comme l'orchidée de la serre, un immense camélia, un phénix renaissant de ses cendres pour avaler les hommes comme si c'était de l'air. *Prends garde, prends garde.* Maintenant, la poésie se nourrissait de mes veines.

J'ai passé de nombreux mois maniaques et insomniaques à construire de la poésie comme une maison réservée à mes parts les plus intimes, un travail qui, pour un observateur, ne devait ressembler à rien. Lorsque Rashmi, l'une de mes anciennes amies du lycée, est rentrée chez elle pour les vacances de printemps et m'a appelée pour me demander ce que j'avais fait, je ne pouvais répondre : « J'ai lu l'encyclopédie », alors je lui ai simplement retourné la question. À St James, elle était deux classes en dessous de moi et elle avait quitté l'établissement en quatrième pour intégrer une école privée à Miami. Elle m'a invitée à venir dormir chez elle et j'ai apprécié ce changement de rythme. Sa maison était une grande demeure, et en plus Rashmi avait son bungalow pour les invités où nous traînions et d'où nous nous échappions parfois en cachette pour aller décompresser avec les riches casse-cou de Montego Bay. Pour aller la voir, je pénétrais dans un autre monde, un endroit où deux servantes noires vêtues d'uniformes roses et qui l'appelaient « Mlle Rashmi » faisaient leur apparition à l'heure de chaque repas pour lui demander ce qu'elle voulait manger. En attendant d'être servies, nous nous prélassions dans son salon et elle me parlait de l'internat à Miami, de ses leçons de tennis et de tous les garçons mignons qui s'y trouvaient, ainsi que du goût de leur sperme. « Les cours sont tellement ennuyeux, se plaignait-elle. Regarde tous ces bouquins que je dois lire pour mes examens. » Elle m'a montré une pile de livres qui m'a mis les larmes aux yeux. Je me suis levée pour les explorer, leurs couvertures et leurs pages encore toutes neuves, j'ai vu *The Collected Poems of Sylvia Plath* et mon cœur a fait un bond.

– Oh je n'y crois pas, tu dois lire Sylvia Plath ? Je l'adore.

Rashmi a reniflé.

– Oh j'y crois pas… Je pourrais pas la supporter une minute de plus. Notre professeur nous fait écouter tous ces enregistrements d'elle qui lit ses poèmes, et elle a un accent drôlement bizarre. Dans un de ces poèmes, elle prononce le mot « Daddy » comme « Doddy » un million de fois. « Doddy » par-ci, et « Doddy » par-là, « Doddy, Doddy, Doddy ». Putain, elle a l'air d'une démente.

Je n'ai rien répliqué, je me suis contentée de regarder Rashmi qui riait en répétant je ne sais combien de fois « Doddy » avec un accent difficile à saisir. Je lui enviais sa vie depuis si longtemps, mais à cet instant je n'éprouvais pour elle que de la pitié, en découvrant la vérité de cette existence : à quel point elle me semblait vide, à quel point elle était privée d'art. En la voyant se moquer avec autant de désinvolture d'un poème qui représentait tout pour moi, j'ai brièvement rêvé de l'empreinte de paume qu'aurait laissée ma gifle sur son visage.

Bien sûr, elle ne savait pas de quoi elle jouissait, puisqu'elle en avait toujours joui. Je lui aurais donné toutes mes possessions, aussi maigres soient-elles, rien que pour entendre Plath lire l'un de ses poèmes. Mais à la place, je suis rentrée chez moi en ravalant ma bile. Ce soir-là, Rashmi m'a rappelée, mais je n'ai pas pris l'appel. Ni le lendemain. Je me suis rendu compte que je ne voulais rien savoir de la vie de mes anciennes amies à l'Étranger. Je les avais toutes vues partir pour l'Amérique, vers des universités et des carrières dans l'entreprise familiale, vers de brillantes et nouvelles existences. Il m'était de plus en plus difficile de feindre l'intérêt chaque fois que j'avais de leurs nouvelles, de dissimuler ma jalousie, d'étouffer ma déception. Leur joie aurait pu tout aussi bien être un couteau, lentement plongé dans un ventricule en attente, ma vie s'écoulant devant mes yeux, mois après mois.

*

Ma famille avait encore déménagé, pour notre cinquième maison en cinq ans, cette fois à Bickersteth, une bourgade de campagne minuscule, même eu égard aux normes jamaïcaines, quelques modestes maisons alignées de part et d'autre d'une route qui serpentait un kilomètre et balbutiait ses lacets en pente raide. Avec le temps, cette ville n'avait pas bougé, conservant la langueur poussiéreuse de trois ou quatre décennies, et avançant à son propre rythme. Nous avons effectué une arrivée spectaculaire, étant les seuls nouveaux villageois depuis près d'un siècle. Les anciens sont restés interdits, certains bouche bée, d'autres bouche close, les poings et le cœur serrés, en voyant mon père déballer des étuis de guitares, ma mère soulever des meubles tel Samson, ses dreadlocks retombant en cascade dans son dos, tandis que mes frère et sœurs et moi courions dans le jardin avec notre chien Rusty. Comme mon père travaillait de nuit, nous étions souvent les seuls êtres présents à la maison, lui et moi. Souvent, dans la journée, il dormait, et je restais à l'écart. Mais lorsqu'il était réveillé, il écoutait les nouvelles à la radio et se disputait à voix haute avec des personnes en colère qui l'appelaient – moi, je le contournais sur la pointe des pieds en retenant mon souffle.

Il n'a jamais su gérer ses déceptions ou tempérer sa frustration sans bombarder la première personne de la maisonnée qui lui tombait sous la main. À présent, j'étais la seule personne dans la maison, et sa langue était prête. Un après-midi, il s'est réveillé et son regard noir s'est concentré sur moi. Il se tenait dans l'embrasure de la porte de ma chambre et m'a observée :

j'écrivais dans mon carnet. J'ai détourné le regard, mon cœur battait à tout rompre.

– Pourquoi le Moi fait jamais rien ? m'a-t-il demandé. Chaque jour, Moi l'Homme se réveille, tu es toujours là, assise sur ton lit, à ne rien faire.

J'avais envie de lui répondre que quelque chose de miraculeux se passait pendant que la maisonnée dormait. Que j'avais écrit et que cela me faisait l'effet d'une bouffée d'oxygène. Que rien sur cette terre ne me donnait plus de raison d'être qu'un poème. Il comprendrait sûrement, lui qui était poussé par une puissance supérieure à écrire ses chansons reggae ?

Mais je n'ai pas eu l'occasion de lui répondre, car il faisait déjà pleuvoir une avalanche de reproches. Il se tenait au-dessus de moi, me confisquant ma lumière, mot après mot. Sa carrière avait été un échec et maintenant j'étais aussi son échec. Il voulait que je devienne une scientifique ou une femme d'affaires, et j'avais gâché ma vie en ne suivant pas les cours de physique et d'économie au lycée comme il me l'avait demandé. Je n'avais jamais cuisiné ni fait le ménage. J'étais méchante et inconvenante. Je suis restée assise, le visage impassible, et je l'ai écouté. Lorsqu'il a terminé, j'ai réussi à lui signifier que j'avais écrit des poèmes. Mon père a ri d'un rire noir qui n'a pas allumé ses yeux. D'un seul coup, la belle ville que j'étais occupée à construire a été réduite à l'état de feuilles et de paille, emportées par son vent violent. Il a renversé la tête vers le plafond comme pour signifier qu'il ne pouvait croire que c'était sa fille.

– Tu ne vaux vraiment rien, Rasta, a-t-il décrété.

Puis il a fait volte-face et il est sorti – ma main s'est fermement resserrée autour de mon cou.

Cette nuit-là, j'ai marché jusqu'à la colline rocailleuse derrière notre maison, en évitant les bouteilles en verre et les boîtes de conserve rouillées à moitié enterrées qui traînaient là depuis des décennies. Au-delà de la maison, aucune lumière n'était visible, à l'exception d'une flamme vacillante dans la moitié de chambre que je partageais avec ma plus jeune sœur. L'incertitude était revenue, un abîme affamé s'ouvrait sous mes pieds. Peut-être que ce que mon père avait dit était vrai. Peut-être que je ne valais rien. Je me tenais en haut de la pente et je regardais mon héritage, notre maison de location, vieille et remplie de souris. C'est là que dormaient mon père et sa langue cruelle. Dehors, l'obscurité s'étendait sur des kilomètres, enceinte de ce qui n'était pas visible dans la campagne jamaïcaine. Les arbres qui m'entouraient étaient grands et silencieux, et je songeais à l'unique grand couteau de la cuisine, celui que ma mère utilisait pour effiler ses amandes, à son manche branlant, à l'acier taché de rouge amande. Les barreaux de l'échelle que j'avais descendue avaient disparu depuis longtemps, et tout ce dont j'avais besoin, c'était qu'on me pousse tout en bas. J'ai repensé à la directive de Heather : *Dans le sens de la route, pas vers le trottoir d'en face.* J'avais seize ans. Une année s'était écoulée depuis que j'avais obtenu mon diplôme de fin d'études secondaires, et j'étais toujours là, prise dans l'ouragan de mon père, en train de me noyer.

Il n'y avait pas de monde pour moi excepté celui que j'avais construit dans mon esprit. Il n'y avait pas d'avenir. Je savais que je ne pourrais pas habiter ici avec mon père et survivre. Parmi les débris de la colline, j'ai vu un long tesson de verre, nu et brillant. Je l'ai ramassé et j'ai frissonné en appliquant l'extrémité tranchante contre mon poignet. Les grillons stridulaient dans mes oreilles, et mes yeux se brouillaient de larmes, mon cri s'est transformé en un gémissement bestial. J'ai pensé à mes frère et sœurs qui rêvaient et à ma mère, essayant de préserver quelque chose d'eux tous avant d'enfoncer la pointe froide dans mes veines. Je tremblais en serrant le tesson, la bouche pâteuse et le souffle court. J'ai pleuré, souhaitant que ma grand-mère Isabel, aujourd'hui disparue, puisse m'entendre. Là, sur cette colline désolée jonchée de boîtes de conserve et de cailloux, quelque part dans les profondeurs désespérées de mon corps, j'ai crié dans le vide : « Aidez-moi, s'il vous plaît. »

Les nuages bas ont dérivé, dévoilant la pleine lune, et un rayon de lumière argenté a scintillé sur le tesson de verre. *L'Argentée coule dans mes veines*, ai-je pensé. Ces mots se sont durcis autour de ce phare iridescent. Mon visage était mouillé et froid, exposé à la lumière des projecteurs. *L'Argentée c'est la lune que j'ai avalée.*

J'ai laissé tomber le tesson sur le sol et je suis retournée en tremblant dans ma chambre faiblement éclairée, en attrapant mon carnet de notes. *Les mots que je saigne sont d'argent.* J'ai écrit dans un état de fugue, engloutie par la fumée blanche, une robe de crêpe flottante et mes mèches de cheveux en spirale argentée. L'électricité s'est accumulée entre les mots. *Mon ventre gonfle et il faudra du temps mais je sais que plus d'argent enfle dedans.*

J'ai filé ce poème comme de la soie d'hibiscus. Il n'y avait pas de mots ou de coups qui pouvaient m'en éloigner maintenant, car à présent le monde voilé que j'avais entrevu pour la première fois quand j'avais dix ans ouvrait sa gorge glissante, et m'attirait au-dehors, complètement formée. Dans le chaos de notre maison louée, sous une lune d'emprunt, j'ai découvert qu'un poème, c'était de l'ordre. C'était de la certitude. Et, pour la première fois, il m'a semblé possible d'écrire pour m'en sortir. Il n'était plus question de reculer. J'écrivais possédée, chaque nuit me rapprochant de la fille qui marchait pieds nus dans la mer, la conduisant vers la surface. Et la lumière au-dehors était celle que nous avions créée, un univers pommelé de tout cet argent.

Eurydice, à la fin, se sauverait elle-même. Une semaine plus tard, j'ai demandé à ma mère d'envoyer une enveloppe contenant trois poèmes, dont « L'Argentée », au rédacteur en chef du supplément *Arts littéraires* du *Jamaica Observer*, qui publiait tous les dimanches des nouvelles et de la poésie des meilleurs écrivains jamaïcains, et auquel je n'avais pas encore eu le courage de soumettre quelque chose jusqu'à ce jour. Pendant longtemps, je n'ai plus pensé au tesson, au couteau.

Quelques semaines plus tard, le téléphone a sonné et mon père m'a beuglé de sa chambre de venir décrocher. J'ai fait dix pas, pour franchir la frontière et entrer dans sa pièce, où le soleil scintillait à travers les rideaux. Il m'a jeté un regard soupçonneux. Celui qu'il arborait chaque fois que quelqu'un qu'il ne connaissait pas m'appelait à la maison, un regard qui me rendait nerveuse. Il m'a passé le téléphone et il est parti. J'ai pris une inspiration, en regardant le cordon s'enrouler sur lui-même lorsque j'ai porté le combiné à mon oreille. Au bout du fil, c'était un homme d'un certain âge, à la voix grave et enjouée.

– Bonjour, Safiya, m'a-t-il dit. Je suis le rédacteur en chef du supplément *Arts littéraires* de l'*Observer*, et j'ai été époustouflé par vos poèmes. J'aimerais les publier.

Il parlait avec un léger accent trinidadien et il y avait de la joie dans sa voix. Ou peut-être que cette joie était la mienne. Peut-être m'avait-il entendue pousser un piaillement, car je faisais déjà un bond de cinq minutes dans le futur, en hurlant après ce qu'il venait de dire.

– Je pense que vous avez un incroyable talent poétique. Nous devons nous rencontrer immédiatement, a-t-il ajouté.

Ma voix tremblait de déférence tandis que nous prenions des dispositions pour nous parler à nouveau, puis la voix a disparu.

J'ai reposé le téléphone sur son support et j'ai remarqué que mes mains tremblaient. Ou peut-être était-ce le sol qui tremblait lorsque je suis sortie de la chambre en courant vers la lumière, aussi ivre que les cieux à cette nouvelle.

III

CŒUR DE LION

Fille de Babylone, vouée à la destruction,
béni soit celui qui te rendra ce que tu nous as fait !

Psaumes, 137:8

19

Galatée

Les étages de livres me dominaient, mais le Vieux Poète semblait encore plus grand, tel un colosse brun, rond et plein d'une sagesse antique, ses yeux me suivaient alors que je tendais le cou, émerveillée par son immense bibliothèque, ou par lui-même, cela n'avait pas beaucoup d'importance. Ses yeux étaient cachés par de fines lunettes rectangulaires reposant sur son nez crochu, et il m'observait, la bouche tordue en un sourire ironique, assuré et immuable. « Ouah », ai-je fait en me tournant dans tous les sens, admirant les rangées interminables de volumes reliés de cuir empilés jusqu'au plafond haut de son salon, des colonnes ordonnées le long des murs qui s'avançaient comme une vaste métropole jusqu'à son bureau. Je venais d'avoir dix-sept ans et je n'avais jamais vu de bibliothèque privée aussi imposante. Tout ce que je voulais, c'était gravir l'échelle qui menait à leur éther filé de mots et ne jamais en redescendre. Le Vieux Poète parlait comme un personnage de roman classique et avait une opinion brillante et arrêtée sur tout, y compris sur moi. « Je vous promettrais bien de vous en prêter un, m'a-t-il dit, les yeux brillants derrière ses lunettes, mais je ne sais pas encore comment vous traitez les livres. » Son accent trinidadien ondoyait comme une vague, et il a poursuivi. « Lorsque je prête un livre, je pars du principe que la perte est inévitable. Que le livre appartient maintenant, à bien des égards, au lecteur. » J'ai froncé les sourcils, prenant assez mal qu'il me croit capable d'abîmer un livre. Je l'ai rassuré en lui répliquant que je traitais tous les livres avec le plus grand soin et que je choierais tous ceux des siens que j'aurais la chance de lire.

– Mais vous notez des choses dans vos livres, n'est-ce pas ?

– Non…

Hormis mes manuels scolaires, j'avais toujours partagé mes livres avec mes frère et sœurs, et je n'en avais jamais eu un seul qui m'était réservé, un volume dans lequel je pouvais laisser une marque permanente pour partager mes pensées avec mon futur moi.

– Eh bien, lorsque vous lisez, vous devriez toujours écrire dans la marge. Faites-en une pratique régulière.

– Oui, monsieur, ai-je répondu.

J'étais arrivée à son portail cet après-midi-là avec le sentiment d'être entrée dans une autre vie, attendant que l'homme lui-même apparaisse, pour me prouver que ce n'était pas un rêve. Sur le mur près de la porte, une élégante enseigne en fer forgé, en italique, indiquait *Sequestra*, ce qui signifie en latin « mettre de côté, séparer », comme je l'ai appris par la suite. De l'extérieur, sa maison ressemblait à un sanctuaire étranger, une villa sereine aux arcades surmontées de tuiles méditerranéennes rouges festonnées et à la pelouse soigneusement entretenue, son jardin recouvert de bougainvilliers écumeux, d'hibiscus roses et d'arbres fruitiers verdoyants, tous vivants et frissonnant du bourdonnement des insectes. Le Vieux Poète était grand et il avait un ventre légèrement arrondi, visible sous son polo. Son sourire a frisé ses yeux lorsqu'il s'est approché de moi à la porte et m'a dit : « Entrez », comme si nous étions de vieux amis. À l'intérieur, tout était tel que j'imaginais la maison d'un homme aisé des Caraïbes : l'odeur musquée persistante de l'acajou huilé et du rhum, des murs ornés de peintures lumineuses et des tables d'appoint portant des vases intacts et des statuettes en bois provenant de lieux qu'il avait visités. Dans toute la maison se trouvaient des photos encadrées de ses deux filles, deux fois plus âgées que moi. Dans le salon, un ensemble de meubles en rotin était soigneusement disposé autour de sa table basse, où se trouvaient d'autres livres, dont une biographie qu'il avait écrite sur un sculpteur célèbre. Le Vieux Poète avait une employée de maison, une femme entre deux âges qui m'a accueillie dans le vestibule adjacent à la cuisine. Elle l'aidait à « tenir la maison », expliquait le Vieux Poète, pendant qu'il s'occupait de choses plus urgentes, comme diriger le magazine *Arts littéraires* du *Jamaica Observer*, animer des ateliers de poésie et de fiction, écrire des recueils de poèmes et de nouvelles. *Les choses plus urgentes*, je m'en suis souvenu plus tard, n'avaient rien à voir avec la vie domestique.

Il m'a fait signe de m'asseoir à l'une des extrémités du grand canapé en rotin et s'est assis à l'autre extrémité, en se tournant vers moi. Le ventilateur du plafond vrombissait au-dessus de ma tête. J'avais la nette impression d'être jugée et mesurée, digne ou indigne. Mes yeux se sont dérobés ; j'avais peur de dire ce qu'il ne fallait pas, un sentiment qui ne me quitterait jamais lorsque je serais avec lui. Ses yeux se sont attardés sur mes dreadlocks, attachées en queue-de-cheval avec un long ruban noir gothique.

– Eh bien, vous êtes étrange, n'est-ce pas ? a-t-il fait.

Je n'ai pas su quoi répondre.

– Tous les plus grands poètes sont ainsi, a-t-il ajouté avec un clin d'œil pour me rassurer.

Il m'a parlé, et le rictus de sa bouche s'est mué en un sourire perplexe. Son expression drolatique me semblait exprimer une facette d'un caractère national ; si les Jamaïcains portaient une ride immuable, les « Trinis » semblaient arborer un sourire immuable.

– Merci, ai-je dit en me redressant pour paraître plus assurée, dans mon étrangeté.

– J'ai été époustouflé par les poèmes que vous m'avez envoyés, a-t-il dit. Dès la première ligne, j'ai ressenti le picotement de quelque chose de complètement différent. Je lis tant d'écrivains chaque jour dans le cadre de mon travail et j'ai tout de suite su.

– Merci, ai-je répété, détournant le regard avec suffisamment d'humilité mesurée pour qu'il ne remarque pas la pluie de météorites qui s'abattait sur moi.

– J'ai tout de suite vu l'influence de Plath dans ce travail, a-t-il déclaré. Dans ce premier poème à vous dresser les cheveux sur la tête.

– Mon père ne l'a pas beaucoup aimé, lui ai-je avoué.

Ma voix était plus calme que je ne l'aurais cru, alors que je tenais une paume à l'intérieur de l'autre, l'une et l'autre bien moites.

– Je ne peux pas lui en vouloir, a répondu le Vieux Poète en gloussant.

Le premier de mes poèmes qu'il avait publié s'appelait « Daddy », écrit d'après le célèbre poème de Sylvia Plath qui m'avait apporté la lumière dans l'obscurité croissante.

Le jour où mon poème « Daddy » avait été publié dans le supplément dominical *Arts littéraires* de l'*Observer*, c'était l'effervescence dans la maison Sinclair. J'avais couru partout en annonçant à tout le monde que mon nom serait imprimé : une marque de grandeur. Mes parents étaient ravis. Mon père, qui lisait le *Sunday Observer* tous les week-ends, était le plus excité de nous tous lorsque, en prenant le journal, il avait vu que le poème s'intitulait « Daddy ». Je n'ai pas pris la peine de l'avertir qu'il ne s'agissait pas d'un hommage à sa personne. Je ne lui ai pas dit qu'il s'agissait d'un personnage, d'un acte d'imagination, ni expliqué que ce qu'il allait y trouver était un hommage à une jeune fille du journal télévisé qui avait bu du Gramoxone pour se suicider parce que son père avait abusé d'elle. Je ne l'ai pas averti que le langage était viscéral et les détails d'une crudité à vous arracher les tripes. Au lieu de cela, je l'ai regardé ouvrir le journal jusqu'à la page et j'ai savouré le long affaissement de son visage qui s'enfonçait dans un silence attristé, les lèvres cousues au point de croix. Il a refermé le journal et il est parti seul dans sa chambre, se replier sur lui-même pour la toute première fois, autant que je me souvienne. Ce jour-là, il ne m'a rien dit au sujet du poème et il ne me dirait plus rien de ma poésie avant longtemps. J'ai été surprise d'y puiser une certaine joie – de constater que mes mots pouvaient l'affecter, après tout. J'ai su alors que je pouvais enfin me construire un monde hors de sa portée. Sur la page, je n'étais pas la princesse, j'étais le dragon. Je voulais qu'il voie le monde cruel à nu, comme je voulais que tous les hommes voient ce monde cruel, leurs actes réduits en cendres sur ma langue.

Je n'ai rien dit de tout cela au Vieux Poète. Pas encore. Au lieu de cela, j'ai raconté qu'après « Daddy », mon père ne semblait plus s'intéresser à ce que j'écrivais.

– Écoutez, m'a-t-il dit en secouant la tête – ses cheveux étaient si gris qu'ils en étaient blancs. Si j'écrivais avec le spectre de mes parents me surveillant par-dessus mon épaule, je serais trop paralysé par la peur pour écrire quoi que ce soit.

C'est tout à fait freudien, m'a-t-il expliqué. Pour écrire leur être véritable, les poètes devaient couper le cordon. Je me suis noté mentalement de discuter de tout cela avec mon frère, qui avait lu *Œdipe roi* dans son cours de littérature en seconde pour se préparer à ses examens du CXC. Bien que j'aie réussi mes CXC plus d'un an auparavant, la voie financière vers l'université m'avait semblé encore plus impraticable, alors que la voie de la poésie commençait à s'ouvrir. Lij et moi avions discuté du nihilisme et de l'idée que nos destins pouvaient être irrévocablement fixés. Mon frère était séduit par le fatalisme, mais je tenais à être l'auteur inflexible du récit de ma propre vie.

– Quels autres écrivains avez-vous lus ? Qui appréciez-vous ? m'a demandé le Vieux Poète.

Encore un test. Mon estomac s'est noué, je ne voulais pas me tromper face à son sourire ironique et retroussé.

– Eh bien, j'aime beaucoup Edgar Allan Poe et j'aime bien Dylan Thomas.

Il s'est mis à rire.

– Vous avez donc un faible pour les mélodrames sombres, a-t-il remarqué. C'est ce qui ressort de vos poèmes. Ils sont d'une audace pure.

Audace pure, me suis-je répété en écho, marquant ce moment de manière indélébile, un texte à revisiter plus tard, en passant au peigne fin chacun de ses mots.

– J'aime aussi Shakespeare, ai-je ajouté pour faire bonne mesure.

– Vous avez lu *La Tempête* ?

– Non, ai-je répondu.

Je n'avais lu que *Le Songe d'une nuit d'été* et *Le Marchand de Venise* pour l'école, mais leurs monologues et leurs jeux de mots vertigineux m'avaient laissée ivre.

– *La Tempête* est sa plus belle œuvre, a déclaré le Vieux Poète. Elle bouge comme la mer. Et à chaque ligne, on entend le clapotis des vagues d'un poète qui approche de la fin de sa vie.

Il parlait, et tout était immobile, et je savais que j'entendais pour la première fois quelque chose qui compterait toujours beaucoup pour moi. Une ancre pour une jeune fille à la dérive. Nous avons passé de nombreux moments ainsi, face à face dans le cadre d'un mentorat privé, où je ne pouvais rien faire d'autre qu'écouter, impressionnée par la façon dont le Vieux Poète voyait le monde avec tant de clarté et de profondeur. Par sa façon de me voir.

Nous sommes tombés dans un cosmos fertile de notre propre fabrication, parlant poésie jusqu'à la fin de l'après-midi. Notre thé était resté froid, intact, et je ne me souvenais même pas que son aide nous ait apporté les tasses.

Avant que je ne me lève pour partir, il est passé dans son bureau et en est ressorti avec un petit livre à couverture rigide dans les mains.

– Nous allons commencer par là, a-t-il dit en me tendant le livre comme on annonce une sentence.

Sa couverture usée était en lin bleu effiloché, et au dos, en lettres d'or, on pouvait lire *Poèmes* de Gerard Manley Hopkins. J'ai piaillé et je l'ai remercié. J'avais réussi le test.

– Vous viendrez ici chaque semaine pour une séance privée, m'a-t-il proposé. Et vous participerez aux réunions hebdomadaires de mon atelier de poésie.

Je l'ai remercié à nouveau.

– Gratuitement, a-t-il ajouté avec insistance.

Jusque-là, il ne m'était pas venu à l'esprit qu'il s'agissait d'une activité payante. Je n'avais que dix-sept ans et je commençais à peine à comprendre le coût des choses. Je l'ai encore remercié et je suis sortie rejoindre le taxi qui attendait à l'entrée.

Le lendemain, un e-mail du Vieux Poète m'attendait.

Je crains que vous ne finissiez par m'épuiser complètement, m'écrivait-il.

Le sous-texte de son message m'a picotée et j'ai instinctivement regardé par-dessus mon épaule pour voir si mon père était là. C'était la première fois que quelqu'un communiquait avec moi de cette manière, avec une rivière intime de sens qui courait sous les mots. J'étais flattée et intriguée. Un peu nerveuse. J'ai lu ces mots jusqu'à ce qu'ils se muent en un éclair de néon, une photo en négatif brûlante avec laquelle je suis restée longtemps, jusqu'à ce que je trouve les mots justes pour répondre.

*

Il y avait plus d'une façon de la façonner. Un bloc de marbre vierge ciselé avec insistance avec du fer, ou un cadre de fil de fer vide, modelé pour former la figure issue de l'imagination du sculpteur, ses mains chaudes lui lissant les membres avec de l'argile. Dans tous les cas, la statue parfaite émergeait, reflet blanchi du créateur lui-même. Ma mère avait tout de suite convenu que ce serait une bonne chose pour moi de suivre des cours de poésie auprès d'un homme éminent. À ma demande, elle a convaincu mon père de me laisser aller vivre avec ma grand-mère dans un logement exigu et sans jardin à Spanish Town, où je resterais quelques mois. Deux fois par semaine, ma grand-mère louait un taxi pour me conduire à la maison du Vieux Poète, à une heure et demie de là, dans Kingston. Nous avons passé de nombreuses journées ensoleillées à Sequestra, le Vieux Poète et moi. Dans cet isolement, j'ai appris à étudier le mètre et à marquer la scansion, j'ai étudié les formes et le rythme, me déchiffrant moi-même à travers le poète qui me déchiffrait. J'ai édité mes poèmes sur l'ordinateur de son bureau, en les examinant vers par vers.

Il supprimait et réorganisait mon travail à sa guise, essayant de me montrer les secrets d'assemblage d'un vrai poème. « Un vrai poème, m'a-t-il dit, selon Nabokov, s'inscrit chez le lecteur non pas dans sa tête, son cœur ou même ses tripes, mais dans sa colonne vertébrale. »

Lorsque je n'étais pas avec lui, je passais le reste de ma semaine seule dans la maison louée par ma grand-mère, à lire les livres qu'il m'avait prêtés – Auden, Walcott et Yeats – et à étudier les ouvrages usés jusqu'à la corde que j'avais empruntés à la bibliothèque du lycée où ma grand-mère enseignait – Shakespeare et Spenser –, en thésaurisant dans mon esprit chaque vers qui éclatait d'une couleur éblouissante ou d'un son saisissant. Lorsque j'ai rendu le recueil des poèmes de Gerald Manley Hopkins au Vieux Poète, il a immédiatement feuilleté les pages pour voir quelles annotations j'y avais laissées en marge. En toute honte, j'avais griffonné quelques notes succinctes et souligné au crayon mes strophes préférées. J'étais trop intimidée pour véritablement écrire à l'encre dans son livre.

– Qu'est-ce que c'est ? m'a-t-il demandé en feuilletant le volume.

Mes joues se sont enflammées.

– Mes notes, comme vous me l'avez conseillé, ai-je répondu.

Il est allé chercher une gomme sur son bureau, puis, en pesant de tout son poids sur la page, il a commencé à effacer la totalité, les notes au crayon et les soulignements.

– Tu vois avec quelle facilité je les ai effacées ? a-t-il dit en me montrant les pages désormais propres, l'air contrarié. *Toujours* laisser une marque permanente.

– Oui, monsieur.

Ma liberté était un cadeau enivrant, après des années d'enfermement à la maison et l'indigence de St James. Je brûlais mes soirées chez grand-mère en lui racontant tout ce que le Vieux Poète me disait lors de nos entrevues. Je consacrais mon entraînement quotidien à la lecture du dictionnaire, recueillant le sens et la racine de chaque mot inconnu, autant de pierres précieuses s'entrechoquant dans mon gros sac. Je gardais précieusement cette collection, y cueillant des mots aussi souvent que possible, ornant chaque poème d'autant de joyaux que possible, enfilant une guirlande étincelante après l'autre. C'était ma première petite évasion, de passer ainsi autant de temps loin de mon père, et c'était comme si le toit du monde s'était ouvert. Même si mes frère et sœurs et ma mère me manquaient, je me sentais à nouveau vivante, mes heures et mes jours n'étant occupés que par moi. Bientôt, la voix du Vieux Poète a remplacé celle de mon père, ses pensées remodelant la teneur de mes journées. Je me suis mise à écrire à partir de la colonne vertébrale, à exister dans le frémissement de mon moi le plus cardinal. Après le dîner, je me glissais à l'étage pour éviter l'oncle Clive, passant de longues heures dans ma chambre à lire ou à écrire de nouveaux poèmes à la lueur des bougies. « Tu vas t'abîmer les yeux », m'a réprimandée Grand-mère, en remontant ses grosses lunettes sur son visage à titre de preuve. Mais des poèmes entiers me venaient la nuit, et je griffonnais avec fureur, à la recherche d'images et de sons et d'une source profonde de mots. Parfois, lorsque l'oncle Clive rentrait tard et mettait la télévision trop fort, j'entendais ma grand-mère descendre pour le faire taire. « Clive, Safiya écrit ! », chuchotait-elle, comme si elle était à l'église.

*

– Je n'aime pas t'imaginer à Spanish Town, m'a confié un jour le Vieux Poète, après que j'eus décrit la vie quotidienne avec ma grand-mère.
– Pourquoi ? me suis-je étonnée.
– C'est juste que ce n'est pas un endroit pour quelqu'un comme toi, a-t-il estimé. Je ne peux pas imaginer que l'on puisse créer de l'art dans un tel endroit. La poésie a besoin d'un espace sacré.

Ma grand-mère n'avait ni Internet ni ordinateur, alors chaque fois que je me trouvais à Spanish Town, il appelait cela « l'Âge des Ténèbres », puisque toutes nos communications étaient coupées. Peut-être s'imaginait-il des bidonvilles jonchés de détritus et des gangs en guerre, comme le montraient les journaux télévisés, mais pour moi, ce n'était pas si terrible que cela. C'était l'espace de grand-mère, donc une partie de moi. Il y avait ses tasses chaudes de boisson chocolatée Milo, son poulet cuit au four et une odeur familière de camphre dans chaque pièce. Nous regardions *Jeopardy !* ensemble et nous nous sentions portées lorsque nous avions les bonnes réponses. Je n'ai jamais suffisamment quitté cette maison pour savoir que je vivais dans un lieu sans art. Tout ce dont j'avais besoin, c'était d'une chambre, d'un stylo et d'un peu de lumière pour lire la nuit.

Le Vieux Poète me faisait mémoriser un poème chaque semaine. « La meilleure façon de comprendre un poème, c'est de l'incarner », affirmait-il. Je me suis transformée en un vase sacré, en vestale immaculée, récitant des poésies pour lui seul. Nous avons d'abord commencé par des poèmes courts, Yeats et Hopkins, des couplets et des rimes qui s'imprimaient facilement dans mon esprit et se dévidaient de moi sous son regard que je soutenais.

Après ma première récitation, il a été impressionné. Pour la première fois depuis que j'avais fait sa connaissance, son sourire persistant était empreint d'une véritable fierté. Je lui ai appris que mes frère et sœurs et moi avions mémorisé et récité des poèmes avec ma mère depuis notre enfance. Il m'a répondu : « Eh bien, tu aurais dû me le dire dès le début ! » Par la suite, il a semblé concevoir mes récitations comme un défi, me confiant chaque semaine des poèmes plus longs et plus complexes, des pièces de trois ou quatre pages de Walcott, Auden et Stevens. Une semaine, il m'a demandé de réciter « L'Idée d'ordre à Key West » de Wallace Stevens, un poème qui m'a transportée jusqu'à la côte alors que je me tenais debout devant lui et que je prononçais ces vers :

Elle était l'artificière unique du monde
Où son chant s'élevait. Et lorsqu'elle chantait, la mer,
Quel que fût son être, devenait l'être
Qu'était son chant, car elle était la créatrice.

À chaque vers, je sentais le doux rythme de l'eau, qui me rappelait le bord de mer où j'étais née, où ma mère m'avait appris pour la première fois à lire les vagues comme un poème. Alors que cette musique familière se déversait de moi, le Vieux Poète a failli pleurer à mon exécution, s'embrumer. Lorsque j'ai terminé, il m'a demandé d'accomplir à nouveau ce miracle lors de l'atelier de poésie.

Les poètes de l'atelier étaient toutes des femmes ayant deux ou trois fois mon âge, toutes venues à la poésie tard dans leur vie et mères de fils plus âgés que mon père. C'étaient des femmes tendres, invisibles et merveilleuses qui avaient bercé leurs poèmes comme un passe-temps jusqu'à ce qu'elles répondent enfin à cet appel à l'insurrection, après leur retraite. C'étaient des agents de voyage, des journalistes et des bibliothécaires qui s'exprimaient dans l'anglais impeccable des Kingstoniens aisés et qui voyaient elles aussi d'un mauvais œil mes navettes depuis Spanish Town. J'ai été surprise et intimidée par la maturité vécue de leurs poèmes, tout comme elles semblaient déconcertées et tolérantes face à mon imaginaire mythologique. Mais c'étaient toutes des tantes naturelles de l'agnelle craintive que j'étais, aux petit soins, me cajolant après mes poèmes, se liant même d'amitié avec moi. Je n'avais pas d'autre choix que de satisfaire le Vieux Poète, et j'ai donc fait face à leurs sourires impatients avec « L'Idée d'ordre à Key West » que je gardais fragilement en tête. Leurs visages rayonnaient, tournesols et satellites. J'ai commencé. « Par-delà le génie de la mer elle chantait. Jamais l'eau ne se formait à l'esprit ou à la voix. » Quand j'ai terminé, elles se sont toutes exclamées et elles ont applaudi, puis elles ont fait promettre au Vieux Poète qu'elles n'auraient pas à lui réciter des poèmes elles aussi.

*

Là où mon père écrasait de l'argile sur un cadre vide pour construire la fille parfaite à son image, le Vieux Poète me ciselait, déterminé à parfaire la poétesse qui sommeillait en moi. De retour à son bureau, nous nous penchions sur mes pages, discutions des corrections à y apporter. Il semblait n'y avoir aucun monde au-delà de celui-ci. Je m'émerveillais de ses mains, qui s'envolaient comme des cygnes sauvages lorsqu'il me parlait, m'interpellant sur la signification d'un vers, sur ce que j'essayais vraiment de dire. « Domine le poème sans le réduire », me conseillait-il, ses paumes d'ample envergure décrivant des cercles au-dessus de sa tête.

Je lui ai donc écrit un poème issu de mon cœur. Je l'ai apporté à l'atelier en pensant que personne d'autre ne saurait à qui je m'adressais, mais à la pause toutes les tantes-poétesses m'ont souri narquoisement et m'ont dit : « Alors... tu as écrit un poème sur le Vieux Poète », comme s'il s'agissait d'un rite de passage de jeune fille, ce qui m'a rendue encore plus ronchonne parce que le Vieux Poète l'avait complètement ignoré. Mon fard s'est lentement transformé en hématome. La prochaine fois que nous nous sommes retrouvés seul à seul, je lui ai parlé du poème.

– Il te fallait l'écrire, bien sûr, m'a-t-il dit. Mais je n'en discuterai pas.

– Pourquoi ?

Sa bouche s'est pincée.

– Ma pire crainte est qu'on écrive sur moi, m'a-t-il confié.

*

Un après-midi, il a décidé de me conduire à Kingston pour que le chauffeur de taxi me récupère plus près, afin que je n'aie pas à « m'infliger toute cette route jusqu'à Spanish Town ». Sa voiture était démodée et ordinaire, une Toyota Corolla, blanche et très propre. Pendant qu'il conduisait, nous avons poursuivi nos joutes philosophiques de la journée. Après avoir cuit dans la chaleur de la ville, nous nous sommes arrêtés dans un centre commercial pour acheter des rafraîchissements. Il est descendu, et je suis restée assise avec l'étrangeté apaisée de moi-même, ici, dans la voiture d'un poète de renom, buvant un jus de fruit. Je me suis dit que ce devait être le chapitre qui précède la chute de la jeune fille. Si mes parents m'avaient appris quelque chose, c'était à guetter la prochaine catastrophe imminente. Le bonheur n'est qu'un jeu de lumière. Lorsque le Vieux Poète est retourné à la voiture, il s'est attardé devant la fenêtre côté conducteur, nos boissons à la main. Je m'attendais à ce qu'il monte, mais il a penché la tête plus près de la vitre à moitié baissée et m'a adressé un regard étrange.

– Maintenant, je sais que je ne pourrai jamais t'épouser, m'a-t-il annoncé.

Mes yeux se sont écarquillés comme un ciel sous la pluie.

– Tu n'as pas tendu la main pour m'ouvrir la portière.

Je me suis précipitée vers sa portière et j'ai essayé d'en tirer la poignée.

– C'est trop tard, a-t-il tranché en repoussant ma main. Le moment est déjà passé. Tu ne peux plus me faire changer d'avis.

Toute la nuit, dans mon lit, j'ai repassé ce moment à Spanish Town, me morigénant à l'ombre de la lampe à pétrole de ne pas avoir tendu la main. Non pas parce que je voulais l'épouser, ni même parce que j'étais surprise par cette idée, mais parce que je ne voulais pas qu'il me considère comme imparfaite. La marque écarlate sur ma joue s'est transformée en silex.

Nous n'en avons plus jamais parlé, et je préférais. J'avais espéré qu'il oublierait complètement l'incident, pour qu'une autre fois je puisse lui ouvrir sa portière. Plus tard, je lui ai avoué que je me sentais irrémédiablement entraînée vers une destinée tragique. Que j'étais condamnée à un amour si violemment passionné qu'il ferait couler le sang. Que je désirais ardemment être entièrement mise en pièces. Sinon, comment quiconque aurait pu savoir que j'étais en vie ?

Le Vieux Poète a soupiré. « La vie n'est pas un roman, petite », m'a-t-il répliqué.

Mais comment expliquer autrement cette lumineuse accumulation de jours à une jeune fille de dix-sept ans qui échangeait des mots avec l'un des plus grands esprits des Caraïbes ? Ne se tenait-elle pas au bord de la fenêtre d'une scène décisive dans sa robe en crêpe blanc, attendant d'entrer dans le cadre ?

Le ventilateur du plafond tournoyait au-dessus de sa tête, transformant les rideaux en fantômes.

– Viendras-tu me faire la lecture ? m'a-t-il demandé en retirant ses lunettes. Quand je serai à l'hôpital ?

J'ai scruté son regard de fer et j'ai constaté qu'il était sincère.

– Si tu viens, je te laisserai quelques-uns de mes livres dans mon testament.

– Vous êtes malade ? me suis-je inquiétée, en tâchant de paraître calme.

– Pas maintenant, a-t-il nuancé, mais c'est inévitable.

Il m'a regardée droit dans les yeux tout en contemplant son avenir. J'ai vu dans ses prunelles sans défense un vieil homme qui s'ouvrait, pour la première et unique fois.

Dehors, le vent soufflait dans les arbres qui ceinturaient le jardin.

– Je viendrai vous faire la lecture. Bien sûr que je viendrai.

Il a opiné. Puis ce moment est passé, presque imperceptiblement, et il m'a quittée du regard.

– Tu finiras par ne plus aimer Plath, tu sais, a-t-il jugé, sa bouche dessinant à nouveau un sourire en coin.

– Absolument pas – j'ai fait non de la tête.

– Fais-moi confiance, a-t-il insisté. Laisse-lui le temps. Tu trouveras plus de substance dans Emily Dickinson quand tu seras plus âgée. C'est la plus grande poétesse.

J'ai fait la moue et j'ai esquivé son regard.

– Je pense que tu finiras par me dépasser, moi aussi, a-t-il conclu.

Je me suis tournée vers lui. Son visage était calme, cendré, résigné.

– Impossible, ai-je protesté.

Je ne pouvais l'imaginer.

– Tu verras, a-t-il insisté, d'un ton sans appel.

Mais je ne pouvais pas voir. En effet, il n'y avait rien d'autre que le demi-jour de l'après-midi filtrant par sa fenêtre, chaque journée retenue dans ma bouche comme un pétale de velours.

20

La Danse de Salomé

La liberté que j'avais trouvée auprès du Vieux Poète était comme un feu de forêt qui se propageait. Je consacrais mes journées à réfléchir aux moyens de quitter la maison de mon père, dont le regard acéré assombrissait l'horizon. Une année entière s'était écoulée depuis que j'avais obtenu mon diplôme de fin d'études secondaires, et j'avais beau publier régulièrement mes poèmes dans le *Sunday Observer*, il devenait évident que mes parents n'auraient jamais pour moi aucun projet. J'étais pétrifiée par l'éventualité de ne jamais m'en aller de cet endroit. Que ma vie ne changerait jamais. J'avais vu ma propre mère essayer de s'échapper et échouer, même si sa force l'avait entraînée jusqu'au portail. Le Vieux Poète a essayé de me guider, de me rapprocher de lui, en m'encourageant à m'inscrire à l'université des Indes occidentales[1], la seule grande université des Caraïbes. Mes parents n'avaient tout simplement pas les moyens de payer les frais de scolarité de l'UWI et n'étaient pas en mesure de

---

1. L'université des Indes occidentales (University of the West Indies, UWI), créée en 1948. Établissement public du Commonwealth des Caraïbes qui dispose de trois campus : Mona (Jamaïque), Saint Augustine (Trinité-et-Tobago) et Cave Hill (La Barbade).

cosigner le prêt bancaire colossal nécessaire à l'inscription. Avec une tristesse palpable, ma mère m'a avoué la gravité de la situation : même si j'obtenais l'une des bourses de l'UWI, qui ne couvraient que les frais de scolarité, ils ne seraient pas en mesure de me nourrir ou de me loger. Cette fois, la perspective de ma solitude a fait combustion avec mon ambition, et j'ai eu peur. Depuis le jour où mon père avait troqué la ceinture rouge contre la cruauté précise et indélébile de ses mots, je restais presque toutes les nuits éveillée, n'aspirant qu'à un moment de tendresse. C'était la triste mais implicite vérité de la chose : je redoutais l'idée de remonter au sommet de cette colline désolée, un tesson de verre dans les veines.

– Si je dois rester ici en Jamaïque, je ne crois pas que j'y survivrai, ai-je avoué au Vieux Poète un après-midi, alors que nous discutions de mon avenir.

Nous ne parlions jamais beaucoup de mon père lors de nos rencontres, mais tout était là, dans mes poèmes.

Il m'écoutait, et ses yeux se sont assombris. Après un long silence, il a acquiescé.

– Je pense que tu as raison.

Au début d'une nouvelle année, j'ai entrevu une occasion inédite de m'échapper, alors je me suis précipitée. Le dos ployant sous le poids de mes livres, j'ai foncé à un événement de recrutement de mannequins. Une amie de ma mère lui avait signalé qu'une agence recherchait des mannequins non loin de l'endroit où je suivais mes sessions préparatoires à l'examen SAT d'entrée à l'université et elle avait insisté pour qu'elle m'y emmène. « Elle a une trop jolie mine pour ne pas l'envoyer là-bas », a-t-elle dit à ma mère, avant de lui faire remarquer à quel point j'étais maigre : « Regardez comme elle est *mawga.*

Elle est née *mogeller*[1]. » Ma mère m'avait regardée, son visage m'interrogeant silencieusement, et j'avais hoché la tête. D'une manière ou d'une autre, je m'en sortirais.

Trois mois plus tôt, je l'avais priée de nous inscrire mon frère et moi à ces cours de préparation aux SAT afin que nous puissions commencer à constituer nos dossiers d'inscription aux universités américaines. Elle m'avait demandé comment elle réussirait à nous envoyer à l'université si nous y étions admis. Je lui avais répondu : « Nous aurons des bourses. » Nous savions toutes les deux que l'obtention d'une bourse complète était ma seule chance de quitter la maison. Nous avions discuté de notre situation financière et savions que la voie serait étroite. Mais mes parents ont économisé ce qu'ils pouvaient et ils ont payé les frais pour que Lij et moi réussissions à suivre ces cours deux fois par semaine. Cet après-midi-là, lorsque ma mère m'a proposé d'aller à la soirée de recrutement de mannequins de Saint International, j'avais tout à y gagner.

Maman a réservé un taxi pour me conduire à l'hôtel. Lorsque j'ai monté les marches à la recherche de l'auditorium, ahanant sous le poids de mes livres, l'événement touchait à sa fin. J'ai guetté le moindre signe de la présence de belles personnes, le moindre signe d'espoir. J'ai couru dans le couloir, mes sandales claquaient bruyamment contre mes talons et je comptais dans ma tête les minutes perdues. À en juger d'après l'heure à ma montre, il était trop tard. Mais j'espérais encore profiter d'une ponctualité bien jamaïcaine, souvent précaire. Pendant la majeure partie de mon adolescence, j'avais cessé de m'intéresser à la beauté ou à mon apparence, après des années passées à subir les railleries

---

1. « Mannequin », patois jamaïcain.

des garçons à mon endroit et à l'égard de mes sœurs. J'avais même commencé à y croire : mon corps, sous la bannière de mes dreadlocks, enveloppé dans l'étoffe de mon créateur, était indésirable. Et puis j'ai pu faire réparer ma dent et tant de femmes, amies et connaissances, m'ont peu à peu suggéré de faire du mannequinat ou de participer à des concours de beauté. Et maintenant, cette porte était en vue.

Le temps que j'arrive à l'auditorium, le casting était terminé, comme je le craignais, et devant la porte à double battant partiellement fermée se tenait une agente de sécurité grimaçante.

– L'événement est terminé. On ferme les portes, m'a signifié l'agente de sécurité, les doigts dans ses passants de ceinture, effleurant sa matraque.

– S'il vous plaît, mademoiselle, laissez-moi juste tenter ma chance, non ? l'ai-je imploré, en me balançant d'une jambe sur l'autre, en essuyant de mon visage la sueur et la poussière de la journée.

La vigile a déplacé son corps pour me bloquer le passage.

– D'accord, ai-je soupiré – et je suis partie.

Je me dirigeais vers le taxi qui m'attendait, le poids de mes devoirs toujours sur le dos.

– Attendez ! cria la voix pointue d'un homme. Sécurité, arrêtez cette fille.

J'étais déjà au milieu du couloir, perdue dans le monde souterrain de mes pensées.

– Mademoiselle ! Hé, mademoiselle ! s'est écriée la vigile. Rasta girl, reviens un peu par ici !

Je me suis retournée, pour voir.

Devant l'entrée, un homme mince aux yeux clairs m'a fait signe de revenir. Il s'est présenté sous le nom de Deiwght Peters, tout sourire, rayonnant, chaleureux, rassurant. Il m'a parlé de l'agence de mannequins Saint International, qu'il avait fondée pour célébrer la beauté noire dans le secteur du mannequinat à travers le monde. Tout en parlant, il m'a tourné autour avec une fluidité féline, me jaugeant comme un objet de musée. Il s'est rapproché de manière déconcertante et a étudié mon visage. Je suis restée immobile et l'ai laissé m'observer.

Deiwght m'a dit : « Tu as un look unique », ses yeux glissant sur mes dreadlocks, attachées avec mon ruban noir préféré et qui me descendaient maintenant à mi-dos.

« Il faut qu'on t'ait chez nous », a-t-il décrété en me toisant – et il a fait un signe de tête à son assistant.

Il me regardait et il voyait en moi quelque chose que je n'avais pas encore vu moi-même.

– Lève un peu la tête pour moi, a-t-il ajouté en me plaçant contre le fond blanc improvisé du mur de l'auditorium, et avec un geste rapide à son assistant qui bondissait déjà vers nous avec son appareil Polaroïd.

Deiwght a placé l'objectif droit sur mon visage et j'ai regardé droit dans la lumière.

*

J'ai officiellement signé en tant que mannequin de Saint International, avec la désapprobation silencieuse de mon père, qui a tiré sur son précepte et regardé le plafond comme s'il invoquait Jah. Je ne sais pas quelle magie a opérée ma mère dans les coulisses, mais mon père, avec une résignation sourde, a fini par accepter que je tente l'expérience. Lorsque je suis partie pour Kingston, je le savais mécontent, mais pour moi il n'avait prévu rien d'autre que de parvenir à échapper à une grossesse adolescente au lycée – je pouvais donc soit saisir n'importe quelle opportunité, soit travailler dans les hôtels, une idée qu'il a rejetée avec tant de véhémence qu'il devait savoir, et connaître intimement, j'en étais certaine, ce que faisaient les jeunes travailleuses jamaïcaines pour survivre dans ces hôtels, à la source même de Babylone.

Je suis retournée dans la maison de ma grand-mère à Spanish Town pour entamer des semaines de préparation au mannequinat en vue de l'événement Fashion Face of the Caribbean à Kingston. Deiwght m'a appris à glisser un pied à haut talon devant l'autre sans jamais regarder vers le sol, à marcher comme si j'étais la reine du défilé. Il m'a appris à marcher la tête haute avec tout ce qui me rendait singulière. À paraître à la fois intéressante et désintéressée. À trouver la lumière partout où j'allais.

Je suis devenue une fille aux membres multiples, un cyclone rieur qui pénétrait et s'extrayait des plus beaux vêtements que j'aie jamais vus. Des pantalons, des dos nus à paillettes, des robes à volants et des talons aiguilles. J'ai cherché à imaginer qui je pourrais être, drapée dans des lais de tulle. La première fois que je me suis maquillée, la maquilleuse s'est éloignée pour me montrer mon visage dans le miroir et m'a dit : « Tu vois, tu n'as besoin de presque rien, chérie. » J'ai regardé ce reflet, et mon visage chatoyant m'a renvoyé ce regard, comme si je m'étais dédoublée.

Mon corps était un cadeau, mais je n'y croyais pas vraiment, jusqu'à l'événement Fashion Face of the Caribbean. J'ai plongé le regard dans les lumières de la scène, aussi brillantes que le moment de la transfiguration, et j'ai survolé ce premier podium sous les clameurs de la foule qui applaudissait la *mogeller* Rasta au sourire aussi rond que la lune, éclatante et pleine sous les flashes des photographes qui m'adouberaient dans le journal du lendemain. C'est alors que j'ai commencé à y croire. J'ai cru en mon corps, à la vibration de son rayonnement, j'en ai accepté l'offrande lorsque Deiwght s'est saisi de ma mère, radieuse, et l'a secouée en s'exclamant : « Votre fille ? La classe classique ! »

*

Cet été-là, lorsque Rashmi, mon amie du lycée, m'a appelée, j'ai répondu. Le mannequinat, je l'ai découvert, émettait sa propre monnaie chatoyante, et je me réjouissais de faire tinter chaque nouvelle pièce pour que penche cette balance. Cette fois, elle n'a pas eu besoin de me demander ce que j'avais fait ou de faire semblant d'être intéressée. « J'ai entendu dire que tu étais mannequin, maintenant », a-t-elle déclaré avec une certaine jalousie, et elle m'a expliqué que sa mère avait conservé toutes mes photos de mannequinat dans le journal pour les lui montrer à son retour de Miami.

Je suis allée la voir parce que je voulais être vue. À cet instant, alors que nous parlions de mon travail de mannequin, elle a sorti les coupures de presse que sa mère avait conservées, la photo de moi sur le podium, incandescente. Il était écrit : « Visages de la Mode – le Top Dix des Caraïbes. » Je trônais dans la colonne de la photo, une fille en Technicolor trop grande pour que l'on voie ses pieds, le visage souriant, peint pour les dieux, une roue d'étoiles étincelante dans les yeux.

Nous avons passé le reste de la semaine à traîner ensemble. Un jour, avec MTV qui braillait à l'arrière-plan, j'ai signalé à Rashmi que je publiais également des poèmes dans le journal.

– Oh j'y crois pas, tu sais bien que je ne suis pas du tout assez intelligente pour ça ! Je sais à peine lire, a-t-elle conclu après un rire.

*

L'été faisait fondre dans mes mains les glaces Kisko et les bonbons néon. Mes sœurs et moi sommes restées éveillées de nombreuses nuits sous une lune stridulante, entonnant nos chansons préférées des Beatles pendant que je leur faisais les ongles et que je leur racontais toutes mes nouvelles aventures dans le mannequinat. Shari, qui avait maintenant neuf ans, était devenue une danseuse déjà primée et elle était impatiente de me montrer une nouvelle pièce qu'elle avait chorégraphiée, ainsi que les costumes qu'elle avait conçus. À treize ans, Ife traçait déjà sa propre évasion, et nous a révélé son intention de présenter treize matières CXC en dernière année, alors que la plupart des élèves n'en passaient pas plus de sept. Lij, qui avait quinze ans, devenu un champion réputé des concours d'orateur, faisait la gloire de la maison ; il avait mené son lycée à la victoire en damant le pion à des têtes chauves toutes les semaines à la télévision, et à une heure de grande écoute. Nous étions une couvée de surdoués, dépassant les rêves de notre petit monde.

À la fin de l'été, mes frère et sœurs sont tous retournés à l'école, et j'ai regagné Spanish Town, où j'ai repris mes séances de poésie avec le Vieux Poète la moitié de la semaine, en me présentant à des castings dans tout Kingston l'autre moitié. La nuit était toujours réservée à la poésie, et je consacrais les heures du soir chez ma grand-mère à grignoter le diction-naire tout en écrivant à la lueur de la lampe. J'emportais mon carnet de poésie partout où j'allais. Pendant les temps morts des castings, j'étais accroupie sur mes pages, griffonnant.

Pour sa part, le Vieux Poète se moquait de cette double vie ridicule, m'affirmant que le mannequinat était une « affaire d'une extrême stupidité » et que je me lasserais bientôt de cette phase de frivolité.

Pendant que j'étais loin, à Spanish Town, mon père était devenu plus militant, sans rien dire à personne de ce que je fabriquais à Kingston. Il assistait à des réunions hebdomadaires de Rastafari qu'il qualifiait de séances de *reasoning*, où un petit cercle d'une dizaine de frères rastas des environs de Montego Bay se réunissaient à Tafara Products pour y mener des discussions philosophiques sur leur vie. C'est ainsi que les Rastafari se muaient peu à peu en une sorte d'église : des hommes assis formant un cercle avec leurs tambours, tirant sur leurs préceptes et entonnant le nom de Hailé Sélassié Ier, décriant l'état d'oppression systémique des Noirs en général, et du Rastaman en particulier.

Les femmes, bien sûr, n'étaient pas invitées. Tous les frères rastas du cercle de mon père percevaient le monde à travers l'approbation de leurs autres frères rastas. Ce qu'un Rastaman pouvait penser de sa fille devenait aussi l'opinion de mon père, qui devenait l'opinion de l'autre sur sa fille, et ainsi de suite. Ils cultivaient un fragile écosystème de croyances, chacun essayant de surpasser l'autre pour savoir qui était le plus militant, quelle fille était la plus humble, leur *livity* se réduisant à un enchevêtrement de racines sans eau. Mon père m'observait avec un calme reptilien. Tout ce qu'il pensait du mannequinat ou de la poésie passait par le filtre de ma mère et me parvenait à Spanish Town sous une forme cautérisée, ou ne me parvenait pas du tout.

Pourtant, je voulais croire que mon corps était un cadeau. Chez Grand-mère, pour la première fois depuis que j'avais enfilé ce short en jean à Cuba, j'entrais à nouveau dans ce corps, brandissant mes jambes et mon ventre chaque fois que je sortais pour des rendez-vous proposés par Saint International, sautillant au soleil en short ultracourt et en chemise *crop-top*. J'apprenais comment je voulais être vue. Ma grand-mère ne soulevait aucune objection, si ce n'est qu'elle m'a demandé à quelques reprises : « Saf, c'est ça que tu portes ? » Ce à quoi je répondais : « Oui, Grand-mère ! » et je sautais dans le taxi qui m'était réservé. Certains jours, je fouillais dans son baril rempli de vieux vêtements, aux tours de taille très antérieurs au mien, certains tombant en ruine et sentant tous les boules de naphtaline, de belles et anciennes pièces de gabardine, de mousseline de soie et de popeline de coton. J'ai conservé ses plus beaux vêtements et je les ai modifiés avec des ciseaux, des aiguilles et du fil, transformant de longues jupes de bibliothécaire en jupes plissées aussi courtes que celles de Britney Spears, de vieux jeans en cuissardes en denim, nouant des écharpes en mousseline de soie en chemises quasi inexistantes aux manches flottantes, et de la soie en ailes d'ange.

Un week-end, mon père a loué une voiture et s'est rendu en ville pour une réunion avec des producteurs de musique à Kingston. Sur la route de Kingston, il s'est arrêté à la maison de Grand-mère pour venir me chercher et me déposer à un casting de mannequins non loin de l'endroit où il se rendait. L'appel à candidature nous demandait de nous habiller pour un clip vidéo « amusant, jeune et sexy ». J'ai donc passé la nuit à créer une tenue à partir des vieux vêtements de ma grand-mère. Il a donné des coups de klaxon impatients et je suis sortie en faisant mine d'être à l'épreuve des balles. Dès que je suis montée dans la voiture, mon père a écarquillé les yeux. « Oh, Rasta », s'est-il écrié, mais cela ne s'adressait pas à moi. Il s'est plaqué la main sur la bouche, l'œil sombre. On nous avait dit de nous préparer à danser. Je portais une jupe plissée à fines rayures très courte que j'avais coupée dans une des vieilles jupes de Grand-mère, ornée d'épingles à nourrice autour de la taille et de l'ourlet, comme une punk. Mes ongles étaient peints en noir et je portais un débardeur rose à bretelles spaghetti qui laissait voir la bretelle de mon soutien-gorge noir.

Il lui était impossible de me regarder. Les mots qu'il ne prononçait pas bouillonnaient en lui.

– Deiwght m'a dit que je devais m'habiller pour le brief, papa, lui ai-je expliqué, la voix claire et nullement tremblante.

Mon éloignement m'avait enhardie.

– C'est un casting pour un clip vidéo et ils veulent que les mannequins viennent habillés comme s'ils étaient sur MTV.

En fait, il s'agissait d'un clip de *dancehall*, mais j'ai estimé qu'il valait mieux taire cette précision.

Mon père et moi sommes arrivés à Kingston sous son silence aride et stagnant dans la chaleur poussiéreuse. Après avoir navigué près d'une heure par les rues peu familières de la ville, nous sommes arrivés en retard à l'adresse du casting. Un grand portail en fer s'ouvrait sur une allée de gravier menant à une maison assez éloignée. J'ai aperçu des dizaines de jeunes vêtus de tenues éclatantes qui attendaient sous la véranda. Au lieu de rentrer, mon père a arrêté la voiture devant le portail, sans m'adresser la parole. J'ai attendu. Le chemin menant à cette maison était long et rocailleux et il serait périlleux à emprunter par cette chaleur. Je me suis tournée vers mon père pour la première fois depuis deux heures. Il a pointé le doigt par ma vitre baissée.

– C'est là-bas, a-t-il dit.

Sa main était tendue avec raideur devant mon visage, comme si cette même main ne m'avait jamais faite.

– Je ne peux pas marcher tout ce chemin, papa. Tu ne peux pas rentrer avec la voiture, s'il te plaît ?

Mon père a longuement regardé ces gens rassemblés au loin. Ces gens qui, selon lui, allaient dévisager un Rastaman lorsque je sortirais de la voiture, habillé comme je l'étais.

Il a refusé, d'un signe de tête.

– Non.

J'ai senti un coup au plus profond de ma poitrine. J'ai attrapé mon sac à main et j'ai ouvert la portière, mais avant que je ne sorte de la voiture, il s'est tourné vers moi.

– J'ai honte de toi, m'a jeté mon père.

J'ai agrippé l'anse de mon sac, mais je n'ai pas réussi à le regarder.

– D'accord.

Je ne voulais pas qu'il me voie flancher.

Je m'étais préparée à danser. Je suis sortie de la voiture et j'ai marché dans l'allée rocailleuse, en regardant droit devant moi. J'ai été surprise de constater qu'à cet instant je ressentais si peu cette vieille honte et ce désir d'obtenir son approbation. Tous ces mois que j'avais passés loin de son emprise m'avaient appris quelque chose de crucial. Rien ne me détournerait de ma destination, tant que je pourrais lui échapper. J'avais devant moi un chemin que je tracerais seule, et j'étais prête pour la danse. Le bâtiment et ses yeux lointains émergeaient à mesure que je m'éloignais de mon père, la poussière giclant sur mes talons tandis que je marchais seule, un pied rapide devant l'autre.

*

Lorsque je suis arrivée sur le sol américain, le sud de Manhattan n'était plus que décombres et fumée après le 11 septembre. Le monde avait basculé sur son axe et le rêve américain avait tant perdu de son éclat. J'avais déjà surmonté la honte de faire la queue parmi des centaines de personnes à l'ambassade des États-Unis à Kingston pour plaider ma cause afin d'obtenir un visa devant un homme blanc à travers une vitre blindée, la gorge nouée d'espoir, impatiente de pouvoir toucher la lisière de l'Oncle Sam, en me répétant mon histoire et en observant qui se verrait éconduit, en priant pour que ce ne soit pas moi. J'avais déjà surmonté la culpabilité de ma mère qui n'avait pas caché sa déception à l'aéroport lorsqu'elle m'avait dit : « Je n'arrive pas à croire que tu n'aies que dix-sept ans et que tu ailles en Amérique avant moi. » Et lorsque je me suis enfin posée à l'Étranger, alors que Deiwght nous cornaquait entre les notes bleues des saxophonistes et la cohue zombifiée des tunnels du métro, un Noir m'a lancé : « Dieu bénisse tes cheveux, petite sœur », et plus tard, chez Barnes & Noble, une caissière blanche s'est moquée de moi parce qu'elle avait du mal à démêler mon accent. Mais j'avais réussi à partir. J'avais réussi à partir ! J'ai couru dans les rues glacées de Brooklyn, j'ai pris un taxi jaune et je suis entrée dans un magasin où je pouvais m'acheter cinq strings pour cinq dollars, alors j'en ai acheté dix. Lorsque j'ai finalement atterri à Miami quatre jours plus tard, en serrant mon portfolio dans les locaux aseptisés de Wilhelmina Models, entourée des plus belles fenêtres en verre et tables en verre de South Beach, chargée de tous mes espoirs en verre, assise face à face avec le célèbre mannequin allemand au nom unique qui soupirait aimablement sur mes photos et dont le regard s'est arrêté sur mes dreadlocks, je n'aurais pas dû être surprise de ce qui s'est ensuivi.

– Tu peux couper ces dreads ? a-t-elle demandé, son accent doux atténuant l'impact des mots.

Vêtue d'une tenue blanche impeccable, elle a relevé ses lunettes rouges au-dessus de ses cheveux en me regardant.

Si seulement c'était aussi simple. À Kingston, les coiffeurs laissaient mes dreadlocks intactes, attachées en queue-de-cheval avec mon beau ruban noir, concluant que le problème était insoluble.

– Désolée, ai-je bégayé en me tassant sur ma chaise. Mon père ne m'y autorise pas.

Avant notre rendez-vous avec elle, Deiwght m'avait dit que c'était « une légende vivante ». Âgée d'une soixantaine d'années, elle était assez saisissante, grande et mince, des cheveux blonds coupés court, mais elle avait laissé le soleil de Floride agir à sa guise sur sa peau.

Elle a laissé retomber ses lunettes sur son nez et regardé Deiwght.

– C'est sa religion, a-t-il expliqué. Son père est rastafari. Il est très strict.

– Oh, a-t-elle fait en se redressant contre le dossier de sa chaise. C'est dommage.

Son regard est de nouveau passé de mon visage à mes photos et puis elle a souri, trop poliment.

– Les dreads ne sont tout simplement pas assez universelles.

La voie qui nous reliait, mon père et moi, était tissée dans mes cheveux. De longs rouleaux de dreadlocks me rattachaient à lui, à travers le temps, à travers l'espace. Partout où j'allais, je portais sa marque, un signe pour les frères de son cercle Rastafari qu'il conservait toujours le contrôle sur sa maison. Sottement, j'avais cru que mes dreadlocks me rendraient unique, car je n'avais jamais vu de mannequin avec des dreads. Mais c'était un métier où l'on devait se vider de soi-même, et je lui ressemblais encore trop.

Plus tard dans la soirée, j'ai raconté la déception de mes visites à l'agence lors d'un appel longue distance avec ma mère. De l'avis général, je devais couper mes dreadlocks et mes joues perdre de leur rondeur, même si je mesurais un mètre quatre-vingts et ne pesais que quarante-neuf kilos. La première chose que j'ai demandée à ma mère au téléphone, c'était si je pouvais couper mes dreadlocks, tentant ma chance.

– Oh, Saf, a-t-elle soupiré. Je pense que tu connais déjà la réponse à cette question.

– Maman, si je ne les coupe pas, ça ne marchera jamais.

Après une longue pause, elle m'a répondu : « Je vais voir. » Ce qui signifiait qu'elle irait parler à mon père, comme si elle fixait un rendez-vous avec le pape. Malgré toute la rébellion qui m'habitait, je savais que couper mes dreadlocks était un point de non-retour : si je passais à l'acte, je ne serais jamais autorisée à revenir sous son toit. Il ne m'était même pas venu à l'esprit de les couper sans son accord. À dix-sept ans, c'était encore un pas de trop à franchir seule. Je n'ai jamais su quelle discussion avait eu lieu entre mes parents, je n'ai reçu leur refus qu'à travers la version de ma mère, lorsqu'elle est revenue au bout du fil, une version rose, assez adoucie, assez édulcorée pour que je puisse l'entendre.

Je lui ai demandé si je pouvais rendre visite à ma tante Audrey, qui n'était plus qu'à quelques kilomètres de là, à Fort Lauderdale. Cela faisait presque treize ans que je ne les avais pas vus, mon cousin Jason et elle, à White House, et si je ne les voyais pas maintenant, avec mon visa d'un mois, je risquais de ne jamais plus en avoir l'occasion.

– Peut-être que je peux prolonger mon billet d'avion et aller les voir ?

– NON !

La décharge de la voix de mon père a soudain retenti dans mon oreille.

Le téléphone a glissé de ma paume. Il avait écouté mon appel avec maman. Même ici, de l'autre côté de l'océan, je ne pouvais pas être moi-même. Son emprise me poursuivait comme un tentacule, qui s'enroulait autour de ma taille pour me ramener en arrière. Mon souhait de rester plus longtemps gisait flétri, inerte entre mes mains.

– Moi l'Homme savait que tu essayais de t'enfuir.

– Non, pas du tout !

– Ne me mens pas, ma fille, m'a-t-il rétorqué. Tu crois que Moi l'Homme ne voit pas que le Moi s'est laissé prendre aux ruses de Babylone ?

Il me parlait et mes oreilles me brûlaient. Je n'avais pas l'intention de m'enfuir. Jusqu'à présent, il ne m'était même pas venu à l'esprit que certaines personnes pourraient rester ici, en Amérique, illégalement. La certitude mortifiée de mon père en disait plus long sur lui-même que sur moi.

– Ne t'avise pas d'essayer de rester en Amérique, a-t-il crié, alors que la voix de ma mère avait complètement disparu de la ligne. Tu remontes dans cet avion et tu rentres à la maison, tu m'entends, ma fille ?

Peu importait que j'aie toujours voulu rentrer à la maison, puisqu'il n'y croyait pas. Mes mains tremblaient. J'avais envie de trancher la ligne, envie de trancher tout ce qui me rendait immobile, tout ce qui émanait de son monde et qui me retenait. Alors même que je m'entendais le lui assurer, le lui promettre, je me rendais compte de la triste vérité. Si je restais en Jamaïque, je ne lui échapperais jamais.

21

Quitter Sequestra

Mon corps appartenait de nouveau à mon père. Il m'a interdit de couper mes dreadlocks comme le voulaient les agences de mannequins, et ces lointains espoirs étrangers se sont refermés d'un coup comme une coquille. C'était ma première évasion ratée, me semblait-il. Je n'avais pas encore dix-huit ans. Les cheveux sur ma tête lui appartenaient, ainsi qu'à Jah, et mon corps appartenait donc aux frères rastas de son cercle. Je n'avais pas d'autre choix que de rentrer chez moi. Le vieux poète, qui m'avait conseillé d'abandonner le mannequinat et de me concentrer sur ma poésie, était content. Mon esprit lui appartenait à nouveau. Une fois de plus, je me suis retrouvée dans son bureau un samedi après-midi.

C'était en juin, dans la gueule insatiable de l'été, et tout nourrissait le besoin de tout le reste. Les fruits mûrissaient avec insouciance, parfumant l'air d'orangers, de jacquiers trop mûrs transpirant comme des hommes, et le doux rougissement pourpre de la pomme étoilée nous faisait signe. Dans les rues brûlantes et dans l'intimité des cuisines, on aspirait de l'eau fraîche à travers du gélifruit, on léchait du jus de canne à sucre sur des mains poisseuses. Dans chaque maison jamaïcaine, des lézards verts et des fourmis soldats entraient et sortaient par les fenêtres ouvertes, enfonçant leurs queues pâles et leurs antennes dans les trous et les fissures ; les nuits chaudes rassemblaient les teignes du hibou dans la toile affamée d'Anansi. Partout, nous rêvions avec la chaleur qui faisait bouillir notre sang indocile, un feu de brousse de corps impolis.

Autour du jardin du Vieux Poète, un filet invisible d'abeilles et de libellules bourdonnait dans toutes les vignes indisciplinées, et je scandais la récitation de cette semaine comme un vent tournoyant au milieu des arbres dévergondés. *Si le monde et le temps ne couraient à l'abîme / Chère, être prude alors n'y serait point un crime.* J'avais été chargée de réciter « À sa prude maîtresse » d'Andrew Marvell au Vieux Poète, et j'ai gardé pendant des jours ces mots polissons comme de l'eau dans ma tête, *Et ma chanson inentendue ; En ton marbre, les vers fraieront L'indomptable hymen / ils rendront Ton triste honneur simple poussière, Cendres mon désir éphémère,* tant que je me tenais avec douceur devant lui et que je faisais jaillir les mots. Il écoutait dans la chaleur rampante avec un calme rassasié, fermant de temps en temps les yeux et prononçant avec moi : *Mon amour paresseux s'élèverait plus grand / Plus vaste qu'un empire, et toujours mollement.* Il m'a dit plus tard que c'étaient ses vers préférés. Lorsque j'ai fini de vider les mots dans sa bouche, il m'a demandé de recommencer, ce que j'ai fait.

– Est-ce que tu comprends ? m'a-t-il demandé, en me dévisageant par-dessus la monture de ses lunettes.

Dehors, le vrombissement des abeilles et du merle vantard se sont faits pressants.

– Oui, ai-je dit. Je suppose que les hommes d'autrefois n'étaient pas différents de ceux d'aujourd'hui. Ils veulent tous la même chose.

– Sur ce point, tu as raison, a-t-il admis.

Nous avons repassé le poème au peigne fin, reprenant inlassablement les mots vers par vers, jusqu'à ce que je me lasse des supplications de Marvell, jusqu'à ce que je sente la pruderie de sa maîtresse devenir mienne.

Après ma leçon de récitation, nous avons travaillé à peaufiner mon poème, « L'Argentée ». Le Vieux Poète faisait glisser le pointeur sur l'écran, ajoutant des césures et supprimant des vers, questionnant et réorganisant mes strophes. Nous cliquions, en avant, en arrière, nous repassant la souris, et le temps glissait dans un brouillard humide.

La chaleur de la journée a pesé tout l'après-midi, nos corps transpiraient d'inélégante manière, nous prenions conscience de nos parties les plus chaudes.

– C'est peut-être ton meilleur poème, m'a-t-il confié, alors que nous lisions le résultat final.

J'ai repensé à moi, sur la colline jonchée de détritus de Bickersteth, ce tesson de verre contre mon poignet, les mots impuissants qui se brisaient sur moi.

– J'ai quelque chose à vous dire, lui ai-je répondu.

– Est-ce que ça se termine avec toi furieusement baisée au bord d'un lac au clair de lune ?

J'en suis restée bouche bée, mais je me suis ressaisie. Il a souri.

– Non.

J'avais dix-sept ans et je n'avais encore jamais embrassé de garçon, sans parler du reste.

– Alors je ne veux rien en savoir, m'a-t-il rétorqué – et il a disparu dans la cuisine.

Mon esprit a résonné sous le choc des mots. Cette vision viscérale flamboyait au fond de mes prunelles, et j'en ai oublié ce que j'allais lui révéler.

Je suis revenue sur les vers « L'Argentée » et ses mots n'ont cessé de résonner. Mon corps était poisseux du murmure troublé qui le menaçait d'effraction. *Mais dans mon dos, j'entends sans cesse / Le char ailé du Temps qui presse.* Je me suis approchée vivement, le visage éclairé par la lueur de l'écran. Soudain, une vague de froid s'est abattue sur mon dos. J'ai fait un bond sur ma chaise. Derrière moi, le Vieux Poète appuyait un verre d'eau glacée contre mon épaule découverte. Instinctivement, je n'ai pas bougé.

À onze ans, j'avais appris quelque chose d'essentiel sur le danger. Dans la vieille cour de Farm Heights, où nous avions mangé des cerises vertes, j'avais un jour grimpé seule dans le prunier de Cythère, m'agrippant au nœud des branches et me perchant à leur ombre. Je m'étais arrêtée un moment là-haut jusqu'à ce qu'une grosse abeille descende en zigzag et se pose sur mon visage. Avant de paniquer, je m'étais raisonnée. J'étais trop haut pour tomber sans me blesser, et tout mouvement brusque provoquerait la piqûre de l'abeille. Au-dessus de moi, j'en avais aperçu une autre qui rampait sur le tronc vert et immobile de l'arbre, et j'avais vu qu'elle ne faisait aucun mal au bois de cet arbre. J'avais donc décidé de me faire tronc moi-même. Nulle agitation, nul mouvement, simplement devenir imperceptible. L'abeille avait rampé sur mon visage, mes lèvres, ses pattes poilues m'avaient chatouillé le nez. J'étais restée ainsi plusieurs minutes, en entrelacs avec l'arbre et l'abeille, sans bouger, jusqu'à ce que l'insecte ait laissé sa trace de pollen partout sur mon visage et se soit envolée, me laissant indemne.

Le Vieux Poète a donc maintenu le verre froid contre mon épaule, et je suis demeurée immobile comme je l'avais fait dans ce prunier de Cythère. Il a laissé glisser le verre vers le milieu de mon dos, et les bruissements vagabonds du jardin se sont faits de plus en plus assourdissants.

– C'est si froid ! me suis-je enfin exclamée, trop fort, en espérant qu'il comprendrait.

Ici, dans la maison du Vieux Poète, où j'avais pris place d'innombrables semaines, la chaleur s'était transformée en autre chose d'inconvenant. Je suis revenue sur mes pas, mes regards, mes paroles, essayant de cerner la nature de ce changement de climat, dans son bureau.

Il a décollé le verre de ma peau et l'a posé sur la table, à côté de ma main. Le heurtement sourd contre le bois m'a permis de comprendre que son employée de maison n'était pas là.

– Je t'ai apporté de l'eau, a-t-il fait en glissant ses mains sur les miennes.

– Oh, merci, ai-je répondu en feignant la surprise.

Je voyais qu'il avait déjà bu dans le verre. Il y avait une motte blanche de résidus alimentaires sur le rebord, ce qui m'a dégoûtée. J'ai tourné la tête et je n'ai pas bu.

Le Vieux Poète a soupiré.

– Je constate que tu refuses de boire après moi, hein ? a-t-il remarqué, me dominant de toute sa hauteur, moi qui étais assise sur sa chaise, à son bureau, seule dans sa maison. Je n'ai rien d'un pestiféré, tu sais.

– Je sais, ai-je dit.

J'ai pris le verre et bu une petite gorgée d'eau pour l'amadouer. La chaleur nauséabonde et mon malaise m'assourdissaient. Ma récitation continuait à clapoter dans ma tête comme le flot d'une rivière. *Si le monde et le temps...*

Il a fait pivoter ma chaise pour me mettre face à lui, a saisi mon visage entre ses mains, écrasé ses lèvres contre les miennes. J'ai eu un mouvement de recul, mais je n'avais nulle part où aller pour échapper à son emprise, et j'ai laissé mon corps mollir, aussi mort que la poignée en laiton de sa porte d'entrée. Son visage était froid et piquant à cause d'un rasage matinal, les plis de sa peau, caoutchouteux et étrangers, ont avalé mon visage. Derrière le soulèvement de son corps, la porte du bureau. Le couloir. Puis le salon. Par les portes d'entrée. Et ensuite le portail. J'ai suivi le chemin du retour, mais j'étais incapable de bouger. Mes bras étaient de paille, inutiles le long du torse, comme ma vieille poupée de chiffon, aux boutons décousus, tout son confortable rembourrage arraché. Ce n'était pas ainsi que j'avais imaginées les sensations de mon premier baiser, froid et mort, mes yeux comptant tous les poils de son nez, étouffée par son visage d'extraterrestre. J'ai fixé le regard sur la lente fissure qui se creusait sur le mur derrière lui et j'ai attendu qu'elle s'achève. Il m'a écrasé les lèvres et le sifflement du jardin s'est fait assourdissant. Je savais que la sortie était derrière lui mais je n'étais plus capable de la voir, alors je me suis fixée sur la fissure dans l'angle du mur où une vilaine créature avait fait surface, archange noir ou taon géant, et je n'ai pas bougé.

Quand ce fut fini, je n'ai rien dit. Il a éloigné son visage du mien et j'ai repris mon souffle. Lorsqu'il s'est levé, son sourire était si rassasié, si gavé que je me suis demandé si tous les baisers de ma vie ressembleraient à ça. Mon corps avait été déjà vidé de lui-même, ma féminité avait disparu par la porte, sans moi. Lorsque le taxi s'est arrêté et que j'ai franchi le portail, je n'ai rien entendu d'autre que ce sifflement impie – ni le poème de Marvell, ni le battement brisé de mon cœur en lambeaux –, rien que l'empreinte froide du verre du Vieux Poète contre mon dos, me marquant.

*

Il s'est écoulé des années avant que je ne revienne sur cet horrible après-midi, et quand je l'ai fait, je n'ai pu le faire que sur la page. Il s'est écoulé encore plus de temps avant que je n'en dise un mot à qui que ce soit. J'ai enfoui cet après-midi au-dedans de mes coutures et je l'ai porté avec moi en silence, en craignant d'attirer des ennuis au Vieux Poète. Sa réputation considérable au bout de mon hameçon argenté. J'étais tourmentée à l'idée que nos séances de poésie prennent fin et que des jours sombres et sans avenir s'ouvrent à nouveau devant moi. Je craignais que personne ne croie que je n'avais rien fait pour l'inciter, et surtout pas mon père. Personne n'admettrait que cela n'avait pas commencé ainsi, que la relation avait été pure, autrefois. N'avait-elle pas été pure, autrefois ? Je me suis convaincue que j'avais besoin de ses leçons, en dépit de la honte retorse qui me hanterait, et je me suis retrouvée de nouveau sur le seuil de sa porte. Là, j'ai marché sur la corde raide de mon corps et j'ai essayé de ne rien faire qui puisse éveiller la tentation. Même si, la dernière fois, je n'avais rien fait de plus que m'asseoir dans son fauteuil. Mais quelque chose avait changé en moi. Je me suis raisonnée, j'ai trouvé des excuses, j'ai repoussé ce sentiment étrange et j'ai continué comme s'il ne s'était rien produit de si grave, jusqu'à ce qu'une image, un souvenir ou un poème n'agite cet après-midi et ne le fasse remonter à la surface de mon esprit, comme de la boue dans un étang limpide, même des mois ou des années plus tard.

Quant au Vieux Poète, son monde continuait à tourner sur son axe d'or. Il n'a jamais mentionné cet après-midi et m'a laissée seule avec moi-même. Quelques mois après mon dix-huitième anniversaire, il a publié « L'Argentée », et je me suis sentie adoubée. Il a retenu mes œuvres pour les inclure dans des anthologies mondiales, en louant les mérites d'« une extraordinaire jeune fille de dix-huit ans originaire de Mobay qui lit le dictionnaire pour le plaisir ». Il m'a qualifiée de « bébé » de son atelier, mais a publié davantage de mes poèmes que de n'importe qui d'autre dans le groupe, allant même jusqu'à publier ceux de mes deux jeunes sœurs sous ce titre : « Trois sœurs, trois muses ». Il a organisé ma première lecture où j'étais tête d'affiche à ses côtés et aux côtés de deux autres poètes caribéens estimés, des hommes qui avaient plus de trois fois mon âge, devant une foule de plus d'une centaine de personnes dans un auditorium de Kingston. Mon argentée s'est étendue à toutes les langues. Un autre écrivain a publié une tribune dans le journal intitulée « Éloge de Safiya Sinclair », tirant des cris de joie à ma mère et même un « Loué soit Jah » à mon père. « L'Argentée » a remporté le deuxième prix des Annual Literary Awards du *Jamaica Observer*, faisant de moi la plus jeune lauréate de ces prix. Je savais que le Vieux Poète avait son mot à dire dans le choix des prix et je me suis brièvement demandé pourquoi je n'étais que deuxième.

Ma mère a fait quatre heures de route depuis Mobay pour assister à la cérémonie de remise des prix de l'*Observer*. Elle semblait si ravie d'être libre avec moi, ici à Kingston, avec les canapés et le vin qui circulaient, qu'elle a siroté toute la soirée en se prêtant à une conversation facile en bonne compagnie, riant avec les autres écrivains, les tantines-poétesses et les éditeurs comme si c'était pour elle la chose la plus naturelle au monde. Cet après-midi-là pour l'événement, elle avait torsadé mes dreadlocks et attaché mes cheveux avec un grand ruban noir assorti à la robe noire sans manches ornée de perles qui m'arrivait à peine aux cuisses.

Lorsque le Vieux Poète s'est frayé un chemin à travers la foule pour nous accueillir, il sentait déjà le rhum. Il transpirait sous un blazer noir et je me suis rendu compte que c'était la première fois que je le voyais en grande tenue et jouant les maîtres de cérémonie. J'étais secrètement électrisée de constater que j'étais aussi grande que lui avec mes talons. Lorsque j'ai voulu le saluer, il a glissé sa main sous ma robe, attrapé ma cuisse et murmuré à l'oreille : « Enfin, tu en as fini avec ces conneries de pudibonderie. » Il a fait un clin d'œil à ma mère, qui n'avait rien entendu, échangé quelques bruyantes civilités avec elle puis il est parti.

J'ai regardé ma mère, mais son visage ne laissait rien transparaître du choc qui avait dû assombrir le mien. Je l'ai prise à part.

– Tu as vu ça ? lui ai-je demandé.

– Non, que s'est-il passé ?

Je lui ai raconté ce que le Vieux Poète avait fait. Ce qu'il avait dit.

Elle m'a écoutée, son visage s'est déformé de dégoût, elle a eu un mouvement de tête incrédule, s'est retournée pour le chercher dans la foule. Sa main s'est posée sur mon bras. Puis ses yeux se sont voilés d'un calme sombre et aviné, d'un regard lointain et sans paroles, et elle a secoué la tête. Elle a agité la main entre nous deux, pour chasser cette pensée comme une mouche.

– Ne lui accorde aucune attention, mon cœur, m'a-t-elle conseillé au milieu du brouhaha des bavardages. Il est ivre, il fait n'importe quoi.

J'ai froncé les sourcils.

– Ce n'est pas pour autant que c'est acceptable.

– Non. Mais c'est ainsi que tous les hommes agissent quand ils sont ivres. Essaie de l'éviter pour le reste de la soirée, m'a-t-elle suggéré.

À cet instant, elle me transmettait quelque chose sur le monde, le monde tel qu'elle l'avait trouvé et qu'elle y avait survécu, depuis la mort de sa mère. Depuis longtemps, elle essayait d'y échapper. Non seulement à l'homme qui l'avait empoignée à vélo lorsqu'elle était enfant, ou aux pouilleux de la rue qu'elle devait repousser en rentrant de l'école, mais aussi aux avances de son grand-père ivre, dont elle avait fui les caresses. Elle ne m'en parlerait que des années plus tard. Le monde qui l'avait poussée à fuir et à se cacher loin des mains, des bouches et des langues indésirables était le même que celui dans lequel j'évoluais aujourd'hui – et elle n'attendait rien d'autre de la part des hommes que le pire.

J'ai haussé les épaules et hoché la tête en acquiesçant vaguement.

– D'accord, maman – et puis j'ai refoulé cet horrible après-midi dans le silence avant de jeter un coup d'œil vers le Vieux Poète et de rejoindre ce petit monde.

*

Lorsque j'ai eu dix-huit ans, « L'Argentée » était l'étoile radieuse qui guidait mes jours. Mes poèmes étaient entrés dans les archives de la Jamaïque et on m'avait demandé de donner une conférence au département de littérature anglaise de l'université des Indes occidentales sur la voie de l'écriture. Si je ne m'étais jamais imaginée écrivaine auparavant, cette invitation a gravé la chose de manière indélébile. Imaginer des étudiants et des professeurs d'université attendre que quelque chose de sage et de beau vienne de moi, qui n'étais toujours pas inscrite, me remplissait d'effroi. J'ai passé mes journées à réfléchir à ma leçon et j'ai envoyé un e-mail au Vieux Poète pour lui dire que j'étais nulle pour les débuts. *Je sais comment terminer les choses*, ai-je écrit. *Mais je ne sais jamais par où commencer.* Il m'a répondu dans l'heure : *Voici ta première phrase : Lorsque j'ai appris qu'on m'avait demandé de parler ici aujourd'hui, j'ai eu un moment d'irréalité.*

C'est en effet avec cela que j'ai commencé, devant le cours du vendredi le plus fréquenté que le département ait jamais vu, une salle de classe cernée de toute part d'étudiants, de professeurs de poésie aux cheveux gris et de simples membres de l'auditoire aux yeux brillants. Ma mère était au premier rang, elle caquetait pleine d'orgueil aux côtés des tantines-poétesses de l'atelier. À côté d'elle se trouvait ma nouvelle amie, Ann-Margaret, une autre jeune poétesse d'une dizaine d'années mon aînée, que le Vieux Poète avait récemment ajoutée à notre atelier. « Maintenant, tu as quelqu'un de ton âge avec qui tu peux faire des bêtises », m'avait-il glissé. Mon père, qui nous avait conduits en voiture à Kingston, n'était pas là. Il devait honorer des rendez-vous avec d'autres musiciens, avait-il expliqué.

Quelle étrangeté d'avoir un public si attentif à chaque mot que je prononçais, et de voir mes pensées prendre vie sur leurs visages.

– Pourquoi j'écris ? ai-je demandé à la foule, en croisant le regard de ma mère, mais incapable de regarder le Vieux Poète. Pour moi, la question semble synonyme de *Pourquoi respirez-vous ?* La réponse est simple… J'écris parce que je le dois. C'est aussi naturel et incontrôlable que les battements de mon cœur. Parfois, c'est mon rythme cardiaque, mon essence même et ma survie.

Du haut de mon pupitre, j'ai baissé les yeux et j'ai vu le sourire de matou comblé du Vieux Poète, les lèvres retroussées avec une espèce de fierté.

– Comme *quelqu'un* me l'a dit un jour, un poème est une chose… une cathédrale de sons et d'images, et écrire un poème, c'est souvent comme sentir le vent d'une grande décharge de puissance vous envahir. Je me sens toujours plus forte, telle une mortelle passée de l'autre côté, avec des vers d'immortalité.

Le public a applaudi, je me suis sentie plus grande que je ne l'avais jamais été lors des shootings. J'ai fixé mon regard sur celui de ma mère, dont les yeux sombres luisaient, submergés.

Un professeur d'anglais a ensuite ouvert la séance des questions, et un étrange Rastaman dans le public a été le premier à prendre le micro.

Il m'a regardée fixement, une paume tendue, comme s'il me suppliait.

– Donne-moi un peu de ton argent, *deh*, a-t-il déclaré.

Ma mère a sursauté.

La troupe des universitaires en a bruissé de désarroi, l'assemblée a été parcourue d'une vague de colère et de confusion.

– Pardon ? lui ai-je dit, ébranlée, non sans essayer de laisser à cet homme la latitude de clarifier.

Peut-être était-ce sa façon de me demander de lire mon poème.

– Donne-moi un peu de ton argent, *deh* ! m'a-t-il à nouveau demandé, sa voix rocailleuse évoquant presque un chant plaintif, les deux mains tendues.

Après cette deuxième supplique, Gwyneth, ma tantine-poétesse préférée, a pris le micro des mains de l'homme, tandis que deux grands étudiants de l'UWI escortaient le Rastaman vers la sortie.

– Donne-moi un peu de ton argent, *deh* ! l'ai-je encore entendu s'écrier alors qu'on le reconduisait dans le couloir.

Le Vieux Poète, qui, lui, avait pris mon argent sans autorisation, s'est levé et s'est excusé auprès de ma mère pour cette demande déplacée, a lâché une plaisanterie pour relancer la cadence, puis la séance de questions et réponses s'est poursuivie sans autre incident. Même après son départ, j'entendais encore le Rastaman me demander mon argent, et je me suis demandé si son désir aurait jamais été satisfait avec un simple poème. Plusieurs jours durant, j'entendais encore sa supplique mélodieuse, longtemps après que la rocaille de sa voix s'était tue.

Ce soir-là, après ma conférence et avant de reprendre la longue route du retour vers Montego Bay, le Vieux Poète nous a invités chez lui, mes parents et moi. Il avait un cadeau pour moi, a-t-il annoncé. Mes parents sont arrivés à Sequestra avec un sac de fruits frais, ce qui était toujours leur façon de remercier celui qui avait rendu un service inestimable à notre famille. Devant le visage et la stature du Vieux Poète, mon père était presque déférent, il parlait et sa voix se faisait suave, son humeur devenant peu à peu d'une affabilité presque insupportable, comme s'il s'adressait à l'un de ses plus grands amis, comme toujours lorsqu'il rencontrait un aîné caribéen qui avait réussi. Nous sommes entrés dans le salon du Vieux Poète, où ma mère s'est émerveillée devant ses livres, son visage imitant ma propre réaction le jour où je suis entrée pour la première fois, y compris avec un « Ouah ! ». Le Vieux Poète nous a conduits jusqu'au canapé en rotin, où mes parents se sont assis en silence, en écoutant le Vieux Poète et moi évoquer la conférence de ce jour.

Mes parents semblaient si petits sous les hauts plafonds du Vieux Poète, et si étrangers, dans cette maison où j'avais passé presque deux ans à devenir davantage moi-même. Derrière eux, il y avait le bureau, et je m'estimais heureuse qu'il reste hors de vue.

– Je t'offre un livre de ma bibliothèque, m'a dit le Vieux Poète, sous le ventilateur du plafond qui vrombissait au-dessus de ma tête. Choisis celui que tu veux.

Son test originel, enfin réussi.

– C'est trop *irie*, monsieur, a remarqué mon père. Remercie-le.

Je me suis levée du canapé et j'ai parcouru ses étagères, les Penguin Classics, les vieux volumes reliés cuir et les coffrets assortis de la Bibliothèque du Congrès. Pendant que je réfléchissais à mon choix, mes parents et notre hôte échangeaient des mots aimables à mon sujet, un collier de perles que je convoitais secrètement.

Mon père et ma mère m'ont regardée arrêter mon choix et sortir le livre de l'étagère.

– Celui-ci, ai-je dit. (Cela faisait un moment que je le tenais à l'œil.) *Les Contes de Canterbury* de Geoffrey Chaucer.

– Tu ne facilites pas la tâche, n'est-ce pas ?

Le Vieux Poète a souri. Mes parents ont ri.

– Non, ça, non, a confirmé ma mère.

Le Vieux Poète nous a raccompagnés jusqu'à l'allée où nous nous sommes quittés. Avant que je ne franchisse pour la dernière fois le portail en fer forgé de Sequestra, il m'a serrée dans ses bras et m'a donné un petit bécot sur la joue. Ma mère et moi sommes montées dans la voiture et il nous a fait signe de la main.

– Roulez prudemment.

Une fois dans la voiture, mon père a claqué la portière et s'est replié dans le silence. Alors que nous sortions du quartier tranquille du Vieux Poète, il a accéléré et donné un coup de volant brutal, il en a décollé les mains et la voiture a décrit un tête-à-queue dans la rue faiblement éclairée. Ma mère, assise à côté de lui, l'a observé depuis sa place, mais il n'a pas tourné la tête vers elle. Je n'ai pas pu lire le tonnerre qui assombrissait son visage. Il n'y avait pas de musique. Il n'y avait que le vent qui s'engouffrait par les fenêtres ouvertes et lui qui fonçait dans la rue. Maman a levé les yeux vers le pavillon et les a fermés, le courant d'air lui fouettant les cheveux. Lorsque mon père s'est engagé en trombe sur la route principale, ma mère et moi nous sommes accrochées à nos poignées de portière et à nos ceintures de sécurité. J'ai passé au crible les moments que nous venions de vivre, en quête d'un sens. J'étais complètement abasourdie par cette implosion de son humeur. Il venait de sourire dans l'allée du Vieux Poète et maintenant il avait l'air d'un possédé. Nous roulions à toute allure sur l'autoroute, nous faufilant entre les voitures, mon père levant parfois les mains du volant et les tendant en avant, comme s'il s'apprêtait à s'envoler. J'étais terrifiée. À l'arrière, le mouvement de tangage faisait basculer mon corps d'un côté de l'autre et je me suis cognée douloureusement à l'attache de la ceinture de sécurité. J'ai de nouveau levé les yeux vers ma mère, souhaitant qu'elle dise quelque chose face à cette folie. Mais elle n'a rien dit, ses cheveux lui fouettaient le visage, et c'est alors moi qui ai finalement parlé.

– Papa ! ai-je crié, le vent brutal de l'autoroute combattant ma voix. Tu peux ralentir, s'il te plaît !

Calmement, si calmement, comme s'il se préparait à prier, mon père a fermé les yeux et donné un nouveau coup de volant qui a fait dévier la voiture de sa course. Puis il m'a regardée dans le rétroviseur.

– Le Vieux Poète, il vient de t'embrasser sur la bouche ? m'a-t-il demandé, d'une voix plus calme que le sombre sillon de son visage, qui sombrait dans sa cicatrice.

J'ai écarquillé les yeux.

– Non ! Pas du tout, papa, me suis-je défendue, choquée par la question.

En lui parlant, le cœur battant, j'ai repensé à ce jour dans le bureau, en refoulant la scène loin, très loin.

– Alors qu'est-ce que je viens de voir, ma fille ? m'a-t-il demandé, son pied écrasant la pédale de l'accélérateur, sa main frappant le volant.

Le corps de ma mère a heurté le montant de sa portière.

Je l'ai compris à la façon dont il m'a posé la question. Nous avions basculé au-dessus du gouffre. Si un camion fonçait vers nous sur cette autoroute, il le laisserait nous aplatir. Si un ravin profond surgissait de la nuit, il nous enverrait dans ses profondeurs.

– Il m'a embrassée sur la joue, papa ! La joue.

Ma voix a vacillé, non pas à cause des vents de cent soixante à l'heure qui frappaient mon visage, mais parce que je me suis rendu compte que j'aurais dû m'y attendre. Que mon père avait offert au Vieux Poète déférence et sourires flatteurs et gardé sa colère rien que pour nous, tout comme il chantait tous les soirs comme un prince pour les touristes, avant de ramener le pire de lui-même au sein de notre famille. Ma mère, aussi molle que je l'avais été cet après-midi brûlant à Sequestra, a laissé son corps ballotter en tous sens dans la voiture qui fonçait à toute allure.

Je l'ai regardé, et je ne connaissais pas cet homme. Ce n'était pas seulement mon obéissance qu'il voulait, mais autre chose de bien plus létal. Jusqu'où irait-il maintenant pour m'échauder, me purifier, me blanchir ? Ma panique a reflué devant la résignation : cette terreur ne s'arrêterait jamais. Même si je le suppliais. Il a de nouveau appuyé sur l'accélérateur, et mes entrailles m'ont fait mal, j'avais la nausée, l'épaule cuisante d'avoir été projetée.

– Je ne veux plus que tu ailles chez lui, a décrété mon père – il a tapé du poing sur le volant et pivoté vers moi. Tu m'entends ?

Oui, ai-je dit. Oui. Espérant en vain que cela le ferait s'arrêter. Mais dans le vacarme au néon de la circulation, le mugissement du vent m'arrachait des larmes, il ne restait plus rien d'autre en moi. J'ai laissé mon corps s'envoler comme le faisait ma mère avec le sien, j'ai fermé les yeux et j'ai flotté ailleurs, laissant le vent, la nuit et sa colère nous emporter – à la maison ou autre part, là où il avait prévu de nous conduire.

22

Le Clan

Sillonner les routes de campagne avec mon père devenait désormais un acte de foi. *Hier soir mon père est devenu fou*, ai-je appris par e-mail au Vieux Poète, le lendemain de notre retour rugissant de Kingston, en lui annonçant que je n'effectuerais plus le voyage jusqu'à Spanish Town, lui décrivant la réaction de mon père à ce qu'il pensait avoir vu se produire entre nous. *Je ne l'avais jamais vu à ce point hors de lui*, ai-je écrit. La réponse du Vieux Poète m'est revenue dans cette police bleue imperturbable, cavalière et insouciante. *Ton papa est d'une génération très différente de la mienne*, a-t-il écrit. *Il aura toujours besoin de quelque chose contre quoi se déchaîner.* Cette manière de minimiser l'épisode m'a stupéfiée. Sa réponse rendait mon père si pitoyable. Il n'était plus le dieu de rien. Peu à peu, mon père a fini par m'apparaître tel que le monde devait le voir : un empereur nu.

Il avait toujours été le maître de la maison et nous étions à sa merci. Mais maintenant que nous vivions dans les collines et qu'il avait sa voiture, il était aussi le maître de la route et nous étions soumis à ses caprices et à sa colère. À la moindre perturbation ou à la moindre désobéissance, il menaçait de précipiter nos vies dans le ravin, fonçant pied au plancher dans la gorge meurtrière de Long Hill, privée de glissière de sécurité, ou alors il hurlait, les yeux injectés de sang, les mains au-dessus du volant, en plein centre-ville de Mobay. Cet assombrissement troublant de son mental a coïncidé, dans ma perception, avec l'arrivée d'un Rastaman qui se faisait appeler Jahdami, que mon père avait rencontré lors d'une de ses séances hebdomadaires de « *reasoning* » chez Tafara Products, au contact duquel sa paranoïa semblait encore plus dangereuse, encore plus inflammable. Dans les mois qui ont suivi leur rencontre, le tempérament de mon père n'a fait que gagner en malfaisance, entraînant lentement ma famille dans une pente dévastatrice, ce dont nous ne nous sommes toujours pas remis.

Peut-être mon père avait-il senti son influence diminuer après ma brève carrière de mannequin et les deux années d'instruction passées auprès du Vieux Poète, car il s'accrochait avec avidité au peu d'emprise qu'il conservait encore sur mes sœurs et moi, en resserrant la corde au moment où nous aurions pu quitter la maison. Il s'est avéré que tel n'était jamais le cas. Avant de posséder une voiture, il ne nous autorisait à circuler que seuls dans les taxis qu'il avait commandés, conduits par des *taximen* qu'il avait sélectionnés. Désormais, il contrôlait entièrement nos déplacements, effectuant la navette entre la maison, l'école et les cours du SAT, et retour. Aucun de nous, y compris ma mère, ne savait conduire. Ainsi, lorsque sa voiture sortait de l'allée envahie de mauvaises herbes, nous étions exactement là où il savait que nous serions. Figés dans un bloc d'ambre. Pendant ce temps, mon frère filait dans la rue sur son vélo, aller-retour : mon père avait appris à Lij à pédaler, mais pas au reste d'entre nous. Il était inconvenant pour une femme rasta de remonter sa jupe pour enfourcher une bicyclette. Le week-end, mon frère prenait le bus de campagne ou le taxi public pour se rendre à Mobay où il retrouvait ses amis du lycée ou sa première petite amie. « Sois prudent, Fyah, lui disait mon père avec un check du poing, manière de fêter sa nouvelle petite amie à la peau brune. Protège-toi, Tafari, et ne la mets pas en cloque. » Mes sœurs et moi ne pouvions que plisser nos jupes et suivre du regard sa vie trépidante d'adolescent.

J'ai assez vite enterré tout espoir de quitter la boule à neige poussiéreuse de Bickersteth. Dès que l'on s'écartait de la route principale et que l'on entrait dans le village, le temps et la négligence se déposaient sur toute chose comme une poussière d'antan, où les villageois héritaient de l'étrange phonétique campagnarde des deux dernières générations qui, au cours du siècle, avait progressivement déformé le nom de leur ville en « Bakerstep », « le seuil du boulanger ». C'est ainsi que nous nous réveillions chaque matin dans une maison qui n'existait pas vraiment, rêvée dans une langue visqueuse. Lorsque l'opportunité de partir en devenant mannequin m'a échappé, j'ai bien vu que mes sœurs portaient ma déception comme la leur. J'avais dix-huit ans, Ife quatorze et Shari neuf. Nous passions toutes les trois notre temps à souhaiter nous affranchir des limites de Rastafari, libres d'être nous-mêmes. Sans essuyer de railleries dans la rue, sans subir d'intimidations à la maison. Cela faisait un an que le Vieux Poète avait pressé son visage contre le mien et six mois que mon père nous avait conduits en trombe sur l'autoroute. Les semaines passant, il se montrait de plus en plus extrémiste dans ses croyances, poussé non seulement par ses séances hebdomadaires de « *reasoning* » avec Jahdami et les autres frères rastas de son entourage, mais aussi par un dédale de désinformation qu'il trouvait sur Internet, où il s'enfermait dans des théories conspirationnistes sur le peuple-lézard et les Illuminati, toutes preuves qu'il recherchait désespérément de ce que Babylone avait un plan mondial pour détruire le Rastaman. Et ses filles. Je l'entendais parfois faire part de ses conspirations à ma mère, qui l'écoutait – avec un intérêt feint ou une discrète inquiétude, je ne saurais dire. Elle n'avait pas d'adresse électronique et n'avait guère envie d'utiliser Internet, préférant apparemment se charger des heures durant des tâches ménagères. À la fin de chaque journée, elle était généralement si fatiguée qu'elle s'endormait sur le canapé avant que l'horloge ne sonne sept heures. Lorsque mes sœurs et moi étions seules, Ife, élève brillante en sciences et en logique, démontait aisément toutes les déclarations irrationnelles de mon père, les qualifiant de « lavage de cerveau Jah Jah », ce qui nous faisait glousser, Shari et moi. Ensemble, nous formions une assemblée que mon père ne pouvait pas infiltrer, convoquant les femmes que nous voulions devenir dans le monde.

Mon père n'a cessé de refermer son poing sur nous, jusqu'à se transformer en surveillant de tous nos jours. Babylone ne polluerait plus la pureté de ses filles. À Bickersteth, nous nous sommes nourries de solitude sans réconfort, comme toutes les filles interdites d'accès au monde. Mes sœurs et moi sommes devenues des recluses réticentes, passant nos heures en pétales de marguerite à lire et à broder, soupirant de langueur derrière nos rideaux en regardant passer le drame lent de la route de campagne. Des ouvriers couverts de poussière de marne qui ricanaient, la voiture rutilante garée à côté qui braillait tous les soirs le catalogue entier des chansons de Céline Dion, et des écolières de notre âge qui dansaient d'un bout à l'autre de la rue en allumant une pluie solaire de péchés sous laquelle nous mourions d'envie d'être. Nous puisions notre compréhension du monde dans des livres, sur Internet et dans la télévision par câble, et nous avons formé un cercle sans faille autour de ce que nous aimions tous et de ce que nous n'aimions pas – nos chansons, nos poèmes, notre soi, interdépendants.

Bientôt, seule la lente reptation de l'histoire dirigeait nos journées. Nous avons tressé des bougainvilliers et des ixoras roses dans nos dreadlocks et nous sommes baptisées dryades. Ife a appris les langues elfiques et elle chantait si magnifiquement vers les cieux que le monde s'immobilisait pour l'écouter. Shari a sauvé un bébé poule du magasin de fournitures agricoles, l'a appelée Chicky et l'a entraîné à becqueter les souris qui se multipliaient en toute quiétude sous notre plancher. Je prenais la tête de mes sœurs dans mes mains et je leur ai appris à s'épiler les sourcils, à peindre des formes géométriques sur nos ongles. J'ai dessiné des portraits au fusain de ma famille, les offrant en cadeau chaque fois que quelqu'un fêtait son anniversaire. Il s'est écoulé ainsi presque une année. Mes sœurs sont parties dans le monde pour étudier, mais je suis restée clouée sur place, souffrant de la perte de la liberté que je n'avais fait qu'entrevoir, oubliant lentement comment voler. Lorsque notre mère n'était pas avec nous, elle donnait des cours particuliers aux enfants d'un homme d'affaires local plusieurs fois par semaine. Jour après jour, nous attendions que tout arrive, en vain.

Je m'étais presque livrée à la rivière du néant lorsque la lettre est arrivée. De retour de ses courses par un après-midi statique, maman m'a tendu la lourde enveloppe avec intérêt. Cela faisait près d'un an que je n'avais pas communiqué avec le monde extérieur, et tout contact semblait désormais relever de la magie. J'ai déchiré le paquet, j'ai lu et j'en ai eu le souffle coupé. La lettre qui m'était adressée au bureau de poste de White Sands Beach provenait de la Global Young Leaders Conference (GYLC) édition 2003, qui m'invitait à représenter la Jamaïque lors d'une réunion de jeunes gens politiquement engagés à Washington et à New York cet été-là, c'est-à-dire dans quelques mois seulement. J'avais été choisie sur la base de mes excellents résultats dans mes études, grâce à mes notes au SAT, que j'avais obtenues l'année précédente. Lorsque je lui ai lu la lettre à haute voix, à toute vitesse et avec incrédulité, maman a poussé un cri.

– C'est un voyage de dix jours, me suis-je écriée. Ils m'écrivent que je vais aller à l'ONU ! Et au Département d'État[1] !

Nous ne savions pas vraiment ce qu'était le Département d'État, mais cela avait l'air plutôt important.

– Oh, ma fille, s'est exclamée maman en me prenant les mains et en me faisant tourner sur moi-même. Tu es incroyable.

Enfouie quelque part dans la lettre, une mention en petits caractères détaillait les coûts, et notre joie a été de courte durée. J'avais obtenu une bourse partielle, mais les frais restants du voyage de la GYLC représentaient pour mes parents plus de quatre mois de loyer.

– Il faut que j'y aille, maman, ai-je supplié – la promesse de partir que l'on me faisait miroiter était presque insoutenable. Il le faut.

Elle a baissé et détourné les yeux, tout en me le promettant :

– Je vais faire de mon mieux.

En mai, la date limite pour envoyer mon inscription à la conférence est arrivée, et je restais en larmes au fond de mon lit. Ma mère est rentrée à la maison et a passé la tête à ma porte.

– Tu vas y aller, m'a-t-elle dit en souriant.

Elle y était arrivée, je ne savais comment. Grand-mère avait versé un peu d'argent, un promoteur de concerts qui avait envie de voir une jeune Jamaïcaine à l'ONU en avait donné aussi un peu. Ensuite elle avait pris son courage à deux mains et demandé à l'homme d'affaires qui lui avait confié

---

1. Équivalent du ministère des Affaires étrangères aux États-Unis.

l'instruction de ses enfants de l'aider. Après avoir écouté sa requête tremblante, il n'avait rien répondu du tout.

– Il m'a simplement remis la totalité de la somme en liquide, m'a raconté maman. Quand il m'a tendu l'argent, j'ai fondu en larmes. Tu vas y arriver, mon amour, a-t-elle ajouté en glissant sa chaleur cuivrée entre mes mains. De toute manière.

Main dans la main, nous nous sommes toutes deux approchées de la vitre en plexiglas renforcé de l'ambassade des États-Unis et nous avons tendu à l'homme blanc l'invitation à la Global Young Leaders Conference de 2003. D'une voix chancelante, ma mère a expliqué qu'elle souhaitait m'accompagner dans ce voyage. La dernière fois qu'elle avait demandé un visa, elle avait dix-huit ans, on le lui avait refusé, elle avait fini refoulée par la porte à tambour de la honte. À cet instant, à nouveau devant cette fenêtre terrifiante, elle a prononcé le discours que nous avions répété, expliquant en détail pourquoi elle devait voyager avec moi.

– Ma fille et moi avons une relation symbiotique, a-t-elle expliqué, brandissant son mot préféré comme une robe neuve – et l'agent a ri.

Il a tamponné nos demandes et nous a remis un bordereau bleu.

Avant de nous retourner vers la porte, ma mère a fouillé dans son sac et en a sorti un exemplaire de *Rocking You*. D'une main hésitante, elle l'a glissé sous la vitre de l'agent.

– À titre de remerciement, a-t-elle fait en inclinant la tête. C'est l'album de mon mari Djani.

C'était sûrement mon père qui l'avait poussée à un geste aussi humiliant. Sa soumission m'exaspérait.

L'agent a glissé à son tour le CD sous la vitre avec un sourire en lui disant :

– Nous ne sommes pas autorisés à accepter des cadeaux.

Elle a couru pour me rattraper, et j'ai été incapable de me fâcher : nous avons franchi les rutilantes portes de verre bras dessus, bras dessous.

Moins d'un mois plus tard, nous étions à l'Étranger, tourbillonnant côte à côte jusqu'à ce que ma mère et moi nous séparions pour la durée de la conférence. J'ai allègrement emprunté le sentier patriotique de l'histoire américaine que la conférence m'avait tracé. J'ai examiné la fêlure de la Liberty Bell, j'ai escaladé l'Empire State Building et j'ai navigué à la voile autour de la statue de la Liberté au coucher du soleil avec mes camarades jeunes leaders. L'Amérique racontait une belle fable sur elle-même. J'ai serré la main d'un homme blanc qui m'a évoqué en pleurant sa quête de paix au Myanmar. Je dormais dans une résidence universitaire avec une colocataire blanche qui m'a confié n'avoir besoin de se doucher qu'un jour sur deux. Pendant la journée, nous nous sommes entraînées à prononcer des discours à la tribune de l'ONU, tandis que je suppliais mes camarades de ne rien me révéler de *Harry Potter et l'Ordre du Phénix* pour ne pas me gâcher mon plaisir avant que j'aie pu acheter le livre. Le soir, je notais mes poèmes et je pleurais. Je souhaitais rencontrer un garçon de mon âge qui comprenne la nature de ma solitude. Et mes poèmes. Mes e-mails au Vieux Poète se sont raréfiés, et le temps passé loin de lui ne m'a apporté que de la clarté, et une honte fatiguée.

Après avoir passé tant de temps enfermée à Bickersteth, j'avais presque oublié qu'existait dehors tout un monde qui n'attendait que moi pour que j'en tire quelque chose. Avec le recul, il est difficile de croire avec quelle facilité j'ai renoué avec mon espoir, alors que je marchais une fois de plus, les yeux écarquillés, dans les rues de l'Étranger, reconnaissante de cette deuxième évasion temporaire, respirant librement et ne pensant pas à mon père qui m'attendait de l'autre côté de la mer.

J'ai passé la dernière journée de la conférence au National Mall, pour explorer tous ces musées grandioses et éblouissants. Je passais d'un bâtiment à l'autre et me précipitais d'une salle à l'autre, essayant de me remémorer chaque détail, empreinte profonde dans la cire d'abeille, afin de les rapporter plus tard à mes frère et sœurs. Vaisseaux spatiaux et planètes, squelettes préhistoriques, je cataloguais dans mon esprit tout ce que Lij, Ife ou Shari auraient aimé voir. Déambulant dans les longs couloirs du Smithsonian avec émerveillement et culpabilité, je me languissais d'eux. Au détour d'une exposition silencieuse, je suis tombée sur ma mère, qui résidait chez une amie de la famille et avec qui je ne pouvais communiquer que par la ligne fixe de l'hôtel où se tenait la conférence. Nous avons piaillé et avons sauté dans les bras l'une de l'autre, à la grande inquiétude, puis à l'enchantement des personnes présentes. Elle avait suivi mon itinéraire à Washington toute la semaine comme une ombre, mais à chaque lieu nous nous étions manquées. Et là, telles deux Lilliputiennes sous les colonnes de marbre et les ossements de mammouths, nous nous sommes émerveillées de l'irréalité de notre présence ici, ensemble. C'était le premier voyage de maman en Amérique, et elle vivait tout cela comme un bonbon qu'elle laissait se dissoudre lentement sur sa langue, en savourant les épisodes les plus infimes qu'elle me raconterait des années plus tard.

– Tu sais qu'il existe un truc qui s'appelle la glace de l'espace ? m'a-t-elle demandé.

Nous avons déambulé main dans la main dans les immenses salles de l'exposition sur les dinosaures, en nous arrêtant pour observer et admirer chacun de ces objets beaux et anciens.

– Oui, ai-je répondu, car j'avais déjà visité le musée national de l'Air et de l'Espace plus tôt dans la journée. Tu l'as goûtée ?

Maman a hoché la tête et ouvert son sac à main, pour me montrer tous les sachets argentés de glace spatiale qu'elle avait achetés pour mes frère et sœurs. Puis elle a fermé les yeux.

– Je pensais que rien de tout cela n'était vrai, tu sais, m'a-t-elle avoué. Des hommes dans l'espace. Des fusées. Marcher sur la lune.

– Maman, qu'est-ce que… ?

J'ai délié mon bras du sien.

– Désolée de dire ça, mais je ne pensais pas que c'était réel jusqu'à ce que je voie les fusées de mes propres yeux.

Sa voix était tendre et humble, conciliante, le ton sur lequel elle s'appuyait chaque fois que je me montrais trop impatiente avec elle.

Nous avons ralenti le pas et je l'ai écoutée me décrire tout ce qu'elle avait appris au musée national de l'Air et de l'Espace, ses mots se répercutant presque contre les murs sous l'effet de l'excitation. J'ai regardé autour de moi pour m'assurer qu'aucun de mes homologues du GYLC n'était dans les parages. J'ai essayé de ne pas m'agacer, comme souvent, de cette naïveté stupéfiante chez ma mère âgée de quarante ans. Je voulais qu'elle traverse le monde avec la même certitude que moi, mais ce n'était pas sa manière d'être, et elle n'avait aucune honte à l'afficher.

– Je ne savais pas quoi penser, m'a-t-elle avoué, son regard s'élargissant dans l'ombre du tyrannosaure. Pendant longtemps, j'ai cru ton père, j'ai cru que tout cela n'était que la propagande de Babylone.

– Maman, arrête, s'il te plaît.

Elle parlait, et l'emportement couvait en moi. J'avais envie de lui plaquer ma main sur la bouche et d'étouffer tous ces mots insensés. En descendant de l'avion, nous nous étions promis de ne pas parler de mon père. Il avait une façon inéluctable de tout assombrir.

Malgré moi, en l'écoutant, je sentais ma colère monter, alimentée par ma propre honte. Ce jour longtemps attendu était enfin arrivé : les rôles entre nous s'étaient inversés. Il y avait des années, nos figures de mère et d'enfant s'étaient brouillées, elles s'étaient croisées sous une arche ancienne d'où la sienne émergeait comme celle qui avait désormais besoin de recevoir l'enseignement de mes mains impatientes. Je me suis à nouveau éloignée d'elle et je me suis rembrunie.

– Comment aurais-je pu le savoir ? m'a-t-elle demandé, comme si elle quêtait ma clémence. Comment aurais-je pu savoir ? Qu'il avait tort.

Elle avait besoin de quelqu'un pour témoigner de ce qu'elle avait découvert, non pas sur le monde, mais sur elle-même. Et sur lui. J'ai donc écouté. Elle m'a de nouveau saisi le bras pour me calmer, puis elle a glissé le sien sous le mien. Nous avons continué à marcher dans ces couloirs éclatants, toutes petites face à l'immensité des plafonds et à l'ampleur des salles, tandis qu'elle déroulait avec frénésie le monde qu'elle était en train d'exhumer. J'ai posé ma tête sur son épaule en l'écoutant parler. C'est à ce moment-là que cela m'a frappée. C'était la première fois qu'elle sortait seule de la bulle de Rastafari depuis qu'elle était montée avec mon père dans ces collines, à dix-neuf ans. C'était en soi une forme de merveille à contempler, son moment d'émergence. Elle parlait et ses yeux étaient lumineux, sa conscience se déployant comme un pétale en quête d'eau. Elle était désormais capable de voir le monde, au-delà de mon père.

– Merci, m'a-t-elle chuchoté.

Elle a ri, et j'ai ri avec elle. Et nous sommes presque aussitôt devenues deux sorcières rieuses ; nos semelles touchant à peine les carreaux vernis, nous prenions notre envol de cerfs-volants. Il y avait une liberté dans le fait de savoir quelque chose par et pour soi-même. C'était ce que j'avais appris en quittant le monde souterrain par mes propres moyens. Rien ne pouvait égaler cela. La douce prise de conscience de tout un monde aux yeux grands ouverts, rayonnant et sans limites, simplement en attente d'être découvert, éclairant le chemin de tout le possible.

*

Nos cris ont résonné entre les poutrelles de l'aéroport de Miami. Laissant tomber nos bagages, maman et moi nous sommes précipitées dans l'étreinte avide de tante Audrey, qui criait elle aussi. Cela faisait plus de dix ans que nous ne l'avions pas vue, et maman n'allait pas toucher la terre de l'Étranger pour la première fois sans toucher aussi sa sœur. Nous avons chargé nos sacs dans la Mercedes de tante Audrey et ri de toutes nos forces jusque chez elle.

– Roger vient de m'offrir cette voiture, nous a-t-elle annoncé.

Je n'ai même pas eu besoin de franchir le portail de sa résidence lacustre pour savoir qu'elle vivait le rêve américain. Elle avait un mari et une carte verte. Elle savait conduire et était propriétaire d'une voiture. Elle avait une pelouse bien entretenue au bord d'un lac artificiel ; elle avait un lave-vaisselle et un lave-linge auxquels elle ne touchait jamais, car elle avait une femme de ménage qui venait tous les jours les faire fonctionner. Sa maison était un manoir aux carrelages vernis, aux cristaux et dorures qui semblaient tout droit sortis d'un magazine.

Nichées dehors dans son jardin, nous avons ri, la voix éraillée, en regardant le soleil se dissoudre dans la rousseur au-dessus du lac. Nous avons parlé jusque tard dans la nuit, il nous a semblé que le temps n'avait pas du tout passé, et nous nous sommes à nouveau lovées douillettement dans les bras l'une de l'autre, sous la chaude laine de la famille. Mon cousin Jason avait désormais un accent américain, une allure américaine et tous les charmes athlétiques que lui conférait une bourse études et football dans une école privée. Ma tante, elle aussi, avait son accent traînant et sucré, même si, avec sa sœur, elle se laissait entraîner dans un patois sans contrainte, toutes deux se remémorant joyeusement White House et leur village de bord de mer, leurs parents et le passé qu'elles avaient fui toutes les deux.

– Elle parle bien, hein ? a fait ma tante à Maman, en me désignant d'un geste. C'est à peine si tu as l'accent jamaïcain. Tu parais plus américaine que moi.

– C'est vrai, a acquiescé Roger, son mari. Je ne sens la différence que pour certains mots, quand tu insistes sur les T.

Maman a hoché la tête avec fierté et leur a dit que j'étais au lycée avec des Américaines, c'est pourquoi je parlais si correctement. J'ai accepté de me soumettre à l'examen pénétrant d'une réunion de famille et me suis glissée sous leur microscope.

Le visage de tante Audrey était magnifique, chaleureux et maquillé, ses yeux soulignés de noir et ses lèvres chatoyantes d'un rouge à lèvres rose.

– Ta mère m'a dit que tu étais mannequin. Quand vas-tu te présenter à Miss Monde ? m'a-t-elle demandé.

Elle me parlait, et ses cheveux longs et lissés flottaient dans la brise.

Je lui ai signalé que je ne faisais plus le mannequin, je n'étais plus qu'écrivain et la poésie était ma passion. Même sur mon passeport, c'était la profession indiquée : « Écrivaine ».

– De la poésie ?

Tante Audrey a ri et lancé un regard interrogateur à maman.

– Mhmm. Elle a été publiée dans le journal et tout, a confirmé maman. Elle a même donné une conférence sur la poésie à l'université du Wisconsin.

Roger s'est esclaffé.

– Mais je n'ai jamais entendu parler de personne faisant de la *poésie* son métier, s'est-il étonné, ses yeux bleus miroitant à la lumière de la maison. Enfin, j'imagine qu'il faut de tout.

J'ai regardé maman, les lèvres pincées en une moue de dépit.

Tatie a rejeté ses cheveux sur son épaule.

– Tu sais, Roger, je trouve que c'est malpoli de ta part de dire ça, a-t-elle répliqué avec un sourire redoutable. Oui, il faut de tout pour que le monde tourne rond. Mais il n'y a rien de mal à ce qu'elle fasse sa poésie si c'est ce qui la rend heureuse.

– Non, ma chérie. Tu as tout à fait raison, a répondu Roger à ma tante avant de me donner une petit tape sur l'épaule avec un clin d'œil pour me rassurer. Je crois en toi. Je crois en toi.

En les écoutant parler, j'étais interloquée. Je n'avais jamais entendu ma mère défier mon père de la sorte, que ce soit pour me défendre, donner son avis, ou encore moins pour qu'il finisse par se ranger aussi aimablement à sa vision des choses.

– Je ne suis pas d'accord avec mon mari sur beaucoup de points, a annoncé ma tante en se tournant vers maman et moi en riant. Mais je le lui fais savoir. C'est pour ça qu'on ne peut pas parler de politique dans cette maison !

Roger a levé les mains en signe de soumission.

– Je suis d'accord avec ma femme, a-t-il confirmé en riant.

Puis il a écarté les portes coulissantes et s'est glissé à l'intérieur pour retourner à la cuisine, où il nous a commandé à dîner à tous.

Le lendemain matin, je me suis réveillée aux sons d'un corvidé qui jabotait et de maman et tante Audrey qui caquetaient autour d'un café au comptoir de la cuisine. Ma mère était bruyante et intarissable, sa voix lançait des trilles opératiques dans toute la maison, la voix de ma tante s'élevant pour se joindre à la sienne, et leurs éclats de voix réjouissaient deux oiseaux voletant au plafond. Je sentais l'impatience monter en moi, mais je ne savais pas trop pourquoi. Je n'avais jamais vu ma mère ainsi. Les cheveux détachés, le visage détendu, animé de plaisanteries et de brèves rafales de patois, sa voix piaillant des nouvelles du pays, se moquant de vieux amis qu'elles n'appréciaient guère ni l'une ni l'autre, non sans remarquer que mes cuisses avaient l'air très roses quand j'étais assise. Ici, en Amérique, quelque chose en elle s'était enflammé qui m'ébranlait. Tante Audrey et elle formaient leur clan à elles, un clan dont je ne pourrais jamais faire partie. Une sombre jalousie s'est emparée de moi. Pourquoi n'avait-elle jamais été ainsi à la maison, avec nous, avec son franc-parler et son caractère bien trempé ? J'étais stupéfaite de m'apercevoir que c'était peut-être ma mère telle qu'elle avait existé depuis toujours, cette femme volcanique qui passait la meilleure matinée de sa vie, réunie avec sa seule vraie sœur au monde. Une sœur qui lui apportait ce que je n'avais jamais pu lui apporter, qui lui rappelait des joies que je ne pouvais pas lui offrir, car il subsistait toujours quelque chose de mon père en moi.

– Maman, tu peux arrêter de faire autant de bruit et de chahut ! me suis-je écriée, interrompant sa rêverie avec ma pétarade.

Derrière l'expression choquée de ma tante, un reflet à l'arraché de mon propre visage. Les sourcils froncés, le visage sombre et grimaçant. Il ne manquait que la cicatrice.

Maman a froncé les sourcils, elle a brusquement écarté son corps, et j'ai senti mon souffle me quitter.

Elle a parlé, sans se retourner pour me regarder en face. Sa voix était basse et mortifère.

– Tu agis comme lui. Et tu m'ôtes l'envie d'être auprès de toi.

Ma poitrine débordait. La répulsion barbelée de sa voix m'a fauchée, et j'ai immédiatement regretté de ne pouvoir effacer ce que j'avais dit.

Une horreur à combustion lente m'est remontée dans la gorge.

– Je suis désolée, ai-je dit, honteuse.

Elle n'a pas répondu. Je me suis approchée d'elle, elle me tournait toujours le dos. Une douleur déchirante m'a envahie, ma blessure et ma culpabilité noyant tout le reste. Mon visage s'est tordu en un cri.

– Maman, s'il te plaît. Je suis désolée.

Mes larmes me piquaient la gorge.

– Maman, je suis désolée. Je suis vraiment désolée, ai-je supplié.

Je me suis promis, je lui ai promis, que je n'agirais plus jamais comme ça. Lorsque j'ai glissé mon bras sous le sien, elle s'est rapprochée. Mais lorsqu'elle m'a prise dans ses bras, je me suis terrifiée moi-même. Toutes ces années de mauvais traitements dans notre maison m'avaient pervertie, et la colère était devenue mon premier mode d'expression. La colère et la cruauté. Le silence noyé de ma mère n'était pas un aspect naturel de son caractère, mais une preuve de la force de mon père. Et maintenant, j'étais là, en élève hideuse de mon père :

j'avais trop bien appris à la maintenir sous l'eau. J'ai résolu d'exciser ce monstre de moi.

– Eh bien… Je crois qu'il faut qu'on sorte faire un peu de shopping, a proposé ma tante – et le silence fracassé a de nouveau basculé dans les rires.

Au centre commercial, j'ai glissé du vernis à ongles noir et du fard à paupières fumé dans notre caddie. Déjà, la catastrophe de la matinée était balayée d'un revers de main. Je voulais tellement être comme ma mère, si patiente et indulgente, être une personne à laquelle les autres s'attachent. Rire à gorge déployée sans me soucier de rien, comme elle l'avait fait ce matin-là. Lorsque nous sommes arrivées devant la bijouterie, j'ai décidé de passer à l'acte.

– Je veux me faire percer les oreilles, ai-je dit.

Maman et tante Audrey évoluaient entre les plateaux de boucles d'oreilles et de bracelets étincelants de la bijouterie.

– Allons-y ! s'est exclamée Tatie sans hésiter.

J'ai regardé maman et elle a acquiescé. Toutes deux s'étaient fait percer les oreilles quand elles étaient très jeunes. Ni l'une ni l'autre n'avait jamais eu à y réfléchir à deux fois avant de se décider.

– Tu es sûre ? ai-je demandé à ma mère.

– C'est ton corps, m'a-t-elle répondu. Tu es en train de devenir une femme et tu as le droit de décider de ta personne.

Ma tante a acquiescé. Je n'avais jamais entendu ma mère parler ainsi. Que ce soit du fait de son éloignement de la maison ou de la présence de tante Audrey, même pour une si courte période, quelque chose de fondamental avait changé en elle, et j'en étais reconnaissante. Elle me parlait maintenant depuis un profond puits de sagesse, comme une femme arrachée au coma.

Je me suis assise sur la chaise et j'ai approuvé les deux points bleus que la femme avait marqués au centre de mes lobes d'oreille. Maman et tante Audrey sont restées en retrait et m'ont observée, le pouce levé et le sourire aux lèvres. Le poinçon de fer était froid contre mon oreille, et mon visage brillant dans le miroir du mur devant moi. Lorsque la première tige s'est enfoncée sèchement, le bavardage du centre commercial s'est réduit à une piqûre d'épingle. J'ai apprécié la pression, le relâchement, la brève piqûre. J'étais à quatre mois de mon dix-neuvième anniversaire et j'avais franchi une nouvelle fois les portes de Babylone, cette douce douleur formant un rappel sacré de la vie qui m'attendait. Ma mère et moi savions que mon père serait furieux, mais nous nous sommes délestées de sa colère imminente comme des femmes insouciantes. Notre liberté était éphémère et nous le savions toutes les deux, mais rien que pour cette fois, nous voulions imaginer qu'elle nous appartenait vraiment. Lorsque la femme a relevé la pince et m'a demandé si j'étais prête pour l'oreille suivante, je faisais déjà oui de la tête, oui, s'il vous plaît, oui.

Dans le vert-de-gris crépusculaire de la campagne, mon père avait passé ce temps au téléphone avec son nouvel ami Jahdami, à ruminer. Chaque jour, en notre absence, il s'enfonçait un peu plus dans les ténèbres, amassant des pierres de roche forgées là dans un feu vertueux, sa fronde armée et en attente, sa visée ferme.

23

Jézabel

À mon retour dans le monde souterrain de Bickersteth, mon père a jeté un coup d'œil à mes nouvelles boucles d'oreilles et secoué la tête avec dégoût. « Tu es perdue », m'a-t-il jeté. Pendant des jours, il a maudit la perte de ma pureté. Mon corps était censé être le temple de Jah, jusqu'à ce qu'il devienne celui de mon mari, et maintenant je l'avais souillé. « La vanité est un péché d'écervelée », m'a-t-il susurré, ses mots se réduisant à un murmure. Je suis retournée dans ma cage, une fois de plus enfermée avec mes sœurs, regrettant toutes les trois le cri perçant et rose de la jeunesse qui nous manquait, nos corps demeurant une maison-prison. Cette fois, mon père a fermement fait coulisser le verrou et enterré la clé. Il ne pouvait être un homme vertueux avec une fille fantasque dont les sœurs observaient les moindres faits et gestes. Mais si j'étais sous son regard, j'étais sous le regard de Jah, et on pouvait encore me redresser au marteau.

Tous les jours, il s'est mis à brûler de l'encens et de la myrrhe allumant une fumée putride qu'il faisait osciller dans un brûloir en argent ornementé comme un prêtre orthodoxe, nous étouffant. Il prenait un malin plaisir à marcher dans la maison, d'épais nuages de fumée noire spiralant autour de lui, envahissant chaque pièce. Ife était sensible à la fumée et elle était prise de quintes de toux chaque fois qu'il en brûlait. Je me pinçais le nez et j'éternuais, ce que mon père prenait comme un affront personnel, et il insistait alors en m'enveloppant dans ses volutes. « Cesse de faire la snob comme ta grand-mère », m'a-t-il dit. Mais si l'un d'entre nous fermait la porte de sa chambre pour échapper à l'odeur, il frappait et nous forçait à ouvrir, dans un nuage de fumée noire. Peut-être s'agissait-il d'une solution prescrite par l'un des frères rastas de ses réunions, un remède pour purifier ce qu'il y avait d'impie chez ses filles. Au fond, je crois qu'il brûlait son encens parce qu'il voulait nous terroriser. Cette terreur était peut-être le dernier moyen de contrôle qui lui restait, lui prêtant un semblant de pouvoir dans un monde qui lui rappelait chaque jour combien il était impuissant.

Chaque semaine, à son retour des réunions de Rastafari, il semblait de plus en plus militant. Sa colère durcissait sans cesse jusqu'à se muer en soufre. C'est là, dans ces réunions, qu'il était tombé, suspectais-je, sous l'emprise du Rastaman nommé Jahdami, un homme dont le visage était enroulé comme une vipère noire, en attente éternelle de frapper. Jahdami avait une cinquantaine d'années, dix de plus que mon père, et il était récemment rentré chez lui pour s'installer avec sa femme et ses enfants après avoir vécu de nombreuses années à l'Étranger. À première vue, c'était un Rastaman typique, puisant ce qu'il lui fallait dans les principes généraux de Rastafari et modelant ces règles pour les adapter à la *livity* de sa famille, avec lui-même en divinité et souverain de toutes choses. Mais à mes yeux, il s'agissait d'un cas particulier, car pour atteindre ses objectifs il s'inspirait également d'une idéologie extrémiste et de pratiques archaïques néfastes, échafaudant son interprétation violente d'une version austère de l'islam, plus connue sous le nom de wahhabisme, qui gagnait peu à peu en popularité auprès de mon père et de certains autres frères rastas. Jahdami évoluait dans le monde non pas en paix, comme Howell l'avait envisagé à l'origine, et à l'instar de nombreux frères rastas sur toute l'île, mais par la violence. Il croyait au polyamour pour les Rastas, avec de multiples épouses et des petites amies à côté. Il croyait juste de battre son fils à coups de poing ou de le battre avec le plat de la lame d'une machette, et il croyait qu'il fallait châtier les femmes et les filles en les frappant de la main ou du pied. Il acclamait les attentats terroristes et soutenait les mutilations génitales féminines. C'était l'homme avec lequel mon père passait désormais la plupart de ses journées de liberté, celui dont la voix fulminait lors de leurs longues conversations téléphoniques.

Mon père revenait de leurs réunions la langue fourchue, avide de trouver quelque impuissant qui se recroquevillerait sous son emprise. À l'extérieur, avec sa carrière reggae au point mort, il était à la merci de Babylone. Ici, à l'intérieur, il exigeait l'obéissance et l'attention divine, notre pureté étant un indice du pouvoir qu'il détenait encore. Cela faisait plus de dix ans qu'il assistait à ces réunions rastas, mais au cours des deux années qui avaient suivi sa rencontre avec Jahdami, il était devenu d'une étroitesse d'esprit maligne, tyrannique à l'extrême. Plus ses idées se radicalisaient, plus il devenait incontrôlable. Un soir, il est monté sur la scène de l'hôtel et il a déblatéré sur les vices de la reine Eliza-bat, la maudissant pendant au moins dix minutes devant les clients de l'hôtel. Certains se sont plaints auprès de la direction et il a été renvoyé. Après cela, mon père était de plus en plus convaincu que Babylone avait délibérément fait dérailler sa carrière. Dès lors, chaque fois qu'il ouvrait la bouche, ce n'était pas une chanson qui en sortait, mais un incendie.

Les marques de brûlure de sa colère apparaissaient partout où je posais le regard, ma famille était couverte de flétrissures et de cloques. La nuit suivant mon retour de voyage aux États-Unis, Ife m'a pris à part et m'a révélé que mon père avait menacé de lui casser une chaise sur le dos, en notre absence, ma mère et moi. Elle avait pleuré à cause de règles douloureuses, ce qui avait déclenché sa colère. La douceur de son esprit lui rappelait trop sa propre mère, et au premier signe de ses larmes sa colère s'allumait toujours et il l'avertissait que c'était un signe de faiblesse. Elle n'avait que quatorze ans. Il la guettait comme un faucon, convaincu qu'au lycée elle tomberait enceinte. Ce soir-là, j'ai fait de mon mieux pour la réconforter alors qu'elle ne pouvait contenir ses larmes, et je me suis promis de ne jamais pardonner la chose à mon père. Pourtant, je ne me suis pas confrontée à lui. Au contraire, le silence s'est noué en moi. Bien avant de partir en voyage, je l'avais senti déjà enchevêtré, après que Shari avait fait irruption dans notre chambre et s'était effondrée sur moi, en pleurs. Elle répétait une danse pour la visite de la reine Élisabeth, en 2002. Lorsque mon père l'avait appris, il avait lâché un feu roulant d'imprécations, lui interdisant de s'y rendre. « Jamais aucun de mes gosses s'inclinera devant cette vampire d'Eliza-bat, avait-il rugi. *Firebun Babylon !* » Shari avait gémi dans mes bras, me racontant l'incendie, le souffle court. Elle n'avait que dix ans, mais elle était déjà l'observatrice la plus aiguisée de sa cruauté – la façon dont il traitait les autres l'avait trop tôt endurcie, et je voyais bien que son esprit s'était rapidement éloigné de lui. Tous les jours, en regardant mes sœurs grandir, j'étais effrayée de voir leur vie et la mienne se muer lentement en boucle sans fin.

*

J'ai passé mon dix-neuvième anniversaire à la maison, enfermée sous le regard de mon père, que le fait pur et simple de la maturité de mon corps offensait. Deux mois s'étaient écoulés depuis mon retour des États-Unis, et ce temps n'avait fait qu'aiguiser ma conscience de ce que j'avais perdu. Si je fermais les yeux, je pouvais presque à nouveau ressentir cette liberté – le vent dans le dos lorsque je me déplaçais dans le monde en étant moi-même, sans jamais craindre qu'on ne renverse l'échelle sous mes pieds sans avertissement. Je me suis accrochée à cette liberté entrevue fugacement aussi longtemps que possible, essayant d'éviter mon père en me nichant dans ma chambre, mais certains jours, il me débusquait, chargé de venin et de rien d'autre.

Un après-midi, il est rentré d'une réunion de Rastafari dans un état d'agitation noire. Il m'a dévisagée au moment où j'entrais dans la cuisine, en marmonnant quelque chose à voix basse. Apparemment, tout ce que je faisais désormais était un fléau aux yeux de Jah, une fille dont la déchéance l'avait également déchu. Sur la pointe des pieds, j'ai contourné le canapé où il regardait la télévision et j'ai essayé de ne pas le regarder. J'ignorais ce qui s'était passé lors de sa réunion, mais des heures plus tard il n'arrivait pas à s'en défaire. Il a traversé la chambre des filles, comme il le faisait parfois pour se rendre à la salle de bains de Lij, vérifiant que nos lits étaient faits et que notre repaire était bien rangé. J'ai fait de mon mieux pour l'ignorer, en enfouissant mon visage dans mon livre. À son retour, j'ai vu qu'il avait un *Sunday Observer* roulé dans ses mains, et il l'a déposé au pied de mon lit.

– Tu sais ce que Jahdami nous a dit, à Moi et à Moi, ce jour ? m'a-t-il demandé.

J'ai fermé mon livre et poussé un soupir avant de le regarder.

– Non, papa.

– Que le Moi écrit comme Shakespeare.

– Oh, dis-je, surprise, voire même flattée de l'entendre. Merci...

– Lui a dit à Moi l'Homme que tu n'écris que pour les Blancs, a-t-il craché, le visage tendu, noué. Tu utilises leurs mots. Pas des mots pour Moi et Moi.

J'avais du mal à reprendre mon souffle. Il s'est approché du lit et m'a lancé un regard noir.

– Tu n'écris pas pour nous, a-t-il insisté.

Ses mots m'ont déchirée, un couteau tranchant mes doux lendemains dans le sens de la longueur. Cela n'aurait pas dû me surprendre, qu'il sache précisément comment me blesser. Mais cela m'a surprise. Les larmes sont montées dans ma gorge, chaudes et amères. Je me suis tenu les genoux et j'en ai pincé le tendre creux.

– Ce n'est pas vrai, papa, ai-je protesté, détestant ma voix chevrotante, mon corps tremblant alors qu'il s'emportait contre moi. Beaucoup de Noirs aiment mes poèmes.

– Jahdami a raison. Certains Kingstoniens peuvent bien t'embrasser et t'aimer, mais tes poèmes ne feront jamais rien pour les Noirs. Ça ne vaut rien. Tu n'arriveras jamais à rien avec cette poésie.

Il a balancé le journal dans ma direction et il est sorti en claquant la porte.

Lorsque la porte s'est refermée et que ses pas se sont éloignés, j'ai enfoncé mon visage dans mon oreiller et j'ai sangloté. Il avait taillé en pièces la seule chose en ce monde qui me donnait un but. C'est ce qui m'avait maintenue en vie ces dernières années, ma planche au milieu de sa tempête. Ce n'est pas son accusation sans fondement qui m'a déchirée, mais sa façon de dénigrer sans ménagement tous mes efforts. Toute la nuit, j'ai pleuré à cause de cette prise de conscience écrasante : après plus de dix-neuf ans, mon père était toujours incapable de me voir. Pour lui, rien de ce que j'écrivais n'aurait jamais d'importance. La poésie était la voix que je m'étais forgée parce que j'étais restée si longtemps sans voix ; j'avais écrit chaque mot pour qu'il m'entende. Maintenant, je savais que c'était impossible. Ma poitrine s'est soulevée, elle était percée. Là, dans la blessure qu'il m'avait infligée, tous les griefs étouffés de la campagne ont plongé en moi, et la blessure cruelle de ses mots a longtemps persisté dans mes jours, dans mes semaines, jusqu'à durcir autant que du basalte, une tumeur noire que j'emportais partout avec moi, serrée comme un poing.

*

Mon père a cessé de m'appeler Budgie. Chaque jour, il devenait plus laid, chaque jour il s'éloignait un peu plus de l'homme qui avait posé ses mains sur le ventre de ma mère à White House et qui m'avait prénommée. Personne n'était à l'abri de son incendie, pas même mon frère. Mon père terrorisait Lij à propos de son acné d'adolescent, lui disant qu'il portait la peste parce que sa *livity* n'était pas saine. Une nuit, après que la voiture de mon père avait tourné en bas de la colline et qu'il était parti, mon frère a finalement cédé sous des années de tourments et il a pleuré. Mes sœurs et moi étions tellement stupéfaites de ses pleurs que nous avons formé un cercle autour de lui, et nous avons tous chialé, la bouche ouverte en un cri primal, trempés de sueur et de larmes, traversés par des années de douleur, chacun absorbant celle de l'autre. Montrant les dents, j'agrippais mes frère et sœurs, en proie à la colère de me sentir si impuissante.

Un soir, à peine deux semaines plus tard, j'ai trouvé ma mère accroupie seule dans sa chambre, la tête dans les mains, l'air d'avoir vu un fantôme. J'ai insisté pour en savoir davantage, mais elle n'a rien voulu dire. Je me suis donc assise avec elle et j'ai attendu. Quatre mois s'étaient écoulés depuis notre retour de l'Étranger, et les heures endiablées de notre voyage n'étaient plus qu'un vague écho dans nos têtes. À notre retour, je l'avais vue replonger en moins d'une semaine dans la stupeur de notre vie rigide, enterrant la femme qui avait brillé de mille feux en présence de sa sœur. Sa régression alarmante m'avait anéantie, et je commençais à penser que je ne pourrais jamais échapper à cette vie.

– Tu n'as aucune idée de ce que c'est, m'a chuchoté ma mère brouillée de larmes.

Je me suis agenouillée devant elle et j'ai écouté. Elle avait la respiration oppressée, les yeux écarquillés avec un regard terrifié que je ne lui avais encore jamais vu.

– Tout ce que j'absorbe, tu ne sais même pas... Juste pour que tu n'aies pas à...

Je l'écoutais parler, et un nœud brûlant s'est formé dans ma poitrine. Mon père l'avait maudite de lui avoir gâché la vie, m'a-t-elle confié. Il lui reprochait d'avoir quatre enfants, il lui reprochait ce fardeau qui avait coulé ses rêves de célébrité. Elle parlait, et j'ai serré ses paumes dans les miennes, étranglée par mon impuissance. Tout au long de mon adolescence, j'avais toujours senti des luttes et des calamités contre lesquelles ma mère me protégeait, mais c'était la première fois qu'elle s'en ouvrait à moi. Cela m'anéantissait de l'entendre à cet instant me décrire la situation.

– Maman, pourquoi ne dis-tu jamais rien ? ai-je demandé, ma voix se brisant sur les mots. Pourquoi tu ne le quittes pas ?

À cette question, elle a ouvert de grands yeux, plaqué les mains sur ses oreilles et secoué la tête comme un bambin, effrayée à cette idée. Pendant tant d'années, j'ai souhaité que la femme qui avait failli le quitter revienne. La pâleur du visage distordu de ma mère me soufflait que cette femme-là était partie depuis longtemps. J'avais dix-neuf ans et j'étais protégée, encore trop jeune pour comprendre ce que ma mère avait vécu depuis ses dix-neuf ans. Alors que je tâchais de la réconforter, je ne voyais pas les signes de ce qu'elle avait vécu toute sa vie. Que l'on pouvait vivre sous l'influence d'un partenaire, si longtemps que toute autre éventualité en paraissait terrifiante. Que l'on pouvait être isolée de sa famille, sous influence et frappée d'impuissance. Que l'on pouvait être trop pétrifiée pour partir. Que si peu de femmes s'en sortaient.

Mais à ce moment-là, sous le coup de la maltraitance que je subissais moi-même, je n'avais pas ces mots ; tout ce que je désirais, c'était que ma mère me protège, que quelqu'un prenne ma défense, comme tante Audrey l'avait fait avec son mari. En embrassant ma mère et en la consolant, je me suis souvenue de ce que j'avais déjà appris au pied des ossements de dinosaures. Il n'y avait personne dans cette maison pour s'opposer à la terreur de mon père. Mes sœurs, mon frère, ma mère, tous m'avaient avoué ses méfaits parce qu'ils voulaient quelqu'un pour les défendre, comme je l'avais toujours fait. Et maintenant, il n'y avait devant moi personne d'autre que moi.

Au cours des semaines qui ont suivi les confidences de ma mère, je me suis muée en nid de vipères, distillant la douleur de ma famille dans le venin de ma fureur, de sorte que la fois suivante, lorsque mon père est rentré en colère d'une réunion avec ses frères rastas, j'étais prête. Mes sœurs et moi regardions la télévision, nous fabriquant une guirlande de nos moi futurs, rêvant à la première chose que nous ferions quand nous serions libres. Lij était parti à sa séance d'entraînement au débat et n'était pas à la maison. J'étais assise devant l'ordinateur, à côté de la télévision, dos au canapé où mes sœurs étaient assises. Ma mère allait et venait entre le salon et la cuisine, se levant de temps en temps pour aller surveiller sa casserole, en attendant que mon père reparte au travail. Le regard fantomatique que j'avais vu dans ses yeux ce soir-là ne m'a jamais quitté. Des semaines plus tard, son visage avait déjà vieilli, il était encore plus brûlé par le soleil et creusé de rides, d'un gris de pierre et figé dans l'hypnose, ligoté à ses devoirs par une corde invisible. À ce moment-là, mon père est entré au salon, sa fumée sombre noyant l'air. Mes sœurs et moi avons prudemment détourné les yeux, il se dressait au milieu de nous, brisant notre cercle sacré. Il nous a regardées, Shari, Ife et moi, et il a secoué sa tête brûlante.

– Moi et Moi devons être maudits, s'est-il écrié sans s'adresser à aucune d'entre nous en particulier.

Il aimait que son auditoire garde le silence. Il aimait que ses femmes soient dociles.

– Jah le sait, ma star, a-t-il dit à maman, qui était retournée s'asseoir sur l'accoudoir du canapé à côté de Shari. J'étais chez Ras I-gi et sa fille de huit ans a préparé le petit déjeuner pour tous les frères rastas. Et elle nous a tous servis. Elle a huit ans. Quel bel esprit. Silencieuse et humble comme toujours.

Maman n'a pas répondu, si ce n'est un léger hochement de tête. Il n'avait pas besoin que nous réagissions. Il parlait, et mes sœurs se sont affaissées dans leurs sièges, courbées sous une force invisible. Je lui tournais le dos et je n'ai pas bougé.

– En la regardant faire, j'ai eu tellement honte de mes filles. Je ne crois pas qu'une seule de vous trois ait jamais mis une casserole d'eau à bouillir pour moi. Une de vous a déjà pris un balai ?

Maman s'est levée de l'accoudoir du canapé et a disparu dans la cuisine ; je me suis retournée pour la regarder partir et j'ai entraperçu sur son visage une expression fugace de résignation lasse. J'aurais aimé que tante Audrey soit ici avec moi sous cette lumière brûlante, quelque part derrière moi pour me défendre. Elle n'avait peur de personne et disait à tout le monde le fond de sa pensée, claire comme de l'eau de roche.

– Et toi, tu…

Mon père a pointé ses crocs vers moi. Je lui tournais le dos et ne le regardais toujours pas, mais je le sentais qui lorgnait le moindre de mes mouvements.

– Moi l'Homme déteste ta façon de corrompre ta sœur. Chaque jour de plus en plus.

Il parlait, et j'en avais le visage brûlant, mais je ne réagissais pas. Il avait toujours besoin d'assener ses coups de bélier. Je gardais les yeux fixés sur l'écran de l'ordinateur.

Il s'est rapproché de moi.

– Tu ne vaux rien, m'a-t-il lâché avec une froideur reptilienne. Tu n'auras jamais de mari parce que tu ne sais ni cuisiner ni faire le ménage. Tu crois que Moi l'Homme te voit pas baguenauder ici en short et en boucles d'oreilles, à gigoter ton corps ? Tu n'es rien d'autre qu'une Jézabel.

Le sang me montait aux oreilles, et le toit de la maison vibrait au rythme des battements de mon cœur qui palpitait au fond de ma gorge, essayant de se frayer un chemin au-dehors. J'ai retiré ma main de la souris.

– Oui, a-t-il repris – et sa voix était un couteau froid, sachant qu'il avait enfin atteint la veine qu'il visait. Tu n'es rien d'autre qu'une Jézabel.

Je suis restée assise sans bouger sur ma chaise et j'ai fermé les yeux. J'étais là, sous ce feu familier. Pendant une décennie entière, j'avais vécu sous ses vilaines paroles, je m'étais recroquevillée sous ses mains cruelles, j'avais avalé son venin en silence. Mais dès qu'il m'a craché ce mot, j'ai compris exactement qui j'étais. Sans ouvrir les yeux, j'ai parlé, enfin.

– Tu n'as pas le droit de parler de moi comme ça, ai-je dit.

Ma voix était trop claire, comme un chant d'oiseau. Je me suis tournée vers lui.

– Je ne vais plus l'accepter.

Ses yeux se sont écarquillés. Je ne voyais plus que son visage, sa bouche était une fissure noire, béante.

– Je n'ai pas peur de toi, ai-je menti. Personne ne dira rien, mais moi, si.

Je ne pouvais pas voir ma mère, mais j'ai senti le souffle chaud de la maison se resserrer, mes sœurs redresser la colonne vertébrale, me regarder.

– Tu ferais mieux d'arrêter de parler, ma fille, m'a avertie mon père, d'une voix dure.

En disant cela, il ne m'a pas regardée.

Personne n'a parlé. Il était cambré, le regard mortel, prêt à bondir. Des coups de sabot dans ma poitrine.

– Non. Je ne m'arrêterai pas de parler.

Je n'ai pas bronché. Je serais un cœur de lion, comme il l'avait toujours enseigné.

– S'il te plaît, arrête de parler de moi comme si je n'étais pas là. Ne piétine pas mon nom.

À ce moment-là, les yeux de mon père ont rétréci, réduits à deux lames et il s'est rué sur moi. Il secouait la tête en tous sens et ses cheveux fouettaient ses épaules. Sa bouche postillonnait. Il se tenait au-dessus de moi, sa figure renfrognée était si proche que je sentais la chaleur de son souffle, et il a levé sa lourde main en l'air. Mon cœur cognait à mon oreille, il me dominait, mais j'ai levé les yeux de ma chaise et j'ai soutenu son regard.

En l'observant, j'ai fini par ressentir la chose. Une sorte de courant enivrant. Un petit sourire narquois s'est dessiné sur mon visage.

Un coup de tonnerre soudain s'est abattu sur moi, mon père a grincé des dents et des dreads se sont abattues sur moi.

– Sale fille grossière, irrespectueuse ! m'a-t-il beuglé à l'oreille. Je ne sais pas où ta mère t'a eue, mais tu n'es pas ma fille.

– J'aurais aimé ne pas l'être.

Toutes ces années de silence face à sa terreur venaient de déborder en moi ; les mots de ma mère, de mes sœurs, la douleur de mon frère, toutes nos peurs, nos blessures et notre animosité étouffées jaillissaient maintenant de moi comme de la lave. La pierre sombre de la honte et de la peur qu'il avait logée en moi toutes ces années semblait s'effriter, me libérant de ce que j'avais cru sans fin. J'ai haleté sous le poids de ce qui s'en allait.

Mon souffle s'est arrêté, mon cœur a ralenti, aussi noir qu'une rivière.

Mon père se dressait, le poing serré. J'ai senti la chaleur de ses mains s'approcher de mon visage. Je n'ai pas cillé.

Son poing s'est transformé en doigt et s'est pointé contre mon front comme une arme chargée.

– Tu dois avoir un homme prêt à te prendre, ma fille, c'est pour ça que tu t'adresses au Moi comme une folle.

J'ai soutenu son regard. Si je m'étais levée de ma chaise à ce moment-là, il l'aurait vu : j'étais aussi grande que lui, maintenant, et même un peu plus. J'avais un nouveau fer au feu. Un fer trempé dans le fer. Et ce n'était pas lui qui l'avait fondu, c'était moi. Dehors, l'air de la nuit sifflait et moi, je l'observais. Son ombre qui me dominait masquait la lumière du plafonnier, mais dehors il y avait assez de lumière, et je le savais : je serais la seule à pouvoir façonner la femme que j'étais en train de devenir. Je ne savais pas ce que cela coûterait, ni combien de temps cela prendrait, mais j'étais prête à tout sacrifier pour y parvenir.

– J'espère que tu as un endroit où vivre, a grogné mon père. Parce que tu ne peux plus vivre ici. Au retour de Moi l'Homme, tu auras intérêt à ne pas être sous mon toit.

24

L'Annonciatrice de Babylone

J'ai fait les cent pas sous la sombre véranda et j'ai scruté l'obscurité depuis le promontoire de la maison, au sommet de la colline. Mon père avait filé au travail dans un crissement de pneus et serait de retour le lendemain matin, sa sentence de me voir partie avant son retour sonnant le glas dans ma tête. Mes frère et sœurs étaient allés se coucher, terrifiés à l'idée que je sois jetée dehors. En fouillant l'obscurité, j'ai pensé à mes sœurs, me demandant si c'était l'avenir qui les attendait elles aussi. Il n'y avait pas de réverbères. Il n'y avait rien d'autre qu'un ciel clair parsemé d'étoiles, et je n'en avais jamais vu autant. Sous leur myriade d'yeux scintillants, je me demandais où j'étais censée aller. Dès que le jour se lèverait, mon père remonterait la colline, ne voulant plus rien savoir de moi, et que se passerait-il alors ? Il avait tort. Il n'y avait pas d'homme qui attendait de m'accueillir. Ma seule amie, Ann-Margaret, de mon ancien groupe de poésie, vivait à plus de cent kilomètres de là, à Kingston. Ma grand-mère, qui n'avait ni voiture ni téléphone portable, dormait déjà et elle était injoignable, au milieu d'un lotissement labyrinthique de Spanish Town, à quatre heures de route. Tous ceux avec qui j'avais partagé un rire ou un mot furtif s'étaient déjà envolés vers des soleils plus éclatants. La mer était maintenant si peu visible à l'horizon que je ne réussissais plus à sentir l'attraction de ses vagues.

Autour de moi se profilait la sombre crête des montagnes, dentelée, vigilante. C'était là que se dressaient les soutiens et les piliers de notre pays. La campagne reculée où naquit notre première rébellion d'esclaves. Les voix des fugitifs résonnaient encore dans ces collines impénétrables, où un vaste réseau de grottes s'était formé à partir du calcaire envahi par la brousse, et où les guerriers Marrons avaient pris en otage les soldats anglais incapables de s'orienter en pareil terrain. Les Anglais criaient des ordres, mais ils n'entendaient que la réponse de leurs propres voix déformées, jusqu'à finir emportés par la folie, incapables de se regarder en face. Maintenant, cette nuit bavarde me rendait folle, un frisson froid me parcourait les os. Une fille, incapable de se regarder en face.

J'ai suivi le contour noir de la forêt enchevêtrée en contrebas. Les yeux d'une créature invisible me regardaient en retour. Une créature sinistre. Le fantôme d'une brume lente serpentait dans la vallée, et quelque chose a tremblé de l'autre côté de la rue. Là, émergeant des longues herbes, se trouvait une femme en blanc. Cette femme ressemblait à une araignée qui s'échappe de sa toile immense. Son visage était le mien, mais engourdi et maculé. Elle avait la tête baissée, ses dreadlocks emmaillotées dans un foulard blanc sur la tête, et elle marchait silencieusement sous le regard d'un Rastaman. Tel était l'avenir qui m'attendait entre les mains de mon père. Le spectre pâle qui m'était apparu pour la première fois il y a des années lors d'un Kwanzaa, alors que je fuyais la salle déconfite des femmes rastas. J'ai frissonné en regardant mon moi gris descendre la colline, placide dans sa robe de crêpe blanc. Toute sa rage s'était étouffée. Sa longue jupe se confondait avec les ombres du jour, tous ses rêves s'étaient embrasés depuis longtemps. Elle avait cuisiné, nettoyé et opposé des réticences à son homme, mis en ce monde une fille après l'autre, qui à leur tour ont cuisiné, nettoyé et opposé des réticences à leur homme. Ensuite, elle avait fini avec un bébé dans son ventre et un bébé dans les bras, tandis que son Rastaman s'ébattait au fond d'un lit avec une autre. Être l'humble épouse d'un Rastaman. Ordinaire et désintéressée. Ma voix et mes vices, niés. Tel était l'avenir que mon père construisait pour moi. J'ai empoigné la barre froide de la véranda, des papillons de nuit fantômes dansaient autour de mon visage. Il me fallait trancher la gorge de cette femme. J'avais besoin de la faucher, de la faire sortir de moi. Il me fallait la quitter pour quitter cet endroit. Je devais fuir.

– Où que tu ailles, j'irai aussi.

La voix de ma mère a résonné telle une cloche dans l'espace qui nous séparait. Elle se tenait dans l'encadrement de la porte, vêtue d'une chemise de nuit noire, le flot de ses dreadlocks retombant dans son dos. Son visage était calme et ensommeillé.

– Il n'y a que toi et moi. D'accord ?

J'ai acquiescé.

– Il fait froid. Reviens à l'intérieur, a soufflé ma mère, la voix recrue de sommeil mais chaleureuse.

J'ai jeté un dernier coup d'œil vers la nuit, où la silhouette grise de la femme s'estompait lentement dans l'obscurité, puis j'ai fait un pas à l'intérieur.

Ma mère m'a pris la main. Son visage était sévère, ses sourcils froncés en une ligne sombre. « Écoute-moi bien. Tant que je vivrai, aucun de mes enfants ne sera à la rue », m'a-t-elle promis. Toute la frayeur que j'avais perçue en elle le soir où elle avait pleuré effondrée au sol s'était envolée. Il n'existait pas de monde dans lequel nous serions séparées, me promettait-elle maintenant. « Jamais de la vie. » Elle m'a attirée dans ses bras et j'y suis restée un moment, ressentant là une sécurité que je n'avais plus éprouvée depuis des années. Je me suis blottie contre elle et j'ai pleuré, inondée de gratitude parce qu'elle m'avait sauvée, une fois encore. Avant cette nuit-là, lorsqu'elle m'a arrachée au terrible spectre rôdant dans l'obscurité, je n'avais pas compris que pour ses enfants, ma mère avait toujours été forte. C'était elle qui avait fait en sorte que j'étudie la poésie. C'était elle qui avait insisté, contre l'avis de mon père, pour que je sois autorisée à me lancer dans le mannequinat. C'était elle qui m'avait permis d'aller à l'ONU. Elle avait toujours été là, guidant les moments les plus cruciaux de ma vie comme une main invisible. Tout comme elle avait couru dans la mer pour me sauver de la noyade, face à la perspective renouvelée de me perdre, elle affirmait : plus jamais.

Lorsque mon père s'est engagé dans l'allée le lendemain matin, encore furieux de mon éclat, ma mère était debout, impassible, et lui a répété ce qu'elle m'avait déjà dit : « Où qu'elle aille, j'irai aussi. Il est hors de question que tu fasses à mon enfant ce que ta mère t'a fait. » Jamais je ne l'avais vue aussi ferme, son visage empreint d'une fureur tranquille. Et c'était tout. Mon père ne pouvait imaginer une vie de labeur sans les mains de ma mère. Il a donc décidé que ce n'était non pas moi, mais la maison qui était maudite, et nous avons de nouveau déménagé.

Pourtant, la figure hantée est restée en moi et m'a poursuivie. Après que le reflet en lambeaux de cette femme m'était apparu cette nuit-là, j'ai su que rien dans ma vie ne pourrait jamais rester inchangé. J'étais désormais résolue à faire l'inévitable. Pour me sauver de cet avenir que j'étais maintenant déterminée à défaire, je devais me libérer d'elle. Je devais partir.

*

La mer n'était qu'à une courte distance en voiture et le vent était toujours chargé de sel. Là, notre sixième maison, dans un quartier appelé Ironshore, ma mère et moi avons repris racine. J'avais dix-neuf ans et, pour la première fois, j'avais ma chambre à moi, dans laquelle je restais jour et nuit, à lire et à écrire. Mon père et moi avons conclu une sorte de trêve polie, en esquivant nos griefs et en ne reparlant plus jamais de ce soir-là. Mais toutes les vilenies qu'il avait proférées pesaient sur mon esprit aussi lourdement que les dreadlocks sur ma tête. Le spectre de la femme en blanc avait troublé ce qui était déjà fragile entre nous. Mes dreadlocks m'attachaient à elle, parce qu'elles m'attachaient à lui. Et chaque jour, j'avais envie d'être un couteau aiguisé, de trancher.

Mes matinées à Ironshore ont bientôt commencé par un rêve récurrent qui me réveillait en sursaut. Je rêvais que je mâchais du papier journal, de pleines bouchées d'encre amère et de bouillie grise, toute la nuit, qui m'empêchait de parler. Je me réveillais en gémissant, la mâchoire fatiguée, essayant de dire quelque chose. Après avoir rêvé des semaines que je mâchais du papier journal, j'ai demandé à ma famille ce qu'elle en pensait, ce que cela signifiait. Mes parents tenaient un livre de rêves qui leur indiquait quels numéros de billets de loto acheter, mais personne n'avait de théorie satisfaisante pour expliquer ce rêve de ma bouche close mâchant non sans mal la pulpe amère d'un journal. Personne, excepté mon père. Il m'a suggéré : « Tu devrais peut-être te laver la bouche avec du savon. »

J'ai d'abord évité de m'endormir pour m'éviter de rêver et je veillais en lisant les romans que je suppliais les amis de la famille en visite des États-Unis de me rapporter : Dostoïevski, Kafka, Hesse. Je me suis perdue dans leurs sombres cathédrales, apaisée par les chants des grillons. J'écrivais des poèmes sur des amours imaginaires, des mondes imaginaires. Malgré ce que mon père avait dit de moi, je suis devenue la servante de la famille, passant mes heures et mes jours à nettoyer après mes trois frère et sœurs et mes parents, qui avaient toujours tous quelque part où aller, et faisaient s'entrechoquer les plats devant moi pour que je les nettoie. Je me tenais à la fenêtre de la cuisine, lavant cette montagne de casseroles qui vacillait, perdue dans mes propres catacombes. C'est ainsi que la terreur m'est apparue à nouveau : en levant ma tête fatiguée de l'évier de la cuisine, je me suis vue, dehors, au portail, sous le manguier, ma robe de crêpe blanc flottant dans la brise marine. La femme silencieuse qui reflétait ma perte future. Elle me fixait avec noirceur derrière le portail, les yeux écarquillés et vides. Je voulais me frayer un chemin hors d'elle, quitter cet endroit. Mais tous les soirs, je me tenais à la fenêtre de la cuisine pour faire la vaisselle, et tous les soirs, elle était là, me regardant depuis la gorge de la nuit. Plus les jours s'étiraient entre moi et l'université, plus je vivais sous le toit de mon père sans espoir de partir, plus elle me fixait. Au fil des semaines, son visage s'est rapproché, s'infiltrant comme une fumée par la porte d'entrée, debout au milieu de la cour sous l'emprise de la lune, entrant presque dans le cadre de la fenêtre de la cuisine.

Jusqu'à ce que nous soyons enfin face à face. Comme à travers un miroir brisé, elle portait mon visage, simplement plus vieux et marqué de cicatrices de détresse, négligé et fatigué, sans parler jamais. Elle n'avait rien à dire. Elle se contentait de me fixer, les yeux écarquillés, et parfois des ombres-enfants aux mains poisseuses la tiraillaient par son ourlet. Et puis un soir, j'ai tendu le bras, et soudain nos mains se sont touchées. D'une lignée à l'autre, à travers le voile effiloché de mon avenir et du sien.

L'aube a percé et je me suis réveillée, incapable de bouger. Incapable de parler. Immergée et en proie à la fièvre, ma gorge me brûlait et mes membres me faisaient souffrir. Je nageais dans mes draps, en sueur, la tête faible, et j'ai crié. Brûlante dans mon lit, je pleurais à chaudes larmes, ce qui n'a fait qu'accroître ma douleur. Ma mère s'est assise au bout de mon lit et m'a massé les pieds, m'a fait boire de l'eau de coco, de la soupe, du jus frais, du thé à la menthe. Rien n'y faisait. Au bout de trois jours, j'étais toujours échouée, je me plaignais, je me tordais dans le cauchemar de ce spectre. Une nuit, je me suis réveillée en sursaut dans le noir, presque étranglée dans mes draps, et pour la première fois, j'ai finalement regretté d'avoir ma chambre à moi.

À peine visible dans l'obscurité, une petite silhouette miaulait sur le sol en tirant sur le drap de mon lit. Un bébé. Il gémissait pour moi comme un chat, et le son m'a frappée. Il a lentement traîné sa silhouette rougeoyante sur le sol, tiré sur mon lit de ses mains goudronneuses. Je ne pouvais pas bouger. Tous les murs pelaient sous l'effet de ces pleurs étranges. Je la sentais là derrière moi, dans le coin. La femme en blanc, qui me dévisageait, en signe d'avertissement. Et maintenant, cette créature, qui m'appelait, et qui l'appelait.

Je me suis réveillée essoufflée et en pleurs, encore endolorie par la fièvre, et j'ai vomi un liquide aussi clair que de l'eau de mer.

Ma mère est restée à la maison avec moi jusqu'à la chute de la fièvre, en passant souvent la tête à la porte pour me demander comment j'allais. Je lui répondais « toujours malade », d'une voix brisée. Elle m'a apporté un plateau de thé et des biscuits dans ma chambre et s'est assise à côté de moi, les yeux inquiets, en pressant mes chakras avec ses mains. Certains jours, elle me racontait le conte folklorique du début de notre vie, m'ancrant dans le monde avec elle. Mon lit était trempé de sueur et je ne pouvais rien avaler. Devenue grise et plus maigre que jamais, je luttais contre le quatrième jour de fièvre, même si cela me faisait l'effet d'être le dixième. « Je n'en peux plus », me suis-je plainte à ma mère.

Tous les jours, je regardais ma vie s'étirer devant moi dans un néant incessant et je me demandais à quoi servait cette existence si tout ce qui m'attendait c'était de devenir la femme d'un Rastaman ? Devenir aussi dévouée et effacée que l'avait été ma propre mère, elle qui avait enfoui ses désirs en ce lieu inconnu, si profondément qu'elle avait oublié ce qu'ils avaient été. Qui devenais-je maintenant, à dix-neuf ans, quatre ans déjà après avoir quitté le lycée ?

Le cinquième jour, j'ai annoncé à ma mère : « J'ai envie de mourir », en sanglotant dans sa poitrine.

Elle s'est effondrée sur moi, elle tremblait et j'ai tremblé avec elle.

– Non, m'a-t-elle répondu en me berçant. Non, non, non, non. Si tu meurs, je meurs aussi. Tu n'iras nulle part sans moi.

Elle a posé sa main chaude sur mon front, et son sixième doigt m'a doucement gratté la peau.

– Où que tu ailles, j'irai, a-t-elle répété en me berçant de sa chaleur. Alors dis-moi, je t'en prie. Que puis-je faire ?

Ma mère a appelé une amie pour qu'elle vienne l'aider, le matin suivant la tombée de ma fièvre. Elle a choisi un jour où elle savait que mon père serait absent. Mes frère et sœurs étaient tous partis à l'école et son amie, Sœur Idara, est arrivée avec le sourire, fin prête. Elles m'ont d'abord versé des tasses d'eau chaude sur le cuir chevelu pour ramollir les cheveux, puis elles m'ont massé les racines à quatre mains. J'ai penché la tête au-dessus du bac à lessive pendant qu'elles faisaient mousser et frictionnaient mes dreadlocks. J'ai fermé les yeux et tenté d'imaginer ce qui allait se passer ensuite. Les deux femmes m'ont soulevée du bac en me soutenant par les bras et ont enveloppé mes cheveux mouillés dans une serviette. Nous avons marché toutes les trois, bras dessus, bras dessous, jusqu'à ma chambre. Il n'y avait pas d'autre bruit dans la maison que le roucoulement de la colombe pleureuse. Je me suis agenouillée au pied des rideaux de ma chambre qui se sont soulevés sous la brise. Je me suis blottie nerveusement entre les genoux de ma mère et j'ai attendu.

– J'ai aussi vécu cela avec ma fille aînée, a expliqué Sœur Idara à ma mère. Après toute cette colère, nous avons surmonté. La distance aide, bien sûr.

Sœur Idara était l'épouse américaine de Jahdami. Elle vivait à l'étranger avec ses deux enfants la majeure partie de l'année pendant qu'il était ici, à créer des problèmes au reste d'entre nous. C'était une femme rasta ronde et joviale qui enveloppait ses dreadlocks et son corps dans des tissus africains assortis. Elle rayonnait d'une sagesse chaleureuse et d'une gentillesse naturelle, et j'avais beau me creuser la tête, je n'arrivais pas à l'imaginer se lover dans le lit d'un cobra comme Jahdami. Ma mère lui avait demandé d'être ici parce qu'elle offrait un bouclier parfait. Mon père ne pouvait pas décharger sa colère sur Sœur Idara puisqu'elle était l'épouse de son bon frère, et comme Idara devait repartir aux États-Unis le lendemain, il ne pouvait cracher du feu qu'au téléphone.

– Tu lui as expliqué ce qu'on faisait ? ai-je demandé à ma mère.

– Non, m'a-t-elle répondu. Mais je n'ai pas besoin de sa permission.

Maman m'a priée de baisser la tête et j'ai baissé la tête. Elle m'a demandé si j'étais prête, et j'ai dit oui. À côté de moi, la brise marine dessinait des formes féminines dans la dentelle de mon rideau, et aucune de nous n'a parlé. Je ne sais pas qui a tenu les ciseaux, ni qui a exécuté la première coupe. Tout ce que j'ai entendu, ce sont les charnières des ciseaux qui s'ouvraient et se fermaient, les lames qui coupaient. Et puis, de longs roseaux de cheveux noirs se sont détachés de leurs mains véloces. Mes dreadlocks sont tombées autour de moi comme des membres gâtés. J'ai alors fermé les yeux, car j'étais incapable de regarder ce que je perdais. J'avais râlé si longtemps et je ne m'attendais pas à ce que cela revête tant d'importance le moment venu. Mais en cet instant je me rendais compte que cela avait beaucoup d'importance. Toutes mes dreadlocks tombaient et ma gorge brûlait d'un remords singulier. Qu'était Méduse, sans ses serpents ?

Il y avait des cheveux. Tant de cheveux. Des cheveux morts, des cheveux de mon ancien moi, des mèches en toile d'araignée, des cheveux pelucheux de vieil uniforme, des cheveux en coussins d'éponge et en filaments de mandarine. Toute une vie s'est retrouvée dans mes cheveux, les cheveux tressés l'année où je m'étais cassé une dent, les cheveux tressés le jour où nous avions récolté des cendres de canne à sucre dans le jardin. Des cheveux de nos années de vaches maigres, des cheveux des années de vaches grasses, des cheveux en pollens de soucis, des cheveux de l'aloe vera de ma mère, des cheveux tressés d'ixoras sauvages par mes sœurs, des cheveux de la force des marées dans notre village de bord de mer, des cheveux de sable, des cheveux de larmes de sel, des cheveux épais du sang de mes poignets tranchés. Des cheveux de mon attachement, des cheveux de mon vilain manque, des cheveux de paroles paternelles amères, des cheveux du monde cruel, des cheveux m'attachant à la ceinture de mon père, des cheveux luttant contre les railleries des têtes chauves dans la rue, des cheveux de mon moi solitaire, des cheveux enveloppant les cheveux du fantôme de la femme en blanc, des fils de cheveux rouges, des siècles de cheveux, un avenir galopant de cheveux incorrigibles, tous coupés, et qui tous tombaient loin de moi.

Lorsqu'elles ont terminé, mon cou et ma tête étaient si légers qu'ils oscillaient, instables. Les amarres étaient tranchées, et j'étais redevenue neuve, libre de tout fardeau. Quelqu'un de différent, me suis-je dit. Une fille capable de choisir ce que serait la suite des événements.

Ma mère a tenu un miroir devant moi, et une étrange jeune femme me clignait des yeux. Je me suis sentie exposée. C'était la première fois, depuis ma naissance, qu'on m'avait coupé les cheveux.

– Comment te sens-tu ? m'a demandé Sœur Idara.

J'ai touché ma chevelure, qui formait maintenant une coiffure afro douce et courte, aussi noire que de la laine d'agneau. Lorsque mon visage m'est apparu, je ne me suis pas reconnue.

– Je ne sais pas, ai-je répondu.

Je m'efforçais d'assimiler tout cela, cette apesanteur inconnue, tournant la tête en tous sens dans le miroir, essayant de trouver une lumière ou un angle qui me convienne. Agitée de n'en trouver aucun. C'est mieux. Beaucoup mieux.

Ma mère a ramassé toutes mes dreadlocks tondues sur le sol, désormais de longues choses mortes et desséchées, brindilles et ficelle, et une décennie de crasse et de peluches. Elle les a balayées dans un sac Lada noir.

– Tu veux les garder ?

– Oui, ai-je répondu.

Ma réponse m'a surprise. Je lui ai pris le sac des mains et je l'ai soulevé : il était plus léger que je ne l'aurais cru.

Je me suis levée pour les serrer toutes les deux dans mes bras et j'ai senti que je risquais de m'envoler. Désarrimée et étourdie, je me suis crue libre, jusqu'à ce que je pense pour la première fois à mon père. À sa colère. À ce qu'il risquait de me faire.

– Ne t'inquiète pas pour ça, m'a rassurée ma mère. C'est moi qui vais recevoir toute sa colère.

Je les ai remerciées et j'ai passé mes doigts dans mes boucles, en m'effondrant dans la chaleur de leurs corps. Leurs mains m'enveloppaient de terre et de lumière, comme une bénédiction. Nous sommes restées ainsi un moment, respirant la puissance l'une de l'autre. Et comme une frange de filaments qui me chatouillait, il y avait là, contre mon épaule, le murmure d'une troisième main, d'une autre femme, qui me faisait renaître en ce monde.

Après avoir résisté, fouetté et rasé par le feu l'autel de ma mère, tout ce que mon père me réservait encore, c'était sa douleur. Douleur que j'aie choisi de me défaire de cette marque sacrée de Rastafari, la marque que je portais depuis l'âge de huit ans. Douleur que j'aie commencé à me séparer de lui. Douleur que je ne sois plus reconnaissable comme l'une des siennes. Désormais, chaque fois que nous allions ensemble dans le monde, personne ne croyait que j'émanais de lui, les gens me prenant à plusieurs reprises pour sa jeune amante. Mon père était terriblement blessé, et je représentais un rappel journalier de cette blessure. Ma mère ne semblait guère se préoccuper de tout cela, s'étant engagée dans une sorte de transfert de pouvoir, animée d'une énergie qui gagnait en éclat et en force au fil des jours. Je l'entendais rire dans la lumière de la cuisine avec son amie tante Crista, qui n'était pas une femme rasta, mais l'une des anciennes petites amies de mon père à l'époque où il était la coqueluche adolescente de Future Wind. Elle vivait près de chez nous à Ironshore et, après notre emménagement dans ce nouveau quartier, elle venait plus souvent nous rendre visite. Je me suis approchée : ma mère et elle étaient plongées dans la rêverie d'un passé lointain. Ma mère et tante Crista étaient toutes deux nées avec des cheveux si lisses qu'aucun crayon n'aurait pu y tenir, il aurait glissé entre leurs mèches comme de la soie. Même si ma mère avait des dreadlocks, toute ma vie j'ai vu la racine de ses cheveux pousser si vite et si droit que ses dreadlocks ne s'arrêtaient jamais au sommet de son crâne. De leur côté, mes cheveux afro avaient rapidement poussé rebelles. Je n'avais aucune idée de ce qu'il fallait en faire, et maman ne me donnait aucune instruction, tant la texture de mes cheveux était différente de la sienne.

– Elle a des cheveux si épais ! s'est écriée tante Crista en m'examinant la tête.

Maman a acquiescé.

– Et elle a la tête trop délicate ! Je te dis qu'elle criait quand elle était petite rien qu'à voir le peigne.

Encore maintenant, j'évitais le peigne (il n'y en avait pas un seul dans notre maison), préférant laisser mes cheveux libres de flotter à leur guise. La première fois qu'elles m'avaient vue sans mes dreadlocks, mes deux sœurs m'avaient acclamée avec joie, elles aimaient enfoncer leurs mains dans mes cheveux, les yeux brillants d'espoir.

– Djani doit quand même être fâché, hein ?

Ma mère a secoué la tête avec une grimace signifiant qu'on était loin de tout savoir, puis elle a appuyé fermement l'index sur sa lèvre.

– Je te raconterai, a-t-elle soufflé à tante Crista.

415

Le plus fort de la colère de mon père a brûlé derrière des portes closes, mots grossiers étouffés, objets jetés et incantations à Jah. Ma mère n'en a jamais partagé le détail avec moi, mais mes frère et sœurs et moi l'avons entendu hurler sa rage. Par la suite, il ne m'a plus adressé la parole pendant des semaines, dérobant ses regards. Il avait mis du temps à accepter sa fille si désobéissante et dû se demander, comme moi, où j'allais me diriger ensuite, ainsi que notre famille.

Un après-midi, il s'est finalement approché de moi comme le visiteur d'un zoo s'approche d'un enclos d'animaux. En me tournant autour sous la véranda, il a observé mes cheveux coupés, maintenant si épais que mes doigts avaient du mal à les démêler. Toute ma vie, on m'avait répété de ne pas toucher à mes cheveux, j'avais donc pris l'habitude de les ignorer. Désormais, ils occupaient mes journées, le lavage et le conditionnement, la frustration de me réveiller avec des nœuds, l'impatience de les voir repousser à la longueur de mes dreadlocks. Mon père a contemplé ma tête dans son état d'épaisseur indomptée, et il a eu l'air content.

– Tes cheveux ressemblent aux miens quand j'étais enfant, m'a-t-il confié avec un sourire aussi large que le soleil de midi.

Il s'extasiait sur mes cheveux et me complimentait, et la femme floue est sortie du mur derrière lui. Elle était muette, dans sa robe blanche.

– Ces cheveux sont ta force, a-t-il ajouté. Laisse-les tels quels et ils pousseront.

Elle avait les yeux grands ouverts, sans cligner. Sans rien dire. Elle n'attendait que moi.

*

Le salon de coiffure exhalait des odeurs chimiques, de peroxydes et de cheveux brûlés. Huit mois après avoir coupé mes dreadlocks, j'étais sur le point de fêter mon vingtième anniversaire. Je suis entrée pour la première fois dans ce monde de miroirs, les regards de toutes ces femmes se sont tournés vers moi et je me suis sentie intimidée. J'ai étudié la fierté de ces femmes, leurs yeux vitreux sous le peigne chaud, les ciseaux et le fer à friser, des rouleaux roses dans les cheveux. Je me suis glissée timidement à portée de leurs mains, apaisée par le ronronnement des séchoirs à cheveux et les langues papoteuses. Elles riaient librement, avec leurs boucles d'oreilles en or et leurs faux ongles. Toutes des païennes, toutes des femmes impures. J'attendais seule au milieu d'elles, claquant des dents, mal à l'aise et incertaine. Tante Crista m'avait conduite au salon et promis d'être de retour dans deux heures. Ma mère m'avait donné l'argent nécessaire. « Si c'est ce que tu veux, je te soutiens », m'a-t-elle glissé.

La coiffeuse a examiné ma tête et parlé de « cheveu vierge ». Elle a passé les doigts dans mes boucles emmêlées et froncé les sourcils. Je me suis assise sur sa chaise et elle m'a demandé : « C'est la peur qui te fait peur ? » Je n'ai pas eu besoin de répondre, elle se tenait déjà au-dessus de moi avec son peigne et m'étalait de la crème blanche sur le cuir chevelu. D'abord froide au toucher, puis une étrange sensation de picotement a laissé place à une brûlure, ma peau cédant le passage à la chair. Au bout de dix minutes, la coiffeuse est revenue me poser la question – « Ça brûle ? » – et j'ai répondu par l'affirmative. « Tête délicate, hein ? » Sous la lumière fluorescente, la tête brûlante, m'évitant dans le miroir, je me suis sentie plus exposée que jamais, si nue dans mon envie. J'étais effrayée de mon incertitude face au genre de femme que j'allais devoir être désormais. Avant de me rendre au salon de coiffure, j'avais attrapé le sac Lada rempli de mes dreadlocks tondues et je l'avais jeté à la poubelle. Pendant des mois, je l'avais gardé sous mon lit. La coiffeuse rinçait le défrisant en bavardant avec son amie, et je grimaçais.

Lorsqu'elle eut terminé, mes cheveux étaient souples et me tombaient sur les épaules. J'ai eu un mouvement de balancier avec ma tête et j'ai souri. Toutes les femmes du salon se sont attroupées autour de moi, s'extasiant, ressassant leurs litanies habituelles. « Tu devrais devenir *mogeller* », « Tu devrais t'inscrire à Miss Monde » et « Ma fille, ta couleur de peau, ça peut pas s'acheter dans une boutique chinoise ». Je me suis sentie adoubée par elles, mon regard suivant l'ombre d'une fille aux cheveux longs sur le trottoir, mes doigts passant dans mes cheveux, adorant mon reflet.

– Mais tu as l'air d'une Chinoise ! s'est écriée tante Crista lorsqu'elle est venue me chercher, en passant ses doigts dans mes cheveux. C'est tellement mieux maintenant, non ?

J'ai secoué la tête de droite à gauche, me sentant encore plus légère. Lorsque la brise effleurait mon cuir chevelu, je me sentais étrangement dépourvue de protection. Mes parents nous avaient toujours dit que nos cheveux naturels protégeaient notre crâne des blessures, et je ne pouvais m'empêcher de me demander si je n'avais pas perdu un peu de mon pouvoir. Mon cœur a palpité d'un bref remords.

– Oui, c'est mieux, lui ai-je répondu en refoulant cette sensation.

– Maintenant, trouvons un prince Harry ! a-t-elle décrété, et sur la route du retour nous avons comploté.

Arrivée à la maison, je me suis regardée dans le miroir, j'ai passé mes mains dans mes cheveux assouplis et caressé des parties de mon cuir chevelu que je n'avais encore jamais touchées. Lorsque je remuais la tête, j'étais surprise de ressentir chaque fois un léger chatouillis sur ma joue. « Ouah ! », se sont exclamées mes sœurs et ma mère en passant elles aussi les doigts dans mes cheveux. « Ils sont si jolis », a déclaré mon frère en me voyant et il m'a aussi complimentée sur mon nouveau look. Maintenant, mon ombre n'était plus mon ombre ; c'était une nouvelle fille qui aimait son apparence et qui poursuivait sa silhouette, bille en tête, droit dans un arbre. Et c'est ainsi que mon père m'a trouvée le soir où il a franchi le portail de son foyer en ruine, sa fille béate, se contemplant fixement dans le miroir, essayant un rouge à lèvres que tante Crista m'avait glissé dans la main.

Je suis sortie de la salle de bains avec mes cheveux lissés et il s'est figé.

– Bonjour, papa, ai-je dit.

Il m'a dévisagée avec incrédulité. Dans le tissu cicatriciel tendu de son visage, j'ai entrevu un reflet de moi-même : cheveux lissés, rouge à lèvres, boucles d'oreilles en or. Il avait les lèvres pincées.

Je crois que mon père s'en est rendu compte à ce moment-là. Plus rien de Rastafari ne me traversait. J'avais combattu et complètement éliminé cette femme, hors du monde. Celle qu'il voulait que je sois. Je lui avais tranché la gorge. J'ai regardé cette femme porter les mains à ce cou tranché, essayant encore de parler, sans émettre un son. Sa silhouette pâle se fondait dans le mur, emportant avec elle cet avenir abandonné.

Je lui ai refait signe de la main et il m'a regardée en face.

J'ai senti un sursaut de peur me traverser. Si mon père avait pu me brûler vive, je suis sûre qu'il l'aurait fait. Ses yeux sombres m'ont excisée de lui comme je l'avais déjà excisé. J'attendais qu'il prononce les mots noirs, qu'il déchaîne le brasier de ses pensées, qu'il me renie. J'attendais que ses lèvres invoquent Jah, qu'elles me réduisent en cendres.

Pourtant, ce ne fut pas du feu qu'il eut pour moi, mais du froid. L'eau froide d'une rivière qui s'était infiltrée dans la terre entre nous depuis le jour où j'avais saigné pour la première fois dans sa salle de bains. Et aujourd'hui, cette eau montait dangereusement et déferlait entre nous, glaciale et silencieuse, son courant sombre formant maintenant une large étendue, m'emportant au loin.

Mon père est passé devant moi comme si je n'étais pas là, alors même que je prononçais son nom.

J'étais désormais l'un d'entre eux : une tête chauve. Une mangeuse de chair d'animaux morts, une mangeuse d'hommes. Une Jézabel pécheresse et jouisseuse, une femme parmi la horde des impures, se dépouillant au carnaval, tournoyant dans la rue au son d'une musique *dancehall*, paradant avec les *jingbang* les plus impudiques et les plus grossiers, gorgés du rhum froid des plantations. Une pute au milieu des avocats de Kingston perruqués de blanc et des policiers achetés par les gangs, vêtue du kaki colonial de Sa Majesté, serrant la main du gouverneur général et du Premier ministre. Une suceuse de sang perdue dans les résidences fermées des suceurs de sang, pratiquant l'anglais hautain des suceurs de sang qui partaient en vacances à l'Étranger. J'étais la mère des louves au mégaphone, à la botte de l'escroc acheté par la CIA qui prétendait ne pas savoir épeler le mot « pain » pour se gagner les votes du pays. La maîtresse de l'hôtelier qui s'est emparé de plusieurs centaines de kilomètres de côtes dégagées, construisant des clôtures de barbelés autour des plages et des hôtels qui empêchaient ma famille d'entrer. J'étais la femme païenne qui ouvrait la couture humide d'elle-même à elle-même, ouvrant l'œil sur mon royaume maudit.

Mon père m'a claqué la porte au nez, car je n'étais pas là. Il faudra attendre une longue année avant qu'il me dise un mot de plus, car je n'étais pour lui qu'une femme fantôme dissolue. L'une des perdues. L'annonciatrice de Babylone.

IV

SIRÈNE

née à babylone
non blanche et femme
que voyais-je pour être moi-même exceptée ?

LUCILLE CLIFTON

25

Fille de Lilith

Le silence de mon père avait tout envahi comme un brouillard. Les semaines passaient et il ne me consacrait pas un seul mot. Des mois aux lèvres pincées se sont écoulés et il me transperçait du regard comme une apparition. J'étais le fantôme d'Ironshore, rôdant d'un bout à l'autre de mes journées d'oubliettes, aussi pâle qu'un *jumbie bird*, ainsi que nous appelions la chevêchette brune. Mes cheveux, ma calamité persistante, possédaient sa conscience et je me sentais plus petite de jour en jour. Vivre avec sa punition bouche cousue qui macérait entre nous, lourde et non éclose, c'était pour moi une promesse maussade, jusqu'à ce que cela change. Jusqu'à ce que le silence devienne en soi une sorte de liberté. Une fois ma famille partie à l'école ou au travail, je me réfugiais dans ma solitude. Je me hasardais dans le jardin par bribes indispensables, écrivant des poèmes comme des gorgées de pluie de septembre. J'écumais mes piles de livres, me créant mon propre programme hebdomadaire, m'interrogeant sur la première femme qui a dit « Non ». Elle s'appelait Lilith. La première femme, faite de la même argile qu'Adam, qui avait refusé de lui être soumise. Ce défi lui avait valu d'être bannie du Paradis, son nom effacé de tous les récits bibliques. On l'appelait la monstresse de la nuit. La démone de Babylone.

Moi aussi, j'ai été la première exilée.

Désormais, chaque jour en me réveillant, je disais non. Je fonçais tête baissée dans mon rôle de goule, hantant chaque pièce. Je mangeais et dormais comme une femme réduite à ses besoins les plus élémentaires, accrochant mon seul présage au portail comme un pâle drapeau : à tous ceux qui entrent ici, prenez garde. J'ai commencé à me peindre un masque fait pour attirer le malaise de mon père. Lorsque j'ai été invitée à lire « L'Argentée » pour le Premier ministre lors de la cérémonie des National Youth Awards en 2004, ma première décision a consisté à m'acheter un tailleur-pantalon. Puis du rouge à lèvres rouge, puis du vernis à ongles. Impressionné par les honoraires confortables qui accompagnaient l'invitation, mon père m'a demandé si je voulais contribuer au « pot familial », et je lui ai répondu non, en lui rappelant sa mise en garde : ma poésie ne me mènerait nulle part, et j'ai ensuite bu quelques gorgées du vin de son embarras. J'ai peint mes ongles en noir, peint mes yeux en noir. J'avais envie d'effrayer quiconque s'approchait de moi, en agitant de téméraires sémaphores de toutes les noirceurs que j'éprouvais intérieurement. Fille de Lilith, m'appelais-je moi-même. Ailée et dotée de griffes, je balayais la désapprobation de mon père avec toute la force de la femme que je pourrais être un jour. Celle qui, par l'écriture, se réinscrirait dans le cadre.

C'est ce besoin de défi qui m'a conduite à l'atelier d'impression. J'ai commandé un tee-shirt blanc à imprimer sur mesure, et maintenant, autour de la presse à repasser de l'atelier, le mot que j'ai choisi d'afficher sur ma poitrine faisait sensation. La jeune femme chargée de l'impression a regardé le texte, l'air confus, ses yeux essayant de déchiffrer le mot. D'autres employés se sont approchés pendant qu'elle préparait la feuille de papier et disposait mon tee-shirt sous le grand fer à repasser.

La directrice, une femme plus âgée, est venue nous tourner autour, avec des regards de travers, sur moi et sur le texte et retour.

– Vous savez ce que ce mot signifie ? a-t-elle demandé à la jeune femme.

Celle-ci a secoué la tête. La main en conque, la directrice a alors chuchoté quelque chose à l'oreille de l'imprimeuse. Elle m'a jeté un regard effrayé.

– Oh, Seigneur !

Les mains tremblantes, elle a retiré la chemise terminée de sous la presse, en la tenant loin d'elle comme si elle risquait de s'enflammer.

– Est-ce que ça ira ? m'a-t-elle demandé.

J'ai examiné mon tee-shirt blanc où le mot ATHÉE était maintenant imprimé dans une police bâton noire.

– Oui, c'est très bien, ai-je répondu en faisant semblant de ne pas remarquer la troupe d'une huitaine d'employés, dont certains échangeaient des murmures où il était question de « l'adoration du diable », tandis qu'un homme dans le fond du magasin faisait le signe de croix. Mes ongles étaient peints en noir, mes yeux soulignés du khôl le plus foncé. J'ai soutenu leurs regards à tous et fait voltiger mes cheveux, maintenant bien raides, avec une mèche jetant une demi-ombre sur mon visage.

La gérante a encaissé la vente d'un index hésitant et, juste avant de me remettre mon tee-shirt, elle m'a demandé :

– Êtes-vous wisigoth ?

– Non.

J'ai éclaté de rire et je l'ai remerciée. Une tête chauve prostrée restait une tête chauve. J'ai traversé ce petit monde et toute la boutique flageolante s'est écartée devant moi, non sans chuchoter encore sa terreur de l'hérésie et me pointer du doigt dans mon dos.

À la vue de ce tee-shirt, ma mère n'a pu que rire en songeant à cette fille insolite et provocante qu'elle avait mise au monde, et mon père eut beau lever les yeux vers Jah, il savait bien que cela aurait pu être pire. J'aurais pu devenir chrétienne.

J'avais fait imprimer ce tee-shirt parce que je voulais choquer. Pas seulement les sensibilités de ma nation dévotement chrétienne, mais aussi le Vieux Poète en particulier. Il avait récemment écrit une chronique dominicale sur son agnosticisme pur et dur, et je voulais le piquer au vif. M'en séparer avec un mot ultime. Cela faisait presque un an que nous ne nous étions plus parlé. Après quelques échanges d'e-mails acerbes où il m'accusait d'ingratitude et de manque d'humilité, nous avions cessé de communiquer. Comme mon père, il me punissait par son silence. C'est alors que j'ai reçu un autre e-mail d'un rédacteur inconnu de l'*Observer* m'annonçant que j'avais remporté un prix. Lors de la cérémonie de remise de ces récompenses, le Vieux Poète et moi sommes restés chacun à une extrémité de la salle, et j'ai évité son regard d'une moue aux lèvres rouges. Avec le recul, j'avais acquis une meilleure compréhension du temps que nous avions passé ensemble, et de ce vilain après-midi qui me laissait encore titubante et larmoyante. À présent, j'en éprouvais de la rage. Avec le temps, je me suis rendu compte que plus je m'éloignais du Vieux Poète, plus j'avais envie de m'éloigner de lui. Ce soir-là, je n'ai pas consenti la moindre tentative de plaisanter ou de converser. Après avoir accepté l'enveloppe contenant mon prix, j'ai jeté un dernier coup d'œil au visage du Vieux Poète – avait-il toujours été aussi peu souriant ? – et je lui ai tourné le dos pour de bon.

*

Bien que j'aie été la première à tirer le fil de cette pelote, je n'étais nullement préparée à ce qu'Ife soit la première d'entre nous à s'en aller, et pourtant nous n'avons pas été surpris de sa décision. Ife passait toutes les heures du jour à préparer son évasion, en se construisant déjà un avenir en dehors de mon père, qui ne lui épargnait pas ses sarcasmes, en s'inventant un avenir en dehors de nous. Les soirs de semaine, elle dînait dans sa chambre, choisissant de se plonger seule dans ses devoirs, tandis que nous jouions à des jeux de société ou regardions la télévision. Patiente et gentille, elle nous réservait toujours son dernier mot et son dernier rire, à Lij, Shari et à moi, à nous trois qui étions généralement incapables de converser sans glapir. J'avais vingt ans, Lij dix-huit, Ife seize et Shari onze. Ife parlait moins que nous, mais sa voix était un don du ciel. Lorsque les moments apaisés de la vie la gagnaient, elle répondait à l'appel, chantant son âme jusqu'aux combles et m'invitant à croire au divin. C'était cette porosité aux sonorités de Dieu qui rendait ma sœur vulnérable aux blessures, son esprit vulnérable aux brisures et souvent à la nature rugueuse de ses trois frère et sœurs. « Ne laisse personne te dévier de ton orbite », lui ai-je dit un soir après que Lij, d'humeur noire, s'était moqué d'elle jusqu'à la faire fondre en larmes. « Rends-toi impénétrable à tous. » Mon père a passé des années à essayer de la pousser à devenir chanteuse professionnelle, mais Ife, celle qui ressemblait le plus à ma mère par l'âme et par l'esprit, voulait plutôt devenir médecin.

Lorsque les résultats définitifs du Conseil des examens des Caraïbes ont été annoncés, elle a obtenu les meilleures notes dans les treize matières pour l'ensemble caribéen. Elle a été encensée dans les journaux de tout le pays et convoquée à

Kingston pour recevoir trophée et guirlande des mains du ministre de l'Éducation. C'est ainsi qu'elle a été repérée par un internat américain qui lui a accordé une bourse complète pour sa terminale, ce qui lui permettrait d'opter dans un an pour l'université américaine de son choix. Lorsque nous avons appris la nouvelle, nous avons hurlé d'excitation dans toute la maison. J'étais trop heureuse qu'elle s'échappe pour oser lui confier à quel point son départ serait profondément douloureux.

C'est avec son départ qu'a débuté le grand délitement de ma famille. Quelques semaines avant son départ pour l'Étranger, Ife a demandé à ma mère de lui couper ses dreadlocks. Depuis que je l'avais précédée, elle n'avait plus peur de répondre à son propre désir, de rompre complètement ce lien. Cette fois, c'est maman et moi qui avons formé un cercle autour d'elle, qui l'avons drapée autour de la même bassine et qui lui avons versé sur la tête des tasses d'eau chaude et de savon épais. Une fois la toilette purificatrice terminée, c'est nous deux qui l'avons accompagnée dans ma chambre, où elle s'est agenouillée sous le regard attentif de Shari. Maman et moi avons l'une et l'autre saisi une dreadlock en main, lui avons demandé avant de commencer à couper si elle était prête. Quand ce fut terminé, j'ai tendu le miroir à ma sœur et je lui ai demandé comment elle se sentait.

Elle a caressé ses boucles courtes et elle a souri.

– Heureuse d'être débarrassée des parties de moi qui me pesaient comme des bagages, a-t-elle dit, et d'être davantage moi-même.

Avant son départ pour l'Amérique, Ife est également allée au salon de coiffure et s'est défrisé les cheveux. J'ai été son bouclier. Dans son silence, mon père était violent, et il fulminait contre nous dans la maison. Pendant des semaines, il n'a plus adressé la parole à ma sœur, pas même la nuit précédant son départ en avion pour une année de pensionnat, à plus de mille kilomètres de là, dans le Midwest américain. Mais Ife ne semblait pas perturbée par ce sombre drame, peut-être parce qu'elle regardait déjà devant elle, loin de chez elle, son avenir lumineux s'ouvrir loin de nous. La veille de son départ, mes frère et sœurs et moi avons chanté pour elle, pour qu'à l'Étranger elle n'oublie pas qu'elle était aimée.

Maman avait essuyé des larmes tout l'après-midi. À l'aéroport, nous sommes restés derrière les cordons du hall des départs et avons regardé Ife remettre son passeport et son billet d'avion à l'agent d'immigration, puis se retourner pour nous faire signe de la main une dernière fois. À ce moment-là, son sourire chaleureux m'a inondée de la peine la plus profonde, je lui ai répondu d'un geste, le corps tremblant, luttant pour afficher un sourire d'adieu alors qu'elle s'engouffrait dans le couloir éclairé. Ensuite, ma chère sœur a disparu.

*

Nous trois qui étions laissés pour compte nous sommes blottis les uns contre les autres comme des survivants en haillons sur une île déserte, scrutant la mer en quête de signaux d'espoir. Bien que Lij et moi ayons tous deux été acceptés dans les universités américaines auxquelles nous avions postulé l'année précédente, aucun de ces établissements ne nous avait accordé de bourse d'études complète. Pour l'instant, ces rêves restaient lettre morte. L'une de ces institutions, Bennington College, nous avait offert à tous les deux des bourses partielles, mais la différence était encore trop importante pour que nos parents puissent la combler. Après une nuit passée à s'inquiéter de notre avenir, mon frère m'a annoncé qu'il me donnait sa bourse. J'ai essayé de l'en dissuader, mais il avait déjà pris sa décision. « Je sais à quel point tu l'as voulue, Saf. Tu le mérites », m'a-t-il dit. La chaleur et la sueur nous collaient à nos chaises, à notre destin. Torse nu et déterminé devant l'ordinateur, mon frère a appuyé sur la touche d'envoi de l'e-mail, me cédant sa place, ainsi que sa bourse d'études, à Bennington.

Le matin, le bureau des admissions a répondu par des mots qui nous ont doublement écrasés. Cela ne fonctionnait pas comme ça, écrivaient-ils. Un étudiant ne pouvait pas transférer sa bourse à un autre, même s'il se trouvait qu'ils étaient parents. Pour des raisons qui m'échappent aujourd'hui, je me suis raccrochée à la croyance aveugle d'une issue différente. J'ai demandé à ma mère de payer quand même les frais d'inscription et de reporter la mienne aussi longtemps que possible, aussi longtemps que nécessaire. J'espérais quelque magie future.

Plutôt que de s'en remettre à cet espoir inconnu, mon frère a fait un choix différent. À la croisée des chemins de son propre avenir après le départ d'Ife, mon frère, devenu champion de débat à l'échelle de l'île, a décidé de s'inscrire à l'université des Antilles pour étudier le droit. Le fondateur de nos classes SAT a essayé de l'en dissuader, en expliquant à Lij qu'il avait « l'étoffe d'un étudiant de Dartmouth ». Et j'eus beau essayer moi aussi de le convaincre d'attendre un an et de présenter une nouvelle demande d'inscription dans des universités américaines, il avait déjà pris la décision de nous quitter. De me quitter. Ma mère a demandé à un ami proche de la famille d'être cosouscripteur du prêt bancaire colossal pour l'UWI que mes parents ne pouvaient pas assumer seuls, et je craignais que l'obtention d'un diplôme assorti de dettes en Jamaïque ne risque de peser sur le reste de la vie de mon frère.

Lij et moi avons passé une nuit humide à beugler nos vieilles chansons ensemble, sa tête posée à côté de la mienne, notre langue privée aussi nostalgique et collante que l'été. Il partait pour l'UWI dans quelques jours et nous n'en avions pas parlé.

– Tu es sûr ? lui avais-je demandé avant qu'il ne signe le prêt, espérant qu'il changerait d'avis. Comment vas-tu rembourser ?

Je le lui ai redemandé, au son plaintif de Kurt Cobain et de son lac de feu.

Il n'a pas changé d'avis. Mon frère s'était toujours cru guidé par une sorte de destin mythique. Il était heureux de laisser l'aiguille de la boussole follement osciller et de la suivre. Il m'a demandé :

– Pourquoi tu ne viens pas toi aussi ?

J'étais également fixée, et seule ma main pourrait servir de guide. Je lui ai dit qu'en tant que poète, ma seule chance serait de quitter la Jamaïque.

– Écoute, Saf, m'a dit Lij. Tu peux rester ici et te changer en rat de bibliothèque. Mais moi je ne peux pas vivre un moment de plus avec cet homme.

Son départ a été le plus difficile à accepter. Taillant dans le fatras émotionnel de cette soirée, son visage était déterminé. Après que mon frère eut chargé la voiture de son meilleur ami, j'ai eu du mal à m'arracher à lui. Quelle que soit la gravité de la situation, j'avais toujours pensé que nous livrerions cette guerre ensemble. Avec les années, il était devenu beaucoup plus grand que notre père, ce qui me rassurait. Tant que Lij était à la maison, je pensais que mon père y réfléchirait à deux fois avant de recourir à la violence physique. Mais maintenant, il grimpait dans une voiture pour s'en aller. Maman a levé les yeux au ciel en s'écriant : « Oh Jah », et puis il est parti. J'ai regardé mon seul et unique frère disparaître sur la route et je me suis agrippée à Shari comme à un canot de sauvetage alors qu'elle pleurait. J'étais l'aînée et pourtant j'étais une ratée solitaire, laissée pour compte, pour toujours. Pendant des mois, je me suis accrochée à la voix lointaine de mon frère, à son dernier avertissement qui résonnait encore à mon oreille.

Sans ma mère, maintenant que mon jeune frère et ma sœur étaient absents, j'aurais perdu tout espoir. Cette année-là, nous avons reporté mon inscription à Bennington et nous continue-rions à la reporter deux années de plus, maintenant ainsi nos espoirs à flot jusqu'à ce qu'une autre année vide se profile à l'horizon. À chaque fois, elle disait : « Peut-être que cette année sera différente », et j'y croyais. Il fallait que j'y croie. Après le départ de Lij, les semaines et les mois se sont succédé, tandis que Shari et moi nous greffions l'une à l'autre comme deux rameaux, pour former un seul arbre en fleur. Nous étions tout ce que l'autre avait délaissé. Je continuais à me consacrer à la poésie comme si ma survie en dépendait. En dehors de la famille Sinclair, Ann-Margaret, l'autre jeune poète que j'avais rencontrée lors de l'atelier de poésie du Vieux Poète, était ma seule amie. Parfois, nous parlions au téléphone de notre passion pour la poésie et de notre amour pour Sylvia Plath, et je l'écoutais, avec un ardent désir par procuration, décrire sa liaison avec l'homme qu'elle aimait.

Je ne quittais jamais la maison, sauf pour aller au cinéma ou à la plage avec Shari. Elle avait onze ans et moi vingt, mais il ne me venait pas à l'esprit que j'aurais eu besoin d'une autre amie qu'elle. Le week-end, nous nous serrions l'une contre l'autre comme des jumelles, rêvant, dessi-nant et complotant pour savoir quand Shari pourrait se percer les oreilles. Le temps passant, mon père m'a laissée livrée à moi-même dans une sorte de paix résignée, qui s'est lentement transformée en acceptation, voire en fierté, lorsqu'il a constaté que mon adolescence s'était écoulée sans le moindre soupçon d'un petit ami, et encore moins d'une grossesse.

Il me semble incroyable de repenser aujourd'hui à cette période, et encore plus étrange de l'écrire, alors que j'essaie de lui donner un sens. Pendant les cinq années qui ont suivi mon départ du lycée à l'âge de quinze ans, je n'ai connu que cet ermitage contre nature, lisant la pile de livres qui s'accumulaient dans ma chambre et rêvant de lunes lointaines, de garçons lointains. En raison des humeurs imprévisibles de mon père et de sa volonté de contrôle, ma liberté n'avait jamais été un acquis, de sorte que chaque fois qu'elle m'était retirée, cela ne créait aucun choc. Je m'y étais presque habituée, jusqu'à ce que la nuit tombe. Lorsque la maison dormait, ma stase tourmentée m'envahissait, et je pleurais parfois le monde qui me manquait, le cri au néon de mon adolescence filant devant moi dans ma chambre. Tout ce temps passé à l'isolement m'aurait semblé insupportable s'il n'y avait eu la poésie. Sans mes poèmes, je n'y aurais pas survécu. J'étais convaincue que cet isolement devenait un rite de passage poétique, que c'était ainsi que tous les grands poètes avant moi avaient vécu. J'ai pensé à Emily Dickinson, isolée dans ses espoirs et ses désirs inassouvis, qui avait brûlé avec une intensité singulière à son bureau, distillant son chagrin dans des centaines de poèmes. À Sylvia Plath, le cœur brisé et isolée du monde à la campagne, qui avait écrit en cinq mois seulement les poèmes stupéfiants qui scelleraient sa renommée. Des poèmes qui allaient finalement rencontrer et transformer celle que j'étais à seize ans. Dès lors, je ne regrettais pas trop profondément le monde extérieur, car tant que j'avais un poème dans la tête et un stylo en main, je croyais que ce grand conflit finirait par s'arranger. Chaque mot, chaque poème corrigerait un jour la trajectoire de ma vie. Lorsque j'ai reçu un appel pour me rendre à Kingston dans le cadre de l'atelier de poésie du lauréat du prix Nobel, j'ai enfin senti le flux des possibles s'animer à nouveau autour de moi. Le poète Derek Walcott avait débarqué sur l'île et donnait un atelier aux meilleurs poètes de Jamaïque, et j'étais l'une des huit personnes choisies pour en faire partie.

Je suis entrée dans l'atelier dans un vertige de nervosité serrant une liasse de poèmes que j'avais l'intention de montrer ensuite à M. Walcott. J'avais vingt ans. Les occupants de l'atelier avaient deux ou trois fois mon âge, à l'exception d'un autre poète, un jeune à dreadlocks si timide qu'il n'a pas prononcé un mot de toute la réunion. Je l'ai esquivé comme j'esquivais mon ancien moi. M. Walcott était assis en bout de table, les yeux gris étincelants, et il égrenait pierre précieuse sur pierre précieuse. Nous avalions tous chacun de ses mots, griffonnant des notes, essayant de tout assimiler. De mon siège, je fourrageais avec avidité. Il a demandé à tous les convives de nommer les poètes qu'ils lisaient. J'ai pris note de ce que tout le monde répondait, afin d'être sûr de dire quelque chose de complètement différent pour l'impressionner. « Je lis Georg Trakl, Rilke et Paul Celan, ai-je dit. Je suis dans une phase allemande profonde. » Tout le monde s'est esclaffé, Walcott aussi, puis il a hoché la tête, les yeux pétillant en signe d'approbation. « Très bons choix », a-t-il acquiescé. À la fin de l'atelier, je l'ai suivi dans le couloir et, d'une voix chevrotante, je lui ai formulé ma demande : lui montrer quelques-uns de mes poèmes. J'avais plusieurs fois répété mon laïus, en m'exerçant sur la manière de suggérer à ce géant d'examiner mes poèmes, et à cette seconde tout s'est déversé dans un galimatias tremblotant, ce qui a semblé le toucher.

– On m'a parlé de vous. a-t-il fait – et j'ai senti mes entrailles se nouer.

Je n'avais plus échangé avec le Vieux Poète depuis près d'un an. Je me demandais maintenant ce qu'il avait dit à Walcott à mon sujet. Et jusqu'où.

– Suivez-moi dans le lobby, m'a-t-il proposé.

J'ai suivi M. Walcott jusqu'au salon de l'hôtel, où nous nous sommes assis dans deux fauteuils capitonnés, face à face. Je lui ai tendu mes poèmes imprimés et j'ai attendu, la gorge nouée, qu'il les lise.

Il a jeté un coup d'œil sur les feuilles de papier, puis sur les poèmes. Il m'a regardée par-dessus ses lunettes de lecture.

– C'est sérieux, a-t-il admis.

– Merci, monsieur, ai-je réussi à dire.

– Ah non, ce n'est pas une bonne chose, a-t-il repris en montrant l'un des poèmes. Vous ne pouvez pas taper sur la tête du lecteur au marteau à chaque vers comme ça. (Il parlait, et mes feuillets se sont mis à trembler.) Vous devez lui laisser de l'espace pour respirer.

– Oui, monsieur, ai-je répondu alors que mes mains tremblaient, menaçant de s'envoler sans moi.

– Nous devons nous revoir, a-t-il conclu après avoir fini de feuilleter mes poèmes. Revenez demain à midi pour le déjeuner.

Le lendemain matin, je m'habillais pour rencontrer M. Walcott quand mon téléphone a sonné. C'était Lij. « Hé, mon amour ! », ai-je gazouillé. La voix de mon frère tremblait à l'autre bout du fil. Il était à l'UWI depuis cinq mois maintenant, et il avait l'air si différent de la dernière fois que je l'avais entendu. À l'université, il avait pris l'habitude de ma mère, fumer joint après joint pour émousser le tranchant de ses heures ; ses professeurs n'avaient pas vu d'un bon œil la présence d'un étudiant rastafari dans leurs couloirs, et ses journées à l'université avaient été marquées par leurs mauvais traitements. Sa voix était rauque et sourde à présent, elle n'avait plus rien de son électricité habituelle, il s'était vidé de toute sa verve.

– Saf. J'ai besoin de ton aide.

– Qu'est-ce qui ne va pas ? me suis-je inquiétée, d'une voix suraiguë.

– Saf… Je meurs de faim ici… J'espérais… J'espérais que tu pourrais m'aider à trouver quelque chose à manger.

Mon frère était un homme fier. Il ne demandait jamais d'aide à personne, sauf à moi ou à maman, et s'il me demandait de l'aide, c'était forcément pour une raison grave.

Je souffrais de l'entendre parler ainsi. Je ne lui ai pas dit que je devais rencontrer Walcott dans moins d'une heure. Je lui ai répondu :

– Bien sûr. Bien sûr que je vais t'aider, ai-je promis, les yeux mouillés. Dis-moi où te retrouver.

Pour la première fois, je résidais à Kingston chez Ann-Margaret, qui avait proposé de m'héberger lors de ma venue pour l'atelier. Elle conduisait maintenant aussi vite qu'elle le pouvait, avalant les rues, sans cesser de s'inquiéter de l'horloge et de l'heure de mon rendez-vous avec Walcott. Je ne pouvais pas laisser mon frère en plan, lui dire, alors qu'il mourait de faim, que j'avais un autre endroit où aller. Nous formions une seule et même colonne vertébrale, un seul et même sang. La voiture a traversé Kingston à toute allure jusqu'au campus de Mona. J'en suis descendue et j'ai serré mon frère dans mes bras, tout en os et en dreadlocks qui lui tombaient maintenant presque jusqu'aux fesses.

– Merci, sœurette, a-t-il fait, les yeux sombres de tristesse, même s'il m'a souri.

Je lui ai tendu le sandwich au poisson et les frites que j'avais achetés avec mes économies du prix de poésie, et sa voix a vacillé.

– Je t'aime.

– Je t'aime aussi, ai-je murmuré.

Nous nous sommes séparés et il nous a fait un signe d'adieu. Ann-Margaret a redémarré dans les rues de Kingston et j'ai regardé l'horloge. Dix minutes de retard. Nous avons filé par des rues de traverse, plus le temps passait, plus j'avais le ventre noué. Quinze minutes de retard. Quand Ann-Margaret a finalement déboulé dans l'allée de l'hôtel, je n'avais pas le temps qu'elle se gare, j'ai ouvert la portière, j'ai filé de la voiture et j'ai sprinté dans le hall, cherchant les panneaux indiquant le restaurant. Vingt-cinq minutes de retard. J'ai dépassé les clients au pas trop lent, m'excusant tout essoufflée et mes membres devenaient poisseux de sueur. Trente minutes de retard. Mon cœur battait à tout rompre, je volais, cherchant quelle raison je pourrais fournir à M. Walcott pour excuser tout cela. L'urgence de mon frère me semblait trop personnelle pour que j'ose lui en faire part. Lorsque je suis arrivée au restaurant de l'hôtel, en extérieur, je l'ai aperçu debout au bar, je me suis précipitée vers lui et je me suis écriée : « Bonjourmonsieurdésoléemon sieursilvousplaîtmonsieur », le souffle lourd. Lorsqu'il m'a vue m'approcher, il m'a tourné le dos et croisé les bras. Presque aussitôt, je me suis mise à pleurer.

– Je suis désolée, monsieur, lui ai-je dit en contournant le mur muet de son dos pour lui faire face. Je suis désolée. Je suis tellement désolée. S'il vous plaît.

Il m'a de nouveau tourné le dos et j'ai fondu en larmes au milieu du restaurant. C'est alors que les yeux de M. Walcott se sont posés sur les miens. Ce sont peut-être mes larmes, ou autre chose d'inconnaissable, qui l'ont radouci.

Il s'est tourné vers moi, m'a posé la main sur le bras et m'a dit :

– Arrêtez de pleurer. Allez vous débarbouiller et revenez.

À mon retour des toilettes, je l'ai rejoint à la table où il s'était installé à l'ombre.

– Je suis furieux contre vous, a-t-il entamé en me fixant de ses yeux insensibles, arctiques dès que je fus assise. Cela ne se fait tout simplement pas. C'est comme si j'étais arrivé en retard pour rencontrer Auden. C'est inimaginable, s'est-il indigné. (Je me suis excusée et j'ai de nouveau sangloté.) Plus de larmes, a-t-il ordonné. Nous sommes là, ici, maintenant.

Je me suis ressaisie et j'ai acquiescé.

– Vous avez l'air d'une petite enfant abandonnée, a-t-il repris. Vous avez faim ?

En déjeunant, nous nous sommes penchés sur mes poèmes, qu'il a parcourus comme un boucher, en taillant, en découpant.

– Les vers ont besoin d'espace pour chanter, m'a-t-il expliqué. Ces images sont bonnes mais perdent de leur puissance lorsque vous en enchaînez quatre d'un coup.

– Oui, monsieur, ai-je dit, me contentant d'écouter et d'acquiescer.

Bientôt, le soleil brûlait haut dans le ciel et nous a envahis dans l'ombre. Nous avons parlé de Coleridge et de l'invention des mots composés avec un trait d'union, nous avons parlé de Yeats, de Brodsky et de Heaney. Je courais comme une folle dans le temple de tout ce que je connaissais, ouvrant les portes pour trouver les bons mots, les bons noms, essayant d'attraper les clés qu'il me lançait. Et puis il m'a semblé que nous nous parlions dans une sorte de jazz. Il m'a demandé quels poèmes j'avais mémorisés.

– Eh bien, j'ai mémorisé huit de vos poèmes, ai-je répondu, soudain reprise de nervosité.

– Huit ? répéta-t-il, visiblement impressionné.

– Oui, monsieur, ai-je confirmé en énumérant les titres de ceux que j'avais en mémoire. Mais s'il vous plaît, ne me demandez pas de vous en réciter un, l'ai-je supplié.

Il a ri et a accepté. J'ai fini par lui réciter « L'Idée d'ordre à Key West », le poème de Stevens. Il a fermé les yeux, écouté, scandant de temps à autre de ses doigts sur la table pendant que je récitais.

J'ai terminé, et il a dit :

– Magnifique. En quelle année êtes-vous à l'université ?

Mes joues ont viré à l'écarlate et j'ai détourné le regard. À mesure que l'après-midi s'allongeait, je me sentais de plus en plus à l'aise avec lui. J'ai alors décidé de me défaire de ma gêne et de me lancer. Je lui ai dit la vérité, lui expliquant que mes parents n'avaient pas les moyens de m'envoyer à l'université pour l'instant.

– C'est dommage. Si vous alliez à Boston, a-t-il souligné, vous pourriez assister à mon cours à l'université. Je vais arranger ça. Vous n'avez qu'à venir.

Un élan d'espoir, alors. Une joie qui me frappe sous la juste lumière.

– Oui, monsieur, ai-je opiné. Merci.

Il m'a ensuite raccompagnée jusqu'au hall d'entrée où mes parents venaient me rejoindre. Ils apportaient de la nourriture et des fournitures pour Lij à l'UWI avant de me ramener à la maison.

Pendant que j'attendais dans le hall avec M. Walcott, nous avons discuté de mes poètes allemands préférés et de l'héritage allemand de ma grand-mère Isabel. « Vous me rappelez certains membres de ma famille », m'a-t-il avoué. Plus tard, j'ai été frappée par l'irréalité de la chose. Pourtant, assise sous le lustre, toute la journée en efflorescence, notre conversation m'a semblé la chose la plus naturelle au monde.

Mes parents se sont timidement glissés vers nous dans le hall, se sont approchés de M. Walcott avec une humble déférence, face à son fauteuil, inclinant la tête comme s'ils se présentaient devant un roi. Il a souri en les voyant s'approcher et après avoir jeté un œil à leurs dreadlocks, il a eu un regard oblique et m'a demandé : « Ce sont vos parents ? »

Je lui ai répondu par l'affirmative.

Il s'est levé et leur a serré la main. Puis, avec une lueur de malice dans les yeux, il a lancé : « Alors, quelle banque allons-nous cambrioler ? »

*

Au cours des mois qui ont suivi ma rencontre avec M. Walcott, je n'ai jamais cessé de m'accrocher à l'espoir inébranlable qu'il m'avait donné dans mes écrits : j'étais une poétesse et quelque chose de bien finirait par m'arriver. Alors même que mes rêves d'études demeuraient enlisés et que je chevauchais cette grande vague qui me drossait sur le rivage de mes déceptions, je me raccrochais à cet espoir. Ayant grandi dans une famille défavorisée, j'avais appris depuis longtemps que la vie ne suivait jamais une ligne droite. J'étais désormais habituée à ses crêtes et à ses chutes turbulentes, m'agrippant, tout comme mes parents, à la vieille promesse de Manley : « *Bettah Must Come* ». Environ un an et demi plus tard, en avril 2006, j'étais à quelques mois de mon vingt-deuxième anniversaire lorsque l'e-mail m'est parvenu un matin tôt.

C'était ma troisième année d'ajournement à Bennington College, et la dernière où je pouvais reporter mon inscription. Le bureau des admissions a écrit à ma mère pour lui demander si j'avais toujours l'intention de fréquenter l'établissement. Nous leur avons répondu que, malheureusement, nous n'avions pas l'argent nécessaire pour couvrir les frais de scolarité restant à payer. Nous n'avions pas non plus réussi à me faire partir pour Boston. « Je suis désolée, ma chérie », m'a dit maman. Devant l'écran de l'ordinateur, les larmes lui montaient aux yeux et elle s'est levée.

Moins d'une heure plus tard, nous étions de nouveau devant l'ordinateur, clignant des yeux en lisant la réponse, qui ressemblait à un infime fragment de promesse.

Quel montant pouvez-vous couvrir ? a demandé le directeur des admissions.

Mes parents se sont creusé la tête et ont abouti à un montant maximal, juste un peu au-dessus de ce qu'ils seraient en mesure de payer pour les quatre années, mais que leur fierté les incitait à proposer à cette école américaine désireuse de donner une chance à leur fille aînée. Ma mère a répondu par écrit en indiquant ce qu'ils pouvaient payer.

Cette nuit-là, j'ai attendu avec impatience la réponse de l'université, et tout mon espoir, mon désir et mon ambition vibraient en moi. Cela faisait maintenant six ans que j'avais obtenu mon diplôme de fin d'études secondaires, et j'attendais encore que ma vie débute. Il y avait eu tant de « peut-être », de « cela se peut » et de « si », tant de faux départs et de faux espoirs. Et même si je savais que tous les autres jeunes de mon âge étaient ailleurs, à l'école ou au travail, je me raccrochais aux branches d'espoir qui passaient à ma portée. Mes parents, qui depuis ma naissance n'avaient jamais occupé un emploi stable, ne m'ont jamais poussée à adopter un métier traditionnel. Mon père, qui se méfiait du monde extérieur, était déterminé à préserver ma pureté à la maison et, en dépit des difficultés financières familiales, ne m'a pas envoyée travailler dans Babylone. « C'est à l'homme de subvenir aux besoins de la famille », me répétait-il. J'avais passé toutes mes années formatrices en cage, mais je les avais passées à rêver follement, à parfaire mon éducation de mes propres mains, à modeler mon moi de poétesse à partir de l'argile, sans jamais rien céder. En effet, j'étais déterminée à m'écrire moi-même à partir de ces marges.

Tout ce dont j'avais besoin, c'était d'une entrouverture dans la porte. Juste un interstice. C'était tout ce que j'attendais.

Finalement, nous n'avons pas eu besoin de braquer une banque. Le matin même, Bennington College m'a envoyé un e-mail contenant deux mots en or.

Allons-y.

Ma mère et moi nous sommes levées de nos sièges et avons braillé à nous enrouer. Ces deux mots étaient bien plus qu'un infime fragment. Ils contenaient tout en eux. Tous les mondes possibles, tous les moi possibles. À peine nous calmions nous, ma mère et moi, que nous étions de nouveau submergées, que nous nous envolions en faisant des bonds et en poussant des cris. Après près de six ans de lutte et une rivière de larmes versées, après des déceptions démoralisantes et les kilomètres de charbons ardents que j'avais dû traverser pour en arriver là, j'ai crié à en perdre la voix, pour elle. La fille qui avait posé le pied sur ce clou rouillé, celle qui avait charmé un jury entier d'hommes blancs pour obtenir une bourse d'études dans une école privée, celle qui lisait le dictionnaire et l'encyclopédie nuit après nuit. La fille qui s'était tenue à l'écart de ce tesson de bouteille pour engendrer son poème d'argent, celle qui s'était fait naître d'un monde embrumé pour entrer dans le possible.

La première fille d'une lignée de filles qui avait contemplé le visage flou de son avenir sombre et qui avait dit non. Je me réjouissais maintenant pour elle, pour elle et encore pour elle. J'ai couru dans le jardin, mes cheveux détachés, flottant librement sur mes épaules, en état d'apesanteur face à la vie qui s'offrait soudain à moi, essayant d'imaginer tous les détails mythiques de mon départ. Après tout ce temps, j'allais étudier. J'allais écrire, rêver, embrasser et apprendre les langues étranges et secrètes de ce monde.

26

La Porte rouge

Le jour où Shari a atterri à Baltimore pour nous rendre visite, elle a été catégorique sur la première chose qu'elle tenait à faire. « Je veux juste qu'elles disparaissent », nous a-t-elle dit en parlant de ses dreadlocks, effaçant ainsi tout semblant d'un avenir autre qu'elle aurait pu se choisir. Nous étions en 2010, quatre ans après mon départ pour Bennington College. À vingt-cinq ans, j'étais sur le point d'obtenir mon diplôme, Ife avait vingt et un ans et Shari seize ans. Ife et moi étions blotties sur des lits jumeaux dans son petit studio, penchées au-dessus de la tête de Shari, notre esprit ne faisant plus qu'un, fixé sur un objectif singulier. Démêler. Shari voulait que ses mèches disparaissent, mais elle ne voulait pas que nous les coupions, en lui laissant les cheveux courts. Nous avons donc vécu nos premières heures véritablement passées ensemble depuis deux ans à essayer laborieusement de remédier à l'emmêlement de ses cheveux dans chaque dreadlock. Serrées l'une contre l'autre sur la couchette du bas, les jambes croisées en tailleur, nos genoux chauds se tutoyant, nous causions en travaillant. Trois oiseaux sont apparus, filant en tous sens au-dessus de nos têtes, tressant un nid. C'était un travail de sœurs.

Ife et moi ne défrisions plus nos cheveux, nous étions donc habituées, lors d'un rituel hebdomadaire, à enfoncer nos mains dans des touffes épaisses. Nous n'entendions pas les camarades de classe d'Ife à Johns Hopkins badiner dans le couloir, ni leurs rires serpentins dans la rue. Dans ce modeste studio, nous n'avions rien d'autre que nous-mêmes. Shari était assise, aussi paisible qu'une chatte, la tête baissée, et nous œuvrions avec agilité à dénouer ce qui la tenait encore rattachée au foyer familial et liée à celui dont nous nous efforcions de taire le nom. Alors même qu'il pesait encore lourdement sur nos esprits, nos mains éloignaient Ife de notre père. Nous démêlions chacune de ces années urticantes de ses cheveux, de la sueur perlant de notre nez. La matinée s'affaissant dans l'après-midi, le bout de mes doigts rougissait et me démangeait. Parfois, lorsque nous retirions une dreadlock de la masse, elle se détachait avec le bruit sec d'une déchirure, et la tête de Shari oscillait sous la force de nos tiraillements. Mais elle ne bronchait pas. Pour elle, ces cheveux étaient morts depuis longtemps.

C'était la première fois qu'elle venait aux États-Unis. Bien que Shari soit la plus jeune de nous quatre, je percevais parfois en elle la conviction qu'elle aurait tout aussi bien pu naître fille unique. Peu de temps après mon départ, ma mère – qui avait désormais non pas une, mais deux filles étudiantes aux États-Unis – a obtenu le visa de dix ans qu'elle avait toujours désiré et elle était déterminée à en faire bon usage. Elle quittait souvent la Jamaïque, et pour de longues périodes, en rendant fréquemment visite à ses frères et sœurs qui avaient émigré à l'Étranger, dont certains qu'elle n'avait plus revus depuis leur adolescence à White House, et qui l'aidaient souvent en complétant la somme d'argent qu'elle envoyait toutes les semaines à Shari, restée au pays. Comme Ife et moi l'avions fait avant elle, Shari a passé beaucoup de ces années de formation enfermée, seule, en déménageant avec mon père tous les deux ans, avec l'interdiction d'en partir. Au cours des quatre années depuis mon départ pour Bennington College, ils avaient déménagé trois fois, et ils en étaient maintenant à leur neuvième maison de location depuis la nuit où nous avions quitté White House vingt ans plus tôt. À chaque retour de vacances, je déposais mes bagages sous un nouveau toit de location et je m'efforçais du mieux possible de combler avec Shari les années passées, mais ce jour-là, dans le studio d'Ife, penchée au-dessus de sa tête prête à se laisser démêler, je n'ai ressenti qu'une perte irrémédiable et rien d'autre. Elle n'était plus la petite fille de douze ans qui s'accrochait à moi comme je m'étais accrochée à elle pendant ces deux années où nous étions seules à la maison, nos deux têtes ne faisant plus qu'une quand nous regardions des classiques du cinéma et des dessins animés de Miyazaki, quand nous écoutions sa K-pop préférée. Pendant ces quatre années où j'étais partie à l'université, ma sœur avait perdu tout côté sentimental, sa langue était devenue acide, quand elle parlait, elle faisait plus vieille et plus sage que ses seize ans, et elle semblait fatiguée, si fatiguée de tout cela.

Nous l'avons gentiment questionnée sur la maison, mais Shari se refusait à dire grand-chose des années passées seule avec notre père, bien qu'elles l'aient clairement endurcie. Elle voulait que sa première expérience de l'Étranger soit pleinement étrangère et sans rapport aucun avec son pays d'origine. Peut-être estimait-elle que cela ne valait même pas la peine d'être raconté – elle avait grandi en regardant le même triste spectacle en boucle, le fol incendie de mon père consumant ses filles l'une après l'autre. Tout cela, Ife et moi l'avions déjà vécu. Il harcelait Shari pour qu'elle ne soit jamais l'adolescente enceinte qu'avait été notre grand-mère. Il lui reprochait de ne pas lui faire son repassage, sa cuisine et son ménage lorsque notre mère était absente. Il roulait comme un fou sur la route et menaçait presque chaque matin de plonger dans le ravin lorsqu'il l'emmenait à l'école. Mais contrairement à Ife et à moi, Shari refusait de gaspiller ses larmes pour notre père. Elle levait les yeux au ciel, avec un claquement de langue et le traitait de « diva ». Non seulement il se mettait en colère, expliquait-elle, mais il était devenu avare, gardant pour lui l'argent que maman avait envoyé pour elle et refusant presque de payer ses examens finaux CXC pourtant essentiels, au simple motif qu'elle avait cessé de lui dire bonjour. Et voilà qu'elle se trouvait pour la première fois en Amérique, impatiente de voir enfin l'histoire se démêler.

*

Lorsque j'étais là-bas, à l'université, j'imaginais une porte rouge au bord de la mer, qui m'ancrait à la maison. J'ai souvent suivi ma nostalgie du bercail à travers cet encadrement baigné de soleil, me retrouvant échouée sur cette plage dans le passé, tout en aspirant à un foyer et à un moi que j'en étais encore à parfaire. Ma nostalgie était alimentée par des nouvelles qui me parvenaient par bribes, des semences de commérages familiaux, des triomphes et des drames, les nouvelles s'orientant inévitablement vers ce qui s'était perdu. Tout cela parvenait à ma mère par téléphone ; elle retardait toute annonce d'une perte de plusieurs jours, voire de plusieurs semaines, mâchant au préalable chaque morceau pour les réduire à des bouchées acceptables avant de me les restituer. J'ai accepté qu'elle soit la gardienne de toutes choses qui me faisaient souffrir en ce monde. Ainsi, en cette fin de matinée d'automne, lorsque le téléphone a sonné dans ma résidence universitaire, en un sens, je savais ce qu'elle allait dire avant même qu'elle ne le dise.

– Tu sais qui est mort ? m'a-t-elle demandé.

Sa voix était aussi douce qu'un cantique. Dès qu'elle me l'a annoncé, j'ai fermé les yeux.

L'air était déjà frais et je détestais le froid. Mes doigts ont appuyé sur mes paupières, faisant passer le fond de mes yeux du noir au rouge.

– C'était un cancer ? me suis-je enquise.

– Oui, a-t-elle répondu, même si je le savais déjà.

Je n'avais jamais tenu ma promesse d'aller à l'hôpital lui lire des poèmes à haute voix. Il n'y avait pas eu de véritable réconciliation entre le Vieux Poète et moi, seulement des nouvelles qui me parvenaient par l'intermédiaire d'Ann-Margaret lorsqu'il s'enquérait de ce que je faisais.

J'ai toujours pensé que si tu perçais, tu percerais en grand. J'ai relu le dernier e-mail qu'il m'avait envoyé, trois ans après l'avoir revu pour la dernière fois, et qui était resté sans réponse au milieu des journées égoïstes et débridées de ma nouvelle vie d'étudiante américaine.

Et maintenant qu'il était parti, il n'y avait plus de réponse à donner. Ni gorge serrée ni pleurs, aucun doigt accusateur pointé. Tout ce qui me restait, c'étaient les nombreux poèmes que j'avais écrits à son sujet pendant ces années de désolation et tout ce qui s'était passé, encore noué au fond de mes tripes, demeuré irrésolu. Et maintenant, il n'y aurait plus rien. Enfin, je ne ressentais plus rien. Il ne restait plus de lui qu'un maxillaire quelque part dans la boue de Kingston. Il m'avait toujours répété que la mort n'était un problème que pour les vivants, oh mais combien il se trompait, à l'époque déjà.

*

Un silence aux yeux embués s'est abattu sur notre séance de démêlement, toute la douleur refoulée de ces dernières années s'est écoulée, pour enfin déborder. J'ai pensé à tout ce qui arrivait à la maison, sans moi, à tout ce que j'avais dû perdre aujourd'hui même, sans rien en savoir. J'ai laissé ma rumination s'épancher et j'ai avoué à mes sœurs l'horrible chose qui m'avait rongée ces derniers jours.

L'e-mail, intitulé « Histoire très ancienne et très lointaine !!! » provenait d'une femme, une dénommée Leah Sinclair, une personne que je ne connaissais pas. L'ayant ouvert avec un vague intérêt, je me suis aperçue que je la connaissais, comme elle s'est empressée de me le rappeler. C'était une femme que nous avions rencontrée à Bogue, enfants, et qui nous avait priés de l'appeler « Mama Lee ». Une course sous l'orage, une casserole de pop-corn sautant en tous sens, un après-midi pluvieux, ces quelques visions brumeuses me sont revenues. J'étais trop jeune à l'époque pour me poser des questions, et elle n'était qu'une autre étrangère qui nous rendait visite avec des jouets. Mais voilà que je recevais un e-mail qui n'émanait pas du tout de « Mama Lee », mais d'une femme qui portait désormais mon nom de famille. En lisant la suite, j'en ai eu le vertige.

Très chère Safiya,

En écrivant ces lignes, j'en ai les larmes aux yeux. Incroyable, non ? Hello de la part de Mama Lee !!!

Vous ne vous souvenez pas de moi ? Nous avons passé pas mal de journées à courir dans les champs, à Bogue, où toi, Lij et Ife chantiez des chansons de rivière. Écoutez l'eau ! Vous ne vous souvenez toujours pas ? Leah Sinclair a épousé Howard Garfield O'Brien Sinclair le 9 février 1987 !

J'ai suivi tous vos succès en ligne – toutes mes félicitations à vous ! J'ai appris que vous étiez à New York. Mon fils, Mosiah, et son fils, DJANI, vivent tous les deux à New York.

J'aimerais vraiment renouer avec votre mère et entendre à nouveau son rire magnifique. Oh, quelles aventures nous avons vécues lors de mes visites en Jamaïque ! S'il vous plaît, s'il vous plaît, s'il vous plaît, s'il vous plaît, envoyez-moi son adresse e-mail ?

Et si vous êtes d'accord, nous pouvons aussi échanger des « missives ». J'attends votre réponse avec impatience.

Paix, amour et lumière

Leah NEFERTITI Sinclair

Une lave familière m'est remontée dans la gorge, et j'ai tenté de reconstituer le tout. Je n'ai cessé de relire deux précisions dans son e-mail, et des images défilaient devant mes yeux : elle avait épousé mon père trois ans après ma naissance, elle avait un fils qui avait appelé son propre fils Djani. Mon père, qui n'avait jamais épousé ma mère parce que « les Rastas ne croient pas au mariage », avait non seulement épousé cette femme, mais il lui avait fait croire qu'elle pouvait porter mon nom et celui de ma mère dans sa bouche. Face à tant d'irrespect, j'ai broyé du noir. Il lui avait envoyé mon adresse e-mail, elle croyait que nous échangerions des « missives » et elle se figurait vraiment que je lui transmettrais les coordonnées de ma mère.

J'ai retiré ma main de la tête de Shari et j'ai appuyé mes phalanges contre mes yeux. Tante Audrey m'a dit un jour qu'elle ne pourrait jamais pardonner à mon père d'avoir étreint et embrassé une étrangère sur la banquette arrière d'un taxi, alors que ma mère les accompagnait, le visage impassible, à l'avant, comme une larbine. Il était avec cette étrangère alors que mon frère était né, Lij sanglotant toute la nuit à l'hôpital tandis que ma mère pleurait elle aussi. Et voilà cette même femme qui déposait son œuf de coucou dans mon nid matinal.

J'ai parlé à mes sœurs de cet e-mail et je leur ai fait passer cette chose répugnante pour qu'elles la voient. Notre silence dégoûté s'est transformé en soupirs dégoûtés. Il était difficile d'être encore surprises par les agissements de notre père.

– Je n'arrive pas à croire qu'elle ait eu le culot de t'envoyer un e-mail, fulminait Ife en tirant sur les cheveux de Shari.

Le démêlage était maintenant presque terminé.

– Je n'arrive pas à croire qu'il lui ait donné mon adresse e-mail. Ça me choque tellement.

– Vraiment, Saf ? a fait Shari en tournant la tête vers moi. Franchement, qu'est-ce que tu attends de lui, au point où on en est ?

Elle avait raison. J'étais stupide, plus stupide qu'elles. Et pire encore, j'étais faible. Marquée par ma lame à double tranchant – à la fois sentimentale et masochiste incorrigible, j'espérais toujours autre chose de la part de mon père. L'ayant aimé la première, je croyais en quelque sorte qu'il pouvait redevenir digne d'être aimé. J'y croyais encore, même à cet instant. J'y crois encore, même aujourd'hui.

– S'il te plaît, n'en parle pas à maman.

Ife parlait tout bas, la lèvre tremblante. Elle a fait un geste de la main pour ramasser les mèches de cheveux tombées sur la couchette du bas.

– Je n'en parlerai pas, ai-je promis.

Mais en réalité, je l'avais déjà dit à maman. C'est à elle que j'ai écrit en premier, après avoir reçu l'e-mail, et elle avait été profondément blessée de l'apprendre. Sa blessure n'a pas tardé à se transformer en une colère aussi puissante que le jour où elle avait quitté la maison. Ce n'était pas le mariage. Elle le savait déjà, m'a-t-elle révélé. Mon père avait épousé Leah dans l'espoir d'obtenir une carte verte, de sorte que ma mère avait déjà tourné la page sur l'affront de cette liaison indigne et sur les détails de l'arrangement qui avait fini par tourner au vinaigre. C'était le culot de cette femme qui lui restait en travers de la gorge. Le culot d'écrire à sa fille comme si elle voulait lui soutirer quelque chose. « Si quelqu'un lui doit quelque chose, ce n'est pas vous », m'a dit ma mère. Il n'empêche, rien qu'à sa voix, j'entendais sa blessure s'endurcir, ce qui ne faisait que m'endurcir à mon tour.

Mes sœurs et moi sommes retombées dans un silence monocorde, en fermant nos jalousies sur l'e-mail et en n'en reparlant plus jamais. Nous avons remisé le fils et le petit-fils de cette femme à l'intérieur d'une boîte dans un coin, avec tous nos cheveux morts, et nous l'avons laissée là.

– Enfin, a soufflé Shari lorsque nous avons eu terminé.

Nos mains enflées, ses dreadlocks avaient disparu. Elle s'est levée, s'est étirée, a brossé ses vêtements pour les débarrasser du reliquat filasse tombé de ses mèches démêlées.

– On peut changer de sujet ?

Comme pour tout le reste dans sa vie, ma mère a agi seule. Une semaine plus tard, elle se trouvait aux États-Unis pour la remise de mon diplôme, et seule dans l'appartement d'Ife à Baltimore, sentant une urgente nécessité s'emparer d'elle, elle a pris une paire de ciseaux et a coupé ses dreadlocks. Ces dreadlocks poussaient sur la tête de ma mère depuis qu'elle avait dix-neuf ans et s'était installée dans une commune rasta au fin fond des collines. Elles avaient poussé malgré la naissance de quatre enfants, deux fausses couches, d'innombrables élèves anonymes qui lui posaient leurs paumes poisseuses sur la tête ; malgré les soi-disant amies de mon père, les Mama Lee, les Reina et les Primrose. Elles avaient traversé des décennies de changements de présidents et de Premiers ministres, elles avaient pleuré la mort de Bob Marley, de Peter Tosh et de

Dennis Brown, et elles avaient continué à pousser malgré les accidents d'avion, les crises économiques et les multiples crashs de navettes spatiales. Elles avaient vu disparaître les récifs coralliens de son village de bord de mer et surmonté la mort de son propre père. Ces dreadlocks avaient tenu, conforté et aidé la mutinerie en masse de ses filles, mais c'était la résection de son utérus qui l'y a finalement poussée.

Quelques années auparavant, on avait diagnostiqué à ma mère des fibromes et elle avait dû subir une hystérectomie. Pour elle, cette opération et cette convalescence avaient constitué une révélation lancinante. La femme qu'elle pensait être dans le monde, quelle qu'ait été son aspiration, avait soudain disparu. Elle m'a appelée pour me dire qu'elle avait coupé ses dreadlocks, en riant comme un oiseau chanteur. « Quelque chose s'est juste éteint », m'a-t-elle confié. Rentrée chez elle sans utérus, elle a réalisé que mon père ne possédait plus d'emprise sur elle. Il n'y aurait plus d'enfants, ni de lui ni d'aucun autre homme. Rien d'autre ne la liait à lui. Maintenant qu'elle était en Amérique et enfin libérée du regard de mon père, elle voulait se délecter de cette liberté. La liberté de manger de la viande, de boire de l'alcool et d'apprendre à être elle-même, loin de lui. Et c'est ce qu'elle a fait. Ici, en Amérique, où elle se sentait libre, ma mère a laissé filer cette jeune fille effarouchée de dix-neuf ans en quête d'un but dans la vie et trouvé la femme qu'elle avait attendu d'être toute sa vie. Au bout de presque cinq décennies passées à servir constamment les besoins des autres, c'était la première chose qu'elle avait accomplie pour elle-même, en choisissant pour la première fois la forme que revêtirait sa vie ; engendrée, enfin, par ses mains persévérantes.

*

J'ai glissé de longs regards à ma mère en attendant sous la chaleur de la tente avec les autres diplômés de Bennington. Il était difficile de détourner le regard de cette créature étonnante, nouvelle et belle, aux cheveux récemment coupés, qui avait tant d'allure avec ses talons et son rouge à lèvres rose légèrement givré. Ma robe de fin d'études était taillée dans un tissu africain traditionnel, avec un message en swahili imprimé autour de l'ourlet, qui signifiait : *Tu es la lumière de ma vie.* Je l'ai portée en hommage à ma mère, ce qui a empli ses yeux d'une joie débordante. Elle en a fait des bonds sur son siège, au premier rang avec Ife et ma grand-mère Sweet P., qui avait fait le voyage, et elles ont toutes crié après moi lorsqu'on a appelé mon nom. En traversant l'estrade, j'ai pensé aux femmes qui m'avaient précédée, à mon clan, femmes connues et inconnues, qui s'étaient vu confisquer leurs multiples avenirs, leurs possibles et leur autonomie corporelle, et j'ai pleuré en devenant la première fille de ma famille diplômée d'une université. Quoi qu'il arrive ensuite, je me suis promis d'y parvenir, pour elles. Entre mes mains, leurs noms et leurs vies ne seraient jamais oubliés. Ma mère a serré mon diplôme contre sa poitrine pendant tout le week-end et n'a pas cessé de rire. Rire de tout et de rien. Me voir réussir après tout ce temps, après six années d'incertitude et quatre années d'études, sa coupe débordait. Et rien n'éclipserait cela. « *Mi glad bag buss !* me répétait-elle. *Oh, Saf. Mi glad bag buss !* »

Avant que je ne quitte l'université, ma mère, ma grand-mère et ma sœur m'ont aidée à boucler mes bagages et à nettoyer ma chambre d'étudiante. Nos mains ne faisaient plus qu'une. Je n'avais jamais décoré mes murs, mais j'avais accumulé des tours entières de livres. Ma grand-mère a rempli une valise lourde de tous mes livres pour les rapporter en Jamaïque. Alors que nous terminions mes bagages, le compte à rebours de mon retour au pays pesait lourd. J'avais trois mois pour trouver un emploi aux États-Unis dans mon domaine d'études, sinon je devrais rejoindre ma valise de bouquins dans la maison de mon père.

– Tu lui as dit ? ai-je demandé à ma mère en jetant un coup d'œil sur ses cheveux.

J'avais supposé qu'elle avait parlé à mon père de la coupe de ses dreadlocks, mais je ne lui avais jamais posé la question.

– Non, m'a-t-elle avoué en haussant les sourcils et en penchant la tête vers moi – sa voix était aussi tranchante qu'une lame aiguisée. Lui dire pour quoi ?

Lorsqu'elle a franchi la porte des arrivées de l'aéroport de Montego Bay, mon père a vu ce que mes mains avaient encore défait. Ses dreadlocks coupées et disparues. Je l'imagine marmonnant entre ses dents : « Oh Jah. » Elle portait des anneaux à ses oreilles. Une jupe à mi-mollet épousant sa silhouette. Le regard de son visage plein de défi. Le visage de mon père s'est renfermé, abattu de douleur au spectacle de la nouvelle apparence de ma mère. Sur la route du retour à la maison, il en avait les yeux rouges et humides. Elle n'a rien dit et il n'a rien répondu. Lorsqu'ils ont franchi le seuil du domicile, il lui a apporté ses bagages, un par un, en silence. Ma mère, en revanche, a virevolté de pièce en pièce en un clin d'œil. Tout ce sur quoi mon père avait pu revendiquer une emprise avait été tranché net. Elle n'avait plus rien à donner. Il ne restait rien d'autre que ce qu'elle ferait d'Esther.

Lorsqu'il ne lui est plus rien resté dans le coffre avec quoi s'occuper les mains, mon père s'est enfin approché de ma mère dans la cuisine. Il avait déjà la voix rauque parce qu'il avait chanté la nuit précédente, et lorsqu'il lui a parlé, sa voix s'est brisée.

– Makini, a-t-il dit en l'appelant par le nom africain qu'ils avaient choisi dans le livre des noms, des dizaines d'années plus tôt. Tu m'aimais, autrefois.

– Autrefois, a répété ma mère – et elle s'est agrippé le ventre.

Puis elle a ri. Le rire d'une sorcière par une pleine lune, sentant la voix de la terre ne faire qu'une avec elle-même. Tout cet amour avait disparu. Cette nuit-là, ma mère a pris des draps et un oreiller et, pour la première fois de sa vie, elle a dormi dans un lit à part. Tout ce dont elle avait besoin, c'était d'un catalyseur, et l'e-mail de Leah Sinclair l'avait mise à bout. Dans la chambre qui avait appartenu à ses filles, elle a repoussé tous les meubles de la pièce – un lit et une commode – pour bloquer la porte. Mon père est venu la chercher, il a essayé de peser sur la porte, ma mère a repensé à l'e-mail de cette femme et l'a maintenue fermée en pesant de son dos contre les meubles, empêchant ainsi mon père d'entrer dans la pièce. Il a frappé, il a crié, il l'a appelée, elle n'a pas répondu, car cette voix ne la poussait plus à s'écrouler.

Le lendemain matin, mon père a traversé le jardin d'hibiscus armé de sa machette noire. Toute la nuit, il avait entendu des rires résonner, non pas de la bouche de ma mère, mais de la source originelle de ces rires. Son esprit s'est assombri sur la racine de sa malédiction, sa semence pourrie et l'iniquité de sa mère à lui, balayant d'un revers de la main le fléau qui l'accablait depuis vingt-six ans. Tout en marchant, il a brandi sa lame et craché, en demandant à Jah comment il avait pu engendrer sa propre ruine. Il a cherché la voix qu'il entendait ricaner depuis l'Étranger. La cause de la ruine de sa famille rasta. Celle dont le visage serpentait, couvert d'écailles et sifflant depuis les buissons – sa première-née, première en toutes choses profanes – alors qu'il préparait son coutelas pour me tailler en pièces.

27

Iphigénie

Il a d'abord attrapé l'oreiller, puis la machette. La terre s'éloignait de moi dans l'obscurité, et je ne voyais que du bleu.

Avant le choc écrasant des mains de mon père sur mon crâne, la journée avait commencé sous une beauté éclatante. Et avec tant de bleu. Le ciel du matin était sans nuage et d'un bleu lapis-lazuli, si bleu que j'avais dû porter le regard au loin vers les collines. Mon père s'est réveillé avec un chant vif et délié dans la gorge, il roucoulait pour les deux petits oiseaux de retour dans sa main, les deux filles qu'il tenait et retenait, leur arrachant une chanson pour étouffer toutes leurs contorsions. Je m'habillais pour aller travailler tandis que Shari se préparait à une nouvelle journée de vide à domicile, se retrouvant exactement dans la même situation que moi il y a des années : sortie du lycée à seize ans, elle attendait que se présente une chance d'aller à l'université. Ma mère avait repris l'avion pour l'Étranger dans le seul et unique but d'inscrire sa fillette – sa dernière-née – à l'université, quoi qu'il arrive. J'avais atterri à Montego Bay trois mois après avoir obtenu mon diplôme, en juin 2010, ayant échoué à trouver aux États-Unis un emploi en rapport avec mon diplôme d'anglais. Dès mon retour, trois alarmes ont retenti comme un gong et je m'étais décidée à repartir, pour de bon.

La première alarme m'avertissant d'une calamité qui se profilait à l'horizon m'est parvenue au cours de ma première semaine de travail : j'avais commencé à enseigner l'anglais à St James. Dès que mon père s'était engagé dans l'allée poussiéreuse et que j'étais de retour dans la grande maison reconvertie qui était le site de mon ancienne hantise, j'ai su que je n'aurais pas d'avenir en Jamaïque. Mes quatre années d'absence s'étaient vite envolées et m'avaient ramenée comme un boomerang là où j'avais toujours été, sauf que maintenant, j'enseignais aux riches et aux privilégiés de Mobay, au lieu d'étudier avec eux. Mon retour n'avait rien de triomphal. J'errais dans les mêmes chambres étouffantes transformées en salles de classe, remarquant les anciennes rayures aux carreaux des fenêtres, les vieux noms gravés dans le bois des bureaux. Certains jours, j'avais l'impression qu'à part me couper mes dreadlocks, je n'avais pas changé. J'étais toujours figée dans l'ambre. Après m'avoir déposée le premier jour, mon père s'était attardé dans l'allée, ce qui avait fait affluer les élèves aux fenêtres pour scruter le Rastaman dans sa vieille Toyota Corolla champagne, et ils se demandaient quel rapport il avait avec leur professeur d'anglais, qui ne lui ressemblait pas du tout. Je leur ai dit : « C'est mon père » et j'ai mis fin au mystère, de peur qu'ils ne perdent la tête.

À peine plus de cinq heures après leur avoir révélé qui était mon père, j'ai vu le premier signal d'alarme arrivé plié sous la forme d'un bout de papier glacé, posé côté pile sur mon bureau. Un élève, transpirant de malice, avait cherché à perturber le cours. J'ai déplié le morceau de papier et me suis retrouvée face à mon moi profané, renvoyée dans le bureau de Mme Newnham. Devant moi se trouvait ma photo de classe de cinquième, arrachée à l'un des vieux *yearbooks* conservés dans la bibliothèque de l'école, mon sourire blessé et si peu sûr de lui, cachant ma dent cassée. Là, mes vieux cheveux non peignés formaient une masse épaisse et noire sur ma tête, mes dreadlocks en queue-de-cheval me retombant dans le dos. Autour de ma photo subsistaient les mêmes mots cruels griffonnés au stylo, les mêmes gribouillis de dents dégradées et la bulle au-dessus de ma tête proclamant JE N'AI PAS DE SEINS. J'ai regardé autour de moi dans la salle des professeurs déserte. Le bureau qu'on m'avait attribué était le même que celui qu'utilisait Mme Pinnock tant d'années auparavant. Son regard acerbe me passait maintenant au crible depuis l'éther. Chaque matin, je m'asseyais à l'endroit où elle avait tenté de récurer le henné de mes mains. Là où elle m'avait frotté la peau avec ses doigts jusqu'à ce qu'elle en devienne rouge. À ce moment-là, j'ai entrevu du coin de l'œil quelque chose bouger. J'ai regardé la grande fenêtre derrière moi. À l'extérieur, un élève de première a filé de là où il m'avait observée examinant ma photo. Son visage était déformé par le verre de la vieille vitre. Je l'ai entendu ricaner, avant qu'il ne s'éloigne en courant.

Bientôt, Shari et moi avons repris notre ancien rythme à toutes les deux. Nous étions de nouveau les seules qui restaient. Nous nous accrochions l'une à l'autre, dormions ensemble dans la même chambre, mangions ensemble et nous évitions mon père autant que possible, surtout quand il était de mauvaise humeur. Nous gardions la chambre de Lij vacante au cas où il déciderait de rentrer à la maison. Au grand dam de mes parents, mon frère avait quitté la faculté de droit après avoir appris qu'il devrait couper ses dreadlocks pour exercer une profession juridique. Il enseignait désormais l'anglais dans son ancien lycée, à l'autre bout de la ville, où il vivait avec sa nouvelle petite amie. Mon frère semblait de plus en plus résolu à planter son propre jardin, sans nous.

Shari et moi nous sommes créé notre langue et notre sens de l'existence bien à nous. Nous avions un plus grand écart d'âge que tous nos frère et sœurs ; j'avais vingt-six ans et elle dix-sept, mais nous nous sommes rapprochées davantage que d'autres, liées par nos catastrophes respectives, que nous appelions « la détresse de SS ». Nous avons découvert de nouvelles façons d'être heureuses, entre sœurs, tandis que je complotais avec maman afin que Shari parte à l'université, et que je m'en aille moi-même pour de bon. Avant que je ne quitte Bennington College, un éditeur américain m'avait demandé un recueil, un mélange de poèmes et d'essais, que j'ai passé l'été suivant l'obtention de mon diplôme à écrire et qui venait d'être publié. Avec mon recueil et un peu d'argent pour les frais de candidature, j'ai commencé par postuler à des masters en beaux-arts à l'étranger. J'avais décidé que mes poèmes me feraient retraverser l'océan.

Lorsque le deuxième avertissement est tombé, c'était sous le camouflage inattendu d'une vague de bonnes nouvelles. Ma première confirmation d'admission en master est arrivée pendant ma pause déjeuner au St James. J'étais penchée au-dessus de mon ancien bureau. En lisant l'e-mail, j'ai poussé un piaillement. Puis un autre e-mail d'admission m'est parvenu. J'en ai éprouvé une sensation retentissante de justesse, des plaques tectoniques se déplaçant sous mes pieds. Lorsque mon père est venu me chercher au lycée cet après-midi-là, je me suis engouffrée dans sa voiture en stationnement, à l'avant, à côté de lui, encore tout sourire à cette nouvelle.

J'avais du mal à rester assise tranquille sur mon siège.

– Je viens d'être acceptée à l'université pour ma maîtrise ! lui ai-je annoncé.

Au lieu de félicitations, j'ai vu le visage de mon père se décomposer. Il s'est tu et il a fixé le volant un long moment.

J'ai jeté un coup d'œil dans cette direction pour voir ce qu'il regardait. Il n'y avait rien.

– Alors, l'Elle de Moi va partir et laisser Moi et Moi tout seul ici ? m'a-t-il demandé.

Jamais je ne l'avais vu plus vulnérable.

– Que veux-tu dire, papa ?

– Tout le monde est parti à l'Étranger. Lij s'est mis avec une femme. Tous les Eux de Moi, ils ont tous laissé Moi l'Homme ici tout seul.

Comme j'étais sotte. Je m'étais attendue à ce qu'il soit heureux pour moi, de mes nouvelles possibilités. Il parlait, et j'aurais dû entendre clairement la sirène d'avertissement de ce qui allait se passer. En cet instant, il ne pensait qu'à lui et non à mon bonheur, et encore moins à mon avenir. S'il ne voulait pas qu'aucun d'entre nous le quitte, que voulait-il vraiment ?

– À ton avis, qu'est-ce qui allait se passer, papa ? me suis-je étonnée.

Il s'est trémoussé sur son siège, et ne m'a plus regardée en face.

– Eh bien… Je ne sais pas… J'ai pensé qu'on pourrait acheter une maison et y vivre…

– Tu veux dire, pour toujours ?

– Eh bien, oui…

Il avait l'air presque penaud maintenant, d'avoir enfin formulé la chose à haute voix.

Presque. L'acolyte silencieuse à qui j'avais tranché la gorge il y a tant d'années tentait de renaître dans un chuchotement, tandis que mon père parlait. Mais je me suis alors souvenu de mes confirmations d'amissions. De mes poèmes. Je me suis souvenu de tout ce qui m'avait donné envie de partir.

– Papa, ai-je repris en me tournant sur mon siège pour lui faire face. (Des pétales de poinciana orange ont été soufflés sur le pare-brise de notre voiture à l'arrêt.) Un jour, nous aurons tous une famille avec laquelle nous vivrons dans une maison. Nous devions forcément partir un jour et tracer notre propre chemin. C'est comme ça que ça marche.

– Et cette famille, ici ? a-t-il fait en passant les mains sur le volant immobile. Et si nous restions ensemble ? Pourquoi ne pas avoir un endroit rien que pour nous ?

Son visage était presque suppliant, en me disant cela.

– Je croyais que tu serais heureux pour moi, ai-je repris.

J'ai regardé dehors, la chute des fleurs orange.

L'atmosphère dans la voiture est devenue silencieuse, je regardais devant moi, vers les lointains reflets de la mer qui scintillaient de l'autre côté de la rue.

Mon père a mis le contact et commencé à rouler lentement dans l'allée, et j'ai ignoré la volée d'urubus qui tournoyaient, inscrivant leur sombre message au-dessus de ma tête.

Le dernier avertissement est arrivé avec la sonnerie du téléphone de la propriétaire. Trois semaines après le deuxième avertissement, elle avait pris un avion depuis le Canada, pour s'accorder des vacances, comme elle le faisait une fois par an, mais cette fois-ci elle avait informé mon père de son intention de retourner à Coral Gardens pour de bon. Toute la semaine, la sonnerie aiguë de son vieux Nokia avait percé l'air dans une cacophonie incessante depuis ses appartements de la maison de Coral Gardens, nous mettant tous sur les nerfs. Nous avions un mois pour quitter la maison où mon père et ma sœur vivaient depuis deux ans. Nous avons consacré deux semaines à parcourir Montego Bay à la recherche d'un endroit où vivre. Lorsque j'avais terminé ma journée de cours, mon père nous emmenait, ma sœur et moi, visiter de nouvelles maisons à louer qu'il avait trouvées dans les petites annonces, mais aucune ne me plaisait. Trop petites. Trop jaunes. Trop de monde dans la cour. Nous rentrions tous les jours dans la soirée, le téléphone portable de la propriétaire sonnait sans cesse, suivi de ses gloussements de voix haut perchée qui retentissaient toute la nuit. Pendant ces semaines étouffantes, son vieux Nokia nous a empêchés de dormir, aussi insistant qu'une alarme, un avertissement négligé.

Nous avons finalement trouvé une nouvelle maison, dans la profondeur des collines bruissantes et de nouveau loin de la mer. Mon père quêtait désespérément mon approbation, craignant que je n'aime pas l'endroit. Je lui ai dit que j'aimais bien. « Mais pour moi ce n'est que temporaire », lui ai-je rappelé. Son visage s'est décomposé, abattu et solitaire. C'est peut-être cela qui a scellé la chose. Ou peut-être était-ce l'absence de ma mère. Cela faisait cinq mois qu'elle était partie, mais j'avais l'impression que cela faisait déjà deux fois plus longtemps. Mon père n'avait jamais déménagé sans ma mère, qui portait notre poids à tous entre ses mains. Il ne s'était jamais chargé des emballages de nos nombreux déménagements, et cette besogne semblait le briser. Comme j'étais la seule de nous trois à devoir travailler toute la journée, je l'ai prévenu qu'ils devraient s'occuper eux-mêmes de la plus grosse partie des cartons et que je l'aiderais du mieux que je pourrais en rentrant à la maison. Cela l'a immédiatement mis de mauvaise humeur. Ce soir-là, alors que je me penchais sur le programme de mes cours, je l'entendais pester à l'autre bout de la maison, ce dont je n'ai tenu aucun compte, jusqu'à ce que je l'entende prononcer mon nom.

La journée qui avait commencé en beauté tombait maintenant comme un oiseau mort à mes pieds, étouffé sans bruit entre les mains de mon père. J'ai refermé mes livres et je suis allée dans le couloir. Je suis restée à l'abri des regards pendant un moment et je l'ai écouté.

– Elle n'aide pour rien… se plaignait-il à Shari, qui l'ignorait plus ou moins, qui fixait ses boucles dans le miroir de la salle de bains, en ponctuant distraitement « Ouais » toutes les deux minutes pendant que mon père se brossait les dents.

– Elle est sacrément paresseuse… sifflait-il.

Il parlait encore quand j'ai franchi le seuil de sa chambre et je me suis arrêtée dans l'encadrement de la porte. J'étais aussi grande que lui et je me tenais aussi droite qu'un paratonnerre.

– Je ne vois pas vraiment pourquoi tu parles de moi, ai-je dit. Arrête de piétiner mon nom.

L'air a crépité. À côté de moi, je pouvais voir Shari sur ses gardes, dans l'embrasure de la salle de bains, qui me jetait des regards obliques. Mon père s'est éloigné de sa commode, où la photo encadrée de Hailé Sélassié me faisait face. Les yeux de scorpion de l'empereur ne m'inspiraient plus aucune crainte.

– Ma fille, tu aurais intérêt à faire attention à la façon dont tu parles au Moi et Moi, a menacé mon père.

Il s'est dirigé vers moi d'un pas martial, et les meubles en ont tremblé.

– Va-t'en d'ici.

Il m'a chassée d'un revers des deux mains, comme si j'étais une mouche.

J'ai croisé les bras et j'ai tenu bon, fermement campée dans l'embrasure de la porte.

– Je n'irai nulle part, ai-je répliqué.

– Va-t'en d'ici, a répété mon père en crachant les mots entre ses dents – sa cicatrice brillait sous la lumière de la chambre.

J'ai ri.

– Sinon quoi ?

Il a sifflé entre ses dents et il est retourné vers son lit, où il a attrapé un oreiller.

– Tu n'as pas à parler de moi comme ça, ai-je protesté en secouant la tête. Je suis une adulte. Je ne suis plus un vulgaire *pickaninny* qu'on peut insulter.

Mon père a souri de son sourire rouge, s'efforçant encore de me réduire à néant.

– Tu n'es rien d'autre qu'une fillette, a-t-il ricané. Éloigne-toi de ma porte, ma fille. Bonne à rien.

Shari était clouée, dos au miroir derrière elle, immobile, et nous regardait les yeux écarquillés, effrayée.

– Tu ne réussiras pas à me faire bouger d'ici, ai-je rétorqué.

– J'en ai assez de toi, a-t-il grogné en pétrissant l'oreiller entre ses mains. Depuis que tu es née, tu m'assommes, j'en ai assez !

– Et moi je suis fatiguée de toi, lui ai-je rétorqué en passant la paume de ma main dans mes cheveux. J'ai hâte de partir d'ici pour de bon. Tout le monde en a assez. Personne ne te supporte. Pas même notre mère…

– Arrête de parler, ma fille, m'a-t-il ordonné en s'approchant de moi, l'oreiller à la main.

Mais je ne me laisserais pas arrêter. Le seuil qui nous séparait ne pouvait plus tenir.

– C'est pour ça que maman t'a quitté, ai-je lâché. (Une adrénaline sombre m'a envahie, mon cœur battait à tout rompre.) Elle en a fini avec toi. Elle ne veut plus de toi. Tu ne le savais pas ? Elle est déjà en train de passer à autre chose, ai-je ajouté.

Puis, comme l'avait fait ma mère la dernière fois qu'elle s'était tenue dans cette cuisine, j'ai ri.

Mon père a volé vers moi dans l'encadrement de la porte. Ses mains se sont élancées vers ma tête, son objectif était fermement arrêté. Il m'a écrasé l'oreiller contre la figure et y a flanqué un coup de poing, le percutant avec une force stupéfiante. Avant même de m'en rendre compte, j'ai été projetée au sol, la terre est montée vers moi, les murs se sont écartés dans un tourbillon. Shari a poussé un cri déchirant et s'est précipitée dans la salle de bains, où elle a tenté d'appeler quelqu'un sur son téléphone portable. Le noir a envahi mes yeux et le monde s'est mis à clignoter dans la lumière. J'étais à terre dans le couloir, et mon père me toisait d'un air renfrogné. Son visage était entièrement vide. J'ai cligné des yeux et quand j'ai regardé à nouveau, il avait disparu. À l'endroit où son poing était entré en contact avec mon visage à travers l'oreiller, mes dents avaient entaillé la chair de ma lèvre et du sang avait coulé. Un engourdissement m'a envahie, puis la rage est remontée dans ma gorge. En me relevant, je n'avais qu'une idée en tête. Je me suis affalée dans la cuisine et j'ai posé les yeux sur le plus grand couteau que j'ai pu trouver. Au milieu de ce chaos, j'entendais Shari au téléphone, sa voix paniquée et suraiguë. Il n'y avait qu'un seul jeu de clés pour la maison et il se trouvait dans la chambre de mon père. Il n'y avait aucun moyen de sortir sans ces clés.

Ensuite, le téléphone portable de la propriétaire a soudainement sonné. Un vent hurlant a déchiré le toit de ma maison, dispersant tout le bleu de la journée dans un ouragan. Le sang s'est mis à couler à flots dans mes oreilles, à un rythme assourdissant. Lorsque j'étais partie à l'université, je m'étais promise qu'aucun homme ne poserait plus jamais la main sur moi. Aujourd'hui, le coup asséné par mon père avait rouvert les blessures de toute une vie, et tout cela avait fini par se transformer en noirceur. Je ne me reconnaissais plus. J'ai pris le couteau dans le panier à vaisselle et je l'ai empoigné, la lame en avant, déterminée à l'enfoncer. Le cœur battant, je suis retournée dans ma chambre en serrant le couteau dans mon poing et j'ai pris mon téléphone pour appeler ma mère en Amérique. Ma lèvre coupée enflait à présent et me piquait à chaque mot. Lorsque ma mère a décroché, sa voix se brisait déjà. Quelqu'un l'avait déjà appelée.

– Maman, il m'a frappée, me suis-je écriée, ma lèvre saignant de plus en plus alors que je lui parlais. Il m'a donné un coup de poing…

– Saf, ça va ? s'est-elle inquiétée, la voix brisée.

– J'ai la lèvre fendue, lui ai-je répondu.

J'avais la tête qui tournait. Pendant tout ce temps, j'entendais la voix de mon père, tonitruante et rageuse, il vociférait depuis sa chambre, mais je n'arrivais pas à comprendre ce qu'il disait.

– Je vais tuer cet homme, maman, ai-je dit en saisissant le manche du couteau à cran d'arrêt. Je le jure, je vais tuer cet homme. Pour tout ce qu'il t'a infligé, pour tout ce qu'il m'a infligé…

J'ai repris mon souffle. J'avais craqué. J'avais beau le jurer, je n'y croyais pas. J'ai laissé retomber mes mains le long du torse et j'ai hurlé avec tous les muscles de mon corps. Un cri rauque, primal, qui m'a fait transpirer.

– Oh mon Dieu. Oh mon Dieu ! S'il te plaît, mon Dieu.

Ma mère pleurait au téléphone, en tentant désespérément de me calmer.

Je suis retournée dans la cuisine et me suis approchée lente-ment de la chambre. Au bout du fil, j'entendais ma mère supplier : « Non, non, non, non, s'il te plaît, Saf, non. » Je l'ai gardée en ligne pour qu'elle puisse entendre, mais j'ai cessé de lui parler. J'ai envoyé un SMS à Lij pour lui signaler que mon père m'avait fichu un coup de poing et qu'il devait venir ici immédiatement.

Le téléphone portable de la propriétaire a de nouveau retenti, la sonnerie a traversé le plafond, fissuré l'air de la nuit. C'est alors que j'ai entendu mon père attraper sa machette. Celle qu'il gardait bien aiguisée sous son lit pour repousser les intrus. Par la porte ouverte, de l'autre côté de la maison, j'ai entendu la longue lame métallique racler le carrelage lorsqu'il l'en a extraite. Shari a poussé un cri à glacer le sang et frappé de toutes ses forces contre la porte de la salle de bains.

Les cris de ma sœur m'ont arrêtée net.

J'ai alors compris que mon père l'avait enfermée dans la salle de bains de sa chambre. Je l'entendais maintenant, il frappait de sa machette noire contre les barreaux anti-effraction de sa fenêtre, sa voix ample et profonde lançant des grossièretés et de sombres menaces, entraînant toute la maisonnée dans une clameur stridente.

– Fuis, Saf! a crié Shari en donnant un grand coup de pied contre la porte verrouillée. Cours ! Je t'en prie, cours !

Hors de ma vue, mon père a lâché un grognement menaçant.

– … parle de Makini qui a laissé tomber Moi l'Homme ! Je vais tuer cette *bloodclaat*[1]…

La machette claquait contre les barreaux, et la voix de Shari s'est mise à crier :

– Papa, laisse-moi sortir ! S'il te plaît, laisse-moi sortir !

J'avais le ventre noué d'entendre ma sœur frapper la porte à coups de pied et le supplier de la laisser sortir.

– Shari ! ai-je crié depuis la cuisine, et j'ai pu me rapprocher un peu de la pièce. Est-ce que ça va ?

---

1. « Loque à sang », juron en patois jamaïcain qui signifie « serviette menstruelle ».

C'est à ce moment-là qu'elle s'est mise à hurler.

– Saf, ne viens pas par ici ! Ne viens pas par ici. Je t'en prie ! – elle sanglotait. Il a dit qu'il allait te tuer ! Fuis ! Je t'en prie, fuis !

Inconsolable, Maman pleurait au bout du fil, alors j'ai raccroché. J'ai raccroché. Quoi qu'il arrive, je voulais lui éviter d'entendre ce qui allait suivre.

– Il va te tuer !

La voix de Shari a éclaté dans la nuit et empli mes oreilles à les faire saigner. Dans sa chambre, mon père détaillait le mal qu'il allait m'infliger en le réservant aux seules oreilles de ma petite sœur.

– Je t'en supplie, Saf. S'il te plaît, va t'en ! répétait-elle, tentant de m'atteindre de sa voix déchirée, suraiguë, animale.

Je suis revenue à moi sur la dernière mise en garde de ma sœur. La terreur dans sa voix m'a fait comprendre qu'elle pensait que mon père allait réellement passer à l'acte. Qu'il l'avait enfermée pour qu'elle ne voie rien. Et que je n'allais pas sortir vivante de cette maison. J'ai laissé tomber le couteau, qui a heurté le sol. Mon cœur battait à tout rompre, je me suis éloignée de la cuisine, de sa chambre, et j'essayais désespérément de trouver un moyen de sortir de la maison. Pour la première fois de ma vie, j'ai pris le téléphone et j'ai appelé la police. D'une voix tremblante, je me suis entendue expliquer à l'officier de police que mon père m'avait agressée et qu'il menaçait de me tuer. J'ai prononcé ces mots, mais ils ne semblaient pas réels. J'ai couru jusqu'à la véranda et j'ai frappé à la porte de la propriétaire. Le temps qu'elle m'ouvre, j'étais hystérique.

– C'est quoi tout ce raffut, hé... a-t-elle marmonné en ouvrant la porte, mais l'expression de mon visage l'a fait taire comme si une pierre avait arrêté sa voix.

– Je vous en prie. J'ai besoin de sortir, l'ai-je implorée, les mains tremblantes. Je ne me sens pas en sécurité et je n'ai pas de clé pour sortir. Il faut que je sorte tout de suite. (Mes lèvres tremblaient elles aussi.) Pouvez-vous me laisser sortir, s'il vous plaît ?

– Qu'est-ce que vous racontez ? m'a-t-elle demandé, la tête penchée, l'air perplexe.

Elle portait sa robe de chambre rose à fleurs et tenait toujours son téléphone portable contre son oreille, au milieu d'une conversation.

– Mon père veut me tuer ! ai-je crié. Il faut m'ouvrir la porte de la véranda et que vous me laissiez sortir !

J'ai pointé du doigt les barreaux de fer blanc qui entouraient la véranda comme une cage.

La propriétaire a soupiré – « Oh doux Jésus » – et elle est retournée à l'intérieur prendre ses clés.

Elle a fini par ouvrir les barreaux antivol de la porte de la véranda et m'a laissée sortir dans la cour.

– Merci, ai-je gémi en sortant dans la fraîcheur de la nuit.

Je n'avais sur moi qu'un mince tee-shirt et un short bleu. La stridence des grillons se brisait contre mes oreilles en nage. En descendant vers la porte d'entrée, je me retournais sans cesse pour guetter la lumière dans la chambre de mon père, sa silhouette sombre qui faisait les cent pas devant la fenêtre, la machette qu'il brandissait encore tout en fulminant. Lorsque la voiture de police s'est arrêtée à hauteur du portail, j'entendais encore ma sœur sangloter.

Le véhicule s'est garé devant, gyrophares rouges et bleus allumés, et mon père a pesté. J'ai su à ce moment-là que la honte de voir la propriétaire assister à cette scène le soucierait davantage que ce qu'il nous avait infligé à Shari et à moi. Le policier est sorti de la voiture et s'est approché de moi.

– Bonjour, madame, a-t-il dit en venant un peu plus près. Je suis ici suite un appel concernant des violences domestiques. Pouvez-vous sortir par ce portail ?

– Non, ai-je répondu. Il est verrouillé et je n'ai pas la clé.

Le portail et le mur étaient tous deux trop hauts pour que je puisse les escalader.

J'ai vu le policier regarder derrière moi et je me suis retournée pour suivre son regard. Mon père, qui n'avait plus sa machette, était en train de discuter calmement avec la propriétaire qui, j'en suis sûre, avait des questions à lui poser. À en juger par ses mimiques et sa gestuelle, j'ai compris que le monstre avait repris sa figure retorse.

L'agent de police m'a demandé de raconter ce qui s'était passé. Je lui ai expliqué que mon père m'avait donné un coup de poing au visage, puis avait sorti sa machette en disant qu'il allait me tuer. Il avait enfermé ma sœur dans la salle de bains alors qu'il s'apprêtait à passer à l'acte. En écoutant, le policier a hoché la tête, les mains à sa ceinture lourdement lestée d'une arme de poing et d'une matraque.

– C'est votre père ? a-t-il demandé en pointant du doigt derrière moi, vers mon père qui arrivait dans l'allée.

J'ai hoché la tête.

– Bonsoir, monsieur l'agent, a dit mon père d'une voix mielleuse. Que puis-je faire pour vous, monsieur ?

J'ai croisé les bras pour me réchauffer et je me suis éloignée de lui.

– Votre fille affirme que vous l'avez agressée plus tôt dans la soirée, a répliqué le policier.

Mon père a feint la surprise et secoué la tête.

– Non, monsieur l'agent, elle ment. Je n'ai rien fait de tel.

Tout en parlant, il souriait, les mains croisées dans le dos. Je l'ai regardé parler, pour voir à quoi ressemblait un vrai lâche.

J'ai plaqué mon visage contre les barreaux de la grille, j'ai relevé ma lèvre entaillée et enflée, encore ensanglantée, et je l'ai montrée au policier.

– Voici la preuve. Ma lèvre saigne encore, ai-je insisté.

– Monsieur, comment expliquez-vous sa blessure ? a demandé le policier à mon père.

Mon père a soupiré et levé les yeux au ciel.

– Ce n'est rien du tout, monsieur l'agent. Je l'ai juste repoussée avec mon oreiller. Juste un petit coup. Mais il n'y a pas eu de coup de poing, monsieur. Elle ment.

– Il a menacé de me tuer, ai-je expliqué à l'agent, d'une voix suppliante, pour qu'il m'entende. Il a enfermé ma sœur dans la salle de bains et elle m'a crié de m'enfuir pour sauver ma peau.

– Est-ce vrai, monsieur Sinclair ? lui a demandé le policier. Ce sont de graves allégations.

Mon père a souri, il a fait non de la tête.

– Cette fille est une menteuse, monsieur l'agent, a-t-il prétendu.

Chaque fois qu'il me traitait de « fille », c'était un coup de burin calculé, une manière délibérée de m'entamer. Là, en le voyant exécuter son petit numéro, cela m'est apparu clairement, enfin. Il savait s'y prendre pour me rabaisser, c'était ce qu'il faisait à cet instant, alors que nous étions confrontés à Babylone. Tant que je vivrais sous son toit, il ne me respecterait jamais. Il ne me considérerait jamais comme une personne de valeur, mon sexe me privant à jamais de son estime.

– Je ne suis pas une *fille*, dis-je, ma voix résonnant clairement au dessus des grillons. Et je dis la vérité.

– Cette fillette est une menteuse, monsieur l'agent, a repris mon père en tirant sur sa barbe avec un sourire qui dévoilait toutes ses dents aussi droites que des rasoirs. Je suis un musicien. Un Rastaman. Je ne ferais jamais une chose pareille.

Le policier me regardait maintenant avec des yeux curieux, avec quelque chose comme de la pitié, vite transformée en un demi-sourire à la lumière de son visage. Il avait décidé, semble-t-il, lequel de nous deux mentait. À ce moment-là, une autre voiture s'est arrêtée derrière lui. Mon frère est descendu du taxi et s'est dirigé vers le portail.

Le policier a noté quelque chose sur un morceau de papier et me l'a tendu.

– Si vous voulez déposer une plainte contre votre père, voici la date et l'endroit où vous devez vous rendre pour porter l'affaire devant le tribunal. Passez une bonne nuit, a-t-il ajouté.

Puis il est remonté dans sa voiture, a redescendu la colline et s'est éloigné.

Mon père n'a effacé le sourire hideux de son visage qu'après que la voiture de police avait complètement disparu de notre champ de vision.

– Salut, Feu, a fulminé mon père en s'adressant à Lij.

En s'adressant à mon frère, il était retombé dans une rage silencieuse, les sourcils froncés. Les yeux sombres et vides, le monstre avait ressurgi de l'homme, d'un seul coup.

Je n'ai pas détaché les yeux du visage de mon frère, qui ne les a pas détachés du mien. Il affichait un calme qui, je le savais, était annonciateur de catastrophe.

– Ouvre la porte, a crié Lij à notre père.

Mon père a jeté les clés par terre et il a tourné les talons pour rentrer dans la maison. Lorsque j'ai ouvert le portail, le trousseau a cliqueté dans mes mains. Derrière moi, j'ai entendu Shari descendre en courant et, dès qu'elle nous a rejoints, elle s'est jetée sur moi dans un flot de larmes. Je l'ai prise dans mes bras.

– Ça va ? lui ai-je demandé.

Elle a hoché la tête en pleurant.

Mon père n'avait fait que la moitié du chemin vers la véranda lorsque Lij a franchi le portail. Il est passé devant moi d'un pas lourd et il s'est avancé dans l'allée.

– Crois rien de tout c'qu'elle a…

Mon frère a arraché les mots de la bouche de mon père. Lij s'est rué vers lui dans l'allée et, pour la première fois, j'ai vu de la peur dans les yeux de mon père.

– Pourquoi tu leur tombes dessus, et pas sur moi ? a lancé Lij, d'une voix grave.

D'une bourrade, une fois encore, il a repoussé mon père.

– Feu, écoute… s'est défendu ce dernier.

Mais Lij ne voulait plus rien entendre.

Il a de nouveau repoussé mon père d'une bourrade en pleine poitrine.

– Pourquoi tu leur tombes dessus, mais pas sur moi ?

Lij a encore flanqué un coup dans la poitrine de mon père qui a reculé en titubant et le dévisageait, les yeux écarquillés. Mon frère est reparti à l'assaut. Leurs dreadlocks s'étaient libérées de leurs queues-de-cheval et leur retombaient sur les épaules comme des lianes dangereuses.

Derrière eux, la silhouette de la propriétaire est apparue, masquée par le rideau de son salon, son téléphone portable toujours à l'oreille alors que la nuit devenait humide.

– C'est quel genre d'homme qui s'en prend à une femme, hein ? a crié Lij. À ta fille ? Toute ma vie, tu leur es tombé dessus mais moi, non, jamais !

Il a repoussé une dernière fois mon père, qui a trébuché en croisant les bras sur le torse pour se protéger du barrage de coups de Lij. Il nous a regardées, Shari et moi, toujours blotties l'une contre l'autre à la porte d'entrée, et il s'est renfrogné.

– Tous les Eux de Moi sont des malfaisants, nous a-t-il crié, en s'éloignant lentement de Lij. Vous vous valez bien.

Sur ce, il est rentré dans la maison en clopinant.

Lij l'a laissé lécher ses plaies et il est redescendu vers la porte où Shari et moi étions toujours agrippées l'une à l'autre comme deux oiseaux déplumés. Mon frère nous a entourées de ses bras et nous a demandé si nous allions bien. Quand sa peau touchait la mienne, il était aussi chaud qu'une fournaise, et j'ai enfin relâché la respiration que je retenais sans m'en être aperçue.

Je lui ai montré ma lèvre coupée. Il a sifflé sans desserrer les dents et secoué la tête en regardant vers la maison.

– Faites vos bagages, nous a-t-il dit, à Shari et à moi. Venez chez moi à Cornwall.

En nous tenant par la main, ma sœur et moi nous sommes glissés dans notre chambre pour y remplir un sac. Nous avons tout jeté dedans puis nous sommes sorties de la maison en moins de dix minutes. Mais Shari, les nerfs à vif, a dû retourner à l'intérieur pour aller aux toilettes.

Mon frère a allumé un joint et m'a entouré l'épaule de son bras, en relâchant des panaches de fumée dans la nuit. Nous sommes restés assis par terre en silence, et les étoiles tournoyaient au-dessus de nos têtes. J'ai tiraillé des touffes d'herbe qui poussaient entre les dalles en béton de l'allée.

– Je vais porter plainte, ai-je dit.

Mon frère a secoué la tête et soupiré.

– Tu ne peux pas faire ça, Saf.

J'ai scruté ses yeux réduits à deux fentes, d'un noir de fonte, qui cherchaient à lire dans les miens. J'ai détourné le regard.

– Tu n'aurais jamais dû appeler Babylone, a ajouté Lij en tirant sur son joint. C'est une affaire de famille.

– J'ai eu peur.

– Je suis là, maintenant. Je m'en suis occupé. (Il a soufflé la fumée au-dessus de ma tête.) Pas besoin d'impliquer encore plus Babylone.

Il a serré ma paume dans ses mains, comme pour signifier qu'avec ces derniers mots, le sujet était clos.

Shari, qui était sur son téléphone portable, occupée à rassurer maman et Ife, à leur dire que nous allions bien, est venue vers nous dans l'allée à pas feutrés juste au moment où le gravier crissait sous les roues du taxi devant le portail.

– Pour une fois, il faut qu'il en subisse les conséquences, ai-je rétorqué à Lij, en réentendant les cris de ma petite sœur derrière la porte fermée à clé.

Je savais que cette nuit la transformerait, mais à ce moment je ne savais pas à quel point elle se montrerait impitoyable. Au cours des années à venir, la petite sœur que je connaissais le mieux en ce monde deviendrait inaccessible au plan émotionnel. Après son départ pour l'université, elle n'a plus jamais remis les pieds en Jamaïque, n'a plus jamais adressé un mot à mon père et n'a plus jamais voulu le reconnaître. Bien que chacun d'entre nous ait géré son trauma de manière différente, ma chère Shari est vite devenue détachée et impénétrable, n'exprimant plus jamais son amour pour aucun d'entre nous.

Je regardais mon frère, ses dreadlocks noires tombant en cascade dans son dos et formant une masse derrière lui dans l'allée où nous étions toujours assis.

– Nous ne pouvons pas le laisser s'en tirer comme ça, ai-je protesté. On ne peut pas continuer à le pardonner.

Mon frère a soupiré de nouveau et a soufflé un dernier nuage de fumée avant d'éteindre son joint. Il a détaché sa tête laineuse de la mienne et s'est levé. Il avait vingt-quatre ans et ses yeux étaient devenus aussi incendiaires et farouches que ceux de mon père, s'embrasant intensément lorsque son humeur s'enflammait. Tout en parlant, il se caressait le menton, maintenant coiffé des poils épars d'un précepte clairsemé.

– J'espère que tu trouveras quelqu'un qui te comprendra, m'a-t-il dit, les yeux consumés d'un noir absolu, avant de se retourner et de s'éloigner pour aller franchir le portail et se diriger vers le taxi.

Il s'est penché sur la banquette arrière pour réconforter Shari, qui avait déjà pris place, son sac serré contre sa poitrine, puis il s'est retourné et s'est appuyé contre portière, le visage gris : il m'attendait.

Je suis restée assise seule un moment sur la pierre froide de l'allée, sentant encore la morsure rouge des mots de mon frère. J'ai levé mon visage vers l'air de la nuit et j'ai expiré. Ici, pour moi, il ne restait plus rien. Rien que le foyer, et son présage. Je me suis levée dans l'allée et je me suis retournée pour apercevoir mon père qui faisait encore les cent pas devant la fenêtre de sa chambre, très en colère. Il avait l'air si petit, ainsi déchaîné, un petit garçon, sans aucun rapport avec la vision que j'avais eue de lui une demi-heure auparavant. Là-bas dans cette maison, seul, il ne s'est jamais retourné vers moi, pas une seule fois. Sinon, il aurait vu. Le moment où mon corps a tremblé sous la brise nocturne, où mes bras se sont écartés, où mes serres se sont déployées, où j'ai été légère comme une plume et libérée, où j'ai tourné dans l'allée et me suis envolée loin de lui.

28

Jumbie Bird

Chaque nuit, il me met à mort, ou il essaie. Ses mains crispées sur ma gorge, ses dreadlocks forment un nœud coulant noir autour de mon cou. Je me réveille en sursaut dans mon appartement de Charlottesville, oubliant où je suis. Nous sommes à la fin du mois d'août 2012. J'ai quitté la maison pour de bon, près de cinq mois se sont écoulés et depuis que j'ai franchi la porte de Coral Gardens mon père, à l'exception de ses mains, n'est plus qu'un fantôme de ma mémoire. Chaque nuit, il me met à mort, ou tente de me tuer, en me tranchant la tête avec sa machette noire. Je me réveille en bafouillant, je pleure une crue de larmes. Je me noie. À l'aube, je me glisse à nouveau par cette porte rouge et je suis la lumière du soleil, j'essaie de m'accrocher à quelque chose de beau : mes orteils qui s'enfoncent dans le sable chaud de White House, le doux velours d'un hibiscus rose contre mon nez, mon océan miroitant d'une lumière de saphir. Mais rien ne prend. Le hibou pâle de mon passé me poursuit toujours. La nuit, j'erre sous cette vieille véranda de Bickersteth, où je sens dans mon dos le souffle froid du fantôme de la femme rasta, qui me tourmente avec le fil rouge que j'ai passé ma vie à tirer. Chaque nuit, elle rampe hors de l'obscurité de ma mémoire, m'ancre à un endroit que j'ai cessé d'essayer de fuir. Je me réveille en sursaut et décide de l'affronter – de me réapproprier mon histoire, l'histoire de notre famille, une sœur, une fille à la fois. J'essaie d'écrire tout cela, l'histoire de nos vies, en essayant, par la répétition du récit, de changer le destin de la prochaine des filles Sinclair. À chaque mot, je ferai reculer la rivière que j'ai créée. À chaque mot, je changerai le destin de cette femme rasta.

Pendant des mois, le froid solitaire s'infiltre. Une tempête de neige s'abat sur la ville et la prive d'électricité, emportant ma chaleur avec elle. J'erre dans les rues froides d'un pays étranger en puisant dans la veine de ce mal familial, de mon traumatisme hérité et de ce fil rouge persistant, en me posant la question obsédante de mon identité : où cela a-t-il commencé ? Avant, avant Bogue et avant White House. Je tire sur ce fil rouge, au-delà de la jeune fille qui marche vers la mer, au-delà de ma mère qui danse dans Bottom Road avec son test de grossesse positif, au-delà de ma grand-mère Isabel qui meurt avec le fracas de la mer dans l'oreille. Je monte dans le train avec Hailé Sélassié, je le regarde marcher à nouveau sur la terre et le vacarme du tarmac de Kingston. Je me réveille en sursaut, effaçant les microfiches de mon esprit, essayant de comprendre. Où, où. Où, où. Tout ce trouble a-t-il commencé avec moi ?

Mon téléphone portable sonne. Un éclair de néon bleu sur l'écran : PAPA. J'appuie sur le bouton « refuser » et je le retourne.

*

Nous sommes à l'automne 2012 et j'apprends à être une femme noire en Amérique. Huit mois se sont écoulés depuis que j'ai quitté la maison pour de bon, et mes sœurs et ma mère sont des graines éparpillées dans le vent. Maman et Ife se greffent un nouveau moi ici à l'Étranger, et Shari est maintenant à l'université à Grenade où elle étudie la biologie marine et la conservation de la faune et de la flore. Je prends souvent de leurs nouvelles depuis mon obscurité ouatée. Dans mon cursus de master, il n'y en a qu'une autre qui me ressemble. Ici, en Amérique, je suis une curiosité en cage, une bête qui secoue les barreaux de son altérité. Alors que tous les écrivains blancs trébuchent à l'aveuglette, avec leurs mots désorientés, leur bavardage gorgé de whisky et de Klonopin. Sous leur regard froid, je ne me suis jamais sentie aussi étrangère. Lors des fêtes, ils me demandent si ma peau est capable de bronzer, pourquoi je n'ai pas l'accent de Bob Marley et si j'aime fumer de l'herbe. Toute la journée, on m'aiguillonne, toute la nuit on me sonde. On soulève ma jupe, on dissèque ma fleur. On pille mon argent sans rien demander. Chaque jour, j'apprends à vivre dans une ville construite sur les os des esclaves. Je me réveille, haletante, dans un pays né d'une terrible blessure, puis d'une autre, et je ne peux ignorer la propre lignée écarlate de l'Amérique. Ici, aucun arbre n'est jamais simplement un arbre. Ici, chaque champ vallonné a été nourri de sueur volée, chaque arpent verdoyant a jailli du sang. Pendant des mois, j'ai tiré sur le fil terrible du passé de l'Amérique, j'ai tendu l'oreille vers les voix éviscérées de l'histoire de Charlottesville, j'ai essayé d'entendre les familles perdues dans la stridence dispersée des cigales.

À Vinegar Hill, Charlottesville, l'air sent le dessèchement. Je traverse des parkings et des trottoirs où le quartier noir a été réduit en cendres pour le « redéploiement » blanc, voilà près de cinq décennies. Aujourd'hui, rien ne semble subsister, à l'exception d'un cinéma indépendant, où je m'assieds dans l'obscurité pour regarder *Les Bêtes du Sud sauvage* avec des

Blancs adorateurs de fiction de mon master. Plus tard, ils s'accrocheront à chacune de mes réflexions sur le film. Ici, je constate que chaque jour est une renégociation de mon corps. Tous les espaces où je pénètre me rappellent ma couleur noire. Au bout de ma rue, un voisin blanc obstiné hisse un drapeau jaune brodé d'un serpent à sonnettes enroulé[1]. Qui siffle *Personne ne me marche dessus*. En passant, je le salue, mais il me transperce du regard et me tourne le dos. Seule sur la place du palais de justice, je passe devant une plaque de bronze sur laquelle est inscrit *Slave Auction Block*. « En ce lieu, des esclaves ont été achetés et vendus. » Ici, à Charlottesville, j'apprends enfin à dire suceur de sang. À dire tête chauve. À dire païen. Ici, chaque rue, chaque maison, ouvre la gueule béante du trauma. Blessure après blessure, je ne peux pas y échapper. J'arpente le campus universitaire construit brique par brique par les mains des esclaves et j'entends des étudiants vénérer un esclavagiste qu'ils ont surnommé « TJ[2] », sans ironie aucune. Sur la colline se dresse sa maison de violence sanctifiée, la salle sous coupole, les colonnes élégantes, la façade vieille de plusieurs siècles. Chaque brique en est couverte de sang. Je suis le fil de cette histoire macabre jusqu'au parc du centre-ville, où la statue de Robert E. Lee est si imposante que les citoyens pourraient y étendre des couvertures et pique-niquer dans son ombre. Chaque lieu ici est un lieu de violence, et je me sens lourdement chargée de poèmes.

---

1. Drapeau datant de la guerre d'indépendance des États-Unis, aujourd'hui utilisé par les suprémacistes blancs comme signe de ralliement.

2. Thomas Jefferson, 3ᵉ président des États-Unis, propriétaire d'esclaves mais signataire de l'acte prohibant la traite des esclaves en 1807. Sa demeure de Monticello se situe dans le comté d'Albermarle.

Mon téléphone portable sonne. PAPA. J'appuie sur le bouton « Refuser » et je retombe dans l'eau noire qui engloutit mon lit.

Nous passons tous Noël seuls. Mes frère et sœurs, ma mère et moi. Il n'y a pas assez d'argent pour que nous puissions nous voir cette année. En décembre, je reste enfermée par choix, errant dans mes pièces solitaires et récitant des poèmes à voix haute. Tout l'hiver, je me laisse porter par la vague qui me ramène à la rivière, en me remémorant les *folk songs* de ma famille. La nuit, je suis les traces des femmes qui m'ont précédée, je me glisse dans les méandres d'un passé où leur fredonnement me scelle les oreilles. J'erre dans leur monde souterrain et me nourris de ses richesses. Bientôt, poème après poème, ma bouche se remplit de graines de grenade. La nuit, je brûle de fièvre, je dévide du rouge du fond de ma gorge, déterminée à donner un sens à mon funeste matriarcat. Mon héritage. La légende de ma mère. Penchée sur ma page dans mon appartement en entresol, j'essaie d'inscrire la douleur dans quelque chose de tangible.

Je vais finir par penser que ce genre d'expérience fait partie de l'âpre initiation par laquelle on confirme sa vocation de poète, m'écrit mon professeur Gregory Orr dans un e-mail.

Chaque matin, à mon réveil, je ne parviens pas à me débarrasser de tout ce rouge. Au lieu de rendre un travail final pour son cours de poésie, je lui écris une lettre décrivant avec force détails les mains de mon père sur ma gorge, la sensation d'être étranglée, le souffle coupé dans la nuit, la machette noire. Je dérive jusqu'à me réveiller en sursaut dans mon lit, haletante.

Mon téléphone portable sonne. PAPA. J'appuie sur « Refuser » et lèche mon sang sur un éclat de verre brisé.

Février 2013 m'apporte des pages blanches de neige. J'ouvre mon recueil et retourne à cette sombre véranda au fin fond de la campagne, que j'ai d'abord évoquée dans un texte intitulé « Bickersteth » et qui, dix ans plus tard, formerait les premières pages de ces mémoires. Je vagabonde dans le souvenir de ma famille rasta en pleine campagne, qui a failli se perdre là-bas dans l'incendie. Je me revois, jeune femme en crise, la tête encore courbée sous la terrible lame. Toujours en train d'essayer de trancher ce fantôme dans son crêpe blanc. Toujours noyée sous la fièvre avec ses longs roseaux de cheveux noirs. Pendant des jours, je suis restée assise avec elle dans le silence froid de l'Étranger, et toutes les nuits elle me rappelle que je suis *la seule à pouvoir rectifier la chose*. Sous un ciel étranger gris et bleuâtre, je décide de réécrire l'avenir de cette jeune femme. De faire de chaque mot la flamme, l'allumette grattée.

Me portant à ébullition près du radiateur portatif, je me mets au travail, essayant en vain de tisser l'histoire de ma mère. J'essaie d'écrire mes souvenirs, mais il n'empêche, dans la nuit, mon père me tue. Tout l'hiver, je contemple le flacon de somnifères que mon ami poète blanc m'a donné. Toute la nuit, mon larynx finit écrasé, effondré dans le silence. Parfois, Emily Dickinson me revient en rêve. J'agite le flacon de comprimés. Je lui confie que je tente de combler le vide. Que comme elle, j'aspire à souder l'abîme. Tout l'hiver, j'essaie de les coucher sur le papier – eux, ma famille. Mon ancienne vie. Mais il n'y a pas de bons mots, pas de mots, rien que mes cheveux qui se détachent et tombent par poignées sur la moquette, des lambeaux noirs qui encrassent le siphon de la douche. Je me réveille dans le froid morne d'un nouveau blizzard et sur un e-mail inquiet de mon mentor, Gregory Orr :

J'ai réfléchi à votre projet de mémoires et je me rends compte qu'il serait plus que périlleux pour vous de vous y lancer dès maintenant. Je me revois à votre âge et je réalise que je n'aurais alors jamais pu faire le récit de ma vie ou en revisiter des scènes. Pas à ce stade-là. Rappelez-vous ma façon de détourner la formule de Wordsworth – « émotion remémorée dans la tranquillité » – en un énoncé plus moderne : « un traumatisme remémoré et revisité à partir d'un endroit sûr » ? Cet endroit sûr, vous ne l'avez peut-être pas encore.

Je me dis qu'il a vécu pire et qu'il devrait se montrer meilleur juge. J'abandonne le livre, j'abandonne mes souvenirs. Je me détourne de moi-même. J'aspire à la tranquillité. J'aspire à ce lieu de sécurité. Au lieu de cela, je me réveille en sursaut dans la nuit, les mains de mon père serrant toujours ma gorge.

Mon téléphone portable sonne. PAPA. Je le laisse vibrer jusqu'à ce que le bourdonnement de l'insecte se dissolve dans mon oreille.

Le printemps souffle comme une chienne plantureuse. Dehors, l'herbe pousse, haute et nécessaire dans mon jardin à Charlottesville, s'agrippe à mes vêtements lorsque je franchis, affamée, le portail négligé. Je dors sur le ventre et me réveille en sursaut la nuit, les os de mon larynx craquent sous les mains de mon père. Je tourne en ville avec un écrivain blanc d'une banlieue de San Francisco qui a voté pour Obama, mais qui entonne le mot « n… » sur ses chansons de rap préférées. L'Amérique blanche, une violence. Je m'extrais de sa voiture et je rentre chez moi, seule dans la nuit. Je passe devant la partie de ma rue où mon voisin blanc, le visage rougeaud, a planté un drapeau confédéré au-dessus du premier, jaune au serpent à sonnette. Deux drapeaux claquent rageusement dans le vent. Lorsqu'un ouragan écumant souffle sur cette partie de la Virginie, je prie pour qu'il m'emporte avec lui.

L'humidité de l'été m'étreint à m'étouffer, j'arrache des poèmes de mon oreille comme des mauvaises herbes. Près d'un an et demi s'est écoulé depuis que j'ai quitté la maison pour de bon. Le gouvernement américain me rappelle que je suis une « étrangère non résidente ». J'ai besoin de son autorisation pour travailler, de son autorisation pour déménager, de son autorisation pour partir. Je vois la femme blanche de mon voisin s'arrêter brièvement pour m'observer depuis leur allée bien entretenue et, mue par un réflexe animal, je lui fais signe. Avec un regard glacial, elle tourne les talons et disparaît dans la maison. Des semaines plus tard, la ville se réveille avec un graffiti sur le pont Beta : NIGGER griffonné en rouge à côté d'organes génitaux masculins grand format. Je tire sur ce fil, je suis cette veine jusqu'à un ventricule pulpeux, et je finis par croire que mon père avait enfin raison – raison d'être rouge envers les têtes chauves, rouge envers les suceurs de sang, rouge envers tout cela. J'entends sa voix dans ma tête, brûlante de tonnerre et de soufre, qui me rappelle qu'il a passé toute une vie à m'apprendre à le dire…

Ce lieu, ici, c'est Babylone.

Enfin, je comprends. Il n'y a pas de rêve américain sans massacre américain. Des villes noires brûlées, des familles indigènes déplacées, des cimetières profanés, des terres volées, des terres ruinées : voilà l'invention de la blancheur, une violence. Voilà la blessure originelle. Je suis ici, à Babylone, en proie au mal du pays, et je suis en colère, tellement en colère contre tout cela. Parce que, pour la première fois depuis que j'ai quitté la maison, je comprends à quel point mon père a dû avoir peur pour moi, une fille noire marchant en plein enfer, et maintenant je suis toute seule.

Lorsque je m'assieds en face de Rita Dove et pends ma tête flétrie à son bureau, je suis alourdie de pluie tropicale et de toute la noirceur et la malséance qui ont débordé en moi. Toute cette fureur. Elle tend ses mains chaudes vers les miennes, ses ongles aussi brillants que des papayes, ses yeux aussi chauds que l'érable, et elle me parle : « Expliquez-moi ce que vous voulez dire quand vous affirmez que vous êtes en exil », et je me mue en fleuve de désespoir qui inonde la pièce.

Ce soir-là, mon téléphone sonne de nouveau. PAPA. Je décline l'appel. Je laisse l'appareil débranché jusqu'à ce qu'il se décharge. Je m'endors en me démêlant de tout ce rouge.

Cet hiver-là, dans le crépuscule de mon appartement en entresol, je reste immobile en écoutant la voix de ma mère, adoucie et joyeuse au bout du fil : mon frère et sa femme vont avoir un bébé. Une fille. Je n'avais plus vu Lij et ne lui avais plus parlé depuis que j'avais quitté la Jamaïque. Au cours de ces mois de peine après qu'il m'avait sauvée de la machette, mon frère s'était mis en colère, estimant que je devais pardonner à mon père et que mon refus de lui parler avait fracturé notre famille. Maintenant que j'étais en Amérique, notre distance ne faisait qu'empirer, cet océan muet se creusant et s'approfondissant entre nous.

La nouvelle de la naissance de sa fille me sort de ma stupeur hivernale. Allongée dans mon lit, j'essaie d'imaginer cette enfant, et quelque chose d'autre s'agrippe dans l'air. Du coin de l'œil, je l'aperçois. L'éclair d'une aile blanche qui tresse un nid de fils rouges autour de mon cou. Toute la nuit, je n'y échappe pas, cette créature incontrôlée grandit dans l'obscurité. Une pensée, qui se fraie un chemin en moi, à petits coups de bec. Quel genre de monde offrirais-je à ma nièce, maintenant ? Quel genre de famille ? J'essaie de retracer le schéma de notre histoire meurtrie, en tirant fil après fil de rouge, à l'infini. Cela a-t-il commencé avec lui ? Mon père, dont la violence a été à l'origine de cette blessure inféconde ? Avait-il été battu et avait-il battu à son tour ? Jusqu'où ces ailes ont-elles ondoyé, au-delà de moi et au-delà de lui, au-delà de ma grand-mère, au-delà de l'au-delà ? Je tire et tire ce fil de la violence, je remonte les générations de ma famille, ma lignée porteuse de cette marque, et encore au-delà, jusqu'au premier fouet colonial de la Jamaïque, jusqu'au dernier Taíno mort de la variole colportée par Christophe Colomb, jusqu'au premier colonisateur qui a placé un carcan au cou d'une femme noire, jusqu'à la première femme qui a dit « Non ».

Dans son monde, mon père répétait toujours qu'une personne était soit un cœur de lion, soit un cœur faible, et qu'un cœur faible était mûr pour les vers de Babylone. Étais-je un cœur faible si j'essayais de lui pardonner ? Ou devais-je rester ferme et continuer à dire non ? Je refusais les appels sur l'écran bleu néon pour la même raison que j'avais frappé cette femme fantôme à Bickersteth ; j'en voulais plus, tellement plus que cet héritage figé. Je voulais saisir le monde dans toute sa beauté alléchante, me forger une version de moi-même en laquelle je pouvais croire. J'étais déterminée à me réinscrire dans le cadre, à prendre le taureau par les cornes et à graver mon nom sur sa langue. Jamais plus je ne me soumettrais à mon père, ni à aucun homme. Maintenant que ma nièce arrivait, la voie à suivre était toute tracée. Ce livre que j'envisageais, je l'écrirais pour elle. Je l'écrirais pour toutes les filles Sinclair à venir. Pour elles, j'essaierais d'orienter la boussole vers l'avant : de changer la forme de notre lignée, le poids de son héritage. Pour que la prochaine n'ait jamais à connaître le feu. Pour que celle qui viendra par la suite se connaisse toujours elle-même.

Plus tard dans la semaine, mon téléphone a de nouveau sonné. PAPA s'est affiché en bleu néon à l'écran. J'ai approché mon doigt pour appuyer sur « refuser ».

Mais en pensant à ma nièce, j'ai décroché.

– Allô ?

– Oh, princesse, a-t-il fait, la voix brisée.

J'ai d'abord écouté et je n'ai rien dit.

– C'est si *irie* de t'entendre, a-t-il continué.

Sa voix m'était si familière, celle que j'avais connue lorsque je grimpais dans son étui à guitare, petite fille. Le ton, si différent de la dernière fois que je l'avais entendu, était maintenant aussi aimable et doux que de la mélasse.

– J'ai tant pensé à toi, princesse…

Au coin de mon œil, l'éclair d'une aile fantomatique. J'ai enfoncé les orteils dans la moquette de la chambre et j'ai écouté, mais je n'ai pu parler.

– Tu es là ? a-t-il continué. Comment tu vas ? Comment…

– Papa, qu'est-ce que tu veux ?

– Je veux juste entendre ta voix…

Il chantait presque.

– Écoute.

En parlant, j'ai fermé les yeux pour trouver la lumière des mots dont j'avais besoin pour me frayer un chemin.

– Nous n'aurons pas de conversation tant que tu n'auras pas admis ce que tu as fait. Tant que tu n'auras pas admis et que tu ne te seras pas excusé.

Dès que j'ai prononcé ces mots, mon cœur s'est mis à battre à tout rompre. Des gouttes de sueur ont perlé à mes tempes.

– Tu as raison, princesse, a-t-il admis, avant de reprendre son souffle. Je suis vraiment désolé. S'il te plaît, pardonne-moi.

J'ai laissé la ligne dans le silence et j'ai attendu qu'il poursuive.

– Alors, comment tu vas ? Comment se passent tes études ?

– Toutes les nuits, je fais un cauchemar où tu essaies de me tuer. Toutes les nuits, tes mains se serrent autour de ma gorge, ou j'ai ta machette contre mon cou.

– Oh Jah. Oh, Budgie, s'est-il exclamé. Je suis tellement désolé pour tout ça. Jamais je ne pourrais te faire de mal, bébé. Je ne te ferai jamais de mal.

– Pourtant tu m'as fait du mal, papa. Tu m'as fait du mal.

Ma gorge était bouillante, frémissante de larmes. Je les ai retenues, je les ai laissées s'évaporer avec la colère.

– Je n'étais pas moi-même, a prétexté mon père, avec une note d'angoisse inconnue dans la voix. Il faut me croire. La propriétaire m'a jeté l'*obeah*. C'était cette méchante femme.

– Non, non, papa. C'est toi qui as commis ces actes. Et puis tu as raconté à tout le monde que je mentais. Je ne vais pas faire comme si de rien n'était. Tu dois admettre la vérité.

– Tu as raison, princesse. Tu as tout à fait raison. Je l'ai déjà dit à ta mère. Je lui ai dit et maintenant…

Il n'a pas pu finir. Maintenant, elle était partie pour de bon. Elle ne lui pardonnerait jamais. Il avait porté la main sur sa fille aînée après qu'elle avait mis un terme au supplice de la ceinture rouge voilà plus de dix ans. La voix de mon père s'est enrouée à l'autre bout du fil.

– Tu dois dire la vérité à tout le monde, ai-je insisté. Ce que tu as fait est impardonnable. Ce que tu as fait…

Je ne m'étais pas rendu compte que je m'agrippais à mes cheveux jusqu'à en avoir mal.

Et là, il est resté silencieux.

Cela faisait presque deux ans qu'il s'était saisi de sa machette.

– Tu m'as vraiment fait du mal. Et tu crois que c'est normal de me faire du mal. Tu t'imagines que je vais te pardonner.

– Oh, Budgie. Je suis vraiment désolé. S'il te plaît, pardonne-moi. Budgie, s'il te plaît...

Et c'est alors qu'est apparu, à la lisière de ma vue, non pas une *budgerigar*, sa perruche préférée, mais un *jumbie bird*, une chevêchette au poitrail blanc déployant ses grandes ailes au-dessus de ma tête. Enfoui dans sa face hérissée, un œil rouge et courroucé. Toute cette ficelle rouge que j'avais tirée, une lueur de rubis dans son bec noir. Cet oiseau, comme on me l'avait appris quand j'étais enfant, était un présage de mort.

Ma colonne vertébrale s'est courbée sous son œil furibond.

Mon père m'a dit :

– Moi l'Homme veut juste que l'Elle de Moi sache qu'elle a toujours une maison où revenir.

L'oiseau a pesé sur mon cou de tout son poids.

– Les Eux de Moi, c'est tout ce que j'ai. Tout ce que j'ai dans ce monde...

La voix de mon père s'est brisée en sanglots, comme si la pluie s'était soudainement abattue sur la fenêtre.

– Toi, ton frère et tes sœurs, vous êtes tout ce que j'ai, s'est-il écrié. Je t'en prie. Tu es tout ce que j'ai dans ce monde. S'il te plaît, reviens à la maison, Budgie. Il faut que tu rentres à la maison.

L'oiseau a planté le bec dans ma colonne vertébrale et n'a pas voulu lâcher.

*

Lorsque j'ai aperçu le bleu familier de la mer des Caraïbes au-dessus du tarmac de l'aéroport en ce Noël 2013, j'en ai presque touché le hublot, en repérant depuis les airs ma petite maison natale de White House. Les passagers blancs ont applaudi l'atterrissage et cela ne m'a même pas dérangée. Ce n'était pas mon père, mais ma nièce nouveau-née qui m'avait convaincue de rentrer chez moi : Cataleya. La première-née de mon frère, nommée d'après une variété d'orchidée. Le Cattleya. J'ai prononcé son nom et cela m'a fait l'effet d'une incantation. Lorsque j'ai appris son arrivée, j'ai pris une décision. J'allais mettre fin à ce cycle. Elle aurait besoin d'un meilleur nid, de suivre un meilleur sillon. Quel avenir lui offrirais-je si je ne rentrais pas maintenant à la maison pour la rencontrer ? Si je n'essayais pas ? Je pouvais continuer à tirer le fil, passer des années à démailler tout ce qui me démaillait, ou je pouvais tout faire passer par le chas de l'aiguille, et coudre.

Dès que je suis sortie de l'avion, une chaleur familière m'a accueillie avec un baiser humide. À l'aéroport, même l'ordinaire semblait beau : les étagères garnies de bouteilles de rhum Appleton et les publicités lumineuses pour Digicel à côté des affiches touristiques représentant des dauphins et des femmes avec des fleurs dans les cheveux. J'ai fait rouler mes bagages devant le bureau des douanes et je suis sortie dans le vigoureux vacarme des voix de chez moi.

Dehors, le soleil m'a prise dans son étreinte, perdue depuis si longtemps. En attendant que le taxi envoyé par mon père vienne me chercher, j'ai refusé d'autres propositions, les chauffeurs me demandant « M'dame, où je peux t'emmener ? » J'ai dû leur répondre avec suffisamment de patois pour leur signifier que j'étais née dans le coin à deux pas de là. À son arrivée, le chauffeur de taxi m'a raconté par le menu un petit accident qu'avait eu mon père. « Pas d'quoi s'inquiéter pour l'Homme », m'a-t-il assuré, mon père devait juste conduire la voiture au garage pour la faire vérifier et il viendrait me chercher chez mon frère le soir même. Alors que nous remontions tout Top Road jusqu'à la maison de mon frère à Cornwall, toutes les couleurs dont mes yeux étaient avides se sont mises à clignoter comme un kaléidoscope. Des poches magenta de bougainvilliers, des collines et des collines de verdure qui s'étendaient devant moi, écarlates et rebelles. Et, à ma droite, le galop bleu débridé de la mer.

À notre arrivée à l'appartement de mon frère, il avait déjà descendu les trois étages au trot pour m'accueillir. Je me suis ruée hors de la voiture et nous nous sommes bousculés l'un contre l'autre dans l'allée rocailleuse. « Cela fait trop longtemps, Saf », a-t-il dit. Je l'avais appelé le soir où j'avais appris la venue au monde de ma nièce, et tout ce qui ne s'était pas dit entre nous s'était alors évaporé dans la joie. Aujourd'hui, la chaleur a fait passer le courant de la pensée entre nous, comme au temps déjà écorné de nos chahuts, quand nous pouvions encore lire dans les pensées l'un de l'autre. Il a monté mes bagages et je l'ai enfin rencontrée, ma Cataleya, une toute petite chose aux yeux écarquillés, agrippée à son berceau. Je ne m'y attendais pas. Comme un vase où l'on verse soudainement de l'eau, il y avait de l'amour. Ma lignée s'étendait devant moi, tangible et tissée à la sienne, et tout semblait tellement possible. Elle roucoulait et me souriait d'un sourire sans dents et baveux, et j'étais heureuse d'avoir décroché le téléphone.

– Je peux la prendre dans mes bras ? ai-je demandé à Lij.

Il avait épousé la même petite amie avec laquelle je l'avais vu pour la dernière fois avant mon départ pour la Virginie. Ils avaient organisé un tout petit mariage, quand elle était encore enceinte, une cérémonie dont il m'avait fait part seulement après qu'elle avait eu lieu. Mon frère m'a dit qu'il ne voulait pas perturber mes études en me faisant venir, car il savait que je n'en aurais peut-être pas les moyens. Bien sûr, il y avait entre nous cet autre non-dit. La façon dont nous nous étions quittés la dernière fois, mon père brandissant sa machette, notre distance et ces longs mois passés à nous repaître de notre silence. Mais rien de tout cela ne me troublait maintenant que ma nièce s'agrippait et gazouillait entre nous. Le ventilateur sur pied de la modeste chambre de mon frère tourné vers moi, je lui ai remis les cadeaux que j'avais apportés de l'Étranger, un agneau en peluche pour Cataleya et un livre pour lui : *Pères forts, filles fortes : 10 secrets que tout père devrait connaître.* En lisant le titre, il a secoué la tête les larmes aux yeux et m'a remerciée, et ses dreadlocks, qui lui arrivaient maintenant aux fesses, ont tremblé elles aussi.

Je lui ai délicatement demandé si elle allait grandir dans les règles de Rastafari. Mon frère a souri et m'a répondu : « Ce sera à Cat seule de choisir. » Elle mangerait ce qu'elle aimerait, porterait ce qu'elle aimerait, se coifferait comme elle le voudrait. « J'ai vu de mes yeux ce que toutes mes sœurs ont dû vivre », a-t-il ajouté. Sa fille serait libre de se frayer son chemin dans le monde.

Je lui ai souri et j'ai hoché la tête, embuée de gratitude lorsqu'il a déposé Cataleya, aussi chaude que ma propre chaleur, dans mes bras. Je l'ai embrassée, je l'ai bercée et elle n'a pas pleuré. Elle a seulement levé les yeux vers mon visage et s'est agrippée à mes cheveux. En la tenant, j'ai pensé à toute la douleur que mes frère et sœurs et moi avions endurée ensemble, à toute cette vie d'épaves qui avait failli nous faire sombrer. « Cela en valait la peine, lui ai-je murmuré à l'oreille. Rien que pour te rencontrer. »

Ce soir-là, lorsque mon père et moi nous sommes approchés de sa nouvelle maison à la campagne, je n'ai pas été surprise de voir le *jumbie bird* perché, tout pâle, au sommet du réverbère devant le jardin. Malgré cela, je me suis retournée, les yeux grands ouverts, et j'ai vu mon père au volant, qui avait envie de donner un sens à l'oiseau blanc et à sa signification, mais il a continué à conduire sans rien dire, comme s'il ne l'avait pas vu. Cette maison de location était située loin de la ville, dans les collines verdoyantes, entourée d'un coteau à la végétation épaisse, à perte de vue. Ce nouveau jardin était masqué de tous les côtés par le murmure des arbres. Un haut bataillon de cannes à sucre et un arbre à aki à la stature éclatante formaient une clôture officieuse à l'arrière, et il y avait côté rue un jardin de tournesols qu'Ife avait plantés pendant les quelques mois qu'elle avait passés là-bas, entre deux visas.

Le lendemain matin, mon père s'est réveillé tôt et a disparu dans la petite canneraie pour fumer sa marijuana. C'était une habitude qu'il avait prise chaque matin dans sa solitude, alors que je ne l'avais jamais vu fumer une seule fois pendant notre enfance. Il était plus mince que dans mes souvenirs, et plus petit. À son retour de ce brouillard décousu, il s'est présenté avec le butin de Jah. Il avait coupé des cannes à sucre et retenait dans les pans de sa chemise une récolte d'oranges et de mangues vertes, qu'il m'a pelée et m'a regardé savourer au petit déjeuner. Il a passé la plupart des journées où j'étais là, paisible, à gratter sa guitare, à sourire et à m'éviter sur la pointe des pieds s'il me croyait occupée à écrire. Certains après-midi, il m'emmenait en voiture acheter mes hamburgers et mon poulet au curry préférés, et s'asseyait même à ma table pour parler avec moi pendant que je mangeais de la chair morte en face de lui.

Pour ma part, j'entretenais un silence prodigue, en regardant nos journées perdre leurs plumes. J'ai laissé mes valises sans les vider, gardant tous les jours l'œil fixé sur le portail, où l'oiseau était toujours perché. Six nuits durant, il s'est agrippé sans bouger, et j'attendais que mon père me le mentionne. Je m'attendais à ce qu'il panique, à ce qu'il le chasse, à ce qu'il fasse je ne sais quoi avec cet oiseau brun et blanc sculpté comme un totem qui nous observait depuis la route. Mais sous l'œil sévère de la chevêchette, il n'a rien dit de cet oiseau brun et blanc.

Lorsque j'ai pénétré dans la nouvelle maison de mon père, je me suis sentie étrangère, regrettant celle que ma mère avait créée pour nous. Le sol était mal balayé et envahi de fourmis ou de boucles de cheveux de mon père, le placard de la cuisine et le réfrigérateur étaient vides. Dans sa chambre, la commode était remplie à ras bord de nos trésors. Il avait encadré nos photos d'école et rassemblé tous les trophées, certificats, médailles et plaques que mes frère et sœurs et moi avions reçus au fil des ans, les traces de nos exploits reposant désormais à côté de sa photo de Hailé Sélassié. L'absence de ma mère à la maison m'a paru encore amplifiée lorsque j'ai admiré toutes les récompenses sur la commode de mon père. C'étaient ses mains à elle qui avaient fabriqué chacune d'elles. Et nous tous.

Dans un album photo que mon père conservait à côté de ces médailles se trouvait la coupure de journal tant aimée, maintenant sous pelliculage, témoignage de ma première récompense. L'année prochaine, j'entamerais mon cursus de doctorat à Los Angeles, et mon premier recueil complet de poèmes serait bientôt là – des poèmes qui me vaudraient de prestigieuses récompenses étrangères, et le montant des prix serait publié dans des journaux en Jamaïque et aux États-Unis. Mais cette coupure de presse sur la commode de mon père avait été ma première. J'ai agité avec bonheur ce petit souvenir dans ma tête. Non seulement il s'agissait d'un prix de mathématiques, mais lorsque la journaliste s'était penchée sur mon visage de huit ans et m'avait demandé si j'avais un message pour les jeunes de la Jamaïque, j'avais souri, surmontant ma timidité encadrée de dreadlocks et j'avais répondu oui. J'avais ensuite pépié dans son magnéto le message que je voulais faire passer à tous les autres enfants : « Il ne faut pas baisser les bras ! » Cette fillette rasta souriante et son message avaient fait la une du *Jamaica Gleaner*, et maintenant cette fillette me souriait. Comme elle était jeune à l'époque, comme elle n'avait pas conscience de la tempéte naissante à son horizon.

Ce soir-là, en buvant de l'oseille dans son salon, mon père et moi avons ri du jour où j'avais obtenu mon prix de mathématiques. Je lui ai rappelé le poème que j'avais récité lors de la cérémonie de remise des prix aux hommes politiques, et la nervosité qui m'habitait. « L'Elle de Moi fait tellement mon bonheur », a-t-il avoué en tirant sur son précepte, ne voulant pas que passe ce moment sans qu'il le nomme.

Ignorant le présage devant sa porte, je me suis glissée dans l'espace vrillé de mes souvenirs et j'ai de nouveau dormi comme une petite fille. Pendant ce temps, à l'extérieur, l'aile blanche de l'oiseau battait, signalant ce qui se préparait depuis longtemps. Dans la maison de mon père, je redevenais toujours cette fillette. Elle était partout, ici et là-bas, dans la canneraie. La fillette rasta souriante qui ne se doutait pas de l'imminence du malheur, même si elle me rappelait ce qu'il fallait faire face à ce malheur. Elle me guidait, me poussait à persévérer, quelles que soient les intempéries, pour m'endurcir autour de mes rêves comme une perle. Dans sa tête, mon père ne pouvait pas libérer cette fillette rasta. Il s'agrippait à elle comme à une planche à la surface de l'eau, elle le maintenait à flot dans la tourmente de Babylone, le sauvant de la noyade face à la déception écrasante de sa vie. Il ne me verrait jamais telle que j'étais. Il ne m'entendrait jamais. Partout où je posais le pied, elle était là. Chaque fois que je me retournais, mon père était un arbre sans racines, cherchant à atteindre l'espoir qu'il avait un jour porté sous le vaste ciel de Bogue : cette famille rasta vivant dans l'*umoja* et qui croyait encore en lui.

La veille de mon retour aux États-Unis, mon père m'a emmenée à l'un de ses spectacles de reggae dans un hôtel-club de Negril. Fascinée, je l'ai regardé sauter, exhiber ses dreads et chanter comme un homme rattrapé par un feu de brousse. Lorsque le groupe a joué les chansons de son album *Rocking You*, celui qu'il avait enregistré vingt ans plus tôt au Japon, j'ai crié et je me suis levée de mon siège pour danser et chanter les chansons de ma jeunesse. Ces mêmes chansons que j'avais emportées dans ma tête à l'école primaire tous les matins. J'en connaissais encore chaque parole. Mon père m'a montrée du doigt et m'a souri alors que je chantais chaque chanson avec lui. En beuglant les justes paroles de la musique de mon père avec lui, je me suis brièvement demandé si j'aurais pu devenir une vraie fille de Rastafari – y avait-il une quelconque version de cette femme en blanc que j'aurais choisi de préserver ? Existait-il maintenant une part d'elle-même qui vivait encore en moi ? Peut-être que si je m'étais sentie accueillie en tant que femme par Rastafari, j'aurais à mon tour accueillie Rastafari en moi. Mais je n'ai jamais été autorisée à prendre place au sein d'un cercle de frères rastas ou à participer à un de leurs *reasoning*. Ils ne m'ont jamais transmis mon histoire, ne me l'ont jamais remise entre mes mains. Je suis donc restée à l'écart, jusqu'à ce que, bien des années plus tard, je tire sur le premier fil de ce commencement. Mon père me regardait chanter et il en avait les yeux brillants, alors j'ai chanté encore plus fort. Je ne savais pas quand je rentrerais à la maison, ni quel avenir serait possible pour nous. Mais en chantant dans le crépitement de l'air nocturne de cet hôtel-club, je voulais qu'il sache que pendant tout ce temps j'avais écouté. J'avais peut-être délaissé Rastafari, mais j'ai toujours porté en moi le feu indélébile de sa rébellion. Et à mon retour en Amérique, je marcherais la tête plus haute. Babylone ne ferait jamais peur à une fille comme moi.

29

Moi Femme

*Toute eau a une mémoire parfaite
et essaie toujours de revenir à son point de départ.*

TONI MORRISON

Rien n'était brisé que la mer ne pouvait réparer, disait toujours ma mère. En 2018, six ans après la nuit où j'ai franchi le portail pour échapper à la machette de mon père à Coral Gardens, cinq ans après être rentrée chez moi pour rencontrer ma nièce et avoir chanté les chansons de mon père à tue-tête avec lui, je me sens enfin prête à écrire notre histoire. Je suis aujourd'hui dans mon « année Jésus », et j'ai douze ans de plus que ma mère lorsqu'elle avait reçu la nouvelle de sa grossesse miraculeuse et décidé de suivre la voie de Rastafari. Pas un jour ne s'écoule sans que je pense à toutes les femmes de ma famille qui portent la plaie sanglante profondément fixée par la tragédie. Celles dont la vie et les actes ont été emportés, méconnus, inconnus dans la marée de l'histoire. C'est pour elles que j'écris aujourd'hui. « Je n'arrive pas à croire que tu aies pu prendre ma vie laissée pour morte, toutes nos blessures et notre histoire, et que tu en aies fait quelque chose d'aussi beau », m'a dit ma mère après ma première lecture en public, où je l'ai vue, du haut de l'estrade, prononcer muettement les mots de chaque poème. « Je n'arrive pas à croire que j'ai ma poétesse à moi. »

J'ai songé à elle en feuilletant mon premier recueil de poésie sur le balcon de l'hôtel qui surplombe Treasure Beach. Je me préparais à lire des extraits de mon livre chez moi, en Jamaïque, pour la première fois, sur la plus grande scène littéraire des Caraïbes, le festival littéraire de Calabash en 2018. Ma mère était à l'Étranger et n'a pas pu me voir lire plus tard ce soir-là, mais son travail surplombait et éclairait la marée de mon retour au foyer. C'étaient ses mains qui avaient tissé le moment de mon retour. Mon père et mon frère ont fait trois heures de route depuis Montego Bay pour atteindre l'autre côté de l'île et me voir lire pour la première fois. C'était en juin et le temps était d'une beauté envoûtante. La mer scintillait au loin. Les noix de coco brillaient d'un vert profond, remplies d'eau fraîche. Les organisateurs du festival m'avaient réservé une chambre d'hôtel toute spéciale, construite juste au-dessus de l'océan, où je pouvais dormir et me réveiller avec le bruissement de la mer dans les oreilles. Lorsque mon père et mon frère sont arrivés, je les ai emmenés s'asseoir sur la terrasse, là où les vagues léchaient le balcon en bois. Ils étaient venus dans ma chambre avec des cadeaux, d'épaisses piles d'albums photos qu'ils brandissaient comme des offrandes de paix, une multitude de photos décolorées par le soleil du passé de notre famille. J'ai piaillé et les ai remerciés, en serrant ces images dans mes bras. Cinq ans après avoir abandonné mon projet de mémoire à Charlottesville, j'avais lentement repris l'écriture de notre histoire, et ces photos seraient les ancres et les bouées de ma mémoire. Nous avons immédiatement commencé à feuilleter les albums, dans une rêverie joyeuse, en riant et en pointant du doigt.

Les années défilaient devant nous, une par une : moi à deux ans, bras dessus, bras dessous avec mon père dans notre lit à White House, souriant d'une oreille à l'autre. Moi encore, avec Lij, à huit et six ans, radieux avec nos dreadlocks naissantes, le visage jeune de notre mère, les yeux grands ouverts à côté de nous, épluchant une orange qu'elle avait cueillie sur l'arbre à Bogue. Moi, mon frère et mes sœurs préados, nos mèches aux épaules, blottis les uns contre les autres dans une posture débraillée, tout luisant et constellés de brins d'herbe après un chahut. En feuilletant les années, mon frère, qui a aujourd'hui trente et un ans, a revécu d'anciennes histoires avec moi, en pointant du doigt ces jeunes versions de nous-mêmes et se les réappropriant.

Puis elle est apparue.

Un éclair pâle de mon être adolescent. Son visage décharné s'est illuminé comme un fantôme, ses yeux si grands que j'ai failli tomber dans la mare du doute grandissant. Aussitôt, la rêverie s'est refermée. Son regard a ouvert une brèche dans le temps, comme le jour où Lij et moi étions retournés à Bogue dans un accès de *Sehnsucht* et où nous avions découvert que la maison de nos souvenirs n'existait pas vraiment. À notre grande surprise, le jardin autrefois imposant n'était plus qu'un petit lopin de terre caillouteuse ; nos têtes dépassaient les branches des arbres autrefois gigantesques, et la maison n'était plus qu'un minuscule capharnaüm, croulant sous les mauvaises herbes. Mon frère et moi nous étions enfuis en courant et avions juré de l'oublier, dès notre départ, de conserver notre paradis tel qu'il avait survécu dans nos esprits.

J'ai touché de mes mains la pochette en plastique, la tristesse tangible de son regard d'adolescente, et j'ai refermé l'album. J'ai regardé les vagues qui clapotaient sur le balcon. Certaines années, j'ai cru que je ne rentrerais jamais plus chez moi.

Certaines années, j'ai passé six mois ou plus sans parler à mon père. Certains jours, je n'étais pas sûre que notre relation puisse un jour se réparer. Mais je me sentais toujours obligée d'essayer. Mon père s'est caressé la barbe et m'a regardée comme je regardais la mer. Il a posé sa main sur la mienne avec douceur. « Jah le sait, Budgie, m'a-t-il dit d'une voix calme. J'ai passé tellement de temps à m'inquiéter pour toi et tes sœurs, mais j'aurais vraiment aimé être plus cool. J'aurais aimé voir que Moi et Moi n'avions aucune raison de nous inquiéter. » J'ai fermé les yeux en l'écoutant parler, je suis restée assise un moment avec le souffle de ses dires. Lorsque j'ai trouvé les mots pour le remercier, ma voix n'était qu'un murmure. Mon père m'a gentiment tendu la pile d'albums et m'a dit qu'il me les confiait définitivement. « De nous tous, Moi l'Homme sait que c'est Elle de Moi qui en prendra le plus grand soin », a-t-il ajouté, le visage empreint d'un calme balayé par la rosée que je ne lui avais jamais vu auparavant. J'étais désormais la gardienne des histoires de ma famille, qu'ils traitaient tous avec une rare révérence. Mon père a souri solennellement et hoché la tête, comme s'il avait su depuis tout ce temps, et l'avait su profondément, après m'avoir entendue parler d'un « mémoire » – l'objet de tous les mots endeuillés que j'avais évité de prononcer depuis la nuit où je m'étais envolée loin de lui et de sa machette, six ans plus tôt. Que toutes nos heures assombries et lumineuses seraient gravées à l'encre, la chevêchette pâle rassemblant les os fuselés des non-dits dans l'obscurité.

La scène du festival était un déluge de lumières si brillantes que je regardais devant moi et ne voyais que du noir. Debout, seule sous les feux de la rampe, les moustiques formaient un halo autour de ma tête, et la nuit retentissait bruyamment aux accents de son orchestre de grillons. Le podium avait été orné de fleurs de lavande rouge et d'anthuriums luisants, de conques, de cornes de bois flotté, d'héliconies ardentes et d'oiseaux de paradis dispersés au milieu de feuillages d'un vert éclatant. J'étais dans ma maison. L'océan derrière moi n'était pas éclairé, mais je le sentais, et ma robe bleue à fleurs s'agitait comme un sémaphore dans la brise marine.

J'ai passé une heure devant le miroir à me répéter dans ma tête la séquence de ma lecture, l'estomac de plus en plus noué alors que je m'armais de courage en songeant à ce que j'avais l'intention de faire. Ignorant la sonnette d'alarme dans mes oreilles, j'ai mémorisé les mots que j'avais l'intention de dire à mon père, les prononçant à haute voix pour la première fois, de plus en plus nerveuse à mesure que l'heure approchait, essayant de me préparer à ce qui allait suivre.

La foule, que j'avais vue se masser avant le début de l'événement, se déversait maintenant devant moi. Ils étaient venus par centaines, une file qui s'étirait bien au-delà de la tente du festival, prêts à écouter les poèmes de leur enfant prodigue. Par-delà l'éblouissement des éclairages de scène, je discernais les contours flous de leurs visages ; illuminés, ils attendaient que je prenne la parole.

Je leur ai dit : « Souriez, Jamaïque », en sortant mon téléphone et en prenant une photo de la foule, en référence au nom de notre très populaire émission de télévision matinale. Tout le monde a ri et cela m'a calmé les nerfs.

Même si l'obscurité régnait, aussi loin que portait mon regard, j'entendais les gens murmurer, une vague qui m'emportait avec elle. Je serrais dans mes mains les pages de mon recueil de poèmes, publié presque deux ans auparavant, et mes ongles, peints en jaune d'or, brillaient. Mon visage était brûlant, incandescent sous les projecteurs, et l'air de la nuit soufflait sa fraîcheur sur mes bras. En regardant la foule, j'ai pensé à elle. À la jeune fille qui avait écrit un poème pour panser ses blessures, puis s'était sentie pour la première fois chez elle, là, sur la page. « C'est pour moi un moment incroyable », ai-je d'abord déclaré au public.

– Je me souviens d'être venue à Calabash pour la première fois lorsque j'étais une jeune poétesse. Je me souviens d'avoir regardé les lecteurs sur la scène ce soir-là et cela m'a inspiré l'envie de continuer. Je me suis dit : *Si je continue d'avancer, un jour je serai là-haut à mon tour.* Et maintenant, je suis ici.

J'ai souri. Comme une bénédiction de la pluie, la foule a applaudi.

Mon père et mon frère étaient au deuxième rang, plus proches et plus clairs dans mon champ de vision. Ils ont tous deux fait le Signe de la Puissance de la Trinité avec leurs mains, et lorsque mes yeux ont croisé les leurs, mon cœur a fait un bond. Ils m'ont adressé un signe de tête pour me rassurer.

– Mon père et mon frère sont ici, ai-je murmuré, ils écoutent ma poésie pour la première fois, alors si je suis un peu émue, c'est pour ça.

Et ainsi, j'ai commencé. Par un poème intitulé « Foyer ». Même si je ne pouvais pas les voir, j'entendais le public s'animer tandis que je lisais les poèmes que j'avais écrits depuis ce sous-sol froid de Charlottesville, crevant du mal du pays. Chaque mot, chaque vers, je les avais écrits pour eux. Des poèmes nichés dans des bougainvilliers, remplis de colibris et de canne à sucre, éclatants d'herbes-mamzelle et dans une longue pelure d'orange. J'ai chanté des poèmes pour les chèvres sauvages et les fugueurs, pour notre ravin de fougères bleues, pour nos bidonvilles. J'ai lu un poème pour White House et Bogue-la-boue, un poème pour mon grand-père et les pêcheurs, un poème pour ma grand-mère disparue, Isabel.

Un poème pour mes sœurs, un poème pour mon frère, un poème pour ma mère et pour ses mains.

J'ai lu des poèmes pour la mer, des poèmes pour ma famille, page après page. Lorsque j'ai lu un poème sur le sexe, j'ai demandé à mon père de se boucher les oreilles, à mon signal, ce qu'il a fait, jouant le jeu sans rechigner, sous les applaudissements du public.

J'ai lancé un regard vers les projecteurs et je me suis préparée pour mon dernier poème. Le poème pour mon père. J'étais incapable de le regarder, mais j'imaginais l'éclat aveuglant d'une étoile autour de son visage.

– J'ai grandi dans une famille rastafarie assez stricte, ai-je dit. Vous ne vous en doutez peut-être pas en me regardant, mais j'ai encore un peu de rasta dans mon cœur.

Je parlais, et je sentais le regard de mon père, même si j'étais toujours incapable de le regarder en face. Je m'enfonçais dans l'obscurité, essayant de trouver les mots justes.

– Beaucoup d'entre nous, dans les Caraïbes, entretiennent des relations très complexes avec leurs pères, et moi aussi. Ce poème est pour mon père », ai-je dit d'une voix calme.

J'ai regardé la deuxième rangée et je l'y ai trouvé, dans une lumière fantomatique, à peine visible.

– C'est la première fois que je lis ce poème avec mon père dans le public, ai-je encore précisé.

Même si je ne pouvais pas voir l'expression de son visage, lorsque j'ai prononcé ces mots, mon cœur battait à tout rompre. J'ai tendu les paumes vers le haut, comme en prière.

– C'est pourquoi, mon père, je te dis : « J'espère que tu m'entends. »

J'ai regardé le visage de mon père et j'ai commencé.

Père inflexible, père inébranlable.
Père j'ai été forgée dans le feu de ta personne.

Père ta première fille maintenant aux chevilles tranchées,
Père ta machette noire.
Père un drapeau que j'agite/père un drapeau que je brûle.
Paternité de mon exorcisme. Père l'aigre saumure de ma mer.
Produisant des sons que seul le cœur peut ressentir.
Père un insecte fouisseur, sa petite incision.
Fille entrant dans ce monde en invitée.
Père le doux tambour dans mon oreille.
Père
Laisse-moi entrer.

J'ai lu pour l'auditoire d'un seul être. En lisant, j'étais un cœur de lion, bravant le feu. À chaque mot que je prononçais, des plumes tombaient de moi comme les cendres d'une canneraie. La chevêchette fantôme et son poids se sont envolés, ont cessé de peser lourdement sur ma poitrine. Comme une brume dans le vent, la silhouette pâle de la femme en blanc s'est envolée avec un soupir. Me sentant désormais en apesanteur, la chaleur des serres rapaces disparues me brûlait les épaules tandis que je lisais, et j'ai compris. Il n'y avait plus de fil rouge. Plus de rouge. Je l'avais dénoué et je lui avais donné mes meilleurs mots. Ici, sur la page, aussi vierge qu'une plage, les vagues de mon esprit ondoyaient. Mon foyer, c'était la poésie et ce qu'elle avait forgé de moi.

Lorsque j'ai terminé, le vent m'a sortie de ma transe, le public applaudissait et pleurait. Je ne me souviens pas d'avoir quitté la scène ou d'avoir marché vers ma famille dans le public.

Mon père est venu me trouver le premier et m'a serrée dans ses bras, une étreinte qui aurait pu faire lever une graine de la terre jusqu'au ciel, le genre d'étreinte que nous n'avions pas partagée depuis plus de dix ans. Il m'a serré le bras et nous avons tous deux respiré profondément. Je le sentais déjà monter, ce frémissement de chaleur, dans ma gorge. Il m'a pris par les épaules et m'a regardée, peut-être pour la première fois de notre vie, de ses yeux humides. Puis il m'a serrée contre lui et m'a murmuré à l'oreille.

– Je t'écoute, m'a-t-il dit. Et je t'entends.

Entendant ces mots, j'ai à peine pu lui répondre. Les larmes m'ont picoté les yeux, j'absorbais tout cela en hochant la tête tout contre mon père, sans mot dire et en pleurant. Les mots ont laissé en suspens leur douce atmosphère au-dessus de nous. Je l'ai serré dans mes bras avec gratitude, sans rien dire. Il suffisait de l'entendre. Je l'ai regardé dans les yeux, grands ouverts et suppliants, et j'ai su qu'il était sincère, autant qu'il pouvait l'être. Je voulais y croire, j'avais désespérément besoin d'y croire, même si je ne savais pas combien de temps ses mots tiendraient, ni ce qui pourrait arriver ensuite. J'en suis encore à apprendre qu'il n'est pas toujours nécessaire d'être un cœur de lion. J'essaie lentement de pardonner, je m'efforce de revoir l'homme qu'il a été dans mon esprit. Je me raccroche donc à ces mots et je resterais un siècle entier dans ce moment si je le pouvais, le souffle de mon père étant mon souffle, sa lumière étant la mienne.

Mes pieds n'ont pas touché l'herbe de toute la nuit. Mon cœur flottait, aussi plein que la lune au-dessus de moi. Sa lueur a touché le visage de mon père, et il avait l'air aussi délesté et aussi juvénile que les jours nectarins que nous pensions tous deux avoir perdus. Alors que nous nous avancions lui et moi bras dessus, bras dessous dans la foule, un Rasta lui a posé la main sur l'épaule et lui a demandé : « C'est ta fille, Rasta ? » Mon père s'est retourné vers lui, toujours en serrant mes mains dans les siennes, a affiché son sourire radieux et lui a répondu : « Oui, Feu, c'est ma fille. »

Rien n'était brisé que la mer ne pouvait réparer, aimait à dire ma mère. Et maintenant, dans ces pages, elle peut le voir – là, dans notre village marin des solitaires et des laissés pour compte, une jeune fille avait rassemblé une vie, une traînée scintillante de verre marin, de conques et de bois flotté très ancien, tout ce qui peut nous arriver de bon, page après page. De retour à Montego Bay, je me suis réveillée à l'aube en repensant à cette jeune fille. À ce que la nuit à Calabash aurait signifié pour elle. Ce que cela signifiait pour elle, aujourd'hui. En marchant vers la plage, j'ai regardé la mer scintiller à l'horizon. J'ai pataugé dans notre mer, dans l'eau qui montait jusqu'à moi, aussi chaude qu'un utérus. J'ai poussé au large et lancé mes jambes contre le bleu, pour nager. J'ai nagé de plus en plus loin, en direction du lointain. À mi-distance de la bouée, j'ai entendu faiblement crier mon nom. Je me suis retournée vers le rivage et j'ai vu ce qui avait attendu trois décennies pour se retrouver.

Derrière moi, marchant dans la mer, se trouvait ma plus petite version de moi-même, une fillette qui se jetait dans les vagues. Derrière elle, j'ai vu ma mère, volant en quelques pas m'arracher à l'eau. Le pied blessé de ma mère laissait traîner une bobine de sang rouge dans le sable, qui filait jusqu'à la petite silhouette de ma mère fillette, accroupie et creusant pour trouver de la nourriture, attendant que la mer lui offre quelque chose en quoi croire. Derrière ma mère, j'ai vu sa mère disparue, errant et contemplant la mer dans une robe usée par le vent. Au loin, il y avait une autre jeune femme, et une autre, chacune marchant à côté de sa propre mère et de ses sœurs, des femmes grandes et sévères, une femme dont je ne connaissais pas le nom, dont le visage tourné vers le ciel était un soleil cuivré, qui m'a marquée. Médusée, je flottais, dans les vagues jusqu'au cou, regardant les femmes serpenter et s'étirer sur des kilomètres et des décennies au-delà de moi, au-delà de l'au-delà, marquant une ligne qui s'étendait depuis notre petite bande de plage jusqu'à la ville étouffante, jusqu'aux collines et jusqu'à l'épine dorsale verdoyante de notre pays. En marchant derrière elle et derrière elle, je les ai vues – toutes les femmes qui avaient mis un pied devant l'autre et enfoncé leurs mains dans la terre. Des femmes qui avaient survécu. Les femmes qui m'ont faite.

J'ai offert ma gorge au ciel et j'ai enfin accepté ce qui m'avait été donné. Il n'y avait plus rien ni personne devant moi, si ce n'est les vagues sans fin, le ciel déployant les vastes étendues de ses horizons, et tout ce bleu qui m'attirait, tout ce soleil du lendemain, tout à moi.

REMERCIEMENTS

Lorsque j'ai commencé à envisager de raconter cette histoire, en 2013, mon agente Janet Silver a été la première personne à croire non seulement en cette vision mais, plus important encore, à croire en moi à un moment où je me sentais la plus seule qui soit au monde. Elle ne m'a jamais pressée, ne s'est jamais inquiétée de recevoir des pages. Même lorsque j'ai douté d'avoir la force émotionnelle de m'aventurer dans ce récit. Janet, merci pour ta patience et ta foi inébranlable, qui m'ont donné la confiance dont j'avais besoin pour écrire ce livre à mon rythme. Rien de tout cela ne serait possible sans toi. Merci d'avoir été non seulement ma plus fervente partisane et l'une de mes plus proches confidentes, mais aussi d'être devenue pour moi une seconde mère. Je m'estime à jamais chanceuse et reconnaissante que nos chemins se soient croisés dans cette vie.

À mes brillantes et perspicaces éditrices, Dawn Davis et Kish Widyaratna, merci d'avoir aidé à aiguiser mon esprit de poétesse sur la page, pour votre élégance et votre patience lorsque j'ai disparu durant de longs mois de silence pour travailler sur ce livre. Merci pour vos conseils et de m'avoir poussée à donner le meilleur de moi-même, mot après mot, avec rigueur. Votre sagesse et vos encouragements au cours de ces trois dernières années ont été pour moi un cadeau indispensable.

Mes plus grands remerciements à Jon Karp pour son enthousiasme et son soutien à ce livre. Merci aux charmantes LaSharah Bunting, Anne Tate Pearce, Chonise Bass, Jackie Seow et Rex Bonomelli pour cette incroyable couverture et cette merveilleuse maquette. Merci à Maria Mendez, Yvette Grant, Stacey Sakal, Jaime Wolf, à l'équipe de marketing et de vente, enthousiaste et fantastique, ainsi qu'à toute l'équipe de Simon & Schuster qui s'est mobilisée autour de ce volume avec autant d'attention et qui a contribué à le faire naître. Merci à mon équipe de Fourth Estate au Royaume-Uni, à mes agents de droits étrangers Erin Files, Chelsey Heller et Caspian Dennis pour avoir défendu ce livre dans le monde entier.

Ma profonde et inébranlable gratitude à l'égard de mon mentor Rita Dove, dont un appel téléphonique passé fin avril à une jeune Jamaïcaine au bord du gouffre de son existence m'a apporté à la fois l'espoir et la certitude que j'étais destinée à aller plus loin, et elle a ainsi changé la trajectoire de mon existence. Merci de m'avoir toujours rappelé comment avancer avec grâce, d'avoir toujours transformé les espaces que je traverse, pour le meilleur.

Merci à mon professeur et conseiller Gregory Orr, qui a été la première personne à m'encourager à écrire ces mémoires, en un lieu sûr. Je vous suis redevable de ce sage conseil. Merci de m'avoir toujours rappelé que les heures difficiles et lumineuses sont tout aussi essentielles à la formation d'un poète que la tranquillité.

Merci à mon défenseur et mentor indéfectible, David St John, merci de m'avoir aidée à me ménager une place pour moi et mon travail de tant de manières si cruciales au fil des ans ; merci d'avoir été mon soutien le plus sage et le plus inébranlable dans toutes mes entreprises. À Kwame Dawes et Shara McCallum, merci d'avoir ouvert la voie tant à moi qu'à d'autres poètes jamaïcains, et de m'avoir toujours offert votre aide, vos conseils et vos encouragements, quelle que soit l'heure. Mes remerciements les plus sincères vont à Mme Newnham, Mme Charleston et à tous mes professeurs d'anglais qui, au fil des décennies, m'ont encouragée à prendre la plume, à faire confiance à ma voix et à continuer d'écrire.

Je remercie tout particulièrement Justine Henzell pour sa passion contagieuse et son soutien inlassable aux arts en Jamaïque, ainsi que pour m'avoir invitée au festival littéraire de Calabash en 2018. Justine et Kwame, merci de m'avoir rappelée à la maison au moment où j'en avais le plus besoin.

Je suis redevable à la résidence MacDowell, qui m'a offert le temps dont j'avais tant besoin, ainsi qu'un magnifique espace baigné de lumière pour terminer les dernières révisions de ce livre. Je suis également reconnaissante à la Fondation Elizabeth George et au Prix Jeannette Haien Ballard pour leur soutien financier à cet ouvrage. Je remercie Natalie Diaz, Jeffrey Cohen et tous les membres de l'université d'État d'Arizona pour le soutien qu'ils ont apporté à mon travail. Merci également à Jonathan Walsh et Danny Stein pour leurs sages conseils financiers au cours de ces dernières années.

Mes remerciements les plus sincères vont à Courtney Hodell, qui a été une conseillère si avisée et si généreuse, ainsi qu'à la Whiting Foundation et à son équipe, qui m'ont soutenue depuis des années. Mon immense gratitude à mes attachés de presse Whitney Peeling et Michael Taeckens, qui m'ont entendue parler de ce livre pendant plus de six ans et n'ont jamais cessé de croire en sa possibilité.

Merci à ma très chère sœur en poésie Ann-Margaret, qui a été un tel phare pour moi au cours de ces journées grises du passé, lorsque j'avais le plus grand besoin de retrouver mon chemin. Merci aux tantes-poétesses, Gwyneth Barber Wood, Delores Gauntlett et Verna George, pour leur gentillesse et leurs encouragements à l'égard d'une jeune poétesse encore novice dans le monde littéraire. Merci à Derek Walcott de m'avoir offert une lueur d'espoir au moment où j'en avais le plus besoin et d'avoir confirmé à une jeune rêveuse jamaïcaine qu'elle était une poétesse.

Mon immense gratitude à toutes mes sœurs littéraires, mon clan : Mary-Alice Daniel, Jean Ho, Wayétu Moore, Nicole Sealey, Rachel Eliza Griffiths, Solmaz Sharif, Erika Sánchez et Julia Adolphe (ma sœur en chanson). Merci à toutes de m'avoir offert un havre de paix, pour les rires, les conseils, l'oreille attentive, l'épaule sur laquelle j'ai pu pleurer et pour l'inspiration éblouissante de vos esprits géniaux. J'ai trouvé en chacune de vous une famille littéraire. Votre sororité a fait de mon monde un monde à part entière.

Ma chère Amanda Sullivan, notre amitié sera bientôt plus vieille que le soleil, et je suis si reconnaissante de vivre dans un monde qui porte ta lumière. Tu m'as toujours montré comment donner le meilleur de moi-même, et je suis à jamais bénie de pouvoir t'appeler ma sœur.

Grand-mère Sweet P., je te suis éternellement redevable de m'avoir montré comment la gentillesse allume la lumière en ce monde. Merci pour toutes les soirées pleines de rires de nos étés écornés. Merci d'avoir rempli mon enfance de soleil. À ma chère tante Audrey, où serais-je sans toi ? Merci d'avoir façonné mon univers avec tant d'acuité et de m'avoir montré à quoi pouvait ressembler une femme forte et indépendante. À toutes mes tantes, en particulier tante Jackie, tante Pansy et tante Sandra, merci de m'avoir fait entrer dans ce monde avec chaleur et gentillesse.

Mes remerciements les plus profonds à Ika et Isha Tafara, et à tous les frères et sœurs de Rastafari qui m'ont révélé mes racines et mon histoire, qui m'ont aidée à comprendre tout le pouvoir que je possède. Qui m'ont montré comment marcher tête haute dans Babylone.

Papa, merci d'avoir fait naître en moi cette rebelle inébranlable (même quand tu ne l'aimais pas beaucoup). Son feu est un cadeau pérenne que tu m'as fait. Merci pour le feu de brousse de tes chansons. Le chemin a été semé d'embûches, mais j'espère que nous continuerons à y travailler.

Je suis infiniment reconnaissante à Mitchell S. Jackson, le premier lecteur de chaque chapitre de ce livre. Merci d'avoir lu inlassablement et patiemment d'innombrables brouillons de ces pages, de m'avoir guidée dans chacun des changements subtils et névrotiques du poète. Merci de m'avoir toujours encouragée, de m'avoir donné les meilleurs conseils littéraires et d'avoir cru en ma voix.

Mes frère et sœurs, racines de mon cœur. *Mi love unnu bad.* Ce livre n'existerait pas sans vous. Je n'existerais pas sans vous. Merci d'avoir supporté que je fouille constamment dans vos souvenirs alors que j'écrivais ce livre, et d'avoir répondu gentiment et judicieusement à toutes mes questions sur des détails et des particularités que nous avions laissés enfouis dans ce vieux jardin, il y a si longtemps. À Lij, mon premier compagnon de route dans cette vie. Tu m'as toujours poussée à donner le meilleur de moi-même (en t'améliorant toi-même) et sans ton intelligence tenace je ne serais pas la même. Tu as fait de moi une grande sœur et j'en suis éternellement heureuse. Mais tu n'arrives toujours pas à me battre au Scrabble. Ma très chère Ife, merci de m'avoir toujours montré les innombrables façons d'être bonne, gentille et patiente en ce monde. Merci pour le don de ton humour, de ton esprit, de ton intelligence inégalée. Lorsque tu chantes, le monde s'arrête pour t'écouter. Alors ne t'arrêtes jamais de chanter. Shari, ma plus jeune sœur, ma jumelle, à mes yeux tu es une rock star et un feu follet. J'aimerais posséder le dixième de ta ténacité. Merci de m'avoir toujours appris à être forte. Mes très chers frère et sœurs, mon sang, mes semblables. Je vous suis redevable à tous les trois d'avoir soutenu votre grande sœur qui ne cesse de déterrer les racines de ce vieux jardin, dans l'espoir de faire fleurir quelque chose. Tout ce que j'écris, fabrique et rêve, c'est pour vous.

Grand-mère Isabel, c'est de toi que viennent les poèmes, le dialecte de la conque et l'océan de notre avenir. J'aurais aimé que tu sois là pour le voir.

Maman, il n'y a pas assez de place dans ces pages pour te remercier. Toi qui as rêvé de mon existence, qui m'as nourrie de ta bouche comme un oisillon. Toi, qui m'as donné la mer et toute son histoire de saphir, qui m'as appris à lire la langue verte des fleurs, qui m'as appris le nom de chaque fruit et de chaque fleur, qui m'as toujours rappelé de m'émerveiller devant toute chose vivante et naturelle. Toi, qui as nourri mon amour des mots, qui m'as remis mon premier livre de poèmes et qui m'as appris à lire la mer comme un poème. Ce livre est pour toi. C'est toi qui as fait de moi la poétesse, l'écrivain et la fille que je suis. Merci pour tout ce que tu m'as donné. Tout ceci – toute cette beauté éblouissante et merveilleuse, mot après mot – c'est ce que tes mains ont fait.

Ma très chère nièce Cataleya, un jour tu seras assez grande pour lire ceci, et je veux te remercier d'avoir transformé la vie de notre famille pour le meilleur. Avec toi, notre monde est plus lumineux. J'espère qu'en parcourant ces pages, tu comprendras mieux ton histoire et que tu trouveras quelque chose de toi-même dans ces mots, et dans toutes les femmes qui t'ont précédée. Mais, Cat, j'espère aussi que tu ne verras rien d'autre devant toi qu'un bleu saisissant, un monde qu'il t'appartient de façonner.

À la Jamaïque, mon premier et véritable amour. Ce livre est le chant que je te dédie, à toi et à toutes les femmes jamaïcaines belles, travailleuses, brillantes, inconnues et méconnues qui, les premières, ont plongé leurs mains dans l'argile et m'ont créée.

NOTES SUR L'HISTOIRE DE RASTAFARI

Pendant la rédaction de ce livre, j'ai recueilli auprès de mon père et de mon frère des récits oraux sur la vie et la tradition rastafaries, ainsi que sur la langue vernaculaire rastafarie, ce que j'appelle la « poétique rasta ». Je les remercie pour le temps et les connaissances qu'ils ont partagés avec moi. Outre les informations qu'ils m'ont fournies, les documents d'archives suivants m'ont permis d'obtenir des détails historiques et des informations générales sur la visite de Hailé Sélassié en Jamaïque pour écrire le chapitre 1 de ce livre, « L'homme qui devait être Dieu » :

Ben Cosgrove, « Haile Selassie in Jamaica : Color Photos from a Rastafari Milestone », *Life Magazine*, 1966, photos de Lynn Pelham.

« Emperor Haile Selassie's Visit to Jamaica – April 1966 », Jamaica Information Service archival video.

« Wild Welcome for Negus », *Daily Gleaner* Archives, 22 avril 1966.

En plus des histoires orales que j'ai réunies et des connaissances que j'ai directement acquises en tirant leçon de ce que je vivais, quelques éléments d'information supplémentaires sur le massacre de Coral Gardens, le Bad Friday, et l'histoire de la persécution des Rastafari aux chapitres 1 et 8 m'ont été fournis par ces articles et ces textes :

Horace G. Campbell, « Notes and Comments : Coral Gardens 1963 : The Rastafari and Jamaican Independence, a Personal Recollection », *Social and Economic Studies*, 63, n° 1, 2014, pp. 197-214.

Carolyn Cooper, « Bring in all Rastas, Dead or Alive ! », the Gleaner Online, 7 avril 2013.

« Rastas Beaten, Forcibly Trimmed of their Locks after Coral Gardens », *Jamaica Observer*, 16 décembre 2015.

Jenny Jemmott, *The Parish History of St. James*, the Jamaica National Group, en collaboration avec le Département d'histoire et d'archéologie de l'université des Indes Occidentales.

CET OUVRAGE
A ÉTÉ MIS EN PAGES PAR NORD COMPO
REPRODUIT ET ACHEVÉ D'IMPRIMER
EN MAI 2024
DANS LES ATELIERS DE NORMANDIE ROTO IMPRESSION S.A.S.
61250 LONRAI

N° d'imprimeur : 2402363
Dépôt légal : août 2024
Imprimé en France